Minha vida fora de série

5ª temporada

PAULA PIMENTA

Minha vida fora de série

5ª temporada

2ª reimpressão

EDITORA RESPONSÁVEL
Rejane Dias

PROJETO GRÁFICO DE CAPA
Diogo Droschi

FOTOGRAFIA DE CAPA
Daniel Mansur (Studio Pixel)

MODELO
Olivia Costa

FIGURINO
Caroleta Maurício

DIAGRAMAÇÃO
Guilherme Fagundes

REVISÃO
Cecília Martins
Julia Sousa
Marina Guedes

Dados Internacionais de Catalogação na Publicação (CIP)
Câmara Brasileira do Livro, SP, Brasil

Pimenta, Paula
Minha vida fora de série : 5ª temporada / Paula Pimenta. – 1. ed.; 2. reimp. – Belo Horizonte : Gutenberg, 2024. – (Minha vida fora de série ; 5)

ISBN 978-85-8235-631-9

1. Ficção juvenil I. Título. II. Série.

23-177058 CDD-028.5

Índices para catálogo sistemático:
1. Ficção : Literatura juvenil 028.5

Cibele Maria Dias - Bibliotecária - CRB-8/9427

A **GUTENBERG** É UMA EDITORA DO **GRUPO AUTÊNTICA** 

Belo Horizonte
Rua Carlos Turner, 420
Silveira . 31140-520
Belo Horizonte . MG
Tel. (55 31) 3465 4500

São Paulo
Av. Paulista, 2.073 . Conjunto Nacional
Horsa I . Sala 309 . Bela Vista
01311-940 . São Paulo . SP
Tel.: (55 11) 3034 4468

www.editoragutenberg.com.br
SAC: atendimentoleitor@grupoautentica.com.br

Para a Snow.
Minha gatinha branca fora de série...

Nota da autora:

Quando escrevi *Fazendo meu filme* 2 e 4, livros que – como este – também se passam no exterior, optei por deixar a Fani contar para nós as conversas que tinha com os personagens estrangeiros, já que não eram tantos assim. Nos poucos diálogos em inglês, inserimos legendas no rodapé das páginas.

Porém, neste livro, assim como aconteceu com o Rodrigo na 4ª temporada, a Priscila vai ter que conversar muito em inglês... Por isso, para o livro fluir melhor, decidi manter os diálogos em português, deixando em inglês apenas algumas expressões e mensagens.

Nota da autora 2:

Para escrever este livro, estive em New York algumas vezes e fiz pesquisa em duas escolas de artes cênicas: A Lee Strasberg e a American Academy of Dramatic Arts. Como eu queria ter uma "liberdade poética" maior, criei uma escola fictícia para a Priscila, com um mix dos conceitos dessas duas instituições. Vários leitores sempre me dizem que seguem os passos dos meus personagens como inspiração, então, caso o seu desejo seja estudar Teatro em NY, indico totalmente essas duas escolas. A Priscila ficaria feliz em ver você realizar o seu sonho!

Paula Pimenta

Agradecimentos

Quando você tem uma família amorosa
e amigos que são como uma família,
há sempre algo pelo qual ser grato.

(Jane the Virgin)

Em primeiro lugar, agradeço aos meus fiéis leitores por terem entendido e esperado o tempo de que precisei para escrever este livro. Deixei a Pri em hiatus *(como ela mesma diria) por muito tempo, mas é que eu precisava estar inteira para escrever um livro tão fora de série. Foram anos bem tumultuados e difíceis desde o lançamento da 4ª temporada. A gravidez, os primeiros anos da Mabel, a pandemia, a morte do meu pai e do Miu Miu... Mas se tem algo que aprendi com a própria Priscila é que a nossa vida é feita de temporadas, algumas tensas e outras mais suaves... E eu tive que esperar a tempestade passar por aqui para me dedicar a esta história, já que a Priscila também estava merecendo um pouco de leveza.*

Agradeço ao pessoal da editora, por sempre me apoiar. Um obrigada especial ao Diogo, por continuar fazendo das minhas capas as mais lindas do mundo, e à Cecília, por revisar e simultaneamente mandar mensagens vibrando com a história!

Anna Clara e Clarissa, meus anjos da guarda, obrigada pela amizade e pelo apoio de sempre! E também por entreterem a Mabel para que eu conseguisse escrever alguns capítulos!

Garotas do @paulapimentainfos, vocês são incríveis! Obrigada pelo carinho, pela divulgação, pelas informações, pelas fofocas, por promoverem as leituras coletivas e, especialmente, por estarem comigo desde o comecinho...

Vick, Amanda e Rebeca, "na vida, é importante lembrar de agradecer às pessoas que tornam o nosso coração mais leve" (Jane the Virgin) – *então, obrigada pela ajuda com as citações!*

Um agradecimento especial ao meu primo Gui, por ter emprestado o endereço e o apartamento dele para ser inspiração para o refúgio da Pri em Nova York.

Obrigada à Aninha, à Elisa, à mamãe e à Renata, por terem conseguido um tempo para ler previamente os capítulos, mesmo com a vida cada vez mais corrida. Amei os surtos, os comentários e (especialmente) os brindes!

Bebel, obrigada por entender que a mamãe precisava escrever e por torcer tanto para eu acabar logo o livro! Agora vamos ter mais tempo para brincar!

Kiko, obrigada por ser um pai tão bom para a Mabel e me deixar tranquila para escrever, sabendo que ela estava se divertindo com a melhor companhia; por escutar a história em voz alta com todas as interrupções que eu faço para alterar alguma coisa; por ser meu fiel escudeiro nas negociações dos contratos; e por segurar a minha mão e me fazer respirar fundo antes de ter um ataque de nervos.

E a Deus. Por toda essa inspiração que eu nem imagino de onde vem. Mas só pode ser daí de cima. Muito obrigada!

Sei que os romances sempre falam de acaso e destino,
mas não acredito que tenha sido escrito algum que
possa chegar perto da nossa história. Se já existiram
duas pessoas destinadas a ficar juntas, somos nós.

(Jane the Virgin)

Prólogo

Ezra: A vida nem sempre é romântica.
Às vezes é realista. Às vezes
as coisas não acontecem
do jeito que você quer.

(Pretty Little Liars)

Quando criança, eu pensava que aos 20 anos já seria adulta. Não apenas na idade, mas eu imaginava que minha vida estaria completamente resolvida... Que teria uma profissão – naquela época eu estava certa de que seria veterinária –, uma casa só minha, um carro e até um *marido*. Sim, nos meus devaneios infantis eu imaginava que aos 20 eu seria "velha" o suficiente para isso.

Na verdade, essa última parte quase aconteceu, mas eu estraguei tudo, e por isso agora tento recomeçar. Não tem sido fácil... Porém se tem algo que aprendi nessas duas décadas da minha existência é que há sempre uma nova temporada, cheia de novas possibilidades, novas emoções, novos dramas e até novos personagens.

Deixar para trás o que mais gostamos pode ser difícil, mas a verdade é que logo ali na frente tem muito mais para explorar, para conhecer e, até mesmo... para amar.

1

Carrie: Quando você acorda, há um breve momento em que não tem memórias. Uma bela página em branco. Um feliz vazio. Mas que não dura muito, pois você se lembra exatamente de onde está e do que está tentando esquecer.

(The Carrie Diaries)

1. Welcome To New York – Taylor Swift
2. Wonderful Life – Estelle
3. New York and Back – Leanne & Naara

"Feliz aniversário, Priscila! Ah, e seja bem-vinda a New York!"

Eu ainda estava meio sonolenta por causa das dez horas de voo. Em vez de aproveitar o tempo para dormir, havia passado a maior parte da viagem vendo os seriados exibidos a bordo, já que tinha vários que eu não conhecia, e fui vencida pelo sono só às cinco da manhã, quando faltavam duas horas para a aterrissagem. Por isso, demorei um tempo para entender que o cupcake, com uma pequena vela no centro, nas mãos daquela garota sorridente, era para mim! Meu aniversário tinha sido apenas dois dias antes, mas tanta coisa havia acontecido que mais pareciam dois meses!

"Obrigada!", falei, colocando depressa as minhas malas no chão, para conseguir receber o doce que a menina continuava a estender em minha direção. "Você é a Sabrina?"

Em vez de responder, ela só fez que sim vigorosamente com a cabeça e em seguida me deu o maior abraço, como se eu fosse uma grande amiga de quem ela estivesse morrendo de saudade.

"Estou tão feliz por você ter chegado! Tem *dois* dias que estou aqui sozinha! O porteiro já estava até cansado de mim, só tinha ele para conversar!"

Sem perguntar se eu queria ajuda, ela pegou a mais pesada das minhas malas.

"Não precisa...", falei, tentando pegar de volta. Eu estava sem graça por ter trazido tanta coisa. O fato é que eu sabia que chegaria em pleno inverno, então tive que empacotar todos os meus casacos mais pesados e volumosos, além das botas, blusas de lã...

"Priscila, quem me dera tivesse alguém para ajudar no dia em que cheguei", ela falou, soltando a bagagem e colocando as mãos sobre os meus ombros. "Tive que atravessar o aeroporto inteiro com duas malas bem maiores do que as suas, além da bolsa de mão, que estava bem cheia! Imagina se vou deixar você passar pelo mesmo que eu! Pode comer o seu cupcake à vontade, sei bem que a comida do avião é terrível, você deve estar morrendo de fome! Deixa o trabalho pesado comigo!" E saiu arrastando também a minha outra mala.

Só me restou aceitar e ir atrás dela, que andava bem rápido em direção à saída do aeroporto. Eu gostaria que o Ruy tivesse me dito que minha futura companheira de apartamento era tão decidida assim...

Na verdade, ele tinha me contado pouca coisa, quase nada. Tudo que eu sabia era que ela tinha 21 anos, era de Maceió, ia estudar Teatro na mesma escola que eu e também era agenciada por ele. Ah, e que ela me esperaria no aeroporto, para ir comigo para o apartamento onde iríamos ficar.

Olhei em volta ainda sem acreditar que eu estava ali. Mesmo tendo mais de seis meses para me acostumar com a ideia, era surreal para onde o destino havia me levado. Exatamente um ano antes eu estava chegando de Los Angeles, onde havia passado férias por um mês. Naquela época, jurava que minha vida estava toda programada: eu ia estudar Veterinária em BH, onde provavelmente passaria o resto dos meus dias ao lado do Rodrigo. Como eu estava enganada... Sim, comecei a estudar Veterinária, mas percebi que não era bem o que queria. Belo Horizonte foi substituída por São Paulo e agora por Nova York. E o Rodrigo... Ah, o Rodrigo. Ainda agora, tanto tempo depois, meu coração doía ao me lembrar dele. De tudo que tinha acontecido. Do que a nossa vida poderia ter sido. Agora não era mais a *nossa* vida. Ele tinha a dele; e eu, a minha.

Sacudi a cabeça e me forcei a prestar atenção na Sabrina, que continuava a carregar as minhas malas, passando pela multidão que também tinha acabado de desembarcar. Dei uma mordida no cupcake, não só porque eu realmente estava com fome, mas para liberar logo as mãos e ajudá-la. Aquela garota não me parecia ser muito forte, e minhas malas estavam mesmo pesadas.

Sem querer, comecei a analisá-la enquanto me aproximava: magra e alta, o que era acentuado ainda mais pela bota de salto 20 que estava usando. Negra, olhos castanhos muito expressivos e cabelos presos em um coque no alto da cabeça. Usava um *trench coat* bem chique, que dava a ela a aparência de modelo internacional. E ela andava como uma modelo também. Percebi que as pessoas que passavam sempre olhavam para ela uma segunda vez, tentando lembrar de onde a conheciam, pois a garota parecia uma celebridade. Uma mistura de Rihanna e Beyoncé, embora mais jovem.

"Vamos para a fila de táxi", ela falou assim que a alcancei e me apossei de uma das malas, por mais que ela dissesse que não precisava. "Estou andando rápido porque anunciaram que hoje vai nevar, e Mr. Gonzalez, o porteiro, me falou que o trânsito vai ficar horrível!"

Nevar? Quando saí do Brasil estava fazendo quase 40 graus! Por pura insistência da minha mãe eu tinha colocado na bolsa de mão um casaco, mas jurava que não precisaria usar...

Ao olhar as pessoas em volta superagasalhadas, vi que eu estava enganada. Por isso, quando notei que estávamos chegando à saída do aeroporto, o vesti rapidamente. Só que eu não estava nem um pouco preparada para o frio que ia me atingir um minuto depois.

"Você está bem, Priscila?", a Sabrina perguntou com uma expressão preocupada ao ver que eu estava tremendo dos pés à cabeça. "Desculpa, devia ter te avisado que estava fazendo 2 graus e ventando muito." Em seguida fez sinal para um táxi e, sem esperar que o motorista saísse da frente do volante, ela mesma abriu o porta-malas e colocou toda minha bagagem lá dentro.

"Deixa que eu te ajudo", falei rapidamente, mas ela mandou que eu entrasse logo no carro, o que aceitei após hesitar apenas por um pequeno instante, pois estava realmente frio.

A Sabrina se sentou ao meu lado poucos segundos depois.

"Por favor, nos leve para West New York. Riverwalk Place, número 55", ela disse para o motorista com um inglês perfeito. E, se virando para mim, completou, assim que ele deu a partida: "Não se anime, é em New Jersey! Eu estava na maior ilusão, pensando que ia morar em Manhattan, contei isso para todas as minhas amigas e seguidores... Tive a maior decepção quando cheguei e me falaram que esse endereço não era na ilha! Já estava me sentindo dentro de *Gossip Girl*...".

Quê?! Era muita informação junta. Pisquei os olhos, me forçando a deixar o torpor de lado e acordar de uma vez. A Sabrina tinha *seguidores*? Ela era uma *influencer* ou algo do tipo? E como assim nós iríamos morar em New Jersey? O Ruy não tinha falado que era em New York? Mas o mais importante de tudo... *Gossip Girl*?

"Você gosta de séries de TV?", perguntei depressa, sentindo uma simpatia instantânea por aquela garota.

"Quem não gosta?!", ela falou digitando algo no celular. "Mas prefiro as que retratam o cotidiano, com romance, encontros e desencontros e tal... Aquelas de suspense e ficção me deixam muito tensa, não preciso disso na minha vida!"

Um sorriso involuntário se formou em meus lábios. Minha irmã de alma estava bem ao meu lado, e eu iria morar com ela!

"Pronto, já avisei para o Ruy que você chegou bem", ela guardou o telefone na bolsa. "Ele estava tão preocupado, como se você fosse uma bebê! Pediu para você comprar um chip americano para o seu celular ainda hoje, para se comunicarem melhor. E te mandou ficar tranquila, pois vai avisar aos seus pais que tudo correu como esperado."

Só então me lembrei que eu tinha prometido me conectar a alguma rede wi-fi assim que desembarcasse para avisar a eles que tinha dado tudo certo na viagem. Ainda bem que o Ruy iria se encarregar disso... Até que o meu *empresário* era bem prestativo.

Balancei a cabeça, pensando em como aquilo tudo parecia irreal. Eu tinha mesmo um empresário?! E ele tinha me mandado para NY para estudar Teatro e depois trabalhar como atriz?

Meu olhar foi atraído para a janela. Era tão estranha a sensação de chegar a uma cidade pela primeira vez... Uma mistura de curiosidade, apreensão e expectativa dominava o meu peito. E também de saudade... Mas como eu poderia já estar com saudade de casa? Eu havia partido no dia anterior! Porém aquele sentimento estava ali, dando tantas voltas em torno do meu coração que eu já podia senti-lo apertado.

A verdade era que eu tinha pulado de trampolim rumo ao desconhecido. Era como se eu tivesse cancelado a série da minha vida e começado uma nova. Apesar de adorar novidades, eu tinha que reconhecer que não gostava muito de mudanças...

Quando aos 13 anos eu soube que teria que me mudar para Belo Horizonte, lembro que odiei aquilo com todas as minhas forças. E o mesmo aconteceu quando tive que voltar para São Paulo. Mas nada daquilo havia sido decidido por mim. Eu apenas tinha seguido a decisão dos meus pais. Agora eu estava ali por minha própria escolha, por minha conta e risco. Apesar de ter me mostrado muito animada para meus pais e amigas, eu tinha que admitir para mim mesma que estava aterrorizada! Eu realmente não sabia ainda se estava fazendo a coisa certa.

"Você não tinha vindo aqui antes, né, Priscila?", a Sabrina perguntou. "Está com a mesma cara que eu fiz na primeira vez que pisei em New York..."

Olhei para ela depressa, sem saber por quanto tempo tinha sido tomada pelos meus devaneios. Como eu era mal-educada! A menina vinha me buscar no aeroporto, me trazia um bolinho de aniversário, carregava minhas malas, me emprestava o gorro e eu simplesmente virava para o lado, como se ela nem mesmo estivesse ali!

Resolvi começar outra vez, de uma forma mais simpática. "Desculpa, acho que ainda estou meio dormindo...", falei, balançando a cabeça. "Sim, é a minha primeira vez aqui, não vejo a hora de conhecer tudo! Mas antes quero conhecer você...", completei com um sorriso. "O Ruy disse que nós vamos estudar e morar juntas, mas isso é tudo que sei. Como veio parar em NY? Também foi descoberta por ele em um programa de TV sensacionalista e acabou largando a faculdade de que não gostava e vindo para cá para esquecer uma desilusão amorosa?"

Na verdade, não tinha sido tão simples assim... Mas era um bom resumo.

A Sabrina estreitou as sobrancelhas, como se não tivesse entendido nada, mas em seguida as levantou, dizendo: "Pelo visto eu é que não sei nada a seu respeito. Quero muito conhecer a sua história, parece bem interessante! O que você estava fazendo no tal programa de TV? Aliás, qual programa foi esse? Será que assisti? Adoro programas *trash*, me divirto! Mas respondendo sua pergunta... O Ruy não me descobriu em lugar nenhum, eu é que pedi para ele me representar! Mandei meu currículo para a agência dele e aguardei vários meses até que ele resolvesse me dar uma chance... Acho que, se eu não tivesse ganhado o concurso, até hoje estaria esperando!".

"Que concurso?", perguntei sem entender.

"De miss, ué...", ela respondeu, como se fosse óbvio.

"Você é *miss*?!", exclamei surpresa. Aquilo era muito surreal, nunca pensei que fosse conhecer uma miss na vida! Minha avó adorava assistir àqueles concursos, e eu gostava de fazer companhia para ela. Sempre elegíamos as nossas favoritas e ficávamos torcendo para elas chegarem ao Miss

Universo! Mas eu nunca tinha conhecido uma garota que tivesse participado de algo parecido. E agora uma delas estava bem ali, na minha frente.

"Miss Alagoas!", ela disse com uma expressão orgulhosa. "Infelizmente não cheguei nem às cinco finalistas no Miss Brasil, mas tudo bem, porque o que eu realmente quero é a carreira artística. E é por isso que eu estou aqui! Pronto, contei tudo. Agora quero saber sobre você. Já superou a tal desilusão amorosa, né? Ainda bem que você veio pra cá desimpedida, estou com uma lista de vários bares de paquera, você tem que me fazer companhia! Quem sabe o verdadeiro amor da sua vida está bem aqui?"

Dizendo isso, ela apontou para o lado, e eu pude ver o centro de Nova York como se fosse um cartão postal. Prédios muito altos, táxis amarelos, pessoas andando apressadamente por todos os lados.

Suspirei e respondi: "Quem sabe, né?".

Mas no fundo eu sabia que aquilo era impossível. Eu *já* tinha encontrado o verdadeiro amor da minha vida. Pena que ele não queria mais saber de mim...

De: Priscila <pripriscilapri@aol.com>

Para: Bruna <bruninha@mail.com.br>
Larissa <larissa@mail.com.br>
Luísa <luisa@netnetnet.com.br>

Enviada: 05 de janeiro, 19:45

Assunto: Cheguei

Hello, girls!

Como prometido, aí vai o e-mail coletivo para contar minhas primeiras impressões. Amanhã vou comprar um chip americano pro meu celular, aí a nossa comunicação vai ficar mais ágil!

Vou dividir por tópicos, para não me perder, porque tenho muito o que contar!

1. Clima

Tá muito frio!!! Bruna, você que ama o calor ia querer ir embora no mesmo minuto! É frio real, não dá pra ficar sem gorro, luva, cachecol, meia-calça (por baixo da calça) e bota - tudo junto! O problema é que dentro de casa (e de todos os estabelecimentos, pelo que me disseram) tem aquecedor, então é entrar em um lugar e já ter que tirar tudo, para não morrer de calor! Mas, se a gente for sair para ir à esquina, tem que vestir a parafernália toda de novo... Eu estava com receio de não conseguir fazer alguma atividade física aqui, mas acho que já encontrei uma: vestir e tirar a roupa mil vezes por dia!

2. Colega de apartamento

O Ruy bem que podia ter me dado mais informações sobre ela, assim não ficaria tão espantada! A garota é diferente de qualquer pessoa que eu já tenha conhecido... Ela se chama Sabrina. É ligada no 220v, não consegue parar quieta um segundo, fica me perguntando o tempo todo se preciso de ajuda, se estou com fome, sono, frio, calor, se quero sair, se quero dormir... Ufa! Tive que entrar no banho para ter uma folguinha. Inclusive estou escrevendo de dentro do banheiro. Mas, apesar disso, gostei dela de cara. Acreditam que ela levou um cupcake para mim no aeroporto porque ficou sabendo do meu aniversário? Ah, ela também é fã de seriados! Acho que temos chance de nos tornarmos grandes amigas. Esqueci de contar um detalhe... Ela foi Miss Alagoas! Sério, eu chequei na internet e vi que não é invenção, ela realmente ganhou o concurso! E tem milhares de seguidores! E por isso ela fica postando tudo que acontece, o que come, o que veste... Além disso, ela me falou que é modelo e que estava estudando Direito, mas largou tudo pra vir pra cá, pois o sonho dela é ser atriz. E ela me contou algo que eu não sabia... O Ruy é um empresário muito requisitado! Ela entrou em uma fila de espera até que ele resolvesse dar uma chance para ela! Uau, acho que me dei bem, hein? Sorte que meu pai é amigo dele, senão ele nunca me convidaria para esta loucura, quero dizer, esta viagem, né?

3. O apartamento

Nesse quesito confesso que estou um pouco decepcionada. Não pelo apartamento em si (ele é muito legal, daqui a pouco conto mais), mas pela localização... Nas minhas fantasias imaginei que ia morar no prédio do pessoal de "Friends", sabe? Em plena Manhattan! Mas, em vez disso, estou em New Jersey, que é do outro lado do rio. Daqui tenho uma vista linda de New York City, mas eu queria muito estar lá, e não apenas olhando à distância... A Sabrina me explicou que o Ruy deve ter nos colocado aqui por ser muito mais barato! Pelo que ela me contou, os aluguéis em Manhattan são caríssimos... Bom, como não estou pagando nada, não posso reclamar. Só que, para ir para a escola de teatro, temos que andar (nesse frio!!) três quarteirões até o porto e pegar um ferry (um tipo de balsa) até o lado de lá. Dá pra ir de ônibus também, só que tem que andar mais ainda. Mas tudo bem, não estou me queixando, só um pouco desapontada...

Agora sobre o apartamento: ele não é grande, mas tem dois quartos (um para mim e um para a Sabrina), sala, cozinha, um banheiro e uma varanda bem pequena. Sim, não tem área de serviço. Para lavar e secar a roupa terei que ir à lavanderia do prédio, que fica no 1º andar. Por falar nisso, o prédio também é bem interessante!

Tem academia, salão de jogos, sala de cinema... E no térreo tem supermercado e algumas lojas de conveniência, que vendem remédios, comida congelada, bebidas (inclusive alcoólicas), chocolates... Ah, tem até um Starbucks do lado! Acho que gostei! ☺

4. A saudade

Quando me mudei para BH, aos 13 anos, lembro que no começo me senti extremamente triste, como se, em vez de um dia, eu já estivesse longe de vocês por um ano... Depois que essa sensação e vários anos se passaram, pensei que aquilo tivesse sido só drama de adolescente, que eu tivesse ultradimensionado os sentimentos, que era impossível morrer de saudade em tão pouco tempo. Pois é... Só que agora, mesmo tanto tempo depois e teoricamente já tendo saído da adolescência (será que é permitido ser adolescente aos 20 anos?), estou me sentindo exatamente da mesma forma. Como se um milênio nos separasse e nunca mais fôssemos nos encontrar! Engraçado é que, no ano passado, quando fui visitar a Fani em Los Angeles, não senti a menor saudade, aliás, nem pensei nisso, fiz questão de aproveitar cada segundo, pois sabia que aquela viagem iria passar muito depressa... Acho que a questão é essa. Dessa vez eu sei que não vai ser tão rápido assim. Serão seis meses. Sem vocês, sem minha família, sem meus animais... Será que vou aguentar???

Melhor parar por aqui, realmente voltei à adolescência, quanto drama! Vou dormir para acordar cedo amanhã e explorar a cidade!

Beijo enorme pra vocês! Me escrevam todos os dias, não só mensagens rápidas de celular, mas longos e-mails como este! Quero me sentir perto de vocês!

Pri

De: Priscila <pripriscilapri@aol.com>

Para: Luiz Fernando <lfpanogopoulos@mail.com.br>
Lívia <livulcano@netnetnet.com.br>

Enviada: 05 de janeiro, 20:15

Assunto: Saudade

Oi, mamãe e papai.

Acabei de falar com vocês por telefone, mas senti o maior vazio quando desliguei. Difícil pensar que vamos ficar seis meses separados! Nunca ficamos tanto tempo sem nos ver...

Estou com saudade dos bichos todos também. Por favor, deixem a Snow dormir com vocês, ela sente muito frio à noite e já é uma gata idosa. Lembrem-se de dar um petisco para o Biscoito e para a Duna todos os dias de manhã, eles ficam esperando. Ah, e verifiquem a água dos coelhos ao acordar e à noite. Com o calor que está fazendo aí, eles têm muita sede. E sobre o Rabicó... Bem, tudo que ele precisa é de comida e muito carinho. Façam isso por mim, por favor.

Beijo enorme, amo vocês!

Pri

2

Ted: Às vezes você chega a um lugar e sabe que é exatamente onde você deveria estar.

(How I Met Your Mother)

Diário de Viagem

Querido diário,

Que bom que quando estava fazendo minha mala te encontrei, desde Los Angeles que eu não escrevia nada, mas agora posso registrar aqui meus sentimentos e momentos mais importantes!

Meu primeiro dia em New York foi... lento. Talvez por ter chegado muito cedo e não ter dormido quase nada no avião, acabei desmontando na cama assim que cheguei e acordei só às quatro da tarde! E aí fui desfazer a mala, conhecer o prédio e fazer compras no supermercado, que fica bem no térreo. Minha housemate, a Sabrina, me perguntou agora há pouco se eu queria conversar pra gente se conhecer melhor, mas acabei recusando, pois ainda estou muito cansada, só quero voltar a dormir... Isso também pode ser uma fuga. Estou me sentindo meio estranha, talvez eu não estivesse tão preparada para esta nova vida como pensei. Bom, espero que amanhã quando acordar eu me sinta melhor.

Pri

"Bom dia, Priscila! Preparada para conhecer a Big Apple?"

Abri os olhos com dificuldade e me deparei com uma fumegante xícara de café. Me forcei a olhar um pouco mais para cima e vi a Sabrina, toda sorridente, arrumada e maquiada, como se estivesse prestes a sair.

"Muito obrigada", falei ainda meio grogue de sono enquanto pegava a xícara e a colocava na mesinha ao lado da cama. Eu não gostava de café, mas não deixei que ela percebesse isso, não queria passar por mal-agradecida. "Que horas são?", perguntei, tentando adivinhar pela claridade que a persiana da janela não filtrava. Sete, oito, talvez? Ainda parecia estar meio escuro. Claro que eu queria conhecer minha nova cidade, mas precisava ser tão cedo?

O fato é que eu havia tido a maior insônia na noite anterior. Apesar de estar muito cansada, fiquei horas pensando na minha vida, lembrando como ela havia saído dos trilhos e refletindo se eu finalmente conseguiria colocá-la no lugar... Para abafar os pensamentos, pesquisei no celular sobre alguns novos seriados, assisti a alguns pilotos, escrevi no meu diário, e, quando dei por mim, o relógio já marcava três da manhã. O resultado era aquele ali, zero vontade de sair da cama...

"Já é meio-dia...", a Sabrina respondeu, fazendo uma careta. "Desculpa te acordar, mas é que eu estou morrendo de fome e ontem combinamos de almoçar em Manhattan... Amanhã nossas aulas já começam, então hoje é o único dia que podemos ser *turistas*. Mas, se você quiser ficar descansando para se recuperar do *jet lag*, tudo bem..."

"Meio-dia?" Pulei da cama, incrédula. "Mas parece que ainda está escuro!" Abri a janela, e uma lufada de ar gelado junto com alguns flocos de neve entraram no meu quarto, me fazendo dar um pulo para trás.

"Ei, ficou louca? Você está com o corpo quente da cama e pega uma corrente de ar gelada dessas? Quer ficar doente já nos primeiros dias?" A Sabrina entrou na minha frente fechando a janela novamente. "Acostume-se, por pelo menos mais dois meses os dias vão ser meio assim... Estamos no inverno! Não é como no Brasil, que até no dia mais frio o sol aparece deslumbrante e a gente até pode tirar o casaco. Aqui no inverno a maioria dos dias são nublados. Chove, neva... E fica tudo cinza assim. Por isso você achou que fosse mais cedo.

Sentei-me na cama novamente e, mesmo sem gostar, dei um gole naquele café. A janela havia ficado aberta por poucos segundos, mas o suficiente para eu ficar com as mãos e o nariz gelados. Ou talvez tenha sido as palavras dela que me esfriaram. Dois meses naquela penumbra?

"Na verdade, estou exagerando, já estive aqui em um inverno que fez dias lindos! Mas não se engane, esses são os mais frios!"

Ela continuou falando sobre o clima, mas eu já não estava mais prestando atenção. Talvez tenha sido o café, mas de repente notei que o único frio que eu ainda sentia era na barriga. Eu estava desperdiçando meus primeiros momentos em Nova York dormindo?

Uma enorme ansiedade pelo que aquela cidade me reservava começou a tomar conta de todo meu corpo, então pulei da cama, corri para o chuveiro e em menos de trinta minutos já estávamos dentro da balsa, admirando cada vez mais de perto aquele cenário que eu sempre via nas séries. E agora eu estava ali... dentro dele.

Descemos em um píer de Manhattan em uma região que parecia meio antiga. A neve tinha parado de cair, mas ainda estava muito frio. Por isso não me importei quando a Sabrina avisou que teríamos que fazer uma caminhada de uns vinte minutos até a Times Square. Seria bom para aquecer.

Enquanto andávamos, eu ia olhando para todos os lados, e o frio na barriga que percebi ao acordar só aumentava. Estava me sentindo tão... *livre*! No ano anterior, durante a viagem para Los Angeles, eu havia vivenciado algo parecido, mas naquela época eu dependia dos meus pais, ia começar uma faculdade e namorava... Não que isso tudo fosse ruim, mas, mesmo que não me importasse, era como se uma corda invisível me prendesse ao Brasil. Agora não. Eu estava ali sem nenhuma amarra. Nada me impedia de voar...

Ainda estava pensando nisso quando a Sabrina falou: "Estamos chegando!".

"Já?!", perguntei meio nervosa enquanto olhava aquela variedade enorme de pessoas e carros passando por mim. Estava muito ansiosa para conhecer a Times Square, era um sonho que eu tinha havia muito tempo. Foram tantos anos assistindo a séries que mostravam aqueles enormes letreiros luminosos que era como se eu já conhecesse aquele local. Porém, ao chegar, percebi que estava enganada. Não era como eu imaginava. Sim, os letreiros estavam ali. Os carros passando também. E as várias lojas e muita gente circulando. Mas eu não estava preparada para a intensidade das luzes. O dia continuava bem cinza e frio, mas ali, exatamente ali, era como se eu tivesse entrado em uma fenda, uma divisória, um lugar diferente do resto da cidade. Era muito claro e até quente, não sei se pelo volume de pessoas ou pelo calor que provavelmente aqueles letreiros emitiam.

Estava me sentindo até meio zonza, olhando para todos os lados, quando a Sabrina apontou para um local.

"Olha, amo essa Forever 21, ela é enorme, tem quatro andares!"

Me virei depressa. Eu também adorava aquela marca, tive vontade de entrar imediatamente. Mas, bem ao lado, outra vitrine chamou a minha atenção. Minha expressão deve ter me denunciado, pois a Sabrina na mesma hora perguntou: "Gosta da Disney? Quer entrar aí?".

Pisquei os olhos com força, meus pensamentos tinham me levado para outro lugar por alguns segundos. Mais especificamente para alguns anos antes, quando eu também tinha estado numa loja daquelas. Com as minhas amigas. E com mais alguém...

"Tenho uma história com a Disney...", expliquei. "Mas o final não foi nada encantado!"

"Pelo jeito envolve um cara...", ela disse rindo enquanto dava uma piscadinha. "Você estava nas nuvens enquanto olhava aquele boneco do Pateta!"

"Pateta sou eu", falei revirando os olhos. "Aliás, patética! Vamos sair daqui, essa loja está atrapalhando a Times Square, deveriam tirá-la daí!"

"Uau, o caso foi sério, hein? Vai ter que me contar, adoro novela mexicana!", a Sabrina disse já se afastando dali, respeitando meu pedido.

"Um dia eu te conto...", falei só por falar, na verdade sem a menor vontade de lembrar os detalhes daquele episódio.

"Vou cobrar!", ela disse ainda rindo, mas então olhou para o relógio e ficou um pouco séria. "Priscila, sei que você está adorando, e na verdade tem vários outros lugares que eu quero te mostrar aqui por perto, especialmente os teatros da Broadway, mas eu estou morrendo de fome! Se você não se importar, será que podemos interromper nossa programação por meia hora? Prometo que a Times Square vai continuar exatamente aqui. Sou da teoria de que a gente não consegue aproveitar nada direito com o estômago vazio!"

Ela falou com uma cara de sofrimento tão grande que me apressei em dizer: "Claro", por mais que minha vontade fosse de criar raízes naquele lugar. Mas ela estava certa, eu poderia esperar, nada daquilo à minha volta iria desaparecer... Mais uma vez tive vontade de dar pulinhos. Eu estava mesmo *morando* em NY?!

"Pizza ou hambúrguer?", ela perguntou já me puxando em direção a uma rua transversal.

Falei que ela podia escolher, e então ela foi andando decidida por alguns quarteirões e de repente parou em frente a um Shake Shack. E naquele momento percebi que também estava com fome. Com *muita* fome na verdade. Antes de sairmos de casa, a Sabrina tinha comido um ovo mexido e se oferecido para fazer um para mim, mas eu havia acabado de acordar e a ansiedade tinha me deixado até meio enjoada...

Ela puxou a porta de vidro e entramos no local. Só de sentir o cheirinho gostoso de batata frita, a minha fome apertou ainda mais.

"Quer dividir um hambúrguer?", perguntei, pois eu sabia que os sanduíches daquela rede eram enormes. Eu já havia ido a um Shake Shack em Los Angeles e não tinha conseguido comer nem a metade do meu pedido. "Se não se importar, prefiro de frango, há alguns anos cortei carne vermelha do meu cardápio."

"Dividir?!", a Sabrina perguntou como se eu tivesse feito uma pergunta absurda. "Ficou louca? Estou aqui pensando se vou querer um só..."

"Ah, tudo bem, é que achei que você não estivesse assim com tanta fome, já que comeu antes da gente sair...", expliquei meio sem graça.

"Priscila, eu *sempre* estou com fome!", ela falou incisiva e em seguida já entrou na fila. Ela devia estar realmente faminta, pois pediu mesmo dois hambúrgueres. E uma batata frita...

Comemos silenciosamente. Assim que ela terminou o segundo sanduíche, deu um suspiro, passando a mão pela barriga, e então sorriu, dizendo: "Agora, sim, podemos conversar! Acredita que até esqueci de tirar uma foto do lanche pra postar? Não consigo pensar com clareza quando estou com fome...". Concordei com a cabeça e ela continuou: "O que você está achando de NYC até agora? Perdida de amores ou completamente apaixonada?".

"Parece que estou vivendo um sonho..." Sorri para ela, me sentindo muito feliz. O pouco que tinha visto era ainda melhor do que eu havia imaginado. Estava amando cada centímetro daquela cidade!

"E está apenas começando..." Ela apertou as minhas mãos por cima da mesa, com um sorriso ainda maior que o meu. "Você também está morrendo de ansiedade para o início das aulas amanhã?"

Respirei fundo e assenti rapidamente com a cabeça. Eu mal podia esperar. Ainda não estava com os pés no chão, e a sensação era que eu estava protagonizando uma série que não era bem a minha, mas, surpreendentemente, estava gostando muito dela. E não via a hora de o próximo episódio começar.

De: Ruy <ruy@popcasting.com.br>

Para: Priscila <pripriscilapri@aol.com>

Enviada: 06 de janeiro, 23:33

Assunto: Instruções

Como vai, Priscila?

Espero que seu primeiro dia em New York tenha sido agradável. Como você ainda não comprou o chip internacional, conforme pedi a Sabrina para instruir logo que você chegasse, vou ter que passar as instruções por e-mail, espero que você o cheque com regularidade.

Direto ao ponto: sua matrícula na Strasberg Dramatic Arts está feita, mas chegando lá você vai ter que preencher quais cursos deseja fazer. Como orientei, sugiro que você faça inicialmente interpretação e, apenas mais pra frente, caso achemos necessário, os cursos específicos de expressão corporal e vocal. Eles vão querer empurrar um pacote completo desde o início, mas sua prioridade é aprender a interpretar. Você já sabe dançar e cantar! Não precisa perder tempo com isso!

Dê notícias amanhã assim que voltar da primeira aula. Já estou em contato com algumas assessorias de imprensa para começar a te divulgar. Quando você chegar de volta ao Brasil, todos estarão curiosos para te conhecer!

Take care!*

Ruy

* Se cuida!

3

Walt: Você está descobrindo quem você quer ser.

(The Carrie Diaries)

FORMULÁRIO DE APLICAÇÃO

NOME COMPLETO: *Príscila Vulcano Panogopoulos*

NOME ARTÍSTICO:

CURSOS QUE DESEJA FAZER: *Interpretação*

TEM EXPERIÊNCIA COM (marque um ou vários):

- CANTO (X)
- DANÇA (X)
- TEATRO ( )
- FLASH MOBS ( )
- ORATÓRIA ( )
- ANIMAÇÃO DE FESTAS ( )
- OUTRA EXPERIÊNCIA COM PLATEIA (explique detalhadamente): *Fui presidente do Grêmio Estudantil da minha escola, onde tive que falar em público. E participei de um programa de auditório na TV uma vez, em que fui entrevistada para tentar encontrar meus coelhos que estavam perdidos. Ah, e também já fingi ser uma personalidade em uma loja de roupas, mas só porque o meu amigo (quero dizer, o amigo da minha amiga) Alejandro incentivou*

NÍVEL DE INGLÊS: *Avançado*

GÊNERO TEATRAL PREFERIDO: *Drama*

ATOR PREFERIDO: *Ian Somerhalder*

ATRIZ PREFERIDA: *Lea Michele*

CANTORES PREFERIDOS: *Maroon 5, Taylor Swift, Katy Perry, McFly, No Voice, Ed Sheeran, Sara Bareilles...*

COMO SOUBE DA ESCOLA? *Através do meu empresário*

ONDE PRETENDE APLICAR O CONHECIMENTO ADQUIRIDO NO CURSO? *Espero trabalhar como atriz no Brasil, se eu tiver mesmo jeito para a coisa...*

AUTÓGRAFO: *Priscila Vulcano Panogopoulos*

"Priscila, por favor, preencha este formulário na sala ao lado e depois volte aqui que a encaminharei para uma breve entrevista."

Uma senhora de cabelo azul me entregou um papel e em seguida se virou para a Sabrina, dizendo a mesma coisa. Havíamos acabado de chegar à nossa escola de Teatro, e eu não conseguia parar de olhar para todos os lados. Não parecia um ambiente teatral. Se eu não soubesse, tomaria o local por uma escola de inglês! A única coisa "artística" ali era a cor do cabelo da recepcionista.

Fui para a sala que ela indicou, mas lá também não era muito diferente de uma sala de aula comum. Tinha várias carteiras, um quadro branco com um pincel marcador dependurado e diversas pessoas sentadas, escrevendo bem concentradas em seus próprios formulários.

Resolvi fazer o mesmo. Comecei a ler o papel na minha frente e já na segunda questão eu travei. Nome artístico? Eu não tinha isso.

Peguei meu celular para mandar uma mensagem para o Ruy e perguntar. Ainda bem que eu havia comprado o tal chip americano no dia anterior, agora não precisava ficar dependendo da caridade de wi-fi público nenhum. Mas bem nesse momento a Sabrina entrou na sala e se sentou ao meu lado, com seu próprio formulário.

Ela sorriu para mim e começou a preenchê-lo super-rápido, como se tivesse estudado para aquelas questões a vida inteira. Se fosse uma prova, provavelmente teria recebido a nota máxima.

"O que você escreveu em 'nome artístico'?", perguntei, certa de que ela estava tão em dúvida quanto eu.

Ela balançou os ombros, como se fosse óbvio, e respondeu: "Sabrina Silver".

"Silver é seu sobrenome?", perguntei curiosa. Era um nome artístico bonito.

"Não", ela respondeu com as sobrancelhas franzidas, meio que achando graça da minha pergunta. "Meu sobrenome é Silva. Mas, quando contei isso para o Ruy, ele só faltou morrer de decepção. Mandou que eu escondesse meu documento de identidade e falou que a partir daquele momento eu era a Sabrina *Silver*. Eu adorei! Realmente é bem mais imponente do que Sabrina da Silva, né?"

Concordei meio sem certeza, mas subitamente me lembrei do que o Ruy tinha dito na noite em que havia questionado pela primeira vez se eu consideraria a profissão de atriz. Eu estava jantando com meus pais na casa dele e, ao saber que eu tinha experiência com canto e dança, ele começou a dizer que eu era uma artista nata, pois minha desenvoltura no programa de TV havia roubado todos os olhares e aumentado o ibope a um nível nunca visto. Naquele momento, o Ruy perguntou meu nome completo e ficou satisfeito ao constatar que – nas palavras dele – até nome de artista eu já tinha! Mas ele tinha ficado na dúvida entre o Vulcano e o Panogopoulos, para ele os dois sobrenomes funcionavam bem. E agora, o que eu deveria escrever?

A Sabrina já estava se levantando para devolver o formulário, então deixei esse campo em branco e apenas assinei meu nome completo no final. Mais tarde eu conversaria com o Ruy, e ele me diria o que fazer... Isso não devia ser tão relevante assim; afinal, não era como se eu fosse me tornar atriz do dia para a noite. Mas, no instante em que entreguei o papel para a recepcionista, vi que eu estava enganada.

"Deixou um campo em branco." Ela me devolveu a folha. "E, por sinal, o mais importante."

Comecei a gaguejar, dizendo que ainda não sabia. Ela pareceu impaciente, perguntou qual era o meu último sobrenome e então pegou de volta a ficha, escreveu "Priscila Panogopoulos" e, ao lado, anotou um "provisório".

Agradeci, só por não saber o que dizer, mas ela então falou bem séria: "Desde o início, todos da escola irão te chamar pelo seu nome artístico, isso é extremamente importante, é como você vai ficar conhecida primeiramente aqui, e, se tiver sorte, em todo o meio teatral. Não escolha um nome artístico do qual se arrependa depois... Isso é como um apelido: depois que pega, é difícil tirar da mente das pessoas".

Assenti depressa e já ia me virando, disposta a mandar urgentemente uma mensagem de socorro para o Ruy, quando a recepcionista completou: "Aliás, *Priscila Panogopoulos* é um ótimo nome. Tenho essa teoria de que nomes e sobrenomes que começam com a mesma letra são um sinal de bom agouro...". Em seguida deu uma piscadela e completou: "Posso dizer por mim... Não tenho nada a reclamar do meu Susie Strasberg. Tive muita sorte na vida até agora!".

Susie Strasberg? Quer dizer que aquela senhora de cabelo azul era a dona da escola? Eu tinha lido o nome dela várias vezes nas pesquisas que fiz na internet assim que o Ruy me mandou o nome do local onde eu iria estudar... E eu pensando que era uma recepcionista! Mas como iria imaginar que, com todo o currículo que ela tinha, estaria recebendo pessoalmente os alunos novatos? Pelo que eu havia lido, ela era também uma grande atriz...

Não sei se ela percebeu minha surpresa, mas sem mais nenhuma dúvida perguntei se poderia ter de volta o formulário. A Susie assentiu, e então risquei rapidamente o "provisório" que ela havia escrito. Dali em diante meu nome artístico seria aquele: *Priscila Panogopoulos*.

Oi, Ruy, comprei o chip do celular ontem, desculpa não ter avisado antes! Salva aí o meu número. Já estou na escola de teatro, ansiosa para o início das aulas, pode deixar que vou seguir suas instruções.
Priscila Panogopoulos

4

Sebastian: Ir atrás do que você quer é assustador e possivelmente doloroso, mas, se não fizer isso, você não terá nada além de arrependimentos.

(The Carrie Diaries)

Assim que entreguei de volta o formulário, a Susie Strasberg sorriu para mim e pediu que eu fosse até a sala 3, no segundo andar, para a entrevista. Sorri de volta e então me virei depressa, pois, além de estar meio eufórica, tinha noção de que a fila atrás de mim estava grande. Porém, talvez, eu tenha virado rápido demais, pois acabei trombando em uma garota que estava logo atrás de mim.

"Desculpa", falei em português, por hábito, mas logo emendei um "*sorry*", notando meu deslize.

"Você é brasileira?", a menina perguntou também em português, para a minha surpresa.

"Sou, sim!", falei, feliz por encontrar outra conterrânea ali.

Já a garota não pareceu tão satisfeita. Bufou e falou mais para si mesma do que para mim: "Devia ter imaginado. Não consegue responder sozinha nem a um simples formulário... Brasileiros são mesmo uns bebezões", e em seguida deu um passo à frente para entregar seu papel, me ignorando totalmente.

Tive vontade de replicar, mas vi que a recepcionista, quero dizer, a *Susie* estava prestando atenção. Eu não queria causar uma impressão ainda pior, então apenas fingi que não ouvi e fui procurar a tal sala 3. Mas por dentro eu estava fervendo. Pelo português perfeito, aquela garota era tão brasileira quanto eu! Que direito ela tinha de falar comigo assim?

"Uau, a Susie gostou de você, hein...", a Sabrina, que eu nem tinha notado que ainda estava por perto, falou. "Ela recolheu meu papel sem nem levantar o olhar. E pelo visto faz isso com todo mundo, olha lá..."

Me virei e constatei que realmente ela parecia meio seca com as outras pessoas. Mas eu sabia que só tinha demorado um tempinho a mais comigo por eu ter deixado de responder a questão do nome artístico...

"Eu estava com uma dúvida e ela me ajudou, deve ter ficado com pena de mim...", expliquei. "Por que você não me disse que ela era a dona da escola? Pensei que era uma atendente..."

"Ué, não tinha ideia de que você não soubesse. Eu já tinha lido que ela faz questão de receber todos os novos alunos pessoalmente, não é legal? Mas acho que você está enganada, ela não foi simpática apenas por piedade. Até *sorriu* pra você! Com certeza foi com sua cara..."

Como eu não tinha argumentos contra aquilo, pois a Susie tinha sido mesmo bem simpática comigo, perguntei em que sala seria a entrevista dela.

"Sala 2", a Sabrina respondeu, já indo em direção à escada que levava ao segundo andar. "E você? Pena que essa entrevista é individual, seria muito bom se pudéssemos fazer juntas."

Concordei. Seria ótimo. Eu não tinha a menor ideia de que entrevista era aquela e qual a razão daquilo. Era um curso de Teatro, e não uma seleção de emprego, não é?

Assim que pisamos no segundo andar, foi como se tivéssemos ingressado em outro universo. Um hall cheio de máscaras, fantasias e cartazes de peças famosas dava lugar a um corredor com várias portas coloridas.

"Ali está a sala 2!", a Sabrina apontou para uma porta azul, um pouco adiante. "E a 3 é bem na frente!"

Combinamos de nos encontrar mais tarde, e então bati de leve na porta da sala 3, que era amarela. Como ninguém respondeu, esperei alguns segundos e a abri. Para a minha surpresa, diferentemente da sala em que preenchi o formulário, nesta não tinha nenhuma carteira. Era vazia, com espelhos em todas as paredes e no teto. Ao fundo tinha um piano, uma aparelhagem de som e uma arara cheia de roupas e acessórios.

"Tire os sapatos antes de entrar, querida."

A voz atrás de mim fez com que eu desse um pulo. Me virei depressa e vi um homem com uma prancheta. Ele parecia novo, tinha os olhos verdes, era da minha altura e vestia uma camiseta preta por cima de uma calça de ioga. Estava descalço, pude perceber.

"Desculpa, eu não sabia que precisava...", falei, tentando tirar minha bota o mais rápido possível.

"Não se preocupe, *baby*, isso não está escrito em lugar nenhum. Mas é que esta é a sala de dança, rastejamos por esse chão o tempo todo, então é melhor que ele esteja livre de micróbios..."

Ah, sim. Agora tudo fazia sentido. Quero dizer, a sala espelhada. E aquele cara, que só de olhar eu podia dizer que era um bailarino.

"Meu nome é Ricky Briggs", ele disse me estendendo a mão assim que me livrei dos sapatos. "Sou um dos professores de dança."

Um professor! Era a segunda pessoa com a qual eu me surpreendia naquela escola. Ele parecia tão novo que, se eu fosse apostar, diria que era um aluno.

"Muito prazer, Mr. Briggs", disse, apertando a mão dele.

"Ricky", ele corrigiu. "Pode me chamar pelo nome."

Concordei e o segui e, assim que pisei na sala, senti que o chão afundava um pouco.

"Você logo vai se acostumar", o Ricky falou, notando que eu estava olhando para baixo. "Não é tão mole assim, apenas o suficiente para não quebrar o pescoço, caso alguém caia durante uma coreografia mais arriscada."

Fomos até o fundo da sala. Ele se sentou no chão e fez sinal para que eu o acompanhasse, o que fiz imediatamente.

"Priscila Panogopoulos!", ele disse, lendo meu nome em uma folha da prancheta. Logo vi que era o formulário que eu havia acabado de preencher. "Conte-me tudo sobre você. Mas, resumidamente, por favor, não preciso saber o nome da sua boneca preferida da infância nem quantos pares de sapato tem!

O que me interessa é o que a trouxe até aqui. Por que você quer estudar Teatro?"

"Bem...", falei, tentando ganhar tempo, sem ter certeza do que eu deveria dizer.

"O mais importante é ser sincera...", ele apontou o dedo para o meu nariz enquanto levantava uma das sobrancelhas, e me senti o Pinóquio. Percebi que ele era uma daquelas pessoas que sacam instantaneamente quando mentimos.

Suspirei e resolvi dizer mesmo a verdade. Expliquei que eu nunca tinha pensado em ser atriz até alguns meses antes, quando recebi uma proposta de um empresário, que ficou impressionado com a minha desenvoltura no palco de um programa de TV ao vivo. O professor começou a fazer perguntas e se mostrou tão interessado que, sem perceber, acabei contando a história inteira da minha vida. Desde a separação dos meus pais, passando pela mudança de cidade, pela viagem dos meus 15 anos, pela minha volta para São Paulo anos depois e, claro, pelo Rodrigo...

"Espetacular!", ele falou depois que terminei de explicar que só aceitei a proposta do meu agora empresário por ter terminado o namoro e precisar de algo que trouxesse um novo sentido para a minha vida. "Tenho quase certeza de que você se revelará uma ótima atriz, sua própria existência é um drama!"

Eu ri. Nesse momento a porta se abriu, e a Susie Strasberg apareceu, perguntando se o Ricky já estava finalizando comigo.

Ele arranhou a garganta, olhando depressa para o meu formulário, e disse: "Quase!".

A Susie fechou a porta, depois de dizer que havia duas pessoas esperando do lado de fora. O professor então respirou fundo, dizendo que precisaríamos nos apressar, pois havia ficado tão envolvido com minha história que nem tinha visto o tempo passar.

"Você falou que tem experiência com canto e dança", ele falou, batendo o papel na prancheta.

"Não é experiência profissional", expliquei. "Fiz aulas de jazz, street, balé clássico, ginástica olímpica e técnica vocal. Mas minhas apresentações foram todas de encerramento de curso, apenas para família e amigos."

"Vamos ver", ele falou se levantando e indo em direção ao aparelho de som. Olhou para o meu formulário mais uma vez e disse: "Katy Perry, é?". E em seguida soltou "Hot n' Cold", dizendo: "Dance".

A princípio fiquei meio atordoada, tanto por não estar esperando aquilo quanto pela música. O Rodrigo dizia que a letra dela se parecia comigo. Segundo ele, eu mudava de humor e opinião com muita facilidade...

"Dança, Priscila Panogopoulos!", ele falou mais uma vez, começando ele mesmo a fazer isso.

Sem saber se era uma espécie de teste, obedeci, deixei a música me guiar e, quando eu estava ficando empolgada, ele trocou por uma valsa! "Continue a dançar", ele falou sem me dar tempo de parar.

Fiquei meio desorientada com a mudança radical de estilo, mas então agarrei uma vassoura que vi em um canto e saí dançando com ela pela sala. Instantaneamente me lembrei da minha excursão para a Disney, quando a agência de turismo deu uma festa para todos os aniversariantes que iam completar 15 anos. Nessa festa, colocaram uma valsa, e eu acabei dançando com o Patrick... O mesmo Patrick que, depois de anos sem dar notícias, havia aparecido na minha caixa de e-mails uns dias antes. Quando respondi e contei que eu estava me mudando para NY, ele avisou que estaria na cidade no mês seguinte e que queria me encontrar. No momento eu tinha ficado animada, mas depois de pensar bem não tinha mais tanta certeza... Eu queria deixar o passado para trás, e o Patrick sempre me lembraria do motivo pelo qual o Rodrigo tinha ido embora da minha vida.

"Dance!", o Ricky falou mais uma vez, trocando novamente o estilo musical e me fazendo voltar para o presente. Dessa vez era um samba. Apesar de não gostar muito de Carnaval, eu sabia sambar. E pelo visto ele gostou, pois até pegou um tamborim em um armário e começou a batucar.

Antes de a música acabar, ele desligou o som, bateu palmas e disse: "Muito bom, Priscila, você realmente tem ginga de brasileira! Só não entendi uma coisa. Por que você marcou no formulário que só quer estudar Interpretação? Com esse talento para a dança, você pode ser uma atriz muito mais completa... Na verdade, o que eu sugiro, por estar vendo aqui que você também tem experiência com canto, é que você pegue a grade básica toda: Interpretação, Expressão Vocal e Expressão Corporal. Aqui um curso completa o outro, seria importante para o seu progresso fazer tudo desde o início".

Imediatamente me lembrei do que o Ruy havia escrito, que eu deveria me dedicar à interpretação, exatamente por já saber cantar e dançar. Expliquei para o professor que eu estava seguindo a orientação do meu empresário, o que fez com que ele revirasse os olhos. Em seguida se sentou novamente no chão e fez sinal para que eu fizesse o mesmo.

"Sabe o que interessa aos empresários, Priscila Panogopoulos? Ganhar dinheiro! Por isso eles querem sair encurtando os caminhos para chegar a essa parte logo. Mas e a sua satisfação pessoal? A plenitude profissional? Sim, você sabe dançar, te vi fazendo isso por apenas cinco minutos, mas posso afirmar que leva jeito. Qualquer pessoa que te visse dançando em uma pista de discoteca ficaria impressionado e pararia para assistir. Mas em termos artísticos você é amadora, o que ensinamos aqui é como aplicar nos palcos esse talento que você já tem, como usar a expressão corporal para o público enxergar o que você quer passar. Não basta dançar. Você pode ser a atriz mais talentosa do mundo, mas, se não souber como mostrar isso através do seu corpo, não serve para a profissão. E, acredite, ao contrário do que seu empresário acha, você tem muito mais chances de fazer sucesso tendo um currículo completo. Ou você acha que te contratariam na Broadway sabendo que sua única experiência é em apresentações de Natal do seu cursinho de balé?"

Como eu não disse nada, pois fiquei sem palavras diante de tudo aquilo, ele apenas levantou uma das sobrancelhas, me entregou de volta o formulário e se levantou.

"Para onde devo ir agora?", perguntei meio desorientada.

"É só voltar à secretaria, e eles vão passar seu horário de aulas. Os novatos começam pra valer amanhã, hoje só os veteranos já estão na atividade", ele explicou. E completou: "Você deve estar se perguntando a razão dessa entrevista, né?".

Dei um sorriso de lado. Eu estava *muito* curiosa...

"Cada aluno tem um orientador, que é um dos professores", ele explicou. "Você foi designada para mim, e por isso fiz esse interrogatório todo, para te conhecer melhor. A partir de agora, qualquer dúvida ou problema que tiver, pode me procurar, terei prazer em ajudar. Que pena que também não vou ser seu professor, mas espero que até o final do semestre possamos ser amigos. Aqui na escola todos somos uma grande família!"

Ele então me estendeu a mão em um cumprimento, e eu o segui até a porta, que ele abriu para que eu saísse, já fazendo sinal para que um dos alunos que estava esperando entrasse.

Saí meio cabisbaixa. Eu tinha adorado aquele professor, realmente queria que ele me desse aulas. Além disso, o que ele havia falado fazia sentido. Eu queria, sim, ser uma artista completa. Ainda tinha dúvidas se levava jeito para ser atriz como o Ruy havia dito, mas, já que eu ia tentar, queria me dedicar por inteiro.

Fui andando em direção às escadas e ouvi uma cantoria vindo de uma das salas. Me aproximei e vi vários alunos dançando uma coreografia enquanto entoavam uma música animada. Eles pareciam bem sincronizados e felizes por estarem fazendo aquilo. Me lembrou até o pessoal de *Glee* durante alguma aula do professor Schuester!

"Posso te ajudar, mocinha?"

Dei um pulo e me virei depressa. Me deparei com uma mulher loura de cabelos encaracolados. Ela me analisava com as sobrancelhas franzidas e a mão na cintura.

"Hum, não, eu estava descendo. Só fiquei curiosa e parei um pouquinho", expliquei, sem graça. Não queria que parecesse que eu estava espiando.

"Aluna nova?", ela perguntou. "Meu nome é Claire Friesenhahn, professora de canto."

"Muito prazer, Mrs. Friesenhahn", falei, embolando a pronúncia.

Ela balançou a cabeça dando um risinho e, como o professor Ricky, disse que eu poderia chamá-la apenas pelo primeiro nome.

Concordei e ela disse: "Essa é minha turma de veteranos, eles não são incríveis? Não se preocupe, se fizer aula comigo, provavelmente em alguns meses você também estará assim!".

E então deu um pequeno aceno e entrou na sala, fechando a porta atrás de si.

Fiquei um tempinho parada, pensando no que eu havia visto e no que ela tinha dito. Era a segunda vez em poucos minutos que eu tinha a sensação de estar perdendo alguma coisa, de estar deixando passar algo que eu deveria fazer. Que eu *gostaria* de fazer.

Respirei fundo e fui descendo as escadas ainda mais chateada. Eu não pensava que ia me sentir assim no primeiro dia do curso de Teatro, achava que estaria radiante, que sairia da escola pensando ter encontrado meu lugar, minha vocação, meu caminho na vida...

"Me espera, Priscila!"

Olhei para cima e vi a Sabrina descendo, parecendo bem feliz. Não era assim que eu deveria me sentir também?

"Tenho que deixar meu formulário na secretaria e depois posso ir embora, parece que as aulas hoje são só para os veteranos...", falei assim que ela se aproximou.

"Sim, não é ótimo? Quer passear no Bryant Park? É aqui perto, e ouvi dizer que a água da fonte está congelada, quero ver isso!" Percebendo que eu não estava compartilhando de sua empolgação, ela perguntou: "Ei, aconteceu alguma coisa? Você está com o astral lá embaixo... Como foi sua entrevista? Não gostou da sua orientadora? Pode pedir pra trocar, eu acho!".

Balancei a cabeça de um lado para o outro.

"Na verdade, é um orientador, ele é professor de dança", falei assim que terminamos de descer a escada. "O problema é que gostei demais..."

"Que legal! A minha também é ótima, ela dá aula de História do Teatro! Mas o que houve então?"

Sacudi o meu formulário e expliquei: "É que durante minha conversa com ele, percebi que quero muito fazer aula de dança. E de canto também. Acho que cantar e dançar são as coisas que eu mais amo na vida, quero dizer, depois das minhas séries de TV. E, obviamente, da minha família e dos meus animais... Estudei canto e dança desde criança, nem acredito que vou perder a chance de me aperfeiçoar aqui, em NYC, com profissionais renomados!".

"Ué... Não estou entendendo nada!" A Sabrina franziu as sobrancelhas. "Como assim não vai ter chance? Você não está aqui pra isso? Pra se especializar e voltar pro Brasil mais capacitada? Não foi exatamente por essa razão que você veio pra cá?"

Expliquei mais uma vez que o Ruy tinha me mandado fazer: me dedicar exclusivamente à interpretação.

"Priscila, o Ruy está lá no Brasil. Ele não vai saber! E você pode dizer que era obrigatório, sei lá, inventa alguma história. Ele é só seu empresário, não é seu dono!"

"Mas foi ele que me trouxe pra cá, né?", argumentei. "E é também quem está pagando o curso!"

"Ele está *investindo*, Priscila", ela explicou como se estivesse falando com um bebê. "Pode ter certeza de que o Ruy pretende recuperar esse dinheiro em dobro, através do *seu* talento!"

Era mais ou menos o que o Ricky tinha falado...

Ela continuou: "Ele só sugeriu que você estudasse apenas interpretação por achar que você já é boa o suficiente nas outras coisas. Mas o que vale é o que você acha. Se sente necessidade de aprimorar ainda mais, vá em frente!".

"Mas e se ele brigar comigo?", perguntei ainda em dúvida, mas sentindo meu coração acelerado como a cada vez que eu estava prestes a fazer algo imprudente, mas que eu queria muito.

"Pri... Posso te chamar de Pri, né?" Assenti, feliz, assim era bem melhor. "Tenha consciência de uma coisa: o Ruy é que trabalha pra você, e não o contrário! Você é que vai pagá-lo para te orientar, para te arrumar *jobs*, mas a decisão final sempre será sua. Claro, ele tem experiência, sabe muito bem o que funciona ou não... Mas se tem algo que aprendi nesta vida é que o que mais dá certo é aquilo que nos faz feliz!"

Alguns alunos estavam circulando por ali, e, como estávamos bem na passagem, ela me puxou mais para o canto antes de continuar.

"Foi por isso que eu larguei a vida de modelo, os concursos de beleza, a faculdade... tudo! Porque quero ser atriz, porque eu sei que só assim vou me sentir totalmente realizada! Você, ao contrário, caiu nesse mundo de paraquedas, pelo que me falou. Confesso que ontem, quando me contou sua história, fiquei apreensiva, meio sem saber se isso iria dar certo. É preciso querer muito, pois é um mundo totalmente competitivo... Se você não estiver 100% disposta a seguir esse caminho, com certeza vai ter vontade de voltar antes de chegar na metade. Alguém uma vez me disse que a melhor profissão é aquela que a gente ganha salário para trabalhar com o que faria até de graça... Você cantaria e dançaria assim? Apenas por prazer?"

Assenti depressa. "Eu até *pagaria* para cantar e dançar!"

"Então o que você está esperando?" Ela franziu as sobrancelhas.

Sorri de volta, já pegando uma caneta na bolsa.

FORMULÁRIO DE APLICAÇÃO

NOME COMPLETO: Príscila Vulcano Panogopoulos

NOME ARTÍSTICO: Priscila Panogopoulos (Temporário)

CURSOS QUE DESEJA FAZER: Interpretação, Expressão Vocal, Expressão Corporal

Sorri para a Sabrina, que sorriu de volta e colocou o braço sobre os meus ombros. Em seguida fomos até a secretaria e entregamos nossos formulários. A Susie Strasberg já não estava mais lá, mas uma moça nos passou os horários. Ao ler, constatei que minha primeira aula seria de dança, com o professor Ricky!

Me senti tão feliz que, assim que saímos da escola, comecei a dançar no meio da rua, apesar do frio e das pessoas que me olhavam como se eu fosse louca.

Mas eu nunca havia me sentido tão sã. E eu não via a hora de o dia seguinte chegar...

5

Rumpelstiltskin: Enquanto viver no passado, você nunca encontrará seu futuro.

(Once Upon a Time)

Priscila, deu tudo certo na escola? Já teve sua primeira aula de interpretação? Ruy

Oi, Ruy, as aulas começam pra valer amanhã, hoje foi só a inscrição e uma entrevista. Priscila

Ok, dê notícias amanhã. Espero que você tenha seguido minha orientação e se inscrito apenas nas aulas de interpretação. Ruy

Sim, exatamente. Priscila

"Não acredito que você vai esconder do Ruy que vai fazer aula de voz e corpo também..."

Me virei para trás e vi a Sabrina olhando sobre os meus ombros. Tínhamos chegado em casa havia pouco tempo, e eu tinha corrido para me sentar em frente ao aquecedor. Estava muito frio lá fora.

"Não é o momento ainda", respondi nervosa. "E sabia que espiar a conversa dos outros é errado?"

Ela sorriu, como se estivesse achando graça da situação e falou: "Não estava espiando, vim só perguntar se você topa dividir uma pizza, mas você estava com o celular na altura dos meus olhos, li sem querer. Quero dizer, talvez não tão sem querer assim. Sou meio curiosa...".

Como eu era a curiosidade em pessoa e provavelmente faria o mesmo caso ela estivesse com o celular aberto bem na minha frente, aceitei a explicação e falei que topava dividir a pizza.

A Sabrina se apressou em fazer o pedido, e então falou: "Chega em 25 minutos. Enquanto isso, que tal pesquisarmos um pouco sobre os professores que vão nos dar aula? Soube que alguns são famosos!".

Peguei meu notebook e nos sentamos lado a lado no sofá da sala. Abri o site da Strasberg Dramatic Arts e fui direto para o campo do corpo docente.

"E aí, quem olhamos primeiro?", perguntei passando os olhos pela lista de professores.

"Nossos orientadores!", a Sabrina respondeu prontamente. "Como é o nome do seu?"

"Ricky...", respondi já procurando. "Mas não lembro o sobrenome."

"Tem mais de um Ricky aí?", ela chegou mais perto para também olhar.

Tinha dois. Cliquei no primeiro nome e abriu um currículo enorme, com foto. Era de um homem mais velho. Lá dizia que dava aula de Produção, uma das matérias sazonais. Fechei e fui para o próximo. Sorri ao ver aquele rosto simpático e jovem de que eu tinha gostado de cara.

"É ele", falei, chegando o computador para perto dela, para lermos juntas.

"Olha, ele participou de várias produções da Broadway!", ela falou impressionada. "E foi ganhador do *So You Think You Can Dance*, aquele reality de dança! Ele deve dançar muito bem mesmo!"

Li depressa o resto do currículo. Mais uma vez eu acreditava ter tomado a decisão correta. Eu sabia que ia amar fazer aula com ele!

Quando terminamos de ler, fomos procurar as informações sobre a orientadora da Sabrina. Como o Ricky, ela também parecia muito talentosa e cheia de títulos.

"Conheci também uma professora de canto", eu disse, já procurando na lista. "Acho que é Claire o nome dela."

Assim que cliquei no nome e a foto apareceu, a Sabrina fez uma careta: "Tem cara de metida... Ainda bem que não vou fazer aula de canto...".

"Ela me pareceu legal...", respondi, lendo o currículo, que também era impressionante. Mas então me lembrei que ela havia dito que quem fazia aula com ela se tornava ótimo em pouco tempo... Um pouco pretensiosa, eu tinha que admitir. Bem, eu não precisava virar a melhor amiga dela, o que queria era desenvolver minha voz.

Ficamos mais um tempinho pesquisando os professores e suas qualificações, e então resolvemos desligar para arrumar a mesa. A pizza já devia estar chegando.

"Vou só checar meu e-mail rapidinho", falei ansiosa para saber se alguma das minhas amigas tinha escrito. Porém, o e-mail que apareceu na caixa de entrada não era de nenhuma delas.

Minha expressão deve ter me denunciado, pois a Sabrina na mesma hora perguntou: "O que foi? Más notícias?". Ela se sentou ao meu lado e pegou minha mão para dar força.

Sorri para ela, apesar de estar um pouco abalada. "Não são más notícias, mas obrigada pela preocupação! É só... um garoto", foi tudo que falei.

"Ah, é?", ela se animou já se aproximando para ler a mensagem. "Ele deve ser bem especial, para te deixar pálida desse jeito! Você não disse que veio pra cá solteira?"

"Ei, isso é invasão de privacidade!", falei séria, mas no fundo achando bom ter alguém com quem dividir aquela história. Eu não tinha contado para nenhuma das minhas amigas, pois sabia que elas iam me julgar. "E, sim, estou solteira. Esse menino é alguém do meu passado."

"Seu ex?" Ela levantou as sobrancelhas, tentando a todo custo ler, enquanto eu tapava a tela com as mãos. "Mas você não falou que o nome dele é Rodrigo? Aí está escrito Patrick! É outro? Mas você não disse que tinha namorado com um cara só a vida inteira?" E então, como se de repente tivesse descoberto o segredo do universo, ela arregalou os olhos e completou: "Vai me dizer que ele é o tal que estragou o seu final feliz perfeito?!".

Suspirei. Na noite anterior eu havia contado para ela toda minha história com o Rodrigo. Desde o nosso comecinho, aos 13 anos, passando pelo nosso minitérmino de 24 horas aos 16, até o nosso rompimento real, aos 19. Sim, eu já conseguia falar sobre aquilo sem ter vontade de me esconder debaixo do cobertor e ficar lá para sempre. Porém, eu tinha ocultado o fato de ter voltado a conversar com o Patrick uns dias antes... Simplesmente porque eu achei que aquilo não ia acontecer de novo.

"É o próprio", falei, desistindo de esconder. "Lembra que eu fiz aniversário uns dias atrás?"

"Claro, até te levei um cupcake no aeroporto!", ela respondeu, abraçando uma almofada e se recostando no sofá, como se fosse ouvir uma linda história de amor.

"Ele me mandou uma mensagem, depois de anos sem termos contato, só pra dar parabéns... E aí contou que atualmente mora nos Estados Unidos, em Orlando. Acabei respondendo, e ele disse que costuma vir muito a Nova York... Resumindo, ele quer me encontrar. Mas eu sei que não devo fazer isso! Foi o que você acabou de dizer, ele arruinou meu final feliz!"

"Eu só estava brincando...", ela falou séria. "Acho que você, eu e todo mundo temos chance de viver vários finais felizes, não é porque não deu certo com alguém que não vai dar com outro.

E, pelo que me disse, a culpada disso tudo foi você mesma, né? Esse garoto aí...", ela apontou para o computador, "Você me disse que deu corda pra ele, mesmo namorando, mas que ele era livre e desimpedido..."

Ai. Eu tinha pedido por aquilo, mas doeu ter a verdade esfregada na minha cara.

"Só que agora você também está livre", ela continuou. "Que diferença faz se esse cara foi ou não o pivô do seu término? Uma hora ia acabar aparecendo outro garoto na sua vida, sempre aparece! E, pelo jeito que ficou aí quando viu o e-mail, ele desperta alguma coisa em você... Por que não aproveitar pra descobrir o que é? Você não deve nada pra ninguém, seu namoro não existe mais, o que tem a perder?"

Ela estava certa. Sim, eu nunca tinha sido indiferente ao Patrick, desde o primeiro momento em que trombamos no avião, aos 15 anos, ele sempre havia me provocado algum sentimento. Seja raiva, carinho, amizade, seja... *atração*. Mas, acima de tudo, ele fazia com que eu me sentisse bem. Com que eu me sentisse desejada. E eu não me sentia assim já havia bastante tempo...

"Está esperando o que pra ler?" A Sabrina se levantou sorrindo, percebendo que eu estava balançada. "Vou lá arrumar a mesa, pode ficar à vontade. Mas quero saber tudo sobre ele depois!"

Ainda fiquei um tempo parada olhando para a tela, mas então cliquei com força para abrir a mensagem.

De: Patrick <patrick@a+turismo.com.br>

Para: Priscila <pripriscilapri@aol.com>

Enviada: 07 de janeiro, 22:15

Assunto: Saudade

Oi, Priscila! Estou escrevendo pra saber se você chegou bem em NY e se deu tudo certo. Se precisar de qualquer coisa que eu possa ajudar, pode me pedir, tá? Inclusive dicas de restaurantes, bares, lugares legais pra sair... Morando esses anos todos nos Estados Unidos acabei conhecendo muitos locais interessantes. Quem sabe vamos juntos a algum deles? Já está confirmado que vou acompanhar aquela excursão de que te falei no Carnaval. Estarei aí no mês que vem!

Você já tem telefone aqui no USA? Anota o meu: (407)21127665.

Beijos!

Patrick

Li o e-mail umas três vezes, praticamente sem respirar. A Sabrina estava certa. O que eu tinha a perder? Eu mesma já tinha chegado a essa conclusão, senão teria simplesmente ignorado o primeiro e-mail dele, mas, ao contrário, havia escrito de volta e até contado que estava indo morar em Nova York!

De repente a imagem do Rodrigo me veio ao pensamento. Aquilo acontecia com frequência, eu já estava acostumada. O que ele estaria fazendo naquele momento? Lindo, inteligente e sensível como era, provavelmente já estava até namorando outra pessoa. E eu? Ia ficar a vida inteira presa a um fantasma? Pior, um fantasma que não queria saber de mim?

Levantei em um ímpeto e peguei meu celular, na mesma hora em que a Sabrina gritou da cozinha: “A pizza chegou! Já resolveu tudo aí?”.

“Quase!”, respondi.

Oi, Patrick. Cheguei bem, obrigada por perguntar! Está tudo ótimo até agora. Estou mandando essa mensagem pra você salvar meu telefone de NY. E vou esperar pra você me dar as dicas pessoalmente... Beijos! Pri

Então fui para a cozinha sentindo meu coração meio disparado.

"Você está com cara de quem fez arte!", a Sabrina falou com a mão na cintura.

"Eu? Imagina!", falei, tentando ficar séria.

Nesse momento meu celular apitou.

Olhei depressa.

Telefone salvo! Estou contando os dias para o Carnaval... Beijos!
Patrick

"Nossa, acho que vou dar um jeito de viajar nos dias que esse garoto estiver aqui, estou sentindo o maior clima já por escrito, imagina pessoalmente... Melhor liberar o apartamento!"

"Ei! Quer parar de espiar?", falei, fingindo estar brava, enquanto escondia o celular atrás das costas.

"Eu te avisei que era curiosa...", ela disse, sorrindo, já cortando a pizza. "Quem mandou ler na minha frente?"

Balancei a cabeça, sorrindo também, e me sentei à mesa.

"Como ele é? Bonitinho?", ela perguntou enquanto colocava uma fatia no meu prato. "Sedutor eu já saquei que é."

Revirei os olhos, mas procurei por ele nas redes sociais. Mostrei meu celular para ela.

"Sedutor! Definitivamente, sedutor!", ela falou depois de analisar algumas fotos. "Qual é o signo dele?"

Apenas balancei os ombros, eu não tinha a menor ideia. A Sabrina era ligada em astrologia, no primeiro dia ela tinha feito meu mapa astral completo só de saber minha data e hora de nascimento.

Ela pegou o celular da minha mão e depois de uns cliques falou: "Achei, 18 de março. Pisciano... E, pelo olhar, posso jurar que tem ascendente em algum signo bem charmoso. Um perigo! Mas você é capricorniana, tem os pés na terra o suficiente para não deixar que ele te vire do avesso. Eu investiria... Afinal, você tem o ascendente em Leão. Precisa de alguém ao lado te bajulando um pouquinho". Fiquei pensando naquilo enquanto comia a pizza, mas ela pouco depois completou: "E sobre o apartamento eu falei sério, tá? Tenho uma amiga que mora em Washington, posso passar uns dias com ela se você precisar de... *privacidade*!".

"Estou precisando de privacidade neste exato momento!", falei rindo e tomando meu celular de volta, que ela ainda estava analisando.

Ela riu também, serviu mais um pedaço de pizza e então mudou de assunto: "Você disse que gosta de séries, né? Conhece *How I Met Your Mother*? Se passa em Nova York, e me falaram que é ótima, vou começar a assistir. Topa ver um episódio depois que a gente acabar aqui?".

"Já acabei!", falei me levantando depressa.

Ela riu balançando a cabeça, colocou um pedaço de pizza em um guardanapo e fomos juntas para a sala.

Quando me dei conta já eram duas da manhã e a Sabrina estava dormindo no sofá. Eu havia visto a 1ª temporada inteira! Tinha quase esquecido o quanto assistir a uma nova série me deixava *leve*... e desejei que minha vida fosse sempre assim.

6

Garoto perdido: Tem coisas nas quais não pensamos há tempos, mas continuam tendo o poder de nos fazer chorar.

(Once Upon a Time)

"Fiquei muito feliz por você ter resolvido ser minha aluna, Priscila! Eu estava certo, você tem muito potencial!"

Sorri para o Ricky enquanto enxugava o suor da minha testa com uma toalha. Eu havia acabado de fazer minha primeira aula do curso de Teatro e tinha adorado saber que era exatamente de Expressão Corporal. E agora, com o comentário dele, eu estava me sentindo ainda mais feliz.

"Obrigada!", falei depressa. "Mas é o professor que é muito bom. Acho que consegue fazer até uma pedra sair dançando!"

Era verdade. Ele era tão vibrante e motivador que nem vi o tempo passar.

O Ricky agradeceu, nos despedimos, e eu me direcionei para a saída da sala. Foi quando ouvi alguém murmurar "puxa-saco" atrás de mim.

Me virei e dei de cara com a menina do dia anterior, que havia me provocado na fila. Naquele momento eu não quis rebater, mas agora não iria fazer o mesmo. Qual era a daquela garota? Ela nem me conhecia!

"Tudo bem, querida?", perguntei com a mão na cintura. "Algum problema?"

Em vez de responder, ela fez que não ouviu e passou direto por mim.

Franzi a testa, mexendo a cabeça de um lado para o outro. Apressei o passo e fiquei lado a lado com ela.

"Muito prazer, meu nome é Priscila", respondi disposta a acabar com aquilo de uma vez. "Notei que desde ontem você está implicando gratuitamente comigo. Queria saber se tem alguma razão... Espero que você só esteja me confundindo com alguém, porque eu sinceramente gostaria que nos déssemos bem, já que devem ter bem poucos brasileiros estudando aqui."

Dizendo isso, estendi a mão para ela, como se quisesse selar a paz entre nós ou algo assim, mas a garota ficou olhando como se eu tivesse alguma doença contagiosa e disse com cara de nojo: "Não sou brasileira! Nasci nos Estados Unidos, meus pais estavam de férias aqui e eu resolvi que era exatamente neste país que devia nascer. Tenho certeza de que adiantei dois meses por essa razão. Porém, desde que me entendo por gente, decidi que era aqui que eu iria me estabelecer assim que pudesse. Batalhei desde criança para isso e, mesmo sem minha família ter condição, consegui uma bolsa para fazer o ensino médio neste país e trabalhei duro como *baby-sitter* durante anos para poder pagar este curso. Para mim, isto não é uma brincadeira, ou algo que o destino jogou no meu colo, como você contou para quem quisesse ouvir no começo da aula. Não estou aqui para fazer amigos, e sim para conquistar uma carreira! E as seleções de elenco vão te mostrar que todos aqui pensam igual a mim! As pessoas que estudam nesta escola são suas *concorrentes*!".

Dizendo isso, saiu, revirando os olhos, me deixando atônita na porta da sala. Demorei uns cinco segundos para assimilar tudo que havia dito. Sim, eu tinha falado rapidamente para alguns colegas que havia parado ali meio por acaso, mas em nenhum momento quis me gabar, como ela fez parecer, estávamos apenas conversando sobre a razão de estarmos estudando Teatro...

Balancei a cabeça e resolvi ir logo almoçar antes da minha próxima aula, que era de Interpretação. Eu estava muito ansiosa, por isso só comi um sanduíche e já fui para a sala, que para minha surpresa era um pequeno teatro, com palco, plateia e tudo. De repente, avistei a Sabrina, que também tinha acabado de chegar.

"Vamos ser colegas nessa matéria?", ela falou indo depressa ao meu encontro.

Assenti feliz, mostrando meu horário, e ela então me puxou pela mão, para que nos sentássemos juntas. Olhei em volta e vi que a garota que andava encrencando comigo também estava ali. Ela havia se sentado sozinha, na primeira fileira, e parecia bem concentrada em suas anotações.

"Aquela menina é brasileira", sussurrei para a Sabrina, apontando discretamente. "Quero dizer, na verdade ela nasceu nos Estados Unidos, pelo que entendi, mas a família é do Brasil. Acho que ela não foi com a minha cara..."

A Sabrina deu de ombros. "Deve ser inveja! Nem todas podem ser lindas e ruivas como você... Deixa pra lá!"

"Eu não sou ruiva!", falei meio alto por costume. Algumas pessoas olharam para nós. Me afundei um pouco na cadeira e tratei de explicar para a Sabrina, eu esperava que pela primeira e última vez: "Meu cabelo é castanho, olha...".

A Sabrina esfregou os olhos e deu mesmo uma boa olhada na madeixa que eu havia estendido em sua direção.

"Claro que seu cabelo não é vermelho-fogo, não sou cega. Mas também não é castanho. Eu chamaria de cobre. E você tem sardas, é meio branquela... Creio que em qualquer lugar do mundo você se enquadre na categoria 'ruiva'. Qual o problema com isso? Deveria encarar como uma qualidade! As ruivas têm muito destaque. Pensa na Nicole Kidman, na Amy Adams, na Lily Collins... Lindas sem fazer o menor esforço! Aliás, você até lembra um pouco a Lily!"

Suspirei, cansada daquele assunto que me rodeava a vida inteira. Obviamente eu não era nada como elas. Por sorte o professor entrou logo na sala, desviando minha atenção.

Ele subiu no palco e eu comecei a analisá-lo. Não parecia um ator, muito menos um professor de Interpretação. Quero dizer, eu imaginava que as pessoas da área artística fossem mais... *teatrais*. Pelo menos um pouco mais espalhafatosas, eu diria.

"Foi esse aí que ganhou o Tony Awards, nos anos 80", a Sabrina sussurrou para mim antes que o professor dissesse alguma coisa. "Nós lemos ontem na internet, lembra?"

Levantei as sobrancelhas, surpresa. Se fosse fora dali, certamente eu tomaria aquele senhor na minha frente por um professor de Geografia, Matemática, alguma matéria bem normal...

Ele bateu palmas para que todos ficassem em silêncio e em seguida começou a explicar como seria o curso, o que esperava de nós, e contou que apresentaríamos uma peça no final do semestre, na qual costumavam aparecer vários olheiros. Isso causou um burburinho de cochichos animados no pequeno auditório.

"Mas...", o professor falou alto, para capturar novamente a atenção da classe. "Não pensem que vai ser como nos tempos de escola, em que a professora distribuía os personagens igualmente na encenação de final de ano para os pais. Aqui teremos protagonista, antagonista, coadjuvantes e figurantes. E não vai ser na base da sorte, vocês vão ter que merecer, que conquistar os melhores papéis! Tenham em mente desde o primeiro dia que isto é uma seleção, vocês não estão aqui para fazer amigos, e sim para iniciarem uma carreira."

Meu olhar foi desviado do professor para a garota que não tinha ido com a minha cara. Ela havia me falado mais ou menos a mesma coisa poucos minutos antes e certamente se lembrava bem disso... Com um sorrisinho de vitória, ela olhou brevemente em minha direção e levantou uma sobrancelha, como que sinalizando que havia acabado de ganhar o primeiro *round*.

Respirei fundo, impaciente. Claro que eu ia fazer amigos! Todo mundo ali me parecia bem simpático, com exceção dela. Sim, eu gostaria de me destacar, de ganhar um papel de evidência, mas minha intenção real era apenas *aprender*. Eu não tinha planos de trabalhar como atriz em NY nem nada parecido. Em seis meses iria voltar para o Brasil, esse era o plano que o Ruy tinha feito para mim. E, se eu pudesse levar de brinde daquele curso novos amigos, não tinha mal nenhum, muito pelo contrário.

"Vou fazer a chamada, peço que se levantem quando chegar a sua vez", o professor continuou. "Sou ótimo em guardar nomes, mas preciso de mais detalhes para fixá-los em minha mente. Por essa razão, ao ficar de pé, diga sua idade e onde nasceu."

Ele começou a lista em ordem alfabética, e fiquei surpresa ao constatar que a maioria dos alunos era de outras cidades e até de outros países. De repente ele falou: "Catarina". Por uns segundos ninguém se manifestou, até que a srta. "não sou brasileira" se levantou bem séria dizendo: "Kate, por favor. É como todos me chamam e como eu quero ficar conhecida no meio teatral. Tenho 19 anos e nasci em Miami, na Flórida".

A Sabrina abafou uma risada e sussurrou: "Quem ela acha que é? A duquesa de Cambridge?".

Dei um sorrisinho, mas na verdade eu não estava achando graça naquela situação. Não imaginava que teria alguma inimizade ali. Na minha vida inteira, eu nunca tinha antipatizado com ninguém e as pessoas costumavam gostar de mim de primeira. Na verdade eu até me esforçava para isso, tentava ser simpática, agradável... Por isso não esperava que alguém não fosse com a minha cara em pleno curso de Teatro.

O professor logo falou meu nome, e, com exceção da Catarina, ou melhor, da *Kate*, todos em volta pareceram felizes ao ouvir que eu vinha do Brasil, como se o calor do meu país derrubasse instantaneamente qualquer gelo e despertasse simpatia imediata nas pessoas.

Assim que a chamada acabou, o professor pediu que todos fossem para o palco, falou para fazermos duplas e começou a fazer uma espécie de "brincadeira de espelho", em que o foco era replicar o mais fielmente possível as expressões do colega. Em seguida cada um tinha que criar uma emoção dentro de si, e seu par deveria adivinhar qual era, só pela expressão facial. Confesso que estava achando aqueles exercícios meio bobos, até que o professor chegou perto de mim e da Sabrina e começou a observar a dinâmica.

Ele olhou por um tempo, de repente balançou a cabeça e falou: "Priscila, não é?". Assenti rapidamente e ele continuou. "Você não está no jogral da escola, não quero que você simplesmente repita algo que está cansada de saber, sem a menor verdade. Você precisa buscar o sentimento dentro de si. Quero que realmente sinta a melancolia de dias solitários, o desespero por não ter controle das ações das outras pessoas, o amargor por ter perdido algo que você amava... Quero que você busque as emoções em suas memórias e as transfira para o agora, como se as estivesse vivenciando neste exato momento."

Fiquei parada uns segundos, tentando absorver o que ele tinha dito. Então fechei os olhos para me concentrar, ciente de que boa parte da sala estava me olhando.

Solidão, desespero, amargor... Não tinha muito tempo que eu havia sentido tudo aquilo. Eu geralmente procurava fugir daquelas lembranças, mas agora eu precisava delas. Respirei fundo e deixei que *ele* viesse à minha mente. Lembrei dos seus olhos tristes no momento em que se deu conta da minha traição, e da minha angústia por não poder apagar meu passado. Lembrei de como meu peito pareceu queimar quando ele pegou a mala e foi embora sem olhar para trás. Lembrei de como me senti miserável e infeliz nos dias que se seguiram, de como eu quis morrer, de como as lágrimas caíam constantemente sem que eu tivesse o menor controle. E de repente elas estavam ali novamente. Tentando me livrar daqueles sentimentos, limpei meu rosto rapidamente na blusa e estava prestes a pedir desculpas por ter me excedido, mas nesse momento encontrei os olhos do professor, esbanjando aprovação.

Foi aí que ouvi palmas e com surpresa percebi que eram para mim. Vários dos meus colegas balançavam a cabeça como se tivessem acabado de assistir a uma grande performance. O professor falou: "É isso que eu espero de você". E, se virando para o resto da sala, disse mais alto: "É o que eu espero de todos vocês! *Veracidade*. Quero que percam o controle de suas emoções, que deixem que elas inundem todo o seu interior até transbordar".

Todos voltaram para a atividade, e eu também estava prestes a fazer isso, mas o professor tornou a me olhar, apontando para um canto do palco: "Tem lenço de papel em cima do piano, Priscila. Não sei o que, ou *quem*, causou tudo isso, mas não deixe que se perca. Os melhores atores e atrizes são aqueles que emprestam a própria experiência para os personagens. E, pelo que senti, você tem muito conhecimento nessa área... *dramática*".

Em seguida ele saiu, me deixando ainda angustiada, mas ao mesmo tempo satisfeita. Todo aquele sofrimento iria servir para alguma coisa afinal...

"Que tal tentarmos um pouco de alegria agora?", a Sabrina disse me estendendo um lenço, que eu nem tinha percebido que ela havia ido buscar. "Guarda o *Rodrigo* para a hora que tiver que se apresentar pra valer. Foi lindo de presenciar, mas como sei da história toda, consegui vivenciar sua tristeza... E não quero te ver assim por muito tempo. Prefiro você feliz e sapeca, como estava ontem à noite depois que recebeu um certo e-mail..."

Balancei a cabeça, rindo, mas ainda me sentindo meio abalada. Limpei os olhos e o nariz com o lenço, respirei fundo e então concordei. Eu preferiria mesmo que as próximas emoções fossem mais suaves. Realmente era melhor guardar aqueles sentimentos só para extrema necessidade... Eu sabia perfeitamente que eles estavam muito mal enterrados. E que revivê-los não me faria bem nenhum.

7

Jerry: Estou aqui para ajudar.
Eileen: Claro que você está.
Jerry: Por que não me deixa fazer isso?
(Smash)

Sem perceber, completei quinze dias em Nova York e comecei a ver uma rotina. Pelas manhãs ia para a escola de Teatro, onde ficava até por volta das três da tarde. Com o frio do auge do inverno no hemisfério norte e a saudade que eu já estava sentindo da minha família, tudo que eu queria fazer em seguida era correr para o apartamento, ligar o aquecedor no máximo e ficar vendo TV até a hora do jantar. E foi o que fiz por mais de duas semanas. Até que de repente percebi que as roupas que eu havia trazido estavam chegando ao fim. Se eu não desse um jeito de lavá-las logo, teria que ir para a aula de pijama.

A Sabrina já tinha lavado tudo dela duas vezes, mas eu estava com muita preguiça de ter que descer até o 1º andar do prédio, onde ficava a lavanderia, jogar as roupas na máquina, ficar esperando, depois colocá-las na secadora, esperar ainda mais e só então subir com tudo nos braços. Eu sabia perfeitamente que a ideia era economizar espaço nos apartamentos, colocando uma lavanderia para o prédio inteiro, mas seria *tão* mais prático se as máquinas ficassem dentro de casa!

"Por que você não deixa a roupa batendo, marca o tempo e volta quando estiver quase acabando?", a Sabrina perguntou quando me viu bufando ao colocar todas as minhas roupas sujas em sacos de lixo para descer. "É assim que as pessoas normais fazem, sabe..."

Respirei fundo, impaciente. Claro que eu não ia largar minhas roupas sozinhas. Ainda mais sabendo que todo mundo fazia isso! E se alguém se confundisse e as pegasse por engano? Roupa molhada é tudo igual...

"Não, obrigada, vou ficar lá embaixo esperando. Estou levando meu celular pra ver alguns episódios enquanto aguardo."

Ao ouvir meus planos, a Sabrina balançou os ombros e apenas disse: "Ok, se mudar de ideia, estarei bem aqui...", ela mostrou uma fumegante caneca de chocolate quente, se jogou no sofá com um cobertor e ligou a TV.

Olhei para o celular e senti o maior contraste. Me imaginei assistindo ao que quer que fosse naquela tela pequena, com fones de ouvido, sem o menor conforto, com frio, e quase desisti de descer. Mas eu realmente precisava lavar minhas roupas. Por isso dei um suspiro e abri logo a porta, sem olhar novamente para o sofá, com medo de que ele me sugasse.

Quando o elevador chegou ao 1º andar, vi com surpresa que a lavanderia era bem maior do que eu pensava. De um lado ficavam as máquinas de lavar; do outro, as de secar, no meio uma mesa bem comprida para que as pessoas pudessem dobrar as roupas e na lateral um sofá e cadeiras, para quem, como eu, quisesse esperar. Mas pelo visto isso realmente não era comum. Apesar de várias máquinas estarem funcionando, o local estava deserto.

Logo entendi o funcionamento. Eu só precisava inserir umas moedas em um aparelho que cuspia caixinhas de sabão em pó, escolher uma das máquinas de lavar, colocar toda a roupa lá dentro, o sabão, e ligá-la. Pelo *timer*, vi que levaria 45 minutos. Me acomodei então no sofá e comecei a assistir *Pretty Little Liars* no celular. Eu já estava na 4ª temporada e não aguentava mais de curiosidade para saber quem era "A" afinal!

Eu estava tão concentrada no episódio que só percebi que não estava mais sozinha quando senti o sofá se mexendo. Olhei depressa para o lado e vi que era um cara de terno e gravata. Sem querer, talvez por ter me assustado, cheguei um pouco para a ponta, o que fez com que ele se levantasse, dizendo: "Desculpa, não quis te incomodar, só sentei aqui porque é o lugar mais confortável, minhas roupas ainda vão demorar... Mas eu devia ter ido para alguma das cadeiras, desculpa de novo".

Dizendo isso, foi mesmo se sentar na cadeira mais distante, antes que eu tivesse a chance de dizer alguma coisa.

Tentei voltar para o episódio, mas não conseguia parar de pensar no quanto eu tinha sido mal-educada. Eu devia ter falado que não precisava se mudar de lugar, o sofá era grande, cabiam umas quatro pessoas...

Olhei novamente para ele. Louro, bem americano. Usava óculos. Não era tão "adulto", como considerei logo que o vi, talvez pelo terno, que por sinal era bem chique. Na verdade, ele parecia ser só um pouco mais velho do que eu. Estava lendo um livro. Olhei curiosa para a capa e com surpresa vi que era *Hamlet*! Eu havia tido uma aula sobre aquela peça no dia anterior, por isso sabia que era a obra dramática de Shakespeare mais adaptada e encenada nos palcos de todo o mundo.

Provavelmente por sentir que estava sendo observado, ele desviou os olhos do livro e me flagrou. Me virei depressa para o celular, mas senti meu rosto queimar. Aquilo só piorava! Agora, além de mal-educada, ia me achar abelhuda.

Por sorte, nesse momento ouvi um apito e com alegria notei que a minha máquina de lavar havia parado. Levantei depressa e comecei a retirar minhas roupas. Agora eu só precisava colocá-las na secadora. O problema é que eu tinha lavado muita coisa, por isso, assim que dei o primeiro passo, algumas peças escorregaram dos meus braços e se espalharam pelo chão. Minha primeira reação foi recolhê-las, mas, quando tentei fazer isso, mais roupas ameaçaram cair. De repente uma cesta grande de plástico surgiu na minha frente.

"Coloque tudo aqui", o cara do terno falou, já pegando as roupas e transferindo-as para o recipiente, que me entregou em seguida, passando a pegar no chão tudo que tinha caído.

"Não precisa, pode deixar...", falei, tentando equilibrar a cesta e me abaixar ao mesmo tempo, mas ele já tinha se levantado.

"Olha, eu acredito naquela regra dos cinco segundos", ele explicou, balançando minhas roupas que tinha pegado do chão, como se quisesse tirar alguma poeira que tivesse ficado nelas. "Se a comida cai e a gente pega depressa, os micróbios não têm tempo de subir nela... Deve funcionar com roupas também!"

Ele sorriu, mas então ficou sério e meio que enrubesceu. Notei que estava olhando para o meu sutiã preto de renda, uma das peças que tinha resgatado do chão.

"Obrigada, de verdade. Pode deixar que assumo daqui", falei recolhendo tudo da mão dele e colocando também na cesta, arrependida por não ter lavado minhas roupas antes. Eu só vestia aquele sutiã em ocasiões *especiais*, mas como todos os outros estavam sujos, acabei tendo que usá-lo...

Ele concordou com a cabeça e voltou a se sentar. Então fui até a secadora, coloquei cada uma das roupas lá dentro, liguei e fui até onde o menino estava sentado, para devolver a cesta.

"Hum, obrigado", ele disse meio desconcertado assim que eu a entreguei, e na sequência se levantou e a colocou em um canto da lavanderia, em cima de várias outras exatamente iguais. E eu achando que era dele! Por que eu não tinha visto aquela pilha de cestas antes? Ele devia estar me achando louca ou coisa parecida!

Resolvi ir logo para o meu canto, antes que piorasse ainda mais a situação. Voltei a me sentar no sofá, recoloquei os fones, dei play no episódio e tentei me concentrar. Só que, talvez pela secadora ligada, que começou a esquentar o local, senti sede e fui até a máquina de refrigerantes que tinha visto quando entrei. Porém, quando cheguei lá, li que só aceitava notas. E eu só havia levado moedas...

"Precisa de ajuda?", o garoto perguntou já se levantando. "Quer que te ensine como funciona?"

"Eu sei como funciona!", disse meio ríspida, com raiva por ele obviamente estar me achando muito tapada.

"Desculpa, só quis ajudar", ele levantou as mãos em frente ao rosto, como se estivesse se protegendo, e voltou a se sentar.

Senti minha consciência pesar. Sim, era óbvio que ele queria ajudar, eu precisava admitir que estava parecendo meio incapaz mesmo. Decidi consertar aquilo logo.

"Eu que peço desculpas", falei, indo até ele. "Estou meio desorientada, é minha primeira vez aqui. Mas isso não me dá o direito de ser grosseira. Desculpa mais uma vez." E me virei rapidamente, já pegando uma cadeira e a colocando bem em frente à secadora, para que eu visse assim que terminasse. Eu estava louca para voltar para o apartamento.

Depois de um tempo só vendo as roupas rodarem, acabei dando mais uma olhada para ele, por pura curiosidade. Pensei que tivesse voltado para o livro, mas percebi com surpresa que ele também estava me olhando. Não só isso. Ele deu um ligeiro sorriso assim que nossos olhares se cruzaram. Sorri de volta, por pura educação.

"Você não é daqui, né?", ele disse, encarando aquilo como uma abertura. "Tem um sotaque diferente... E nunca tinha te visto aqui no prédio."

Ok, eu estava na defensiva por toda a situação que estava vivendo, país novo, curso diferente, longe da família... Mas se tinha algo que era mais forte do que eu era aquela vontade de socializar que tinha nascido comigo. Minha mãe dizia que ainda na maternidade eu já parecia sorrir para todas as enfermeiras e nunca chorava, o que fez com que elas acabassem me dando o título de neném mais simpático já nascido ali.

Por isso resolvi derrubar a barreira que tinha colocado ao meu redor e respondi: "Sou nova aqui no prédio. No país também...".

Ele então ergueu as sobrancelhas, nitidamente surpreso por eu não ter dado outra resposta atravessada. Em seguida se levantou, trazendo a cadeira, e se sentou um pouco mais perto. "Vamos ver se eu adivinho... Você é italiana?"

"Pareço italiana?", perguntei curiosa. Os avós da minha mãe eram da Itália, era dali que vinha o meu sobrenome "Vulcano", mas nunca ninguém tinha dito que eu parecia ser daquele país.

Ele sorriu, me analisando mais um pouco, e falou: "Na verdade, não sei, foi só um chute... As italianas têm fama de serem bonitas".

Fiquei um tempinho desvendando aquela frase, mas assim que notei que era uma cantada velada, balancei a cabeça e falei: "Ok", me virando novamente para a máquina.

"Espera, não estou te xavecando, eu juro", ele falou praticamente se ajoelhando ao meu lado. "Foi só uma observação, me desculpa pelo que pareceu. Você certamente sabe o quanto é bonita, não precisa de ninguém para ficar te lembrando disso..."

Ele estava tão desesperado que chegava a ser engraçado. Sem querer eu sorri, o que fez com que a expressão dele se abrandasse e ele abrisse um sorriso também.

"Podemos começar de novo?", perguntou.

Como estava bem do meu lado, pude olhá-lo direito. Tinha cara de cachorrinho carente. Seus olhos, por trás dos óculos, eram muito azuis. Sem querer me lembrei do Marcelo, o irmão do Rodrigo, que também tinha olhos dessa cor. Mas era muito diferente. Os olhos do Marcelo eram perigosos, em um tom mais escuro... Quando descobri a pessoa que era de verdade, me lembro de ter pensado que ele usava aquele olhar como um poço sem fundo, para atrair e, na sequência, afogar as meninas que infortunadamente se apaixonassem por ele. Já o azul dos olhos daquele garoto na minha frente era radiante, vivo, como se fosse uma piscina bem rasa e segura.

Por isso, por essa sinceridade que ele passava sem o menor esforço, assenti com a cabeça em resposta, já dizendo: "Podemos, sim. Prazer, eu sou a Priscila. Do Brasil".

"Do Brasil...", ele falou assentindo e abrindo mais o sorriso. Em seguida deixou a cadeira e se sentou no chão, o que me angustiou um pouquinho, pois o terno dele realmente parecia caro... "Prazer, Priscila, eu sou o Frank. Sou daqui mesmo. Quero dizer, dos Estados Unidos, não de Nova York. Nasci na Pensilvânia."

"Pensilvânia? Onde o Drácula mora?", perguntei, rindo.

Ele revirou os olhos, rindo também, com cara de quem tinha ouvido aquela pergunta durante a vida inteira.

"Essa é a *Transilvânia*. Fica na Romênia, na Europa. A Pensilvânia fica a apenas duas horas daqui... E posso garantir que em NY tem muito mais vampiros! As pessoas parecem querer sugar meu sangue bem mais aqui do que lá. Meu chefe que o diga!"

Ele era espirituoso... Eu já ia perguntar qual era sua profissão, estava curiosa a respeito do terno, mas de repente ouvi a voz da Sabrina, bem atrás de mim.

"Ei, achei que você estivesse na pior, solitária, faminta... Fiquei com tanta pena que até desci pra te fazer companhia... Mas olha o que encontro! No maior papo com um moço bonitinho! Não conhecia esse seu lado ainda, colega, gostei!"

Apesar de ela ter falado em português, fiquei sem graça. Quem garantia que o garoto, quero dizer, o *Frank* não tinha entendido?

Logo vi que eu não precisava ter me preocupado: ele ficou olhando para nós duas com a maior cara de ponto de interrogação. Como eu ainda estava empenhada em apagar a imagem de mal-educada que eu havia passado no começo, falei depressa, em inglês: "Frank, essa é a Sabrina, minha *housemate*".

"Você é nosso vizinho?", a Sabrina perguntou, chegando mais perto e o cumprimentando com beijinhos, o que eu percebi que o deixou meio envergonhado. Eu já sabia que os americanos não tinham o costume de cumprimentar com beijos, como fazíamos em nosso país.

"Eu moro no 6º andar", ele respondeu depressa. "E vocês?"

"No 5º. Inclusive já estou voltando para lá, não quero atrapalhar o *papo* de vocês...", a Sabrina disse com uma expressão meio maliciosa, já se virando para a saída.

Dessa vez quem ficou com vergonha fui eu.

"Já acabei aqui, Sabrina", falei notando que a secadora tinha parado naquele instante. "Bom que você me ajuda a subir. Joguei fora os sacos onde trouxe as roupas sujas, e é muita coisa pra levar nos braços!"

"Por que não coloca em uma cesta? Vai cair tudo no chão", ela falou já pegando uma e me entregando. Notei que o Frank deu um sorrisinho de lado, lembrando da minha confusão inicial.

Então tirei as roupas secas da máquina e comecei a colocá-las na cesta, mas a Sabrina me explicou que, se as dobrasse ainda quentes, nem precisaria passá-las depois. Aceitei a sugestão, e quando terminamos fizemos duas pilhas, uma para cada uma de nós carregar.

"Tchau, Frank", falei na saída. Ele tinha ido cuidar das próprias roupas, que pelo visto tinham acabado de ser lavadas. "A gente se encontra por aí... Quero dizer, por *aqui*."

"Espera!", ele veio até nós apressado. "Nem deu tempo da gente conversar direito, vou reclamar dessas máquinas com o síndico, são muito rápidas!" Nós rimos, e ele continuou: "Olha, amanhã é meu aniversário. Vamos fazer uma pequena reunião no meu apartamento, coisa simples, só mesmo meu *housemate* e alguns amigos. Ficaria feliz se vocês viessem também...".

"Claro, a gente vai, sim. Qual é o apartamento?", a Sabrina falou rapidamente.

"A gente vai *tentar* ir", falei olhando torto para ela. Eu não tinha a menor intenção de perder meu sábado à noite na festa de um vizinho. Já tinha marcado um encontro muito importante com os personagens das minhas séries, não podia furar com eles.

"Sim, vocês já devem ter alguma coisa agendada, mas, se puderem dar pelo menos uma passada rápida, vou adorar. Moro no 603. Vai ser a partir das seis, podem resolver na hora, não precisam confirmar a presença nem nada."

Concordei com a cabeça, falei que iríamos fazer o possível, e então fomos em direção ao elevador. Assim que a porta se fechou, a Sabrina começou o maior falatório, sem nem me dar chance de responder: "Claro que nós vamos, ficou louca? Chego aqui e me deparo com um menino todo fofo, tímido, de terno, babando por você, e a senhorita ainda fala que não vai ao aniversário dele? Nós vamos, sim, ainda mais sendo aqui no prédio! Estou precisando conhecer gente nova, será que o amigo dele é bonito também? Ah, e, se ele faz aniversário amanhã, é aquariano, viu? Igual ao seu ex... Pelo menos você já sabe que se dá bem com esse signo...".

De repente me dei conta de que o aniversário do Rodrigo estava chegando... Estávamos quase no fim de janeiro. Na mesma época no ano anterior eu estava me mudando para São Paulo, e o Rodrigo tinha ido comigo antes, para cuidarmos dos bichos enquanto meus pais finalizavam a mudança. Foram dias tão maravilhosos... Eu pensava que aquele era o começo do meu final feliz. Eu achava que iríamos ficar juntos para sempre.

"Está tudo bem, Priscila?", a Sabrina perguntou. "Desculpa, não devia ter te lembrado do Rodrigo. Olha, o ascendente muda tudo, tenho certeza de que os dois são bem diferentes..."

Assenti, forçando um sorriso. Eu tinha certeza de que, mesmo que os dois tivessem nascido no mesmo dia, na mesma hora, possuíssem exatamente os mesmos planetas, conjunções e sei lá mais o que do mapa astral, não seriam nada parecidos. Simplesmente porque que não existia *ninguém* igual ao Rodrigo.

8

Robin: Se continuar desistindo tão rápido das pessoas, vai acabar perdendo algo ótimo.

(How I Met Your Mother)

"Vocês vieram! Que surpresa boa! E ainda ganhei a aposta que fiz com meu amigo. Ele falou que duas garotas bonitas nunca viriam ao apartamento de um sujeito que conheceram na lavanderia no dia anterior."

Olhei de lado para a Sabrina. Estávamos naquele aniversário exatamente por causa de uma aposta. Havíamos tido uma discussão assistindo *How I Met Your Mother* no dia anterior. Eu falei que a Robin nunca beijaria o Barney, e ela perguntou se eu queria apostar. Caso perdesse, teria que ir à festa do vizinho...

Poxa, Robin, eu ainda torcia para você e o Ted voltarem. Você tinha que fazer isso comigo?

"Olha, isso é pra você", falei, entregando uma garrafa de vinho que havíamos comprado. "Feliz aniversário!"

O Frank olhou para a garrafa, dizendo: "Como adivinhou que gosto de vinho?", e então me deu um abraço rápido, fazendo o mesmo com a Sabrina em seguida. Percebi que estava nervoso. Pelo que eu estava entendendo, ele era meio atrapalhado e um pouco tímido. E com a roupa mais informal, como estava agora, parecia ainda mais novo.

"Essas são as nossas novas vizinhas?" Um garoto oriental apareceu com duas cervejas na mão. "Ouvi falar muito de vocês... Sejam bem-vindas! Eu sou o Kenzo", disse, nos entregando as cervejas. Agradecemos, e ele nos chamou para a sala, de onde vinha um burburinho de pessoas conversando. Assim que entramos no local, a conversa minguou e todos nos olharam.

"Pessoal, essas são a Priscila e a Sabrina", o Frank nos apresentou depressa. "Elas são do Brasil e se mudaram aqui pro prédio há pouco tempo."

Todos acenaram felizes. Não era muita gente, apenas três garotos e duas meninas, além do Frank e do Kenzo, que nesta hora se aproximou novamente, mostrou uma mesa com alguns petiscos e explicou que as cervejas estavam na geladeira. "Fiquem à vontade, garotas, a casa é de vocês!"

A Sabrina na mesma hora engatou uma conversa, perguntando qual era a ascendência dele, e eu então me sentei no sofá, onde as duas meninas estavam.

"Priscila, né?", uma delas perguntou. "Eu sou a Jane e essa é a Jessica, muito prazer. Trabalhamos com os garotos."

"Muito prazer", respondi depressa. "Com o que vocês trabalham?"

As duas se entreolharam, mas a Jessica logo respondeu: "No mercado financeiro. O Frank nunca te falou?".

"Não deu tempo...", disse, rindo, embora um pouco sem graça. "A gente se conheceu *ontem*. Na lavanderia aqui do prédio."

As duas se entreolharam novamente, então a Jane perguntou com o que eu trabalhava. Expliquei que ainda era estudante, que eu e a Sabrina tínhamos vindo do Brasil para fazer um curso de Teatro, e as duas pareceram achar aquilo muito interessante.

O Frank, que sentou ali por perto sem que eu tivesse notado, de repente perguntou onde eu estava estudando.

"Na Strasberg", respondi naturalmente e fiquei surpresa com os olhares admirados dos três.

"Uau, você veio mesmo se profissionalizar! Ouvi dizer que é bem difícil conseguir entrar lá. Você passou por uma seleção muito rigorosa?", a Jessica perguntou.

Fiquei sem graça, afinal, não havia tido seleção nenhuma. Expliquei que o meu empresário é que tinha me matriculado. E elas pareceram ainda mais surpresas.

"O cara deve ser poderoso!", uma disse para a outra. "Acho que já vou pegar seu autógrafo, pelo visto estamos falando com uma futura estrela!"

Eu ri, expliquei que o Ruy devia conhecer algumas pessoas lá dentro, então o Frank disse: "Não sei sobre ele, mas eu conheço alguém. Minha tia. Ela dá aula de Escrita Dramática lá".

"Sério?", perguntei interessada. "Não faço essa matéria, mas a Sabrina faz! Que coincidência!" Ao contrário de mim, o Ruy não tinha dado ordem para que ela aprendesse apenas a interpretar.

"Minha tia se chama Lydia Murray. Vou falar sobre você pra ela. E, se tiver a oportunidade, assista a uma das aulas que ela dá, sei que vai gostar. Ela é apaixonada por teatro, por literatura e por ensinar. Já a vi fazendo isso algumas vezes, e não tem jeito de não aprender, é empolgante!"

Concordei rapidamente e, sem que eu percebesse, engatamos uma conversa sobre teatro, logo depois passamos a falar sobre cinema, aquilo acabou levando ao questionamento sobre o que é melhor: filmes ou séries, e, quando dei por mim, estávamos só eu e o Frank no sofá, as duas colegas dele tinham saído e nem percebemos.

"Então quer dizer que estou diante de uma louca por séries de TV...", ele continuou a conversa, sem parecer dar importância ao fato de estarmos sozinhos. "Já viu alguma que se passa em Nova York?"

"Várias!", respondi empolgada, citando algumas. "Esse era um dos motivos de eu ser doida para vir para cá, já que pelos seriados sempre pareceu um lugar perfeito!"

Ele ia dizer alguma coisa, mas bem nessa hora as luzes se apagaram e o Kenzo apareceu segurando um bolinho com uma vela cheia de faíscas. Todos começaram a cantar parabéns, e notei que o Frank ficou envergonhado. Ele realmente era tímido. Sem querer me lembrei que o Rodrigo também era assim, apesar de os dois serem completamente diferentes. O Rô era naturalmente mais fechado, sério e introspectivo. Já a timidez do Frank aparecia apenas em alguns momentos.

"Tá tudo bem?", a Sabrina se aproximou enquanto algumas pessoas tentavam cortar o bolo. "Que ótimo que nós viemos, já fiquei amiga de todo mundo! E você e o Frank parece que se deram bem, né?"

"Ele é fofo", assenti com sinceridade. E, ao ver o olhar malicioso dela, completei: "Fofo como amigo!".

A Sabrina riu, apontou para onde o Frank estava e disse: "Não para de te olhar um segundo. Duvido que esteja interessado só na sua amizade!". E, antes que eu pudesse protestar, completou: "Vou atrás de um pedaço do bolo antes que acabe!".

Balancei a cabeça e fui até a varanda. O apartamento era do lado oposto ao meu, por isso, em vez de um estacionamento, a vista ali era do Rio Hudson. E bem lá na frente dava para enxergar as luzes de Manhattan. Eu poderia passar horas olhando aquele cenário.

"Salvei um pedacinho pra você..."

Olhei para trás depressa e o Frank estava lá, me estendendo um prato de bolo. Agradeci com um sorriso.

"Você vai ficar sem?", perguntei, sabendo que ele estava me dando a própria fatia.

Ele balançou os ombros e explicou que não era muito fã de chocolate. Então aceitei e aproveitei para matar minha curiosidade: "Quantos anos você está fazendo?".

"Vinte e três", ele falou em meio a um suspiro. "Estou ficando velho..."

Lembrei que eu havia tido essa sensação uns dias antes, ao completar 20 anos.

"Parece mais novo", falei com sinceridade. "Mas pelo visto você já fez bastante coisa. Suas amigas falaram que você trabalha no mercado financeiro... Acho que precisa de muita experiência para isso. Ainda mais em Nova York!"

Mais uma vez ele pareceu meio envergonhado e começou a explicar, como se estivesse se desculpando por ser bom naquilo: "Desde criança eu achava fascinante a bolsa de valores e tinha o sonho de trabalhar em Wall Street, o centro do mercado financeiro mundial. Comecei a investir ainda na época do colégio, com o pouco de dinheiro que ganhava trabalhando na loja do meu pai, apenas porque queria entender os altos e baixos daquele universo. Por isso, foi natural que eu resolvesse cursar Economia e, logo que me formei na faculdade, um ano atrás, fui admitido em um dos bancos de New York. Claro que ainda estou no início da carreira, trabalho praticamente como um escravo, mas é muito gratificante saber que estou onde sempre sonhei".

"Uau!", falei admirada. "Gratificante é conhecer alguém assim, que atingiu seu objetivo tão novo e que não mudou de ideia no meio do caminho..."

Ele estreitou um pouco os olhos, como se estivesse entendendo alguma coisa, e perguntou: "Ser atriz não era o seu sonho de infância?".

Ri da percepção dele, balancei a cabeça e expliquei: "Pela minha vida inteira eu achei que ia ser veterinária".

"Nossa! Que mudança radical de carreira!" O Frank franziu a testa, rindo. "Como foi isso? Aposto que tem uma história muito interessante por trás..."

Assenti, e ele disse que adoraria saber de tudo. Então contei resumidamente que havia perdido meus coelhos, ido a um programa de TV para divulgar o desaparecimento deles, que o amigo do meu pai achou que eu tinha jeito de atriz, me convidou para integrar o *casting* da agência dele e me mandou a NY para estudar.

"Agora entendo por que você gosta tanto de séries de TV", ele disse rindo. "Sua vida é praticamente uma!"

Eu ri também. E então ele olhou para a vista, e em seguida novamente para mim, com a expressão radiante, como se tivesse tido uma grande ideia.

"Quero te fazer um convite. Topa passear por Manhattan comigo amanhã? Quero ser seu guia turístico!"

Fiquei meio sem graça, afinal, eu já conhecia a cidade...

"Cheguei há duas semanas", resolvi explicar delicadamente. "Nos primeiros dias eu e a Sabrina fizemos questão de conhecer todos os pontos turísticos, acho que não sobrou nada..."

Ele abriu ainda mais o sorriso: "Duvido que você tenha ido aos locais a que quero te levar. Topa, por favor? Garanto que não vai se arrepender! Você já tem planos? Amanhã seria um dia bom para isso, porque durante a semana eu nunca tenho tempo. Você viu, eu estava lavando a roupa em plena sexta-feira à noite! E no fim de semana que vem é o aniversário da minha irmã, vou pra casa dos meus pais, na Pensilvânia". Ao sentir que eu ainda estava indecisa, ele completou meio brincalhão: "Olha, eu não vou te sequestrar nem nada assim, você até sabe onde eu moro!".

"Tá bom, eu vou!", falei, rindo. "Já estou curiosa para saber que lugares são esses! Espero que sejam bons mesmo, eu tinha planejado passar o domingo todo maratonando meus seriados..."

"Você não vai se arrepender, tenho certeza...", ele falou segurando meus ombros e me olhando intensamente.

Respirei fundo e resolvi procurar a Sabrina. Ao contrário dele, eu não tinha tanta certeza assim de que não iria me arrepender...

Pri, quando acordei, você já tinha saído! Me dá notícias, quero saber TUDO e não vou conseguir esperar até você voltar! Sabrina

Pena que eu e o amigo dele visivelmente não tivemos química, eu também adoraria estar em um encontro! Aproveite por mim!! Sabrina

Com que roupa você foi? Espero que não tenha ido com um sobretudo dos pés à cabeça, parecendo uma freira com frio! Sabrina

Acabei de ver que a lua está fora de curso. Normalmente eu não incentivaria iniciar nada neste momento, mas estou disposta a contrariar até os astros! Começa logo um romance com o gatinho! Sabrina

9

<u>Alison</u>: Conheço caminhos nesta cidade melhor que qualquer polícial.

(Pretty Little Liars)

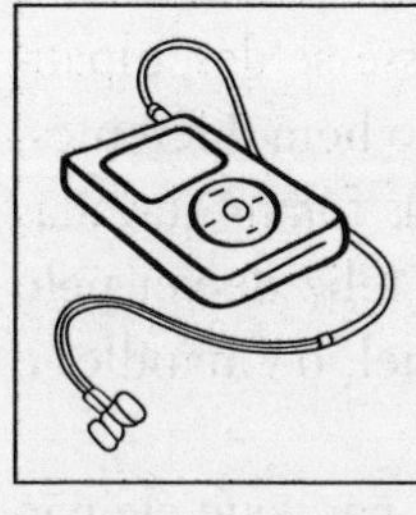

1. I'll Be There For You – Mateo Oxley
2. American Boy – Eden Elf
3. Oh, Pretty Woman – Aaron Espe

"Feche os olhos, Priscila, só abra quando eu falar!"

Coloquei a mão sobre o meu rosto, lutando para não espiar, apesar de estar muito curiosa. Havíamos saído do prédio às dez e meia, pois acabei acordando tarde. Depois de pegar o metrô, chegamos a um bairro residencial, chamado Greenwich Village, com prédios baixos e árvores na calçada. Nada ali parecia turístico, eu realmente não estava entendendo o que o Frank pretendia.

"Estou com medo de cair!", falei depois de tropeçar em uma oscilação da calçada.

"Não abra os olhos, eu te ajudo", ele falou me segurando pela cintura. Em seguida foi me guiando devagar, até que de repente parou e falou solenemente: "Por aqui começamos o meu roteiro turístico, desenvolvido especialmente para a amante de séries de TV mais encantadora que já conheci...".

Não tive tempo para processar o fato de o Frank ter dito que eu era encantadora, pois ele tirou as mãos dos meus olhos, e, ao abri-los, não pude pensar em mais nada, apenas que já tinha visto aquele prédio que estava na minha frente. Não uma, mas exatamente 236 vezes...

"É o prédio de *Friends*?", praticamente gritei, o que fez com que algumas pessoas que estavam circulando se virassem para mim. O Frank só assentiu com um sorriso bem largo, visivelmente feliz pela minha surpresa. "Não acredito!", falei em um tom mais baixo, procurando meu telefone na bolsa para registrar.

"Deixa que eu tiro sua foto", ele falou pegando dentro da mochila uma máquina fotográfica, que parecia bem profissional, e começou a procurar um bom ângulo.

Depois de várias poses, perguntei ansiosa: "A gente pode entrar?".

Ele balançou a cabeça como se estivesse se desculpando. "Infelizmente não... Os apartamentos são bem diferentes, mora gente 'de verdade' aí, as cenas internas foram gravadas em estúdio. Mas imaginei que você ficaria feliz de ver pelo menos o exterior de onde a Monica, a Rachel, o Chandler e o Joey moravam..."

"Eu amei, sério!", falei veementemente, para que ele não tivesse dúvidas. E, olhando para os lados, completei: "É como se o Ross e a Phoebe fossem chegar a qualquer momento!".

Ele riu ao ver minha empolgação, mas então falou: "Que bom que você gostou, mas vamos andando. Seu tour está só no começo...".

"Tem mais?", falei sem acreditar.

Ele fez que sim e estendeu a mão para mim. Sem pensar, a segurei e deixei que ele me levasse para o próximo destino, que surpreendentemente era a apenas dois quarteirões dali.

"Chegamos", ele falou, conferindo o nome da rua em uma plaquinha. "Perry Street."

Olhei em volta e a princípio não notei nada de mais, mas, ao ver um grupo de pessoas tirando fotos em uma escada, de repente percebi onde estávamos.

"A Carrie Bradshaw mora aí!", gritei outra vez, o que fez com que umas garotas que estavam por perto rissem da minha empolgação.

"Bem, eu acho que atualmente outras pessoas moram nesse apartamento", o Frank falou, rindo também. "Mas é exatamente este o local da casa dela no seriado."

"Foto!", pedi, já subindo as escadas e fazendo uma pose bem estilo "Carrie", com os joelhos meio dobrados, uma mão no corrimão e a outra na bolsa.

"Linda", o Frank falou baixinho, mas escutei. Eu não queria nem imaginar o que ele ia querer em agradecimento por estar realizando meus sonhos.

Assim que desci as escadas, ele falou que para o próximo local teríamos que pegar novamente o metrô. Então andamos até a estação e, após meia hora, chegamos a um bairro chamado Harlem.

"É bem ali", o Frank apontou para uma esquina, após caminharmos por uns cinco minutos.

De cara reconheci o local.

"É o Monk's Café?", perguntei, sorrindo. "De *Seinfeld*?"

"Na verdade, é o Tom's Restaurant", ele explicou, apontando para a placa com esse nome. "Monk's é o nome que deram para o local na série. Mas vamos entrar, você vai gostar!"

Assim que entramos, vi na parede vários quadros com reportagens, além de fotos do elenco e de famosos que estiveram no restaurante.

"Uau, impossível não ver o Jerry, o George e a Elaine conversando em uma dessas mesas!", comentei, olhando em volta e constatando que o lugar estava lotado.

"Ia te falar pra gente almoçar aqui, mas, como está muito cheio, acho melhor só pedirmos hambúrgueres pra viagem... Ainda temos muito o que ver!"

Concordei rapidamente, ansiosa pelo que mais ele havia planejado. Aquele era de longe o dia de que eu mais tinha gostado desde a minha chegada.

"Topa ir andando enquanto a gente come?", ele perguntou assim que saímos do "Monk's Café". "São quarenta minutos de caminhada... Mas podemos ir pelo Central Park, eu amo o parque nesta época do ano, com o cenário de inverno!"

"Lógico!", falei, já dando uma mordida no meu hambúrguer vegetariano. Quando expliquei para o Frank que eu não comia carne vermelha, ele logo procurou no cardápio uma opção que me atendesse. Mais uma vez me lembrei do Rodrigo. Ele iria amar aquele sanduíche...

Eu já tinha ido ao Central Park antes, com a Sabrina, mas, como estava muito frio, acabamos ficando pouco tempo e não exploramos muito. Por isso, era como se fosse minha primeira vez ali. O Frank tinha razão, aquele parque no inverno parecia uma pintura. A neve que cobria a maior parte da grama, as árvores sem folhas, o rio meio congelado... Além disso, tinha o silêncio. Nova York era o lugar mais "borbulhante" a que eu já tinha ido, mas ali parecia outra dimensão. Tudo que se ouvia era o som dos nossos passos sobre as folhas secas. Era tão bonito e tão triste ao mesmo tempo.

"Quer sentar um pouco?" O Frank apontou para um banco na frente do lago, já tirando um resto de neve com a luva.

Disse que sim, não por estar cansada, mas por querer curtir aquela paisagem um pouco mais. Nos sentamos e ficamos assim, lado a lado, apenas terminando de comer, até que de repente um pato apareceu.

"Acho que alguém está querendo um pouco do seu almoço...", o Frank falou, rindo.

"Ô meu amor, você está com fome?", falei já me agachando ao lado do pato e dando para ele o resto do meu pão. Ele comeu tudo avidamente e continuou ali, provavelmente querendo mais. Olhei para o Frank, que entendeu sem que eu dissesse uma palavra, e jogou também o resto de seu pão para o bichinho.

O pato comeu tudo, mas, quando tentei passar a mão nele, saiu andando depressa, em direção ao rio.

"Você gosta mesmo de bichos...", o Frank falou assim que me levantei, provavelmente se lembrando da história que eu havia contado na noite anterior, sobre o desvio radical da minha vida. "Eu também gosto, temos alguns na casa dos meus pais. Quando dá muita saudade, vou até à clínica veterinária da esquina do nosso prédio para brincar com os cachorros que ficam lá."

Olhei para ele surpresa, tanto por ele gostar de animais quanto pela informação sobre a clínica... Eu ainda não havia notado sua existência, mas certamente iria lá para conhecer.

"Outra coisa que faço às vezes é andar com amendoins e nozes no bolso", ele continuou. "Você já deve ter percebido que Nova York é cheia de esquilos. Gosto de alimentá-los, é uma forma de matar a saudade de casa, lá também tem muitos. Eu costumava fazer isso quando criança, gostava que eles chegassem perto de mim."

Fiquei um tempo só olhando para ele, admirada, mas acabei falando o que estava pensando: "Quem diria que um executivo de Wall Street pudesse ser tão sensível?".

Ele riu, balançou a cabeça, então me estendeu a mão dizendo: "Vamos continuar nossa rota? Daqui a pouco escurece e não vai dar pra te mostrar o próximo lugar da lista".

Olhei rapidamente para o relógio e vi que já eram quase quatro da tarde. Ele tinha razão, os dias continuavam escurecendo cedo, em pouco mais de uma hora já seria noite.

Concordei e fomos andando um pouco mais depressa. Quando chegamos a um ponto do parque, ele falou que a partir dali iríamos pela rua. Andamos mais uns dois quarteirões até à 5ª avenida. Fiquei tão distraída olhando as lojas que só percebi o que o Frank queria me mostrar quando ele me virou para o outro lado.

"Aquele é o famoso MET, o Metropolitan Museum of Art. Um dia podemos entrar para visitar, mas hoje o que eu quero te mostrar... Bem, eu acho que você já viu!"

Sim. Eu estava parada olhando para a escadaria do museu, só faltando enxergar a Serena e a Blair sentadas ali. Fiquei tão emocionada que meus olhos até encheram de água.

"Sem chorar, senão vai ficar com a maquiagem borrada na foto!", ele falou, passando a mão de leve pelo meu ombro. "Corre lá, faz uma pose bem *Gossip Girl* para eu registrar!"

Dei um sorriso e fiz o que ele sugeriu. Me senti a própria Blair Waldorf ali, inclusive a roupa que eu estava usando tinha um estilo parecido com as dela. Uma das coisas que eu estava amando naquele frio de NY era poder usar meias grossas, botas, casacos compridos...

"Obrigada, Frank", falei assim que voltei para o lado dele. Eu estava verdadeiramente comovida. "Foi um dia inesquecível."

Dei um abraço nele, que ficou passando as mãos nas minhas costas, visivelmente surpreso.

"Não foi nada, mocinha! Se quer saber, o dia foi maravilhoso para mim também! Estou adorando sua companhia." Então ele se afastou um pouco e completou: "Mas não acabou ainda...".

"Não?", perguntei sem entender. Já estava ficando escuro.

Ele só fez que não com a cabeça e falou: "Vem comigo, algo me diz que vai ser o lugar perfeito para fechar o nosso tour".

Dei uns pulinhos de ansiedade, e ele chamou um táxi, o que fez a minha curiosidade aumentar ainda mais. Eu realmente não sabia o que naquele dia podia ser ainda melhor...

Cadê você?? Dá pra me responder? Vou encarar isso como uma boa notícia, já que o passeio deve estar tão maravilhoso que você não pegou o celular nem uma vez! Sabrina

Pri, estou ficando preocupada! São seis da tarde! O vizinho não te sequestrou, né? Vou esperar mais uma hora, se você não chegar, vou chamar a polícia! Mas, caso esteja tudo bem, pode passar no McDonald's e trazer um hambúrguer pra mim, por favor? Sabrina

10

Robin: Nós acabamos de nos conhecer
e você me vem com esse olhar tipo...

Ted: Tipo o quê?

Robin: Tipo... "Vamos nos apaixonar
e nos casar, ter filhos e levá-los
para o treino de futebol".

Ted: Eu não vou forçá-los a praticar
nada, a não ser que eles queiram.

Robin: É uma bela visão. Mas você
está olhando para a garota errada.

(How I Met Your Mother)

O tráfego estava carregado. Mesmo sendo domingo, o táxi se movia lentamente. No começo ficamos calados, olhando pela janela, mas logo resolvi quebrar o gelo.

"Como começou isso de fotografia?"

"Foi ainda na infância", ele explicou, acariciando a câmera, que estava em seu colo. "Eu herdei do meu avô uma antiga Polaroid, daquelas instantâneas, e saí tirando foto de tudo e de todos... Minha mãe achou que eu tinha talento, pois com apenas oito anos já escolhia os melhores fundos, ângulos, sabia enquadrar muito bem... Então ela me deu uma câmera um pouco melhor, analógica, e minha maior diversão se tornou fotografar e depois revelar o filme. Ver o momento capturado era fascinante... Continuei fotografando cada vez mais e, no ensino médio, acabei sendo convidado para ser o fotógrafo oficial do jornal do colégio. Até ganhei uns concursos amadores de fotografia... Gostaria de ter tempo para me dedicar mais, mas pelo menos consigo levar como um hobby. Estou doido para ver como suas fotos vão ficar impressas!"

"Aposto que vão ficar ótimas!", falei com sinceridade.

Ele sorriu, olhou novamente pela janela e falou: "Já estamos chegando, é logo naquela esquina. Vamos descer de uma vez?".

Em menos de três minutos chegamos em frente a um pub. Ele falou para a gente entrar, e eu não estava entendendo que lugar era aquele, mas quando olhei em volta nem acreditei. Era o bar que os personagens de *How I Met Your Mother*, a série em que eu estava completamente viciada no momento, se encontravam em quase todos os episódios.

"Pensei em nos sentarmos em uma das mesas com sofá, assim você pode se sentir próxima do Ted e do resto do pessoal...", ele falou sorridente. "O que acha?"

Concordei depressa, eu realmente estava me sentindo dentro de um dos episódios. Ele pediu uma mesa ao garçom e, enquanto esperávamos vagar alguma, ficamos admirando uma das paredes, que também tinha um grande mural, com fotos do elenco e muitas reportagens sobre a série.

"Você assiste?", perguntei curiosa, apontando para uma foto. Ele parecia entender muito do assunto.

"Vi só as duas primeiras temporadas...", ele respondeu com uma expressão meio desanimada.

"Não gostou?", franzi a testa. Eu não podia acreditar que alguém não gostasse daquela série.

"Adorei!", ele segurou o meu braço, para dar ênfase. "O problema é o tempo... Vi com a minha irmã, que só não é mais viciada em seriado do que você. Só que, logo depois que começamos, me mudei pra cá. E aí os estudos e o trabalho passaram a tomar o meu dia inteiro, algumas noites e até finais de semana. Por isso, tudo que eu quero quando chego em casa é dormir... Mas não estou me queixando. Como te disse, eu adoro o que faço. Só gostaria que não me sugasse tanto."

Nesse momento o garçom avisou que uma mesa estava disponível, então só retomamos a conversa quando já estávamos sentados.

"Você tem mais irmãos, além da que gosta de séries quase tanto quanto eu?", perguntei interessada. Estava começando a ficar bem curiosa a respeito dele.

"Não, só a Melanie. Ela vai fazer 21 anos, dois a menos do que eu. Continua na Pensilvânia, vai se graduar em Cinema."

"Que legal! Tenho uma amiga que também estuda Cinema, em Los Angeles!", falei subitamente, mas então me lembrei que havia mais de seis meses que eu não tinha notícias da Fani. Eu tinha me afastado de todas as pessoas que pudessem me lembrar do Rodrigo, senão, se ficasse pensando nele o tempo todo, eu simplesmente não conseguiria respirar. Doía demais saber que morávamos no mesmo mundo, com os mesmos amigos, mas não compartilhávamos mais os mesmos momentos.

"O sonho da Mel era ir pra Los Angeles também", o Frank continuou a falar, sem perceber minha mudança de humor. Foquei no que ele estava dizendo para que aquela melancolia passasse logo. "Mas meus pais ficaram tão abatidos quando vim para cá que ela resolveu continuar por perto... Me sinto um pouco culpado, por mais que eu e eles tenhamos tentado fazer com que ela mudasse de opinião."

O garçom apareceu trazendo o cardápio, e aí qualquer baixo astral se transformou em risada, porque cada um dos pratos e drinks tinha o nome de um dos episódios ou de alguma frase marcante de *How I Met Your Mother*.

"Acho que eu deveria lavar roupa com mais frequência", ele falou depois de fazermos nossos pedidos ("The Pineapple Incident" pra mim e "Wait for it..." pra ele). "Nem poderia imaginar que tinha uma garota tão especial morando tão pertinho de mim..."

Eu estava sorrindo, mas, ao ouvir aquilo, minha expressão congelou. Ainda mais que um segundo depois ele segurou as minhas mãos, que estavam em cima da mesa.

"Olha, Frank, a gente precisa conversar", falei endireitando o corpo. "Tem algo que você ainda não sabe sobre mim..."

"Você namora, né?", ele falou baixinho, soltando minhas mãos devagar. "Claro, eu deveria saber, uma garota como você não estaria solteira, alguém com certeza te encontrou antes."

Ele pareceu tão chateado que eu até peguei as mãos dele de volta.

"Não, eu não namoro", falei de uma vez e vi o olhar dele se acender. "Mas eu namorei. Por muitos anos. Um namoro intenso que eu achava que ia durar pra sempre... Mas não durou, nós terminamos no ano passado, e o meu coração ainda está muito machucado por causa disso." Ele assentiu e eu continuei: "Pelo pouco que te conheço, já notei que você é uma pessoa muito boa, que merece tudo de melhor. E acho que se envolver comigo, do jeito que eu estou, não vai te fazer bem. Eu ainda não estou aberta para o amor, na verdade acho que nunca mais vou estar...".

Sem querer meus olhos se encheram de água, ele fez que ia dizer alguma coisa, mas eu pedi para esperar.

"Quero muito ser sua amiga, Frank. Hoje foi um dos melhores dias da minha vida, nunca vou esquecer esse roteiro que você fez pra mim! Realmente quero você por perto, porque vi que você é muito, muito especial. Mas, no momento, tudo que tenho pra oferecer é a minha amizade..."

Dei um suspiro, e ele ficou um tempinho olhando para mim, sem dizer nada. Eu já ia falar que a gente poderia ir embora se ele quisesse, já que aquilo não era bem o que ele tinha em mente para o fim do dia, mas ele passou a mão pelo cabelo devagar, tirou os óculos, respirou fundo e disse: "Priscila, não vou mentir pra você. Claro que eu queria algo mais. Você é linda, tem um jeitinho decidido, mas ao mesmo tempo atrapalhado, que me instiga e me diverte...".

Me lembrei da minha confusão na lavanderia e coloquei a mão nos olhos, com vergonha por ele ter me conhecido assim.

"Você me surpreende, me deixa com vontade de ver o que vem a seguir", ele continuou, "pois já notei tantas características diferentes em você que gostaria, sim, de chegar bem perto para entender direito. Queria conhecer cada um desses fragmentos da Priscila, que parecem ser mais variados do que essas pequenas sardas que cobrem o seu rosto. E que são lindas por sinal..."

Coloquei a mão no rosto involuntariamente, bem surpresa com tudo que ele estava falando.

"Mas é claro que quero ser seu amigo. Te conheço há apenas três dias e já estou fascinado, imagino como deve ser interessante a vida com você do lado, seja como for. Então, pode me chamar quando quiser passear por Nova York, ou se precisar de alguém para carregar suas roupas na lavanderia, ou, ainda, de companhia para ver um seriado... Pode contar comigo pra tudo, Priscila."

Assenti feliz. Apesar de estar com o coração fechado, eu tinha que admitir que estava adorando estar com ele. Tinha muito tempo que eu não conhecia alguém tão divertido e interessante...

"Só tem um detalhe, Frank...", falei com a cara meio fechada, mas logo sorri, ao ver a preocupação no rosto dele. "Pra ser meu amigo, tem um pré-requisito muito importante... Tem que me chamar de *Pri*. Por favor, para com esse negócio de Priscila, parece que está brigando comigo!"

Ele ficou sério um tempo, mas então riu, concordando.

"Entendo. Também detesto quando me chamam de Franklin. Parece que estão chamando o meu avô, esse também é o nome dele. Aliás, não gosto nem um pouco de terem me dado um nome de família, mas pelo menos quando me chamam de *Frank* sinto que sou mais eu. Apesar de na infância ter sofrido muito *bullying* dos 'amigos' me chamando de Frankenstein."

Ao dizer isso, ele fez uma carinha fofa tentando imitar um monstro, mas falhando terrivelmente.

"Frankenstein...", falei, sorrindo. "Tenho uma nova regra, só topo ser sua amiga se eu puder te chamar assim. Tudo bem pra você, Frankenstein?"

Ele estreitou os olhos, fazendo força para não rir, e então atrapalhou meu cabelo, falando: "Experimenta só pra você ver, *Priscila...*".

Atrapalhei o cabelo dele também, e só paramos de rir quando nossos pedidos chegaram.

Mais tarde, quando voltamos para o prédio, ele fez questão de me levar até o meu apartamento. Para minha surpresa, a Sabrina estava na porta.

"Onde você estava?", ela falou me abraçando assim que me aproximei. "Fiquei enlouquecida aqui, pensei que estivesse em um cativeiro, sendo explorada, abusada... Liguei até para os seus pais!"

Olhei para ela sem entender. Ela sabia que eu ia sair com o Frank. Por sorte ela tinha falado em português, o Frank ia ficar até meio ofendido com a suposição dela. Mas como assim tinha ligado para os meus *pais*?! No mínimo os dois estavam em um avião para Nova York neste momento!

O Frank ficou me olhando sem entender, e então a Sabrina, ao perceber que tinha exagerado *um pouco*, ficou meio sem graça e falou: "Vou deixar vocês se despedirem", e já entrou no apartamento fechando a porta atrás de si.

Balancei a cabeça e expliquei para o Frank que ela só estava um pouco preocupada, pois eu não costumava voltar tarde. E então completei: "Muito obrigada mesmo pelo dia de hoje. Foi inesquecível!".

"Eu que agradeço!", ele falou depressa. "Tinha muito tempo que eu não passava um dia tão agradável. Espero que a gente possa repetir outras vezes... Nem que eu tenha que descobrir várias séries novas passadas aqui, só para te levar no cenário delas!"

Eu sorri e disse boa noite.

"Boa noite", ele respondeu com um sorriso meio triste e, em seguida, me deu um rápido beijo no rosto. "Tenha bons sonhos."

Sorri de volta, e ele então foi andando devagar pelo corredor. Entrei no apartamento, fechei a porta e, quando ia trancá-la, abri de novo e olhei para fora, mas o Frank já havia sumido pelo elevador.

Eu só gostaria de ter também uma chave para destrancar o meu coração...

De: Luiz Fernando <lfpanogopoulos@mail.com.br>

Para: Priscila <pripriscilapri@aol.com>

CC: Lívia <livulcano@netnetnet.com.br>

Enviada: 25 de janeiro, 18:37

Assunto: Volte agora!

Priscila, passamos o dia todo tentando falar com você e seu celular só desligado! Estamos muito preocupados, estou a ponto de acionar o FBI! Sua amiga nova ligou para cá dizendo que você saiu com um HOMEM pela manhã e não voltou até agora! Já telefonei para o Ruy e falei que quero você de volta, sã e salva em casa, o mais rápido possível! Pelo visto você não está nada preparada para morar sozinha em outro país.

De: Ruy <ruy@popcasting.com.br>

Para: Priscila <pripriscilapri@aol.com>

Enviada: 25 de janeiro, 18:51

Assunto: Inadmissível

Priscila Vulcano Panogopoulos,

Caso você ainda não tenha entendido, quero deixar aqui registrado que você está no exterior para ESTUDAR. E é só nisso que você deve focar nesse momento. Seu pai me ligou dando a agradável notícia de que aparentemente você já arrumou um namorado, com apenas duas semanas nesse país! Ele chegou a exigir que eu te trouxesse de volta hoje mesmo, coisa que eu já estava até considerando fazer, mas, graças à sua mãe, que disse que ia conversar com você e te persuadir a deixar para pensar em garotos depois de sua volta, seu pai aceitou TENTAR deixar você ficar, pelo menos até a sua próxima estrepolia.

Preste bem atenção no que vou dizer, Priscila: quero que você termine com esse tal namorado agora mesmo, ok? Você VAI voltar para o Brasil exatamente daqui a seis meses para trabalhar como atriz e não quero nada te prendendo aí. Além disso, estou em contato com a assessoria de alguns atores de renome daqui. Já estamos combinando com quem você deve ser vista assim que voltar, para que a imprensa comece a especular sobre quem você é. Já imagino as manchetes: "Jovem atriz recém-chegada do exterior é vista com Fulano no Shopping da Gávea. Especula-se que os dois tenham se conhecido em uma conceituada escola de atuação de NY!”. Todo mundo vai ficar curioso a seu respeito e isso vai atrair mídia gratuita para você!

Portanto, faça o que eu digo e não se disperse! Use os seus fins de semana para estudar o que vem aprendendo no curso!

De: Lívia <livulcano@netnetnet.com.br>

Para: Priscila <pripriscilapri@aol.com>

Enviada: 25 de janeiro, 19:02

Assunto: Vai fundo!

Pri,

Não liga pro seu pai, ele só está preocupado e com ciúmes. Eu acho maravilhoso que você esteja finalmente se envolvendo com outra pessoa! Ufa, cheguei a pensar que você não fosse superar o Rodrigo nunca! Só estou meio chateada pelo fato de você não ter me contado nada sobre esse novo garoto, como nos velhos tempos... Quero que você saiba que, apesar de estarmos longe fisicamente, continuo pensando em você 24 horas por dia. Já estou com muita saudade da minha filhinha e adoraria que você me contasse tudo que tem feito aí, assim posso te sentir um pouco mais presente. Onde você conheceu o tal mocinho? Como ele se chama? É bonito? Me passa a ficha, Pri, estou curiosa!

Aproveita cada segundo aí, sai de casa mesmo, não fica só estudando, não! Aliás, nem sei como funciona isso de teatro... Tem que estudar também ou é só ensaio?

Mil beijos!

Mamãe

P.S.: Não esquece de puxar a cordinha na hora certa pra ele ficar bem interessado... ☺

P.S. 2: Se tiver contado tudo pra Samantha antes de mim, vou ficar muito chateada! ☹

De: Samantha <sambasam@email.com>

Para: Priscila <pripriscilapri@aol.com>

Enviada: 25 de janeiro, 19:16

Assunto: Oiê

Prica, que saudadeeeeeeeeee!

Sua mãe me ligou agora pra saber se eu sei alguma coisa sobre seu namorado novo. Eu fiquei tipo: ?????????

Não sei nem sobre sua colega de apartamento (sua mãe que me contou), que dirá sobre um novo amor!

Que história é essa de você estar me excluindo da sua vida, Pri?? Não precisa mais dos meus conselhos só porque fez 20 anos e tá se achando muito adulta? Ou foi porque eu virei mãe? Pensa que fiquei velha para a arte da conquista? Pois saiba que está enganada, viu? Ainda posso dar aula sobre isso! Quero dizer, no momento não quero pensar em dar aula de nada, estou tão cansada que só quero dormir... Seu sobrinho continua me acordando todas as noites de três em três horas para mamar! Amo muito esse gorducho, mas estou com saudade da minha antiga vida também. Eu era tããão descansada...

Por favor, me conta tudo, preciso viver através de você! Minhas únicas conversas hoje em dia são com outras mães, e o assunto é papinha, cocô e fralda! Help!

Beijocas!

Sam

De: Sabrina <ssilver@mail.com.br>

Para: Priscila <pripriscilapri@aol.com>

Enviada: 25 de janeiro, 21:03

Assunto: Desculpa

Oi, Pri, estou escrevendo porque estou tão sem graça com você que nem tenho coragem de chamar pra conversar. Como fui ao banheiro agora e vi que você está no computador respondendo e-mails, resolvi te mandar um também, assim não preciso te encarar.

Desculpa de novo, Pri. Eu só liguei pra sua família porque eu estava me sentindo muito culpada, afinal, fui eu que insisti para irmos à festa do Frank, e foi lá que ele te convidou pra sair. Depois de te ligar o dia todo e mandar mensagens, sem resposta, fiquei muito preocupada. Além de tudo, bati na porta do apartamento dele e depois de uns cinco minutos o Kenzo apareceu com a maior cara de sono, parece que o acordei, e disse que não tinha a menor ideia de onde o Frank estava, que provavelmente tinha ido para a Pensilvânia! Pri, fiquei desesperada pensando que ele era um vampiro ou algo assim, não é na Pensilvânia que mora o Drácula?!

Bom, foi só por isso que liguei para os seus pais. Eu não sabia o que fazer, queria que eles me instruíssem, não que ficassem mais desesperados do que eu, a ponto de quererem que você volte pra casa!

Você não vai voltar, né? Sei que tem poucos dias que nos conhecemos, mas já te considero uma grande amiga! Eu adoro você, Pri! Por favor, fica? Com quem eu vou ficar até tarde da noite vendo TV? Quem vai descer até o Starbucks enquanto eu me arrumo atrasada pra ir pra aula só pra buscar um café (mesmo sem tomar) pra mim? E quem mais me entreteria com sua vida dramática que mais parece um seriado de dez temporadas?

FICA! Eu ligo pro seu pai se precisar e falo que inventei tudo, que eu estava bêbada, o que você quiser...

Sabrina

De: Priscila <pripriscilapri@aol.com>

Para: Sabrina <ssilver@mail.com.br>

Enviada: 25 de janeiro, 21:07

Assunto: Re: Desculpa

Depois eu que sou a dramática... Não se preocupe, eu não vou embora. Mas por favor NÃO ligue mais para os meus pais. Muito menos dizendo que está bêbada!!

Sai logo desse quarto, vou começar a assistir "The Carrie Diaries" neste minuto. Já fiz o brigadeiro.

Também adoro você.

Beijo,

Pri

P.S.: O Drácula mora na Transilvânia.

11

Alison: Amigos compartilham segredos.
É isso que nos mantém próximos.

(Pretty Little Liars)

Diário de Viagem

Acontecimentos marcantes de janeiro:

3 de janeiro - Meu aniversário

3 de janeiro - Batizado do Rodriguinho

3 de janeiro - E-mail do Patrick

4 de janeiro - SP - NY

5 de janeiro - Chegada a NY

6 de janeiro - Turismo com a Sabrina

7 de janeiro - Início das aulas

23 de janeiro - Lavanderia, conheci o Frank

24 de janeiro - Aniversário do Frank

25 de janeiro - Tour de locações de seriados com o Frank 😍

Minhas primeiras semanas em Nova York foram tão intensas que, sem que eu percebesse, fevereiro chegou. Depois de quase ter sido mandada embora por causa de um delírio da Sabrina, resolvi me concentrar no que tinha ido fazer ali: aprender a atuar. Quero dizer... *mais ou menos*.

O Frank estava cumprindo o que havíamos combinado e estava se esforçando para ser meu amigo. Por isso, diariamente me mandava mensagens para saber se eu precisava de alguma coisa, e pelo menos três vezes por semana batia em nossa porta convidando para tomar um café, ver um seriado ou até lavar roupa. Às vezes eu aceitava. Outras não... Eu não queria dar esperanças para ele de jeito nenhum. Apesar de achá-lo mais fofo a cada dia, meu coração estava em *hiatus*.

Pelo menos era o que eu achava...

Tudo começou no dia 2 de fevereiro. Não eram nem oito da manhã, eu estava no ferry de New Jersey para Manhattan, a caminho da escola, quando meu celular apitou.

Contagem regressiva: 20 dias para te ver. Não vejo a hora! Patrick

"Qual é a piada, Pri?", a Sabrina perguntou, ao me ver rindo para o celular.

"Nada não...", falei, guardando o aparelho rapidamente na bolsa.

Ela não insistiu, o que me deixou meio cismada. A Sabrina conseguia ser mais curiosa do que eu... Como se não bastasse, durante todo o resto do trajeto, ela ficou meio calada. E, para completar, ao passarmos pelo Dunkin' Donuts que ficava um quarteirão antes da escola, ela nem parou para pedir o seu tradicional Boston Cream. Passou reto, como se a loja nem existisse.

"Sabrina, você está bem?", perguntei um pouco antes de chegarmos.

Ela disse "aham" balançando a cabeça e apressou o passo.

"Espera, Sabrina", falei, a segurando pelo braço. "Não é comigo, é? De que tem alguma coisa errada, tenho certeza. Mas preciso saber se foi algo que eu fiz... Você está muito estranha."

Ela não respondeu. Olhou para baixo, mexeu no cabelo e tudo que disse foi: "Vamos chegar atrasadas!", tentando se desvencilhar da minha mão.

"Sabrina!", falei meio brava. "Você está achando que eu sou algum namorado seu? Ou melhor, algum namorado seu do começo da adolescência? Nasci sabendo que 'aham' e 'vamos chegar atrasadas' ou outra frase qualquer para empurrar o real problema são táticas femininas para que o cara fique se sentindo culpado e implorando para saber o que realmente está acontecendo! Se você conhecesse minha mãe, não viria com manipulação pra cima de mim... Fui criada conhecendo cada joguinho existente no universo!"

Em seguida larguei o braço dela e saí andando. Quase na frente da escola, ela me alcançou.

"Pri, desculpa", ela falou, entrando na minha frente. "Eu devia ter te falado abertamente o que estou sentindo, mas tinha esperança de esquecer logo."

Balancei os ombros sem entender, esperando que ela continuasse.

"Desde o dia em que liguei pros seus pais, você anda meio estranha comigo... Você disse que me desculpava, que não tinha problema, mas nas atitudes você está diferente, distante, séria... Agora mesmo, você leu alguma coisa no seu celular e não quis compartilhar, apesar de eu demonstrar que gostaria de rir com você... Não estou te cobrando nada, é só que você é minha única amiga aqui. Sei que temos pouco tempo de convívio, mas está sendo tudo tão intenso que é como se tivesse muito mais. Estou me sentindo excluída e com saudade de casa, dos meus amigos... Desculpa mais uma vez. Tanto pelo lance dos seus pais quanto pelo que estou sentindo. Você não tem nenhuma obrigação comigo."

Ela continuou a andar, mas então fui eu que a parei.

"Sabrina, espera", falei com a mão no ombro dela. "Eu não notei que você estava se sentindo assim, não tive a menor intenção de te excluir, de jeito nenhum! Aliás, muito pelo contrário. Antes de vir pra cá, eu estava muito preocupada em me sentir sozinha, sempre fui cheia de amigas, e você foi uma surpresa maravilhosa que esta viagem me trouxe! Se eu acabar não levando jeito pra carreira de atriz, pelo menos já valeu por ter te conhecido..."

Ela ficou me olhando com a expressão mais leve, mas ainda parecia meio cismada.

"Você está me achando diferente porque, depois da confusão com meus pais e pelo Ruy quase ter me mandado voltar, resolvi focar no que realmente vim fazer aqui, que é estudar Teatro. Namorado, saídas e tudo mais podem esperar, vou ter a vida inteira pra fazer isso. Acho que foi essa mudança que você notou em mim. Resolvi ficar mais centrada. Juro que não tem nada a ver com você." Parei de falar um pouco e então peguei meu celular e estendi para ela. "Toma, pode olhar. Só escondi porque acabei de receber uma mensagem do Patrick. Sei que você ia ficar me mandando responder, e isso acabaria indo contra tudo que eu disse agora, sobre o foco e tal..."

"Patrick?", ela falou sorrindo, já pegando meu celular.

Sorri também. Era bom ter a Sabrina feliz de volta, mas eu já sabia o que viria a seguir.

"Que fofoooooo!", ela falou, dando pulinhos. O jeito dela em alguns momentos me lembrava muito o da Natália. Que saudade dela... "Pri, você precisa responder pra ele! Agora! Fala que está ansiosa também! Olha, se você se mostrar muito indiferente, ele vai desistir! Tem que deixar transparecer pelo menos um pouquinho de empolgação!"

"Mas eu não estou empolgada!", falei depressa, mas sem tanta certeza.

"Ué, então cancela o encontro", ela falou com a mão na cintura. "Se não quer ver esse garoto, por que está dando esperança pra ele?"

Hesitei por um instante, e ela então riu e falou: "Sei! Tá bom, não precisa escrever. Pelo que me contou, ele parece estar interessado em você desde os seus 15 anos. Não vai ser a resposta, ou melhor, a falta de uma resposta que vai fazê-lo desistir".

Eu ia responder que não era como se ele tivesse ficado atrás de mim aqueles anos todos, mas de repente olhei para o relógio.

"Sabrina, estamos atrasadas!", falei, já apressando o passo. "Tenho aula de canto agora. Aquela professora é meio rígida, tenho receio de que ela não me deixe assistir à aula!"

Entramos depressa na escola. Eu só não imaginava que aquela aula seria exatamente o que mudaria o meu destino... Embora eu fosse descobrir isso apenas vários meses depois.

12

Petra: Quanto tempo isso vai durar?
Estou tão cansada de chorar.

(Jane the Virgin)

1. Tomorrow – Annie
2. On My Own – Les Misérables
3. Memory – Cats

Quando cheguei na frente da sala de música, onde eram as aulas de Expressão Vocal, a porta já estava fechada. Balancei a cabeça de um lado para o outro. Aquilo ia contra tudo que eu tinha planejado, sobre me concentrar no curso e tal. Mas eu não podia deixar a Sabrina pensando que eu estava com raiva dela ou coisa parecida, o atraso havia sido necessário.

Bati timidamente e esperei. Ninguém atendeu. Coloquei a orelha na porta, numa tentativa de ouvir o que estava acontecendo, e notei que já estavam fazendo aquecimento vocal, uma parte da aula em que todos cantavam juntos. Talvez por isso não tivessem escutado as batidas.

Fui bater mais forte, e bem nesse momento a porta se abriu e eu acabei batendo não na porta, mas no rosto da professora Claire, que me olhou bem séria.

"Priscila Panogopoulos", ela falou para a classe inteira ouvir. "Obrigada por nos dar a honra da sua presença! Infelizmente não pudemos esperar você e já fizemos os exercícios vocais. Mas que ótimo que você chegou para a primeira aula de solo!"

Apenas assenti, ignorando a ironia dela, e fui depressa para onde os outros alunos estavam, num pequeno tablado em forma de arquibancada no fundo da sala. Percebi que a Catarina – que por uma coincidência infeliz tinha os mesmos horários que eu – estava com um sorrisinho maldoso para mim. Ignorei e me posicionei ao lado de um dos meus colegas, que rapidamente sussurrou dizendo que eu não tinha perdido nada de importante.

A Claire então começou a explicar que nas aulas anteriores havíamos investido no canto em grupo e que agora começaríamos a trabalhar os solos, aqueles momentos em que o ator é responsável, sozinho, por um trecho ou até por uma música inteira.

"Selecionei algumas canções de musicais conceituados." Ela ligou o projetor e instantaneamente a lista apareceu em um telão que ficava do outro lado da sala. Fiquei feliz ao ver que conhecia a maioria delas.

Defying Gravity – Wicked

All I Ask Of You – The Phantom Of the Opera

On My Own – Les Misérables

Tomorrow – Annie

Memory – Cats

Don't Rain On My Parade – Funny Girl

Dancing Queen – Mamma Mia!

Can You Feel the Love Tonight – Lion King

"Para essa primeira aula de solo, quero apenas sentir o potencial de vocês. Portanto, chamarei cada aluno aqui na frente para cantar um trecho de alguma dessas músicas, *a cappella*.*

* Sem acompanhamento de instrumentos musicais.

Quero dizer, se vocês forem maravilhosos, pode ser que eu queira ouvir a música inteira."

Comecei a pensar rapidamente em qual delas eu escolheria. "Dancing Queen" era mais fácil de cantar, mas "On My Own" era tão linda... Lembrei na mesma hora de um episódio de *Dawson's Creek*, quando a Joey participou de um concurso cantando essa música.

"Priscila Panogopoulos, você primeiro." A Claire de repente apontou para mim. Fiquei desorientada, eu não estava nem um pouco preparada, ainda nem tinha escolhido a música... Mas logo vi que quanto a isso eu não precisava me preocupar. "Venha aqui na frente e cante um trecho de 'Memory'", ela falou, já abrindo espaço para mim.

"O quê?", perguntei, para ganhar tempo. Por mais que tentasse, não conseguia me lembrar que música era aquela! "Não pode ser outra?"

Ela estreitou os olhos, colocou as mãos na cintura e me olhou de cima a baixo, antes de responder: "Não gosta dessa?".

"Gosto, quero dizer, hum..."

Em vez de responder logo que eu não me lembrava da música, me enrolei toda, o que fez com que ela desse um sorriso meio sarcástico e dissesse: "Muito difícil para você? O que quer tentar então? *Rei Leão* ou *Annie*?".

Ouvi umas risadinhas abafadas dos meus colegas, e aquilo me deixou ainda mais nervosa.

"Eu..."

"Ou talvez queira cantar alguma que nem mesmo está na lista que preparei?", a Claire continuou. "'Brilha, brilha estrelinha' não é uma opção."

Dessa vez o volume dos risos foi mais alto.

Resolvi parar de tentar me explicar e falei: "'Tomorrow' está ótimo", e comecei a cantar aquela música que eu sabia desde a minha infância. Eu adorava o filme da Annie.

Eu ainda estava na segunda estrofe quando ela me interrompeu.

"Suficiente." E então pegou um caderno e começou a riscá-lo, dizendo: "Impostação, dicção, fluxo respiratório, postura, extensão vocal... e conhecimento de clássicos da Broadway". Fiquei olhando sem entender, e ela completou: "Falta tudo isso em você". E, se virando para meus colegas, perguntou: "Quem quer ser o próximo?".

Continuei estática, enquanto ela se direcionava para a frente dos meus colegas.

"Pode ser eu?", alguém falou. Com desânimo, notei que era a Catarina. "Adoraria cantar 'Memory'."

Revirei os olhos observando o ar de aprovação da Claire. A Catarina veio em minha direção, e só então percebi que eu ainda estava ali, parada, na frente de todo mundo. Fui rapidamente para o meu lugar, a tempo de ouvi-la começar a cantar. Já nos primeiros versos me lembrei de que música era aquela. E eu a conhecia tão bem!

Sem a menor surpresa, notei que a Claire deixou a Catarina cantar até o final e fez questão de elogiá-la, olhando para todos os alunos.

"Muito bem. Eis aqui um exemplo do que um bom solo deve ter. Brilho, vigor, afinação e *coragem*. Sim, é preciso muita coragem para estar debaixo do holofote principal de um palco. Não é para qualquer um."

Ela não falou a última parte olhando diretamente para mim, mas senti como se fosse. Passei o resto da aula remoendo aquilo, pensando que poderia ter cantado melhor. Certamente o nervosismo havia me atrapalhado, mas agora era tarde. A Claire sempre me enxergaria como uma aluna sem talento.

Para comprovar isso, no final, quando eu já estava quase saindo da sala, ela me chamou: "Priscila, espero que você seja mais pontual na aula que vem. O aquecimento vocal é muito importante, especialmente no seu caso. Não podemos acrescentar mais problemas, como um calo nas cordas vocais. Seria enterrar sua carreira antes mesmo de começar".

Eu ia explicar que havia tido um problema pessoal que me fez atrasar e também que conhecia a música que ela tinha me pedido para cantar, mas ela já estava conversando com outras alunas. Resolvi deixar pra lá, não adiantaria nada mesmo. Eu precisava provar que era capaz.

Voltei para casa me sentindo triste pela primeira vez desde a minha chegada. Para completar, ao ligar meu computador para fazer uma pesquisa sobre músicas da Broadway, me deparei com o calendário e só aí me dei conta de que dia era. O aniversário do Rodrigo. Tinha sido exatamente naquela data, no ano anterior, que minha vida mudara de rumo. O dia em que fui parar na TV, o que acabou gerando o convite para ser atriz.

Respirei fundo, repassando cada acontecimento que havia me levado até ali. Em um ano eu tinha mudado tanto... Deve ser verdade aquilo que dizem, que o sofrimento nos faz crescer. Certamente eu não era mais aquela menina sonhadora do ano anterior. Tive que ficar mais forte, tive que mudar de rumo, tive que endurecer. Do contrário, não aguentaria, por exemplo, a crítica daquela professora intransigente. Em vez de estar ali tentando me superar, para provar que eu era capaz, estaria chorando pelos cantos. Apesar de essa ainda ser a minha vontade...

Voltei para a minha pesquisa e fiz questão de fazer uma playlist para aprender cada uma daquelas músicas de cor e salteado.

Por essa razão, só bem mais tarde, me deitei na minha cama, abracei meu travesseiro e me permiti pensar no Rodrigo. O que ele estaria fazendo naquele momento? Com certeza ainda estava no Canadá. Não que eu estivesse vigiando suas redes sociais ou algo assim... Aliás, nem se eu quisesse. Ele tinha me excluído de tudo já havia bastante tempo...

De tanto pensar nele, comecei a sentir saudade. Muita saudade. Lembrei daqueles olhos tristes. Do cabelo tão gostoso de acariciar. Do corpo que conhecia o meu tão bem. Dos poemas lindos que escrevia. E que eu nunca mais iria receber.

Me levantei e voltei para o computador.

De: Priscila <pripriscilapri@aol.com>

Para: Rodrigo <rrrrrodrigooooo@gmail.com>

Enviada: 02 de fevereiro, 20:56

Assunto: Lembrei do seu dia

Rô, feliz aniversário! Sei que não devia te escrever, que você não quer que eu te deseje parabéns nem nada... Mas não resisti. Você pode ter me apagado da sua vida, mas eu não consigo deletar você da minha, por mais que eu tente. Seu fantasma está sempre me assombrando, seja em cachorros que vejo na rua, seja em alguma música que eu escuto, seja nas minhas lembranças do passado. Já me acostumei com isso. Vou lembrar de você pra sempre. Eu vou te AMAR pra sempre.

Subitamente senti lágrimas nos meus olhos. Não, isso não estava certo! Ele não podia continuar fazendo aquilo comigo. Aliás, EU não podia continuar a fazer aquilo! Não podia continuar apegada a alguém que não queria mais saber da minha existência, que nem se lembrava mais de mim! No meu aniversário, no mês anterior, ele nem ao menos tinha mandado um recado qualquer, por alguma rede social. Aliás, não devia nem ter se lembrado da data. Provavelmente estava muito ocupado com alguma nova namorada, que o fazia perder a noção dos dias...

Em um repentino ataque de raiva, dele e de mim também, acabei deletando o e-mail e desligando o computador. Eu tinha uma nova vida agora. Uma vida *ótima*, que por sinal era em NY, cheia de glamour, estudando para ser atriz.

Senti meu peito apertar. Quem eu queria enganar? Eu não estava morando em Manhattan, tinha quase sido mandada embora e ainda havia recebido críticas da professora. Mas o que eu esperava? Que fosse fácil? Que ali eu continuaria a receber elogios como eu estava acostumada durante toda a minha vida? Sim, eu podia até ser afinada pelos padrões das aulinhas de música da mãe do Rodrigo, mas o que eu havia sentido ao ouvir meus colegas cantarem é que eu estava em outro nível. Um nível bem abaixo do daquelas pessoas.

Peguei o telefone para ligar para a minha mãe. O que eu realmente precisava naquele momento era do colo dela, mas, como aquilo era impossível, talvez eu me sentisse melhor só de ouvir sua voz. Porém foi ligar o telefone que ele automaticamente abriu no aplicativo de mensagens. Me lembrei de uma que não havia tido tempo de responder e, mais uma vez, me peguei sorrindo após ler o que estava escrito. Era como se aquela mensagem tivesse me levado para um universo paralelo, onde eu era apenas uma garota de 20 anos, paquerando, vivendo sua pós-adolescência com leveza... E não com aquela carga do passado e apreensão pelo futuro que eu estava arrastando para a minha vida.

Era daquilo que eu precisava naquele momento. *Leveza*.

E era assim que ia ser.

Vinte dias ainda? Puxa, achei que faltassem menos! ☺ Pri

Mandei e senti meu peito borbulhar, como uns dias antes, quando ele havia aparecido novamente na minha vida.

Poucos minutos depois, meu celular apitou.

Não fala isso que eu dou um jeito de adiantar essa excursão! Mas a espera vai valer a pena... Um beijão! Patrick

Sorri para o celular novamente e percebi que era assim que eu queria me sentir. Feliz apenas por existir.

Me levantei da cama, liguei uma música bem alto e comecei a dançar e a cantar, sem me preocupar com impostação, postura ou o que quer que fosse.

Quando a Sabrina veio ver o que estava acontecendo, eu a puxei para dançar também. Ela a princípio ficou parada, tentando entender a razão daquilo tudo, mas logo desistiu e resolveu acompanhar a minha empolgação. E então ficamos assim, curtindo a música ao máximo, sentindo que a nossa vida era muito boa. E o melhor... estava apenas começando.

De: Luiz Fernando lfpanogopoulos@mail.com.br

Para: Priscila <pripriscilapri@aol.com>

Enviada: 05 de fevereiro, 21:31

Assunto: Desculpas

Oi, Prica.

Estou escrevendo para me desculpar pelo e-mail de dez dias atrás. Sei que conversamos pelo telefone diariamente, mas é sempre tão rápido... Sinto falta daquelas nossas conversas intermináveis enquanto fazíamos caminhada ou ficávamos na rede de casa, lendo livros ou olhando as estrelas.

É difícil me lembrar dos anos em que ficamos longe. Ficar separado da sua mãe foi difícil, mas ter que ficar distante de você foi mais ainda. E então, quando finalmente tudo voltou ao que era e eu estava disposto a tirar o atraso dos três anos em que moramos em casas diferentes... você foi embora.

Ah, filha, às vezes entro no seu quarto, me sento na sua cama e fico lá parado, só olhando para os seus DVDs, tentando sentir sua presença de alguma forma. Acho que a Snow sente o mesmo, porque sempre que faço isso ela aparece (atualmente ela se mudou para a sala, acho que fica esperando você voltar) e também fica olhando para os lados e para mim, como se me perguntasse onde você se escondeu.

Por favor, não pense que ela está triste ou algo assim, não está! Apesar de já ser uma gata velhinha, ela continua tão ativa quanto um filhote. Corre atrás do Floquinho, come a comida da Duna mesmo sabendo que não pode, sobe nas pias para beber água da torneira... Exatamente como sempre foi. Mas ela sente sua falta, sim, isso você precisa saber. Aliás, quem não sente? Você é muito marcante, filha. Tive muita pena do Rodrigo quando vocês terminaram, especialmente por isso. Acho que ele deve ter demorado muito tempo pra te esquecer (se é que isso já aconteceu). Aliás, agora que você está longe e já com a vida encaminhada, posso dizer. Eu gostava daquele garoto... Fiquei triste com o término de vocês, Pri. Mas tive que ser forte para você. E talvez por esse motivo tenha ficado meio enciumado por esse novo rapaz que você conheceu aí. Acho que tomei as dores do Rodrigo.

Só que conversei muito com sua mãe (esperta e sabida como sempre - você teve a quem puxar), e ela me mostrou que não interessa com quem ou onde, o importante é você ser feliz.

Por isso, Pri, apesar dos meus ciúmes (não só pelo Rodrigo, ciúmes de pai mesmo), viva tudo que você tem pra viver aí. Aproveite seus 20 anos, curta, aprenda, viva cada dia intensamente. Confio em você e na sua capacidade de escolher seus pares e suas batalhas, você sempre foi boa nisso.

Um beijo enorme! Vou conversar com o Ruy e tranquilizá-lo. Em todo caso, saiba que estamos sempre aqui para você. Se algo nessa aventura de atriz não der certo, tenha em mente que você sempre pode recomeçar, te daremos apoio, colo e tudo mais que você precisar.

Um beijo com muita saudade,

Papai

De: Ruy <ruy@popcasting.com.br>

Para: Priscila <pripriscilapri@aol.com>

Enviada: 07 de fevereiro, 22:42

Assunto: Amizades

Priscila, espero que esteja bem.

Seu telefone você pode jogar fora, já que nunca atende. Por isso estou escrevendo, e, segundo o seu pai, você gosta desta forma de comunicação.

Acabei de sair da casa dos seus pais, eles me chamaram para jantar. Foi muito agradável, gostei inclusive do seu porco Rabicó, parece que seus pais têm deixado que ele fique solto pela casa, para não sentir tanto sua falta. Mas se eu não soubesse o tomaria por um cachorro menos lambão e mais educado. Minha esposa ficou encantada, disse que quer um porquinho de todo jeito. Assim que possível me fale onde comprou, o aniversário dela está próximo.

Indo direto ao assunto, seus pais me explicaram que foi tudo um mal-entendido, que você não está namorando e que o rapaz em questão é apenas um vizinho oferecendo amizade. Muito bem, assim que deve ser. Por experiência própria, quando somos jovens, os amores atrasam nossa vida, ao contrário dos amigos, que nos catapultam para a realização de nossos objetivos. Por essa razão que acho muito válido que você faça amigos aí, especialmente no meio teatral, com pessoas influentes.

Lição do dia: Indicações valem mais do que talento.

Atenciosamente,

Ruy

P.S.: Quando der, me mande um vídeo de algum monólogo estudado nas aulas. Quero ver o seu progresso.

13

Alison: Garotos brincam com brinquedos.
Garotas brincam com garotos.

(Pretty Little Liars)

Uma semana se passou desde a primeira aula de solo. A Claire não tinha mais me criticado, mas eu até preferiria que tivesse. Ela simplesmente passou a me ignorar, me deixava para o final de todos os exercícios, quando a aula estava prestes a terminar. E não fazia observações nem chamava a minha atenção, nada. Era como se eu nem existisse para ela.

Aquilo me chateava, mas, por outro lado, não era nem para eu estar fazendo aquela matéria. Se eu tivesse seguido o que o Ruy havia dito, eu nem mesmo estaria na aula de canto, teria ocupado todo meu tempo aprendendo Interpretação. Mas, se tivesse feito isso, não teria entrado também na aula de dança... E teria perdido a chance de aprender com o melhor professor que eu já havia tido.

Ao contrário da Claire, o Ricky parecia gostar muito do que eu fazia e não deixava de elogiar o meu progresso, aula após aula. Ele me estimulava, me fazia querer superar os meus limites, me mostrava como expandir cada um dos meus músculos para que respondessem aos comandos do meu cérebro.

Um dia eu e a Sabrina estávamos no café perto da escola para lanchar antes de começar a nossa saga de volta para casa (gastávamos mais de uma hora contando o percurso a pé, de metrô e balsa), quando o Ricky chegou. Acenamos para ele, que sorriu e, sem a menor cerimônia, se sentou em nossa mesa.

"Boa tarde, meninas. Vocês já devem ter percebido, mas é sempre bom avisar... Apesar de aqui ter o nome de 'café', fiquem longe do café, é muito ralo e sem gosto. Por outro lado, o chocolate quente é o melhor das redondezas!"

Rimos, concordamos e começamos a conversar. Ele perguntou onde morávamos, contou um pouco sobre as peças da Broadway de que havia participado, explicou que estava um pouco cansado da rotina de ator e que agora ainda fazia parte dos musicais, mas como preparador corporal. Nesse momento, um homem bonito entrou no café, e foi impossível não olhar. Ele chamava atenção. Tinha o cabelo castanho-claro, meio anelado, olhos cor de mel reluzentes e usava um sobretudo estiloso. Para minha surpresa, ele veio em nossa direção.

O Ricky, ao vê-lo, se levantou, e os dois se beijaram.

"Meninas, esse é o Julian, meu namorado", o Ricky o apresentou enquanto puxava uma cadeira para que ele também se sentasse à nossa mesa.

"Que meninas mais bonitas!", ele falou para o Ricky, mas olhando para nós. "Alunas?"

"A Priscila é minha aluna, uma das melhores, para ser sincero! A Sabrina também estuda na Strasberg, mas resolveu focar na Interpretação."

"Faço Escrita Dramática e História do Teatro também", a Sabrina completou.

"Muito bom! Conhecer o nosso passado é o melhor meio de adivinhar o nosso futuro. A história sempre se repete..."

O Julian e a Sabrina começaram uma conversa sobre o tema, e então o Ricky me contou que o namorado também era ator, que os dois haviam se conhecido dois anos antes nos bastidores de *Cats*, o último musical de que havia participado.

"Na verdade, eu roubei o lugar dele!", o Julian, que eu nem notei que estava prestando atenção, falou, rindo. E então explicou que, quando o Ricky quis sair, para ser preparador vocal, ele ficou com o papel.

"Eu *cedi* o meu lugar para ele", o Ricky disse, também rindo. "De vez em quando ainda participo, quando o Julian fica doente ou algo assim. Já viram *Cats*?"

Devo ter feito uma expressão meio desanimada, pois o Ricky na mesma hora indagou: "Não gosta? É a sua cara, tem dança, tem música, tem gatos...".

Ele sabia da minha paixão por animais, pois no primeiro dia, quando contei toda a história que havia me feito chegar até ali, eu havia dito o nome e a espécie de todos os meus bichos.

"Não vi ainda", esclareci logo. "É só que... Ando tendo problemas com a Mrs. Friesenhahn, a professora de canto. E tudo começou porque não me lembrei exatamente de uma música de *Cats*: 'Memory'."

"A Claire é muito rígida mesmo" O Ricky fez uma careta. "Mas uma excelente professora, tem formação lírica... e até interpretou a protagonista Grizabella nos anos 90. Pelo que sei foi o ponto alto de sua carreira. Talvez por isso tenha se irritado, deve ter considerado uma ofensa você não cantar o carro-chefe do principal espetáculo da vida dela..."

Assenti, começando a entender a razão daquele desprezo todo que ela vinha me dispensando... Realmente fazia sentido.

Começamos a conversar sobre outros assuntos e nem vimos o tempo passar. Quando percebemos que já estava ficando escuro, eu e a Sabrina resolvemos ir. Ainda tínhamos um logo caminho até chegar em casa.

"Vocês deviam assistir ao musical, acho que vão gostar!", o Julian falou ao nos despedirmos. "Olha, tenho cortesias para sábado. Interpreto o Mr. Mistoffelees. Depois me digam se gostaram..."

Ele nos entregou dois tickets, nós agradecemos muito e falamos que com certeza íamos gostar.

"Espero o cumprimento de vocês no camarim!", ele disse, nos abraçando.

Fomos embora comemorando. Era a primeira peça da Broadway a que eu iria assistir, mal podia esperar pelo fim de semana. Porém, assim que chegamos ao prédio, me lembrei de que já tinha um compromisso...

"Como vocês demoraram hoje!", o Frank, que pelo visto estava esperando na portaria havia bastante tempo, falou. "Estava louco pra contar que já comprei os ingressos, assim não teremos que ficar horas na fila no sábado! Ouvi dizer que tem chance de nevar! Sua primeira vez patinando no Central Park vai ser inesquecível, Pri!"

Eu havia esquecido completamente que tínhamos marcado de patinar no fim de semana. Ele continuava me convidando para tudo, sempre frisando que era um encontro entre amigos, e eu, na maioria das vezes, apenas agradecia... Porém, quando ele perguntou se eu gostaria de patinar no gelo, não pude recusar. Eu vinha tentando convencer a Sabrina a fazer isso comigo desde a primeira semana, mas ela sempre dizia que estava muito frio, que aquele programa era a maior furada, pois o rinque estava sempre tão lotado que nem dava para patinar direito. Mas eu queria me sentir dentro de um daqueles episódios de Natal em que os personagens vão ao Central Park patinar no gelo!

"Xiii", a Sabrina falou com uma expressão de deboche.

Fechei a cara para ela, mandando telepaticamente que ficasse calada, mas o Frank percebeu que tinha algo errado.

"O que houve? Não quer mais patinar comigo?", ele perguntou com uma carinha triste.

"Quero, sim!", falei depressa! "É só que aconteceu um imprevisto... Um imprevisto bem legal, na verdade. Um dos atores de *Cats* nos convidou para assistir ao musical."

"Nos convidou?", ele perguntou meio sem entender.

"Convidou nós duas", a Sabrina esclareceu depressa. "Deu inclusive cortesia pra gente! E é exatamente no sábado."

"Ah, entendo..."

Ele parecia realmente desapontado. Fiquei com tanta pena que não me contive.

"Frank, eu quero patinar, mas se pudermos deixar para outro dia vai ser ótimo. Você consegue trocar? Preciso me concentrar no que vim fazer aqui, que é imergir totalmente no universo teatral. Não estou de férias, não sou turista, eu vim pra estudar, e venho tentando me convencer disso. Mas com esses seus convites maravilhosos fica um pouco difícil...", falei a última parte rindo e consegui fazer com que ele sorrisse também. E, talvez por isso, disse ainda: "Olha, por que você não vai à peça com a gente? Será que ainda tem ingressos disponíveis? Te mostro onde vamos nos sentar, e você tenta arrumar um lugar por perto...".

Percebi que a Sabrina arregalou os olhos e em seguida balançou a cabeça, como se me perguntasse que diabos eu estava fazendo. Ela vinha tentando me convencer a dar uma chance para o Frank desde o dia da lavanderia, não parava de falar que ele estava mais interessado em mim a cada minuto e que, se eu não quisesse mesmo ficar com ele, deveria me afastar, para não dar falsas esperanças. Eu expliquei para ela que havia deixado bem claro para ele que tudo que eu tinha a oferecer era a minha amizade e que ele vinha aceitando isso muito bem... Mas ela achava que era apenas uma tática dele, que pensava que, se aproximando, eu acabaria vendo o quanto ele era legal e me apaixonaria...

Confesso que eu não duvidava dessa teoria dela. Eu já tinha visto aquilo acontecer bem perto de mim. Quando a Fani se mudou para a nossa escola, o Leo fez de tudo para conquistá-la, inclusive se contentou em ficar na *friendzone* por meses! Cheguei a achar que não daria em nada, mas de repente ela se tocou de que ele era um cara muito bacana e que não devia perdê-lo.

Só que aquilo ali era muito diferente. Eu não era a Fani, e ele não era o Leo. Aqueles dois realmente haviam sido feitos um para o outro. Quero dizer... Eles tinham terminado um tempo atrás, por causa de um mal-entendido. Eu jurava que os dois iriam voltar, mas ela acabou se mudando do país, indo fazer faculdade em Los Angeles, e ele foi para o Rio de Janeiro, e, pelo que eu me lembrava, estava colecionando uma namorada atrás da outra... Mas eu ainda esperava que, nas voltas que o mundo dava, eles acabassem se reencontrando.

Será que eu e o Rodrigo também iríamos nos reencontrar algum dia?

Balancei a cabeça para apagar aquele pensamento intruso e me forcei a me concentrar no Frank, que pela expressão tinha adorado meu convite.

"Claro que dá pra trocar! A próxima segunda-feira é feriado, President's Day. Você não tem aula, tem?", ele falou visivelmente empolgado. "E acho que consigo ingresso para *Cats*, sim. Tem muitos anos que essa peça está em cartaz, não deve lotar."

"Combinado!", falei com um sorriso amarelo.

Subimos todos juntos no elevador. Assim que descemos no nosso andar, a Sabrina disse, rindo: "O cara nem vai dormir esta noite! Já estava feliz com um encontro... Agora, além de poder ficar juntinho de você no escuro do teatro, ainda vão sair de novo na segunda-feira! Acho que vou até trocar de assento, pra deixar vocês dois mais à vontade... Pena que é um musical, e não uma comédia romântica, né?".

Ela então abraçou o próprio corpo, simulando um beijo.

"Cala a boca!", falei em tom de brincadeira. "Já te disse, não tenho a menor intenção de ficar com o Frank. Ele é fofo, mas *muito* nerd. Não faz meu tipo..."

Nesse momento meu celular apitou. Olhei depressa, já pensando que era o Frank dizendo o quanto estava feliz pelos nossos dois futuros encontros, mas não foi bem o nome dele que li na tela...

Contagem regressiva: 13 dias para te ver. Agora falta pouco! Não vejo a hora de te encontrar, menina linda... Patrick

Sem querer, sorri para o telefone e só me dei conta que a Sabrina também tinha lido quando me deparei com o olhar maroto dela. Enrubesci instantemente.

"Agora entendi...", ela disse, segurando o riso. "Realmente o Frank não é o seu tipo! Ai, meu Deus, tenho que me lembrar de avisar minha amiga de Washington que vou visitá-la em... quantos dias ele disse mesmo? Treze?"

Fingi enforcá-la, e nós duas entramos rindo no apartamento.

Já deitada na cama, antes de dormir, dei uma última olhada no celular e, sem conseguir resistir, li a mensagem do Patrick mais uma vez. Respirei fundo, coloquei o telefone de lado e apaguei a luz. Mas logo acendi de novo.

"O que eu tenho a perder?!", perguntei a mim mesma pela milésima vez.

Peguei o telefone novamente e digitei.

Também não vejo a hora! Olha, passou de meia-noite! 12 dias agora... Faz o tempo passar mais rápido? 😊 Pri

Enviei antes que eu mudasse de ideia e coloquei o celular ao lado da cama, como se fosse uma bomba. Peguei então o travesseiro, escondi meu rosto e sacudi as pernas, com vontade de gritar. Eu não sabia o que estava fazendo, mas a sensação era muito boa.

De repente meu celular vibrou. Resgatei-o rápido e li a mensagem, com o coração meio acelerado.

Infelizmente não consigo acelerar o tempo, mas prometo que a espera vai compensar... Boa noite! Vou sonhar com você... ☺ Patrick

14

Chilli: Apenas dance como se ninguém estivesse olhando!

(Bluey)

1. Jellicle Songs For Jellicle Cats – Cats
2. Mr. Mistoffelees – Cats
3. Skimbleshanks: The Railway Cat – Cats

"Uau, o namorado do Ricky realmente gostou da gente..."

Concordei com a Sabrina enquanto nos sentávamos nos lugares ultraprivilegiados dos ingressos que o Julian tinha nos dado. Era na terceira fileira, ao lado do corredor, com visão total do palco. O Frank não havia tido tanta sorte. Pelo visto, aquele musical, mesmo com tanto tempo em cartaz, ainda era muito concorrido, pois o lugar que ele conseguiu era na penúltima fileira do mezanino. Por isso, apesar de termos ido juntos, agora mal conseguíamos vê-lo, pois estávamos muito afastados.

"Será que o Frank vai conseguir enxergar a peça direito lá de cima?", perguntei, tentando encontrá-lo.

"Até parece que ele está ligando", a Sabrina respondeu, balançando os ombros. "A única coisa que ele quer enxergar é você! Deve estar meio revoltado por ter se sentado tão longe, mas está tão desesperado que só a ida e a volta junto com você já compensam..."

Balancei a cabeça, rindo. Sim, apesar de ter aceitado o papel de amigo, eu podia notar que o Frank ainda queria algo mais...

O jeito que ele me olhava e me tratava mostrava para quem quisesse ver que o alvo dele ia muito além da amizade. Mas eu já tinha feito o que estava ao meu alcance, ele sabia perfeitamente que eu não estava aberta para um novo amor. Mas, para um amigo, sim. Eu estava gostando muito do Frank, ele era divertido, inteligente, gostava de séries de TV...

Com tantos anos de namoro, os meus amigos homens eram na verdade os amigos do Rodrigo, e eu estava gostando da nova experiência. E sabia que, com o tempo, ele acabaria entendendo que amizade era mesmo tudo que eu tinha para oferecer.

Passei a observar o palco. No dia anterior eu havia lido tudo sobre o espetáculo, sabia que era uma adaptação de uma série de poemas do dramaturgo T. S. Eliot sobre um grupo de gatos (os Jellicle Cats) que se reunia uma vez por ano em uma espécie de baile, em que um deles era escolhido para ganhar uma vida melhor no paraíso. Eu estava muito ansiosa, tanto pela peça em si, que era a primeira que eu ia assistir na Broadway, quanto pelo roteiro... Eu andava com muita saudade dos meus gatos.

"Vai começar!", a Sabrina vibrou assim que a luz gradualmente se apagou. "Olha, sobrou um lugar bem do seu lado, a pessoa que comprou não veio. Por que não chama o Frank?"

Ela estava rindo. Ainda assim olhei para cima, com receio de ele ter visto. Na verdade, eu estava meio aliviada de o Frank não ter ficado tão perto... Mas eu nem precisava me preocupar, o teatro já estava totalmente escuro.

Uma música começou, e pessoas vestidas de gato surgiram de vários cantos do palco, cujo cenário representava um ferro-velho com muita sucata e até os restos de um carro. E, a partir dali, foi como se eu entrasse em outra dimensão.

Claro que eu já tinha assistido a outros musicais, especialmente filmes. E eu não poderia esquecer de *Glee*, que era um dos meus seriados preferidos da vida. Mas aquilo ali era completamente diferente. Os atores eram tão qualificados que eu não consegui definir se eram bailarinos que cantavam ou cantores que dançavam. Além disso, as músicas, as luzes, o roteiro... Tudo aquilo fez com que eu só conseguisse tirar os olhos do palco uma hora depois, quando anunciaram o intervalo.

"Quero ir ao banheiro", a Sabrina falou, já se levantando. Eu ainda estava olhando para a frente, tentando recuperar o ar. "Você vem?"

Apertei os olhos, tentando sair do transe.

"Vou, preciso comprar uma água", falei, me levantando devagar. Eu havia ficado tão envolvida que estava difícil voltar à realidade. Eu tinha entrado totalmente no mundo dos Jellicle Cats.

Enquanto a Sabrina ia ao banheiro, entrei na fila do bar. Combinamos de nos encontrar na plateia, pois a fila estava um pouco grande.

Eu estava olhando o programa, vendo os nomes dos atores e das músicas, quando o Frank apareceu.

"Oi", ele disse com o maior sorriso. "Está gostando? Meio longo, né... Acredita que dormi no final?"

"Dormiu?!", perguntei sem acreditar.

"É, achei aquela cantoria toda meio cansativa...", ele disse, rindo. Ao ver que eu não tinha achado graça, completou depressa: "Mas os gatos realmente dançam muito bem!".

Concordei, ainda meio perplexa. Logo chegou minha vez, e a atendente perguntou o que queríamos. Pedi uma água com gás e um M&M's, e, quando tirei minha carteira da bolsa, o Frank disse: "Eu pago, não se preocupe". E, se virando para a moça: "Acrescente um café, por favor".

"Frank, eu posso pagar!", falei, o afastando.

"Faço questão", ele disse, segurando minhas mãos.

Me desvinculei, peguei meu cartão de crédito e o entreguei para a atendente: "Cobra aqui, por favor. Acrescente o café".

O Frank ia começar a dizer algo, mas o cortei antes: "Vamos esclarecer as coisas de uma vez. Não sou sua filha nem sua namorada. E, mesmo que fosse, não preciso que você pague minhas contas".

Vi que ele ficou meio nervoso, especialmente pelo fato de várias pessoas estarem escutando nossa conversa, mas em seguida falou baixinho, visivelmente chateado: "Perdão, só quis ser educado. Sei que você não é minha namorada. Mas pensei que poderia fazer essa cortesia pra você, como amigo mesmo".

Ele então pegou o café e se afastou. Paguei rapidamente e fui atrás dele.

"Frank, eu é que tenho que pedir desculpas, não devia ter falado daquele jeito", disse assim que o alcancei. "Olha, acabou ficando um lugar vazio do meu lado. Quer se sentar lá?"

O olhar dele se iluminou, mas logo franziu a testa: "Tem certeza de que não vou te incomodar?".

"Só se você roncar!", falei, fingindo estar brava.

Ele deu uma risada, falou que não tinha o menor risco de dormir do meu lado, tomou o café em um único gole e então fomos novamente para a plateia.

A Sabrina, ao nos ver chegando juntos, balançou a cabeça, incrédula. Assim que me sentei, sussurrou: "Eu estava brincando, não era pra chamar o Frank... Quero dizer, a não ser que você tenha mudado de ideia sobre dar uma chance pra ele".

Não consegui responder, porque nesse momento a luz se apagou e a música começou. A princípio fiquei meio apreensiva com o Frank, como se tivessem cactos ao meu lado, mas aos poucos voltei para aquele mundo felino. E, como na primeira parte, só "despertei" quando terminou. Dessa vez era mesmo o fim, por isso, junto com toda a plateia, me levantei e aplaudi de pé. Nunca imaginei que um espetáculo pudesse me emocionar tanto!

"Pelo visto, você gostou...", o Frank falou assim que as palmas se acalmaram um pouco.

Só consegui assentir, estava ainda comovida com tudo que tinha visto. Eu nem poderia imaginar a emoção de estar no palco de um espetáculo daqueles. Agora eu entendia um pouco mais por que os meus colegas queriam tanto trabalhar na Broadway e também a razão de a professora Claire ser tão rígida. Aquilo realmente era para poucos. Tinha que ser muito profissional para segurar um show como o que eu tinha acabado de ver.

"Temos que ir ao camarim cumprimentar o Julian!", a Sabrina me lembrou.

Concordei rapidamente. Ele merecia todos os cumprimentos, era um dos atores que mais havia se destacado na minha opinião, em todos os quesitos! E eu também queria agradecer.

"Vou descobrir onde ficam os camarins", o Frank falou, já indo para o corredor em direção a um dos lanterninhas, que no começo estavam sinalizando os lugares e agora apontavam a saída.

Assim que ele se afastou, a Sabrina falou no meu ouvido: "Por favor, me diga que você mudou de ideia e que vai dar uma chance pro Frank... Olha como ele é fofo, Pri! Faz tudo pra você!".

"Para, Sabrina! Somos amigos. Até ele já entendeu isso, só falta você!"

"Aham", ela bufou e não disse mais nada, pois o Frank já vinha depressa em nossa direção.

"A entrada dos camarins é logo ali, daquele lado. Olha, já tem fila, melhor irmos logo", ele falou, nos direcionado para a lateral do teatro.

Apesar de já haver mesmo várias pessoas no local, não tivemos que esperar muito. Logo estávamos em um corredor comprido, com várias portas, cada uma com o nome do personagem, não do ator.

"Temos que achar o Mistoffelees...", falei enquanto vislumbrava vários gatos em seus camarins, se preparando para tirar a maquiagem. Senti um frio na barriga de estar ali, em meio a tantos atores talentosos.

"Achei", a Sabrina apontou para o lado direito. Logo vi o Julian conversando com duas pessoas, ainda com o figurino. Ele fez sinal para que nos aproximássemos assim que nos viu.

"Meninas!", ele falou sorrindo. "Que bom que vocês vieram! O que acharam do musical?"

"A Pri ficou até emocionada!", o Frank se adiantou. "Riu e chorou!"

Fiquei meio sem graça e disse: "Esse é o Frank, nosso vizinho. Ele é muito exagerado".

O Julian o cumprimentou e falou: "Gostei do que você disse. Isso é sinal de que ela é sensível... o que é praticamente um pré-requisito nessa carreira. Tem que se emocionar para causar emoção nos outros. Quem sabe um dia não será você nos palcos da Broadway, Priscila?".

Ele então me deu uma piscadinha e um abraço. A Sabrina também o cumprimentou, fizemos questão de elogiá-lo muito e logo demos lugar para outras pessoas que estavam esperando na porta.

Ao voltarmos para a plateia, a Sabrina falou que precisava ir ao banheiro de novo, antes de irmos embora, pois era um longo caminho até nosso apartamento. Enquanto eu e o Frank esperávamos, dei uma última olhada para o palco e suspirei.

"Um dia você vai estar aí", o Frank falou no meu ouvido. "E eu na primeira fila, te aplaudindo de pé!" Ao ver que fiquei meio séria, ele completou: "Vou dizer para as pessoas do lado: tá vendo aquela atriz mais linda? É minha *amiga*!".

Sorri para ele, balançando a cabeça. Aquilo seria um sonho, mas eu conhecia os meus limites. Aqueles atores deviam estudar desde a maternidade, eles eram realmente profissionais.

Ao chegar em casa, fui direto para o computador. Eu *precisava* ouvir as canções do musical novamente!

A princípio apenas escutei cada uma delas. Em seguida tentei cantar junto. Algumas tinham melodia simples, e eu costumava decorar com facilidade. Foi quando tive a ideia de procurar vídeos do espetáculo e, ao encontrar, vi tantas vezes que praticamente decorei cada movimento dos atores.

Até que a Sabrina bateu na minha porta, dizendo: "Pri, desculpa incomodar, mas você pode abaixar a música um pouquinho? Estou tentando dormir, mas está bem alto... Na verdade estou também com receio de algum vizinho reclamar".

Só então olhei para o relógio e vi que eram duas da manhã! Eu tinha ficado tão envolvida com as músicas e coreografias que nem havia visto o tempo passar.

"Eu que peço desculpas", falei, abrindo a porta depressa. "Perdi a hora aqui. Já vou dormir também, só vou tomar um banho rápido."

A Sabrina olhou para o computador, que estava pausado no vídeo de uma das músicas, depois olhou para mim, toda suada, balançou a cabeça e disse: "Você é louca", antes de dar um bocejo e voltar para o quarto dela.

Sorri, desliguei o notebook e fui direto para o chuveiro. Mas mesmo lá continuei a cantar e a dançar, como eu costumava fazer no banho quando criança. Não sei em que ponto da minha vida eu havia perdido aquele hábito, mas o musical fez com que algo em mim reacendesse. Fechei os olhos e agradeci aos céus pela vida ter me levado exatamente para onde eu deveria estar. Agora eu tinha certeza de que estava no caminho certo.

15

Chilli: Lembre-se, eu sempre vou estar aqui pra você.

(Bluey)

Nem acredito que vou te ver em 6 dias! Muito ansioso! Quer alguma coisa de Orlando? Beijão! Patrick

A única "coisa" que quero de Orlando está segurando o celular e lendo esta mensagem... Vem logo! Pri

Depois de ir ao teatro, decidi imergir ainda mais no universo dos musicais. E eu já estava sobrecarregada, pois, além de estudar as matérias das aulas, dedicava uma hora por dia ao canto e uma hora à dança. Além disso, não conseguia deixar de assistir às minhas séries. Então o que ficou prejudicado foi o meu sono.

Por essa razão, fiquei tão aliviada pelo tal feriado dos Estados Unidos na segunda-feira que nem quis sair da cama. Apenas tomei um copo de leite e voltei a dormir. Até que a Sabrina apareceu no meu quarto.

"Pri, desculpa te acordar, está tudo bem?", ela perguntou baixinho, segurando meu braço. "Estou preocupada. São três da tarde!"

Me sentei na cama assustada. Eu realmente havia dormido muito!

"O Frank está aqui, vocês marcaram de patinar, lembra?"

Se fosse em um outro momento, eu adoraria patinar no Central Park. Mas naquele instante a única coisa que eu queria era continuar deitada.

"Quer que eu fale que você está doente?", a Sabrina sugeriu. "Com dor de cabeça?"

Respirei fundo, joguei o travesseiro para o lado e me levantei.

"Obrigada, mas acho que não vou ter como fugir. Já furei com ele uma vez...", expliquei. "Mas minha vontade é mesmo de ficar na cama o feriado inteiro."

"Pri, você tem certeza de que não está a fim do Frank?", a Sabrina perguntou sem rodeios, com a mão na cintura.

"Não vou mais responder isso!", disse um pouco alto. Ela fez sinal para que eu falasse baixo, foi até a porta e a fechou devagar.

"Tudo bem, já entendi que o quer como amiguinho e tal. Mas está muito óbvio que o garoto fica cada vez mais apaixonado, e você está deixando isso acontecer... Será que não é porque lá no fundo você acha que vai acabar dando uma chance pra ele? Sei lá... Se um cara começasse a gostar de mim, e eu não quisesse me envolver, iria me afastar, dar um corte, qualquer coisa pra ele não ficar no meu pé! Não sei como você aguenta!"

"Eu adoro o Frank como amigo e deixei isso muito claro. Se ele topou, talvez não esteja assim tão interessado como você diz, caso contrário não iria se contentar só com amizade, né?"

"Que inocência...", ela respondeu, balançando a cabeça de um lado para o outro. "Se algum dia você ficar com outro garoto, ele vai surtar... Só avisando." Ela começou a sair, mas de repente parou: "Por falar nisso, não esquece que vou a um encontro com o Scott hoje, você vai ter que ir sozinha com o Frank...".

Ela saiu, e eu me deixei cair na cama de novo. Eu sabia que a Sabrina estava certa. E era por essa razão que eu fazia tanta questão de ela ir sempre com a gente nos programas quando o Frank me convidava, para que percebesse que eu não tinha intenção de ficar sozinha com ele. Mas agora, pelo visto, eu teria que enfrentar o romântico programa de patinar no gelo a dois...

A Sabrina vinha paquerando um cara da escola desde o começo do curso. Uma das primeiras atividades que fizemos na aula de Interpretação foi caminhar pela sala e, quando o professor dava o sinal, tínhamos que parar e nos virar para o colega mais próximo. Em seguida precisávamos olhar nos olhos um do outro por trinta segundos, tentando "ler a alma do parceiro", nas palavras do professor. A Sabrina deve ter gostado muito do que leu na alma do Scott, pois depois disso deu um jeito de parar do lado dele mais umas três vezes, para ler ainda mais... A partir daí, os dois começaram a conversar, e agora iriam sair juntos pela primeira vez. Por isso eu não tinha como implorar que ela desmarcasse para ir patinar comigo. Eu teria que enfrentar aquilo sozinha.

Resolvi me levantar logo, tomei um banho a jato, e em menos de uma hora já estávamos no Central Park.

Desde a minha chegada a NY, eu já havia estado naquele local várias vezes, inclusive com o Frank, mas a paisagem de inverno ainda me tirava o fôlego. Sempre havia me considerado uma pessoa que gostava mais do verão, mas aquele cenário me trazia paz. Olhei em volta, tentando absorver ao máximo cada detalhe. Eu sabia que dali a uns meses, quando já estivesse de volta ao Brasil, iria sentir muita saudade.

"Pronta para patinar?", o Frank perguntou, me direcionando para perto da pista. "Temos que alugar os patins. Quanto você calça?"

"Trinta e sete", respondi depressa. Ele então falou pra eu esperar enquanto ele ia até a loja de aluguel.

Me virei para observar as pessoas que já estavam patinando e comecei a ficar muito empolgada. Eu já tinha patinado no gelo antes, mas na pista de patinação que montavam uma vez por ano no BH Shopping. Aquilo ali era muito diferente, era a experiência real. O frio, a neve, as músicas, o cenário...

"Vamos lá?" O Frank me estendeu os patins, sorrindo. Olhei para as botinhas brancas, iguais às dos episódios de Natal, e sorri também.

Colocamos os patins e entramos na pista devagar. Para minha surpresa, até que o Frank patinava bem. Muito bem, na verdade! Eu jamais poderia imaginar que um garoto como ele, que não tinha a menor cara de quem gostava de atividades físicas, pudesse patinar daquele jeito.

Eu, por outro lado, estava tentando me equilibrar... Como tinha dado apenas um passo e quase caído, agora estava agarrada na barra lateral da pista.

"Vem, Pri!", ele fez sinal para que eu fosse até ele, que estava a menos de um metro de distância. Tentei mais uma vez, mas quase caí novamente. Puxa, eu estava muito fora de forma! Quando ainda morava no condomínio em São Paulo, antes de me mudar pra BH, eu também andava de patins com minhas amigas o tempo todo! Claro, patins de rodinhas, na rua... Mas eu sabia que bastava ter equilíbrio. E era exatamente o que me faltava agora.

O Frank, ao ver que eu estava com medo de escorregar, veio em minha direção.

"Posso te ajudar?", perguntou, segurando meu braço.

"Não sei...", falei, tentando soltar a barra, mas com medo de cair de cara no chão.

Ele então pegou uma das minhas mãos bem devagar, em seguida a outra, e foi me puxando lentamente, como se eu fosse uma criancinha.

"Você me disse que já tinha patinado antes, por isso não te instruí lá fora", ele falou como se estivesse se desculpando. "Mas é fácil, olha, é como se você estivesse andando, porém com passos longos. Dobre um pouco o joelho, assim..."

Fiz tudo que ele disse e em pouco tempo eu estava conseguindo pelo menos me manter em pé no gelo.

"Não me solta!", pedi, à medida que ele me direcionava para o centro da pista.

"Nunca...", ele disse. Se eu não estivesse com tanto medo de cair, talvez tivesse visto outro sentido naquela resposta, mas naquele momento todos os meus pensamentos estavam focados em não cair.

Porém, conforme fui ganhando confiança, ele acabou me soltando aos poucos, mas se mantendo ao meu lado.

"Isso é muito bom!", falei, ganhando um pouco de velocidade e abrindo os braços, sentindo o vento no meu rosto e a liberdade que a atmosfera de inverno do local me causava. "Por que não fizemos isso antes?"

"Não foi por falta de convite." O Frank tomou velocidade e se virou, ficando de frente para mim. Ele realmente patinava muito bem. "Que tal acelerar um pouco? Quanto mais rápido, mais gostoso é..."

"Calma, comecei agora!", falei, rindo, mas tentando ir um pouco mais depressa.

Ele veio novamente para o meu lado, e ficamos um tempo assim, apenas patinando devagar. Depois de uns minutos, comecei a me sentir confiante e arrisquei passos mais rápidos.

"Muito bem, Pri, você é muito boa nisso. Se treinar mais, pode até virar profissional!", o Frank disse, fazendo graça. E então, fazendo graça também, dei uns passos mais rápidos olhando para ele, que de repente arregalou os olhos. "Cuidado, olha pra frente!"

E aí tudo aconteceu de uma vez só. Um cara havia caído alguns metros diante de mim, e, por eu estar olhando para o Frank, não vi e não consegui me desviar. Acabei tropeçando nele e levando o maior tombo também.

"Pri, você está bem?", o Frank perguntou, chegando ao meu lado em um segundo.

"Estou...", falei meio sem certeza. Na verdade, eu estava sentindo muita dor na perna, e quando tentei me levantar doeu ainda mais.

O Frank não teve dúvidas, provavelmente, por ver minha careta de dor. Ele se abaixou, me pegou no colo e foi patinando comigo nos braços até a saída da pista.

"Não precisava fazer isso, era só ajudar a me levantar", reclamei um pouco, mas, no minuto em que ele me colocou no chão, já fora do gelo, senti novamente a dor na perna. Oh, oh! Aquilo não era nada bom.

"Fui atropelada com 16 anos e quebrei esta perna", expliquei. "Parece que a dor vem do mesmo local..."

"Vamos ter que ir pro hospital", ele disse, tirando os meus patins e me ajudando a recolocar minhas botas. "Vou só devolver isso, fica aqui."

Ele então me deixou em um banco e foi depressa até a loja de equipamentos. Enquanto esperava, fiquei passando a mão pela perna, tentando aquecer o local, e nesse momento duas meninas se aproximaram.

"Você se machucou?", uma delas perguntou. "Nós estávamos aqui fora olhando a pista e vimos quando você caiu. Tínhamos acabado de comentar que você patinava bem!"

"Minha perna está doendo...", expliquei. "Vou ter que checar com um médico, já quebrei essa perna antes."

"Nossa, tomara que não seja nada!", ela respondeu. "Ainda bem que seu namorado agiu rápido, imagina se mais alguém caísse em cima de você?"

Antes que eu tivesse tempo de replicar, a outra emendou: "Foi tão romântico ele te carregando nos braços! Parecia até um príncipe encantado!".

"E ele parece um príncipe mesmo, você é muito sortuda!", a primeira falou novamente. "Quero dizer, a não ser pela dor na perna e tal."

"O Frank não é meu namorado", expliquei meio seca. Bem nesse instante, ele chegou. Fiquei sem saber se tinha escutado, pois não demonstrou nada. Apenas acenou para as meninas com a cabeça e me pegou novamente no colo.

"Boa sorte, tomara que tenha sido só um susto!", uma delas falou. O Frank logo se afastou comigo, mas ainda ouvi as duas suspirando, dizendo que queriam alguém que cuidasse delas assim.

Ele disse que tinha chamado um táxi e, assim que o carro chegou, me colocou cuidadosamente no banco de trás, com as pernas para cima, e em seguida se sentou ao lado do motorista, explicando para ele o que tinha acontecido.

Em poucos minutos chegamos a um hospital que, pelos moldes do Brasil, estava mais para uma clínica. O Frank me ajudou a sair do carro e já ia me carregar de novo, mas eu disse que conseguiria ir pulando, ele poderia só me escorar. Meio relutante, ele aceitou e, assim que me colocou em uma das cadeiras da sala de espera, foi até a recepção explicar o que tinha acontecido e passar os dados do meu seguro de saúde.

"Eles vão te atender logo", ele disse, me entregando papel e caneta. "Pediram pra você preencher esta ficha."

Preenchi rapidamente e devolvi para o Frank, que voltou à recepção para entregar. Passei a mão na perna, torcendo para realmente me chamarem depressa. A dor estava aumentando, eu precisava saber o que tinha acontecido.

"Priscila Panogopoulos?", me chamaram uns três minutos depois.

Levantei com dificuldade, ainda amparada pelo Frank. Assim que passamos pela recepção, perguntaram o que ele era meu, pois apenas familiares podiam entrar com os pacientes.

Eu não queria entrar lá sozinha. No Brasil, meus pais ou o Rodrigo estiveram comigo em todos os momentos que precisei de atendimento médico, e olha que foram muitos! Geralmente, nessas ocasiões, eu estava tão aflita que nem conseguia entender direito o que o médico falava, por isso era até necessário alguém do meu lado, para me passar depois as orientações.

O Frank começou a dizer que era meu amigo, mas eu cortei dizendo: "Meu namorado. Quero dizer, meu noivo! Marido!".

Eu devo ter feito uma cara tão desesperada, que a moça começou a rir e falou: "Ok, mocinha, seu *marido* pode entrar com você".

Olhei para o Frank, que também estava sorrindo, me apoiei mais ainda nele, e nós entramos no consultório.

Assim que contei para o médico o que aconteceu, ele apalpou o local e falou que parecia ter sido apenas uma luxação, ou eu nem conseguiria encostar na perna, como estava fazendo. Mas, quando contei sobre o meu acidente anterior, ele resolveu fazer uma radiografia só para checar.

Voltamos para a sala de espera e, no tempo que levou até que a radiografia ficasse pronta, eu e o Frank ficamos calados, folheando umas revistas.

"Priscila, está tudo bem." Uma enfermeira apareceu e me entregou o envelope com a radiografia dentro. "O médico disse que realmente foi só uma torção. Mas ele mandou você não pisar no chão com essa perna por cinco dias para não forçar o joelho e não praticar esportes por uma semana. Além de tomar esses medicamentos que prescreveu."

Ela me estendeu uma receita, que li com atenção. Em seguida o Frank chamou outro táxi, que nos levou até o nosso prédio.

Quando entramos no meu apartamento, vimos que a Sabrina ainda não tinha chegado, então ele tirou os meus sapatos e me colocou no sofá.

"Quer que eu pegue alguma coisa pra você? Comida? Água?", ele perguntou preocupado. "Você deve estar com fome. Eu tinha planos de te chamar pra jantar depois da patinação... Vai ter que ficar pra próxima."

Agradeci, falei que não precisava de nada no momento, e ele então se despediu, dizendo que eu poderia ligar para ele se eu necessitasse de qualquer coisa antes de a Sabrina chegar.

Concordei, me acomodando e pegando o controle remoto.

Ele se virou para sair, mas, quando chegou à porta, se voltou novamente para mim.

"Pri, queria dizer que adorei ser seu namorado, quero dizer, noivo, ou melhor, *marido* por uns minutos, mesmo que de mentirinha..."

"Frank...", falei respirando fundo.

Antes que eu continuasse, ele me cortou, dizendo com um sorriso triste: "Já sei, somos apenas amigos! Desculpa, não vou mais brincar com isso".

"Não precisa pedir desculpas...", falei com sinceridade. E, depois de uns segundos, completei: "Muito obrigada por hoje. De verdade. Tanto pela parte da patinação, que foi maravilhosa, quanto por tudo que você fez por mim depois".

Ele então se aproximou, me deu um beijo na cabeça, e falou: "Estou aqui para o que você precisar. Amanhã venho te ver!".

Ele abriu a porta e saiu. Me recostei no sofá, olhando para o teto e questionando pela milionésima vez por que a gente não podia escolher por quem se apaixonar...

De: Larissa <larissa@mail.com.br>

Para: Priscila <pripriscilapri@aol.com>

CC: Bruna <bruninha@mail.com.br>

Luísa <luisa@netnetnet.com.br>

Enviada: 16 de fevereiro, 19:45

Assunto: Acidente

Sua mãe me ligou pra contar que você sofreu um acidente patinando no gelo. Como foi isso?? Estou muito preocupada, espero que não atrapalhe em nada seu curso.

Dê notícias, estou curiosa.

Beijos,

Lalá

De: Luísa <luisa@netnetnet.com.br>

Para: Priscila <pripriscilapri@aol.com>

CC: Bruna <bruninha@mail.com.br>

Larissa <larissa@mail.com.br>

Enviada: 16 de fevereiro, 19:51

Assunto: Re: Acidente

Pri, também estou muito curiosa, ainda mais porque você patina muito bem! Quero dizer... Eu não te vejo patinando desde os 12 anos, mas acho que é tipo andar de bicicleta, a gente nunca esquece. Não tenho como testar essa teoria porque também não ando desde aquela época. Minha irmã ficou com os meus patins, mas vendeu na internet, porque meu pai não quis dar dinheiro para ela comprar uns animes raros, e ela acabou vendendo um monte de coisas pra conseguir arrecadar o valor. Acho que a gente não tinha essa visão comercial na época da nossa adolescência...

Mas conta o que aconteceu, estamos realmente ansiosas pra saber.

Beijos,

Luísa

De: Bruna <bruninha@mail.com.br>

Para: Priscila <pripriscilapri@aol.com>

CC: Luísa <luisa@netnetnet.com.br>

Larissa <larissa@mail.com.br>

Enviada: 16 de fevereiro, 20:43

Assunto: Re: Re: Acidente

Aposto meu rim que tem algum garoto envolvido nessa história. Estava querendo se exibir, né, dona Priscila? Só espero que não tenha sido uma queda muito ridícula, a ponto de causar vergonha alheia no rapaz. Passa a ficha dele logo, estou ansiosa é pra saber quem é esse moço que descongelou seu coração.

Beijoca,

Bruna

De: Ruy <ruy@popcasting.com.br>

Para: Priscila <pripriscilapri@aol.com>

Enviada: 17 de fevereiro, 07:33

Assunto: Foco no curso!

Bom dia, Srta. Priscila Panogopoulos.

Já estou sabendo das novidades, encontrei com seu pai na rua agora mesmo. Eu estava saindo para ir à padaria, e ele já estava voltando de uma corrida (como seu pai consegue acordar tão cedo para correr?? Ele não era assim na faculdade, isso deve ser influência da sua mãe) e me contou. Das vantagens de ser o vizinho de frente dos pais da minha maior aposta...

Priscila, vou ser claro e direto (mais uma vez): você NÃO está aí para se divertir. Seu objetivo é estudar! Estou investindo em você e o mínimo que espero em retorno é o seu empenho e sua dedicação total! Você vai ficar só seis meses em New York, quero que você foque no que foi fazer: estudar interpretação! Os dias livres são para descansar, e não para saracotear por aí com namoradinhos ou "amigos" americanos (sim, seu pai me contou os detalhes).

Ainda bem que você seguiu a minha orientação e está cursando apenas interpretação, vai poder assistir às aulas normalmente até sua perna estar em bom estado outra vez. Você teria problemas se estivesse cursando expressão corporal ou algo assim. Pelo menos essa instrução você conseguiu seguir corretamente.

Dê notícias da perna e do curso.

Ruy

De: Arthur <arth56473890@netnetnet.com.br>

Para: Priscila <pripriscilapri@aol.com>

Enviada: 17 de fevereiro, 13:22

Assunto: Tudo bem?

Oi, Pri. A mamãe acabou de me ligar e contou que você caiu patinando ontem. Está tudo bem?

Fiquei muito preocupado, vivi um flashback lembrando de quando você foi atropelada e quebrou a perna. Na época nós também estávamos longe, mas SP é mais perto do que NY. Fui correndo (ou melhor, voando!) para BH te ver, imaginei que estando perto talvez eu pudesse te salvar ou coisa parecida... Acabou que a Samantha ajudou bem mais do que eu, né? Como sempre.

Estou escrevendo por isso também. A Sam está triste com você. Disse que desde que você viajou não escreveu pra ela, que só tem notícias suas através da mamãe... Eu tentei dizer que você também não escreveu nem ligou pra mim, mas ela está realmente chateada. Está se sentindo "ultrapassada", pensando que você a acha velha agora que ela virou mãe.

Pri, a Sam continua a mesma, tá? Mas está precisando de "entretenimento". Atualmente o que ela faz de mais radical é trocar a fralda do Rodriguinho quando ele está com a bexiga cheia (já recebeu jato de xixi na cara? Não recomendo!). Então continue a pedir conselhos pra ela, por favor. Sua cunhada gosta de se sentir útil, e acho que sente saudade dessa emoção da paquera também... Deixe que ela tenha emoções intensas através da sua vida, fico com receio de que ela fuja, ou algo parecido, para suprir essa sede que ela tem de frio na barriga.

Na verdade, estou feliz por você. Falta de notícia é boa notícia. Prefiro mil vezes não ter ideia do que você anda aprontando por aí a saber que a única coisa que você faz é chorar pelos cantos (como ficou depois do término com o Rodrigo). Aproveite mesmo! Mas com muito juízo...

Dê notícias da perna assim que possível. Espero que fique tudo bem logo!

Beijo,

Arthur

16

Aria: Oh, meu Deus. Você está de volta.

(Pretty Little Liars)

Pri, acabei de chegar! Topa jantar comigo? Quero aproveitar o máximo de tempo possível com você... Beijo! Patrick

Eu ainda me lembrava com nitidez da última vez que havia visto o Patrick. Eu tinha acabado de fazer 16 anos, estava de férias na casa do meu pai em São Paulo, e a Samantha tinha me convencido a procurá-lo, em uma tentativa de tirar da minha cabeça tudo que havíamos vivido na Disney, um ano antes. E funcionou. Ao encontrá-lo, percebi que devia encarar o que tivemos como um sonho, parte do encantamento da viagem, e que deixar para trás aquela história era a única forma de conseguir seguir em frente.

E foi o que fiz.

Por muitos anos, a cada vez que aquela viagem ou o Patrick me vinham à cabeça, eu abafava rapidamente a lembrança, pensava em outra coisa. E vivi muito bem assim por três anos. Até que a Karen, uma menina que também estava na viagem e que se apaixonou pelo Patrick, decidiu revirar o passado e esfregou na cara do Rodrigo tudo que eu havia tentado esconder por tanto tempo.

E era por isso que naquele momento eu estava ali, na frente dele. Certamente, se ainda estivesse com o Rô, teria desconsiderado completamente o e-mail do Patrick no mês anterior pedindo notícias minhas. Se o Rodrigo não tivesse terminado comigo, eu provavelmente ainda estaria em São Paulo, e não em Nova York...

Por mais que eu tivesse me preparado, foi estranho revê-lo depois de tanto tempo. No mínimo... *constrangedor*. Primeiro porque da última vez que havíamos nos encontrado ainda éramos adolescentes, agora eu estava com 20 e ele com 22. Eu o achei muito diferente e provavelmente ele tinha achado o mesmo de mim. Ele não era mais um garoto. Estava mais alto. Mais forte. Com a barba por fazer. E tudo que pensei no instante em que o vi foi... *Uau!*

Além disso, tinha um agravante. Eu estava muito sem graça por ter dado tanta corda para as mensagens dele no último mês. Por ter *paquerado*, para ser mais específica. Uma coisa era estar a quilômetros de distância e flertar por mensagem. Outra bem diferente era estar cara a cara com a pessoa, em carne, osso e charme. Comecei a catalogar mentalmente tudo que eu havia dito para ele e imaginar o que ele estaria pensando de mim agora enquanto juntava as palavras à minha imagem... Porque era exatamente isso que eu estava fazendo em relação a ele.

Por sorte eu estava com a perna machucada, e só isso já era assunto, então não tínhamos também que passar pelo desconforto de não saber o que dizer.

Quando me avisou que havia chegado em NY, expliquei que provavelmente só conseguiria vê-lo dali a uns dias, pois havia machucado a perna e ainda não podia forçá-la. Além disso, por estar morando em New Jersey, não tinha a menor condição de fazer o trajeto até Manhattan. No mesmo instante ele me ligou, dizendo que aquilo era impensável, que ficaria menos de uma semana na cidade e que tinha a intenção de ficar comigo o máximo possível. Ele então sugeriu de jantarmos em um restaurante perto da minha casa, disse inclusive que me buscaria na porta para me ajudar e até me *carregar* se fosse preciso.

Claro que não foi necessário, afinal, eu estava conseguindo andar. Já haviam se passado alguns dias, e o analgésico que o médico tinha me dado era muito bom. Mas eu não queria forçar a perna, o trauma do meu atropelamento aos 16 anos ainda era muito forte, e eu não queria ser obrigada a parar de dançar e tudo mais por meses, como da outra vez.

Ainda assim, fiquei meio resistente. Queria encontrá-lo em meu mais perfeito estado, afinal, quando a gente fica tanto tempo sem ver alguém, queremos passar a melhor impressão possível, para pensarem que evoluímos com o tempo... Eu não queria ver o menor resquício de decepção no olhar dele.

Só que a Sabrina chegou em casa bem na hora que eu estava no telefone com o Patrick, tentando encontrar uma desculpa. Ela fingiu que estava passando mal para que eu desligasse e, assim que fiz isso, falou que eu estava louca se achava que ela ia me deixar ficar em casa, em vez de encontrá-lo.

"Você vai nem que eu tenha que te carregar nas costas até lá!", ela falou bem brava. "Esse Patrick é a única esperança que tenho. Espero que ao vê-lo você se lembre do que é viver! Ainda bem que arrumei um namorico na escola de Teatro mesmo, se dependesse de companhia para ir paquerar, eu estaria perdida!"

"Você está namorando o Scott?" Peguei as mãos dela sorrindo, feliz com aquela nova informação.

Ela ficou meio sem graça, mas disse: "Não sei. Mas, pelo dia que nós passamos no feriado e pelo jeito que ele vem me tratando na escola, posso dizer que eu gostaria de conhecê-lo melhor. E acho que ele também... Até me chamou para ir ao teatro neste fim de semana!".

Ela falou a última frase visivelmente empolgada. Dei um abraço nela, mas então me afastei com a mão na cintura: "Ei, que peça vocês vão assistir? Quero ir também!".

"Nem pensar!", ela disse com a testa franzida. "Não sou você, que sai arrastando vela para os encontros! Aliás, isso nos traz de volta ao assunto principal: o *seu* encontro com o Patrick! Desde que chegou aqui, só te vejo preocupada com o curso, com a professora, com o que o Ruy vai falar... Os únicos momentos em que realmente te vi leve foi ao ler ou responder as mensagens desse garoto! Eu até parava o que estivesse fazendo pra te observar, você parecia uma adolescente com o primeiro crush, só faltava abraçar o celular! Quero muito passar mais tempo com essa Priscila aí, ela parece ser uma pessoa muito legal e animada, diferente dessa velhinha que se apossou do seu corpo. Tudo bem que você é capricorniana, mas seu ascendente é Leão! E sua lua é em Áries! Pri, você tem muito fogo aí dentro, tenho certeza! Libera isso logo, senão daqui a pouco a fumaça vai te sufocar... Pelo amor de Deus, você tem 20 anos, está em Nova York, sem pai nem mãe nem namorado pra te vigiar! Tem noção de quantas garotas gostariam de estar no seu lugar? Aproveita a vida!"

Fiquei parada, olhando para o chão, pensando em cada palavra que ela havia dito. Ao notar que o "sermão" tinha surtido algum efeito, a Sabrina resolveu continuar.

"Pri, é sério. Estamos juntas aqui há quase dois meses, mas eu já te considero minha melhor amiga. E isso é muita coisa, acredite, sempre fui mais amiga de garotos... Mas isso não vem ao caso. O fato é que eu já te conheço muito bem. Sei que o término com o Rodrigo te destruiu e também sei que você não está fazendo a menor questão de se reconstruir. Mas pensa na chance que você ganhou! Eu acredito em destino... Nova York é onde você realmente deveria estar neste momento, aproveita tudo que essa cidade tem para te oferecer! Daqui a alguns anos tenho certeza de que você vai ficar com saudade. Aliás, eu, que estou aproveitando cada minuto, vou sentir saudade... Você vai sentir é *remorso* quando estiver casada e cheia de filhos sem poder ir sozinha para a esquina! Ou, talvez, quando estiver solteirona e solitária, com uns quarenta gatos espalhando pelos no sofá..."

Suspirei, pensando naqueles futuros que ela estava prevendo para mim. Eu adoraria estar com filhos ou com gatos, mas entendi o que ela queria dizer. O tempo estava passando rápido, outro dia mesmo eu tinha 13 anos e agora já estava com 20... E parecia que nem um mês tinha se passado entre esses anos todos.

Praticamente lendo meus pensamentos, ela completou: "Todo mundo diz que a juventude é a melhor fase da vida, e deve ser mesmo... Por isso vivo cada dia como se fosse o último. Quero me apaixonar, me jogar, quebrar a cara e me apaixonar novamente quantas vezes forem possíveis! Acho que, quando formos bem velhinhas, essas lembranças é que vão ser combustível para continuarmos seguindo em frente, certas de que fomos felizes! Certas de que a nossa existência valeu a pena...".

Só assenti, concordando com tudo que ela havia dito. Eu realmente vinha perdendo muito tempo. Era como se uma âncora estivesse amarrada no meu pé, sempre me puxando para o mesmo lugar. E já tinha um tempo que eu vinha percebendo que era hora de me livrar daquele peso.

A Sabrina então se aproximou, me dando um abraço. Ficamos um tempo assim, e ela aos poucos se desvencilhou, pegou meu celular, que eu havia deixado no sofá, e me entregou, meio impaciente.

"Eu te ajudo a ir para onde for. Liga para ele e só pergunta o nome do lugar!"

Respirei fundo, fiz que sim com a cabeça, o que fez com que ela comemorasse.

Por esse motivo, agora eu estava ali, em frente àquele garoto que me provocava sensações muito contraditórias, desde os meus 15 anos.

"Pri!", ele disse com um sorriso de deixar qualquer uma de pernas bambas. "Que bom te ver depois de tantos anos! Você não mudou nada..."

"Você também não!", menti. Ele estava mais bonito do que eu me lembrava. E mais alto. E mais forte também. Mesmo com um casaco acolchoado, eu podia ver que ele estava com os bíceps superdefinidos e o peitoral bem mais largo. Do tipo que dá vontade da gente ser abraçada e ficar ali por muito, muito tempo... Subitamente me lembrei da última noite da excursão para a Disney. Ele tinha me abraçado para me aquecer. E foi aquele abraço que levou a tudo que aconteceu depois.

"Eu te ajudo!", ele falou, me fazendo voltar para o presente.

Estávamos em frente ao meu prédio. Ele havia feito questão de me buscar lá, por mais que eu dissesse que não estava sentindo muita dor e que a Sabrina poderia me ajudar caso eu precisasse.

Ele passou o braço pela minha cintura, e no mesmo instante senti um arrepio, o que me fez recuar um pouco. Ele notou, tirou o braço depressa e falou: "Eu só ia te ajudar a entrar no táxi". Ele apontou para o carro amarelo estacionado bem em frente ao meu prédio, provavelmente o mesmo em que tinha vindo. "O restaurante que vamos é bem perto, menos de dois quarteirões daqui, mas acho melhor não irmos andando, para não forçar a sua perna..."

"Tudo bem", falei meio constrangida, e ele então se aproximou novamente. Dessa vez senti um certo choque, mas deve ter sido só porque a mão dele estava gelada e encostou na minha pele, já que meu casaco e minha blusa levantaram um pouco quando coloquei meu braço sobre o ombro dele.

Durante o trajeto de três minutos até o restaurante, falamos apenas sobre a diferença do clima de Orlando, onde ele estava morando, para NY, pois lá, apesar de ainda ser inverno, já estava quente. Deu vontade de entrar no primeiro avião ao ouvir isso, pois eu não aguentava mais sentir frio...

Ao chegarmos ao restaurante, ele me escorou mais uma vez (eu já estava quase me acostumando com aquela descarga de energia ao menor toque dele), e ficou assim até estarmos em frente à mesa para onde o garçom nos direcionou. Ele então me ajudou a sentar, se sentou também e começou a analisar o cardápio.

Olhei em volta. O local era bem bonitinho, à meia-luz, com um piano tocando ao fundo. Ainda ao telefone, ele havia perguntado se eu gostava de comida italiana e, como eu respondi positivamente, ele disse que iria me levar a uma *trattoria* que um amigo havia indicado.

Tirei meu casaco, pois lá dentro o aquecedor estava ligado e a temperatura estava muito agradável, e notei que ele desviou os olhos do cardápio para o meu corpo. Lembrei instantaneamente da primeira vez em que nos encontramos, em frente ao banheiro do avião. Naquela ocasião ele também havia olhado com muita atenção para a minha "blusa", o que fez com que a minha primeira impressão dele não tivesse sido das melhores.

Ao ver que eu tinha percebido para onde estava olhando, ele deu um sorriso meio sem graça e se voltou rapidamente para o cardápio. Sorri, também pegando um cardápio, meio envergonhada, ainda que sentindo um certo alívio, por notar que ele continuava o mesmo Patrick que eu conhecia...

"Acho que podemos pedir uma entrada antes de jantar. Tenho tanta coisa pra conversar com você... Quero saber tudo! Pelo que percebi, sua vida mudou completamente desde a última vez em que nos vimos..."

"Você nem tem ideia..." Dei um suspiro, me sentindo muito adulta de repente, ali sozinha com ele, tão distante de casa.

O Patrick chamou o garçom, fez o pedido e olhou para mim. Então comecei a contar para ele, desde o começo, tudo que havia me levado até ali...

Pri, dá notícias!! Tá tudo bem? Você saiu daqui seis da tarde, já são dez... Não que eu esteja te recriminando, de jeito nenhum, aproveita mesmo! Só quero saber se está tudo certo. Qualquer coisa me avisa que eu vou correndo. Mas lembra de mandar o endereço de onde você está, só por via das dúvidas! Sabrina

17

Adam: Nosso relacionamento nunca teve chance, já que você nunca parou de compará-lo com o seu antigo.

(The Carrie Diaries)

"Claro que minha vida não é tão interessante quanto a sua... Imagina! Você veio parar aqui por causa de uns coelhos que fugiram? Que loucura!"

Apenas balancei a cabeça, rindo. Ele havia me atualizado sobre o que tinha feito nos últimos anos, e eu tinha acabado de contar toda a história que me levara até Nova York. Aquilo parecia mesmo irreal. Nesse meio tempo, o jantar havia chegado e estávamos agora na sobremesa.

"Mas não entendi uma coisa", ele falou com a testa meio franzida. "Você falou que seu namorado te ajudou a achar os tais coelhos... Só que no e-mail que me mandou, no comecinho do ano, você disse que estava solteira. Acho que perdi um episódio..."

Achei graça do paralelo da minha vida com uma série, mas logo meu sorriso sumiu. Eu estava evitando falar sobre o Rodrigo com o Patrick, mas sabia que aquele momento iria chegar.

"Assunto difícil?", ele perguntou ao ver minha expressão. Respirei fundo, assentindo, e ele completou: "Faz assim, vamos pagar a conta, porque estão quase nos expulsando daqui, e aí paramos no Starbucks que vi ao lado do seu prédio para você me contar essa parte que ficou faltando. O que acha?".

Concordei, e em poucos minutos estávamos do lado de fora. Depois de ele tentar por alguns minutos achar um táxi, falei que poderíamos ir andando, antes que congelássemos no meio da rua.

"Tá, mas vou te ajudar", ele respondeu já me escorando.

Apesar do clima gelado, senti um certo calor por sua proximidade. Passei meu braço rapidamente pelos ombros dele e fomos andando assim, calados por um tempo. As ruas estavam bem vazias, pois já eram quase dez da noite e devia estar fazendo uns 7 graus.

"Parece que estamos fadados a nos encontrar sentindo frio", ele falou alguns segundos depois. "Me lembro bem de quando você se molhou inteira na Splash Mountain e saiu tremendo do brinquedo..."

"Você lembra?" Eu estava olhando para a rua, mas instantaneamente desviei meu olhar para ele. "Se não fosse você, eu teria pegado um megarresfriado!"

Ele fez que sim com a cabeça. "Tenho aquele moletom até hoje. Durante todos esses anos, sempre que o usei, não tive como não me lembrar de você..."

Senti um ligeiro frio na barriga, por recordar daqueles acontecimentos e pelo que ele havia dito.

"Aquela viagem foi muito marcante...", falei em um suspiro. Ele nem fazia ideia do quanto ela havia afetado a minha vida.

Ficamos por mais um tempo calados. Continuávamos andando, porque congelaríamos se parássemos, mas percebi que não estávamos mais tão acelerados. E o frio que eu estava sentindo antes tinha praticamente ido embora.

"Suas amigas estão bem?", ele falou uns minutos depois. "Como elas se chamam mesmo? Lembro que revi uma delas um ou dois anos depois, aquela de cabelo claro..."

"A Luísa", expliquei. "Sim, ela esteve na Disney com a família no ano seguinte." Eu me lembrava perfeitamente de ela me contar que ele tinha perguntado sobre mim e me mandado um beijo. Na época eu ainda estava superconfusa pelo que havíamos passado no ano anterior e foi então que resolvi procurá-lo, na agência de turismo da mãe dele.

"Isso, Luísa!", ele falou batendo na cabeça, como se a castigasse por não ter funcionado bem. "Mas tinha também uma oriental e aquela mais baixinha, de óculos. Vocês eram um quarteto inseparável! Ainda são?"

"Continuamos muito amigas", concordei. "E nesse último ano, que eu voltei a morar em São Paulo, nos reaproximamos ainda mais, apesar de não estudarmos juntas. A Larissa é a japonesa, quero dizer, o pai dela é japonês e mãe brasileira. E a morena baixinha é a Bruna. Mas não se engane com o tamanho, ela é a mais brava das quatro!"

Ele riu e fez outra pergunta: "E você, continua cantando? Nunca esqueci da sua voz linda e daquele *show* que deu no karaokê da festa da excursão".

Olhei para o chão sorrindo, feliz por ele se lembrar da minha voz e por gostar dela, mas logo mudei de expressão ao me lembrar da minha atual aula de canto.

"Acho que não canto tão bem assim...", falei, me sentindo para baixo. "No meu curso de Teatro, tenho aula de Expressão Vocal. E a professora não compartilha da sua opinião, na verdade ela me acha *péssima*!", completei, lembrando de como a Claire havia me criticado e de que vinha me ignorando desde então.

"Ela é surda ou o quê?", o Patrick parou de uma vez, me olhando atônito. "Sua voz é melodiosa, afinada, encorpada, *sexy*..." Arregalei um pouco os olhos ao ouvir a última característica. Ele riu da minha reação e completou: "Sério, Priscila. Todo mundo da excursão parou pra te assistir, não lembra? Parecia uma pop star, alguém que nasceu pra brilhar. Cantar não é só a voz, é o conjunto, a presença de palco... Confesso que, quando você me contou que estava vindo para cá estudar Teatro, fiquei um pouco surpreso, mas logo aquilo fez total sentido. Você foi feita para o estrelato! Senti o mesmo quando vi seu vídeo de Ariel na Disney... Não acredite se alguém te disser o contrário. Você rouba a cena em que estiver, tem um magnetismo que atrai todos os olhares".

Ele falou bem sério, segurando o meu braço, para me mostrar que realmente acreditava naquilo. E o olhar dele estava fixo no meu, como se quisesse provar aquela história do magnetismo. Mas ele de repente desviou dos meus olhos para a minha boca.

Respirei fundo e olhei para o chão. Eu sabia perfeitamente o que ia acontecer se eu não impedisse.

"Você foi o culpado", falei sem conseguir mais me segurar. Ele estreitou os olhos, sem entender. "O culpado pelo meu término", expliquei, voltando ao assunto que havíamos começado no restaurante. "Na verdade, a culpada fui eu, *óbvio*, mas o que vivemos na Disney resolveu tirar satisfação comigo mesmo já tendo se passado anos..."

Ainda que vários meses tivessem decorrido desde o meu término, falar disso tão abertamente ainda apertava meu peito. Provavelmente ele percebeu, pois, sem dizer nada, me abraçou novamente para me ajudar a andar e fomos assim, calados, até chegar ao Starbucks. Apenas lá, já sentados frente a frente, é que ele retomou o assunto.

"Se não quiser falar a respeito, vou entender... Mas eu gostaria muito de saber o que aconteceu e a participação que tive nisso."

Dei um grande gole no chocolate quente que eu havia pedido, sem esperar esfriar. Queimou minha língua. Eu já sabia que teria que falar sobre aquilo em algum momento, por que então eu estava tão nervosa?

"Lembra da Karen? Aquela menina da excursão que inventou pra sua mãe que nós estávamos sozinhos no quarto, sem roupa..."

"Claro, minha mãe cita esse caso nas excursões até hoje! Aliás, ela impôs uma nova regra a partir disso. Se alguém mentir no intuito de prejudicar um colega na viagem, também é expulso, tem que voltar pra casa mais cedo. Colocou essa cláusula no contrato e tudo. Acho que ficou tão traumatizada quanto eu..." Ao ver minha expressão, corrigiu: "Quanto *nós*".

"Pois é. Acontece que a Karen não superou o fato do planinho dela não ter dado certo. No ano passado eu estava com o meu namorado no shopping. Era um momento muito romântico, eu havia descoberto que ele tinha planejado me pedir em casamento naquele dia... Só que do nada ela apareceu. E fez questão de me cumprimentar como se fosse minha melhor amiga, dizendo que não me via desde a Disney, e perguntou se eu tinha trocado de namorado, pois da última vez eu estava com você em um quarto... *seminua*."

Ele levantou as sobrancelhas, em seguida deu um assovio, assentindo, como se subitamente tivesse compreendido tudo.

"Mas ele acreditou? Você não contou a verdade?"

Fiz que sim e bebi mais um pouco do chocolate. Minha boca já estava até anestesiada. Mas para falar daquele assunto era melhor assim. Só gostaria de poder anestesiar o coração também.

"Contei. *Toda* a verdade. E esse foi o problema..."

Ele entendeu o que eu quis dizer e dessa vez balançou a cabeça lentamente, como se estivesse se culpando por aquilo.

"Na verdade, não foi apenas por ter descoberto sobre o nosso beijo", completei. "Eu fiquei meio esquisita quando voltei da nossa viagem, e ele perguntou se tinha rolado alguma coisa lá... Eu neguei. E, anos depois, uns dias antes desse encontro com a Karen, ele tornou a perguntar, nem lembro mais a razão, e eu novamente menti. Por isso, ele se sentiu traído, enganado... Falou que não podia mais confiar em mim. E deu um jeito de mudar de país, para não ter mais que me ouvir nem me encontrar. Atualmente o Rodrigo mora no Canadá. Sei que ele deve ter sofrido até mais do que eu, embora eu ache isso difícil! Entrei em depressão, tive que reaprender a viver... Estávamos juntos desde os 13 anos! Inclusive, o principal motivo de eu ter aceitado fazer um curso de Teatro foi esse... Eu não conseguia mais existir na minha vida antiga."

Percebi que o Patrick ficou um tempo considerando o que eu tinha dito e só então se recostou na cadeira, cruzou os braços e disse: "Nossa, Priscila. Não sei nem o que dizer. Se eu pudesse voltar no tempo...".

"Não foi sua culpa, é o que eu disse no restaurante... Se tem alguém que errou naquela viagem, com certeza fui eu. Você estava livre, eu que era comprometida. E em nenhum momento você me forçou, muito pelo contrário. Você me respeitou. Quando eu disse que tinha namorado, você até se afastou, só que eu realmente gostei da sua companhia, achei que pudéssemos ser apenas amigos... Mas eu não era uma menininha inocente naquela época e muito menos agora. Vi o que podia acontecer entre nós e não fiz nada para impedir. Nunca esqueci o que você disse naquele dia: eu quis aquele beijo tanto quanto você. E é verdade. Eu poderia ter te impedido, nem precisava ter ido te encontrar. Mas eu quis. E o beijo..." Eu balancei a cabeça e dei um sorriso de lado antes de ficar séria de novo. "O beijo foi perfeito. Pelos três segundos que durou. Até a culpa me atingir e tudo ruir à minha volta. Demorei mais de um ano para superar aquele dia. Acho que apenas depois do seu e-mail, quando nos encontramos na agência, que eu entendi que deveria encarar o que vivemos como um sonho... Só não sabia que acabaria transformando minha vida em um pesadelo."

"Uau", ele falou, passando a mão pelo cabelo. "Você desde o princípio deixou muito claro que tinha namorado. Eu não deveria ter dado chance para aquele beijo acontecer. Mas, já que estamos passando aqueles dias a limpo, tenho que contar que fiquei muito mais interessado em você do que deixei transparecer. Eu nunca tinha sentido aquilo por nenhuma garota das excursões", ele deu um sorrisinho e balançou os ombros antes de completar: "Talvez nem de fora das excursões... Então foi bem difícil me segurar, e me martirizei por vários dias depois que voltamos da viagem. Aliás, quando você apareceu lá na sede da agência, voltei a ficar balançado, mesmo que eu estivesse namorando."

Ele ficou pensando por um tempo e, depois de respirar fundo, continuou: "E eu que naquela época pensei que tinha um grande problema, por estar com uma garota e desejar tanto outra. Se eu imaginasse pelo que você estava passando e ainda iria passar...".

Ele parecia sincero e ainda agora, tantos anos depois, continuava me despertando sensações contraditórias. Ouvi-lo falar tão abertamente sobre o que sentiu na viagem e depois dela me fez desculpá-lo por ser tão irresistível e também desculpar a mim mesma. Eu sabia que, mesmo aos 20 anos, em vez dos 15 que eu tinha na época, eu não resistiria... Algum ímã realmente parecia nos ligar.

À medida que ele ia falando, comecei a prestar atenção em seus detalhes. O cabelo meio ondulado, os olhos castanho-esverdeados profundos. Ele parecia estar sempre sorrindo, mesmo quando falava sério. Sem querer me lembrei do Rodrigo, que tinha os olhos tão tristes, que mesmo no auge da felicidade tinha um ar de melancolia.

"Priscila?"

"Oi?", perguntei meio assustada. Ele tinha dito algo a que eu não havia prestado a menor atenção, estava longe, perdida no rosto dele.

"Eu disse que é melhor a gente ir, perguntei se você quer pedir mais alguma coisa. Está ficando tarde, acho que você deveria colocar essa perna pra cima. E amanhã eu tenho que acompanhar a excursão..."

"Claro", concordei depressa.

Em poucos minutos estávamos do lado de fora, outra vez quase congelando. Por estarmos bem ao lado do meu prédio, perguntei se ele queria entrar, ao que ele reafirmou que precisava ir, pois tinha que estar no tour na manhã seguinte. Percebi que ele havia ficado diferente do resto da noite... As mãos nos bolsos, em vez de me tocando a cada segundo. O olhar distraído, como se evitasse o meu. E as pernas inquietas, como se quisesse sair dali o mais rápido possível. E eu sabia perfeitamente o que tinha causado aquela mudança.

"Está tudo bem?", perguntei em voz baixa, com receio da resposta.

"Tudo certo." Ele fez que sim com a cabeça tão exageradamente que até achei graça, pois estava óbvio que não tinha nada certo.

Ele riu também, respirou fundo e falou: "Acho que preciso pensar um pouco em tudo que você me contou hoje. Como te disse, anos atrás fiquei bem interessado em você e tive que me forçar a frear aqueles sentimentos. O problema é que, desde que te mandei aquela mensagem casual no Facebook, tenho sentido novamente umas coisas estranhas, especialmente por causa da sua... *receptividade*. Eu estava superempolgado para te encontrar, você disse que não estava mais namorando, trocou umas mensagens bem legais comigo...".

Enrubesci ao me lembrar que realmente tinha sido bem "receptiva".

"Porém, conversando com você agora... Talvez eu esteja enganado, mas, pelo que senti, você pode até não ter mais namorado, mas não está nem um pouco aberta."

Eu ia protestar, mas me lembrei do que eu vinha falando para o Frank repetidamente... Que eu estava fechada para o amor. Então apenas assenti. Ele me olhou mais um pouco, se aproximou, me deu um beijinho no rosto e falou: "Amei te ver, de verdade. Você continua com aquele magnetismo todo de que falei... E linda de tirar o fôlego".

Sorri e dei um abraço nele, do qual ele logo se desvencilhou, dizendo: "Acho melhor você entrar agora, está muito frio e não deveria forçar tanto essa perna".

Concordei, me sentindo meio estranha. Comecei a me direcionar para a portaria, mas então me virei e perguntei: "Você vai ficar quantos dias em NY?". Aquilo estava parecendo muito uma despedida, e eu não queria que ele fosse embora daquele jeito.

"Mais cinco dias. Não é muito tempo, porque essa excursão é Orlando e Nova York. O grupo já passou uma semana lá e agora vai finalizar aqui. Depois vai direto daqui para o Brasil, com os guias. Eles saem no sábado pela manhã. E eu volto para Orlando, à tarde."

Nesse momento o porteiro se aproximou, perguntando se eu precisava de ajuda para ir até o elevador. O Patrick então acenou, eu dei um último sorriso, e ele se virou, sumindo pela bruma da rua gelada.

De: Frank <fmayberry@mailweb.com>

Para: Priscila <pripriscilapri@aol.com>

Enviada: 22 de fevereiro, 19:22

Assunto: How are you doing?

Hi, Priscila!

I stopped by your apartment to check if you were feeling better, and Sabrina told me she thought you were in bed. Wow, those painkillers must really be making you sleepy, right? It's only 7 pm, and you're already asleep... But you're absolutely right, you need to rest in order to recover soon!

I remembered that you've mentioned you're a bit old-fashioned and love emails, so I decided to send you one! Actually, I'm enjoying writing to you. I think I have a hard time opening up in person, but here I can be myself... So, I'm going to tell you a secret: skating with you in Central Park was one of the best moments I've ever had in NY! I mean, until you fell! I still feel guilty; I should have taken better care of you. And then there was that situation at the hospital...

I know you only called me "husband" so you wouldn't have to be alone during the medical exam; we've talked about it already... But it was so nice pretending we were together! Don't get me wrong, I know I don't have a chance with you, but I wanted to tell you that, even if it was make-believe, that moment was the best part of my day!

Take care, I'll call you tomorrow to check on you.

XO, Frank*

---

* Assunto: Como vai?
Oi, Priscila!
Dei uma passada no seu apartamento pra saber se você estava melhor, e a Sabrina me falou que achava que você estava na cama. Puxa, esses analgésicos para sua perna devem estar te deixando com sono, né? Sete da noite e já dormindo... Mas você está certa, tem que descansar para se recuperar logo!
Lembrei que você me disse que é meio à moda antiga, que adora e-mails e tal, então resolvi te mandar um! Na verdade, estou adorando te escrever, acho que pessoalmente tenho uma certa dificuldade em me soltar, mas por aqui posso ser eu mesmo... E só por isso vou te contar um segredo: patinar com você no Central Park foi um dos melhores momentos que já passei em NY! Quero dizer, até a hora que você caiu! Ainda estou me sentindo culpado, eu tinha que ter cuidado melhor de você. E aí teve aquilo lá no hospital...
Sei perfeitamente que você só me chamou de "marido" para não ter que ficar sozinha durante o exame, até já conversamos sobre isso... Mas foi tão gostoso fingir que estávamos juntos! Não me entenda mal, sei que não tenho chance, mas queria te contar que, ainda que de mentirinha, aquele momento foi o melhor do meu dia!
Fique bem, amanhã te ligo pra saber como você está.
Um beijo,
Frank

18

Ted: Vocês ficarão em choque quando descobrirem como é fácil perder o contato com as pessoas para sempre. É por isso que, quando encontra alguém que quer manter por perto, você faz algo a respeito.

(How I Met Your Mother)

"Eu não acredito que você não beijou a boca desse garoto! Em vez disso contou pela milésima vez que quer passar o resto da vida infeliz porque seu namoro de infância não deu certo?! Priscila, o que eu vou ter que fazer com você? Enfiar sua cabeça na neve pra te acordar pra vida?! Meu Deus, eu agarrada aqui no celular, achando que a qualquer momento ia chegar uma mensagem dizendo que você tinha resolvido passar a noite no hotel do gatinho. Mas, ao contrário disso, você me aparece com a maior cara de bunda porque o cara se assustou com o relato do seu término? Claro que se assustou, né? Estava esperando encontrar uma mulher de 20 anos, e não uma garotinha de 12!"

Abafei um grito na almofada do sofá e em seguida a joguei na Sabrina. Na verdade, minha vontade era de atirar algo mais pesado, para que ela parasse de falar, mas eu sabia que ela estava certa. Porém ter aquelas verdades esfregadas na minha cara só me deixou mais frustrada.

"Liga pra ele agora, vai! Por falar nisso, cadê o seu celular?", ela perguntou, me estendendo a minha bolsa. "Te telefonei umas quarenta vezes pra saber se estava tudo bem. Aliás, não só eu, mas sua família inteira também ligou pra cá perguntando se eu sabia do seu paradeiro. Todos preocupados porque você hoje não deu notícia nenhuma e saiu com a perna machucada. Ah, e teve o Frank também, que passou aqui umas três vezes te procurando!"

Peguei meu celular rapidamente. Ele estava no silencioso, e eu nem tinha me lembrado de sua existência durante o encontro com o Patrick.

"Deixa pra responder sua família depois, agora se concentra no gato! Me explica direito, como foi o encontro? Quero dizer, antes de você contar sobre o Rodrigo pra ele!"

Me deitei no sofá e, olhando para o teto, respondi: "Foi ótimo. Ele continua fofo, charmoso, encantador... Revelou que mexi com ele de verdade na época da excursão, cinco anos atrás. E até elogiou minha voz! Ele ainda se lembra de um karaokê que teve em uma festa da viagem...".

Dei um suspiro e escondi meu rosto com as mãos. Eu tinha estragado tudo.

"Pri, você não percebe?", a Sabrina se sentou mais perto e me fez olhar pra ela. "Pode negar o quanto quiser pra você mesma, mas esse cara mexe com você! Tá aí, de todo tamanho, escrito no meio da sua testa! Olha a diferença de como você está agora para quando encontra o Frank, por exemplo..."

"Claro que mexe, Sabrina!", falei com vontade de gritar de novo. "Mexe desde os 15 anos! Não teria dado um beijo nele se não mexesse! Mas, apesar desse... *calor* que ele me faz sentir, ele também me desperta sensações terríveis, ao lembrar que fui infiel, que só não estou com o Rodrigo por causa dele. Porque o Rodrigo, sim, é o amor da minha vida e..."

"Meu Deus, não aguento mais ouvir esse nome!", a Sabrina me interrompeu revirando os olhos. "Vou vomitar da próxima vez que escutar um *Rodrigo*! Escuta, você tinha uma melhor amiga no Brasil? Alguém que te aconselhava? Porque eu preciso muito de reforços!"

Fiquei por um tempo calada, mas então um rosto me veio à mente. De alguém que eu vinha evitando exatamente por saber que iria me dar uma bronca se soubesse que eu não estava aproveitando aquela viagem como ela havia recomendado...

Mas era dela que eu precisava naquele momento.

"Pra quem você está ligando?", a Sabrina perguntou ao ver que eu estava digitando um número no celular.

Pedi que ela esperasse, porém acabou caindo na caixa postal. Em vez de deixar recado, desliguei desanimada.

"Era para alguém que tem o poder de me fazer sorrir, independentemente do que eu esteja passando..."

Um minuto depois, uma mensagem chegou. E, sem controlar, um sorriso apareceu no meu rosto.

Baby! Tem mais de um mês que estou tentando conversar e você resolve me ligar bem na hora que estou amamentando?! Seu sobrinho está quase dormindo, se eu atender agora, vai ser uma choradeira! Mas estou muito curiosa pra saber o que te fez mudar de ideia e me procurar, pode entrar no bate-papo? Só meu peito está ocupado, minhas mãos estão livres! Samantha

Me arrependi no mesmo instante. Na verdade, eu vinha, sim, evitando a Samantha. Mas apenas porque não queria incomodá-la. Acompanhei bem de perto os primeiros seis meses do meu sobrinho e vi o quanto a Sam se dedicava a ele, 24 horas por dia! Ela andava exausta... Por isso eu achava que não precisava sobrecarregá-la ainda mais com meus dramas (pós-)adolescentes!

Eu ainda estava olhando para o meu celular, pensando em dizer que tinha ligado por engano e que a gente conversava depois, mas escutei um som vindo do meu computador, que eu havia esquecido ligado em cima da mesa da sala.

Respirei fundo, fiz sinal para a Sabrina vir junto, nos sentamos, e foi aí que notei o quanto eu estava com saudade da Samantha.

Sam está online

Sam - Amoreeeee, eu deveria estar com raiva por esse seu sumiço todo, mas não consigo! Me conta tudoooo! NYC inteira já está apaixonada por você?

"Quem é essa? Já gostei dela!", a Sabrina disse, rindo enquanto lia.

"Minha cunhada", respondi, pensando que ela não tinha visto nada ainda. "E responsável por eu ter namorado o Rodrigo. Se não fosse pelos conselhos dela, provavelmente eu teria virado freira ou coisa parecida..."

"Então realmente gostei!", a Sabrina disse enquanto virava meu computador um pouco mais para o lado dela. E, antes que eu pudesse protestar, começou a digitar.

Pripriscila - Oi, Samantha, sou a Sabrina, colega de apartamento da Pri! Por favor, me ajuda! Sua cunhada não está nada bem! Tem dois gostosos a fim dela, e a doida só pensa no tal Rodrigo! Já tentei de tudo! Pelo que entendi, só você tem o poder de fazer uma lavagem cerebral nessa cabeça-dura!

Tomei o computador de volta, fazendo cara de brava pra Sabrina, mas ela riu. Tornei a olhar para a tela.

Sam - Obrigada, Sabrina! Já ouvi falar muito de você, não pela Priscila, porque ela me esqueceu, mas a mãe dela e as amigas me contaram que você parece ser muito legal! Espero te conhecer quando eu for visitar a Pri. Na verdade, queria poder fazer isso este mês mesmo, para dar uma bronca pessoalmente nela, mas tenho que esperar meu neném crescer mais um pouco.

A Sabrina tentou pegar meu computador novamente, mas afastei a minha cadeira para o lado e tapei a tela com as mãos. Ela riu, se levantou e em seguida se jogou no sofá, com uma revista.

Aproveitei para acabar com aquilo de uma vez.

Pripriscila - Sam, sou eu agora. Não quero te atrapalhar, pode terminar com calma aí. Depois a gente conversa, não tem pressa, é tudo invenção da Sabrina. Estou bem, estou ótima, nunca estive melhor!

Como ela não respondeu, completei:

Pripriscila - Na verdade, eu te liguei sem querer. Estava olhando o celular e meu dedo esbarrou no seu nome. Vou sair do bate-papo, tá? Tenho que estudar porque...

Sam está offline

Fiquei olhando para o computador estática por uns segundos, meio sem acreditar que a Samantha tinha engolido minha desculpa tão facilmente e ainda saído sem se despedir, mas então meu celular começou a tocar. Eu o havia deixado no sofá, bem onde a Sabrina estava deitada.

Ela pegou, olhou pro visor, deu um sorriso e atendeu, sem a menor cerimônia.

"Oi, Samantha, é a Sabrina, vem mesmo visitar a Pri, acho que seria ótimo pra ela... Ah, se precisar de alguém pra olhar seu bebê, pode contar comigo, eu adoro crianças, tá?"

Dei um pulo e puxei meu celular, antes que a Sam começasse a olhar passagens. Eu não aguentaria as duas juntas falando no meu ouvido!

"Oi, Sam", falei desanimada. *"Cadê o Rodriguinho? Você não estava amamentando? Não quero que você deixe de dar a mínima atenção pra ele por minha causa! Tá vendo? Era por isso que eu não queria conversar com você!"*

"Ah, era por isso, Priscila?", ela perguntou com uma voz seca. *"Pensei que era por ter me prometido antes de viajar que iria finalmente recuperar sua vida e por estar com medo de eu perceber que resolveu fazer exatamente o contrário! Que história de Rodrigo é essa? Você já não tinha superado? Tinha meses que não falava dele, pensei que já tivesse virado essa página! Pelo amor de Deus, você está em Nova York! Estudando pra ser atriz!*

Sua amiga está certa, acho que vou ter que ir aí esfregar seu cérebro com uma escova de dentes pra ver se você recupera a sanidade!"

Tentei interromper, mas ela não deixou.

"Seu sobrinho está ótimo, não pense que sou inconsequente, você sabe muito bem que ele é minha prioridade máxima. Dormiu mamando e chamei o Arthur pra terminar de niná-lo enquanto eu resolvia um probleminha com você."

Perfeito. Agora o Arthur não ia sossegar até arrancar dela que "probleminha" era esse.

"Sam, sério mesmo, eu estou fazendo aqui o que vim fazer: estudar Teatro! Não vim para arrumar namorado..."

"Que bom!", ela nem me deixou terminar. *"Concordo que você tem que focar no curso. Mas que mal tem em dar uma namoradinha nos fins de semana? Quem são esses boys que a sua amiga mencionou? E você* tem certeza *de que me ligou por engano? Não está precisando da minha ajuda, dos meus conselhos, da minha opinião pra* nada?"

Eu podia enxergar a cara da Samantha, mesmo a milhares de quilômetros de distância. Ela sabia perfeitamente que eu ter sumido e de repente ligar pra ela, em vez de mandar um e-mail ou mensagem, não tinha nada de "engano"...

"Vou desligar então! Beijo!"

"Espera, Sam!", falei depressa.

Mais uma vez visualizei o rosto dela. Aposto que estava com o maior sorriso de quem tinha ganhado uma partida de qualquer coisa, mexendo nas pontas do cabelo e fazendo uma dancinha da vitória.

"Eu preciso da sua ajuda, sim... como sempre."

Me virei para o lado, vi que a Sabrina estava me olhando atentamente, com uma expressão meio preocupada. Quando notou que eu estava olhando, voltou para a revista depressa. Eu sabia que, assim como a Sam, ela só queria o melhor para mim.

Suspirei, fiz sinal para que ela chegasse um pouco mais perto, coloquei no viva-voz e disse: *"Acho que vou precisar de uma ajudinha aqui. A Sabrina pode te contar melhor o que está acontecendo, ando meio de olhos vendados mesmo..."*.

A Sabrina se levantou, vibrou um pouquinho e começou a contar para a Sam, toda empolgada: desde o dia em que encontrei o Frank na lavanderia do prédio, passando pelos convites que ele fez e em como eu não estava nem aí para ele. E então ela entrou na questão "Patrick". A Sam pareceu muito surpresa por eu ter permitido que ele voltasse para a minha vida, mas pareceu também bem feliz por eu ter feito isso. Não sem também ficar brava por eu não ter contado sobre o e-mail dele no dia do meu aniversário, quando eu ainda estava no Brasil.

Ao final do relato, pensei que ia levar uma bronca, mas ela deu um assobio e falou: "*Meu Deus, como senti falta desse drama todo!*".

Não respondi, e ela voltou a falar, um pouco impaciente.

"*Priscila, eu poderia voltar lá atrás, te explicar pela milionésima vez que você não pode mudar o passado, que o que aconteceu já era, já passou, que agora você tem que pensar no futuro... Mas cansei de ser abstrata e vou te falar o que acho pra valer, ok? Pra ver se com um choque de realidade você acorda pra vida.*"

Respirei fundo, me sentando no sofá. Eu sabia que não ia gostar do que ia escutar.

"*Sabe o Rodrigo?*", ela perguntou em um tom meio irônico. "*Com certeza já está com outra namorada. Ou com várias. Ele está lá no Canadá, solteiro, 21 anos, bonitinho como a gente sabe que ele é... Tá achando que o cara está trancado em um quarto pensando em você até hoje, igualzinho a senhorita está fazendo? Pois não está! Pode até lembrar de você de vez em quando, sim. Com saudade, tristeza, raiva ou o que for, mas com certeza não parou a vida dele por sua causa! Homem não é assim, Priscila. Até ele que é mais romântico, tem aquele lado poeta e tal, se ainda estivesse a fim de ficar com você, já teria dado um jeito de te procurar. Estamos praticamente em março! Quase um ano do término de vocês! Já deu tempo da mágoa dele passar, de clarear os pensamentos, de te castigar, caso ele tivesse essa intenção... Mas, que eu saiba, ele não te procurou nem para desejar feliz aniversário, não é? Desculpa te informar, mas para ele você já é passado.*"

Fiquei calada, deixando cada palavra dela se acomodar dentro de mim. Não é como se eu não soubesse de tudo aquilo, mas a Sam, depois da minha mãe, era a pessoa que mais me conhecia no mundo. E a responsável pelos melhores conselhos que eu já havia recebido na vida, eu confiava nela de olhos fechados. Se ela me mandasse pular de um penhasco, eu sabia que poderia fazer aquilo. Mas agora, ouvir dela, em voz alta, tudo o que eu já pensava, mas não queria acreditar... Era como se ela tivesse pegado o meu coração, torcido e atirado pela janela. A dor no peito que eu estava sentindo era exatamente assim.

"*Pri, desculpa*", ela voltou a falar depois de um tempinho. "*Mas é que não aguento mais ver você desperdiçando sua vida. Menina, você está em Nova York, estudando Teatro! Com tudo pago! Você tem noção da quantidade de gente que gostaria de estar no seu lugar? Eu, inclusive. Você parece que está cega, sem enxergar a oportunidade que está na sua frente! Curta a sua vida, porque ela é curta!*"

Ela riu um pouco do trocadilho que fez, mas, ao ver que eu não tinha achado graça e continuava muda, completou: "*Agora vamos falar de coisas boas! Dois gatinhos a fim de você ao mesmo tempo?! Aí sim! Essa é a Pri que eu conheço! Baby, mesmo sem protagonizar, sua vida continua melhor do que um seriado! Mas acho que está na hora de você voltar a ser a principal dessa história, né?*".

Minhas lembranças voltaram no tempo, quando eu tinha acabado de conhecer a Sam e ela me ajudou a reconquistar o Rodrigo depois de eu ter me afastado dele por causa das ameaças do Marcelo. Na época ela também dizia que estava tudo ótimo, que o Rô gostava de mim, por mais que eu não conseguisse enxergar aquilo...

"*Não escutei a resposta, Priscila!*", a Sam falou, me fazendo voltar para o presente.

A Sabrina assentiu, me dando força. E então falei baixinho: "*Sim. Só que não sei como fazer isso...*".

"*Como não, Pri?* ", a Sam respondeu em um tom indignado. "*Você mesma me contou aí que respondeu o e-mail do Patrick, que paquerou um pouquinho nas mensagens... Parece que o problema é apenas pessoalmente. Acho que você pode estar meio enferrujada, porque eu sei perfeitamente que você não tem a menor vocação pra ser tímida. Vou facilitar pra você, anota aí o que tem que fazer. Certeza que, assim que começar, você vai se lembrar direitinho! Mas, para constar, acho que você deveria investir é no gringo. Sabe o que dizem, né... Em Roma com os romanos! Quero dizer, na América com os americanos!"*

"Eu quero ser só amiga do Frank."

Falei isso tanto para ela quanto para a Sabrina, que tinha adorado o que a Sam havia dito e estava concordando avidamente com a cabeça.

"Tudo bem, vamos à 'missão Patrick'. Teremos que agir rápido, antes que ele desista de vez! Posso ditar?"

A Sabrina disse que ia gravar, porque aquilo poderia ser útil para ela também, e chegou mais perto, posicionando o celular dela, já com o gravador ligado, bem perto do meu. Então, pelos próximos dez minutos, a Samantha me explicou tudo que eu deveria fazer.

No fim da noite, já com a *missão* anotada, para não esquecer, dormi disposta a acordar sendo uma pessoa diferente. Ou melhor, a resgatar a pessoa que eu era... E que estava havia tanto tempo esquecida dentro de mim.

Diário de Viagem

Missão Patrick

Passo a passo:

1. Mandar uma mensagem para o Patrick amanhã de manhã agradecendo pela noite, falando que quer vê-lo novamente. Faça com que ele pense que você teve um surto na noite anterior, que estava bêbada, qualquer coisa, mas que aquela história de "Rodrigo" foi alucinação, ficou no passado e que você não quer andar pra trás, e sim pra frente (e vê se acredita nisso também!). E que aí na sua frente o que você está enxergando e quer neste momento é exatamente... ele!
2. Quando ele te responder (sim, ele vai!), marque um encontro para o mesmo dia, ou no máximo o seguinte.

Ele vai ficar na cidade por poucos dias, você não tem tempo a perder.

3. Peça dicas de restaurantes e bares legais para ir, já que ele parece conhecer NY tão bem. E então, casualmente, pergunte se ele não quer ir com você. Se estiver com vergonha, diga que vai uma turma, chame outras pessoas, a Sabrina, o pessoal da sua escola de Teatro, sei lá, inventa qualquer coisa. Mas, chegando ao local, sente-se ao lado dele e converse só com ele!

4. Sobre essas conversas: dê um jeito de elogiá-lo! Fale o quanto ele foi prestativo na excursão e ainda é, como ele te marcou. Ele está se sentindo em desvantagem, está achando que não é páreo para o seu ex. Tem que mostrar que ele está na competição, para que ele não desista de vez de jogar.

5. Antes de sair para encontrá-lo novamente, coloque músicas animadas que te façam sentir "viva", tome um banho cantando, lave o cabelo, se arrume, maquie, fique bonita! Ele tem que notar que você está diferente do último encontro: animada, aberta, feliz. Foi assim que ele te conheceu e é assim que ele gosta de você.

6. O mais importante: caso o assunto "Rodrigo" volte à tona, se ele perguntar o que você ainda sente por ele, MINTA. Não vai dizer que o Rô é o amor da sua vida e que você nunca vai esquecê-lo, senão o cara vai entrar no primeiro avião e te bloquear dos contatos dele. Oculte a verdade! Nós sabemos que ele foi muito importante pra você e sempre vai ser. Mas para o Patrick você só precisa dizer que o que viveram ficou no passado. E que o que te interessa agora é apenas o futuro... (Atenção, leia isso de novo e de novo e de novo, em loop eterno, até que você passe a acreditar também!)

19

Henry: Nos livros, tudo sempre parece pior antes de ficar tudo bem.

(Once Upon a Time)

Eu mal havia acordado e já estava relendo pela milésima vez a lista das recomendações da Samantha. E foi nesse momento que a Sabrina entrou no quarto, já arrumada e maquiada.

"Não vai à escola hoje?", ela perguntou com a mão na cintura, já que eu ainda estava na cama.

"Que horas são?", procurei depressa o meu celular na mesinha ao lado da cama. Ele geralmente despertava às sete e quinze, o que era tempo suficiente para eu me arrumar e chegar à aula que começava às nove horas. Eu julgava ser um daqueles dias em que eu raramente acordava naturalmente, mas pelo visto meu despertador é que tinha falhado.

"Quinze para as sete", ela respondeu meio sem graça.

Dei um suspiro de alívio, mas franzi a testa, meio sem entender. A Sabrina geralmente acordava no limite do horário para sairmos de casa, ela já deixava tudo pronto no dia anterior, inclusive um sanduíche para comer no caminho, e simplesmente pulava na roupa.

"Acho que fiquei meio influenciada pelos conselhos da sua cunhada...", ela explicou. "Resolvi tomar um banho, lavar o cabelo, ir mais arrumada para a aula. Quero que o Scott me ache bonita."

Balancei a cabeça, sorrindo. Ela era linda mesmo quando acabava de acordar!

"No seu caso, acho que não precisa de nada disso... O cara já está na sua, desde o primeiro dia! Só não vale estragar tudo como eu!", falei, já me levantando e pegando minha toalha que estava dependurada atrás da porta. Eu também tinha sido influenciada pelas palavras da Sam...

Por isso, antes mesmo de chegar à escola, coloquei em prática a primeira "ordem" dela.

> Bom dia, menino bonito! Não gostei de como nos despedimos ontem... Acho que os remédios da perna me causaram algum efeito colateral, eu estava meio fora de mim. A boa notícia é que estou bem melhor hoje, já até consigo pisar no chão! Podemos nos encontrar novamente para conversar direito dessa vez? ☺ Beijo, Pri

Mandei a mensagem sentindo o mesmo frio na barriga das outras vezes que eu havia deixado minhas barreiras caírem e paquerado um pouquinho. Porém os minutos foram passando, e nada de receber uma resposta. O Patrick provavelmente estava pensando que eu era doida ou coisa parecida, e que deveria ficar bem longe...

Resolvi me concentrar nas aulas, afinal, eu havia ficado uma semana fora, por causa da minha perna. O Ricky se mostrou especialmente preocupado, não deixou que eu fizesse nem o aquecimento, por mais que eu dissesse que quase não sentia mais dor.

"De jeito nenhum!" Ele colocou as mãos nos meus ombros. "Melhor ficar um dia parada do que meses, por causa de uma recuperação malfeita. Mas não se preocupe, vou te dar uma função, hoje você vai ser minha assistente."

Ele puxou uma cadeira para que eu me sentasse ao lado do aparelho de som e a cada exercício que passava me pedia para colocar uma música específica. Eu estava achando aquilo meio chato, e o Ricky provavelmente percebeu, pois em um momento que eu estava distraída bocejando, ele perguntou: "O que acha, Priscila?".

Levei um susto, pois não tinha a menor ideia do que ele estava falando. Até achei que ia levar uma bronca, mas ele repetiu pacientemente: "O *jeté* da Catarina, quero que você me diga o que acha". E em seguida pediu para a minha colega *preferida* repetir o movimento, que pelo visto tinha acabado de fazer.

A Catarina bufou, mas fez o passo mais uma vez. Sem a menor vontade de criticar os colegas, muito menos aquela menina que eu vinha tentando fazer com que parasse de me odiar sem razão, falei apenas: "Foi bom".

O Ricky colocou a mão na cintura, estreitou os olhos e falou: "Você está mentindo". E, se virando para os meus colegas, completou: "Não é com elogios que vocês vão aprender, e sim com críticas construtivas. Vocês não devem ficar bravos ou tristes se alguém fizer uma consideração que pode servir para uma melhora, e sim agradecer". E, se voltando para mim mais uma vez, disse: "Se você achou bom, então acho que cometeu um erro pior do que o da Catarina ao não notar o que ela fez de errado. Vou perguntar de outra forma: o que a sua colega pode melhorar no *jeté* dela, Priscila?".

Respirei fundo. Aquele mundo realmente era agressivo. Ter que corrigir os próprios colegas em público era cruel, tanto para quem precisava fazer isso quanto para a pessoa criticada. Sem alternativa, falei em voz baixa: "Ela não esticou totalmente a perna de apoio. E poderia ter ficado mais em linha reta, em vez de pender de um lado para o outro". Eu havia aprendido *jeté* nos primeiros anos de balé, ainda criança. Minha professora fez com que eu repetisse aquilo tantas vezes que eu sabia de cor e salteado que sem a perna totalmente esticada era impossível conseguir fazer o movimento em toda sua extensão. E ela também havia desenhado uma linha de cada lado da sala para me impedir de desviar do eixo central.

Olhei rapidamente para a Catarina e estremeci ao ver que ela estava me lançando vibrações de ódio. O Ricky falou: "Crítica perfeita", e começou a explicar a forma correta de fazer. Voltei a me concentrar nas músicas e fiquei aliviada quando a aula finalmente acabou.

Em seguida tivemos uma palestra com um diretor da Broadway no auditório da escola. Fiquei tão envolvida que, apenas quando encontrei a Sabrina na saída e ela perguntou sobre o Patrick, foi que me lembrei. Comecei a revirar minha bolsa com tanto desespero para achar o celular que ela até riu, dizendo: "A ansiedade tarda, mas não falha... Até que você está bem, eu teria checado o telefone no meio das aulas!".

"Ele não respondeu...", falei decepcionada enquanto encarava o celular, na esperança de o aparelho estar brincando comigo e a mensagem aparecer de repente no visor.

"Sério?" A Sabrina se aproximou também olhando para a tela, incrédula.

Sem querer, meu olhar foi atraído para o outro lado da rua. E lá estava *ele*. Com o aquele característico olhar sedutor e o sorriso que me deixava sem graça desde sempre, sem saber direito o motivo.

"Acho que ele resolveu responder pessoalmente..."

A Sabrina se virou para onde eu estava olhando e disse baixinho: "Uau! Tá explicado...".

Ele veio em nossa direção, antes de a Sabrina poder me dizer o que estava explicado.

"Oi...", ele falou, abrindo ainda mais o sorriso. "Você vem sempre bonita assim pra aula? Deve estar cheia de fãs antes mesmo de alcançar o estrelato!"

Balancei a cabeça de um lado para o outro. Eu estava com a maior cara de cansada depois da noite mal dormida e das aulas.

Ele me cumprimentou com um beijinho e então se virou para a Sabrina, que sem a menor cerimônia o puxou para um abraço, dizendo: "Quer dizer que você que é o famoso Patrick?! Ouvi falar *tanto* de você!".

Tive vontade de dar um beliscão para ela calar a boca, mas não conseguiria fazer isso sem que ele visse. Por isso falei depressa: "Esta é a Sabrina, minha colega de apartamento. Ela é meio exagerada, mas é gente boa!".

"Muito prazer, Sabrina. A Priscila me falou de você também, que bom te conhecer!"

Os dois se cumprimentaram com beijinhos, e em seguida um silêncio tomou conta da conversa. Ele arranhou a garganta e falou depressa: "O que vocês vão fazer agora? Minha excursão está na Union Square, lembrei que a Priscila tinha me dito que a escola de Teatro ficava perto, então liguei pra cá pra saber que horas terminava a aula. Espero não ter atrapalhado nada, quis só fazer uma surpresa... Daqui a um tempo o pessoal vai voltar pro hotel, aí pensei em chamar você, quero dizer, *vocês* pra fazer alguma coisa".

"Não atrapalhou em nada!", a Sabrina falou antes que eu pudesse responder. "Eu marquei de lanchar com meu namorado, ele também estuda aqui, deve estar saindo. Mas a Pri não tem nada pra fazer, não é, Pri?"

Eu estava tão sem graça com a Sabrina me jogando pra cima dele que quase falei que tinha que ir para casa descansar a perna, o que não era mentira... Mas eu queria *muito* ir com ele.

"É, não tenho planos por agora...", respondi, olhando para o chão, me sentindo uma menininha tímida. Sem querer me lembrei da Fani. Eu costumava achar engraçado o jeitinho envergonhado que ela tinha, não entendia a razão daquilo, mas olha como eu estava agora! Levantei a cabeça e sorri para ele, disposta a recuperar a garota de atitude que existia em mim.

Ele sorriu de volta, nos despedimos da Sabrina, e ele então perguntou se eu precisava de ajuda para andar, já estendendo a mão.

"Estou bem melhor...", respondi sinceramente. Quase já não sentia mais dor, só estava tomando cuidado por precaução. Mas ainda assim aceitei a mão que o Patrick me oferecia. Fomos andando assim, de mãos dadas, sem dizer nada. E foi aí que eu percebi o quanto era boa e o quanto eu estava com saudade daquela sensação de paz misturada com euforia que ele me causava... desde os meus 15 anos.

Pri, que menino lindooooooo! E tão educado! Por favor, me diz que você vai beijar muito hoje!!! Já cheguei no apartamento, mas, se precisar que eu saia, me avise, posso até acampar no Starbucks pra deixar a área livre pra você! Have fun!! Sabrina

20

Ted: Às vezes, mesmo sabendo que algo é um erro, você o comete do mesmo jeito...

(How I Met Your Mother)

O local onde a excursão estava era realmente perto, menos de dez minutos de distância da minha escola de Teatro, por isso tivemos tempo apenas de conversar sobre o meu curso. Expliquei um pouco para ele sobre o cronograma e contei da apresentação que faríamos ao final do semestre. Para minha surpresa, ele ficou muito interessado e até perguntou se poderia assistir, caso tivesse alguma excursão planejada para NY na mesma época.

Quando estávamos quase chegando, uma das monitoras veio correndo em nossa direção, parecendo desesperada. Ela explicou que um garoto de 16 anos não havia aparecido no ponto de encontro, e nenhum dos seus amigos tinha notado que ele tinha se afastado. Para piorar a situação, uma feira de inverno estava montada no local, a praça estava lotada e as barraquinhas de produtos atrapalhavam a visibilidade. Somado a isso ainda tinha o fato de ser inverno. Já estava meio escuro, mesmo que não fossem ainda nem quatro da tarde.

"Vamos ter calma", o Patrick falou, tentando tranquilizá-la. Em seguida se aproximou dos colegas do menino e perguntou: "Qual foi a última vez que vocês viram o Henrique?".

"Ele estava comigo. A gente estava passeando pelas barraquinhas", uma das meninas, que parecia estar segurando o choro, explicou. Vi que por baixo do casaco ela estava com uma blusa amarela da A+ Turismo, bem parecida com a que eu havia usado na excursão dos meus 15 anos. Porém, o grupo não era tão novo quanto o da minha viagem, os participantes ali pareciam ter entre 16 e 18. "Aí eu parei pra olhar uns ímãs de geladeira, eles eram bem legais, olha, até comprei um!"

Ela mostrou um ímã que estava escrito: "*I'm in a constant battle between wanting a hot body and wanting a hot fudge sundae*".* Notei que o Patrick começou a ficar meio tenso, e acho que a garota também percebeu, pois guardou logo o ímã, dizendo: "Assim que paguei e olhei para o lado, ele já não estava mais por perto. Procurei nas barraquinhas em volta, mas ele não estava em nenhuma delas. Pode ser que eu tenha demorado um pouquinho escolhendo o ímã, eram tantas opções interessantes, se vocês quiserem ver, a barraca deles fica logo ali...".

O Patrick respirou fundo, tentando ter paciência com a menina, e perguntou: "Você é muito amiga dele? Sabe do que ele gosta? Assim podemos procurar alguma barraca que venda algo do interesse dele, mostrar uma foto, perguntar se o viram por ali...".

"Ele só gosta de livros", um outro menino que estava por perto respondeu primeiro. "Com certeza está sentado em algum lugar lendo, não tem interesse em nada dessas barracas!"

Percebi que esse garoto também não estava achando nada interessante, ao contrário das meninas, que inclusive estavam aproveitando aquela interrupção no programa para olhar os produtos das barraquinhas em volta.

"Vamos nos dividir e olhar em todos os bancos da praça", uma das monitoras sugeriu. "Se ele está lendo, certamente está sentado."

"Isso é complicado", o Patrick balançou a cabeça. "Ele pode estar sentado na grama, na calçada, em qualquer lugar! Mas, com esse frio, duvido muito. Ele não aguentaria ficar parado por muito tempo ao ar livre..."

Quando ele disse isso, algo fez um clique dentro de mim. Pela proximidade da minha escola, eu já tinha estado na Union Square várias vezes. E, exatamente por causa do frio, sempre

* "Vivo em uma batalha constante entre ter um corpo gostoso ou um sundae gostoso."

fugia para me aquecer nas lojas que ficavam em volta. E uma delas, por sinal quentinha e aconchegante, era uma *livraria*.

"Vem comigo, Patrick", falei depressa, "tenho uma ideia de onde ele pode estar."

Ele me olhou meio surpreso, mas me seguiu. Um instante depois, a menina que havia visto o Henrique pela última vez nos alcançou, perguntando se poderia ir junto. Concordamos. Ela seria útil para ajudar a reconhecê-lo.

O Patrick pediu para as monitoras ficarem no mesmo lugar com o grupo, para ninguém mais se desencontrar, e me seguiu. Assim que nos aproximamos da livraria, ele levantou as sobrancelhas, entendendo minha suposição. Entramos, olhando para todos os lados, embora eu não tivesse a menor ideia de como o menino era fisicamente.

"Tábata, procure nos corredores de livros", ele disse, apontando. "Vou perguntar para os vendedores se eles viram alguém parecido com o Henrique, ou se tem algum sistema de som pelo qual possam chamá-lo..." Em seguida se virou para mim e pediu: "Você pode ficar aqui na porta para o caso dele ou da Tábata resolverem sair?".

Concordei e perguntei como ele era, mas o Patrick já tinha se afastado.

Comecei a olhar para todos os lados, preparada para interceptar qualquer garoto com cara de nerd que aparecesse. Então, pensei: se eu estivesse entediada, com frio e descobrisse uma livraria daquelas, onde eu estaria? Certamente teria achado um cantinho para ler. Varri a livraria com os olhos e foi então que eu vi... Sentado em uma poltrona em um cantinho no fundo da loja, havia um menino de óculos com um livro nas mãos e vários outros no colo. Ele estava muito entretido na leitura, e, mesmo sabendo que para isso deveria deixar meu posto de guardiã da porta, resolvi arriscar.

"Henrique?", perguntei baixinho, meio sem graça, pois, se não fosse o próprio, o garoto ia me achar meio esquisita. Ele não tirou os olhos do livro, então pensei que não devia ser ele. Já ia voltar para a porta, mas de repente captei um pequeno fragmento amarelo por baixo do moletom cinza que ele estava usando.

"Ei, você é o Henrique?", perguntei mais alto, estalando os dedos em frente ao rosto dele, deixando a vergonha de lado.

O menino se assustou, derrubando todos os livros do colo. "Sou! Quem é você?", ele disse, ajeitando os óculos e se levantando depressa.

Em vez de responder, peguei meu celular e liguei para o Patrick, que atendeu no primeiro toque. Disse onde eu estava, e em poucos segundos ele apareceu, seguido pela Tábata, que se posicionou na nossa frente e começou a gritar antes que qualquer um de nós dissesse alguma coisa.

"Henrique, seu imbecil, por que não avisou que estava vindo pra cá?"

Ela então tomou o livro que o garoto ainda estava segurando e o bateu com força na cabeça dele.

Eu e o Patrick ficamos assustados com aquela violência, mas, no instante seguinte, a Tábata se jogou nos braços do menino, dizendo: "Eu fiquei tão preocupada, achei que não ia te ver nunca mais!".

Notei que dessa vez ela não havia conseguido segurar as lágrimas. O Henrique parecia tão admirado quanto nós, mas abraçou a Tábata devagar e começou a fazer carinho no cabelo dela. Ela levantou os olhos para ele sorrindo no meio do choro, e ele estava olhando fixamente para ela. Eu podia estar meio destreinada, mas sabia que um beijo estava prestes a acontecer...

"Ei, o que é isso?", o Patrick, que pelo visto também tinha percebido, cortou o clima. "Lembrem-se das regras da excursão! Nada de namoro!"

"Nós não somos namorados..." A Tábata se afastou depressa, mas pelo olhar triste notei que ela gostaria que fossem.

O Patrick então se aproximou do Henrique, dizendo que era um absurdo o que ele havia feito. Que ia mandá-lo de volta para o Brasil imediatamente, que ele poderia ter se perdido de verdade, que a agência era responsável por ele e teria que arcar com as consequências caso algo pior tivesse acontecido.

O Henrique ficou tão sem graça – e parecia que era especialmente por estar levando aquela bronca toda na frente da Tábata – que deu até pena. Ele começou a explicar meio gaguejando que avistou a livraria da praça, que ia ficar só um pouquinho e voltar antes do horário estipulado, mas tinha ficado tão empolgado com a leitura que acabou perdendo a noção do tempo.

"Isso acontece comigo também", resolvi ajudar, "quando eu assisto a algum seriado! O Henrique estava entretido, tive que chamar o nome dele duas vezes para que me ouvisse. Tenho certeza de que ele não quis desobedecer..." E então, olhando para o Patrick, completei: "Às vezes é difícil não quebrar as regras, especialmente quando a gente é adolescente. Alguns desejos e impulsos são mais fortes do que nós...". O Patrick deu um leve sorriso, sabendo perfeitamente do que eu estava falando. Então finalizei: "Acho que o Henrique merece uma segunda chance".

O Patrick pensou um pouco, mas então assentiu, dizendo: "Ok, mas vou ficar de olho em você, garoto!".

Notei que a Tábata deu uns pulinhos, e o Henrique sorriu para ela. Eu sabia que aqueles dois teriam muito trabalho de não quebrar as regras dali em diante. Eu só esperava que eles encontrassem um lugar bem escondido para fazer isso. E que nenhum dos dois tivesse um relacionamento no Brasil... Senão as consequências seriam muito piores do que ter que voltar para casa antes da hora.

Conseguir voltar para a própria vida era algo bem mais difícil de fazer.

21

Jane: Neste momento estou confusa sobre tudo na minha vida, exceto você.

(Jane the Virgin)

Max Brenner Menu

SHARING FONDUE

A perfect sampling of our signature desserts: chocolate cheesecake crêpe, after party waffle, milk and white chocolate barks, melting chocolate heart cake, strawberries, banana, and marshmallows. Served with your choice of one chocolate (milk, dark, white)

HAZELNUT WAFFLE

Waffles infused with hazelnut cream, served with dulce de leche ice cream, toffee sauce, and milk chocolate. Topped with toffee popcorn

CHOCOLATE CHUNKS WAFFLE

Chocolate hazelnut spread, milk chocolate and white chocolate chunks, milk chocolate drizzle, mixed berries, and vanilla ice cream on the side

GIANT SOUFFLÉ PARTY

Giant melting chocolate heart cake. Served with a jar of strawberries and whipped cream, milk chocolate choco pops, a side of hot chocolate ganache, with a flask of strawberry sauce

CHOCOLATE CHUNKS PIZZA
Melted milk and white chocolate chunks and a choice of two toppings. Crunchy hazelnut bits, bananas, peanut butter, or roasted marshmallow

PISTACHIO CHEESECAKE CRÊPE
Max pistachio spread, mascarpone cream, crumbles, roasted pistachios, white chocolate chunks, vanilla ice cream, and a side of hot chocolate

MAX FAMOUS CHOCOLATE MESS PARTY FOR TWO
Warm chocolate mud cake in milk chocolate ganache, piles of whipped cream, vanilla ice cream, chocolate chunks, and toffee sauce. Served with strawberries, bananas, and choco pops

MELTING CHOCOLATE HEART CAKE & SHAKE
Oozing chocolate cake, served with an iced milk chocolate shot, strawberries, and vanilla ice cream

CHOCOLATE TIRAMISU
Espresso soaked ladyfingers, mascarpone cream, red berries & layer of chocolate truffle

"Mesa para dois? Podem me seguir, por favor."

Havíamos acabado de chegar ao Max Brenner, um restaurante perto da Union Square, para onde fomos assim que o pessoal da excursão entrou na van de volta para o hotel.

Uma garçonete nos guiou até a mesa em que iríamos nos sentar, e durante o trajeto pude analisar o local. Parecia um restaurante normal, mas a diferença é que a especialidade era *chocolate*. E, pelo que pude notar, era aquilo mesmo que todas as pessoas estavam consumindo. O aroma do lugar era inebriante, com certeza o paraíso tinha aquele cheiro.

Logo que nos sentamos, de frente um para o outro, recebemos o cardápio. Seria difícil escolher... Tinha praticamente tudo de chocolate! Waffles, crepes, pizzas, chocolates em barra, trufas, sorvetes, bombons, fondues... Havia também pratos salgados, como hambúrgueres, mas eu é que não ia perder tempo com isso. Se a especialidade era chocolate, era isso mesmo que eu ia querer como prato principal *e* sobremesa!

"O fondue de chocolate preto e branco daqui é maravilhoso", ele falou, apontando para uma foto. "Vamos pedir um? Acho que combina com o frio..."

Concordei depressa, ansiosa para provar aquela iguaria! Eu tinha quase certeza de que estava prestes a ganhar um novo restaurante preferido.

Enquanto esperávamos a comida, ficamos conversando sobre a excursão atual que ele estava acompanhando. Ele me explicou que o grupo era de São Paulo e estava comemorando a formatura do ensino médio.

"Pior é que mais tarde vou ter que relatar pra minha mãe sobre o sumiço do Henrique... A suposta paixão da Tábata posso ocultar, mas o fato de ele ter desaparecido não tenho como esconder. Podemos até não encurtar a viagem dele, mas a família precisa saber, o garoto só tem 16 anos."

O Patrick estava certo, mas senti pena do Henrique. Ele parecia ser tão bonzinho...

"Pelo que me lembro, sua mãe tem o coração mole. Se você pedir, talvez ela concorde em contar para os pais só na volta. Essas viagens em grupo são tão inesquecíveis! É triste imaginar que a família dele pode resolver castigá-lo de alguma forma e com isso estragar esse sonho que ele está vivendo. Até hoje me lembro da minha excursão de 15 anos como se ela estivesse envolta em uma nuvem cor-de-rosa..."

Ele ficou me olhando um tempinho, então deu um sorriso meio amargo, dizendo: "Nuvem cor-de-rosa? Pelo que me contou ontem, pensei que você se lembrasse da sua excursão rodeada de raios e trovões... Se não fosse pela mensagem que você me mandou hoje cedo, acho que eu não teria nem te procurado novamente. Tive medo de ser eletrocutado!".

Fiquei sem graça, apesar de saber que ia ter que enfrentar aquele assunto. No dia anterior eu havia deixado bem claro que nosso envolvimento tinha sido o culpado pelo meu término com o Rodrigo e o quanto aquela ruptura ainda me afetava. Mas eu precisava superar. Minha vida já tinha ficado parada por tempo demais! A Sam estava certa, o Rodrigo tinha seguido em frente. Agora era a minha vez. E naquele momento isso nem parecia muito difícil. Frio, fondue, um garoto fofo... Minha única adversária era eu mesma.

Respirei fundo, olhei séria para ele e falei com sinceridade: "A maior parte da nossa excursão foi maravilhosa. Os passeios, as festas, estar com minhas amigas pela primeira vez sem nossas famílias por perto... E te conhecer lá deixou tudo ainda mais especial. Me lembro de que eu tinha a sensação de querer me clonar, de poder ter duas vidas. Fiquei muito dividida! Eu queria ter aproveitado *tudo* com você. E também queria não ter sentido aquela culpa toda que carreguei durante anos. Mas eu amava muito o meu namorado. Quero dizer, meu ex-namorado. Para uma menina de 15 anos, realmente é confuso vivenciar sentimentos tão intensos em tão pouco tempo. Até ir para Orlando, eu me jogava muito mais em tudo que fazia, tinha mais atitude, mais vontade de aproveitar cada segundo... Depois de lá, foi como se eu tivesse ficado com receio do que eu era capaz. Virei uma pessoa mais centrada, ou melhor, mais *medrosa*. Passei a ter medo de que meus sentimentos me traíssem, de que meus passos me levassem a lugares dos quais eu poderia me arrepender... Mas eu sinto saudade daquela menina que eu era".

Percebi que ele estava prestando muita atenção e que também estava um pouco nervoso. Não parava de picotar um guardanapo em cima da mesa.

Continuei: "Por isso, ontem, depois que você foi embora, senti mais do que nunca vontade de recuperar aquela intensidade que eu costumava ter. De parar de me castigar, de me culpar por algo que eu não tenho como consertar. De deixar o passado no passado e focar no presente".

Ele ficou me olhando, como se estivesse ponderando cada palavra que eu havia dito. Então assentiu, deu um sorrisinho olhando para a mesa e disse: "Aquela sua intensidade foi o que mais me chamou atenção, desde o primeiro momento em que te vi, ainda no avião. Era impossível cruzar o olhar com o seu e não parar, você tinha um magnetismo que atraía... Quero dizer, você *tem*. Ainda consigo enxergar isso, por mais que você tente esconder".

E então ele me encarou como costumava fazer na excursão, e eu senti o maior frio na barriga, por mais que estivesse bem quentinho dentro do restaurante. Em seguida, ele buscou minha mão em cima da mesa, a segurou e começou a fazer carinho com os dedos, bem devagar, sem tirar os olhos dos meus.

"Foi aqui que pediram fondue?" Um garçom chegou, já colocando os pratos na mesa, nos fazendo afastar as mãos depressa.

Sentindo meu coração meio disparado, peguei meu celular na bolsa. Vi que tinha algumas mensagens e fingi que estava prestando bastante atenção nelas enquanto recobrava o fôlego.

O garçom saiu, e o nosso foco se voltou para aquele fondue borbulhante na nossa frente. Eram duas panelinhas de louça, uma com chocolate branco e outra com chocolate preto. Em volta delas, uma variedade de biscoitos, além de kiwis, morangos e bananas.

"Preciso tirar uma foto pra mandar pra minha cunhada antes da gente atacar", falei. "Ela já tinha me falado daqui, disse que eu não poderia perder. A Sam realmente sabe do que eu gosto!"

E como sabia...

Ele chamou o garçom novamente, que tirou a nossa foto com o fondue, e, assim que ele devolveu meu celular, aproveitei para enviá-la. Eu tinha acabado de ver que a Sam tinha mandado uma mensagem, ansiosa por notícias. Ela iria gostar de saber onde eu estava. E com quem...

A seguir, ficamos tão concentrados na comida, que estava deliciosa, que nem vi o tempo passar. Eu tinha certeza de que iria voltar muitas vezes ali.

Por isso, apenas quando ele perguntou se podia pedir a conta, foi que olhei o relógio. Tomei um susto ao ver que já eram oito da noite! Concordei e, enquanto esperávamos, meu celular apitou.

Não acredito que você está aí!! Eu simplesmente AMO esse restaurante, sabia que você ia gostar também! Você vai amar o fondue, é o melhor do mundo! Assim que seu sobrinho completar um ano vou te visitar e faço questão de ir direto para esse lugar! Sam

Sorri e entreguei o celular para o Patrick também ver a mensagem. Porém, assim que começou a ler, levantou as sobrancelhas e um leve rubor tomou conta do seu rosto. Puxei depressa o telefone e vi que outra mensagem tinha chegado exatamente naquele momento. E era *essa* que ele havia lido...

Agora, melhor ainda que o fondue é a companhia... Esse é o famoso Patrick? Que gatinho!!! Fofo, lindo e ainda te levou pra comer chocolate! Agora entendi TUDO. Não perca tempo, Pri, dou o maior apoio! Sam

Tive vontade de morrer. Por que um terremoto, um furacão ou algo assim não acontecia naquele momento? Seria bem melhor do que ter que encará-lo. Mas, como não tinha alternativa, desviei lentamente os olhos do celular para ele, que por sinal também estava me olhando. *Fixamente*.

"Famoso Patrick?", ele perguntou com um sorriso debochado, se fazendo de desentendido. "E que 'tudo' é esse que ela entendeu?"

"Hum", falei, tentando ganhar tempo enquanto catalogava mentalmente alguma desculpa verossímil para aquela mensagem. "Minha cunhada é assim mesmo. Ontem falei pra ela que ia encontrar um cara que tinha conhecido na excursão da Disney e ela já fez toda uma fanfic na cabeça. Ela é desse jeito, tem alma de casamenteira, sabe? Mas na verdade a mensagem que era pra você ler era outra, essa aqui!"

Mostrei a certa, mas ele só assentiu, sem tirar aquele sorrisinho irritante dos lábios.

Nessa hora a conta chegou, e não falamos mais a respeito.

Assim que saímos do restaurante, notei que estava muito frio. Como eu não esperava ficar até tão tarde na rua, já que em dias de aula no máximo às cinco da tarde eu estava em casa, não havia levado um agasalho apropriado, eu estava apenas com uma jaquetinha.

Falei isso para ele, que imediatamente começou a revirar a mochila.

"Toma." Ele me entregou uma blusa de lã.

"Não precisa." Devolvi depressa. "Você vai passar frio!"

"Priscila, meu casaco é muito quente! Ele me entregou novamente. Eu trago uma blusa a mais apenas para emergências..." Ele então deu uma pequena pausa, me olhou nos olhos e completou: "Tenho esse hábito há muitos anos".

Eu sabia que ele estava se lembrando de quando havia me emprestado o moletom na Disney. Balancei a cabeça, rindo, e aceitei a blusa, que coloquei imediatamente. Estava com o perfume dele... O mesmo que eu conhecia desde os 15 anos e que, por sinal, era muito bom.

"Vou chamar um táxi pra gente", ele falou, olhando para a rua.

"Para te levar pro hotel, né? Eu vou de metrô até o ponto de ônibus e chegando em New Jersey posso andar pra casa, é perto", disse depressa. "Estou acostumada com o percurso."

Ele me olhou como se eu fosse louca.

"Pri, tenho certeza de que você está. Mas você mesma disse que costuma voltar mais cedo, são quase nove da noite, está gelado, sua perna ainda não está totalmente boa... Além disso, eu vou pegar um táxi de todo jeito, tenho verba da excursão pra isso."

"Patrick, seu hotel é aqui em Manhattan", expliquei. "Você vai dar a maior volta, tem que acordar cedo amanhã pra acompanhar o grupo e..."

"Não precisa se preocupar com meu sono", ele me interrompeu. "Te garanto que prefiro mil vezes ficar mais algum tempo com você dentro de um táxi do que na minha cama, sozinho..."

Eu realmente não tinha mais argumentos. Então apenas balancei os ombros e esperei que ele chamasse o táxi. Como naquele horário o movimento já não era tão intenso, demorou um pouco para que um passasse por ali.

Enquanto esperávamos, ele me abraçou, dizendo que no fim das contas o casaco dele não era tão quente assim e que precisava ficar junto comigo para se manter aquecido. Acho que a tática deu certo, pois, assim que ele passou os braços pela minha cintura, comecei a sentir o maior calor...

Priiiiiiiiii, estou passando mal de ansiedade! Está tudo bem? Me escreve falando se você está com ele ainda, como vou saber se está curtindo a noite ou morta em alguma vala de NY, depois de ter sido atacada por uma gangue de drogados ou terroristas? Ok, estou neurótica, culpa da enorme quantidade de seriados que você me faz assistir, mas preciso saber se está tudo certo com você. Sabrina

Priscila, sério. É a sua última chance. Vou ligar pra sua família mais uma vez. Sim, isso é uma ameaça. Sabrina

Pri, era mentira, não vou ligar pra sua família, mas pra polícia, sim. Só me manda uma mensagem qualquer, um "ok" já basta, assim vou saber que você não está correndo perigo. Sabrina

22

Carrie: Tem muita coisa acontecendo.

Dorrit: Sim, na sua cabeça. Saia dessa e vá atrás do que você quer!

(The Carrie Diaries)

"Beijou?"

Foi a primeira coisa que ouvi quando abri a porta do apartamento. Na verdade, foi a Sabrina que abriu. Eu mal havia virado a chave, e ela apareceu.

"Que susto!", falei espantada. A garota estava de pijama e com uma colher de brigadeiro na mão, os olhos meio arregalados e um creme roxo no rosto. Parecia uma louca.

"Anda, Pri, conta! Estou aqui te esperando há horas, não viu minhas mensagens?"

"Vi só as dezessete primeiras, depois desliguei o celular, com medo do Patrick ler algo inapropriado." E então contei sobre a mensagem da Samantha que ele tinha visto sem querer.

"Muito bom, depois de ontem ele estava precisando disso, uma certeza do seu interesse, ainda que dada por outra pessoa... Mas, afinal, *beijou*?!"

Deixei meu corpo despencar no sofá, desanimada. Não, ele não tinha me beijado. Apesar de parecer ter gostado dos elogios da minha cunhada e do fato de ela incentivar algo entre nós, o mais perto que a boca dele esteve foi da minha orelha, quando me abraçou na porta do meu prédio, dizendo que tinha sido bom me ver.

"*Bom te ver*?" A Sabrina fez uma careta ao ouvir meu relato. "Como se fosse um amiguinho? Aposto que você tocou no nome do Rodrigo de novo na conversa, confessa!"

"Dessa vez sou inocente", falei, levantando as mãos na frente do corpo. "Muito pelo contrário. Eu até disse pra ele que tinha saudade da viagem da Disney e que na época tive vontade de passar mais tempo com ele, algo assim. No começo ele pareceu gostar, pegou minha mão, fez carinho nos meus dedos, me olhou como se estivesse bem interessado... Mas, aqui na porta do prédio, quando achei que poderia rolar alguma coisa, e até estava preparada pra isso, ele se despediu rapidinho e foi embora. Sem olhar pra trás e sem marcar outro encontro! Não entendi nada!"

"Estava preparada para isso, é?", ela falou com um sorrisinho, ignorando todo o resto.

Revirei os olhos impaciente e fui em direção ao meu quarto. Eu precisava de um banho, estava fora de casa desde de manhã.

A minha intenção era ir direto para o chuveiro, porém, assim que tirei a blusa de lã do Patrick, deixei que meus pensamentos me dominassem. Voltei no tempo, para uma época em que tudo era mais fácil. Quando eu ainda achava que todos os sonhos se tornam realidade e que era possível ser feliz para sempre. A gente deveria ter 15 anos por muito mais tempo, eu não me importaria nem um pouco de pular os 16, 17, 18... Desde que, no lugar, eu pudesse viver os 15, repetidamente.

No começo da adolescência, eu costumava achar que o mundo estava aos meus pés, e realmente estava. Tudo era tão simples... O que eu desejava acontecia naturalmente, e surpresas boas faziam fila para acontecer na minha história. Como a mudança para BH, que acabou definindo quem eu era. A paixão por séries de TV, que fez com que eu quisesse que a minha vida fosse tão animada quanto elas – e acabou sendo. A ONG, que me ensinou tanto sobre o amor despretensioso aos animais. O grêmio, que me incutiu disciplina e uma responsabilidade para a qual eu nem estava preparada, mas que se mostrou tão importante para a base de tudo que eu quiser construir. E, claro, as pessoas que surgiram nessa época. No topo de todos elas, estava o Rodrigo, mas algumas haviam aparecido no caminho. A Samantha, que acabou virando família. As amigas de BH, especialmente a Natália, que merecia bem mais do que eu vinha oferecendo. A Fani, que atualmente era a que estava geograficamente mais perto de mim, mas ao mesmo tempo tão distante, pelo abismo que eu havia construído entre nós. E o Patrick, que, mesmo sem intenção, mudou o rumo inteiro da minha vida.

Sacudi a cabeça impaciente. Eu não deveria estar pensando nele tanto assim! Entrei no banho rapidamente, lavei o cabelo, fiz esfoliação, cantarolei algumas músicas, tudo para ocupar o tempo e meus pensamentos, mas, ainda assim, no momento em que saí do chuveiro, me peguei olhando para o celular em busca de alguma mensagem.

Me surpreendi ao ver que tinha três, mas não de quem eu queria...

Hi, Priscila, I've given up on running into you by chance in the elevator or the laundry room, and I'm feeling embarrassed because of Sabrina. I've been buzzing your apartment all the time, but she's the only one who answers and says you're not home... Are you by any chance avoiding me? Frank*

I just wanted to know if your leg is getting better. I still feel guilty for inviting you to skate. I've told you before, if I had known you were going to get hurt, I would've held back on spending more time with you. All I want is to see you always well and happy. Frank**

* Oi, Priscila, já desisti de encontrar com você por acaso no elevador ou na lavanderia e estou com vergonha da Sabrina, de tanto que interfono para o apartamento de vocês. Só ela que atende e diz que você não está em casa... Por acaso você está me evitando? Frank

** Só queria saber se sua perna está melhor. Ainda me sinto culpado por ter te convidado para patinar. Já te falei, se soubesse que você ia se machucar, teria contido o meu desejo de passar um tempo maior com você. Tudo que mais quero é te ver sempre bem e feliz. Frank

Sorry once again, I won't bother you anymore. If you feel like talking to me anytime, you know where to find me. Frank*

Dei um suspiro. Eu já estava bem grandinha para saber quando uma pessoa estava interessada em mim e quando não estava. Aquelas mensagens do Frank mostravam tudo! Quando alguém quer estar com a gente, ela vai atrás, esgota todas as possibilidades. Já o Patrick... Ele gostava da minha companhia, claro, senão não perderia tempo se encontrando comigo. Porém, pelo que eu estava entendendo, agora tudo que ele queria era a minha amizade. Alguém para dividir fondues e um táxi. Dividir beijos, por outro lado, parecia estar fora dos seus planos.

Fui logo para a cama, disposta a esquecer aquela história. Eu não precisava disso na minha vida. Ainda assim, pouco antes de dormir, dei uma última olhada no celular, sentindo ímpetos de mandar uma mensagem para ele com uma desculpa qualquer, tipo, perguntando se havia chegado bem ao hotel... Porém recobrei a sanidade e digitei uma para o Frank. Ele, sim, merecia minha consideração.

Frank, everything's fine, I'm just really busy with school, the classes are really demanding! My leg is better now, please don't blame yourself! I should've been more careful. We'll catch up on the weekend, okay? XO, Priscila**

---

* Desculpa mais uma vez, não vou mais te incomodar. Se algum dia quiser falar comigo, sabe onde me encontrar. Frank

** Frank, está tudo bem, só estou muito ocupada no teatro, as matérias estão exigindo bastante! A perna já melhorou, por favor não se culpe! Eu que tinha que ter tomado mais cuidado. No fim de semana a gente se encontra, tá? Beijos, Priscila

Já estava de olhos fechados, quando ouvi meu celular vibrar. Eu o agarrei no escuro, mas, ao ver que era só uma resposta do Frank, o desliguei depressa depois de ler. Não queria que ele me visse online e resolvesse me ligar.

Phew, I thought you were mad at me! Glad it's just a lack of time! I'm really happy to hear your leg is better. Wanna do something on Saturday? Or on Sunday, if you prefer. Either way, I'll swing by to see you for a little bit, I miss you. Frank*

Enterrei a cabeça no travesseiro, disposta a dormir o quanto antes. Eu deveria saber que a minha vida não era mais como costumava ser. As coisas simplesmente não aconteciam como eu queria! Fechei os olhos, e a última coisa que me lembro de ter pensado foi no rosto de um garoto lindo, com um sorriso que me tirava do sério desde os 15 anos... Mas eu não ia deixar que ele me tirasse também o sono. Virei de lado, respirei fundo e, finalmente, adormeci.

De: Samantha <sambasam@email.com>

Para: Priscila <pripriscilapri@aol.com>

Enviada: 23 de fevereiro, 23:45

Assunto: Sobremesa

Oi, Pri, estou mandando e-mail porque você já deve estar dormindo e não quero correr o risco de te acordar com alerta de mensagem. Mas é que estava

* Ufa, pensei que você estivesse com raiva de mim! Que bom que é só falta de tempo! Fico muito feliz de saber que sua perna já está boa. Quer fazer alguma coisa no sábado? Ou no domingo, se você preferir. De qualquer forma, passo por aí pra te ver um pouquinho, estou com saudade. Frank

me preparando pra deitar e de repente me lembrei que não fiquei sabendo do desfecho do fondue! Teve sobremesa? Você sabe do que estou falando... ☺

Beijocas!

Sam

De: Priscila <pripriscilapri@aol.com>

Para: Samantha <sambasam@email.com>

Enviada: 23 de fevereiro, 23:49

Assunto: Re: Sobremesa

Não estou dormindo! Fechei os olhos por vinte minutos, mas acordei tendo o maior pesadelo: eu estava perdida em um lugar onde não conhecia ninguém e tinha apenas dois caminhos a seguir. Um deles dava em uma floresta lotada de cobras; e o outro, em um mar cheio de tubarões! Estou desde então respondendo e-mails (mesmo odiando digitar no celular), com medo de adormecer e voltar para esse sonho terrível.

Aliás, terrível mesmo foi o jeito que o Patrick se despediu de mim, como se eu fosse uma amiguinha. Ele definitivamente não quer nada comigo. Já entendi que vou ficar sozinha pra sempre, só os meus bichos vão me fazer companhia. Por falar nisso, pode me dar notícias deles? Tenho evitado ligar pra minha mãe, porque ela vai perguntar o que eu tenho feito e vai perceber que estou escondendo alguma coisa... Ela é a única pessoa do mundo que sabe quando estou mentindo. Não contei sobre o Patrick, sei que ela não vai aprovar, ela ficou bem sentida quando descobriu que ele foi o motivo pelo qual o Rodrigo terminou comigo... Algo que escondi dela por anos também.

Enfim, vou tentar dormir.

Beijos,

Pri

De: Samantha <sambasam@email.com>

Para: Priscila <pripriscilapri@aol.com>

Enviada: 23 de fevereiro, 23:56

Assunto: Re: Re: Sobremesa

Pri, espera aí. Pelo que você me contou, esse cara despencou em NY só pra te ver. Não tem a menor possibilidade de ele não estar interessado.

Conheço muito bem o tipo desse Patrick, tá? Ele está muito a fim, sim, mas resolveu te pôr um pouquinho no congelador pra você sentir como é "bom" não ser a primeira opção nos pensamentos de uma pessoa. Só que estou percebendo que ele está bem pertinho de ganhar o primeiro lugar na sua cabeça, sim! Perdendo o sono por causa de um garoto de novo? Oba!! Acho que, tirando aquela época do seu término, a última vez que te vi assim foi por causa de alguém que você conheceu na Disney e que estava fazendo você inclusive repensar o seu namoro... Ops, é a mesma pessoa!!

Prizinha, não percebeu até agora o quanto esse menino mexe com você? Corre atrás, garota! Tira a limpo essa história. Agora você pode, tá solteira, longe da família, dos amigos, ninguém vai te julgar, além de você mesma... E é exatamente isso que eu acho que está te atrapalhando nesse momento, a autocensura. Joga isso pro espaço! Mesmo que lááááá na frente você acabe por reencontrar o Rodrigo - que eu SEI que você continua pensando que é o amor da sua vida (talvez seja mesmo, só Deus sabe...). Aproveita esse tempo pra CURTIR! Não precisa casar com o Patrick, mas dá uns beijos, amassos, o que você quiser!

Psiu, deixa eu te contar um segredo que você não percebeu ainda? NÃO TEM NINGUÉM OLHANDO! Faz o que estiver com vontade! Você vai ter saudade dessa época, não a desperdice!!

Vou dar o próximo roteiro, porque estou com saudade daquela Priscila de 13 anos que tinha muita iniciativa:

- Como já dizia a sua mãe, esse menino está puxando a cordinha. Então agora é sua vez de dar (a cordinha), mas não desesperadamente. Vocês já se encontraram dois dias seguidos, então dê uma pausa pra ele sentir falta e, depois de amanhã, na quarta-feira, mande uma mensagem pra ele logo cedo (caso ele não te mande uma antes), dizendo que amou o fondue, que quer vê-lo de novo... Sei lá, sugere alguma coisa. Não tenha receio de parecer atirada. Ele vai embora daqui a pouco, e você vai ficar pensando no que deixou de falar e de fazer!

- No encontro, pare de ser essa beata que você resolveu interpretar e seja você mesma de novo, por favor. Não adianta negar, eu sei que você continua a agir como se fosse comprometida e estivesse fazendo algo errado. Não tem NADA de errado. Errado é não aproveitar a vida!

- Toque nele! Te falei isso quando você estava no começo da adolescência e repito agora no início da vida adulta. Nesses casos, um toque vale mais que mil palavras! Finja que vai tirar um cílio caído na bochecha dele. Pegue no braço para atravessar a rua ou para dar ênfase a algo que falar. Dê a desculpa de que vai arrumar o cabelo dele caso vente, chova ou neve. Aproveite a perna machucada, fale que voltou a doer e peça ajuda, se segure nele... Tudo que puder fazer para ter pele com pele é válido (mas respeite o frio, não inventa de usar "moda praia" em pleno inverno, senão ele não vai te achar sexy, e sim louca!). E o mais importante: sempre, no fim desses toques, olhe nos olhos, pra ver a reação dele e pra provocar reação também!

- Ao fim do encontro, vire o jogo. Avise que tem que ir embora cedo porque tem uma cena pra estudar no dia seguinte com um colega, antes da aula. Porque, depois de dar a cordinha o dia inteiro, é bom dar uma puxadinha no final.

Faça isso, e eu tenho CERTEZA de que ele vai querer te ver de novo no dia seguinte.

Me liga ou escreve depois de amanhã à noite para me atualizar e eu te dar os próximos passos.

Agora, dá um jeito de dormir! Toma um suco de maracujá (tem maracujá aí na gringa?), lê um texto chato, conta carneirinhos, sei lá! Mas tem que dormir pra não ficar com olheira, quero você linda nos próximos dias!!

Beijo!

Sam

P.S.: Estou me sentindo com 20 anos de novo, dando conselhos pra Pri de 13.

P.S. 2: Seus bichos daqui estão ótimos, pode se preocupar integralmente com esse gato daí.

De: Priscila <pripriscilapri@aol.com>

Para: Samantha <sambasam@email.com>

Enviada: 24 de fevereiro, 00:15

Assunto: Re: Re: Re: Sobremesa

Também estou me sentindo com 13 anos. E não sei se isso é bom ou ruim...

Boa noite, dou notícias.

Beijos,

Pri

P.S.: Obrigada.

23

Ted: Se você não está assustada, você não está se arriscando, e, se não está se arriscando, então o que diabos você está fazendo?

(How I Met Your Mother)

Bom dia, menino bonito! Sonhei com você, acredita? Queria te contar o sonho, mas só se for pessoalmente! Como vai a excursão? Qual é a programação pelos próximos dias? Se tiver algo perto da minha escola, posso te encontrar depois da minha aula. Beijo! Pri

Eu ainda estava olhando para a mensagem que havia acabado de mandar para o Patrick quando notei um rebuliço dos meus colegas. O último e-mail da Sam tinha me tocado de uma forma estranha. Como se as palavras dela tivessem despertado algo adormecido (em estado de coma, eu diria) dentro de mim. Foi como voltar lá no início da adolescência, sentindo novamente as emoções daquela época. Como se mais uma vez eu estivesse aprendendo a paquerar e percebendo como aquilo era gostoso. Comecei a observar que aquele buraco sem fundo no meu peito, que eu achava que nunca mais ia ser preenchido, estava um pouquinho mais raso, e aquela sensação era muito, muito boa. Era revitalizador sentir que meu coração ainda podia bater. Era como ressuscitar.

Guardei o celular e resolvi checar a razão pela qual todos estavam tão animados. Seria bom ter algo para aliviar a ansiedade pela espera da resposta do Patrick.

Logo vi que a euforia vinha do quadro de anúncios. E então entendi a comoção.

AVISO DE AUDIÇÃO

O musical *Wicked* está com vagas de estágio abertas para alunos do curso intensivo. São duas vagas para figurantes: uma para personagem feminino e outra para masculino.

Interessados devem mandar, até o dia 12 de março, o currículo por e-mail, juntamente com três vídeos de no máximo trinta segundos:

1º: Monólogo

2º: Canto

3º: Dança

Observação: não serão aceitos vídeos com monólogos, coreografias ou músicas de *Wicked*. Avaliaremos os candidatos em um contexto maior.

Os selecionados serão chamados para realizar teste presencial.

Equipe Strasberg Dramatic Arts e Wicked The Musical

Suspirei ao terminar de ler. Seria um sonho participar de um musical da Broadway, ainda que no elenco de apoio. Mas não tinha a menor chance. Estava no curso havia menos de dois meses e nem currículo eu tinha... Só me restava esperar que aparecessem outras convocações como aquela mais para a frente.

Quando entrei na sala da primeira aula, que era de Expressão Corporal, notei que aquele era mesmo o assunto do momento. Alguns grupinhos estavam espalhados pela sala comentando, e, pelo que pude notar, muita gente planejava participar.

Sem parar em nenhum dos grupos, fui deixar minha mochila em um dos *lockers* e vi o professor Ricky, que acenou para mim com um sorriso.

"Oi, Priscila!", ele disse, vindo em minha direção. "Pelo visto sua perna já ficou boa. Que maravilha!"

"Sim", respondi, feliz, enquanto dobrava e esticava a perna, para comprovar. "Está praticamente nova!"

O professor colocou as mãos na cintura e deu um suspiro de alívio. "Você nem imagina minha felicidade por ouvir isso. Quer dizer que você vai poder participar da triagem!"

"Triagem?", perguntei, franzindo a testa. Será que eu tinha perdido alguma coisa?

"Para atuar na Broadway! Só pude pensar em você quando soube que procuravam figurantes!"

Ah, a audição... Com certeza ele estava brincando, era óbvio que sabia que eu não tinha a menor chance.

Apesar de eu não ter dito nada, mas talvez por perceber que tinha encarado aquilo como uma brincadeira (claro, o cara era especialista em linguagem corporal), ele ficou sério de repente.

"Priscila, não me diga que você está pensando em *não* participar."

O quê? Ele estava realmente sugerindo que eu fizesse parte daquilo?

"Ricky... Não tenho chance", expliquei, ainda sem acreditar que ele cogitasse algo assim. "Sou *muito* novata. Não tenho experiência de palco..."

"Você tem experiência de *vida*!", ele falou cada vez mais sério. "Você tem um talento nato, algo que eu enxerguei no primeiro dia. E que o seu tal empresário também viu, senão não estaria te patrocinando dessa forma... Mas, ainda que não fosse por isso, participar de seleções também faz parte do curso. É importante entrar para ver o que esperar quando for pra valer. Não sei se pra você este curso é só um passatempo, mas, se for, acho que deveria deixar isso claro. Cada um de nós, professores, dá tudo de si para formar novos atores. Estou apostando em você, a cada aula noto seu progresso, faço o planejamento pensando em como posso aumentar o potencial do seu corpo... Mas até então eu pensava que você quisesse mesmo ser atriz."

Ele começou a se afastar, mas logo voltou e falou como se estivesse me contando um segredo: "Sabe o que difere um ator de um amador, Priscila?".

Neguei com a cabeça, e ele continuou.

"O ator se arrisca. Ele encara a carreira como uma estrada. Sabe que ela pode ser longa, mas que cada passo que dá é importante para a chegada ao destino. Já o amador vê essa profissão como um trampolim. Acha que basta pular na hora certa, e aquela piscina onde irá cair lhe trará fama, dinheiro, prestígio..." Ele parou um pouco, respirou fundo e continuou. "É exatamente o contrário. O reconhecimento chega gradualmente e muitas vezes não vem acompanhado nem de remuneração nem de popularidade. O verdadeiro ator sabe que o mais importante dessa profissão não é isso, e sim a satisfação pessoal. Estar no palco já é o presente. O prêmio. Mesmo que seja para encenar só para uma pessoa. E esse ator não desperdiça chances de fazer isso acontecer..."

Ele levantou uma sobrancelha, ainda sério, e então se virou.

Durante toda a aula fiquei repassando suas palavras. Ao final, fui até ele.

"Ricky, desculpa. Não estou aqui por diversão. E não penso que existe um trampolim, uma maneira fácil de se chegar ao topo. É só que... Bem, não consigo ver esse talento que você enxerga em mim. Acho que vou passar vergonha, que vou ficar em último lugar..."

Ele me interrompeu.

"Como você vai saber em qual lugar vai ficar se não se arriscar? Lembro que no primeiro dia de aula, quando conversamos, você me disse que estava aqui para tentar e que, na pior das hipóteses, iria se divertir. Eu adorei isso em você, porque é assim que eu encaro a vida. É uma diversão. Estamos neste mundo para experimentar! O que acontece no final da cena? Ninguém sabe. Então o que vale é o durante."

Ele deu uma piscadinha, e eu assenti, absorvendo cada uma de suas palavras.

"Como faço pra me inscrever?", perguntei após alguns segundos.

Ele sorriu, foi até o armário e trouxe de lá um papel como o que eu havia visto pregado no quadro de avisos. Naquela hora eu nem tinha lido direito, mas agora iria decorar cada frase!

"Faço questão de dirigir seu número de corpo!", ele falou, segurando meu ombro. "Pense hoje em uma música que gosta de dançar e traga para mim amanhã. Vamos bolar juntos uma coreografia."

Agradeci, feliz, sentindo meu coração acelerar mais uma vez naquele dia. Como se eu estivesse mesmo renascendo. E novamente percebendo que eu tinha a vida inteira pela frente...

Oi, menina linda, acredita que eu já ia te mandar uma mensagem? Senti sua falta ontem... Quero muito saber sobre esse sonho, espero que você não tenha acordado na melhor parte (isso sempre acontece comigo). A programação de hoje é meio chata, estamos no outlet Jersey Gardens, o grupo queria fazer compras. Mas amanhã o plano é a Estátua da Liberdade. Devemos almoçar na região. Topa comer uma sobremesa comigo? Me ligue quando acabar sua aula para eu te dar o endereço exato de onde estarei. Beijo pra minha atriz preferida! Patrick

24

Rafael: Nunca fui o tipo de cara que acredita em acaso ou destino. Quais são as chances? Quer dizer, nós nos beijamos cinco anos atrás e agora estamos aqui. Parece loucura, mas você não sente que tinha mesmo que ser assim?

(Jane the Virgin)

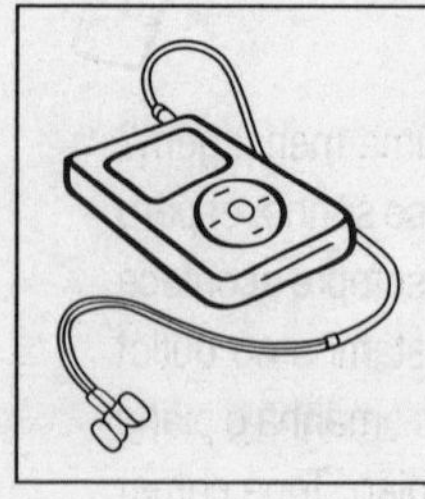

1. Take On Me – Aqualung
2. Never Gonna Give You Up – Hannah Trigwell
3. Take Me To Church – Megan Davies (Acoustic Cover) feat. Matt Wright

"Pessoal, vocês já conhecem a Priscila, né?"

Todos os olhares se voltaram para mim. Acenei meio sem graça. Apesar de terem me visto uns dias antes, eu não havia sido apresentada formalmente.

Eu tinha acabado de chegar ao parque onde ficam os barcos que vão para a ilha da Estátua da Liberdade. O Patrick estava no local com a excursão desde cedo, e havíamos combinado de nos encontrar lá depois da minha aula.

"Ela é sua namorada, Patrick?", um garoto de aparelho perguntou. Senti meu rosto queimar instantaneamente.

O Patrick riu enquanto colocava os braços nos meus ombros, me puxando.

"A Pri é uma amiga antiga...", ele disse, sem prolongar o assunto.

Ah, se eles soubessem que havíamos nos conhecido, alguns anos antes, em uma excursão exatamente como aquela...

"Só amiga? Que pena!", uma voz saiu do meio do grupo. Logo vi que era do Henrique, o garoto que tinha sumido na Union Square. "Quero dizer, que pena pra você, Patrick", ele continuou, com um sorriso meio de lado. "Se eu tivesse uma amiga gata e gente boa assim, com certeza ela não seria apenas minha amiga..."

Levantei as sobrancelhas e fiquei sem saber se deveria ou não agradecer, mas nem precisei me preocupar. A Tábata, a garota que estava conosco quando o encontramos na livraria, deu o maior cutucão nele, dizendo que aquilo era desrespeitoso. E ao mesmo tempo o Patrick, usando seu melhor timbre de coordenador da A+ Turismo, disse: "Obrigado por sua opinião, mas sugiro que a guarde para você. Acho que já teve tempo de conhecer nossas regras, especialmente em relação à área sentimental".

Em seguida ele começou a falar do cronograma da viagem, e algo fez um clique dentro de mim. Será que ele não tinha me beijado no outro dia por causa da excursão? Mas logo descartei aquele pensamento. Não fazia sentido. Além de ele ser o coordenador, e maior de idade, dessa vez eu não fazia parte do grupo. E eu não sabia de nenhuma regra que proibisse monitores de namorarem quem quer que fosse fora da excursão!

Enrubesci com meus próprios pensamentos. "Namorar." Eu não queria namorar o Patrick. Dar uns beijos, talvez, mas eu não tinha intenção de namorar ninguém tão cedo... Quero dizer, eu tinha que admitir que estava com a maior saudade de programinhas a dois, até daqueles mais chatos, como ir a uma festa de família, mas que apenas estar na companhia da outra pessoa compensava. Só que eu havia namorado praticamente a vida inteira, realmente deveria ficar um tempo sozinha agora. Mas então por que eu estava gostando tanto daqueles momentos com ele?

Resolvi focar no que o Patrick estava falando, para não ficar pensando bobagens. Ele estava dando instruções para o dia seguinte, que seria o último da excursão. Eles iriam ao Rockefeller Center e no final da tarde voltariam para o hotel, para se arrumarem e irem a um musical. Portanto, ele recomendava que eles já fizessem as malas naquela mesma noite, pois teriam que ir cedo para o aeroporto.

Notei que algumas meninas estavam praticamente hipnotizadas pelas palavras dele, babando por cada olhar que ele sem querer lançava em direção a elas. Sorri me lembrando da minha própria excursão. Os anos se passaram, mas aquilo continuava exatamente igual. Ninguém ficava imune ao charme do Patrick...

De repente pensei na Karen e no que a paixonite dela tinha me causado. E, talvez pela primeira vez, consegui desvincular o Rodrigo daquele acontecimento. Sempre que me lembrava do dia em que havia encontrado com ela no shopping – quando insinuou que na excursão eu estava com outro namorado –, eu só enxergava a tristeza do Rô, o meu futuro com ele indo pelo ralo e como tudo aquilo mudou o meu destino. Naquele instante, porém, só senti *raiva*.

Eu me considerava alguém legal, que tentava ser amiga de todo mundo, que gostava de facilitar a vida das outras pessoas... Mas aquela garota, apenas por não ter sido correspondida, tinha feito da minha existência um inferno. Em vez de culpar o cara, que visivelmente não queria nada com ela, havia tentado fazer de mim a vilã. Eu gostaria muito que ela visse onde eu estava agora... Aonde as atitudes *dela* haviam me trazido.

"E aí, topa comer uma sobremesa comigo?", o Patrick perguntou, me fazendo voltar para o presente. Notei que os adolescentes da excursão já estavam indo para o ônibus com os guias.

"Claro, mas você não tem que voltar com eles?" Apontei para o ônibus fretado.

"Não", ele disse, chegando um pouco mais perto de mim. "Meu compromisso é com você. Afinal, é minha última noite livre, já que amanhã também tenho turno noturno, vamos a um musical. E no sábado já volto para Orlando."

Sorri, assentindo. Sobremesa com ele, onde quer que fosse, era o que eu mais queria naquele momento.

"Onde você indica, coordenador da excursão?", perguntei, fazendo cara de inocente. "Não conheço bem a cidade..."

Ele passou o braço pela minha cintura e perguntou se eu já tinha ido à Magnolia Bakery, uma confeitaria especializada em cupcakes. Meus olhos brilharam. Era a confeitaria aonde a

Carrie, de *Sex and the City*, costumava ir! O Frank, no dia em que me levou para o tour de locações de seriados, até me falou sobre lá, mas, como costumava ficar lotado, acabamos deixando para outro dia, para dar tempo de ir a mais lugares.

Expliquei ao Patrick que eu era louca para ir lá, mas ainda não havia tido oportunidade, e ele então foi me direcionando para o ponto de táxi, dizendo que eu ia adorar.

"Ah, só um minuto", falei, me lembrando de uma coisa. "Trouxe comida pros esquilinhos!"

Depois que o Frank falou que gostava de alimentá-los, eu também havia criado esse hábito e por isso andava sempre com um saco de amendoins.

Peguei um e joguei perto de um dos arbustos, onde eu sabia que aqueles bichinhos gostavam de se esconder. A princípio nada aconteceu, e cheguei a pensar que não houvesse esquilos ali. Mas menos de um minuto depois, talvez por terem percebido que a multidão havia ido embora, eles apareceram e começaram a duelar pelo pequeno amendoim que eu tinha jogado.

"Ei, espera, tem pra todo mundo!", falei, já jogando mais uns três na direção deles. Logo vieram ainda mais esquilos.

Como alguns deles pareciam bem medrosos, me sentei para que não me vissem como ameaça e continuei a jogar um a um dos amendoins. Vários chegaram mais perto, e pude contar uns oito esquilos me rodeando. Percebi que o Patrick tinha dado uns passos para trás e me olhava admirado, mas também meio assustado. Instantaneamente me lembrei do Rodrigo. Se fosse ele ali, já estaria sentado ao meu lado e até fazendo carinho neles, caso deixassem.

Eu havia acabado de pensar isso quando um dos esquilos, mais corajoso, resolveu me agradecer (ou apenas passar na frente dos amigos) e pulou na minha perna.

"Pri, cuidado, ele pode te morder", o Patrick falou, se aproximando e estendendo a mão para me ajudar a levantar. "Já li que eles podem transmitir salmonela e raiva!"

"Ele não vai me morder se não se sentir ameaçado...", expliquei. "Estou alimentando os pobrezinhos. No inverno é mais difícil encontrarem comida."

Dizendo isso, ofereci um dos amendoins para o bichinho no meu colo, que pareceu muito feliz e saiu correndo, levando a comida na boca. Talvez por se sentir encorajado pela atitude do amigo, outro deles também se aproximou, me cheirou, mas dessa vez não se contentou em ficar no meu colo, me escalou e parou no meu ombro.

"Tira uma foto, rápido!", pedi ao Patrick, que não sabia se pegava o celular ou se me "salvava". Acho que entendeu que o bichinho não queria minha orelha, e sim um dos amendoins, porque logo tirou fotos de vários ângulos e até sorriu, dizendo que tinham ficado lindas.

Estendi um amendoim para o meu amiguinho, que também o colocou na boca e pulou no chão, visivelmente feliz.

Como vi que já estava começando a escurecer, decidi me levantar, antes que mais esquilos resolvessem se alimentar e eu perdesse o programa que tanto queria fazer, não só pelo local, mas também pela companhia.

"Você continua apaixonada por animais, né?", o Patrick disse quando me aproximei. "Lembro que disse isso na excursão... Que tinha o sonho de ser veterinária por causa desse amor todo por eles."

"Continuo, sim...", falei meio feliz, meio triste. "E exatamente por isso entendi que a Medicina Veterinária não era para mim. Não tenho sangue-frio o suficiente. Quando meu furão morreu, percebi que eu nunca seria como a veterinária que o atendeu. Ela cuidou dele e de mim, sem se abalar, tentou me consolar, me explicou que aquela vida estava muito ruim para o Chico, que dei para ele a melhor existência que um animal poderia ter e que ele seria eternamente grato. Eu provavelmente, no lugar dela, teria feito o contrário, precisaria que a tutora me acalmasse, cairia em prantos ao saber que não tinha mais chance para o bichinho..."

Ele riu e me abraçou. "Sei que você daria uma veterinária maravilhosa. Aos poucos se acostumaria com essas perdas. Você tem empatia, se coloca no lugar do que quer que seja. E tem também o principal, que é a doação. Você acabou de doar o seu tempo, o seu corpo e até seu dinheiro, já que comprou amendoins, para esses bichinhos. Mas estou muito feliz de você ter escolhido a carreira de atriz, porque, como já te disse, sei que você leva jeito. Seria um desperdício ficar escondida em um consultório. O mundo precisa te conhecer, Pri."

Ele disse isso me olhando nos olhos. Ficamos um tempinho assim, meio perdidos no olhar um do outro, e senti meu coração disparar. Tudo estava perfeito. O pôr do sol, o frio, a quase ausência de pessoas ao redor por causa do horário, algum local das redondezas tocando "Take Me To Church" baixinho...

O Patrick então começou a aproximar o rosto do meu, e eu me senti com 15 anos de novo. Naquele momento, me perdoei por tudo, voltei no tempo e relembrei cada segundo antes daquele beijo no playground do hotel. Era mesmo impossível resistir. O que eu mais queria era provar novamente o sabor dos lábios dele, dessa vez sem culpa. E, pela sua expressão, ele parecia estar com a mesma ideia.

Só que, de repente, um guincho fez com que nossos olhares se desviassem. Me virei rápido de um lado para o outro, tentando descobrir o que era aquele barulho. Parecia um pedido de ajuda.

Como já estava ficando meio escuro, era difícil enxergar ao redor, mas passei a andar na direção de onde eu achava que tinha vindo aquele som. Nessa hora, talvez por se sentir ameaçado, o bicho tornou a gritar. Parecia estar bem perto, e, quando me virei, o avistei. Um esquilinho, que devia ter poucas semanas de vida. Ele era tão pequeno que provavelmente caberia na palma da minha mão. E logo vi que realmente cabia, pois, sem conseguir me conter, eu o segurei, tentando entender o que estava errado.

O Patrick me seguiu e dessa vez não parecia amedrontado, estava tão preocupado quanto eu.

"Acho que ele deve ter caído do ninho e se machucou", expliquei. "Ele não está conseguindo andar."

"Esquilos ficam em ninhos?", ele perguntou com a testa franzida. "Pensei que só passarinhos fizessem isso..."

Sorri, apesar da agonia de saber que aquele serzinho tão indefeso precisava de ajuda. Eu também nem imaginava aquilo, até os meus primeiros dias em Nova York, quando me encantei vendo esquilos por todos os lados. Fiquei tão curiosa para conhecer mais sobre seus costumes que revirei a internet até descobrir tudo.

"Sim, a mãe faz o ninho na bifurcação dos galhos. Mas geralmente é na primavera ou no verão, quando a comida é mais acessível... Ela talvez tenha deixado esse filhote sozinho por isso. Lembra que os outros esquilos estavam morrendo de fome? Ela provavelmente também estava e saiu em busca de alimentos. Ele pode ter caído ao tentar encontrar a mãe."

O Patrick olhou para cima, tentando avistar algum ninho. Fiz o mesmo e notei que a árvore ao nosso lado era bem alta, seria impossível colocarmos o bichinho de volta. Se eu estivesse no Brasil, certamente chamaria o Corpo de Bombeiros. Mas ali eu tinha a ligeira impressão de que não me dariam ouvidos. Devia ter esquilo à beça caindo de ninhos naquele inverno de Nova York.

"Ele vai morrer", falei preocupada. "Não está conseguindo andar, provavelmente quebrou a pata ou a perna. A mãe, se é que vai aparecer, não vai conseguir ajudá-lo, e vai acabar abandonando o coitadinho! Além disso, está muito frio hoje, ele vai congelar aqui!"

"Quer levá-lo a algum lugar?", o Patrick perguntou depressa. "Olha, tenho uma blusa extra na mochila, você pode usar para aquecê-lo..."

Sem querer dei um sorriso enquanto ele me entregava. Claro que ele tinha uma blusa...

"A única clínica veterinária que conheço fica na esquina do meu prédio", expliquei. "Em New Jersey... Posso levá-lo, você não precisa ir, é longe..."

Ele pensou um pouco e deu um suspiro. Eu sabia que estava constatando que o nosso programa tinha ido para o espaço.

"Vou junto", ele disse decidido. "Já tinha me programado para passar o resto do dia com você. Não importa se em uma confeitaria ou numa clínica veterinária... Além disso, estou ansioso pra saber mais sobre os hábitos dos esquilos, estou achando tudo muito interessante!"

Ele passou o dedo suavemente na cabecinha do esquilo e em seguida apontou para o ponto de táxi.

"Vai dar tudo certo", ele falou, pondo o braço sobre meus ombros, como se quisesse também me aquecer. Fomos assim, meio abraçados, até o táxi. Ao nos sentarmos lado a lado no banco de trás, ele tornou a me abraçar e repetiu: "Vai dar tudo certo, Pri. Nós vamos salvar esse bebê".

Assenti e deixei minha cabeça descansar em seu ombro. Era muito bom viver novamente aquela sensação de ter alguém para dividir os problemas. E também as alegrias. O mundo ficava mais leve. E me surpreendi ao perceber que, apesar da agonia de ver aquele esquilinho sofrendo, eu também estava me sentindo assim depois de tanto tempo... *Leve*.

Pri, tá tudo bem? Estou indo pra casa, está em Manhattan ainda? Se quiser, posso te esperar para pegarmos juntas o ônibus, mas não demora pra responder, hoje está mais frio do que o normal, ouvi dizer que vai até nevar, em pleno fevereiro! Estou ansiosa para saber como foi o encontro com o gatinho. Topa pedir uma pizza? Sabrina

Dear students, due to the forecast of a snowstorm overnight, public transportation will be operating on a reduced schedule. Thus, tomorrow's classes are canceled. We'll see you on Monday.
Sincerely,
Strasberg Team*

* Prezados alunos, devido à previsão de nevasca para esta madrugada, os meios de transporte estarão com horários reduzidos. Portanto, as aulas de amanhã estão suspensas. Nos vemos na segunda-feira.
Atenciosamente,
Equipe Strasberg

25

Hanna: Vocês dois estão namorando agora? Já era a hora!

(Pretty Little Liars)

"É um esquilo macho. Você vai ter que mantê-lo muito bem aquecido e dar o leite na boquinha dele com a seringa. O remédio em um conta-gotas só amanhã cedo, pois acabei de administrar. Até o meio-dia a central de reabilitação deve recolhê-lo, qualquer problema eles vão entrar em contato com você."

Assenti para a veterinária que tinha nos recebido e terminado de passar as instruções. Havíamos chegado meia hora antes à clínica ao lado do meu prédio, e durante esse tempo o esquilinho passou por uma bateria de exames: clínico, raio X, ultrassom... A veterinária constatou que ele devia ter por volta de duas semanas de vida e que havia fraturado uma das pernas. Ela a imobilizou e o medicou, porém a clínica não fazia internações, então eu teria duas opções: ficar com o bichinho durante a noite, seguindo as recomendações, ou encaminhá-lo a um hospital veterinário de animais silvestres, que ficava a uns cinquenta minutos dali.

No mesmo instante eu disse que adoraria cuidar dele, pelo tempo que precisasse! Aquele esquilinho tinha me conquistado à primeira vista e, pelo jeito que me olhava e se aconchegava em meu colo, a recíproca era verdadeira.

"Quanto a gente te deve?", o Patrick perguntou.

"Não cobramos em caso de resgate de animais silvestres que sofreram danos devido às condições climáticas", a veterinária explicou. "Na verdade, temos que agradecer. A maioria das pessoas passaria por esse esquilo sem olhar duas vezes..."

Balancei a cabeça, meio chateada. Era difícil acreditar que alguém deixaria um animalzinho à mercê da própria sorte.

Saímos da clínica, e o Patrick me acompanhou até a entrada do meu prédio.

"Pri," ele disse, tornando a passar o dedo na cabeça do esquilo, "queria dizer que fiquei ainda mais admirado com você, pela sua atitude hoje. Primeiro por alimentar esquilos visivelmente famintos. Depois, por ter salvado a vida desse menininho!"

Eu ia responder que não tinha sido nada, mas ele fez sinal para que eu esperasse.

"Anos atrás, na sua excursão, mesmo que tenhamos convivido pouco, tive essa percepção de que você era bondosa, sensível... Mas nunca imaginaria que era tanto assim. Estou me sentindo até constrangido pelo que deixei de fazer por animais e também por pessoas, simplesmente por não perceber que precisavam de ajuda. Por egoísmo, por não querer parar minha vida por alguns instantes para cuidar de quem necessitava... Confesso que, quando você saiu correndo para descobrir qual bicho estava em perigo, e vi que não sossegaria enquanto o visse bem, fiquei meio frustrado. Estava ansioso para passar o resto do dia com você. Mas logo me envergonhei disso... Ver o quanto você se importa com os animais me fez desejar ser um pouco assim também. Que sorte a desse esquilinho! E que sorte a minha também, por conhecer alguém como você."

Mais uma vez ficamos parados, apenas olhando um para o outro. Eu tinha certeza de que, se o esquilo não tivesse interrompido, àquela altura estaríamos tendo uma noite bem diferente...

"Quer subir?", perguntei sem pensar. "Adoraria te mostrar meu apartamento! E seria muito bom ter ajuda para acomodá-lo. Aliás, nem demos um nome para ele ainda!"

Notei que o Patrick ficou surpreso, meio sem graça, mas então olhou as horas e disse que poderia ficar mais um tempo, para me ajudar com o que eu precisasse.

"Como disse, acho que esse carinha tem muita sorte de ter encontrado você!", ele falou quando já estávamos no elevador. "Poderia chamá-lo de *Sortudo*!"

Pensei um pouco. "Sortudo" era um nome estranho. Já a versão em inglês, "Lucky", soava bem melhor.

"Oi, Lucky", falei para o esquilo, que olhou para os lados, parecendo ter entendido que era com ele.

"Acho que ele gostou!", o Patrick disse. "Lucky. É um nome bonito." E na sequência ele começou a cantar um trechinho de "Lucky", da Colbie Caillat e do Jason Mraz. "*Lucky we're in love in every way / Lucky to have stayed where we have stayed...*"

"Ei, você canta bem!", falei surpresa com a afinação. "Ficou esse tempo todo falando de mim, mas escondendo seu talento?"

Ele pareceu envergonhado, mas logo deu um sorrisinho de lado e respondeu: "Sou amador, é bem diferente. O que você faz já está no nível profissional! Eu sou cantor de chuveiro, de roda de violão de fim de noite...".

Nós dois rimos e o elevador abriu no meu andar.

Assim que entramos no apartamento, peguei uma caixa de sapatos, forrei com um pano e coloquei o esquilinho ali com cuidado. Em seguida, peguei uma garrafa vazia de refrigerante e a enchi com água quente, colocando ao lado da caixa, para aquecê-la.

"Onde você aprendeu isso?", o Patrick perguntou admirado.

"Meu cachorro teve filhotes e ficamos com a menor da ninhada", falei, ocultando que na verdade o Rodrigo que tinha ficado. "Quando se separou da mãe, ela chorava muito à noite, parecia sentir muita falta. O veterinário sugeriu isso, que colocássemos uma garrafa pet com água morna onde ela iria dormir, para sentir o calor a que estava acostumada."

Dei um suspiro me lembrando do Biscoito. Da Estopa. E do Rodrigo... Parecia ter tanto tempo desde aquela época. E realmente tinha, uns quatro ou cinco anos. Mas parecia bem mais.

O esquilinho se acomodou, e o Patrick perguntou se poderia ir ao banheiro.

Ele tinha acabado de sair da sala quando a Sabrina chegou, carregando um vaso de flor enorme e umas sacolas. Corri para ajudá-la.

"Pri, te mandei uma mensagem, você não viu? Podia ter me dito que já estava aqui! Fiquei um tempão esperando me responder pra saber se queria que eu esperasse para voltarmos juntas! Bem, acabei esperando de todo jeito, fiquei fazendo hora perto do Port Authority, aí comecei a ficar com fome, lembrei que tinha um supermercado Whole Foods na frente do Bryant Park, resolvi dar uma caminhada até lá, e, você sabe, não consigo passar pelo Whole Foods sem comprar várias coisas, olha, trouxe essa flor, achei que estava faltando cor no nosso apartamento, e também esses sanduíches, quero dizer, só tem metade pra você, acabei comendo o meu e metade do seu, estava realmente faminta, desculpa... Mas já que amanhã não vai ter aula, trouxe também uns aperitivos e um vinho pra gente fazer uma maratona de seri..."

Nesse momento o Patrick saiu do banheiro, fazendo com que a Sabrina ficasse de boca aberta, sem nem mesmo concluir o que estava dizendo.

"Oi...", ele falou meio sem graça. "Tudo bem?", ele disse, se aproximando e dando um beijo no rosto dela. "Desculpa invadir o apartamento de vocês assim, já estou indo, só vim ajudar a Priscila. Ela vai te contar a história do sortudo aí..."

Ele apontou para o esquilinho, e a Sabrina continuou parada, olhando do esquilo para ele e dele para o esquilo. De repente, parecendo levar um choque, ela descongelou e disse: "Não vai embora, não, fica! Olha, eu que já vou, na verdade só vim aqui pra deixar essas coisas e falar pra Priscila que vou passar a noite na... na casa do meu namorado! É! E aí é bom que você faz companhia pra Pri! Sei que tem uma super-história por trás desse esquilo, nada na vida da Priscila é sem enredo, mas ela me conta tudo amanhã! Porque a escola cancelou a aula amanhã por causa da neve, então não tenho nada pra fazer, aí a gente vai ter o dia todo pra conversar. Quero dizer, isso se você não quiser passar o dia com ela também, né? Aí tudo bem, porque eu tenho tanta coisa pra fazer que você nem imagina!".

Eu não sabia se ria ou se chorava. Estava até engraçada a tagarelice e o rolo todo que ela tinha inventado, mas precisava me jogar pra cima do Patrick assim? O cara ia achar que eu estava desesperada para ficar sozinha com ele!

"Sabrina, escuta, o Patrick veio só me ajudar, ele já ia mesmo. Nós achamos esse esquilo machucado e o levamos na clínica aqui do lado. Desculpa não ter visto sua mensagem, fiquei tão preocupada com ele que acabei esquecendo de olhar o celular."

Ela fez uma cara de desapontada, mas logo se recompôs, dizendo: "Pois é, o Patrick parece ser ótimo em ajudar no que quer que seja, por isso acho que ele poderia ajudar hoje à noite também, porque eu vou ter mesmo que ir pra casa do Scott. Você pode ficar com ela, Patrick? Quero dizer, ficar no sentido de estar junto, fazer companhia e tal, afinal, quinta à noite já é quase fim de semana, ninguém merece ficar sozinha, ainda mais nesse friozinho...".

Coloquei as mãos nos olhos, sem saber mais o que fazer para que ela calasse a boca.

"Eu posso ficar mais um pouco aqui com ela, sim...", o Patrick respondeu, parecendo desorientado, mas também achando graça do jeito da Sabrina. "Pode deixar, ela não vai ficar sozinha."

"Então tá, já vou! Olha, vou deixar o vinho pra vocês, tá? Tem uns queijinhos também, fiquem à vontade!"

Dizendo isso ela foi até ele e deu um beijinho, e em seguida fez o mesmo comigo, mas aproveitou para apertar minha mão e sussurrar no meu ouvido: "Aproveita!".

Eu a empurrei para a porta e a fechei do lado de fora, antes que ela resolvesse me constranger ainda mais. Pouco depois ela tornou a abrir e perguntou: "A que horas e onde você nasceu, Patrick?".

"A que horas eu nasci?", ele perguntou desnorteado. "Acho que duas da tarde. Em São Paulo. Por quê?"

"Por nada, curiosidade!"

Ela fechou a porta de novo, e eu dei um suspiro.

"Sua amiga é doidinha, né?", o Patrick disse, rindo. "Mas é muito divertida, deve ser legal ter alguém assim por perto!"

Assenti, pensando que realmente era legal, quando ela não inventava de me "ajudar".

"Olha, acho que ele gostou do calor", o Patrick falou, ajoelhando-se para ver o esquilo. "Até dormiu."

Ajoelhei ao lado dele, e ficamos assim por um tempo. Acho que também estávamos apreciando o calor, não da garrafa de água quente, mas aquele que emanava um do outro.

Talvez por notar que estava sendo observado, o esquilinho abriu os olhos e tentou se mover, mas eu e o Patrick colocamos a mão nele ao mesmo tempo, para tranquilizá-lo. Funcionou, ele ficou quietinho e logo fechou novamente os olhos. Eu já ia tirar a mão, quando o Patrick passou o dedo sobre o meu. Aquilo provocou uma descarga de energia, mas também despertou uma lembrança que havia tempos eu não tinha... Da primeira vez que o Rodrigo havia ido à minha casa, quando eu ainda tinha 13 anos, e aconteceu a mesma coisa quando fui mostrar pra ele o Biju, o meu antigo hamster.

Tirei a mão depressa, involuntariamente. Eu sabia que não estava mais sendo infiel ao Rodrigo, mas era como se estivesse traindo o nosso passado. A nossa história.

"Desculpa", o Patrick falou, se levantando. "Foi só um carinho, não estava te assediando ou algo assim."

"Eu sei! Foi só que... me lembrei de uma coisa, não tem nada a ver com você, não achei ruim o seu... *carinho*." Como ele continuou calado, completei: "O meu hamster, ele morreu há alguns anos, e de repente fiquei com saudade".

Ele franziu a testa, provavelmente me achando maluca, mas disse: "Que pena, você deve ter sofrido muito". Fiz que sim com a cabeça, e ele então continuou: "Pri, acho que já vou. O esquilo está bem, você realmente daria uma boa veterinária, cuidou dele direitinho. E amanhã é o último dia da excursão, ainda tenho que preparar uns relatórios e acompanhar a turma...".

"Fica mais!", pedi em um ímpeto. "Você prometeu pra Sabrina que ia me fazer companhia, lembra? Só mais um pouquinho?"

Ele ficou me olhando, e então fiz a melhor cara de pidona que eu conseguia, com beicinho e tudo. Eu não queria que ele fosse embora.

"Priscila, Priscila...", ele falou, levantando os braços e dando uns passos pra trás. "Da última vez que você me olhou desse jeito algo muito errado aconteceu."

Eu sabia exatamente do que ele estava falando, mas, fingindo inocência, completei: "Afinal, ela deixou até um vinho pra gente! E queijos! Não podemos desperdiçar...".

Ele abriu um sorriso, balançando a cabeça, e então concordou em ficar um pouco mais.

"Vou pegar o abridor de vinho!", falei, sorrindo também, sentindo meu coração disparado.

Enquanto ia até a cozinha, visualizei a Sabrina e a Samantha batendo palmas, como se estivessem assistindo à minha vida pela TV. Aquele episódio estava bem emocionante. E eu mal podia esperar pelo que iria acontecer no próximo...

De: Sabrina <ssilver@mail.com.br>

Para: Priscila <pripriscilapri@aol.com>

Enviada: 26 de fevereiro, 21:51

Assunto: Aproveita!

Pri, estou mandando um e-mail pra não ter risco do gatinho ver na tela do seu cel.

Não dormi no Scott, claro que não, não existe a menor possibilidade de voltar pra Manhattan agora, ainda mais nesse frio! Eu pedi abrigo pro Frank e pro Kenzo, falei que esqueci a chave e que toquei aí, mas você já devia estar dormindo. Os dois acreditaram. Estou deitada no sofá da sala deles, mas nem de longe é tão confortável quanto o nosso, apesar dos garotos terem me arrumado um travesseiro e um cobertor.

Aproveita tudo que puder! O Patrick é uma gracinha e está claramente apaixonado por você. Vi nos olhos dele! Além disso, já fiz o mapa aqui: apesar de ser pisciano, ele tem o ascendente em libra e a lua em virgem, por isso é charmoso assim! E é certinho, viu? Faz as coisas como tem que ser, não corta caminho pra se dar bem. Combina perfeitamente com uma capricorniana!

Me avisa quando eu puder voltar, de jeito nenhum vou chegar aí correndo o risco de interromper mais alguma coisa!

Beijo,

Sabrina

De: Sabrina <ssilver@mail.com.br>

Para: Samantha <sambasam@email.com>

Enviada: 26 de fevereiro, 21:56

Assunto: Priscila

Oi, Samantha, é a Sabrina aqui. Que bom que anotei seu e-mail no meu celular! Meu notebook ficou em casa, lá onde a Pri está sozinha com o Patrick. Yeah!!! Isso mesmo que você leu! Acende uma vela, faz promessa, procura um trevo-de-quatro-folhas, o que for possível, porque aqui estou só na reza brava, deixei o apartamento inteiro pra ela, tomara que valha a pena!

Te dou notícias amanhã se a Pri não der antes.

Beijo!

Sabrina Silver (legal meu nome artístico, né? Já estou assinando assim pra me acostumar).

De: Samantha <sambasam@email.com>

Para: Priscila <pripriscilapri@aol.com>

Enviada: 26 de fevereiro, 22:40

Assunto: Patrick

Pri, sua amiga me escreveu falando que você vai passar a noite com o Patrick!!!! Como isso aconteceu tão rápido?! Até ontem vocês nem tinham se beijado (quero dizer, nesta temporada)!

Me contaaaaaaaaaa!

Estou ansiosa aqui! Não posso ficar nervosa, senão afeta o gosto do leite do seu sobrinho (li isso na internet, não sei se é verdade, mas melhor não arriscar). Aliás, sua mãe nunca mais fez feijoada para mim, falou que o feijão que EU consumo provoca cólica no Rodriguinho! Eu é que estou com cólicas, mas por não poder comer o meu prato preferido! Toda vez que vamos lá agora é só estrogonofe ou macarrão! Afe!

Olha, sem brincadeira, assim que seu sobrinho fizer um ano vou aí te visitar e comer (e beber) tudo que eu deixei de consumir desde a gravidez!

Beijocas!

Sam

26

Ted: Nada de bom acontece depois das duas da manhã. As decisões tomadas depois desse horário são decisões erradas. Se tem uma lição que merece ser aprendida é esta: quando passar das duas da manhã, vá dormir.

(How I Met Your Mother)

Eu não esperava ter uma noite tão agradável. Fiz um prato com aperitivos, abrimos o vinho e então ficamos sentados no tapete da sala conversando sobre tudo. Família, estudos, carreira e... *amores*.

"Então, depois daquela menina que conheci no saguão da A+ Turismo, você nunca mais namorou?", perguntei entre uma taça e outra. Eu estava me sentindo corajosa. "Já tem mais de quatro anos! Não sente falta de gostar de alguém?"

Vi que o Patrick ficou meio sem graça com a pergunta, mas então esticou a perna e respirou fundo antes de responder. "Sinto, sim. Gostaria de ter um amor de verdade, recíproco. Acho que nunca vivi isso. Quando comecei a sair com a Cris, a menina que você conheceu na A+, cheguei a pensar que seria assim, fiquei bem empolgado no começo. Mas logo vi que éramos muito diferentes. E foi o que te falei no outro dia... Quando te vi lá na agência, fiquei extremamente balançado. Já no elevador, descendo com ela logo depois de te encontrar, percebi que aquele namoro era um erro. Sim, eu sabia que não iria ter nada com você... ao menos não naquele momento. Mas eu queria namorar alguém que me fizesse sentir aquilo que senti quando te vi. Como se fossem os fogos da Disney explodindo aqui dentro do meu peito, sabe?"

Ele também estava bem corajoso... Eu tinha que me lembrar de anotar o nome daquele vinho, para quando precisasse ser um pouco ousada.

Ele continuou. E eu não conseguia desviar meus olhos.

"E exatamente por isso não namorei sério com mais ninguém..." Ele olhou para o chão, como se estivesse se desculpando. E depois, em um volume mais baixo, como se dissesse para si mesmo, completou: "Não encontrei ainda ninguém que fizesse com que eu sentisse isso que você me faz sentir".

Ele então me devorou com os olhos, e meu coração disparou. O que ele me fazia sentir também não era de se desprezar. Muito pelo contrário... Sendo muito sincera comigo mesma, nem o Rodrigo havia me despertado fisicamente assim. Claro, não tinha nada a ver com sentimentos, nisso o Rodrigo era imbatível, eu não tinha a menor ilusão de que algum dia amaria alguém como o havia amado. Mas o que o Patrick me provocava era bem diferente. Ele tinha um *borogodó*, um magnetismo... Ou talvez fosse a química entre nós que causava aquilo. Só sei que naquele momento eu mais uma vez entendi a Pri de 15 anos. Não dava para pensar em nada, só que eu queria a boca daquele garoto na minha. Não só a boca, o corpo inteiro, eu *precisava* dele colado em mim.

Continuei a encará-lo e esperei que se aproximasse. Em vez disso, porém, ele desviou o olhar e se endireitou. Olhou para cima, respirou bem fundo e disse, se levantando: "Pri, eu já vou. Está tarde e tomamos esse vinho muito rápido... Acho que amanhã a gente, quero dizer, *você* pode talvez se arrepender da... *conversa*. Melhor a gente terminar isso depois".

"Me arrepender?", perguntei, me levantando também, como se estivesse saindo de um transe.

"Sim...", ele assentiu, com um sorriso amargo. "Você já se arrependeu uns anos atrás. E eu não quero que isso aconteça de novo. Se algum dia a gente tiver alguma coisa, quero que você esteja 100% segura, 100% *sóbria*, e sei que você não está." E, depois de uma pausa, completou: "Sei perfeitamente que não sou eu que você queria que estivesse aqui, e sim alguém que neste momento está em algum lugar do Canadá...".

"Patrick, não tem nada disso!", eu o interrompi. "Sim, claro, ainda penso no Rodrigo, foram muitos anos juntos. Mas não quero um substituto pra ele. Não quero sentir com ninguém o que eu sentia por ele. Eu quero algo diferente, quero sentir coisas novas, quero..."

Eu nem sabia mais o que queria. O que eu sentia pelo Patrick não era nada novo... Sempre aquele tormento pelo que tinha acontecido. E também pelo que *não* tinha.

Sentei no sofá, de repente me sentindo muito cansada. O Rodrigo não tinha que ter entrado naquela conversa. Aquele clima todo havia evaporado e, apesar de aquele desejo enorme pelo Patrick ainda estar ali, eu começava a concordar com ele. Aquele não era mais o momento.

"Olha, está muito tarde", falei, me levantando. "Acho até perigoso você voltar pra Manhattan nesse horário. Aqui dentro está quente, por causa do aquecedor, mas lá fora está gelado... Por que não dorme aqui? Esse sofá é superconfortável, já dormi várias noites nele, maratonando alguma série e caindo no sono sem querer. Amanhã, assim que acordar, você volta pro hotel."

Ele pensou um pouco, olhou para o relógio e falou: "Tudo bem, acho que é melhor mesmo. Na verdade, meu compromisso com a excursão amanhã é só às onze horas. Dá tempo de voltar para o hotel e me arrumar... Só não posso perder a hora".

"Coloco o despertador pras nove", respondi, sentindo um gosto amargo na boca. Não era aquele fim de noite que eu tinha previsto...

Ele concordou, e eu então forrei o sofá com um lençol, dei uma última olhada no esquilo e fui logo para o meu quarto. Eu só queria dormir depressa. Isso, porém, não aconteceu. Durante minutos, ou talvez horas, fiquei repassando o que ele havia dito e tentando assimilar. Ele recuou por receio de eu sair correndo mais uma vez? Ou por pensar que era apenas um prêmio de consolação para mim?

Bem mais tarde, fui ao banheiro e dei uma olhada para a sala. Ele não me viu, mas notei que ainda estava com os olhos abertos. E que tinha tirado a camisa...

Comecei a sentir novamente vontade de chegar mais perto... Mas recobrei a sanidade a tempo. Por tudo que tinha falado, provavelmente dessa vez *ele* é quem sairia correndo.

Voltei pé ante pé para o meu quarto, coloquei o travesseiro em cima da cabeça e me forcei a dormir. Pelo menos assim o tempo passaria mais rápido. E aquela seria apenas mais uma noite para esquecer.

27

Hanna: Não sou eu que simplesmente apareço na porta de alguém sem motivo.
Caleb: Eu tenho um motivo.

(Pretty Little Liars)

Acordei com um raio de sol batendo nos meus olhos. Provavelmente havia esquecido de fechar a cortina no dia anterior. Coloquei o travesseiro na cabeça, tentando dormir mais um pouco, mas de repente tudo voltou. O Patrick!

Levantei num pulo e vi que eram oito horas. Entreabri a porta, apenas o suficiente para vislumbrar o sofá, e constatei que ele ainda estava lá. Ainda sem camisa. Ainda com aquele charme que, mesmo dormindo, ele exalava por todos os poros.

Fui até o banheiro na ponta dos pés. Precisava escovar os dentes, pentear o cabelo e lavar o rosto antes que ele me visse. Eu devia estar com a cara toda inchada e uma olheira monstruosa. Eu havia dormido muito mal!

Exatamente quando me considerei *aceitável* e já estava pronta para voltar para o quarto, a campainha tocou. Vi minha imagem no espelho e fechei os olhos. Na pressa de me arrumar, eu tinha ido para o banheiro apenas com a camiseta com a qual havia dormido, que por sinal era bem velha. Minha mãe vivia dizendo para eu me livrar daquilo, mas ela era tão confortável que eu não tinha coragem. Além disso, eu não tinha intenção de usá-la na frente de ninguém, só havia saído do quarto assim por ter visto que o Patrick ainda estava dormindo. Porém, se aquela campainha continuasse a tocar, ele certamente acordaria.

Dei uma última olhada para a camiseta através do espelho. Apesar de velha, ela cumpria sua função, era comprida o suficiente para não mostrar o que não deveria. Então saí do banheiro para atender a porta, mas logo vi que eu estava enganada. O Patrick não *acordaria*. Ele *já estava* acordado!

"Bom dia...", ele falou, se levantando rapidamente ao me ver, com o cabelo atrapalhado e uma expressão tímida que eu ainda não conhecia. "Desculpa, dormi demais."

"Não se preocupe, pode voltar a dormir, deve ser a Sabrina...", falei, certa de que era ela e de que havia batido apenas para anunciar que estava chegando, para não flagrar algo que ela desejava ter acontecido.

Só que, ao abrir a porta, não foi com a Sabrina que me deparei.

"Frank?", falei, completamente surpresa. Tinha mais de uma semana que eu não o via, e agora ele me aparecia assim, sem avisar. E com uma bandejinha do Starbucks na mão, que, pelo que percebi, continha dois chocolates quentes e dois muffins.

"Oi, Pri", ele disse, sorrindo meio sem graça. "A Sabrina ontem foi pro meu apartamento, falou que você dormiu supercedo, imaginei que fosse acordar cedo também, e por isso resolvi te trazer um café da manhã surpresa antes de trabalhar. Desculpa, não imaginei que ainda ia te pegar de... *camisola*. Posso entrar?"

Involuntariamente puxei a blusa mais pra baixo, mas nem precisava me preocupar. Nesse momento, os olhos dele desviaram do meu corpo para algo atrás de mim. Para *alguém* atrás de mim.

"Oi..." O Patrick acenou, visivelmente desconfortável. O Frank levantou as sobrancelhas e em seguida olhou para os lados. Tive certeza do que ele estava pensando... Eu de camiseta. Um cara sem camisa. Uma garrafa de vinho vazia no chão e duas taças usadas.

Antes que eu dissesse alguma coisa, ele começou a andar para trás, meio desorientado.

"Não sabia que você estava acompanhada, desculpa, não queria atrapalhar!" E foi andando rápido pelo corredor do prédio. Sem pensar, fui atrás dele.

"Frank, espera, não é o que você está pensando!"

Ele continuou a andar rápido, mas de repente parou e se virou para mim.

"Pensei que você tivesse dito que estava fechada para novos amores", ele falou com uma expressão magoada.

"Sim, eu estou!", confirmei, mesmo sem ter mais certeza disso. "Eu te disse a verdade, não me sinto preparada para me envolver com ninguém neste momento!"

"Não é o que parece...", ele disse, irônico e meneando a cabeça em direção à minha porta.

"Frank, não estou mesmo aberta. O Patrick não é ninguém novo. Ele fez parte do meu passado."

O rosto dele se suavizou por uns segundos, ele então estreitou os olhos, perguntando: "Ah, esse é o seu ex-namorado?".

Tive vontade de mentir, pois senti que, se fosse o Rodrigo, eu seria automaticamente desculpada, afinal, ele sabia perfeitamente de tudo pelo que eu havia passado e de como eu ainda me sentia em relação a ele. Mas eu não podia fazer isso.

"Hum, não...", respondi envergonhada.

Novamente o rosto dele endureceu, e então, como se estivesse pensando, colocou no queixo a mão que não estava segurando a bandeja e falou: "Eu tinha entendido que o Rodrigo era seu único amor...". Ele balançou a cabeça, como se tivesse sido um bobo e acabado de constatar que eu tinha mentido.

Eu ia começar a justificar, mas ele me cortou.

"Priscila, você não precisa me dar nenhuma explicação." E se virou em direção ao elevador.

"Frank, espera, realmente não preciso, mas eu quero..."

Fui andando atrás dele, mas, talvez por ter falado alto, algumas pessoas de outro apartamento abriram a porta para ver que discussão era aquela.

De repente minha camiseta pareceu muito mais curta e eu me senti totalmente exposta ali, no meio do corredor. Por isso, em vez de seguir o Frank até o elevador, me virei para voltar depressa para o meu apartamento. Eu poderia conversar com ele e resolver a confusão depois. Porém eu não imaginava que aquela não seria a única que eu teria que enfrentar naquela manhã.

Assim que voltei, vi que o Patrick já estava vestido e penteado.

"Priscila, já vou", ele falou sério, logo que entrei. "Já dei uma olhada no esquilo, ele está bem."

"Não quer nem tomar café da manhã?", perguntei, me sentindo frustrada. Eu não queria que ele fosse embora...

"Achei que fosse tomar café com aquele cara...", ele respondeu com ironia, apontando para a porta. "É algum novo namorado seu?"

"É um novo *amigo* meu", respondi. O Patrick não pareceu muito convencido, então completei: "Ok, na verdade, acho que ele quer mais que amizade. Eu já tinha explicado para ele que meu coração está fechado neste momento! Só que, ao te ver aqui...".

Ele me cortou antes que eu terminasse.

"Priscila, você não tem que me dar satisfação. Na verdade, eu é que tenho que pedir desculpas. Mais uma vez te atrapalhei..."

Comecei a dizer que não era nada daquilo, mas ele então se aproximou e me deu um beijinho no rosto, dizendo: "Pri, foi bom te ver. Tenho mesmo que ir, o último dia de viagem é muito importante, preciso acompanhar o grupo pra sentir se ficaram satisfeitos. Isso faz toda a diferença na propaganda boca a boca que farão da A+ Turismo depois para os amigos".

Ele então andou depressa até a porta e, assim que a abriu, me deu uma última olhada. Com um sorriso meio forçado, completou: "Se algum dia for à Disney, me avisa! E manda um abraço para as suas amigas quando voltar para o Brasil".

Ele estava me tratando como se eu fosse uma simples conhecida, uma ex-participante da excursão! Aliás, nem na excursão ele havia me tratado com aquela frieza!

"Patrick, espera...", falei baixinho, mas ele já tinha fechado a porta.

E foi quando eu vivenciei algo que achei que nunca mais iria sentir. A dor de ver alguém de quem eu gostava muito ir embora. Sem nem olhar para trás...

Diário de Viagem

Como cuidar de um esquilo bebê:

1. Já que o esquilo está longe de sua mãe, provavelmente estará com frio e desidratado. Use uma almofada com aquecimento elétrico ou uma bolsa (ou garrafa pet) de água quente para aquecer o filhote.

2. Alimente-o com um substituto de leite para bebês com uma seringa. O substituto de leite deve estar à temperatura ambiente. Dê o alimento lentamente ao esquilo e certifique-se de que ele não engula nenhuma bolha de ar. Se isso acontecer, vire-o de cabeça para baixo e dê um tapinha nas suas costas.

3. Limpe-o diariamente com um pano úmido e use uma bola de algodão para estimular sua bexiga.

4. Mantenha a caixa do esquilo sempre limpa.

5. Quanto mais ele crescer, mais quantidade do substituto de leite ele precisará e poderá começar a ser capaz de comer alimentos sólidos, como vegetais, frutas e nozes.

28

Emma: Você ainda pode ser feliz. Seu primeiro passo é ir atrás do homem que você ama.

Regina: O meu final feliz não é um homem.

Emma: É claro que não... Mas o amor faz parte da felicidade, e você precisa estar aberta a isso.

(Once Upon a Time)

Sam, você já está acordada? Preciso falar com você! Mas não me liga, sei que meu irmão está em casa neste horário, não quero que ele escute e isso vire uma terapia de família! Se puder dar uma desculpa qualquer para ir com o notebook pro banheiro e entrar no chat... Beijo, Pri

Sam, você viu minha primeira mensagem? Já tem uma hora que mandei e eu preciso mesmo falar com você, me meti em uma confusão danada. Não vai demorar muito, prometo. Beijo, Pri

Samantha, é sério, estou a ponto de te ligar! Meu irmão se intrometer vai ser o menor dos meus problemas neste momento! Você sabe que odeio atrapalhar, mas estou meio desesperada. Entra no chat ou me liga, POR FAVOR! Pri

Eu estava sentada na frente do computador esperando a Samantha me dar um sinal de vida. Por isso, quando meu telefone tocou, agarrei-o no mesmo instante, sem checar o identificador de chamadas. Só percebi que deveria ter feito isso quando já era tarde demais... Em vez da voz da Sam, foi a da minha mãe que escutei quando eu disse "*Alô*".

"*O que aconteceu, Priscila? Estou aqui na casa do Arthur e vi suas mensagens! Você está bem? Por que escreveu pra Samantha pedindo ajuda em vez de ligar pra mim e pro seu pai? Que confusão foi essa em que você se meteu? Agora quem está desesperada sou eu!*"

Me deixei cair na cama de olhos fechados. Eu realmente não precisava da curiosidade da minha mãe naquele momento.

"*Não é nada, mamãe!*", falei, sabendo que ela não ia acreditar e que não ia me deixar em paz enquanto não soubesse de cada detalhe. Resolvi virar o jogo: "*Que história é essa de bisbilhotar o celular da sua nora?! Não era você que vivia me falando que isso era errado quando eu pegava o celular do Arthur só para... hum, fiscalizar se ele estava lembrando de carregar a bateria?*".

Minha mãe não se abalou.

"*Priscila, não mude de assunto. Estou aqui tomando conta do Rodriguinho, para que o Arthur e a Sam durmam um pouco, e ela deixou o celular comigo, caso alguém ligasse. Seu sobrinho teve febre na noite passada, chorou muito, os dois passaram a madrugada em claro. Foi só por isso que vi suas mensagens! Bisbilhotar é muito errado, sim. Fico feliz de saber que você aprendeu!*"

"*O que ele tem?*", perguntei preocupada.

"*Nada, Priscila! Ele está aqui brincando no tapetinho dele, todo feliz com a vovó, não é meu amor?*"

"*Mãe, foco!*", falei impaciente, antes que ela esquecesse o celular e começasse a brincar com meu sobrinho. "*Claro que ele teve alguma coisa, ninguém tem febre do nada! O que você está me escondendo? Ele tem algo grave? Vou alterar minha passagem de volta, preciso estar com vocês neste momento!*"

Ela deu uma risada antes de responder.

"Pri, adorei perceber que você continua a mesma, superdramática e achando que tudo é como nas séries de TV! Mas sinto informar que os episódios estão bem monótonos por aqui... Seu sobrinho está com um dentinho nascendo, e às vezes isso provoca febre em bebês. Só isso. Ele já está medicado. Agora dá pra contar o que está acontecendo aí, por favor?"

Como fiquei calada, ela continuou.

"É algum garoto, né? Você só fica assim quando é problema sentimental. Não adianta negar, eu acho que ainda te conheço melhor do que qualquer pessoa, apesar do gelo que você está me dando desde que foi para New York... Ando triste, sabia? Você costumava me contar tudo, me pedir conselhos... Quer dizer, desde que a Samantha entrou em cena, sei que você prefere a opinião dela, mas eu sempre estive ali do lado, era pra mim que você corria primeiro quando tinha alguma urgência... Mas você fez 20 anos e decidiu que não precisa mais de mim, que pode se virar sozinha. E agora, quem está se sentindo sozinha sou eu."

Ela disse a última frase com voz de choro e em seguida se calou. Fiquei ali, me sentindo a pessoa mais horrível do mundo. Ela não estava errada, eu tinha mesmo me afastado um pouco, mas não era por causa dela, muito pelo contrário! O que eu mais queria era minha mãe ali, me dizendo o que fazer, me consolando, me levando pela mão para me dar segurança, como fazia quando eu era pequena. Mas a verdade é que agora eu me envergonhava de precisar dela. Eu achava que já era crescida o suficiente para dar conta dos meus problemas.

Provavelmente lendo meus pensamentos, como costumava fazer desde sempre, ela disse: *"Desculpa, Pri, ando emotiva. Acho que chamam isso de 'síndrome do ninho vazio'. Seu irmão já foi embora há algum tempo, mas acho que não estava preparada para sua partida. Ou talvez eu estivesse me enganando... Pensei que, mesmo à distância, você continuaria sendo minha menininha. Mas pelo visto você está vivendo agora algo que não passou na adolescência, aquela 'vergonha dos pais', que os filhos das minhas amigas tiveram. Você sempre me incluiu no que quer que fosse e achei que continuaria assim... Pensei que aquela cumplicidade era algo nosso*".

Nova pausa, e pude ouvir uma fungada ao fundo. Ela devia estar segurando o choro. E então, começando a chorar também, tive vontade de abraçá-la. De sentir seu cheiro de "casa", da segurança que só ela conseguia me passar.

"*Mamãe, não é nada disso*", falei, sem a menor intenção de segurar as lágrimas. "*Eu preciso de você, sim. Sempre vou precisar. Só não queria te incomodar. Eu ocupei tanto seu tempo por causa do Rodrigo quando terminamos que não queria que você me achasse boba ou imprudente por já estar me envolvendo com outras pessoas, por estar novamente com esse tipo de problema... Não gostaria que você me julgasse. Quero que você continue me achando uma garota 'centrada, com bom senso, inteligente'...*", falei, lembrando das palavras dela, de qualidades que ela costumava atribuir a mim.

Ela deu uma risadinha, mas senti que estava chorando ainda mais.

"*Pri,*" ela falou depois de assoar o nariz, "*seu sobrinho acabou de dormir aqui no sofá. Acho que – como a maioria dos homens – não gosta muito de escutar discussões de relacionamento...*" Ela riu, limpou a garganta e continuou: "*Eu nunca vou te achar boba ou o que quer que seja. Você é, sim, a pessoa mais inteligente, centrada e de bom senso que já conheci! E que maravilha que você está novamente com conflitos sentimentais! Eu temia que você parasse de acreditar no amor, que nunca mais quisesse se envolver com ninguém...*".

"*Eu realmente não queria...*", falei, meio rindo, meio chorando. Eu não sabia que estava sentindo tanta falta dela até aquele momento.

"*Que bom que mudou de ideia!*", ela disse, rindo também. "*Você não está na idade de se tornar celibatária. Está na fase de aproveitar a vida, de errar bastante, de se divertir! Me conta tudo! Eu nunca te julgaria, mesmo que você dissesse que se envolveu de novo com aquele carinha da Disney, como era o nome dele? Patrick?*"

Ops.

"Priscila?", ela perguntou depois de uns segundos, por eu ter ficado sem reação.

"Oi, desculpa, é que de repente me lembrei que vou ter que gravar uns vídeos pro teatro, te contei que meu professor fez com que eu me inscrevesse para a audição de um musical, né?"

Foi a vez de a minha mãe ficar quieta.

"Mãe?"

"Sim, você me falou...", ela respondeu como se tivesse acordado de repente. *"Priscila, o que você queria conversar com a Samantha tem a ver com o menino que você beijou na excursão e que você ocultou de mim, do Rodrigo e de todo mundo? Não minta, sei perfeitamente que você só muda de assunto bruscamente quando está querendo esconder alguma informação!"*, ela disse brava.

"Tá vendo por que eu não queria te contar?", falei desanimada, desistindo de mentir. Sempre achei minha mãe um pouco detetive. Ou talvez meio bruxa... Quando queria descobrir alguma coisa, ela conseguia. Era perda de tempo tentar esconder. *"Você nem sabe o que rolou e já está me chamando de Priscila. Você só faz isso quando fica nervosa!"*

"É você que está nervosa, PRI! Claro que me preocupo! Esse garoto virou sua vida de cabeça pra baixo. Não que essa virada não tenha sido boa, prefiro que você conheça o mundo e curta seus 20 anos do que se case tão nova com o namoradinho de infância. Mas, só de pensar em ver você deprimida novamente, tenho ganas de pegar um avião e ir aí colocar uma redoma em volta de você, para que ninguém consiga te machucar. Dá pra me explicar o que está acontecendo antes que eu faça isso?"

Respirei fundo e comecei a contar para ela tudo que havia se passado desde o meu aniversário, ainda no Brasil, quando o Patrick me mandou a primeira mensagem. E terminei relatando a noite anterior, depois da visita surpresa do Frank, e o fato de que agora eu havia, ao que tudo indicava, perdido os dois, inclusive como amigos, já que provavelmente nenhum deles ia querer nem sequer ver minha cara.

"Uau, e você me dizendo nos telefonemas e e-mails que estava tudo tranquilo, que só o que vinha fazendo aí era frequentar as aulas de Teatro... Deixa só o Ruy saber disso."

Ela riu, mas eu fiquei completamente tensa.

"Mãe, ele não pode saber, ok? E não conta essas coisas pro papai, você sabe que ele não consegue segurar informação e vai contar pro Ruy na primeira oportunidade que esbarrar com ele aí na rua! Eu estou muito focada no Teatro, sim... E o Patrick já vai embora amanhã. Depois disso vai ser apenas no curso que eu vou pensar."

"Ah, claro, tenho certeza de que o Patrick vai entrar no avião levando todos os seus pensamentos sobre ele na bagagem, você não vai ficar com nem um pouco de saudade ou pensando no que deveria ter feito diferente. Ou, quem sabe, no que deixou de fazer..."

Eu odiava quando minha mãe era irônica.

"Pri, aposto meu dedo mindinho que esse cara está jogando com você!", ela continuou antes que eu pudesse me manifestar. *"Quero dizer, estava jogando... Eu quero dar um beijo nesse Frank por ter aparecido na hora certinha!"*

"Quê?? Ficou doida, mamãe? Quem está jogando? E o Frank apareceu na hora totalmente errada! Você entende que, desde que terminei com o Rodrigo, o Patrick é o primeiro cara que me desperta alguma coisa? E que pelo visto agora vou ficar na vontade?"

Ela ficou um pouco calada e então ouvi um chorinho.

"Pri, tenho que desligar, seu sobrinho acordou. Se eu não o distrair, vai abrir o berreiro e acordar o Arthur e a Sam. Assim que chegar em casa te mando um e-mail pra explicar o que você não está enxergando. E como eu acho que você deve agir. Tente, por favor, não tomar nenhuma atitude precipitada até lá!"

"Mas ele vai embora amanhã! Eu quero ver o Patrick uma última vez antes disso!"

"Nossa, que desespero! Esse garoto realmente trabalhou direitinho... Pri, são nove da manhã, tenho certeza de que você vai encontrá-lo hoje ainda. Beijo, filha! Mais tarde a gente conversa!"

Ela desligou sem que eu tivesse chance de protestar. Tive vontade de telefonar de novo, mas também não queria atrapalhá-la de olhar o meu sobrinho. Por isso, voltei a olhar para a tela do meu computador, mais uma vez esperando.

Foi só no começo da tarde que chegaram dois e-mails de uma vez. Ao final da leitura deles, eu já sabia o que deveria fazer. E mal podia esperar para a noite chegar...

De: Lívia <livulcano@netnetnet.com.br>

Para: Priscila <pripriscilapri@aol.com>

Enviada: 27 de fevereiro, 12:50

Assunto: Recomendações

Pri, filhinha, não falei que não ia demorar? Mal entrei em casa e já estou no computador pra te escrever. A Sam acordou logo, eu já esperava isso, nenhuma mãe consegue descansar direito quando os filhos estão sofrendo. Já o Arthur provavelmente vai emendar o dia com a noite! Homens...

Vou direto ao assunto. Esse Patrick jogou a isca e te fisgou direitinho. Sim, como já te disse, ele está jogando! Por sinal, começo a admirá-lo mais agora por ser inteligente. Percebeu que você foi atrás quando ele se afastou logo no primeiro dia em que vocês se encontraram aí, e então sacou que, se quiser te ganhar, vai ter que ser assim, na brincadeira de gato e rato. Ele sabe perfeitamente que não é páreo para o Rodrigo, mas também já entendeu que você não é imune ao charme dele e resolveu usar essas duas informações em proveito próprio. Fazendo você se sentir culpada por ele "supostamente" estar triste por você não ter esquecido o seu ex, te sensibilizando, já que sabe que apenas assim tem alguma chance. E, por fim, fingindo indiferença, já que notou que você gosta da caça. Muito amadorismo da sua parte ter deixado o garoto perceber isso.

Mas tudo bem, porque a tacada dele não surtiu efeito, graças ao Frank, que chegou na hora certinha, antes que você deixasse o Patrick descobrir que está completamente na mão dele. Que coisa, hein, Pri? Claro que eu achei que você iria se interessar por alguém aí, mas não imaginava que seria exatamente pelo causador da sua briga com o Rodrigo. Aliás, começo a entender melhor sua atitude agora, tanto na viagem de 15 anos quanto depois, de ter escondido o beijo de todo mundo. O negócio já era meio sério desde aquela época, né? Esse garoto deve mexer muito com você.

É por isso que o Frank ter aparecido foi perfeito! O Patrick não foi embora correndo por culpa de "ter te atrapalhado mais uma vez", como disse. Foi por *frustração*. Agora ele acha o que realmente tem que achar: que você está cheia de pretendentes e que ele é apenas mais um na fila. Pode saber que neste momento ele está pensando que esse tempo todo você é que estava jogando com ele.

Então vamos lá, você vai ter que agir depressa se quiser que o Patrick vá embora desejando voltar para NY o mais rápido possível.

Acho que ele vai te dar um sinal hoje ainda. O cara está nitidamente interessado, qualquer um vê. Certeza de que o Frank ter passado aí não abalou o interesse dele em nada. Aliás, ele deve é estar lá doente pra te ligar, mas pode ser que o orgulho o impeça... Nesse caso, aguarde até as quatro da tarde. Se ele não aparecer, LIGUE para ele (não mande mensagem, tem que agilizar), dizendo que quer vê-lo uma última vez, hoje à noite, mesmo que rapidinho, apenas para se despedir. Se estiver muito sem graça, dê a desculpa de que tem algo para ele em agradecimento por ter te ajudado com o esquilo (aliás, não inventa de trazer esse bicho pro Brasil, estou avisando que aqui em casa ele não fica!).

Ele vai topar, não tenho dúvidas. Ao chegar ao encontro, caso ele pergunte o que você tinha para ele, diga apenas que era um cartão de agradecimento e que esqueceu em casa na pressa de sair. Na verdade, ele não vai nem se lembrar disso, já que você vai encontrá-lo produzida, bonita, cheirosa como ele jamais te viu, entendeu?! Mas vai de casaco, Priscila, isso é uma ordem! Não quero que você pegue um resfriado! Vi no noticiário sobre a nevasca fora de época que aconteceu aí na noite passada!

No encontro, não toque no nome do Frank, finja que esqueceu que a visita dele aconteceu. Mas aja como ele está te enxergando agora (e também na época da sua excursão): como uma garota especial, cheia de vida, requisitada... Pare de agir como se fosse uma coitadinha injustiçada pelo destino! Você não é! Muito pelo contrário, está em New York, solteira, estudando Teatro, com dois gatinhos te desejando... Mais sortuda eu desconheço!

Por fim, explique que tem que ir embora cedo para ensaiar pra tal seleção. E então diga que adorou passar essa semana com ele e que algum dia, quando for a Orlando, vai procurá-lo...

O resto depende de você. Se quiser mesmo quebrar o feitiço do celibato que o Rodrigo te rogou, dê um beijinho perto da orelha, demore um pouco mais, e em seguida olhe para a boca dele. O cara não é bobo, vai saber o que fazer e não vai perder tempo, sabe que é a última chance. Vou repetir: ele está louco por você! Já demonstrou isso várias vezes, apesar do joguinho que tentou fazer.

Viu só? Você pode até achar que sua mãe está velha, mas acho que no quesito sedução ainda sou melhor do que as novinhas!

Não envergonhe a Priscila de 13 anos, que conseguia conquistar qualquer um que quisesse...

Beijocas, me dê notícias assim que voltar pro seu apartamento! Quero dizer... Você volta hoje, né?

Mamãe

De: Samantha <sambasam@email.com>

Para: Priscila <pripriscilapri@aol.com>

Enviada: 27 de fevereiro, 13:15

Assunto: Conselhos da sua mãe

Oi, Pri, sua mãe me narrou os últimos acontecimentos. Desculpa por não ter respondido suas mensagens, ela te explicou que o Rodriguinho teve febre, né?

Ai, Pri, ser mãe é muito bom, mas é tão difícil ao mesmo tempo! É como ter o coração batendo no peito de outra pessoa. Se fosse possível, gostaria de sentir todas as dores no lugar dele, para poupá-lo. Na verdade eu já sinto, com certeza vê-lo doente dói bem mais em mim!

Por favor, não pense que estou dizendo isso para te desestimular a ser mãe algum dia. Eu não abriria mão disso por nada! Depois que ele nasceu, percebi que todos os amores que eu já vivi (incluindo seu irmão) eram mera imitação de afeto, algo que não chega aos pés desse sentimento imenso que sinto agora quando penso ou vejo o meu filhinho. Um dia, se tiver filhos (por favor, os tenha), você vai entender.

Mas vamos ao que interessa, seu caso com o Patrick! Fiquei meio mal por não ter te ajudado prontamente, mas ainda bem que só vi as mensagens depois, senão não ia conseguir mais dormir nem com anestesia geral! Nem na época que ainda estava paquerando o Rodrigo, mil anos atrás, você me mandou ir com o notebook pro banheiro...

Como disse, ser mãe é ótimo, casar é legal, mas QUE SAUDADE dessa emoção toda da paquera! Por isso estou adorando reviver essas sensações através de você.

Aliás, Pri, depois que conversei com sua mãe, entendi perfeitamente por que você está tão interessada pelo Patrick, e não pelo Frank. Obviamente o gringo tem mais a ver com o Rodrigo, né? Menino bonzinho, gosta de você, gosta de agradar... E isso você já teve por anos. Nesse momento eu também acho que você tem que passar o tempo é com os Patricks da vida. Deixa esse Frank mais pro futuro, quem sabe?

A Lívia me encaminhou o e-mail que ela te mandou. Adorei! Acho que sua mãe fez doutorado na arte da conquista. Ainda assim, eu mudaria umas duas coisinhas...

1 - Não fica esperando que ele apareça, não! Pra que essa tortura?? Você não precisa disso! Concordo com a Lívia, ele está fisgadinho, vai adorar encontrar hoje à noite com você. Liga AGORA de uma vez, você precisa de tempo pra se arrumar! Aliás, concordo com sua mãe nisso também, vá maravilhosa!

2 - Nada de dizer que tem que ir embora cedo! O gatinho já viaja amanhã! Vocês não moram na mesma cidade, sei lá quando vão se encontrar novamente... Por isso, aproveite o máximo possível. Tire o atraso do tempo que ficou sem namorar, deixe seu corpo comandar pelo menos uma vez, faça com que essa noite seja inesquecível. Vai por mim, lá na frente, quando você estiver casada, cansada e com o filho bebê doente em casa, vai ter muita saudade de quando era totalmente livre, sem ter que prestar contas e sem ninguém dependendo de você.

Ai, ai, vou até tomar um banho frio. Fiquei com calor só de me imaginar no seu lugar!

APROVEITA, Pri! E me liga assim que puder. Não vejo a hora de saber como vai terminar esse episódio!

Mil beijos!

Sam

P.S.: Pelo que sua mãe me disse, você também tinha a colocado na geladeira. Que bom que entendeu que a gente quer participar e só deseja o seu bem!

P.S. 2: A cada e-mail, a cada conversa, fico com mais saudade de NY! Já falei isso algumas vezes, mas vou repetir: quando seu sobrinho fizer um ano, EU VOU TE VISITAR! Preciso voltar a me sentir uma pessoa (e não apenas uma teta ambulante).

P.S. 3: Você só volta amanhã, né? ☺

29

Rafael: E de repente pensei que talvez o que eu procurava estivesse bem na minha frente esse tempo todo. Talvez tenhamos feito toda essa jornada maluca só para encontrar o caminho de volta um para o outro.

(Jane the Virgin)

Oi, Pri, desculpa por ter saído correndo hoje cedo, fiquei com receio de me atrasar para o último dia da excursão. E acho que por isso mesmo eu estava meio nervoso, não devia ter falado algumas coisas que falei pra você. Podemos conversar sobre isso mais tarde? Patrick

Eu de novo. Vou entender se você não quiser me ver, sei que deve ter ficado com uma má impressão de mim. Mas eu realmente gostaria de te encontrar uma última vez antes de voltar pra Orlando. Já estou com saudade. Beijo! Patrick

"Pode ir tranquila, eu cuido do esquilinho! Você está maravilhosa, meu vestido caiu muito bem em você. Tem certeza de que não quer levar um casaco grosso? Hoje não está tão gelado quanto ontem e o vestido é de lã com mangas compridas, mas ainda está bem frio. Sua mãe está certa, você pode pegar um resfriado. E, em plena semana de ensaio das audições para o musical, isso não seria nada legal..."

Balancei a cabeça para a Sabrina, explicando que eu não ficaria do lado de fora de lugar nenhum. Iria de táxi direto para a Times Square, onde encontraria o Patrick para irmos a um musical. E, de lá, eu voltaria para casa. Além do mais, o vestido era tão bonito que eu queria exibi-lo.

Enquanto me maquiava, fiquei repassando os acontecimentos do dia.

Logo que li os e-mails da minha mãe e da Sam, eu estava disposta a não perder tempo e ligar para o Patrick. Porém, assim que peguei o celular, fiquei surpresa ao notar que tinha não apenas uma, mas *duas* mensagens dele! Então, em vez de responder, realmente liguei para ele, que atendeu imediatamente e me convidou para ir com o grupo da excursão assistir a *Aladdin*, na Broadway.

Claro que a essa altura eu preferiria um programa a dois, mas um musical não seria nada mal. Ainda mais sendo da Disney, que pelo visto estava fadada a ser cenário dos nossos encontros. Além disso, dependendo do horário que terminasse, eu ainda poderia sugerir jantar em algum lugar para nos despedirmos.

Mais cedo, o pessoal do centro de reintrodução de vida silvestre havia me ligado. Me informaram que, por causa da neve inesperada da noite anterior, estavam fazendo vários resgates e perguntaram se eu poderia ficar mais uns dias com o esquilo, já que eles haviam recebido a informação de que eu era *veterinária*!

Expliquei na mesma hora que eu tinha cursado menos de um período, mas acho que estavam com muito trabalho e precisando de todo tipo de ajuda. Como se nem mesmo tivessem me escutado, agradeceram, pediram que eu continuasse seguindo as instruções da clínica e disseram que entrariam em contato quando fosse possível agendar uma data para o recolhimento do esquilo.

A princípio fiquei receosa, sem saber se conseguiria cuidar dele direito. Mas a Sabrina me lembrou que a clínica veterinária estava pertinho, que eu poderia correr com ele para lá se acontecesse qualquer coisa.

No fundo eu sabia que não precisaria. Ele estava bem, e eu ia cuidar dele como se fosse um dos meus bichinhos. Seria até bom para matar um pouco a saudade.

A Sabrina, que voltou pouco depois de o Patrick ir embora, contou que o Frank chegou ao apartamento deles bem nervoso, trocou de roupa em dois minutos e saiu para trabalhar, mesmo tendo dito antes que, por causa da neve, iria fazer *home office* naquele dia. Apenas quando disse que ele tinha levado café da manhã para mim e se deparado com o Patrick foi que ela entendeu a razão. Pelo visto, ele queria ficar o mais distante de mim possível, não queria estar nem no mesmo prédio, ainda que morássemos em andares diferentes.

"Talvez seja melhor assim, pra ele desencanar de você de uma vez!", ela disse depois de eu ter contado tudo que tinha acontecido.

Porém, em vez de alívio, senti tristeza. Por mais que estivesse feliz de encontrar o Patrick, havia passado o dia inteiro com a consciência pesada por ter chateado o Frank de alguma forma.

O táxi chegou ao teatro dez minutos antes do horário combinado com o Patrick. Desci me sentindo nervosa e para esperar entrei em uma loja de sapatos que ficava bem em frente. Aproveitei para me olhar no espelho. Por causa do frio, minhas bochechas estavam rosadas; e meus olhos, um pouco lacrimejantes. O Rodrigo dizia que, quando isso acontecia, eles ficavam esverdeados... Eu nunca tinha concordado com ele, mas agora eles pareciam mesmo diferentes.

A roupa da Sabrina tinha de fato sido uma boa escolha, mas eu tinha que dar o braço a torcer... Eu estava sentindo um pouco de frio. Por isso, fiquei fazendo hora dentro da loja, fingindo estar olhando algumas botas. Poucos minutos depois, reconheci a excursão do Patrick se aproximando da porta do teatro. Os monitores estavam ladeando os turistas, tentando fazer com que formassem uma fila, mas não consegui enxergar o Patrick em lugar nenhum.

Bem nesse momento, meu celular vibrou. Era uma mensagem dele. Cliquei para ler meio apreensiva. Teria acontecido algum imprevisto? Ele não viria?

Fiquei aliviada ao notar que era apenas a foto de um ingresso, provavelmente o meu. Outra mensagem chegou em seguida.

Já comprei o seu ticket, troquei o meu para nos sentarmos juntos.
Está chegando? Patrick

Olhei novamente para o grupo. Lá estava ele. Com o celular na mão e olhando para os lados, como se estivesse procurando alguém. Sentindo um arrepio por dentro, saí da loja e atravessei a rua. Ele me viu imediatamente e abriu aquele sorriso lindo, no qual eu havia pensado tanto durante o dia.

Assim que me aproximei, ele me abraçou, deu um beijo no meu rosto e, se virando para o grupo, falou: "Já conhecem a Priscila, né?".

A maioria só respondeu que sim, sem dar muita importância, pois, sempre que eu aparecia, ele perguntava a mesma coisa... Porém alguns disseram: "Sua namorada, já conhecemos, sim!".

Ele apenas balançou a cabeça, não fez a menor questão de corrigir como das outras vezes...

Assim que me entregou o ingresso, perguntei quanto tinha sido, para que eu pudesse reembolsá-lo.

"Nada, é presente!", ele falou com as sobrancelhas franzidas, como se fosse óbvio.

"De jeito nenhum, sei que esses ingressos são caros!", falei, já abrindo a bolsa.

Na mesma hora ele segurou minha mão.

"Não faz isso. Olha, você pode retribuir depois da peça, indo jantar comigo, que tal?"

"Só se eu pagar o jantar!", respondi de imediato, mas ele apenas sorriu e em seguida começou a dar instruções para um dos monitores.

Entramos, e ele mostrou onde iríamos nos sentar, na lateral da penúltima fila. Depois, pediu que eu esperasse enquanto ia ver se tinha dado tudo certo com os assentos do pessoal da excursão.

Assim que ele se afastou, olhei para os lados e senti novamente a emoção que havia vivenciado ao ver *Cats*. O palco, o cenário, os olhares cheios de expectativa da plateia... Me apresentar ali era algo que eu nem ousava sonhar. Certamente seria a maior realização da vida!

"Desculpa, nossos lugares não são tão bons", o Patrick falou ao retornar, se sentando ao meu lado e me fazendo voltar à realidade. "O grupo vai ficar lá na frente, pois compramos os ingressos no ano passado, quando fechamos a excursão. Mas estes aqui são os melhores que conseguimos hoje."

Aqueles assentos de fato eram bem diferentes dos que o namorado do professor Ricky tinha nos dado para *Cats*. Mas, na verdade, apesar de estar muito animada para o musical, o que mais interessava ali não era bem isso...

"Mas prometo que a companhia vai valer a pena!", ele completou, como se estivesse se desculpando. "Sei de curiosidades sobre a peça e sobre os atores que você vai adorar, privilégios de guia turístico!"

"Patrick, presta atenção, eu estou muito feliz de estar aqui, estaria mesmo que tivesse que assistir à peça em pé!", falei, apertando a mão dele, para que soubesse que eu estava falando sério. "Mas não acho certo você perder o seu lugar lá na frente pra ficar aqui atrás comigo. Pode ir lá, no final da peça a gente se encontra..."

"Tá bom!", ele falou, se levantando prontamente, me deixando perplexa. Eu tinha falado da boca para fora. Eu achava mesmo injusto, mas queria assistir perto dele! Porém no segundo seguinte ele se sentou outra vez, dizendo: "Ops, acho que não vai ser possível. Primeiro porque, como te disse, troquei meu ingresso, então onde eu ia ficar provavelmente já está ocupado. Mas, principalmente, porque eu não deixaria de estar sentado perto de você nem se me oferecessem o camarote mais VIP do mundo, tipo aqueles *all inclusive*, com celebridades... Não que tenha isso aqui, mas acho que deu pra entender o quanto eu quero ficar do seu lado".

Ficamos por um tempo nos olhando, então assenti devagar e disse: "Eu também quero que você fique do meu lado".

Bem nesse momento as luzes se apagaram, e o terceiro sinal tocou, indicando que a peça iria começar. Ele então passou o braço por trás das minhas costas e, apesar da separação das cadeiras, me puxou um pouquinho mais pára perto. Eu encostei a cabeça no ombro dele e ficamos assim enquanto o palco se iluminava e a orquestra tocava os primeiros acordes.

A partir daí foi como entrar em um sonho. Aquilo ali era um verdadeiro conto de fadas... Eu já havia assistido ao desenho da Disney muitas vezes, mas ver ao vivo, com os personagens em carne e osso, era como ser transportada para dentro da história. E provavelmente fui mesmo, porque só despertei quando anunciaram o intervalo.

"Acho que você está gostando, né?", o Patrick perguntou assim que nos levantamos.

Respondi que gostar era muito pouco, eu queria morar naquele teatro para poder assistir de novo e de novo e de novo...

Ele riu, e então nos separamos. Ele tinha que checar o grupo da excursão, e eu queria ir ao banheiro. Porém logo vi que a fila estava gigante, então resolvi esperar esvaziar um pouco e fiquei olhando uns *souvenires* da peça. Foi quando ouvi uma voz conhecida por perto. Me virei e avistei a Susie Strasberg, a diretora da minha escola de Teatro.

"Priscila Panogopoulos! Que surpresa te encontrar aqui! Gostei de ver, usando o fim de semana para adquirir experiência."

"Oi, Mrs. Strasberg!" Se ela estava surpresa, imagine eu... "Pois é, estou tentando assistir a todos em cartaz na Broadway!"

Não era mentira, apesar de aquele ser apenas o segundo da grande lista...

"Que ótimo! Quais outros você já viu?", ela perguntou, parecendo interessada.

Congelei por um instante, tentando catalogar mentalmente algumas outras às quais eu queria assistir, sem saber se mentia que já tinha visto ou se dizia a verdade, mas bem nessa hora o Patrick apareceu ao meu lado.

"Boa noite", ele disse educadamente para a Susie e em seguida me olhou, esperando ser apresentado.

"Este é o Patrick, um amigo do Brasil", falei depressa, olhando dele para ela, feliz pela distração e torcendo para que o assunto dos musicais não fosse retomado. "E esta é a Mrs. Strasberg..."

Antes que eu explicasse quem ela era, o Patrick estendeu a mão.

"Muito prazer, li tudo sobre sua escola e sobre como você a fundou, junto com seu marido nos anos 70. Li também a respeito do método inovador de ensinar que vocês criaram, que inspirou várias outras escolas do país e do mundo. Parabéns pela dedicação! Com certeza sua experiência como atriz e diretora são um grande diferencial nesse mercado. A Priscila é muito sortuda de poder estudar no mesmo local que formou tantos artistas talentosos!"

Não sei quem ficou mais desconcertada, eu ou ela. Eu não tinha a menor ideia de que ele sabia de todas aquelas coisas! Aliás, nem eu sabia tanto assim!

"Ah, muito obrigada!", ela respondeu após um breve momento. "Sim, é um lugar muito preparado para desenvolver o talento de atores e futuros atores. Inclusive vim aqui hoje para prestigiar uma das atrizes que estudou na escola. Você também é da área?"

"Ah, não, sou muito tímido para isso!", ele disse com uma expressão envergonhada, me deixando ainda mais confusa. "Sou apenas um admirador da arte. Na verdade, atualmente moro em Orlando, mas aproveitei que estava na cidade para encontrar a minha *amiga* e ver um musical com ela, já que sei que logo, logo ela não estará apenas na plateia. Com certeza você já ouviu a voz de diva que ela tem ao cantar... Sem contar a presença de palco!"

"Ainda não tive o prazer de presenciá-la cantando...", a Mrs. Strasberg respondeu, me analisando, "Mas logo terei a oportunidade. Sou uma das juradas da audição de *Wicked* do qual a Priscila vai participar."

O Patrick franziu as sobrancelhas por um segundo, nós não havíamos conversado sobre o assunto e por isso ele não tinha a menor ideia do que era. Ainda assim, ele disse: "Você vai adorar! Aliás, essa seleção vai ser aberta ao público?".

Ela balançou a cabeça e explicou que era apenas para o núcleo escolar, para não desconcentrar os alunos. Em seguida falou: "Preciso voltar para o meu lugar agora, o segundo ato já vai começar. Gostei de te conhecer, Patrick, aproveite a visita à cidade".

Ele meneou a cabeça, como se fizesse uma pequena reverência, e disse que o prazer foi todo dele. Assim que ela foi para dentro do teatro, perguntei: "O que foi isso?".

"Isso o quê?", ele respondeu com aquele sorriso sapeca de sempre.

Coloquei a mão na cintura e apenas esperei.

"Ué, falei alguma mentira?", ele perguntou, sorrindo ainda mais.

"Todas! Pra começar, desde quando você é tímido?"

"Sou supertímido!", ele disse sério, mas logo sorriu novamente.

Balancei a cabeça, incrédula, mas não era hora de conversar.

"Ainda não consegui ir ao banheiro, e o sinal já vai bater", falei depressa.

Ele concordou com a cabeça, mas segurou meu braço quando me virei.

"Pri, ok, eu não sou tímido, mas acredito em todo o resto que falei. Você é a pessoa mais talentosa que conheço. E pesquisei sobre sua escola... Sei lá, foi uma forma de me sentir mais perto de você. Por isso sabia que aquela senhora era a proprietária." Ele parou por uns segundos e então completou: "Claro que eu tinha que comentar com ela sobre suas habilidades, ela precisa te ouvir! A tal professora que disse que você canta mal obviamente tem algum problema. Você é perfeita em tudo que faz...".

Fiquei congelada olhando para ele. As pessoas passavam por nós, mas era como se estivéssemos sozinhos.

A mão dele, que ainda estava no meu braço, se tornou mais suave, e percebi que seus dedos fizeram carinho bem devagar na minha pele. Ele então segurou minha cintura com a outra mão e me puxou lentamente.

"Vocês dois têm que entrar, o segundo ato já vai começar!"

Quase dei um pulo! Eu estava me sentindo em outra dimensão. Uma moça uniformizada apontou para a entrada da plateia. Olhei para o lado e vi que, além de nós, havia pouquíssimas pessoas no *foyer*.

"Eu vou rápido ao toalete, estava esperando esvaziar", falei tanto para ela quanto para o Patrick. Ele disse que ia me esperar já sentado, e a moça pediu que eu me apressasse.

"Você não vai querer perder a parte mais bonita do musical", ela explicou.

Assenti e fui depressa para o banheiro, que agora estava completamente vazio. Me vi de relance no espelho. Eu estava com as bochechas vermelhas, provavelmente um reflexo do meu coração, que ainda estava acelerado.

Em três minutos eu já estava de volta à plateia. As luzes se apagaram exatamente quando me sentei ao lado do Patrick, que novamente passou o braço pelos meus ombros.

E então mais uma vez fui arrebatada por aquele show de luzes, música e interpretação. De repente, ouvi os primeiros acordes de uma canção que eu conhecia muito bem, uma das minhas preferidas da Disney. Com surpresa, vi que um tapete voador literalmente começou a sobrevoar parte da plateia enquanto os atores cantavam "A Whole New World". E concordei totalmente com a funcionária do *foyer*, eu não podia mesmo perder aquilo. Nunca havia visto algo tão lindo!

Sem querer, senti lágrimas nos olhos, não sei se pela beleza da cena ou pela letra da música, que eu já tinha ouvido e cantado mil vezes, mas que naquele momento parecia encaixar perfeitamente no que eu vinha vivendo.

Provavelmente notando que eu estava emocionada, o Patrick me puxou um pouco mais para perto e ficamos assim, abraçados, até quase o final da música, quando ele cantou baixinho em meu ouvido: "*Let me share this whole new world with you...*"*.

Levantei os olhos e, mesmo no escuro, vi que ele estava me olhando. Em seguida passou os dedos pelo meu rosto, enxugando minhas lágrimas, mas logo eles desceram e acariciaram a minha nuca. Suspirei, fechei os olhos e no segundo seguinte senti os lábios dele nos meus. E foi como voltar ao passado.

Não estávamos mais em um teatro com centenas de pessoas em volta, e sim no playground de um hotel, sozinhos e completamente hipnotizados um pelo outro. Mas, dessa vez, não interrompi. E ele me beijou até a música acabar.

Sabrina, não me espera, vou demorar. Amanhã te conto tudo. Beijo, Pri

Mãe, não me espera, vou demorar. Amanhã te conto tudo. Beijo, Pri

Sam, não me espera, vou demorar. Amanhã te conto tudo. Beijo, Pri

* "Deixe-me dividir este mundo completamente novo com você..."

30

Jane: É, eu entendo. É assustador ter sentimentos novamente por alguém. Mas, quando se trata de amor, sempre há um risco e sempre há uma chance de você se machucar. Mas a possibilidade de dar certo vale muito a pena.

(Jane the Virgin)

1. A Whole New World (Acoustic) – Dan Berk, Emma Heesters
2. How Deep Is Your Love – Matt Johnson, Mateo Oxley
3. Throwing It All Away – Genesis

"Nossa, esfriou muito, capaz de nevar de novo!", uma das monitoras da excursão falou dois segundos antes de uma lufada de vento glacial me atingir, gelando todo o meu corpo.

Estávamos saindo do teatro, eu ainda me encontrava em um estado onírico, tanto pela peça em si quanto pelo que havia acontecido na plateia.

"Atenção, coloquem seus agasalhos." O Patrick assumiu o comando, naquele tom de coordenador de que eu gostava. E, se dirigindo aos monitores, instruiu que levassem todos direto para o hotel, onde eles poderiam jantar. Ele não queria que ninguém chegasse doente ao Brasil.

Os monitores atenderam prontamente, e só então ele notou que eu estava tremendo da cabeça aos pés. Eu já tinha perdido a conta das broncas mentais que havia me dado por não ouvir minha mãe e a Sabrina. Era óbvio que eu deveria ter levado um agasalho!

"Você está gelada!", ele disse, já tirando o próprio casaco para me entregar. Só que, por baixo, ele estava com uma blusa de manga curta. "Fique com isso. Nem acredito que bem hoje eu não trouxe uma blusa de frio extra!"

"Não faz isso, Patrick!", falei, segurando a mão dele. "Você não tem culpa de eu não ter vindo com uma roupa mais quente, não tem que passar frio por minha causa."

"Faço questão! Não quero que você adoeça, não pode perder aulas, tem a tal seleção..."

"Audição", corrigi. "Olha, agora é você que está tremendo. E parece que vai chover a qualquer minuto!"

Meio impaciente, ele se vestiu novamente, mas em seguida me abraçou, me envolvendo também com o casaco.

"Pri, meu hotel fica a dois quarteirões daqui, é bem perto. Não tem a menor condição de você ficar assim. Vamos até ele que pego outra blusa pra você. Inclusive podemos jantar no restaurante de lá."

Suspirei frustrada. Eu não queria jantar junto com o pessoal da excursão! Eu tinha ouvido bem quando o Patrick mandou que os monitores os levassem para lá. Eu estava sonhando com um lugar romântico e aconchegante, para continuarmos o que havíamos começado no teatro. Aliás, desde que as luzes se acenderam, ele havia voltado a me tratar como uma amiguinha... Pelo visto, não queria misturar a vida pessoal com a profissional.

Mas não tive escolha, realmente estava muito frio. Aquilo era muito bom para eu aprender a escutar as pessoas que queriam meu bem.

O hotel era bem perto. Em menos de dez minutos estávamos lá, apesar de termos andado um pouco devagar, por estarmos compartilhando o mesmo agasalho.

"Se quiser, pode esperar aqui embaixo", ele falou, chamando o elevador. "Vou bem rapidinho. O restaurante é logo ali, já pode até olhar o cardápio."

Me virei para os lados. A recepção estava bem cheia. Uma chuva fina tinha começado, e parecia que todos queriam um lugar quente para se abrigar. Além disso, o restaurante estava lotado. Vi inclusive que o pessoal da excursão estava em pé, esperando vagar alguma mesa.

"Vou com você!", falei depressa. "Quero me certificar de que não vai desfazer sua mala inteira para achar um moletom pra mim. Qualquer coisa serve..."

Ele riu, mas percebi que ficou calado. No elevador, fez questão de se posicionar do lado oposto a mim, apesar de estarmos sozinhos. Por sorte, ele estava no terceiro andar, então não demoramos a chegar.

Entramos no quarto e notei que a mala dele já estava fechada e a mochila, ao lado, também. Em cima da cama, apenas um notebook, que por sinal estava ligado, e umas folhas de papel. Ele devia estar trabalhando antes de sair.

"Pri, vou aproveitar pra entregar essa autorização de check-out de todos da excursão pra monitora-chefe. Ela está no quarto aqui da frente, finalizando tudo, pois amanhã vão sair muito cedo para o aeroporto", ele disse, pegando uma das folhas. "Você espera só um minuto? Fique à vontade!"

Assenti, mas não fiquei nada à vontade. Assim que ele saiu me sentei na cama e passei a olhar para as paredes, para o chão, para o teto... Mas então um barulho no computador dele atraiu a minha atenção. Dei uma olhada rápida e vi que tinha acabado de chegar um e-mail.

Tentando conter minha curiosidade, respirei fundo, olhei novamente para os lados... Mas meu olhar foi atraído mais uma vez para o notebook e, no início do tal e-mail, pesquei a frase: "*Medo de se apaixonar?*".

Aquilo foi demais para mim. Eu não estava fazendo nada errado, né? Afinal, o notebook estava ali, na altura dos meus olhos! Quero dizer, não tão na altura assim... Tive que me abaixar um pouco. Mas a mensagem estava escrita em caixa-alta, então não foi nada difícil ler.

De: RD <RD@a+turismo.com.br>

Para: Patrick <patrick@a+turismo.com.br>

Enviada: 27 de fevereiro, 22:45

Assunto: Re: Notícias

MEDO DE SE APAIXONAR? VOU TE CONTAR UMA COISA: VOCÊ JÁ ESTÁ APAIXONADO POR ELA, DESDE OS 17 ANOS! APROVEITA AGORA, A DISTÂNCIA VOCÊS RESOLVEM DEPOIS. E NÃO SE PREOCUPE COM ESSES OUTROS GAROTOS, MEU LINDO, AFINAL NINGUÉM É PÁREO PRA VOCÊ!

Arregalei os olhos. Era sobre mim? E quem era essa pessoa que conhecia o Patrick tão bem? Deslizei o e-mail para encontrar o remetente, não tinha nome, porém, ao fazer isso, dei de cara com a mensagem anterior, a que *ele* havia mandado.

De: Patrick <patrick@a+turismo.com.br>

Para: RD <RD@a+turismo.com.br>

Enviada: 27 de fevereiro, 14:36

Assunto: Notícias

Tive que desligar o telefone para resolver um problema com o Henrique (sempre ele). O aviso de viagem do cartão de crédito dele tinha expirado, e ele precisava pagar uma compra. Já resolvi, não se preocupe. Te liguei de volta, mas não atendeu, então resolvi escrever pra terminar de te contar o que aconteceu...

Como te disse, saí do apartamento dela hoje cedo meio bravo. A princípio, pensei que era com ela, ou com o tal vizinho. Mas logo entendi que não tinha nada a ver com eles. Eu estava bravo comigo mesmo. Porque eu já tinha que ter entendido que não deveria me expor tanto assim. Não devia ter me mostrado tão vulnerável.

Apesar de tudo, não resisti e pedi para vê-la uma última vez hoje à noite. Ainda bem que já vamos embora amanhã! Essa menina me provoca coisas muito estranhas.

Fico com vergonha de admitir, mas estou com muito medo de me apaixonar. Ela mora longe de mim. Tem um grande amor na bagagem. Posso ler "PERIGO" em letras garrafais escrito na testa dela.

Beijo, dou notícias amanhã.

Patrick

Tive vontade de ler tudo de novo, mas vozes no corredor me alertaram. Me levantei depressa e fui até a janela, sentindo meu coração disparado. Um segundo depois ele abriu a porta e veio direto para onde eu estava.

"Pena que não fiquei em um andar alto. Tudo que a gente vê dessa janela é a rua da frente. Teve uma vez que me hospedei neste hotel e me colocaram no penúltimo! Dá pra enxergar até o Empire State Building!"

Apenas concordei com a cabeça, ainda pensando no que havia lido.

"Tá tudo bem, Priscila?", ele perguntou, estreitando os olhos. "Vou pegar a blusa pra você na minha mala e já vamos. Não se preocupe, está bem por cima, não vai atrapalhar."

Eu até tinha me esquecido disso. O quarto dele estava tão quentinho...

"Estava aqui lembrando...", falei, desenhando na janela, que estava meio embaçada por causa do contraste entre o calor do quarto e o frio lá de fora. "Da outra vez que ficamos sozinhos em um quarto de hotel, deu o maior problema."

Ele ficou calado, mas, ao olhar para trás, vi que estava sorrindo, parecendo recordar. Então se aproximou, como se estivesse interessado no meu desenho. Continuei a falar.

"Tem apenas cinco anos desde aquele acontecimento, mas parece que tem uma vida! Eu era tão inocente... Realmente não via o menor problema em ficar sozinha com você no quarto. Eu sabia que nada ia acontecer. E acho que você sabia também..."

"Sabia, sim...", ele falou atrás de mim. "Mas eu não era tão ingênuo. Tinha conhecimento do que qualquer pessoa pensaria caso nos pegasse ali. E ainda assim..."

Ele interrompeu o que ia falar, e eu o olhei por trás do meu ombro.

"Ainda assim o quê?", perguntei.

Ele deu um sorrisinho de lado e completou: "Ainda assim tive a maior dificuldade para me conter. Eu estava louco por você...".

Me virei devagar, sentindo meu coração bater ainda mais forte. Como ele continuou só me olhando, provoquei: "Pelo visto desta vez você não está tendo a menor dificuldade...".

Ele ficou sério e pegou na minha cintura.

"Não é por falta de vontade. Continuo tão doido por você quanto naquele dia, mas aprendi a me segurar. Tive que aprender. Sei que o mais sensato nessa situação é ir devagar..."

"Que situação?", perguntei sem entender.

Ele respirou fundo antes de falar.

"Por exemplo, lá no teatro. Confesso que durante o nosso beijo fiquei pensando se você não iria sair correndo lembrando do seu ex-namorado... Ou, quem sabe, do atual."

Eu já estava cansada daquilo, mas, por ter lido o e-mail, sabia que não tinha nada de joguinho, como a Sam e a minha mãe pensavam. Ele estava se sentindo inseguro, por trauma do passado e por medo do futuro. Eu o entendia, pois sentia o mesmo. Mas já tinha aprendido que, se deixasse isso me dominar, eu nunca viveria plenamente o presente.

Por isso, peguei o rosto dele com minhas duas mãos e falei bem séria, para não deixar dúvida: "Já te expliquei, mas vou falar de novo, pela última vez. Ah, e hoje estou 100% sóbria!".

Ele riu, se lembrando do que havia me dito na noite anterior. Mas logo ficou sério de novo, esperando que eu continuasse.

"Em primeiro lugar, não tem nenhum namorado atual, só namorei uma vez na vida, e você sabe disso. E sobre ele... Bom, não posso negar, de alguma forma eu sempre vou gostar do Rodrigo porque ele teve um papel muito importante na minha história. Mas em algum momento dessa última semana eu entendi que, se ainda estivesse presa a ele, não aceitaria sair com cara nenhum." Interrompi por uns segundos enquanto tirava as mãos do rosto dele e desci devagar para o peito. "Muito menos ir com ele para um quarto de hotel..."

Não precisei falar mais nada. Ele me puxou em um beijo muito intenso. E depois desse, vieram vários outros. E então todo aquele frio que havíamos passado alguns minutos antes se dissipou.

Que bom que eu não era mais da excursão, senão certamente seria expulsa. Porque aquele fogo todo que ele me provocava desde os 15 anos... Desta vez eu não tinha a menor intenção de apagar.

Excursão Orlando – NY

Parte NY

22 de fevereiro: Orlando – NY, check-in hotel, tarde livre

23 de fevereiro: Times Square, Union Square

24 de fevereiro: Central Park, 5th Avenue

25 de fevereiro: Jersey Gardens

26 de fevereiro: Wall Street, Estátua da Liberdade

27 de fevereiro: Rockefeller Center, musical *Aladdin*

28 de fevereiro: Check-out hotel, NY – SP

31

Ted: Foi então que percebemos... Não sabíamos quando íamos nos ver de novo. Acabava aqui. É engraçado. Em momentos assim, quando o que está acontecendo é demais para se lidar, às vezes é melhor...

Tracy: Não dizer nada e apenas aproveitar o tempo que resta.

(How I Met Your Mother)

Diário de Viagem

Acontecimentos marcantes de fevereiro:

2 de fevereiro - Aniversário do Rodrigo

14 de fevereiro - Cats na Broadway com a Sabrina e o Frank

16 de fevereiro - Patinação no gelo com o Frank no Central Park

22 de fevereiro - Chegada do Patrick

23 de fevereiro - Max Brenner com o Patrick

26 de fevereiro - Resgatei o Lucky com o Patrick

27 de fevereiro - Aladdin na Broadway com o Patrick ♡

28 de fevereiro - Partida do Patrick ☹

Assim como a chegada, a partida dele também veio sem que eu estivesse preparada. Tinha bastante tempo que eu não acordava nos braços de alguém, e aquela sensação boa de aconchego misturada com desejo provocou uma imensa vontade de que aquela manhã durasse mais. De que ele pudesse ficar mais.

Mas naquele momento seria impossível.

"Eu deveria ter te agarrado no primeiro dia...", ele falou no meu ouvido quando já estávamos na estação onde eu costumava pegar o ônibus para New Jersey. "Que desperdício de tempo!"

Concordei com a cabeça, em meio a um suspiro, enquanto ele me abraçava mais uma vez.

"Vou tentar voltar logo... Costumamos ter excursão para cá na Semana Santa. Caso aconteça, já vou avisar a minha mãe para me colocar na programação como acompanhante do grupo."

"Ela não vai achar estranha essa sua vontade repentina de vir a Nova York duas vezes seguidas?", perguntei curiosa. Eu sabia que a mãe dele não era boba... Na época da minha excursão me lembro que, apesar de parecer boazinha, ela ficava de olho em tudo que acontecia e era muito rígida.

"Ah, ela sabe o nome e o sobrenome da vontade!", ele disse enquanto dava beijinhos no meu pescoço.

"O quê?", perguntei, relutando para me afastar.

Ele sacudiu os ombros. "Ela sabe. Contei pra ela que ia te ver e tudo mais."

"*Tudo mais*?!" Me afastei assustada, mas ele me abraçou novamente, rindo.

"Pri, sou amigo da minha mãe", ele explicou, como se estivesse se desculpando. "Gosto dos conselhos dela. Sou filho único, você sabe. Sempre foi com ela que dividi tudo. Quando eu era pequeno, meu pai passava muito tempo na agência, e ela era minha companheira de brincadeiras, voltava a ser criança comigo. Cresci assim, compartilhando tudo com ela, inclusive os segredos..."

Fiquei surpresa. Eu também era assim com a minha mãe.

"Sabia que ela lembra e gosta muito de você?", ele continuou. "Acho que você a conquistou na época da excursão, pelo seu jeito e também por ter sido injustiçada com a mentira daquela garota. Então, antes de vir pra cá, quando contei pra ela que ainda pensava em você, ela disse que já sabia, pois eu sempre dava um jeito de te colocar nas conversas quando falámos sobre os grupos que já tivemos nas excursões... Ela vai gostar de saber que no final da viagem nos entendemos. Todo dia ela me ligava ou mandava e-mails pedindo atualizações. E com letras maiúsculas, no maior desespero!"

Então o e-mail que eu havia lido era da mãe dele! Eu tinha ficado até meio enciumada pensando que era de uma amiga...

"Patrick!", falei de repente, apreensiva. "Ela sabe do nosso beijo no playground?"

"Isso não", ele respondeu sério. "Essa é a única coisa que escondi. Com tudo que aconteceu, achei melhor ocultar esse fato. E, na verdade, foi um beijo incompleto... Bem diferente desses aqui."

E então ele me beijou várias vezes mais. Dois ônibus já tinham chegado e partido, e continuávamos ali, sem coragem de nos despedir.

"Chega, você precisa ir, vai perder o voo!", falei, o afastando de mim, ainda que sem vontade de fazer isso.

Ele respirou fundo, concordando.

"Vai pensar no que falei? De ir me visitar em Orlando?"

Fiz que sim, mesmo sabendo que aquilo seria complicado. Em primeiro lugar por ter que me dedicar ao curso. Eu não poderia simplesmente largar tudo e viajar para a Disney! Mas, especialmente, por não ter dinheiro para isso. A ajuda de custo que o meu pai me dava era apenas para alimentação e compras básicas. Para viajar eu teria que pedir mais dinheiro. E algo me dizia que ele não ia liberar nem um centavo se soubesse que era para visitar um garoto em outra cidade...

"Tem certeza de que pode ir sozinha pra casa?", o Patrick perguntou em seguida. "Queria tanto te levar, mas o tempo vai ficar apertado."

"Claro que posso, faço isso todos os dias!", falei meio brava.

Mais cedo ele tinha sugerido chamar um táxi, mas não aceitei, pois era caro e, por estar no dia da viagem de volta, acabaria saindo do bolso dele e não da "verba da excursão", como ele costumava dizer.

Ele então me olhou com uma carinha triste, e bem nesse momento um novo ônibus chegou.

"Tenho que ir, não quero te atrasar", falei, me sentindo triste também. "Pode me mandar uma mensagem quando aterrissar em Orlando avisando se chegou bem?"

Ele então me deu um último beijo e assentiu.

Entrei no ônibus e, já sentada, olhei pela janela. Ele ainda estava lá.

"Volta logo?", perguntei sem som, apenas com os lábios.

Ele entendeu e respondeu com um sorriso triste: "Assim que for possível".

O ônibus deu a partida, e o vi diminuindo, até não enxergar nada.

Me recostei no banco, fechei os olhos e comecei a pensar na minha vida. Era o último dia de fevereiro, agora eu tinha praticamente dois meses de NY, mas parecia mais...

Eu estava começando a me sentir *em casa*.

De repente, pela primeira vez naquele dia, me lembrei do Rodrigo. Como teria sido a adaptação dele no Canadá? Será que fez novos amigos logo? Morava sozinho ou tinha, como eu, algum *housemate*? E, mais importante, já teria arrumado um novo amor? Surpreendentemente, pensar nisso não me machucou, como normalmente acontecia.

Olhei a vista enquanto o ônibus fazia o caminho que ligava Manhattan a New Jersey. Peguei o meu fone de ouvido para ouvir músicas, um hábito que eu havia adquirido do próprio Rodrigo, aos 13 anos, e nunca mais larguei.

Embalada por canções que pareciam ter sido compostas para mim, fiquei tentando analisar o que eu estava sentindo. Ansiedade. Euforia. Paixão? Um pouco de tristeza. *Liberdade*. Esse último era o mais forte. Como era boa a sensação de retomar as rédeas da minha vida! Pela primeira vez, em meses, eu estava me sentindo totalmente em paz.

Deixei a música me envolver e passei a catalogar o que eu teria que fazer ao chegar em casa. Cuidar do esquilinho, produzir os vídeos para a audição, contar tudo para a Sabrina, mandar e-mails para a minha mãe e para a Sam... E ser feliz.

Sim, de repente aquele último item não me parecia mais tão distante assim...

De: Priscila <pripriscilapri@aol.com>

Para: Samantha <sambasam@email.com>
Sabrina <ssilver@mail.com.br>
Lívia <livulcano@netnetnet.com.br>

Enviada: 28 de fevereiro, 16:15

Assunto: FAQ

Boa tarde, garotas (e mamãe)! E-mail coletivo pra responder a todas as *frequently asked questions* (perguntas frequentes) de vocês de uma só vez, afinal são as mesmas dúvidas. E a partir de hoje estarei totalmente focada na audição do teatro.

- A noite foi boa?

Sim, foi maravilhosa. O Patrick é respeitador, educado, lindo, gosta de me mimar e, além de tudo (feche os olhos, mãe!), é muito gostoso! Vou guardar os detalhes para mim, mas foi uma daquelas noites que a gente nem vê passar...

- Você está apaixonada?

Não sei... Gostei muito dos dias que passei com ele, já estou com muita saudade e gostaria que ele ainda estivesse aqui. Mas estar com ele não é uma necessidade vital, entende? Não sei o que foi que o Rodrigo estragou em mim, talvez o mecanismo de doar o coração, mas o fato é que ele (meu coração) continua aqui, e não batendo no peito de outra pessoa.

Não me entendam mal, eu quero rever o Patrick o mais rápido possível, não paro de pensar nele e sei que essa nossa história ainda vai ter muitos episódios... Mas não é aquele desespero que eu sentia ao ficar longe do Rodrigo. Como se, sem ele, uma parte de mim estivesse faltando. Muito pelo contrário. Pela primeira vez em muito tempo eu estou me sentindo inteira. Como se a nuvem negra que estava em cima da minha cabeça finalmente tivesse ido embora. Como se o feitiço que eu mesma coloquei em mim, lá na minha viagem dos 15 anos, tivesse sido desfeito.

Engraçado que eu precisei voltar ao mesmo ponto onde tudo começou para finalmente me perdoar. Entendi a Pri de 15 anos, a abracei e falei para ela que tudo ficaria bem... Não tão rápido como ela gostaria, mas no tempo certo.

- Você pensou no Rodrigo ao ficar com o Patrick?

Juro que não. Eu percebi que, se pensasse no Rodrigo, um segundo que fosse, poderia estragar tudo. É inevitável compará-lo com alguém e a pessoa não sair perdendo nessa comparação. Então, simplesmente o bloqueei dos meus pensamentos. Só fui me lembrar dele quando já estava voltando para casa e, com surpresa, não doeu, como costumava acontecer.

- Você e o Patrick vão namorar?

Não sei do futuro, mas, neste momento, acho que não. Nós dois temos consciência da distância, e agora é que eu estou começando a "descongelar". Depois de namorar por quase seis anos, acho que preciso desse tempo sozinha, quero dizer, pelo menos sem ter um vínculo sério, para que eu possa entender o que eu quero. Para que eu possa realmente (e finalmente) conhecer quem eu sou.

Beijos,

Pri

32

Ted: Quando você ama alguém, você simplesmente não para. Nunca. Mesmo quando as pessoas reviram os olhos ou te chamam de louco. Mesmo assim. Especialmente assim. Você não desiste. Porque se pudesse desistir... Se pudesse apenas, você sabe, seguir o conselho do mundo inteiro, seguir em frente e encontrar outra pessoa, isso não seria amor. Isso seria alguma outra coisa descartável, pela qual não vale a pena lutar.

(How I Met Your Mother)

Menina linda, acabei de falar com você no telefone, mas continuo pensando em você. Como faz pra desligar isso? Sei que entrei nessa sabendo da distância e das outras dificuldades, mas quem mandou você ser tão irresistível assim? Agora estou aqui, repassando mil vezes por minuto os dias em que estive aí. Mal posso esperar pra te ver de novo. Mil beijos com muita saudade. Patrick

"Então vamos repassar, Priscila. Sua coreografia vai ser a do 'Jellicle Ball', de *Cats*. A música, 'A Whole New World', de *Aladdin*, e o monólogo de *Hamlet*, está certa disso?"

Assenti para o Ricky, que estava com uma prancheta, anotando tudo. Ele precisava fazer isso não por ser meu professor de Expressão Corporal, mas como meu orientador.

Assim que cheguei em casa, depois da partida do Patrick, aproveitei que a Sabrina tinha saído e já comecei a pensar no que poderia apresentar nos tais vídeos para a audição.

A música foi o mais fácil... "A Whole New World" não saía da minha cabeça desde a noite anterior, e eu sabia que conseguiria cantá-la com muita emoção. Aquele "mundo novo" onde eu estava vivendo desde o dia anterior vinha me deixando ansiosa e eufórica ao mesmo tempo, e eu já tinha aprendido que usar as próprias emoções ao encenar era algo que funcionava muito bem.

Em seguida, pensei na parte corporal. Eu tinha perdido a conta de quantas vezes havia ensaiado as coreografias de *Cats*, então fiquei pensando... Apresentar a coreografia de um musical não teria mais impacto do que criar algo para uma música qualquer? Assim eles veriam minha capacidade de aprender. Então escolhi "Jellicle Songs for Jellicle Cats", que era animada e difícil ao mesmo tempo – os jurados teriam muito o que avaliar.

Por último, me concentrei em achar o melhor monólogo. Eu já havia encenado alguns nas aulas de Interpretação, então pensei no famoso "Ser ou não ser, eis a questão", de *Hamlet*, pois o clássico nunca sai de moda. Além disso, como eu já havia precisado decorá-lo para a aula, pouparia meu trabalho.

"O que você achou?", perguntei, ao notar um leve franzido em sua testa.

"Não posso interferir nas suas escolhas", explicou. "Minha função é apenas te orientar para que apresente da melhor forma possível. Por isso, de pé!", ele disse, já se levantando também.

Estávamos na sala dele, depois do horário das aulas. Os orientadores haviam se disponibilizado para plantões com quem fosse participar da audição, e eu marquei o primeiro horário possível. Eu confiava no Ricky e sabia que a consultoria dele seria muito importante para mim.

"Primeiro vamos ver o que você preparou para o número de dança", ele falou, já indo para o aparelho de som, onde eu havia deixado a música pronta.

Ele apertou o play, e eu me senti no palco de *Cats*. Por trinta segundos dancei a abertura do musical como se centenas de pessoas estivessem me assistindo, e não apenas uma.

"Muito bom, Priscila!", ele falou quando terminei. "Se eu não soubesse, pensaria que você era parte do elenco! Não tenho nada que acrescentar. Talvez você precise apenas se soltar mais, deixe sua ginga de brasileira tomar conta, se imagine como uma gata bem flexível. Vamos repetir."

E então ele deu play na música, e novamente repeti os movimentos, tentando deixá-los mais soltos. Provavelmente consegui, pois ao final ele bateu palmas.

"Ótimo! Esse número é só treinar pra você se sentir mais segura. Mas já está perfeito. Vamos ao próximo! Que tal irmos pra Agrabah agora?"

Assenti feliz, sabendo que ele queria que eu cantasse a música de *Aladdin*. Me posicionei no local que ele havia marcado e comecei. Eu tinha uma certa dificuldade para cantar sem acompanhamento, gostava de ter instrumentos como base. Mas já na primeira aula de Expressão Vocal a Claire havia dito que o bom cantor se garantia apenas com a própria voz, e por isso os testes eram todos feitos *a capella*. Dessa forma, respirei fundo, imaginei que havia uma orquestra me acompanhando e soltei a voz, como se estivesse em um grande teatro.

Ao final, o Ricky aplaudiu.

"Muito bom, mas lembre-se de que você só tem trinta segundos. Sugiro que comece já na parte da Jasmine, que é mais aguda, assim eles poderão ver sua extensão vocal. Mas, claro, quem deve te aconselhar quanto a isso é a sua professora de canto."

Devo ter mudado minha expressão sem perceber, pois na mesma hora ele perguntou a razão da careta.

"A Claire continua me criticando...", fui sincera. "E faz isso na frente dos colegas, parece que tem prazer em me humilhar. Não me importaria se ela me corrigisse e me mostrasse como melhorar, da forma que você faz. Mas ela me olha como se eu fosse incapaz, como se não valesse gastar o tempo dela me ensinando. Já pensei várias vezes em largar as aulas de Expressão Vocal, você sabe que meu empresário orientou que eu cursasse apenas Interpretação. Me matriculei de teimosa, apenas por amar muito cantar. Só que eu gostaria de sentir que essa decisão foi correta, como sinto nas suas aulas. Eu vejo meu progresso aqui, você me incentiva a querer melhorar mais e mais. Já a Claire me faz sentir como se tivesse me enganado a vida inteira ao achar que cantava bem... Ela me faz ter vontade de desistir."

Ele franziu as sobrancelhas e se aproximou.

"Priscila, acho que já te disse que a Claire é conhecida por sua rigidez. Ela tenta extrair o máximo de cada aluno, sem se preocupar com sentimentos, o foco dela é a técnica."

"Sim, eu sei, mas a questão é que não percebo essa rigidez toda com os outros. Claro, ela é exigente, mas comigo parece que é além da conta. Teve aquela questão dos primeiros dias, da música que esqueci... Mas acho que já deu tempo de superar isso."

"Vamos lá falar com ela", ele disse, já me direcionando para a porta.

"O quê?", perguntei assustada. "Se você contar que eu te disse essas coisas, aí é que ela vai me odiar mesmo!"

O Ricky balançou a cabeça meio rindo e foi andando rápido até a sala da Claire. Corri atrás completamente angustiada, já pensando que o ideal seria mesmo renunciar àquela disciplina.

Ela abriu a porta assim que ele bateu. Pude ver que tinha uma aluna lá dentro.

"Mrs. Friesenhahn, gostaria de te pedir uma opinião sobre o número da Priscila para a audição. Sou o orientador dela, será que você tem uns minutinhos?"

Ela olhou dele para mim, notei que fez uma cara impaciente, e então falou que estava ensaiando com uma aluna.

"A gente espera!", o Ricky falou sorridente. "Estaremos na minha sala. A Priscila ainda tem que passar o monólogo mesmo, vai ser ótimo! Quando estiver livre, nos avise, por favor." E então acenou para ela e se virou. Fiquei parada por uns segundos, vi que a Claire também ficou sem reação, mas então agradeci e fui depressa atrás do meu professor.

Consegui alcançá-lo já na porta da sala.

"Viu só? Ela não me dá a mínima atenção", falei.

"Tudo que vi foi uma professora se dedicando aos ensaios de uma aluna. Você não iria gostar se estivéssemos aqui passando seus números e alguém interrompesse. Não é?"

"Sim, mas..."

Sem esperar que eu completasse, ele falou: "Vamos ao monólogo! Quero ver como você vai se sair com *Hamlet*".

Só me restou obedecer, um tanto frustrada.

Me direcionei para o centro da sala, onde havíamos combinado que seria o "palco", e comecei a recitar.

Ser ou não ser, eis a questão.
O que é mais nobre? Sofrer na alma
As flechas da fortuna ultrajante
Ou pegar em armas contra um mar de dores
Pondo-lhes um fim?

"O que é 'fortuna ultrajante', Priscila?", o Ricky me interrompeu.

"Hein?", perguntei, apenas para ganhar tempo.

"Fortuna ultrajante. O que o personagem quis dizer com isso?"

"Hum", balbuciei, coçando a cabeça. "Que a fortuna o ofende?"

Ele ficou um tempo me olhando antes de responder. Então veio até mim e pediu meu texto, que eu havia deixado no chão caso precisasse relembrar alguma parte. Peguei-o rapidamente e entreguei para ele, que começou a apontar frase por frase e explicá-las para mim.

"Este texto fala de *suicídio*. Hamlet tem uma dúvida existencial. Não sabe se deve viver ou morrer. A fortuna neste caso é o destino, que o machuca com suas flechadas impiedosas. E ele não sabe se é melhor suportá-las ou pôr ele mesmo um fim nessa dor."

Levantei as sobrancelhas assustada. Eu não tinha entendido o monólogo daquela forma. Para mim, era apenas alguém tentando superar algum mal de amor, algo que eu mesma tinha vivido...

"Você não leu a peça inteira, não é?", ele perguntou assim que compartilhei meu ponto de vista.

Balancei a cabeça devagar de um lado para o outro, meio envergonhada, certa de que tinha acabado de perder alguns pontos no conceito dele.

"Tudo bem", ele falou, segurando meu braço ao perceber meu embaraço. "Você está começando agora. Essa é uma ótima lição para se aprender no início, alguns atores só percebem isso lá na frente... Quando for interpretar, seja o que for, mergulhe no personagem. Não apenas nele, mas em sua história. Descubra o que existe de mais profundo naquela pessoa, suas paixões, seus medos, seus sonhos. Leia a peça inteira, e não apenas o seu papel. Se for baseada em um livro, leia página por página dele, e não apenas o roteiro. O que diferencia um ator profissional de um amador são duas coisas: a experiência e o grau de envolvimento. A experiência você vai ganhar apenas com o tempo. Mas você pode se envolver desde já."

Concordei, e ele então se sentou no chão e pediu que eu fizesse o mesmo.

"Você sabe algum monólogo de cor? Algum texto que faz tanto sentido pra você, que te marcou tanto, que você naturalmente o decorou? Algo que você resolveu levar com você, por se identificar de alguma forma ou apenas por achar aquelas palavras lindas?"

Comecei a pensar, mas eu não conhecia tantas peças assim. Eu realmente tinha caído naquele mundo de paraquedas. Expliquei isso para ele, que disse: "Não tem que ser de peça nenhuma! Tente se lembrar de algum poema ou de um trecho de um livro... Ou até de alguma cena de um filme que você ame".

"Pode ser de série de TV?", perguntei ansiosa e animada.

"Pode ser até frase feita de propaganda de margarina, desde que tenha algum sentido na sua vida e você consiga replicá-la com emoção."

Pensei um pouco e então falei: "Bom, tem uma parte de...".

"Não me fale", ele me interrompeu depressa. "Apenas coloque pra fora, tentando trazer todos os sentimentos que ela desperta em você."

Por uns segundos repassei aquela citação que não saía da minha cabeça, por fazer total sentido na minha vida. E mais ainda desde o fim de semana. Porque, sim, eu poderia estar bem interessada no Patrick, e poderia haver outros garotos ali na frente... Mas amor, amor mesmo? Eu sabia que era algo *bem* diferente.

Me levantei, fechei os olhos e deixei que a emoção tomasse conta de mim.

Quando você ama alguém, você simplesmente não para. Nunca. Mesmo quando as pessoas reviram os olhos ou te chamam de louco. Mesmo assim. Especialmente assim. Você não desiste. Porque se pudesse desistir... Se pudesse apenas, você sabe, seguir o conselho do mundo inteiro, seguir em frente e encontrar outra pessoa, isso não seria amor. Isso seria alguma outra coisa descartável, sobre a qual não vale a pena lutar.

Eu ainda estava me sentindo dentro daquela frase e vivenciando todos os sentimentos que ela me trazia quando o Ricky se levantou e veio até a mim.

"Veja bem, Priscila... Eu deveria, neste momento, ser seu amigo, dizer que você é muito nova e que não deveria se apegar a essa visão de amor romântico da adolescência? Sim, deveria. Eu poderia falar que você não precisa se fechar e que o amor que nasce aos poucos, seja por afinidade, atração física ou admiração, tem muito mais chance de dar certo do que aqueles que nascem já grandiosos e tomam nosso peito de assalto no primeiro olhar? Sem dúvidas poderia, pois essa é a maior certeza que tenho. Talvez um dos maiores aprendizados que obtive na vida. Só que prefiro que você guarde essas informações para depois que gravar o monólogo. Tenho certeza de que você vai amar de novo, se é que já não está amando – tenho percebido um brilho diferente no seu olhar na última semana. Te asseguro que você deve, sim, lutar por isso. Mas agora, deste exato segundo até a gravação do seu vídeo, se apegue a esse sentimento juvenil da exclusividade do primeiro amor. É com ele que você vai convencer e emocionar os jurados."

Ele parou de falar por uns segundos, como se quisesse se certificar de que eu estava acompanhando, e então finalizou: "Esqueça *Hamlet*, *esse* é o seu monólogo! Aliás, eu também adoro *How I Met Your Mother*".

Eu não sabia se estava mais surpresa por ele saber de onde era a fala ou por querer que eu a usasse no meu vídeo. Comecei a contestar, meio gaguejando, que iam me achar muito bobinha, mas bem nessa hora a Claire apareceu na sala.

"Ah, querida, obrigado por ter vindo!", o Ricky falou, indo em direção a ela. "Eu estava aqui exatamente convencendo a Priscila de que ela não precisa se preocupar com o que vão pensar das escolhas dela para os vídeos da audição. Que o que vão considerar não é o conteúdo, e sim como ela os interpreta, canta e dança. Se *Aladdin* faz mais sentido para ela do que uma ópera, é assim que tem que ser, é desse jeito que ela vai emocionar o público."

"*Aladdin*?", a Claire perguntou com as sobrancelhas franzidas.

"Vamos lá, Priscila", o Ricky falou, me posicionando. Em seguida, puxou uma cadeira para a Claire se sentar, no local onde supostamente seria a plateia. "Mostre para a Mrs. Friesenhahn o que você pode fazer com 'A Whole New World'."

Extremamente sem graça, mas sem perder tempo – pois sabia que a Claire não ia ter paciência com a minha hesitação –, comecei a cantar. Logo na primeira frase, o Ricky me interrompeu.

"Tenho certeza de que sua professora de música quer ver em você a mesma emoção de quando se apresentou para mim. Comece de novo, daquele jeito, por favor."

Respirei fundo, fechei os olhos por uns segundos e me imaginei em um grande palco. Não era mais a Priscila que estava ali, mas sim uma cantora muito famosa, que não tinha medo de errar nem de julgamentos, que sabia que sua confiança em si mesma era tudo o que precisava. Me lembrei do Patrick. Do beijo dele ao som daquela música. De como me senti em um uma nova história. E então soltei a voz, como se, em vez de apenas os meus professores, uma grande plateia estivesse ali.

Ao terminar, me virei para os dois, que estavam me olhando sem dizer nada. Arranhei a garganta, apenas para que descongelassem, e a Claire na mesma hora falou: "Já expliquei para não fazer isso, não anda prestando atenção nas aulas, Priscila? Ao tirar o pigarro dessa forma, as cordas vocais se chocam, e a longo prazo pode ser muito prejudicial para sua voz... Que por sinal é muito bonita. Acho que pela primeira vez pude notar o verdadeiro brilho dela, você fez uma boa escolha musical".

O Ricky deu o maior sorriso. Sentindo meu coração batendo forte, apenas balbuciei um "obrigada" quase inaudível.

"Claro que ainda falta muito ensaio...", a Claire continuou. "Não invente de gravar esse vídeo hoje, você ainda tem muito o que melhorar. Mas a escolha foi acertada, seu timbre combina com o das princesas da Disney. E, como elas têm um grande fã-clube, pode ser que você agrade."

Ela disse a última parte com um certo desdém, mas então se levantou, falando que me esperava no dia seguinte, após a aula, para um plantão em que ela me orientaria no que achava que eu deveria melhorar.

Assim que ela saiu, o Ricky apertou minhas mãos e, como se estivesse contando um segredo, falou: "Viu só? Ela não precisa ser sua amiga. Não precisa nem mesmo gostar de você. Mas saiba que, se você quer aprender de verdade, se quer dicas realmente valiosas para a sua carreira musical, a Claire é a pessoa. E quer saber? Acho que ela gosta de você, sim. Vi como ela te olhou enquanto você cantava. Ela pode ser muito rígida, é verdade. Mas é por querer extrair o máximo dos alunos. Por querer o melhor para você".

Assenti, torcendo para que ele estivesse certo.

"Então, tudo resolvido!", ele falou mais alto, pegando a prancheta e fazendo anotações. Seus números estão escolhidos, basta ensaiar. Ah, mostre o monólogo também para seu professor de Interpretação. Mas tenho certeza de que ele vai gostar. E antes de enviar os vídeos, por favor, me mostre para que eu veja se a parte técnica está boa. A luz e o cenário adequados são muito importantes. Estou com um bom pressentimento, acho que você pode ter uma surpresa ao final da audição..."

Prometi que ia ensaiar muito, peguei minha bolsa, e, quando estava saindo da sala, me virei.

"Ricky..." Ele desviou os olhos da prancheta para mim. "Obrigada. Por ser o melhor orientador que eu poderia querer. E por ser meu amigo também. Não vou esquecer o que você disse sobre o monólogo... Sobre o *amor*."

"Vai ensaiar, menina!", ele disse, rindo. "Agora tem que concentrar é nisso! Para o resto, você vai ter a vida inteira!"

Saí da sala dando pulinhos. Finalmente eu estava me sentindo empolgada com a audição. E com a minha vida inteira também...

33

Rumpelstiltskin: Não diga que não quer isso.

Charming: Eu não tenho escolha, tenho?

Rumpelstiltskin: Todos têm, meu caro. Apenas certifique-se de escolher a coisa certa.

(Once Upon a Time)

Orlando, 6 de março

Oi, Pri, você me disse que gosta de e-mails, pois eles podem ser lidos quando der tempo, sem a sensação de ser rastreada, sem a pressão de ter que responder logo, sem a outra pessoa saber sequer se você o recebeu. Eu poderia ter te mandado um e-mail, mas preferi usar outro método, que tem todas essas vantagens que você mencionou e no mínimo mais duas:

1- É mais romântico. Gosto de saber que você está segurando algo que esteve nas minhas mãos.

2- Dá pra mandar junto presentes físicos.

E é por isso que estou te mandando esta CARTA.

Estou amando falar com você no telefone todas as noites, mas confesso que, ao desligar, fico meio frustrado, com mais vontade ainda de estar com você. E é por essa razão, Priscila (sei que não gosta que te chamem assim e que diz que sua mãe só te chama desse *jeito quando a coisa é séria... Mas é que é bem sério o que eu tenho pra dizer), que quero te fazer uma proposta. Pense direitinho, não precisa dar a resposta imediatamente, tá?*

Você sabe que estou com muita saudade, voltei há apenas seis dias, mas parece bem mais. Então, queria saber se você consideraria vir me visitar aqui em Orlando, pelo menos por um fim de semana. Claro que sei que sua prioridade é o curso de teatro, não quero te atrapalhar de forma alguma. Mas, quem sabe, depois que a audição passar? Seriam só uns dias, pra matar a saudade mesmo...

Como disse, não precisa responder agora, take your time. * *Mas já estou te mandando um voucher da A+ Turismo (é reembolsável, não se preocupe) para que você saiba que minha proposta é pra valer. Já está no seu nome, você pode usá-lo para marcar as passagens de ida e volta para o fim de semana que quiser, nos próximos três meses.*

Espero que você aceite. Na verdade o presente não é pra você, e sim pra mim...

Mil beijos!

Patrick

"Não acredito que ele te mandou passagens de avião! Você vai já no próximo fim de semana, né?"

Estávamos no final da aula. Eu tinha recebido a carta do Patrick logo pela manhã, ao sair de casa, e minha intenção era abri-la só ao voltar. Mas eu estava tão nervosa enquanto esperava o Ricky terminar com uma turma para avaliar os meus vídeos que resolvi lê-la logo, para distrair.

---

* Não tenha pressa.

Olhei para a Sabrina, incrédula.

"Ficou maluca? O prazo da audição se encerra nesta quinta, dia 12 de março, em três dias! Não estou nem pensando nessa possibilidade!"

Dessa vez foi a Sabrina que me olhou como se eu tivesse fugido de um hospício.

"*Hello*? Exatamente por isso que você pode ir! Nós passamos o fim de semana inteiro gravando nossos vídeos, estão prontos para enviar hoje, segunda-feira, dia 9 de março! O que te impede de viajar na sexta-feira, depois das aulas, pra passar o sábado e o domingo com o gatinho? É até bom, porque sei muito bem que depois do envio você vai ficar superansiosa esperando o resultado da seleção!"

Não era por falta de vontade. Na verdade, eu havia ficado sensibilizada com o convite, mas não podia correr o risco de algo dar errado. Imagina se de repente eu notasse algum defeito nos vídeos, se o e-mail desse problema e não recebessem, se solicitassem algum documento de última hora... Eu não conseguia pensar em mais nada nesse momento. Nem mesmo no Patrick.

Falei isso para ela, que respondeu: "Você é louca. Pergunta pra ele se eu posso usar a passagem no seu lugar? Acredita que não conheço a Disney? Podíamos ir juntas, né? Não agora, claro, não tenho a menor intenção de estragar seu fim de semana romântico, mas antes da gente voltar para o Brasil! Aliás, me dei conta de que estamos quase no meio da nossa estadia. Em julho já voltamos. Está passando muito rápido... Bem que o Ruy podia ter dado um curso de um ano pra gente, em vez de apenas um semestre!".

Suspirei. Estava passando rápido mesmo, e eu não gostava nem de pensar nisso, não estava com a menor vontade de voltar. Pela primeira vez em quase um ano eu estava me sentindo bem de verdade. Tinha receio de retornar e me afogar novamente em lembranças que eu preferia esquecer.

"Sabrina, vou fazer do jeito certo. Primeiro focar no curso, depois no lazer. Não tenho cabeça pra ir neste fim de semana. E também prefiro esperar a saudade apertar mais um pouco...

Tem só nove dias que ele foi embora. Não é melhor dar um tempo maior em vez de juntar dois encontros e depois termos que ficar meses sem nos ver?"

"Deus me livre! Quando você assume esse ar capricorniano, tenho vontade de fugir. Pra que ser tão prática assim? Agora é agora, depois é depois! Vocês dão um jeito, ele volta com outras excursões pra cá, sei lá..."

Comecei a rir do desespero dela e aproveitei para perguntar como ela e o Scott estavam. Na escola eles só se viam durante as aulas de Interpretação, mas estavam se encontrando bastante em outros horários.

"Estamos bem, e, ao contrário de você, já até fizemos planos para depois que eu voltar pro Brasil! Ele vai me visitar em setembro, aí eu volto pra cá pra passar o Natal com ele. Na verdade, ele queria que fosse o contrário, mas nunca que eu ia perder New York no Natal! É tudo tão lindo, tão iluminado, tão brilhante! Me sinto dentro de um daqueles filmes românticos com neve..."

Devia ser lindo mesmo, eu já tinha visto vários episódios de séries passados nessa época, e dava vontade de entrar na tela. Mas eu nem queria pensar nisso. Sabia que só iria vivenciar mais uma estação em NY, a primavera, que inclusive já estava começando a aparecer, com o frio dando lugar a algumas flores. Pelo que tinham me dito, em breve a cidade estaria toda colorida, e eu mal podia esperar. Com sorte eu também veria um pouquinho do verão, já que voltaria para o Brasil no começo de julho.

"Vamos lá, Priscila?"

Assenti depressa para o Ricky e disse para a Sabrina que depois a gente conversava. Fiquei muito concentrada prestando atenção à expressão facial dele enquanto analisava meus vídeos, para tentar adivinhar se estava gostando ou não. Depois de assisti-los, o Ricky disse que minha atuação, canto e dança estavam impecáveis! Segundo ele, eu poderia enviar tudo e ter grandes esperanças.

Só aí, ao sair da escola, foi que me lembrei novamente da carta. Peguei meu celular para mandar uma mensagem para o Patrick. No dia anterior, eu tinha enviado os vídeos para ele, que pediu para eu avisar quando meu professor visse também. Ele estava curioso para saber se o Ricky iria gostar tanto quanto ele. Além disso, eu também queria contar que tinha recebido a "proposta" dele pelo correio e que tinha amado, mas precisaria deixar para um pouquinho mais para a frente.

Foi quando me lembrei que a Sabrina não tinha me devolvido a carta. Na pressa para saber a opinião do Ricky, eu havia entrado na sala sem pensar em mais nada. Por isso, guardei o telefone e fui atrás da minha amiga.

Eu a encontrei já na saída, no maior beijo com o Scott. Fiquei meio sem graça, pensei em arranhar a garganta só para notarem minha presença, mas me lembrei do que a Claire havia dito a respeito das minhas cordas vocais. Então apenas esperei, tentando me virar para todos os lugares, apesar de o meu olhar ser continuamente atraído para aquele beijo. Involuntariamente me lembrei do Patrick. Dos beijos que havíamos trocado. E dos que poderíamos trocar assim que eu aceitasse o convite dele.

Depois do que pareceram horas, mas que na verdade não passaram de alguns segundos, eles me viram. Não perdi tempo.

"Desculpa incomodar vocês...", falei depois de cumprimentá-los. "Sabrina, você ficou com a minha carta, né? Queria ler mais uma vez, antes de responder."

A Sabrina me olhou parecendo perdida, então procurou na mochila, depois na bolsa e só então disse: "Não fiquei, não... Acho que você guardou nas suas coisas. Depois que o Ricky te chamou eu vim direto aqui pra fora e fiquei esperando o Scott sair".

"Ela não estava com nada na mão quando eu cheguei", ele confirmou.

Franzi a testa, preocupada. Será que eu havia deixado no corredor, onde estávamos sentadas antes de o Ricky me chamar? Entrei de novo na escola e fui direto para lá. Por estar com os olhos fixos no chão, só percebi que a Sabrina havia me seguido quando trombei nela.

"Tem certeza de que não a levou para a sala do Ricky?", ela perguntou com as mãos na cintura. "Aqui não está, é um envelope grande, já teríamos encontrado..."

Balancei a cabeça, negando, mas ainda assim voltei para a sala de Expressão Corporal. Eu andava um pouco aérea, talvez tivesse feito isso sem perceber.

O Ricky estava terminando de fechar as janelas e afirmou que eu só tinha entrado com a minha mochila, sem segurar nada nas mãos. Mesmo assim, me ajudou a olhar em cada canto da sala. Mas não estava em lugar nenhum.

"Quem sabe alguém encontrou e deixou na secretaria?", ele sugeriu.

Agradeci e fui direto para lá. Porém, mais uma vez, saí frustrada. Ninguém tinha entregado nada perdido naquele dia.

"Pri, não fica assim, o Patrick vai entender...", a Sabrina falou quando já estávamos voltando para casa. Eu estava tensa e chateada. Não queria ter perdido a carta dele. Muito menos o tal *voucher* – imagina se alguém o usasse para marcar um voo?

Quando telefonei mais tarde, ele de fato entendeu. Primeiro fiz questão de agradecer, falei que tinha adorado e que eu queria encontrá-lo assim que possível. Depois, juntando toda minha coragem, contei que havia perdido a carta e seu conteúdo.

"*Estou muito preocupada de alguém usar o* voucher", expliquei, sentindo até vontade de chorar. Eu não queria que alguém se aproveitasse do meu presente. E eu queria mesmo usá-lo.

Percebendo meu tom de choro, ele logo respondeu: "*Que isso, Pri, não tem esse risco... Não precisa ficar assim. O* voucher *é nominal, está com seus dados. Para usá-lo teria que ser uma pessoa exatamente com o mesmo nome e o mesmo sobrenome que o seu... E acho que não existe no mundo nenhuma outra Priscila Vulcano Panogopoulos. Você é única!*".

Em seguida ele disse que iria cancelar o *voucher* e que, como não era mais surpresa, ele nem precisaria me mandar outro, bastava dizer em qual fim de semana eu gostaria de ir que ele mesmo marcaria minha passagem.

Fiquei meio sem graça, falei que precisava esperar o resultado da audição, pois, se eu passasse, teria que estudar muito para a segunda etapa, que era presencial.

Foi a vez dele de parecer chateado: "*Ah. Tudo bem então...*".

"Patrick... Eu amei sua carta, seu presente... Mas você sabe, vim aqui pra estudar. Preciso colocar isso em primeiro lugar."

Ele respondeu que compreendia, mas deu um jeito de desligar logo, dizendo que estava cheio de compromissos no trabalho.

Pelo resto do dia fiquei inquieta. Assisti mais umas cem vezes a cada um dos vídeos com minhas performances, abri e fechei a geladeira sem pegar nada de dez em dez minutos, lavei toda a louça acumulada da cozinha numa tentativa de me ocupar... Mas foi quando eu comecei a ver um seriado e desliguei cinco minutos depois, por não conseguir me concentrar, que a Sabrina resolveu intervir.

"O que está rolando, Pri? Ainda é tensão por causa da audição? Todos os professores já não falaram que você tem chance? Até a Claire gostou, o que mais você quer?"

Ela se sentou do meu lado, e eu só falei que era impressão dela, tornando a ligar a TV.

"Alguma coisa você tem!", ela disse, me analisando. Então, depois de pensar um pouco, apontou o dedo para mim, dizendo: "Já sei! Você ficou assim depois de falar com o Patrick! Ele ficou bravo por você ter perdido a passagem, é isso?".

"Não, de jeito nenhum!", falei depressa. "Não era passagem, era só um *voucher*, e ele me explicou que é pessoal e intransferível, só eu posso usar. Então ter perdido não foi tão terrível quanto eu imaginava..." Ela continuou me olhando, por isso completei: "Ele só pareceu um pouco impaciente quando eu disse que não queria marcar a viagem pra Orlando por agora... Desligou logo, como se tivesse coisas muito mais importantes pra resolver".

"Ah, entendi...", a Sabrina assentiu devagar, com a maior cara de quem realmente tinha entendido tudo.

"Então, já que entendeu, dá pra explicar?", falei meio ríspida. "Tudo que entendi é que ele não vai me esperar pra sempre, aposto que neste momento está lá chamando outra garota pra passar o fim de semana com ele..."

"Sua cunhada e sua mãe sempre estiveram certas", a Sabrina falou bocejando. Notei que já estava cansada do assunto. "Esse menino te sacou direitinho. Você curte uma dificuldade. Ele vem, você foge. Ele se afasta, você corre atrás. Como já dizia minha mãe... Gosta de sofrer."

"Eu não gosto de sofrer!", falei brava.

"É, não gosta mesmo. Você *ama*! Poxa, devia ter vendido essa informação pro Frank..."

Depois dessa, revirei os olhos, desliguei pra valer a TV e fui pro meu quarto, disposta a dormir cedo.

Porém, depois de rolar na cama por horas, resolvi admitir e sucumbi ao que eu queria fazer desde cedo. Peguei meu celular e mandei uma mensagem para o Patrick.

Pensei melhor, acho que consigo ir te visitar já neste fim de semana. Ainda dá tempo de marcar a passagem pra sexta no fim do dia? Também estou com muita saudade... Beijo! Pri

Já até emiti, antes que você desista! Vai ser uma sexta-feira 13, mas já me deu muita sorte! Estou muito feliz! Prometo que você vai ter um fim de semana mágico. Mil beijos! Patrick

34

Chilli: Às vezes você diz sim quando sua voz interior quer dizer não...

(Bluey)

De: Priscila <pripriscilapri@aol.com>

Para: Audition <audition@strasbergdramaticarts.com>

Enviada: 09 de março, 22:12

Assunto: Audition

Anexo: monologue.mp4, dance.mp4, singing.mp4

Dear Sirs and Madams,

Kindly find attached my self-tapes for the "Wicked" audition.

Thank you for the opportunity.

Priscila Panogopoulos*

De: Priscila <pripriscilapri@aol.com>

Para: Lívia <livulcano@netnetnet.com.br>

Enviada: 09 de março, 22:59

Assunto: Conselhos

---

* Assunto: Audição
Prezados senhores e senhoras,
Em anexo estão meus vídeos para a audição de "Wicked".
Obrigada pela oportunidade.
Priscila Panogopoulos

Oi, mamãe, tudo bem? Como estão a Snow, o Floquinho, a Duna, o Pavarotti, o Rabicó e os coelhinhos?

Mãe, estou escrevendo pra pedir um conselho. Sim. Você acha que não faço mais isso, mas não tem um dia que eu não pense no que você diria sobre cada decisão ou atitude minha. Então desta vez resolvi não apenas pensar, porque eu preciso saber o que você acha de algumas coisas.

Indo direto ao assunto... Eu gosto de sofrer? A Sabrina disse isso. Ela acha que eu só me interesso por alguém quando a pessoa faz joguinho comigo. Isso me fez entrar em uma nuvem de pensamentos, voltei aos 13 anos quando você me ensinou a paquerar o Marcelo. Você acha que eu fiquei viciada nisso? Que eu só me interesso mesmo pelo cara se ele faz jogo comigo (e eu com ele)?

Não queria ser assim. Queria gostar de alguém de verdade, apenas pelo que ele é, sem precisar de subterfúgios para isso. O Ricky, meu professor, acha que paixão à primeira vista não dá certo, ele disse que os melhores amores são aqueles que nascem da amizade, atração ou afinidade. Mas isso também me fez pensar. Eu sou muito atraída pelo Patrick. Só de encostar já sinto faíscas, e eu sei que ele sente isso também. Além disso, quando estamos juntos, não quero desgrudar, nossa química é muito forte. E eu gosto muito de conversar com ele também. Só que, como já te relatei, ele foi embora, e eu não fiquei desesperada. O problema é que, quando sinto qualquer mudança no comportamento dele, qualquer mínima possibilidade de ele me esquecer, fico toda interessada, querendo me encontrar com ele o mais rápido possível para que ele se lembre do quanto gosta de estar comigo...

Por essa razão, estou inclusive indo pra Orlando no próximo fim de semana. Ele me mandou passagens. A princípio não aceitei, mas ele alterou (um pouquinho de nada) o comportamento porque recusei, e por causa disso eu mudei de ideia, aceitei o convite. E aí ele me mandou as passagens, todo apaixonado novamente, e eu já estou aqui, arrependida por ter dito que ia!

Enfim... Acho que você me conhece melhor do que eu mesma. Sou masoquista, mamãe? E o que faço pra não ser assim?

Beijo,

Pri

P.S.: Se você contar pro papai dessa viagem pra Orlando, eu não te falo mais nada. Obviamente ele não iria aprovar. E tem também o fato de o Ruy não poder saber.

De: Lívia <livulcano@netnetnet.com.br>

Para: Priscila <pripriscilapri@aol.com>

Enviada: 10 de março, 10:45

Assunto: Re: Conselhos

Oi, filhinha.

Fico feliz de saber que você ainda confia e precisa de mim.

Pri, é claro que você não é masoquista. Não pode generalizar, cada caso é diferente! Essa história do Patrick é muito simples, você só está com medo de perder, afinal, está vindo de um término complicado e é a primeira vez que você se interessa por alguém depois disso. Acho que é natural não querer perder nem o sentimento, nem o garoto que o desperta.

Natural também é a Sabrina pensar assim, já que ela te conheceu apenas agora. Mas você vai acreditar nisso? Sério?

Priscila, sei que você superou o Rodrigo e tal, mas será que já se esqueceu de que se interessou por ele sem joguinho nenhum? Você se apaixonou exatamente pelo que ele era, e ele por você. Sim, tiveram algumas dificuldades que tornaram o início de vocês mais desejado, mas, se fosse apenas por isso, não teria durado tanto. Vocês passaram seis anos juntos sendo completamente transparentes um com o outro.

Concordo com seu professor, acho que o amor pode nascer de várias maneiras (inclusive à primeira vista). Mas se é esse sentimento que você está tendo pelo Patrick, não sei dizer... O que sei é que foi ótimo terem vivido tudo aquilo que tinha ficado suspenso no passado. Masoquista você não é, mas curiosa a gente sabe que sim! E, exatamente por isso, a fissura passou... Agora você já sabe como é estar com ele por um tempo a mais do que o de um beijo interrompido. E é por esse motivo que está sentindo que esfriou a paixão.

Pri, mas cá entre nós, eu acho que você gosta do Patrick, sim, pelo menos um pouquinho. Se fosse apenas curiosidade, ou medo de perder, você teria dado uma chance pro americano (é Frank que ele se chama, né?), mas - ao contrário - você não quis nem pensar nessa possibilidade.

Pra terminar, vamos falar sobre Orlando. Não se preocupe, seu pai não vai saber. Até porque, acho que você NÃO deve ir. Primeiro, porque está muito cedo. Deixa esse seu Patrick esperar um pouco. Tá, já sei, você vai dizer que ele esperou cinco anos. Mas agora é que vocês estão começando a se relacionar de verdade. Não esquece a cordinha, Pri. Tem que manter puxada ao menos um pouquinho... Quem sabe ele não vai a NY de novo, antes de você ir até ele? Você vai dizer que sou antiquada, que os tempos mudaram, mas EU acho que você não deveria se mostrar tão disponível assim. Deixa o garoto fazer o esforço por mais um tempinho... Inventa uma desculpa, fala que está louca pra ir, mas que surgiu algo inadiável no curso de teatro e que vai ter que cancelar. Ele vai ficar bravo e frustrado, afinal, pelo que você disse, já está confirmado. Mas garanto que depois de pensar direitinho, a vontade de te encontrar vai aumentar ainda mais.

Bom, essa é minha opinião e esses são os meus conselhos, mas sei que você já sabe tomar suas próprias decisões. Assimile o que fizer sentido pra você e o resto descarte, ou guarde pra depois.

Tenho orgulho da mulher que a minha menininha está se tornando.

Se precisar de mim, é só chamar.

Beijo enorme,

Mamãe

P.S.: Os bichos estão todos bem, mas com saudade de você.

De: Audition <audition@strasbergdramaticarts.com>

Para: Priscila <pripriscilapri@aol.com>

Enviada: 11 de março, 17:34

Assunto: Re: Audition

Dear Priscila,

Thank you for signing up for the audition.
We are happy to inform you that we have analyzed your self-tapes and we would like to have you in the next phase of our selection. It will take place this Saturday, March 14th, in person, at 10 am, at the Strasberg master auditorium.

```
Failure to attend will result in withdrawal
from the selection process.
Kind regards,

Strasberg Team*
```

Cresci aprendendo a esperar. Quando criança, contava os meses, dias e horas para o meu próximo aniversário, ansiosa pelos presentes que iria ganhar. Esperava pacientemente os meus pais terminarem de conversar com alguém na saída da escola para poder ir para casa. Aguardava o tempo de voo de Belo Horizonte para São Paulo quando ia visitar meu pai e minhas amigas. Esperei o que pareceram dias infinitos para o Rodrigo me dar uma chance, antes de começarmos a namorar, e esperei mais ainda quando ele não me deu uma segunda chance, depois do nosso término. Por isso mesmo, após enviar os vídeos para a audição, pensei que ia ter que segurar minha ansiedade por no mínimo duas semanas até ter alguma notícia, e achei que a viagem para Orlando me ajudaria a tirar isso da cabeça.

Porém eu soube de verdade o que era ansiedade quando eu *não* tive que esperar. Apenas dois dias depois do envio do meu material para audição, recebi a resposta de que havia sido aprovada. E em três dias eu teria que participar da segunda etapa ou encarariam minha falta como desistência.

A princípio fiquei sentada em frente ao computador, lendo e relendo aquele e-mail incontáveis vezes, sem acreditar que eu havia passado. Depois pensei que tinha faltado alguma parte,

---

* Assunto: Audição
Cara Priscila,
Obrigada por se inscrever para a audição.
Ficamos felizes de informar que analisamos seu material e gostaríamos de ter você na próxima etapa da nossa seleção. Ela acontecerá neste sábado, 14 de março, presencialmente, às 10h, no auditório master da Strasberg. O não comparecimento implica desistência do processo seletivo.
Atenciosamente,
Equipe Strasberg

pois não haviam mandado nenhuma orientação... Eu deveria ter recebido algum texto para decorar, uma música para ensaiar ou pelo menos instrução sobre a roupa que deveria usar!

Foi apenas quando ouvi gritos vindos do quarto da Sabrina que consegui desgrudar os olhos da tela. Corri para ver o que estava acontecendo com a minha amiga.

"Fui chamada pra segunda fase da audição!", ela continuou a gritar, apontando para o computador. De repente, se dando conta de que eu também estava participando, completou em um tom bem mais baixo: "Você não recebeu um e-mail?".

"Claro que sim! Se até você recebeu...", falei, fingindo seriedade, mas em seguida sorri. Ela perguntou se era sério e, quando confirmei, segurou as minhas mãos e começou a pular de uma forma tão contagiante que não tive escolha a não ser pular junto.

Subitamente ela parou, se dando conta de algo.

"Pri, sua viagem! Como vai fazer com o Patrick?"

Balancei os ombros, eu não sabia o que fazer com ele. Deitei na cama dela e coloquei o travesseiro em cima da cabeça. Eu estava com preguiça até de pensar.

"Acho que tem que avisar o mais rápido possível, tipo *agora*", ela disse, tirando o travesseiro para me olhar de frente. "Deve ter jeito de cancelar ou remarcar."

"Mas e se ele ficar bravo comigo?"

Eu estava preocupada de ele me achar muito complicada. Antes não ia, depois resolvi ir, e agora – já com a passagem comprada – não ia mais.

"Se ficar bravo, é sinal de que não te merece, ué! Não é culpa sua. Ele sabe perfeitamente que sua prioridade é o curso, e em nenhum lugar estava escrito quando seria a segunda etapa! Ele tem que entender..."

Assenti concordando e fui para o meu quarto, para resolver aquilo de uma vez. Ainda assim, ao ligar para ele, senti vontade de sair correndo. Eu odiava desmarcar compromissos. E mais ainda ter que frustrar as pessoas.

"Oi, lindeza, de malas prontas?", ele já atendeu perguntando, me deixando ainda mais nervosa.

"Hum, oi", falei, tentando desesperadamente encontrar as palavras certas. *"Pois é, ainda não..."*

Provavelmente notando a hesitação da minha voz, ele indagou: *"Não teve tempo? Ou outra razão?"*.

Percebi que ele estava apreensivo. Resolvi acabar com aquilo de uma vez.

"Patrick, saiu o resultado da primeira etapa da seleção. Eu passei! E a segunda já é neste sábado. Estou muito sem graça com você, mas infelizmente vou ter que desmarcar a viagem. Olha, eu dou um jeito de pagar pelo prejuízo da passagem, não precisa se preocupar..."

"Você passou?", ele perguntou, desconsiderando todo o resto que eu havia dito.

"Passei...", falei baixinho, ainda esperando algum tipo de explosão.

"Sabia! Eu te disse que você ia passar!", ele falou eufórico. *"Não tem como não se apaixonar por você, Priscila! Vi os vídeos, tenho certeza de que todos que assistiram ficaram tão hipnotizados quanto eu!"*

Fiquei calada por um tempo. Eu não esperava aquela reação. Me recompus e perguntei: *"Você não está bravo por eu não poder te encontrar?"*.

A Sabrina, sem aguentar a curiosidade, entrou no meu quarto e colou o ouvido no meu celular.

"Bravo? Claro que não! Estou muito feliz por você, Pri! Sim, confesso, estou um pouco chateado, estava contando as horas pra te ver. Mas o seu curso é o mais importante neste momento, e essa oportunidade é única! Depois que você passar na segunda etapa, e você vai passar, a gente marca de novo, pra comemorar, seja aqui em Orlando ou aí em Nova York... Porque eu estou achando que, da próxima vez que a gente se ver, você vai estar no palco; e eu, na primeira fila, batendo palmas de pé!"

A Sabrina estava com uma cara de quem tinha acabado de conhecer o ursinho mais fofo do mundo. Me afastei um pouco dela para ter o mínimo de privacidade e falei para o Patrick que eu também estava chateada. Era verdade. Apesar de, no fundo, estar um pouco aliviada também. Como sempre, as palavras da minha mãe haviam mexido comigo, e a verdade é que eu acabaria dando um jeito de cancelar a viagem. Pelo menos não precisei mentir, o destino deu um jeito para mim.

Conversamos um pouco e, assim que desligamos, corri para o computador para aprender tudo que fosse possível sobre *Wicked*. As músicas, as coreografias, o enredo, a história dos personagens... O ideal seria assistir ao vivo, mas estava muito em cima da hora, e eu sabia que os ingressos, além de caros, eram concorridos. Então me contentei em ver uma filmagem que encontrei na internet, do musical inteiro, e prestei atenção a cada detalhe. Ao final, eu estava tão apaixonada quanto fiquei ao assistir a *Aladdin* e *Cats*. Aquele mundo mexia mesmo comigo, e estar em um palco daqueles era um sonho que eu nem ousava cobiçar.

Algum tempo depois a Sabrina se sentou ao meu lado, e, naturalmente, começamos a decorar as falas e ensaiar a peça. Era muito bom estar com ela na segunda etapa, mas eu estava meio triste por estarmos concorrendo à mesma vaga.

"Está tudo bem?", a Sabrina perguntou, ao perceber um tom de desânimo na minha voz.

Expliquei que não estava gostando de sermos concorrentes, mas ela riu, dizendo: "Para, deixa de ser boba. Se você ganhar, eu vou ficar muito feliz! E sei que você vai ficar também caso eu seja a vencedora. Não somos adversárias, somos colegas! Na verdade, mais do que isso. Nós somos *amigas*".

Eu assenti, sorri e a abracei. Sim. A amizade dela era um prêmio muito melhor do que o de qualquer seleção.

35

Chilli: Não se esqueça:
seja calma e controlada.
Bluey: Calma e controlada. Entendi!

(Bluey)

Boa sorte na segunda etapa, menina linda! Na verdade, você nem precisa de sorte, é seu talento natural que vai fazer você ganhar! Os jurados vão ficar loucos por você! Me liga quando acabar. Beijão! Patrick

Pri, sei que você deve estar muito nervosa, mas encare como uma brincadeira. Esqueça que é uma seleção e simplesmente finja que você é a Lea Michele! Confie no seu talento. Estou daqui torcendo. Dê notícias assim que possível! Beijo! Sam

Eu sabia que por volta de trinta alunos da Strasberg haviam se inscrito para a audição. Apesar de ser uma espécie de estágio, todos queriam ter a chance de participar de uma superprodução da Broadway. Por isso, quando cheguei à escola e descobri que apenas dez haviam sido chamados, já me senti vitoriosa. E ainda mais quando soube que concorreria apenas com seis mulheres, já que os outros quatro eram homens e não disputavam diretamente comigo, eles seriam avaliados em outro horário.

Na segunda fila do auditório estavam sentados vários professores da escola, incluindo o Ricky, que assim que me viu veio falar comigo, dizendo que naquele momento a calma era o mais importante.

"Você está preparada. Tente agir como se fosse uma aula normal. Não fique ansiosa, apenas isso pode te atrapalhar."

E voltou para seu assento, me deixando ainda mais nervosa. Eu tinha treinado dança, canto, interpretação... Mas não havia feito nenhuma aula de "como controlar a ansiedade" e, se dependesse daquilo, eu sabia que iria falhar.

"Atenção, todas as alunas se sentem, por favor, vamos explicar como vai ser a segunda etapa", a Susie Strasberg falou, subindo ao palco. Em segundos o silêncio tomou conta do recinto, e ela então chamou ao palco um senhor, dizendo que era um dos produtores de *Wicked*. Ele tinha um semblante sério, e senti minha tensão aumentar ainda mais.

"Senhoritas, em primeiro lugar, parabéns por terem passado na primeira etapa", ele começou a falar. "Tenho certeza de que todas que estão aqui mereceram. Porém nosso musical tem um elenco muito selecionado. Contratamos apenas os melhores, desde os protagonistas até os figurantes. Recebemos pessoas do mundo inteiro que vêm nos assistir e por isso fazemos questão de trabalhar apenas com os atores e as atrizes mais talentosos. Estamos aqui hoje para conferir ao vivo a performance de vocês. Ao final, atribuiremos notas, e as duas primeiras colocadas irão passar por uma terceira etapa, que consistirá em uma reunião feita pelos professores da escola e pela nossa querida Susie Strasberg, em que irão avaliar o desempenho de vocês durante as aulas que fizeram até aqui, e em uma entrevista, para averiguar o grau de comprometimento com o espetáculo."

"Estou perdida! Se eu passar a Claire vai falar mal de mim nessa reunião", cochichei para a Sabrina, que apenas fez sinal para eu ficar em silêncio, pois o tal produtor ainda não tinha terminado.

"Inclusive, a seleção hoje é apenas isto: uma aula aberta. Como buscamos figurantes para um *musical*, obviamente consideraremos, além da interpretação, a voz e expressão corporal de vocês."

Foi a vez de a Sabrina sussurrar: "Eu é que estou perdida! Não faço aulas de canto e dança, vou ficar em último lugar".

"Eles gostaram dos seus vídeos!", sussurrei de volta.

Nesse momento, ele devolveu o microfone para a Susie, que pediu então que todas as alunas subissem ao palco.

Todas se levantaram depressa. Com desânimo, vi que a Catarina também tinha passado. Além dela e da Sabrina, eu não conhecia nenhuma das outras selecionadas.

Assim que nos posicionamos no palco, uma moça se levantou e veio até onde estávamos. A Susie passou o microfone para ela e foi para a plateia.

"Bom dia, meninas!", ela falou após desligar o microfone, dizendo que não precisaria dele. "Meu nome é Martina Garcia, sou coreógrafa e preparadora corporal, vou conduzir o teste de vocês. Primeiro vamos fazer um aquecimento!"

Ela então começou a fazer vários movimentos que eu já conhecia das aulas do Ricky, e todas acompanharam. Depois, falou que iria soltar algumas músicas aleatoriamente e queria que a gente simplesmente dançasse, do jeito que achássemos melhor.

Lembrei imediatamente do meu primeiro dia de aula, quando o Ricky também havia feito o mesmo exercício. Haviam se passado menos de três meses, mas parecia muito mais!

Seguindo o conselho da Samantha, me imaginei como uma atriz bem famosa fazendo uma simples aula de teatro e comecei a dançar da melhor forma possível o tango, a salsa, a valsa, o samba e a tarantela que a coreógrafa colocava. Para terminar, ela soltou uma música que eu reconheci... Era a parte rápida de "Orpheus in the Underworld". Eu já havia feito uma apresentação de ginástica olímpica ao som dela. Então, em vez de dançar o cancã que a música sugeria, como as outras garotas estavam fazendo, repeti exatamente a coreografia da minha apresentação, que eu surpreendentemente me lembrava, exibindo os movimentos que havia aprendido na época.

Terminei a tempo de ver a Martina me olhar com um olhar de aprovação, e aquilo me deixou um pouco mais confiante.

Em seguida ela explicou que iria nos ensinar uma coreografia básica, para que pudessem avaliar, além da nossa expressão corporal, a capacidade de memorização.

Também não tive problemas. O Ricky vivia fazendo aquilo com a gente, e eu já estava acostumada com aquela dinâmica desde o começo da adolescência, quando fazia aulas de jazz.

Subitamente me lembrei do Rodrigo. Aquilo vinha acontecendo menos ultimamente, por isso me surpreendi um pouco com aquela recordação. Quando começamos a namorar, ele adorava minhas apresentações de jazz e de balé, dizia que eu fazia aquilo de forma tão natural que parecia que o meu corpo tinha nascido para dançar. Ah, se ele soubesse onde eu estava agora...

A coreógrafa disse que a parte dela tinha terminado, e o produtor subiu novamente ao palco. Foi a vez dele de soltar várias músicas, mas só a parte instrumental. Ele ia apontando para cada uma de nós, pedindo para cantar, como se fosse um karaokê. A maioria das músicas era de musicais, mas também havia algumas populares bem diversificadas, como Britney Spears, The Beatles e Mariah Carey.

Fiquei meio perdida em alguns momentos, mas vi que aconteceu o mesmo com todas as outras garotas, por isso tentei não deixar isso me atrapalhar e apenas me concentrei para me sair melhor na próxima vez que ele apontasse para mim. Percebi que a Sabrina não levou tão bem assim. Foram poucas as canções que ela identificou, e isso fez com que ficasse um pouco abalada.

No segundo exercício, que era de seguir algumas escalas de piano, ela estava com a voz trêmula, e foi uma das únicas que errou.

Por último, ele entregou um monólogo diferente para cada uma de nós, de apenas um parágrafo, deu cinco minutos para memorizarmos e disse que iria chamar em ordem aleatória para apresentarmos.

Foi a minha vez de ficar nervosa. Era muito pouco tempo! Mas tentei fazer o que vinha aprendendo nas aulas: entender o texto, focar no que ele queria passar, e não nas palavras exatas.

"Tomara que eu seja a última", a Sabrina disse assim que o tempo acabou, tão aflita quanto eu, e continuou a tentar decorar as palavras.

O produtor pegou uma lista de nomes que a Susie entregou para ele, percorreu cada um deles com o olhar e então perguntou: "Quem é a Sabrina Silver?".

Ela até fechou olhos, como se tivesse acabado de receber uma punhalada, e se direcionou para o meio do palco como se estivesse indo para um matadouro. Acabou interpretando o monólogo relativamente bem, apesar de ter esquecido algumas partes. O diretor então a agradeceu e disse que ela podia ir, informando que em alguns dias saberíamos o resultado.

A segunda a ser chamada foi a Catarina, e fiquei feliz por a Sabrina não estar mais ali... Porque a "Kate Palmer" – o nome artístico dela – deu um show de interpretação! Era um trecho dramático, e ela conseguiu até produzir algumas lágrimas, contrastando com a minha amiga, que agora eu percebia que tinha se saído apenas mais ou menos...

Só restavam eu e outra garota quando ouvi meu nome. O meu texto era uma comédia. Tentei interpretá-lo como se estivesse contando uma história para os professores e vi que consegui arrancar algumas risadinhas. Mas eu tinha consciência de que a Catarina e algumas outras tinham ido muito melhor.

O diretor me agradeceu e, como fez com as outras alunas, disse que eu poderia ir e que em breve o resultado sairia.

A Sabrina estava me esperando na saída do auditório e, antes que eu pudesse dizer alguma coisa, perguntou como tinha sido a minha apresentação e as das outras depois dela.

"Sinceramente? Acho que nós duas estamos fora...", falei desanimada.

Ela assentiu com a cabeça, séria, mas estão revirou os olhos.

"Pelo amor de Deus, temos dois meses e meio de curso, o que queríamos? Ganhar o Oscar?"

Concordei para ela ficar feliz, sem querer lembrá-la que todas que concorreram tinham exatamente o mesmo tempo ali. Em vez disso, perguntei: "Vamos pra casa ver um monte de seriados, agora que não temos mais que ensaiar?".

"Sim!", ela falou, já me puxando para irmos embora logo. "Vou sair com o Scott mais tarde, mas de repente posso até cancelar... Esse tempo chuvoso está pedindo uma maratona de séries com pipoca, sem hora pra terminar! Como já dizia a Dorothy: nenhum lugar é melhor do que a nossa casa!"

Parei na mesma hora. "Vamos só combinar uma coisa...", falei. "Não quero ouvir nada que lembre *Wicked*! Nada de Dorothy, Mágico de Oz, bruxas boas e más..."

Ela sorriu, concordou e então passamos o resto da tarde com muita pipoca, brigadeiro e com uma única obrigação: dar boas risadas e curtir a companhia uma da outra.

36

Bella: Tem uma coisa que você precisa saber.

Chilli: O quê?

Bella: Você está indo muito bem.

(Bluey)

RESULTADO DA SEGUNDA ETAPA

Obrigado a todos os que participaram da audição para o estágio no musical *Wicked*. Mais do que um processo seletivo, essa atividade visa proporcionar para nossos alunos a experiência de uma verdadeira audição, como tantas de que participarão no futuro. Lembrem-se, a reprovação faz parte da vida do ator, e os melhores são aqueles que usam o "não" como um degrau e a partir dele procuram sanar suas dificuldades e melhorar cada vez mais.

Desta vez, os escolhidos para a terceira etapa, e que agora passarão por uma entrevista particular com uma banca de professores, são:

Adrian Perez
Caleb Hill
Kate Palmer
Priscila Panogopoulos

Obrigado a todos mais uma vez,

Equipe Strasberg Dramatic Arts e Wicked The Musical

Quando cheguei à escola na segunda-feira, logo notei que tinha algo diferente. As pessoas, inclusive as com quem eu nunca havia conversado, me olhavam como se me conhecessem. Mais do que isso, algumas acenavam e me cumprimentavam dizendo meu nome, como se fôssemos amigos de longa data.

Apenas quando cheguei à secretaria foi que entendi a razão. O resultado da segunda etapa da seleção estava afixado no mural. E mais uma vez eu havia passado.

Minha primeira reação foi olhar para o lado, para sentir a reação da Sabrina. Eu esperava ver nomes aleatórios, e então nós daríamos de ombros, comentaríamos que na próxima estaríamos mais preparadas e seguiríamos a vida.

Mas ler o meu nome ali, em destaque, me deixou apavorada. Porque o que eu menos queria era ver a minha amiga triste.

Porém, ou a Sabrina realmente era muito boa atriz e aquela seleção tinha sido totalmente injusta, ou ela estava sendo verdadeira quando no segundo seguinte me abraçou e começou a pular, dizendo que tinha certeza de que eu iria passar, que tinha torcido muito por mim e que minha vaga já estava garantida no musical.

"Hum, Sabrina...", falei, me desvinculando do abraço. "Você não está triste? Digo, por não ter sido chamada também?"

Ela colocou as mãos na cintura, bem séria.

"Priscila Panogopoulos! É claro que não estou triste, como poderia? Minha amiga, quero dizer, minha *melhor* amiga passou! Isso não tem nada a ver comigo, e sim com você! Escuta, já participei de muito concurso de miss na vida, por isso aprendi a perceber o que me espera. Eu não tinha a menor esperança de passar, falei sério quando disse que estou crua. Preciso aprender muito ainda, muito mais do que esses dois meses e meio me ensinaram. O Ruy sempre esteve certo, você já veio pronta... Se preparou desde a infância, fez mil e uma aulas, já está em outra fase, apenas se aperfeiçoando, passando o tempo ou sei lá o quê. Sei muito bem que o Ruy só quer usar seu período aqui para espalhar na internet que você estudou em NYC! Tenho certeza de que você arrasaria em qualquer novela ou filme que ele te jogasse neste exato segundo. E também sei que você vai arrasar nessa peça. Mesmo como figurante, vão enxergar esse brilho que eu vi desde o primeiro momento, mesmo cansada e com olheiras naquele aeroporto imundo!"

"Melhor amiga?" Foquei em algo que ela disse no começo.

"Sim, você roubou o lugar de todas as outras com menos de três meses de convivência! E é o que acontece com todo mundo que te conhece e vai acontecer com esses professores também, que vão te dar o primeiro lugar. Você fura a fila, estar na frente é seu direito! Eu entendi, o Ruy também, o Patrick... Será que dá pra você entender também?"

Eu a abracei mais uma vez e então me deixei sentir aquela felicidade toda. De repente me lembrei de quem era minha concorrente.

"A Catarina também passou", sussurrei para a Sabrina. "Ela foi bem, não tenho como negar."

"E você foi *ótima*!", ela praticamente gritou. "Dá pra parar de ficar com o pé atrás e curtir pelo menos por um instante?"

Eu a abracei novamente, mas logo me afastei para pegar meu celular. Precisava mandar mensagens para minha família e para o Patrick, eles também estavam ansiosos.

"Parabéns, Priscila!", uma voz conhecida me interrompeu.

Desviei os olhos da tela e vi o Ricky. Tive vontade de agarrá-lo e sair pulando com ele pelos corredores, mas sabia que não poderia fazer isso. Os americanos não eram tão efusivos quanto os brasileiros. No segundo seguinte, porém, ele se aproximou e me abraçou, me surpreendendo.

"Você mereceu! Tenho certeza de que será a vencedora", ele falou no meu ouvido. "No primeiro dia eu soube que você tinha potencial. Obrigado por não me decepcionar!"

Ele então saiu sorrindo em direção à sua sala, deixando um pouquinho daquele sorriso em mim também.

Passei o resto dia em uma bolha de felicidade. Perdi a conta das pessoas que vieram me cumprimentar, e só senti meus pés voltarem para o chão quando, ao final das aulas, a própria Susie Strasberg me parou no corredor, perguntando se eu poderia participar da entrevista com ela e os professores na quarta-feira.

"Claro que posso", falei depressa. "No horário que vocês quiserem!"

"Logo depois das aulas", ela falou. "Três da tarde está bom pra você?"

Disse que sim rapidamente. Ela deu um leve aperto no meu ombro e saiu.

No segundo em que notei que ela não estava olhando, fui correndo em direção à sala do Ricky. Ele achou estranho me ver, já que pouco tempo antes tinha me encontrado, mas fui direto ao assunto.

"Ricky, a Susie marcou minha entrevista! Já é daqui a dois dias, estou desesperada! Você sabe o que vão me perguntar? Me ajuda, por favor!"

Ele riu e fez com que eu me sentasse. Em seguida fez o mesmo.

"Priscila, a entrevista é para averiguarem seu grau de comprometimento. Vão te contar o que esperam de você, dizer os dias que você tem que estar disponível para ensaios e apresentações. É por isso que selecionam duas, eles precisam fazer isso, porque, caso uma tenha algum impedimento, eles têm outra opção."

"Eu não tenho impedimento nenhum!", falei logo. "Quero dizer, não sei por quanto tempo esperam que eu participe... Minha passagem de volta para o Brasil está marcada para julho, logo depois do final do curso. Mas acho que, se eles gostarem de mim e se eu gostar de participar, posso pedir ao meu empresário para ficar mais. Ele vai adorar, afinal, me mandou pra cá pra eu adquirir experiência e tal..."

O Ricky fez uma cara estranha, como sempre fazia quando eu comentava do Ruy. Depois deu de ombros, dizendo: "Seja sincera na entrevista, isso é importante. Por melhor atriz que você seja, as pessoas percebem quando não estamos sendo totalmente verdadeiros". Ele parou um pouco e completou: "Seria bom já conversar com esse seu empresário para saber se você pode mesmo estender sua viagem. Não sei quanto tempo esperam que você fique, mas acho que não vão perder tempo ensaiando e treinando alguém que só vai poder participar da peça por três meses... E, na verdade, seria um desperdício. Geralmente os figurantes têm grandes chances de irem subindo de posição com o passar do tempo, à medida que vão ficando mais experientes".

Assenti, me sentindo mais ansiosa do que nunca. E um tanto apreensiva. Eu não havia falado nada com o Ruy sobre a audição. Como imaginava que não iria passar, não queria gerar nenhuma decepção, afinal, ele poderia até se arrepender de ter investido em mim. Mas agora era diferente. O Ricky estava certo, eu tinha que contar para ele.

Por isso, apesar de a Sabrina ter me chamado para um piquenique no Central Park, aonde ela iria com alguns colegas depois das aulas, decidi ir direto para casa. Os dias estavam começando a ficar menos frios; e as pessoas, ávidas por programas ao ar livre, após longos dias de inverno. Eu também estava comemorando a quase chegada da primavera, mas naquele momento tinha algo muito importante para fazer.

Cheguei ao meu prédio, cumprimentei o porteiro e fiquei esperando o elevador. Eu estava tão ansiosa que abri a porta e já fui entrando. Normalmente olho se tem alguém e espero as pessoas saírem para depois entrar, mas só me lembrei disso quando quase trombei com o Frank.

"Cuidado!", ele falou me segurando, antes que eu o atropelasse. "Que pressa..."

"Oi...", falei sem graça. A gente não havia se encontrado nem conversado desde o dia em que ele tinha dado de cara com o Patrick no meu apartamento, mais de duas semanas antes. "Desculpa, estou com um pouco de pressa mesmo. Está tudo bem? Por que você não está no trabalho?"

Apesar de não estarmos nos falando, eu me importava com ele. Sabia que costumava voltar para casa depois das sete da noite, e não eram nem cinco ainda.

"*Home office* hoje", explicou. "Estão pintando o escritório. Eu estava indo só pegar um café no Starbucks, tenho uma reunião online daqui a meia hora. E você, tudo bem?"

"Tudo bem", respondi. Um silêncio constrangedor pairou entre nós. Notei que ele ainda estava segurando a porta do elevador para mim. Eu poderia apenas ter entrado e agradecido, mas estava com muita saudade daquele jeitinho sério e intelectual que ele tinha.

"Frank, acho que também estou precisando de um café. Posso te acompanhar?"

Ele ficou meio sem reação, mas então largou a porta do elevador enquanto fazia que sim com a cabeça.

Sorri e fui andando ao lado dele para o Starbucks. Mas eu não poderia perder tempo.

"Na verdade, não é bem de café que estou precisando. Eu queria conversar com você..."

"Tenho uma reunião daqui a pouco", ele parou, visivelmente incomodado.

"Não é nada demorado." Não me dei por vencida. "Só queria reafirmar que o que eu disse é verdade. O Patrick, aquele cara que você viu no meu apartamento... Não é meu namorado, nem ninguém que eu tenha escondido de você. Neste momento, não quero mesmo me envolver", disse, sabendo que não estava sendo totalmente sincera. Então completei: "Não quero me envolver *seriamente*".

Ele continuou parado, ainda sem dizer nada, mas com olhar menos duro.

"Sinto sua falta, Frank..." Respirei fundo, criando coragem: "Este prédio está muito sem graça sem te encontrar no elevador, na portaria, na lavanderia... Você está fugindo de mim, né?".

Ele deu um sorrisinho, negando com a cabeça.

"Não estou fugindo... Mas confesso que antes eu ficava fazendo hora nesses lugares, para tentar te encontrar *casualmente*."

Revirei os olhos rindo, atrapalhei o cabelo dele, mas em seguida me lembrei da reunião que ele teria e fiquei tentando arrumar. Ele segurou meu braço, me impedindo.

"Tudo bem, não vou me afastar mais. Fiquei, sim, meio enciumado com o seu... *amigo*, mesmo sem ter esse direito. Mas já passou. Só não chegue tão perto..."

Ele então soltou meu braço e deu um passo para trás.

"Ei, também não precisa ter medo de mim! Prometo ficar a três metros de distância se você quiser..." Corri para o outro lado da rua e acenei.

Ele riu e fez sinal para eu voltar. Fui saltitando para fazer graça.

"Você entendeu o que eu quis dizer...", ele falou assim que voltei para perto. E depois de me olhar um pouco, completou: "Também senti sua falta, Pri".

Assenti, feliz, e disse: "Não quero te atrasar, mas tenho várias novidades pra contar! Quer lanchar no meu apartamento depois da sua reunião? Posso assar pão de queijo. Minha mãe mandou a receita, e eu e a Sabrina fizemos uns dias atrás, é só descongelar. Você vai amar!".

Ele ficou pensativo, mas então concordou, dizendo que em aproximadamente uma hora apareceria lá.

Pegamos os nossos cafés, nos despedimos no elevador, e então entrei sorrindo no apartamento.

Era muito bom ter o Frank de volta...

De: Priscila <pripriscilapri@aol.com>

Para: Ruy <ruy@popcasting.com.br>

Enviada: 16 de março, 18:30

Assunto: Audição

Oi, Ruy, tudo bem? Por aqui tudo certo. Tenho aprendido cada vez mais e estou a cada dia mais apaixonada por esse mundo. Mais uma vez, obrigada pela oportunidade.

Por falar em oportunidade, estou participando de uma audição, para atuar como figurante em um musical, uma espécie de estágio. Acabei de passar para a terceira (e última) etapa. Não te contei antes por que nunca imaginaria chegar tão longe, entrei apenas porque os professores aconselharam, para que eu tivesse uma experiência nessas seleções... Mas agora que passei estou muito feliz e esperançosa! Nem nos meus melhores sonhos me imaginaria em um palco na Broadway!

Porém tem algo que preciso ver com você. Caso eu passe, terei que me comprometer em participar do musical por um tempo. Ainda não sei quanto, mas, como em três meses eu supostamente volto para o Brasil, gostaria de saber o que acontece se eu precisar ficar por mais um tempo aqui...

Obrigada,

Priscila

De: Ruy <ruy@popcasting.com.br>

Para: Priscila <pripriscilapri@aol.com>

Enviada: 16 de março, 18:54

Assunto: Re: Audição

Oi, Priscila, que bom ter notícias suas diretamente em vez de pelo seu pai, pra variar.

Sobre sua audição, eu acho desnecessário fazer teste para teatro, meus planos para você são nas telas. Mas, desde que não atrapalhe o seu curso de interpretação, não vejo problemas. Claro que você iria passar, se tivesse me contado antes eu já teria previsto isso, não costumo errar em minhas apostas.

Sobre o tempo a mais aí, não vai ser possível. Em mais três meses, que é o tempo até o final do seu curso, tenho certeza de que você vai estar melhor do que a Meryl Streep, e por isso mesmo já estou negociando para te colocar na nova novela das nove!

Atenciosamente,

Ruy

37

Lily: É cansativo dar conselhos que as pessoas não pedem.

(How I Met Your Mother)

"Não acredito, você agora tem um esquilo de estimação?!"

O Frank tinha acabado de chegar ao meu apartamento, e eu abri a porta com meu amiguinho nas mãos.

"Bem que eu queria..." Aproximei o bichinho para que ele pudesse ver mais de perto. "Eu o resgatei na rua, duas semanas atrás. Levei na veterinária aqui ao lado do prédio, ela tratou dele, mas disse que precisaria de mais uns dias de cuidados intensivos antes de ser reintroduzido, porque estava muito frio. O centro de reabilitação perguntou se eu poderia fazer isso, cuidar dele por esse tempo, e claro que aceitei! Mas já estou sofrendo de pensar que em breve ele vai ter que ir embora..."

"Ele também vai sofrer... Já tem nome?", o Frank perguntou, passando o dedo de leve na cabecinha dele.

"Nós o chamamos de Lucky, porque ele teve muita sorte... Era pra ter morrido. Eu o achei naquele dia em que nevou inesperadamente, fora de época."

Eu esperava que ele não se lembrasse que foi exatamente no dia anterior ao que ele viu o Patrick no meu apartamento.

"Oi, Lucky! Você realmente é muito sortudo de ter caído nas mãos dessa mamãe tão dedicada...", ele disse, olhando mais para mim do que para o esquilo.

Sorri e aproveitei para trocar a água, colocar mais comida e verificar a temperatura dele.

"Você tem o maior jeito de veterinária! Tem certeza de que fez a escolha certa largando a faculdade?", o Frank perguntou depois de um tempo só me observando. Como não respondi, ele continuou:

"Eu sabia que você amava bichos, mas agora estou vendo que isso é uma vocação! Se não der certo na carreira de atriz, pode pensar nisso como um plano B... Acho que os bichos iriam agradecer!".

Suspirei, colocando o Lucky de volta na caixa onde ele vinha ficando.

"Na verdade, ser atriz é o plano B", expliquei. "Pela vida inteira pensei que eu iria mesmo ser veterinária, mas, como te contei logo que nos conhecemos, foi na faculdade que descobri que essa carreira não era pra mim. Eu amo os bichos demais para vê-los sofrer. Para cuidar deles é preciso ter sangue-frio, mas eu não consigo desvincular o emocional do profissional, eu me envolvo demais..."

Ele ficou um pouco reflexivo e então disse: "O amor por eles faria com que aguentasse, seria como se você fosse uma super-heroína dos bichos! Claro que em alguns casos não teria solução, mas e em todos aqueles outros em que conseguisse salvá-los? Pense em como eles ficariam gratos... Isso sem falar nos donos".

Balancei a cabeça de um lado para o outro. O Patrick tinha dito o mesmo, mas eles não sabiam do que estavam falando. Eu não fazia nada de mais. Se tivessem conhecido o Rodrigo, entenderiam. O Rô, sim, era um super-herói. Ele é que deveria ter estudado Veterinária.

Respirei fundo e resolvi mudar de assunto. Chamei o Frank para me acompanhar na cozinha.

"Vou tirar o pão de queijo do forno. Deu tudo certo na reunião?", perguntei para quebrar o gelo.

"Sim, foi tranquilo. Não me incomodaria de pintarem o escritório toda semana, trabalhar em casa é ótimo. Dá pra espairecer um pouco quando as coisas se tornam cansativas e ainda tem o bônus de encontrar com as vizinhas saindo do elevador..."

"A*s* vizinhas?", perguntei na sequência.

"Uma só...", ele respondeu, olhando para baixo.

Antes que um silêncio constrangedor tomasse conta do meu apartamento, abri a geladeira, peguei um refrigerante e servi dois copos. Entreguei um para ele, dizendo: "Frank, tenho mais novidades, além do esquilo. Estou participando de uma seleção na Strasberg, pra fazer figuração em *Wicked*, o musical. Passei nas duas primeiras etapas, só falta a terceira!".

"Sério isso?", ele disse depois de tomar um gole. "Com quantas pessoas você está concorrendo?"

"Com *uma*!", falei sem conseguir conter minha empolgação. "E agora só falta uma entrevista, que vai ser daqui a dois dias!"

Tive vontade de dar uns pulinhos, e talvez eu tenha até dado. Falar aquilo em voz alta tornava tudo mais real.

O Frank estreitou os olhos, como se quisesse averiguar se eu estava falando sério, e, quando percebeu que era pra valer, colocou o copo na bancada da pia e me deu o maior abraço.

"Você vai ser a escolhida, tenho certeza!", ele disse, praticamente dançando comigo. "Estou muito feliz, de verdade, parabéns, Pri!"

Eu agradeci e, durante o lanche, ficamos conversando a respeito de tudo, e eu mais uma vez percebi o quanto tinha sentido falta dele.

Após um tempo, ele foi embora, dizendo que precisava terminar uns relatórios, mas pediu que eu desse notícias sobre a audição. Prometi que eu avisaria quando tivesse qualquer novidade.

E foi o que fiz, após participar da tal entrevista.

"Tudo exatamente como o Ricky disse", contei assim que o Frank chegou ao meu apartamento, depois de eu ter mandado uma mensagem falando para ele passar lá depois do trabalho. "Quiseram saber se eu estava realmente disposta a integrar o elenco da peça, pois gastariam tempo para me ensaiar. E por isso eu teria que me comprometer em ir aos ensaios e participar das apresentações por um semestre. Disseram que esse é o tempo de estágio como figurante combinado com a minha escola. Mas acrescentaram que, depois desse prazo, caso a pessoa vá muito bem, pode até ser contratada como figurante fixa ou receber uma carta de indicação para outros musicais."

"Eu disse que você ia arrasar!", o Frank falou, apertando minhas mãos. "E quando sai o anúncio oficial de que você é a nova estrela de *Wicked*?"

Ri da empolgação dele e expliquei que ficaram de divulgar o resultado até sexta-feira.

"Mas, sinceramente? Acho que fui bem, de verdade. Eles pareceram gostar muito de mim!", falei baixinho, meio envergonhada, sem querer me gabar. "E, na saída, o Ricky, que não participou da entrevista, veio me dizer que ouviu falarem sobre mim na sala dos professores e que eu poderia ter esperanças. Talvez ele tenha dito isso pra me animar, ele não esconde a torcida por mim, já que é meu orientador e tal... Mas eu notei que estava sendo sincero."

"Claro que estava, ele não falaria isso à toa. Não ia te alegrar para depois ver você decepcionada! Podemos comemorar, você já passou, está na cara!"

Fiquei tão feliz por aquele comentário que puxei o rosto dele e dei um beijo na bochecha e em seguida um abraço. O Frank pareceu admirado. Eu costumava manter uma certa distância física dele, mas não consegui me segurar.

E foi bem nesse momento que a Sabrina chegou, carregando uma pilha de roupas. Ela tinha ido à lavanderia quando chegamos da escola.

"Opa, desculpa interromper, só vim deixar isso aqui", ela disse, despejando tudo no sofá e já indo novamente para a porta. "Vou à academia agora, tchauzinho!"

"Espera!", o Frank falou antes que ela passasse pela porta. "Você vai assim? Faz mal fazer exercícios de calça jeans, não sabia? Pode prender a circulação e também inibe os movimentos."

Tive que rir, ele era tão inocente...

"Ela não vai a lugar nenhum", falei, a puxando. "Sabrina, você não interrompeu nada. O Frank só estava me cumprimentando por eu ter ido bem na entrevista, não é, Frank?"

Ele assentiu exageradamente com a cabeça, só então entendendo a vontade súbita da minha amiga de fazer exercícios.

"Na verdade, eu é que tenho que ir", ele disse, enrubescendo. "Ainda vou pra academia. Quero dizer, não é mentira, vou mesmo. Quero dizer, não que você seja mentirosa, Sabrina..."

Ele já estava roxo de vergonha, então a Sabrina interrompeu, tentando melhorar a situação: "Eu entendi! Mas você poderia ficar mais, Frank, jantar com a gente...".

Ele agradeceu, disse que depois me ligava para saber o resultado final e saiu, totalmente constrangido.

"Sabrina", falei séria assim que fechei a porta. "Quantas vezes tenho que te falar? Eu e o Frank..."

"São só amigos, já sei, já sei!", ela disse, completando minha frase. "Mas sei lá... Como o Patrick desfez a maldição, talvez agora você conseguisse vê-lo com outros olhos. Tão bonitinho! E continua apaixonado por você."

Bufei, impaciente.

"Sabrina, vamos lá", falei como se fosse para um bebê. "Sim, o Patrick conseguiu furar o meu bloqueio, e exatamente por isso estou envolvida com ele. Além disso, já te falei mil vezes que adoro o Frank, mas ele não me atrai. Entendeu agora? Posso fazer uns desenhos se você achar mais fácil visualizar..."

"Ah, está envolvida?", ela perguntou, ignorando todo o resto. "Você mesma disse que não queria namorar o Patrick, fica inventando mil desculpas pro garoto... Nossa, Pri, você é muito complicada. Acho que aqueles livros de romance juvenil foram todos inspirados em você! Se fossem se basear na minha vida, daria um parágrafo só: menina se interessa por garoto. Garoto gosta da menina. Os dois se beijam, se amam, se casam. Pronto, acabou. Ainda bem que você existe pra dar emprego pros escritores!"

Eu ri, mas logo fiquei séria.

"Estou tão envolvida com o Patrick quanto devo estar neste momento", expliquei. "Não quero engatar outro namoro na sequência. Pensa só, se eu me permitisse ficar apaixonada, agora iria estar aqui me lamentando pela possibilidade de passar na audição, simplesmente porque isso reduziria meu tempo com ele. Não poderia viajar, quando ele viesse teríamos pouco tempo juntos... Do jeito que estamos – envolvidos, mas sem nada definido – tenho mais controle, por incrível que pareça. Dos acontecimentos. E dos meus sentimentos."

A Sabrina revirou os olhos e foi pro quarto dela, dizendo: "Capricornianos...".

Eu balancei a cabeça e também fui pro meu quarto. E, sem saber se estava provando algo para ela ou para mim mesma, a primeira coisa que fiz foi escrever um e-mail. Para o Patrick.

De: Priscila <pripriscilapri@aol.com>

Para: Patrick <patrick@a+turismo.com.br>

Enviada: 18 de março, 19:45

Assunto: Feliz aniversário de novo

Oi, menino bonito!

Sei que já te liguei mais cedo para desejar feliz aniversário, mas é que eu estava atualizando meu diário de viagem e me deu vontade de te escrever. "Que diário de viagem?", você deve estar se perguntando. É uma espécie de diário, mas que só uso quando viajo. Bom, na verdade tenho usado mais como agenda, anotando as coisas mais importantes que acontecem aqui.

Mas então peguei para anotar seu aniversário, reli tudo que fizemos enquanto você esteve aqui e fiquei ainda com mais saudade...

O tempo está passando tão rápido! Já tem quase três semanas que você foi embora. Lembro que, quando nos encontramos em São Paulo, um ano depois da minha excursão pra Disney, você me escreveu dizendo que gostava de pensar nos dias que vivemos lá como se tivessem sido parte de um sonho... Senti o mesmo naquela época e me sinto assim agora também, como se os dias em que você esteve aqui não tivessem acontecido, como se fossem apenas coisa da minha imaginação.

Mas sei que foi real porque, depois que te encontrei, tudo ficou mais claro. Meu humor, meus pensamentos e até a cidade! A partir daquele dia de neve, todos desde então estão azuis, ensolarados...

Espero te ver de novo o quanto antes, mas agora tenho que esperar sair o resultado da audição. Torça por mim!

Mais uma vez, feliz aniversário! Que seus 23 anos te tragam só coisas boas!

Mil beijos,

Pri

De: Patrick <patrick@a+turismo.com.br>

Para: Priscila <pripriscilapri@aol.com>

Enviada: 18 de março, 21:56

Assunto: Re: Feliz aniversário de novo

Oi, menina linda,

Muito obrigado. Meu aniversário foi ótimo, apesar de bem tranquilo. Passei o dia trabalhando, mas recebi muitos telefonemas, mensagens e e-mails. O melhor com certeza foi o seu! Não sabia que você era romântica...

Sim, em Orlando aqueles dias pareceram um sonho. Mas em New York, não. Em New York o sonho foi você. E, o melhor, realizado.

Também não vejo a hora de te reencontrar! Claro que estou torcendo por você, me avise assim que souber o resultado.

Como tenho certeza de que você vai passar, sei que não vai poder vir pra cá tão cedo, por causa dos ensaios. Por isso, vou apenas aguardar a data da sua estreia para marcar uma nova ida a NY. Quero te ver da primeira fila! E depois vamos comemorar...

Um beijo bem grande nessa sua boca mais gostosa do mundo,

Patrick

38

Carrie: Quão difícil é ser feliz?
Larissa: Quase impossível.

(The Carrie Diaries)

RESULTADO FINAL DO ESTÁGIO PARA FIGURANTES DE *WICKED*

Orgulhosamente anunciamos que os escolhidos foram:

Kate Palmer
Adrian Perez

Parabéns aos dois e muito sucesso!
Agradecemos mais uma vez a todos que se inscreveram.
Com certeza vocês terão muitas oportunidades no futuro, o importante é continuar tentando.

Atenciosamente,

Equipe Strasberg Dramatic Arts e Wicked The Musical

De tanto me falarem que a audição já estava ganha, que eu não precisava me preocupar, pois com certeza a escolhida seria eu, acabei acreditando. E, apesar de não admitir para as outras pessoas, no fundo eu também achava que seria a vencedora. Não por pretensão, ou por pensar que a Catarina não merecesse. Eu sabia que ela era boa e que estávamos competindo de igual pra igual. Porém, minha intuição começou a gritar que ia dar certo, talvez pelo jeito que os professores passaram a me olhar e a conversar comigo desde a segunda etapa, como se eu já tivesse passado, como se estivessem orgulhosos de mim.

Exatamente por isso, quando ao final das aulas na sexta-feira me deparei com o resultado pregado no quadro de anúncios do corredor, tive que ler duas vezes para assimilar. Mesmo sabendo que só de ter chegado à final podia me considerar uma campeã, minha voz interior resolveu me castigar. Tudo que eu ouvia dela é que eu era uma *perdedora*.

"Puxa, que pena, Priscila, estava torcendo por você!", uma colega falou atrás de mim, me despertando para a realidade.

Não sei quanto tempo havia ficado com os olhos fixos naquele papel. Talvez eu estivesse esperando que fosse uma pegadinha, ou um pesadelo do qual a qualquer momento eu fosse acordar. Ou alguém iria aparecer com uma câmera dizendo que estava apenas registrando a minha reação e que na verdade eu era a vencedora.

"Obrigada", me forcei a dizer. E em seguida fui andando para a saída. Apesar de fazer isso o mais rápido que pude, não deixei de notar como os olhares em minha direção tinham mudado. A admiração que eu havia notado até poucas horas antes agora dava lugar à *pena*. E aquilo eu não podia suportar.

Por isso, assim que passei pela porta, saí andando sem nem esperar a Sabrina. Eu queria me esconder, sumir... A última coisa que desejava naquele instante era ter que contar para as pessoas do meu fracasso e ter que ouvir palavras de consolo.

Cheguei ao apartamento, peguei o Lucky e me tranquei no meu quarto. Sentei no chão e por um tempo fiquei observando meu esquilinho explorar cada canto, como se fosse a primeira vez, por mais que eu o soltasse ali todos os dias.

Talvez por perceber que eu estava triste, ou por pura coincidência, ele se aproximou, farejou minha perna e subiu no meu colo. Depois se deitou e ficou me olhando, como se eu fosse sua mãe. E então fechou os olhos e dormiu, se sentindo em total segurança perto de mim.

Fiquei fazendo carinho no pelo dele. Estava crescendo rápido, e eu sabia que os dias dele comigo estavam contados. Eu queria ficar com o Lucky para sempre, mas, além de não ser permitido pelas leis de NYC, eu tinha consciência de que ele seria muito mais feliz na natureza. Por outro lado, eu havia pesquisado na internet que a maioria dos esquilos que eram reintroduzidos morriam, pois não se acostumavam a lutar por comida e a ter que procurar abrigo. E havia também os predadores, de quem eles eram vítimas fáceis. Senti uma angústia tão grande e sem querer meus pensamentos trouxeram o Rodrigo. Ele saberia o que fazer...

Foi aí que senti as primeiras lágrimas rolarem. E então veio tudo de uma vez: impotência pelo Lucky. Decepção pelo fracasso na seleção. Saudade dos meus pais, que numa hora dessas estariam me dando colo e inventando qualquer coisa para me alegrar. E a falta do Rodrigo... que, quando eu achava que havia superado, voltava para me atormentar.

Deixei o choro tomar conta, em uma tentativa de as lágrimas expulsarem todo aquele sofrimento de dentro de mim. Deitei no chão, abraçada com o esquilo, e acabei dormindo. Acordei uma hora e meia depois, com a voz desesperada da Sabrina.

"Graças a Deus, você está aqui! O Lucky também!"

Levantei depressa, olhando para os lados. Vi o Lucky em um canto do quarto, parecendo assustado, e a Sabrina na minha frente, ainda mais assustada do que ele. E nesse momento percebi que tinha mais alguém. O Frank, que estava atrás dela, mais assustado que todo mundo, sem saber se entrava ou se ia embora correndo.

"Claro que estou aqui", falei, tentando despertar totalmente e ajeitar meu cabelo ao mesmo tempo. "Onde eu estaria?"

"Sei lá, fiquei um tempão te procurando na saída da escola depois que vi o resultado da audição, e aí algumas meninas falaram que você tinha ido embora correndo... Fiquei preocupada! Como estava a maior fila na balsa, liguei pro Frank pra saber se ele estava trabalhando em casa e se podia verificar se era pra cá que você tinha vindo... Ele tocou a campainha, você não atendeu. Pra completar, quando cheguei, não vi o Lucky na caixa, fiquei com receio de ele ter fugido e... Bom, ainda bem que você está aqui!"

Ela me deu um abraço tão forte que até me sufocou.

"Já que está tudo bem, vou indo, gente", o Frank falou nas nossas costas, meio sem graça.

A Sabrina me soltou e puxou o Frank para dentro do quarto. Então foi até o Lucky, o pegou e finalmente disse: "Não, não está nada bem. Conversa um pouquinho com a Pri aí, só enquanto eu vou alimentar esse coitado. A vasilha dele está vazia, e tudo que ele comeu aqui no quarto da Pri foram as Havaianas dela".

Olhei e vi que meu chinelo estava mesmo parcialmente destruído. Antes que eu pudesse dizer qualquer coisa, a Sabrina saiu do quarto, deixando o Frank completamente sem lugar e sem saber o que dizer.

Por isso, quebrei o gelo: "Acho que a Sabrina te contou que não passei...", falei, cabisbaixa.

Ele assentiu, me olhando exatamente com aquela expressão de dó que eu havia previsto.

"Não quero que tenham pena de mim!", estourei. "Se quer saber, nem era pra eu ter chegado tão longe. Foi sorte!"

Parei de falar, pois estava a ponto de chorar de novo. O Frank percebeu, ficou sem saber o que fazer, com aquele jeitinho meio desajeitado dele, e, sem pensar, pegou os meus ombros e fez "shh, shh", como se estivesse ninando um bebê. Em seguida, me abraçou devagar e começou a fazer carinho no meu cabelo. Deixei. Era uma sensação boa, ser consolada por alguém.

"Presta bastante atenção", ele falou alguns segundos depois, ainda me abraçando. "Não foi sorte. Para com essa bobeira! Você mereceu ter chegado à final. Essas pessoas que te julgaram são muito profissionais, ninguém te daria essa colocação por acaso ou pra te agradar. Foi seu talento que te levou até o segundo lugar."

Fiquei por um tempo calada, pensando nas palavras dele. Mas então me afastei, me sentei na cama e pedi para ele se sentar ao meu lado.

Um pouco constrangido, obedeceu.

"Frank, na real, eu nunca imaginaria chegar à final. Eu nem mesmo ia participar dessa audição, achei que era cedo, que eu ainda estava muito crua... Eu te contei isso. Apenas me inscrevi por insistência do Ricky, o meu orientador. Mas à medida que eu fui avançando... Sei lá, fui me sentindo mais confiante, percebendo algo que muita gente já tinha percebido e me falado durante a minha vida: que eu nasci para os palcos, que eu sei prender o público."

Passou pela minha cabeça de repente uma lembrança de quando eu havia me mudado para BH e a professora Glória fez comigo uma dinâmica de entrevista. Segundo ela, nenhum aluno tinha se saído melhor do que eu em todos os anos desde que ela começara com aquele exercício, pois eu tinha arrebatado todos os olhares e parecia ter nascido para os holofotes. E no meio daqueles olhares estava o do Rodrigo. Foi exatamente ali que eu me apaixonei por ele, à primeira vista.

Sentindo meus olhos enchendo de lágrimas de novo, falei: "Frank, eu costumo ser uma boa perdedora, não me acho melhor do que ninguém. Só estou triste mesmo porque acabei convencida de que ganharia, pelos comentários dos examinadores, dos professores... E a minha intuição me dizia isso também. Foi o choque pelo resultado que me assustou, mas vai passar. Na verdade, estou, sim, *muito* feliz por ter ficado em segundo lugar!".

Ao dizer isso, comecei a chorar de novo, o que fez o Frank rir, pois estava na cara que eu não estava nada feliz, ao contrário do que tinha acabado de dizer.

"Na verdade, estou triste também por causa do esquilo", acrescentei e contei para ele o que eu havia lido.

"Pri, você não pode acreditar em tudo que vê na internet!", ele falou. Mas algo na expressão dele me alertou que aquilo tinha algum sentido.

"Frank, eu salvei o Lucky pra que ele não morresse e agora que estou apegada não quero nem pensar nessa possibilidade! O pior é que pesquisei e vi que não posso ficar com ele, pois aqui em Nova York é ilegal. E também nunca me deixariam colocá-lo em um avião quando eu voltar para o Brasil!"

Ele pensou um pouco, coçou a cabeça e então, com as sobrancelhas franzidas, como se estivesse tendo uma ideia, disse: "Eu acho que posso dar um jeito nisso...". Esperançosa, olhei para ele, que completou: "Quero dizer, não consigo fazer com que você fique com ele aqui e muito menos que o leve para o Brasil. Mas minha mãe é bióloga e tem permissão para cuidar de animais silvestres. Na nossa casa já tivemos alguns que se machucaram e ela se ofereceu para cuidar: gaviões, lagartos e até um morcego! Acho que um esquilo vai ser bem tranquilo... A minha irmã também vai amar cuidar dele pra você! Ela adora animais. Temos três gatos, dois coelhos e um furão".

Estreitei os olhos, tentando ver se tinha entendido direito. Ele tinha gatos, coelhos e um *furão*?!

"Na minha infância tivemos um cachorro também", ele acrescentou. "Mas sofremos tanto quando ele ficou doente que nunca mais arrumamos outro. O Pongo é insubstituível."

"Pongo? Como o dos *101 dálmatas*?", perguntei, adorando saber mais sobre os bichos dele.

Ele riu, assentindo. "Sim. Eu que dei o nome, porque ele era branquinho, com algumas manchas pretas... Mas ele não era um dálmata, era um vira-lata. Eu o achei na rua um dia, saindo do supermercado com minha mãe. Estava implorando por comida para as pessoas que passavam. Aprontei um berreiro e só saí de lá quando minha mãe concordou de o levarmos junto. Eu tinha 7 anos na época."

Fiquei sorrindo e olhando para ele admirada, constatando que sabia muito pouco a seu respeito. Como ele demonstrou interesse por mim de cara e eu não quis incentivar, ficamos apenas no terreno das conversas superficiais. Mas me lembrei que ele tinha mesmo mencionado que gostava de bichos uma vez, apesar de o assunto não ter rendido.

"Sei que não é o ideal, que você gostaria de ficar com ele", o Frank falou, como se estivesse se desculpando. "Mas entre as opções que temos, acho que essa é a melhor. E você vai poder visitá-lo lá quando quiser. Minha cidade fica a duas horas daqui. E, mesmo quando você voltar para o Brasil, posso te mandar fotos dele pra matar a saudade."

Sim, aquela era uma solução aceitável. Pelo menos eu ficaria tranquila sabendo que ele era bem cuidado, e não morrendo de fome pelas ruas de New York ou sendo devorado por bichos maiores.

"Será que vão deixar? Digo, o pessoal da reintrodução silvestre. E sua família vai querer?"

"Vou conversar com minha mãe. Por coincidência vou para lá esse fim de semana, amanhã é aniversário do meu pai. Mas tenho certeza de que ela vai gostar da ideia. E ela mesma pode ligar para a central de NY, explicar que é bióloga e que vai tomar conta do caso. Aposto que eles vão agradecer. Pelo que você me disse, ficaram de entrar em contato semanas atrás para recolhê-lo e até agora nada, né? Com certeza estão cheios de casos bem mais complexos... O Lucky pra você é único, mas para eles é só mais um esquilo, como tantos que se acidentam pela cidade todos os dias."

Me entristeci um pouco pensando nos outros esquilos machucados que deviam existir, mas concordei, já torcendo para aquilo dar certo. Foi nesse momento que a Sabrina voltou, com uma panela cheia de brigadeiro e três colheres.

"Ei, você está até sorrindo!", ela disse, me olhando. Em seguida se virou para o Frank: "Menino, vou te contratar! Pensei que só chocolate teria o poder de animar a Pri, mas pelo visto você deu conta do recado!".

Ele riu, aceitou uma das colheres e, ao provar o brigadeiro, disse, com os olhos brilhando, que nunca tinha comido algo tão bom na vida.

"Pronto, resolvido!", a Sabrina disse, rindo. "Todos os dias que vier animar a Priscila, pago com brigadeiro!"

"Mas isso eu faço até de graça! Na verdade, pagaria pra ficar conversando com ela."

Ao ver que tinha se excedido um pouco, ele pigarreou, se levantou da minha cama e disse que precisava ir, pois ainda tinha um trabalho para terminar.

"Fica mais", pedi com sinceridade. Ele realmente tinha feito com que eu me sentisse melhor.

Ele respondeu que não podia mesmo, e então o levei até a porta.

"Vou conversar com minha mãe e te dou notícias assim que voltar de viagem", ele disse na saída. "Mas, até lá, quero que você fique bem! Promete?"

Assenti depois de dar um suspiro. Ele então pareceu satisfeito e me deu um abraço rápido. Eu o puxei e o abracei de verdade.

"Obrigado, Frank. Você é melhor do que brigadeiro."

Ele disse que podia contar com ele para o que precisasse e foi andando para o elevador, dando umas olhadinhas para trás. Acenei, fechei a porta e dei um suspiro.

Era mesmo muito triste não poder escolher por quem se apaixonar...

Pri, filhinha, não fica triste. Você está começando agora e já ter chegado tão longe mostrou do quanto você é capaz! Você sempre vai ter o primeiro lugar no meu coração (junto com seu irmão). Queria estar aí pra te dar colo, mas te achei até bem conformada. Acho que seus novos amigos estão dando conta dessa função! Beijo! Mamãe

Priscila, obrigado por avisar do resultado desse concurso de que você participou. Fiquei muito satisfeito com sua colocação, na verdade mais ainda do que se você tivesse vencido, assim não perde o foco da razão da sua viagem, que é o curso. Chances de mostrar seu talento você vai ter inúmeras depois que voltar para o Brasil. Ruy

Pri, não me conformo de você não ter vencido, essas pessoas deveriam usar óculos! Certamente não enxergaram o grande talento que podiam ter tido na peça. Mas tenho certeza de que em breve vai surgir outra oportunidade e não vão te perder de jeito nenhum! Eu estava pensando aqui, já que não vai ter mais compromisso por agora, será que podemos voltar a conversar sobre você vir passar uns dias em Orlando comigo? Prometo que vou te fazer feliz... Beijo enorme! Patrick

39

Barney: A mentira é apenas uma ótima história arruinada pela verdade.

(How I Met Your Mother)

Priscila, I got back from my trip late last night, which is why I didn't give you any updates before. My mother thought it was a great idea. She has already spoken to those responsible for animal rehabilitation in NYC and Pennsylvania, and everything is fine. She has even filed the documents requesting custody of Lucky. But we have another more urgent matter to talk about. I know you have a break between classes, can we have lunch together? Yes, it's important. Frank*

Enquanto esperava o Frank na porta de uma pizzaria na Union Square, fiquei relendo a mensagem que ele havia me mandado bem cedo e imaginando o que ele queria falar comigo que não dava para esperar chegar em casa à noite. Eu sabia que ele mal tinha horário de almoço, já havia me contado que na maioria dos dias comia só um sanduíche na própria mesa do trabalho. Por isso mesmo eu estava apreensiva... Além disso, a mensagem tinha sido seca. Ele havia me chamado de "Priscila", sendo que, desde que ficou sabendo que eu preferia o apelido, vinha me chamando de Pri.

* Priscila, cheguei de viagem ontem à noite bem tarde, por isso não dei notícias antes. Minha mãe achou a ideia ótima. Já conversou com os responsáveis pela reabilitação de animais de NYC e da Pensilvânia, e está tudo acertado. Ela até já entrou com os documentos requerendo a guarda do Lucky. Mas temos um outro assunto mais urgente para conversar. Sei que você tem um intervalo entre as aulas, podemos almoçar juntos? Sim, é importante. Frank

Ele chegou, e logo vi que eu estava certa. Parecia sério e um tanto nervoso, e ficou rígido quando fui cumprimentá-lo.

"Está tudo bem?", perguntei enquanto ele me direcionava para uma das mesas.

Ele fez que sim com a cabeça, mas vi que não era verdade. Foi apenas depois de fazermos o pedido que ele explicou.

"Não foi só com a minha mãe que conversei", ele começou, picando os guardanapos da mesa, como se não quisesse me encarar. "Como te disse, foi aniversário do meu pai, e minha tia também estava lá, aquela que dá aula na Strasberg, sabe?"

Assenti, franzindo as sobrancelhas. O que aquilo tinha a ver com o meu esquilo?

"Como você me contou que tudo parecia conspirar para que você fosse a vencedora do concurso, resolvi checar se ela sabia o motivo de isso não ter acontecido. Pensei que talvez pudesse ter uma razão oculta... E eu estava certo."

"Uma razão oculta?", perguntei meio sem voz, sentindo minha cabeça rodar. Eu não esperava que o tal assunto urgente dele fosse sobre a audição.

Ele continuou, cada vez mais sério.

"Minha tia falou que você tinha ganhado. Sim, você estava certa na sua intuição, era você, e todos os professores sabiam que você havia sido a escolhida. Ela ficou tão surpresa quando publicaram o resultado que até procurou saber o motivo da troca. E aí contaram que ficaram sabendo que você tinha um namorado em Orlando, por quem estava muito apaixonada... Disseram que isso poderia afetar seu comprometimento com o espetáculo, já que acabaria querendo viajar para visitá-lo e até mesmo sair do musical antes do prazo previsto. Ela disse também que na entrevista te perguntaram sobre namorados e você contou que era solteira, o que eles encararam como uma mentira. E foi por essa razão que a outra moça acabou ganhando."

"Frank, isso não é verdade, eu não estou namorando, você sabe disso!", falei, apertando suas mãos, como se o fato de ele acreditar em mim pudesse mudar alguma coisa.

Ele se virou para os lados, percebi que algumas pessoas nos olhavam e só então notei que eu tinha praticamente gritado.

"Priscila, pelo que minha tia disse, existem provas: uma passagem para Orlando com seu nome e uma carta de amor do seu namorado."

"O quê?!", quase gritei de novo. E de repente uma luz acendeu na minha cabeça. A carta do Patrick que eu havia perdido... "Frank, quem contou isso para a sua tia? Eu preciso conversar com essa pessoa. Isso, sim, é mentira, e não o que eu disse na entrevista!"

"Não sei quem foi, Priscila", ele falou ainda mais nervoso. "Você acha que iam falsificar uma passagem com seu nome? Isso é crime!"

Respirei fundo. "Frank, as passagens são reais. Eu realmente as recebi. Mas eu *não* aceitei! E fiz isso exatamente por querer me dedicar ao curso, porque – como já te disse várias vezes – estou aqui para isso, esse é o meu foco! Você tem que acreditar em mim..."

"E a tal carta de amor?" Ele ainda parecia impassível.

Ok, eu precisaria mesmo ser atriz naquele momento. Me desculpe por isso, Patrick...

"Frank... Na verdade, tem mesmo um cara apaixonado por mim. Ele fica me mandando declarações de amor, apesar de eu ter explicado mil vezes que só quero amizade... E aí, quando chegou ao extremo de me mandar as tais passagens, eu falei sério com ele, cortei o contato. Tanto que perdi essa carta e as passagens, e nem me importei. Se soubesse que alguém iria encontrá-las e usá-las para me difamar, teria procurado direito."

Ok, eu realmente merecia o primeiro lugar. Não, eu merecia um *Oscar*!

O Frank estreitou os olhos, parecia estar encaixando as peças da minha história para ver se faziam sentido juntas. Resolvi ajudar.

"Frank, eu já te falei algumas vezes que tudo que tenho a oferecer é a minha amizade. Mas graças a Deus você é uma pessoa sensata, entendeu que eu preciso desse tempo para focar no trabalho. Você nunca ficaria me pressionando, tentando me comprar com viagens... E é por isso que eu gosto tanto de estar com você. Muito, muito obrigada, por ter me trazido a verdade. E por ser assim, como você é..."

Fiquei olhando para ele enquanto tentava convencer a mim mesma de que a maior parte do que eu havia dito era real. Afinal, só havia exagerado em relação às passagens... Embora em nenhum momento o Patrick tivesse me pressionado, muito pelo contrário.

"Acho que posso perguntar para a minha tia se ela sabe quem encontrou a tal carta", ele falou depois de um tempo.

"Você faria isso?" Segurei as mãos dele. Era a única chance que eu tinha. Provavelmente não mudaria nada, mas eu gostaria muito de esclarecer para as pessoas que eu não era nenhuma mentirosa. Quero dizer, não em relação ao que eu disse sobre o meu envolvimento no musical...

"Vou tentar", ele disse, assentindo e me olhando por trás dos óculos, com aqueles olhos tão azuis que eu poderia mergulhar dentro deles.

"Prometo que vou pensar em um jeito de te agradecer!", falei, sorrindo. Ele imediatamente pegou o celular e mandou uma mensagem para a tia.

A pizza chegou, e almoçamos depressa, pois o Frank tinha que voltar para o trabalho; e eu, para a escola.

Quando já estávamos saindo, o celular dele apitou.

"É da minha tia!", ele disse, abrindo a mensagem e abaixando o celular para que eu pudesse ler junto.

It was a student who found the letter and handed it to the singing teacher, who felt obligated to reveal the fact so that the judging panel could draw its own conclusions. Why are you so curious about this, Frank? Is there any chance that you're in love with Priscila? Careful, young man! Don't you understand that she has a boyfriend? Aunt Lydia*

* Foi uma aluna que achou a carta e a entregou para a professora de canto, que se sentiu na obrigação de expor o fato para que a comissão julgadora tirasse suas próprias conclusões. Por que você está tão curioso a respeito disso, Frank? Por acaso está apaixonado pela Priscila? Cuidado, rapaz! Não entendeu que ela tem namorado? Tia Lydia

Olhei para o Frank e vi que ele havia enrubescido. Fingi não perceber.

"Obrigada, Frank, você me ajudou muito!" Me despedi dando um beijo rápido na bochecha dele, que o deixou ainda mais vermelho.

Eu só não previa que aquela informação me levaria muito mais longe do que eu jamais havia imaginado chegar.

40

Ted: Você pode pensar que as suas únicas opções são engolir sua raiva ou jogá-la na cara de alguém, mas existe uma terceira opção: deixar pra lá.

(How I Met Your Mother)

Voltei para a escola me sentindo em uma série de suspense, em que eu interpretava a detetive. A próxima aula era exatamente da Claire, e fiquei imaginando se alguma das minhas colegas é que tinha mostrado a carta para ela. Porém, ninguém ali parecia me esconder algo, muito pelo contrário. Todos ainda estavam muito solidários, como se quisessem me compensar por eu não ter ganhado. Alguns até me abraçaram para dar suporte emocional, dizendo que na próxima com certeza eu seria a escolhida.

Foi só quando a aula terminou e os alunos começaram a sair que notei algo diferente. A Catarina, ou melhor, a *Kate Palmer*, estava sorrindo, ao contrário da cara emburrada que costumava fazer. Com certeza estava superfeliz por ter ganhado a audição.

Resolvi ser uma boa perdedora e fui até ela. Eu precisava cumprimentá-la.

"Parabéns", falei em português. "Você mereceu. Boa sorte no musical. Quando você estrear, quero assistir."

Ela não respondeu, apenas passou reto e saiu da sala. Respirei fundo, sem saber por que perdia o meu tempo, e fui falar com a Claire. Eu queria esclarecer sobre a carta, contar que eu não tinha namorado, mesmo sabendo que aquilo não adiantaria.

Assim que me aproximei, ela falou: "Priscila, sei que você começou minhas aulas com o pé esquerdo, mas confesso que seu talento me surpreendeu nessa seleção. Parabéns pelo segundo lugar!".

Agradeci e então, meio gaguejando, falei que sabia que ela estava com minha carta e passagens, e, antes que eu pudesse esclarecer, ela colocou as mãos nos meus ombros e disse séria: "Querida, sei que esse meio é competitivo, mas não precisava ocultar algo importante como um namorado. A princípio fiquei brava por você ter mentido ao dizer que não tinha nada que te impedisse de se comprometer com o musical, só que a sua amiga Kate me esclareceu tudo, falou que não era culpa sua...".

"Então foi a Catarina?", perguntei perplexa. Eu sabia que aquela garota era capaz de tudo pra vencer, mas não a ponto de jogar tão sujo.

"Ela sofreu muito para me contar, falou que você brigaria com ela por causa disso. Mas me explicou que não aguentava mais ver você triste por ter chegado tão longe. Contou que foi seu empresário que te obrigou a participar da audição. E só por isso ela me mostrou a carta e as passagens que você recebeu. E foi por isso também que resolvi conversar com os jurados e expor a verdade. Agora seu empresário já deve estar sabendo que você tirou o segundo lugar e não vai mais te obrigar a terminar o namoro."

"Claire, acho que tem algum engano." Franzi as sobrancelhas, entendendo que o embuste tinha sido muito pior do que eu imaginava.

Ela riu, balançando a cabeça. "Não precisa ter vergonha, querida. Olha, vou chamar a Kate pra dizer que esclareci tudo com você. Ela estava com muito receio de você ficar brava com ela, é bom que vocês já conversam. Espere só um minuto, ela foi para a sala de ensaio, vou buscá-la. Aquela menina realmente é focada, pediu que depois da aula eu a ajudasse com algumas músicas de *Wicked*. Ela quer arrasar na estreia."

Durante os três minutos que a Claire ficou fora da sala, respirei fundo e tentei juntar todo o autocontrole que existia em mim. Eu sabia que meu instinto principal seria matar a Catarina assim que ela aparecesse. Mas eu precisava ver se ela iria ter a audácia de mentir na minha frente.

A Claire chegou com ela, que estava com a maior cara de inocente. Assim que me viu, começou a falar, em inglês, para que a nossa professora entendesse: "Priscila, desculpa. Eu tive que fazer isso, não aguentava mais te ver tão chateada. Achei um absurdo seu empresário mandar em você, mesmo depois de você ter explicado que não queria participar da audição porque a peça te impediria de viajar para ver seu namorado. Foi muito golpe baixo da parte dele dizer que cancelaria seu curso caso você passasse e não aceitasse a vaga!".

Golpe baixo? Ela tinha mesmo coragem de falar em golpe baixo?

"E foi a melhor decisão...", ela continuou. "Como os jurados estavam de fato indecisos entre nós duas, me escolheram para que ganhar a audição não fosse um problema para você. Ah, e claro, também por eu não ter nenhum impedimento. Meu único namorado é o teatro, meu coração não tem espaço para mais nada."

"Priscila, empresários são bons para nós somente quando também somos boas para eles...", a Claire tomou a palavra. "Até que eu entendesse isso, sofri muito. Tive alguns agentes que só queriam me explorar, arrancar meu sangue, queriam que eu deixasse toda a minha vida pessoal de lado e vivesse apenas para a música. Por isso me sensibilizei quando sua amiga me contou que você estava passando por essa situação."

"Mas isso não é verdade!", comecei a falar meio exaltada para a Claire. "Não tenho namorado! E eu nunca entreguei nada para a Catarina guardar! Ela está mentindo! Nós nem somos amigas!"

"Viu, Mrs. Friesenhahn?", a Catarina disse, se virando para ela. "Te falei que a Priscila teria essa reação. Ela tem problemas de confiança, não acredita nem em mim, que também sou brasileira e que desde o primeiro dia disse que seríamos melhores amigas, que poderíamos confiar totalmente uma na outra." E, se virando para mim, completou: "*Pri*, eles juraram que não vão contar para o seu empresário que ficaram sabendo do seu namoro. Não precisa se preocupar com isso!".

"Meninas, depois vocês conversam", a Claire disse, indo até a bolsa dela e pegando um envelope. "Priscila, aqui está sua cartinha e as passagens. Aproveite para namorar bastante, isso também é importante. Agora, vou te pedir licença. Como te disse, estou fazendo a preparação vocal da Kate."

A Catarina sorriu para ela, como se fosse a melhor pessoa do mundo.

Peguei o envelope, agradeci séria e dei uma última olhada para a minha "melhor amiga". Ela tinha acabado de provar que era muito boa atriz e merecia a vaga. E eu, aquele castigo. Sim, ela havia mentido, mas eu tinha acabado de fazer a mesma coisa com o Frank, alguém que gostava de mim e que só queria me ajudar, o que tornava o meu ato ainda pior. Desde o primeiro dia a Catarina tinha deixado claro que não queria amizade e que ia fazer o possível para vencer o que quer que fosse.

Sentindo meu rosto queimar, eu nem sabia mais se era de raiva ou de vergonha, desci as escadas e saí da escola, anestesiada.

Olhei para os lados e não vi a Sabrina, ela devia estar no café do final da rua, onde nos encontrávamos caso uma demorasse mais do que a outra.

Ela estava lá com o namorado. Assim que me viu fez sinal para que eu me sentasse à mesa deles. Mas notei que o Ricky também estava no café, sentado sozinho, lendo.

Disse para a Sabrina que precisava conversar com o Ricky e em seguida fui à mesa dele e perguntei se poderia me sentar.

"Claro, fique à vontade", ele disse, já puxando a cadeira para mim. "Estou esperando o Julian, mas ele está um pouco atrasado. Você está com uma cara péssima! Quer um café?"

Agradeci e fui logo ao assunto.

"Ricky, eu não tenho namorado. Meu empresário não me obrigou a nada, muito pelo contrário. Ele nem queria que eu participasse da audição, tudo que ele quer é que eu me concentre no curso. Sei que todo mundo está pensando isso, mas quis esclarecer pra você, que confiou tanto em mim desde o princípio. Estou ficando com um garoto, sim, e ele foi o primeiro a me apoiar, me incentivou a me dedicar à audição... Mas, ainda que ele não tivesse feito isso, eu não teria participado obrigada por alguém. Meu único impedimento era eu mesma, lá no começo, por achar que não seria capaz. Só que, desde que mudei de ideia, pelas palavras que você me falou, era só nisso que eu pensava e eu realmente queria ganhar. Eu não iria ficar triste com o primeiro lugar, como pelo visto todos estão pensando. Estou triste é agora. Por ter perdido não por falta de merecimento, mas por uma mentira."

"Espera, Priscila", ele falou, segurando minhas mãos. "Respira, nunca te vi desse jeito. Eu escutei os rumores mesmo, sobre você só ter participado por ter sido forçada pelo seu empresário. Achei um pouco estranho, mas nesse meio não duvido de nada... O que aconteceu de fato?"

Então contei tudo para ele, desde as informações que o Frank tinha recebido até o que havia se passado na sala da Claire. Ao final, o Ricky também estava meio nervoso.

"Priscila, isso foi sabotagem. É muito sério! Você precisa denunciar. A Catarina conseguiu a vaga de forma desonesta."

"Não quero fazer isso", falei, olhando para baixo. "Eu também já menti para obter o que queria. Não aqui, mas em outras situações... E já deveria ter aprendido que posso até conseguir o que quero provisoriamente, mas depois o preço que tenho que pagar é muito mais alto. Aposto que uma hora ela também vai aprender."

"Priscila, entendo, mas, agora que você me envolveu, não vou conseguir aceitar essa injustiça assim, ainda mais com você, que tem tanto talento... Vocês já tiveram algum desentendimento? Isso por acaso é vingança dela por alguma coisa?"

"Não, de jeito nenhum! A Catarina implicou comigo desde o primeiro dia, simplesmente por eu querer me aproximar dela. Deixou claro que não estava aqui para fazer amigos. Mesmo assim continuei tentando, mas, quando vi que ela realmente não queria, me afastei, fiquei na minha. Acho horrível rivalidade feminina! Sou cheia de amigas e sempre tento ajudá-las no que posso, não brigo com garotas de jeito nenhum!"

Ele pensou um pouco e então falou: "Priscila, em primeiro lugar, acho que você tem que pensar em *pessoas*, e não em homens e mulheres. Tem meninas boas e más. E meninos também. Não acho que você deve inocentar automaticamente alguém apenas por ser do sexo feminino! Tem muita gente ruim no mundo que só quer o nosso mal mesmo. Se uma garota for má com você, acho, sim, que você deve se defender".

Imediatamente me lembrei de outra menina que havia atrapalhado a minha vida, a Karen. Eu tinha passado meses com vontade de dar um soco na cara dela por ter conseguido separar o Rodrigo de mim. Mas aos poucos dei um jeito de perdoá-la mentalmente, dizendo para mim mesma que ela tinha feito aquilo não para me prejudicar, mas por ter se sentido injustiçada, já que era tão apaixonada pelo Patrick.

"Olha, meu signo é Escorpião, não tenho sangue de barata como você. Mas vou te respeitar. Se não quiser mesmo denunciar a Catarina, vou entender. Só que estou pensando em uma vingancinha aqui que vai ser muito melhor do que isso..."

"Ricky, não precisa, sério. Foi bom pra eu ficar esperta nesse meio competitivo e também pra aprender a não ser tão distraída e tomar conta das minhas coisas. Já superei. Terei outras oportunidades. Claro que não tão maravilhosas quanto participar de um musical da Broadway..."

Nessa hora, o Julian chegou. Eu o cumprimentei e me levantei da mesa, para deixá-los à vontade.

"Priscila, vai pra casa tranquila", o Ricky falou quando me despedi. "Acho que amanhã terei uma notícia boa pra te dar."

Agradeci, mesmo sem imaginar o que poderia ser. Naquele momento nada teria o poder de me fazer feliz...

De: Patrick <patrick@a+turismo.com.br>

Para: Priscila <pripriscilapri@aol.com>

Enviada: 23 de março, 19:45

Assunto: ...

Pri, fiquei arrasado com o que você me contou no telefone. Escrevendo para mais uma vez te pedir desculpas. Não imaginei que te mandar aquela carta e as passagens pudesse te prejudicar. Juro que não teria feito isso se sequer imaginasse a possibilidade.

Você fez totalmente certo, tinha mesmo que dizer pro pessoal aí que foi "um cara apaixonado por você que mandou". Não fiquei ofendido, não se preocupe. Aliás, na verdade, não vi a menor mentira nisso...

Mas acho melhor não nos encontrarmos por um tempo mesmo, não quero que alguém nos veja juntos e pense que a sua colega disse a verdade. Porém, saiba que continuo morrendo de saudade e contando os dias para estar junto de você.

Mil beijos,

Patrick

De: Frank <fmayberry@mailweb.com>

Para: Priscila <pripriscilapri@aol.com>

Enviada: 23 de março, 20:43

Assunto: Apology

Hey, Pri, I ran into Sabrina at Starbucks, and she gave me the scoop on what's going on. I thought about coming over to talk to you, but she mentioned you weren't in the mood for talking to anyone right now and suggested I send this email.

It's great that you found out where that nasty info came from. My aunt only knew about it up to that point. I agree with your professor; I think you should confront your classmate, put her on the spot so people can see who she really is. But I also get that you don't want to hurt someone who's done you wrong. I've noticed you're incredibly kind and honest, no matter who you're dealing with. I'm sorry for doubting your words; I should've known you always tell the truth.

Whenever you're up for a chat, just give me a shout out. I really enjoyed our lunch today, and we should do it again sometime (just to enjoy lunch, without any serious business to deal with).

Frank*

De: Samantha <sambasam@email.com>

Para: Priscila <pripriscilapri@aol.com>

Enviada: 23 de março, 21:39

Assunto: Perguntas

Pri, sua mãe me ligou pra contar o caso da falsária da sua colega! Tenho duas perguntas:

1- Por que você mesma não me ligou pra me contar? Não vai me colocar na geladeira de novo, né?

2- O que você está fazendo que ainda não atirou essa garota do alto do Empire State Building?

Pelo amor de Deus! Quando eu for aí te visitar, essa sujeitinha vai se ver comigo! E concordo

---

* Assunto: Desculpa
Pri, encontrei a Sabrina no Starbucks, ela me colocou a par dos últimos acontecimentos. Pensei em ir aí conversar com você, mas ela explicou que nesse momento você não queria falar com ninguém e sugeriu que eu mandasse este e-mail.
Que bom que você descobriu de onde veio a informação maliciosa. A minha tia disse que só sabia mesmo até aquela parte. Concordo com seu professor, acho que você deveria revidar, colocar sua colega na parede, para que as pessoas possam saber quem ela é. Mas também entendo que você não queira prejudicar nem mesmo alguém que tenha te feito mal. Já percebi que você é muito bondosa e pura, com quem quer que seja. Desculpa ter duvidado das suas palavras por meio milésimo de segundo, eu devia saber que você sempre fala a verdade.
Quando quiser conversar, me avisa. Adorei almoçar com você hoje, poderíamos repetir algum dia desses (mas só pra curtir o almoço, sem nenhum assunto sério pra tratar).
Frank

com seu professor, tem que revidar, sim! Reage, Priscila! Sei que você acha que tem que ser boazinha que nem as protagonistas dessas suas séries de romance, mas quer saber? Na vida real quem faz isso é trouxa (e não estou me referindo ao mundo do Harry Potter)!

Espero uma ligação sua para me contar uma história bem melhor do que essa que ouvi da sua mãe. Especialmente explicando essa confusão de Frank-Patrick... Sua mãe falou dos dois, fiquei meio sem entender pra que lado o seu ponteiro está apontando agora.

Beijo,

Sam

P.S.: Sim, talvez eu esteja de TPM.

41

Chilli: Choro um pouquinho, me recomponho,
dou uma sacudida e sigo em frente.
O show tem que continuar.

(Bluey)

"Priscila, quero falar com você, mas fora da escola. Pode me encontrar no café antes de ir pra casa?"

Assenti rapidamente para o Ricky. A aula tinha terminado naquele instante, e ele me alcançou antes que eu saísse da sala. Percebi que não queria conversar na frente das outras pessoas, mas ainda assim tive vontade de implorar que falasse tudo de uma vez.

Fiquei tão distraída durante a aula de Interpretação que o professor perguntou duas vezes se eu estava dormindo. Meus pensamentos ficaram rodando incansavelmente sobre o que o Ricky ia falar. Por isso, assim que o professor nos dispensou, agarrei a Sabrina pelo braço e falei que não iria embora direto.

"Quero participar da conversa!", ela disse, dando uns pulinhos. "Estou muito curiosa! Também acho que aquela garota merece vingança e tenho certeza de que a do Ricky vai ser maravilhosa. Amei saber que ele é de Escorpião! Aposto que o ascendente dele é em Áries, gente de atitude!"

Falei que ela poderia ficar por perto, mas que achava que ele queria falar comigo em particular. Só que, quando chegamos ao café, vi que ele não estava sozinho. O Julian estava lá também.

"Oi." Me aproximei da mesa deles, um pouco sem graça.

"Priscila!" O Ricky se levantou ao me ver e já puxou uma cadeira. "Sente-se, por favor." E, vendo que a Sabrina estava por perto, puxou outra e fez sinal para que ela se sentasse também, o que ela fez mais do que depressa.

Nos sentamos, e o Julian logo olhou para mim e falou: "O Ricky me contou o que fizeram com você. Fiquei revoltado, odeio injustiça!".

Comecei aquele mesmo discurso sobre eu já ter superado e saber que no futuro teria outras oportunidades, mas o Ricky me cortou.

"O futuro já chegou. Temos uma oportunidade pra você agora!"

"Fala logo!", a Sabrina disse, sem conseguir se segurar.

Os dois sorriram, cúmplices. Então o Ricky fez um sinal para o Julian explicar.

"Não é só *Wicked* que tem vagas para figuração", ele disse baixinho, para que só nós escutássemos. "Na verdade, a rotatividade desse meio é muito alta, pois os figurantes estão sempre em busca de uma oportunidade melhor, e eventualmente conseguem, o que gera essa demanda."

Eu estava prestando tanta atenção que mal piscava.

"A diferença é que geralmente os testes são abertos já para atores profissionais, e não iniciantes, a não ser em casos de estágio, como essa parceria que a sua escola abriu", ele continuou. "E é assim também que funciona com *Cats*. Porém, ontem, quando o Ricky me contou o que aconteceu com você, perguntei pro diretor se abririam uma exceção. Contei que você tinha sido sabotada e que o Ricky confiava totalmente no seu talento."

Meu coração estava disparado. Eu não sabia se pelo meu caso estar tomando proporções maiores que eu gostaria ou pela minha intuição, que estava antevendo o que ele iria dizer.

Logo percebi que eram as duas alternativas, pois o Julian disse: "Na mesma hora ele respondeu que confiava totalmente no crivo do Ricky, por ele já ter sido ator e preparador do nosso musical, e então te convidou para fazer um teste".

Tive vontade de gritar! Mas, como ele continuava a falar naquele tom sigiloso, me segurei e apenas assenti vigorosamente, deixando que ele terminasse.

"*Amanhã*", ele finalizou, com uma careta. "O teste já é amanhã. Estamos com uma vaga que precisa urgentemente ser preenchida, e, como algumas atrizes serão testadas amanhã, ele disse que poderia te encaixar. O Ricky contou que você é muito perfeccionista, mas você ganhou o segundo lugar na seleção de *Wicked*, que é super-rígida..."

"A Priscila teria ganhado o primeiro lugar", o Ricky corrigiu.

"Ela topa!", a Sabrina falou depressa.

Arregalei os olhos para ela, tentando dizer por telepatia para ela ficar quieta, já que eu não queria fracassar novamente, mas ela fingiu que não viu.

"A Pri sabe todas as músicas de *Cats* de cor!", ela continuou, eufórica. "E as coreografias também. Perdi muitas horas de sono ouvindo aquela 'Jellicle Cats' repetidamente. Essa menina é louca, não sossega enquanto não consegue o que quer, e o que ela queria era decorar cada segundo da sua peça. Ela pode fazer um teste neste exato segundo, tenho certeza de que passa!"

Eu disse que não era bem assim, que tinha treinado as músicas e danças só por diversão, mas o Julian bateu palmas.

"Perfeito então!", o Ricky disse. "O teste é amanhã às cinco da tarde. Vou te acompanhar, para mostrar que você é realmente minha indicação."

Fiquei muda por um tempo, sem acreditar que iria passar por outra audição tão cedo. Mas então dei por mim, me levantei e dei um grande abraço no Ricky e outro no Julian.

Os dois sorriram, e o Julian de repente olhou para a Sabrina meio sem graça e falou: "Você também quer participar? Falei só da Priscila, mas posso tentar conseguir outro teste...".

"De jeito nenhum, não se preocupe, obrigada!", ela falou. "Não tenho vocação para musicais, percebi isso na seleção de *Wicked*. Quero fazer novela, no Brasil mesmo. Esse negócio de cantar e dançar é com a Pri!"

Eu ia contestar, ela era ótima, mas a Sabrina já tinha se levantado. Começou a me puxar pelo braço, dizendo que precisávamos ir para casa logo, para que eu pudesse ensaiar e dormir cedo, pois tinha que estar bonita no dia seguinte.

Um pouco constrangida, concordei. O Julian então me passou o endereço do local da audição, e o Ricky reafirmou que me encontraria lá.

Segui a Sabrina, que já estava se direcionando para a porta, fazendo sinal para que eu andasse rápido, mas então voltei para a mesa deles e dei mais um abraço neles.

"Sei que aqui nos Estados Unidos as pessoas são mais reservadas, mas no Brasil a gente se abraça e se beija o tempo todo. E só assim posso expressar tudo que eu estou sentindo. Nem sei como agradecer pela oportunidade."

Os dois riram e falaram que tinham que se mudar para o Brasil. O Ricky então ficou sério e segurou a minha mão.

"Priscila, eu vi o seu brilho desde o primeiro dia. Não estamos fazendo nada de mais, o mundo merece te conhecer."

Sorri, dei um beijo na bochecha de cada um, e fui correndo para a Sabrina, que estava na porta, impaciente. Então, para não perder tempo, fomos embora cantando e dançando pelas ruas as músicas de *Cats*.

42

<u>David</u>: Fique firme e siga em frente. Sempre tem gente querendo que você desista. Não facilite as coisas.

(Once Upon a Time)

Prica, o Ruy não está sabendo dessa nova audição? Acho que deixei escapar sem querer quando encontrei com ele agora há pouco na padaria, mas foi só porque pensei que ele soubesse de tudo que você faz por aí... Quero dizer, eu ficaria mais seguro se ele soubesse dos seus passos, já que eu não sei mais de nada que você faz. Vê se me LIGA ou pelo menos escreve com mais frequência. Papai

Priscila, seu pai me falou que você está em outra audição? Até entendo que ter experiência nesses testes é bom, mas acho que você não deveria perder seu tempo com isso. Como disse, quando voltar, já vou ter seu papel definido em alguma novela, não vai ter que passar por teste nem nada. Já falei mil vezes, foque apenas nas aulas de interpretação. Não adianta nada eu te arrumar um papel de destaque se a mídia cair em cima, com críticas negativas. Preciso que você chegue arrasando como atriz, para todos se perguntarem onde você estava escondida por todos esses anos! Ruy

O local da audição era um pequeno teatro. Os jurados estavam sentados na primeira fileira; e os acompanhantes das atrizes que iam ser testadas, mais atrás. A Sabrina foi comigo. O Ricky e o Julian já estavam lá.

Me mandaram deixar tudo no camarim e ir para o palco. Vesti um collant e uma meia-calça preta sem pé, que era o que eu usava nas aulas de Expressão Corporal, e logo vi que as outras sete pessoas com quem eu concorreria estavam vestidas mais ou menos assim também.

"Com licença, vou pregar um número na sua roupa." Uma moça veio com um pequeno alfinete e colocou o número 7 bem na frente do meu collant. O Julian me explicou depois que dessa forma ficava mais fácil para os jurados identificarem os candidatos e fazerem anotações.

Em seguida, um senhor de barba subiu ao palco e se apresentou como o diretor do musical. Ele disse que não precisávamos ficar nervosas, pois quem não passasse dessa vez poderia tentar novamente no futuro.

Ele nos desejou boa sorte, e a audição começou.

O teste era bem parecido com o de *Wicked*, uma espécie de aula mais rígida. Porém, desta vez, por já ter passado por uma seleção, eu estava me sentindo mais segura, o que me fez constatar o quanto a minha escola era boa. Eles realmente nos preparavam para as futuras audições.

"Por favor, se espalhem pelo palco", o diretor falou e, assim que fizemos isso, completou: "Vou colocar alguns trechos das canções de *Cats* para vocês dançarem e cantarem livremente, da forma que acharem melhor."

Como eu já sabia todas de cor, tanto as letras quanto as danças, fiz exatamente como era na peça. Percebi que algumas das concorrentes passaram a me imitar e, quando vi, eu estava na frente de todas, como se fosse uma professora ou algo assim. Foi meio estranho... Mas legal ao mesmo tempo.

Depois dessa parte, que durou no máximo dez minutos, o diretor falou: "Atenção, números 2, 6 e 7, vocês continuam aqui. As demais podem ir. Obrigado. Se precisar, entraremos em contato".

Comecei a tremer. Eu imaginava que iam marcar uma data para o resultado e então chamar para a próxima etapa, como foi na minha escola. E não dar o resultado assim, na mesma hora. Só depois o Ricky me contou que na Strasberg fizeram daquele jeito por ter mais gente participando e também para que pudéssemos nos preparar melhor. Segundo ele, nas audições profissionais, já era esperado que os concorrentes estivessem prontos.

A partir daí, o exame foi individual.

"Cada uma de vocês irá cantar alguma música de *Cats*, à sua escolha. O pianista irá acompanhá-las. Temos aqui as letras, caso alguma de vocês queira cantar lendo."

Agradeci, eu não precisava ler. Iria cantar "Memory", a música que eu sabia de cor e salteado, desde que a Claire havia me feito passar a maior vergonha por causa dela em uma das primeiras aulas.

As meninas com os números 2 e 6 foram chamadas antes de mim, e inicialmente achei aquilo uma coisa boa, pois poderia assistir e saber o que esperar. Só que eu estava enganada. Elas também cantaram "Memory", e muito bem, o que só fez com que eu ficasse insegura.

"Número 7, sua vez!", o diretor chamou quando a 6 terminou.

Fui tremendo para o centro do palco, mas me lembrei do conselho da Samantha na outra audição. Fechei os olhos e me imaginei sendo uma atriz ou cantora muito famosa. E simplesmente soltei a voz.

Memory, all alone in the moonlight
I can smile at the old days
I was beautiful then
I remember a time I knew what happiness was
*Let the memory live again**

---

* *Memórias, totalmente sozinha ao luar*
Posso sorrir para os velhos dias
Eu era bonita naquele tempo
Me lembro da época em que eu sabia o que era felicidade
Deixe as memórias viverem outra vez

Ao final, cheguei a me emocionar. Não sei se pela letra ou por estar ali, muito mais longe do que eu havia sonhado. Quando abri os olhos, me deparei com todos os jurados me olhando. E então, só pela expressão deles, soube que eu tinha ido bem. Suspirei, satisfeita por não ter ido à escola naquele dia para ter mais tempo de me preparar. Apesar disso, eu sabia que as outras concorrentes também tinham se saído bem, por isso continuei apreensiva.

De repente, me veio à cabeça a dona Lúcia, a mãe do Rodrigo. Gostaria que eu e o Rô não tivéssemos terminado de forma tão traumática, para que ainda pudéssemos ter contato. Ela iria ficar feliz e orgulhosa de saber aonde aquela antiga aluninha dela de 13 anos havia chegado.

A seguir, me perguntaram se eu tinha alguma experiência com práticas circenses. Meio sem graça, respondi que não, mas contei que tinha estudado balé e ginástica olímpica por anos.

"Pode nos mostrar um pouco do que você sabe fazer?", uma das juradas perguntou.

Fiquei estática a princípio, mas então exibi alguns passos de balé, emendei com movimentos de ginástica olímpica e finalizei com uma abertura.

"Não fui tão bem quanto gostaria, já tem anos que não treino...", me justifiquei, mesmo sem pedirem. "Se praticar um pouco posso fazer melhor."

"Foi bem o suficiente", a mesma jurada respondeu, me tranquilizando. A cada instante meu coração batia mais rápido.

Por último, pediram que nós três fôssemos para o centro do palco e explicaram que a escolhida teria que assinar um contrato de comprometimento com o musical até o final do ano inicialmente. E então indagaram se alguma de nós teria algum impedimento. Gelei! Afinal, minha passagem de volta para o Brasil estava marcada para o dia 2 de julho... Mas fiz a atriz e falei: "Estou inteiramente à disposição, em qualquer dia da semana ou fim de semana". As outras deram respostas semelhantes, e o diretor pediu que nos sentássemos no palco.

Fiquei lá, tentando controlar a ansiedade, enquanto os jurados conversavam e, de tempos em tempos, apontavam para nós.

De repente notei que gesticularam uns para os outros, e aí um deles se levantou e disse: "Vocês três são boas. Mas, para o que precisamos no momento, a número 7 atenderá melhor. Iremos seguir com ela. Porém peço que a 2 e a 6 fiquem de sobreaviso, pois, se durante os ensaios notarmos alguma dificuldade, chamaremos uma de vocês. E, claro, serão bem-vindas nas próximas audições. Obrigado".

As duas agradeceram e saíram do palco. Eu não sabia se pulava, se gritava, se chorava... Olhei para o Ricky, que fez sinal para que eu esperasse. Os jurados continuaram a conversar, até que o cara que anunciou que eu havia ganhado pegou um papel e veio até o palco.

"Miau-vinda ao nosso mundo-gato", ele disse, me estendendo a mão direita. "Você agora é uma de nós."

Comecei a agradecer, mas ele fez que nem ouviu e se apresentou, dizendo que era o preparador vocal do musical. Depois, apontou para os outros jurados, explicando que a mulher era a coreógrafa; e outro homem, o figurinista. Os dois acenaram para mim, e ele então perguntou sobre os meus horários.

"Só estudo, na Strasberg. Saio de lá no máximo às três da tarde, de segunda à sexta. Mas se tiver algum problema posso tentar mudar", falei apreensiva. Eu não queria que *nada* atrapalhasse minha participação! Nem mesmo a escola, que era o que havia me trazido até ali.

Ela negou com a cabeça, dizendo: "Não precisa. Nossos ensaios serão às segundas, quartas e quintas, das quatro às seis e meia, aqui neste prédio, mas no andar de baixo". Ele me entregou o papel que estava segurando, e vi que continha todas as informações. "Em breve a integraremos ao grupo, e você começará a participar do musical. Mas conversaremos sobre isso quando chegar a hora."

Concordei rapidamente.

O diretor se aproximou, dizendo que me ligariam até o final da semana para marcar a assinatura do contrato e tirar minhas medidas para o figurino.

"Parabéns, Priscila Panogopoulos", ele disse ao final. "Aliás, você tem um ótimo nome artístico."

Em seguida saiu, dizendo que eu poderia me trocar.

Não o esperei falar duas vezes. Voei para o vestiário, pois estava louca para comemorar com a Sabrina, que só faltava invadir o palco.

Quando terminei de me vestir, apenas ela, o Ricky e o Julian continuavam no local. Os três correram assim que me viram e me deram o maior abraço, quase me sufocaram!

"Estou tão feliz por você ser minha nova colega de elenco!", o Julian disse, segurando minhas mãos.

"Obrigada!", falei meio sem graça. "Mas não me comparo a você, de jeito nenhum, vou só fazer uma figuração. Você é do elenco principal!"

"Priscila, esquece isso", ele falou com as mãos na cintura. "Naquele palco, somos todos gatos, da mesma tribo. Não existe figuração em *Cats*, o que temos é um grande elenco de apoio, porque, sem o coro, o musical não existiria."

Fiquei ainda mais animada e ansiosa. Eu só não imaginava que seria ainda melhor do que eu esperava...

43

Tom: Você foi maravilhosa.
Você é maravilhosa.
(Smash)

Hey, Pri, I came to work today thinking about how crazy life is! Two months ago, when we watched Cats, I told you I'd see you on that stage one day... I just didn't think it would happen so fast and at the same play. I can't wait! I'll be at the première, giving you a standing ovation! Frank*

De: Samantha <sambasam@email.com>

Para: Priscila <pripriscilapri@aol.com>

Enviada: 26 de março, 08:45

Assunto: Cats

CATSSSSSSSSSSSSSSSSSSSSSSSSSS! Nem acredito, Prizinha! Vai ser demais, você vai brilhar muito!!!!

* Oi, Pri, vim para o trabalho hoje pensando em como o mundo gira! Dois meses atrás, quando assistimos Cats, eu te falei que um dia ainda iria te ver naquele palco... Só não imaginava que seria tão rápido assim e na mesma peça. Mal posso esperar! Estarei na estreia, batendo palmas de pé! Frank

Estou muito animada! Quando terminam os ensaios? Já quero comprar as passagens, avisei pro seu irmão que NÓS VAMOS pra NYC te ver ao vivo!

Beijocas!

Sam

De: Arthur <arth56473890@netnetnet.com.br>

Para: Priscila <pripriscilapri@aol.com>

Enviada: 26 de março, 09:05

Assunto: Celebridade

Priscila, sério isso que a Sam me contou? Sou oficialmente o irmão de uma celebridade da Broadway?? UAU!

Parabéns, PRIncesa! Sei que tem anos que eu não te chamo assim, mas é pra lembrar que você sempre foi a minha princesa, já que agora todo mundo vai ficar te bajulando e tratando mesmo como realeza... Brincadeira. Mas quero que você saiba que estou muito, muito orgulhoso! Sempre soube que algo grande estava reservado pra você.

A Sam e a mamãe estão enlouquecidas querendo ir para aí o quanto antes. Estão até olhando hotéis! Vamos ver como vai ser isso... Não tenho férias do trabalho por agora e tem o doutorado também. Isso sem contar o Rodriguinho, que eu considero muito novo pra viajar pro exterior. Já fico imaginando o berreiro no avião... Mas vamos fazer o possível. Estou muito feliz com a novidade!

Beijo!

Arthur

De: Marina <marininha@mail.com.br>

Para: Priscila <pripriscilapri@aol.com>

Enviada: 26 de março, 10:21

Assunto: Broadway

Pri, sua mãe ligou pra contar que você foi chamada pra ser atriz na Broadway???????? A tia Lívia está alucinando ou é real?

Sei que tivemos pouco contato no último ano, especialmente depois que você foi pra São Paulo, mas saiba que continuo sempre pedindo notícias suas pra sua mãe e estou daqui torcendo por você!

Ainda lembro do seu aniversário de 13 anos, quando te dei aquele box de "Gilmore Girls" e passamos dias maratonando tudo... Será que tem também a possibilidade de te ver nas telas algum dia? Quem sabe daqui a um tempo alguma menina de 13 anos vai se viciar em seriados depois de te assistir na TV?

Sua mãe está praticamente marcando uma excursão pra NY, quer levar até a vovó pra te ver!

Seja aqui ou aí, espero te encontrar logo. Estou com saudade da minha priminha (sim, sei que temos meses de diferença apenas, mas você vai ser pra sempre a minha priminha)!

Beijo!

Marina

De: Bruna <bruninha@mail.com.br>

Para: Priscila <pripriscilapri@aol.com>

Enviada: 26 de março, 11:04

Assunto: Decepcionada!

Priscila, que história é essa de estreia na Broadway? Você simplesmente tomou um chá de sumiço, parou de dar notícias há mais de um mês e de repente sua mãe me vem com essa informação? Eu aqui pensando que você estava sumida por causa de algum namorado e aí descubro que é por causa de trabalho? Que decepção! Cadê os boys americanos??

Espero que da próxima vez sua mãe (já que diretamente de você eu desisti) dê uma notícia bem melhor.

Bruna

P.S.: Você sabe que estou brincando, estou muito orgulhosa de você!

P.S. 2: A Pietra, aquela amiga do meu irmão que fazia faculdade com você, veio hoje aqui e contei a novidade pra ela. Ficou doida pra ir te prestigiar em NY também!

De: Larissa <larissa@mail.com.br>

Para: Priscila <pripriscilapri@aol.com>

Enviada: 26 de março, 12:35

Assunto: Orgulho

Oi, Pri!

Sua mãe me contou a novidade! Que orgulho!!!!!

Na verdade, eu queria te ligar, mas fiquei meio sem graça, já que você agora está nesse mundo artístico aí e deve ter mil ensaios, festas, eventos...

Estou muito orgulhosa da minha amiga! Confesso que nem imaginei que todo aquele drama adolescente ia te levar a algum lugar, mas estou muito, muito feliz!

Sua mãe está organizando uma viagem coletiva pra NY, ela quer que todo mundo vá na sua estreia. Só que por causa do estágio vai ser complicado. Mas vou tentar!

Dê notícias quando puder, estou com saudade.

Lalá

De: Luísa <luisa@netnetnet.com.br>

Para: Priscila <pripriscilapri@aol.com>

Enviada: 26 de março, 13:05

Assunto: Teatro

Oi, Pri, sua mãe me ligou hoje cedinho pra contar que você vai participar de um teatro na Broadway!

Fiquei tão feliz! Estava mesmo sentindo falta de notícias suas... Apesar de termos ficado anos separadas, nos últimos seis meses antes da sua ida para NY voltamos a ser exatamente como éramos antes, e agora que você viajou ficou faltando uma parte do nosso quarteto.

Não fico te mandando mensagens para não te atrapalhar, sei que você deve estar muito envolvida com tudo aí e também que prefere e-mails (aquele seu papo de que "e-mail é muito melhor porque a gente só vê quando quer")...

E é por isso que estou te mandando este aqui! O telefonema da sua mãe realmente fez o meu dia! Vou dar um jeitinho de ir aí te assistir!

Beijos!

Lu

P.S.: Sua amiga Natália, de BH, me mandou uma mensagem outro dia, querendo saber de você. Ela disse que desde que você e o Rodrigo terminaram você sumiu, e que você avisou que ia fazer isso, pra conseguir superar... Mas agora já deu, né? Escreve pra Natália! Ela estava preocupada, querendo saber como você está se virando em NY. Sim, ela sabe que você está aí, mesmo sem você postar nada em rede social nenhuma. Não adianta ficar brava comigo, acho que foi a Samantha que contou.

De: Anna Victória <annavictoria@mail.com.br>

Para: Priscila <pripriscilapri@aol.com>

Enviada: 26 de março, 14:35

Assunto: Cats

Oi, Priscila, ainda se lembra de mim? Anna Vic, sua vizinha de SP. Sei que tem poucos meses que você viajou, mas fiquei sabendo que já está toda famosa aí, então pode ser que tenha se esquecido de mim. Bom, sou a garota que achou seus coelhos, dona do gato que anda na coleira... Lembrou, né?

Menina, estou pra te escrever desde que você foi para aí, mas sabe como é a correria! A Lívia hoje cedo me viu na padaria e veio me contar que você foi aprovada para participar de um musical na Broadway! Uau, que sucesso! Sua mãe estava muito empolgada, fiquei feliz por ela! E por você também, claro!

Ela falou que está juntando uma galera para ir te ver, pra todo mundo gritar seu nome no teatro, com faixa e tudo... Haha, imagino o mico, mas vai ser legal! Vou olhar aqui se consigo ir, inclusive sou louca para conhecer NYC, ouvi dizer que as baladas são as melhores!

Beijo!

Anna Vic

De: Manu <manuzinhaaa@mail.com.br>

Para: Priscila <pripriscilapri@aol.com>

Enviada: 26 de março, 15:41

Assunto: GATOS

OI PRI AQUI É A MANU, DA RUA DE CIMA. A MINHA BABÁ CRIOU UM E-MAIL PARA EU PODER TE ESCREVER! SUA MÃE VEIO AQUI ME CONTAR QUE VOCÊ VAI PARTICIPAR DE UM TEATRINHO COM GATOS! EU JÁ PEDI PRO MEU PAI E ELE DISSE QUE VAI ME LEVAR QUANDO EU FIZER 10 ANOS, DAQUI A UNS DOIS ANOS E MEIO! A GENTE PODE TRAZER UM DOS GATOS PRA CASA?

ESTOU COM SAUDADE DOS SEUS COELHOS E DE VOCÊ TAMBÉM!

BEIJO

MANU

P.S. SEI QUE ESTOU VELHA PRA TER BABÁ, VOU FAZER 8 ANOS EM OUTUBRO, MAS É LEGAL, ELA ATÉ ME ENSINOU O QUE É P.S.

De: Ruy <ruy@popcasting.com.br>

Para: Priscila <pripriscilapri@aol.com>

Enviada: 26 de março, 17:47

Assunto: Contrato

Priscila, seus pais me ligaram para contar que você foi aprovada na audição de "CATS" e que vai estrear profissionalmente na Broadway! É isso mesmo? Por que você não me ligou diretamente? Isso é muito grande! Pensei que estava participando de alguma seleção estudantil mequetrefe! Parabéns, isso só prova que minha intuição continua infalível, eu realmente sei escolher meus talentos! Já estou imaginando as manchetes: "Atriz da Broadway na nova novela das 7!". Perfeito!

Por favor, passe meu telefone e meu e-mail para o setor de contratos, preciso analisar os documentos que você vai assinar. Você avisou que está voltando para o Brasil em três meses? Estou achando estranho quererem te contratar por tão pouco tempo. Eles investem muito nos atores, gastam tempo com ensaios, figurino e tudo mais.

Atenciosamente,

Ruy

De: Luiz Fernando <lfpanogopoulos@mail.com.br>

Para: Priscila <pripriscilapri@aol.com>

Enviada: 26 de março, 19:09

Assunto: Papo sério

Filha, estou muito orgulhoso, mas também preocupado. Não gosto de te imaginar perto de tantos atores experientes e nesse meio cheio de sexo, drogas e rock & roll! Tem certeza de que não quer voltar pro Brasil? Olha, ainda dá tempo de destrancar sua matrícula na faculdade de Veterinária (confesso que achei que isso fosse acontecer, não pensei que você aguentaria mais de um mês em NY...). Ou, se preferir, pode fazer teatro aqui em São Paulo, pertinho da gente. Tem tantas escolas boas...

Pensa nisso, filha. Mas, caso seja mesmo o que você quer pra sua vida, você sabe que vou te apoiar. Sempre. Só tome cuidado, por favor. Não deixe que o mundo artístico te seduza, mantenha a sua essência que todo mundo ama. Para nós, você já é uma estrela.

Beijos com muita saudade,

Papai

De: Lívia <livulcano@netnetnet.com.br>

Para: Priscila <pripriscilapri@aol.com>

Enviada: 26 de março, 21:14

Assunto: Golpe

Pri, não vou conseguir dormir pela segunda noite seguida, estou em tempo de colocar essa notícia em um outdoor! Minha filha na Broadway?! Quem diria!!! Nós vamos todos viajar pra te ver! Avisa quando vai ser a sua première, queremos assistir de camarote!

Pri, só uma coisa... "Cats" é para o público infantil? Não tem que ficar pelada no palco ou algo assim, né? Lembro que já montaram esse musical no Brasil alguns anos atrás, mas não sei exatamente sobre o que é, vou pesquisar. Mas, desde já, não assine nada que diga que você tem que expor seu corpo, já ouvi dizer que muita gente cai nesse golpe, falam que tem nu artístico, essas baboseiras, e então exigem que a pessoa faça um teste de corpo (a corpo)...

Cuidado, Priscila! Você só tem 20 anos! Não quero que fique nua aí, a não ser pra tomar banho! Lembra que sempre te dei conselhos sensatos!

Beijos,

Mamãe

De: Priscila <pripriscilapri@aol.com>

Para: Lívia <livulcano@netnetnet.com.br>

Enviada: 26 de março, 23:01

Assunto: Re: Golpe

Mamãe, que história é essa de organizar uma excursão para NY pra me ver atuar? Claro, quero que vocês venham, mas não todos juntos ao mesmo tempo!! Mal consigo dar conta do que eu tenho pra fazer sem ninguém aqui, imagina tendo que ciceronear a família inteira, além das amigas? E o mais importante: se vier todo mundo, QUEM VAI CUIDAR DOS MEUS BICHOS?! Então, cancela essa excursão enquanto é tempo, inventa alguma história, que não tem mais ingresso, sei lá...

Beijo,

Pri

P.S.: Claro que não vou ficar nua (no palco)!!

Elenco de um musical

Protagonista – É o personagem principal. A história se desenrola em torno dele. Canta as músicas solo mais importantes. Alguns musicais possuem mais de um protagonista.

Elenco principal – São os personagens mais marcantes, geralmente cantam músicas solo.

Ensemble – É o coro. São todos os atores que ficam no palco e não têm um personagem específico, estão lá para ajudar nas músicas e nas coreografias.

Swing – É o ator cuja função é estar preparado para substituir qualquer integrante do musical, especialmente do ensemble, para o elenco não ficar desfalcado caso algum ator tenha que faltar, ou substituir alguém do elenco principal.

Alternante – É aquele que divide com outro ator um personagem de grande exigência física e vocal. O alternante tem sessões regulares toda semana, geralmente para o protagonista ou algum dos principais descansar.

44

Bandit: Se você for fazer algo, faça direito.

(Bluey)

Diário de Viagem

Acontecimentos marcantes de março:

9 de março - Mandei os vídeos para a audição de Wicked

11 de março - Passei na 1ª etapa

14 de março - 2ª etapa da audição de Wicked

16 de março - Passei para a 3ª etapa

18 de março - Entrevista (3ª etapa) da audição de Wicked

18 de março - Aniversário do Patrick

20 de março - Resultado da audição de Wicked ☹

25 de março - Audição de Cats - Passei!!! ☺

Depois da audição, tudo começou a acontecer muito rápido, provavelmente por eu ter ficado ocupada o tempo todo. De manhã eu ia para a escola, onde ficava até as três da tarde. Três vezes por semana corria para os ensaios logo depois, e nos outros dois tinha plantão com o Ricky, que queria que eu fizesse sucesso já na minha estreia.

Nos fins de semana eu estava tão cansada que tudo que queria era ficar deitada, com os pés para cima, atualizando os episódios das minhas séries, por mais que a Sabrina e o Frank não parassem de insistir para que eu saísse com eles.

Na verdade, eu estava tão focada no musical que não tinha vontade de fazer outra coisa. Desde o primeiro ensaio tive certeza de que estava no lugar certo, que a minha vida inteira havia me direcionado para estar ali. Cheguei inclusive a me desculpar pelo término com o Rodrigo, pois, se ele não tivesse acontecido, eu ainda estaria em São Paulo. Ou em Belo Horizonte. E não passaria por aquela experiência incrível.

E por isso mesmo era apenas naquilo que eu queria pensar.

No primeiro dia de ensaio, assim que cheguei ao teatro, a coreógrafa, que se apresentou como Abby Crosby, pediu que eu me sentasse e perguntou o que eu sabia sobre *Cats*. Contei que tinha visto o musical ao vivo, uma vez, e dezenas de outras em vídeos na internet.

Ela então começou uma espécie de entrevista.

"Qual é seu gato preferido?"

"Da vida ou da peça?", perguntei meio sem graça por não ter entendido.

"Da peça!" Ela riu. "Mas pode falar o da sua vida também."

"Ah, é a Victoria, a gata branca. Especialmente por ela se parecer com meus dois gatos brancos. A Snow e o Floquinho. São eles os meus preferidos da vida."

Ela pareceu gostar da resposta e emendou outra questão.

"Sobre o elenco agora. O que você sabe?"

Demorei um tempo pensando sobre que tipo de pergunta era aquela e o que eu deveria responder, mas ela estava imóvel, segurando uma prancheta e me olhando, enquanto esperava a resposta. Por isso, falei o que me veio à cabeça.

"Sei que são ótimos", respondi sinceramente.

Ela franziu a testa e disse: "Claro que são, aqui só temos os melhores. Inclusive não espero menos que isso de você. Mas quero saber o que você sabe a respeito do funcionamento, tipo: elenco principal, swing, ensemble...".

Ah, isso! Meu professor de Interpretação havia gastado quase uma aula inteira explicando aqueles termos, então eu sabia perfeitamente que é em torno do elenco principal que a história gira. Já o ensemble é o coro, aqueles personagens que enchem o palco e ajudam no volume vocal. Além disso, alguns deles substituem os atores principais em caso de necessidade. Quem é swing, por sua vez, fica nos bastidores e entra no palco em caso de emergência, caso precisem substituir algum dos atores, especialmente os do coro.

Repeti tudo para a Abby, que assentiu com aprovação e falou: "Inicialmente, queremos que você faça parte do swing. Ou seja, vai ficar fora do palco, mas precisa saber todas as coreografias e músicas do grupo, pois, se qualquer atriz tiver algum problema antes ou durante o espetáculo, e não puder mais participar, você vai ter que cobrir".

Fiquei um pouco decepcionada, pois pensava que iria estar no palco desde o meu primeiro dia. A Abby provavelmente percebeu, mesmo que eu não tivesse dito nada, pois emendou: "Não pense que é uma tarefa fácil, na verdade é muito mais difícil do que ser do ensemble, o coro fixo. Aprender todas as músicas e as coreografias e estar pronta para cada dia ser uma personagem diferente não é pra qualquer um. É preciso talento. E isso todo mundo viu que você tem. Então, vamos trabalhar!".

Em seguida ela começou o aquecimento, e logo depois passamos para as coreografias. Ela aprovou o fato de eu já conhecer todas e então, na maior parte do tempo, ficou acertando detalhes e corrigindo alguns gestos meus.

"Muito bem, Priscila!", ela falou ao final. "Acho que você vai estrear antes do período previsto. Geralmente precisamos de dois meses para os novos atores aprenderem tudo. Como você já chegou praticamente pronta, precisamos apenas refinar os movimentos específicos de cada personagem. Você tem que estar preparada para substituir qualquer uma das meninas, mas creio que em um mês você já possa fazer um ensaio com o resto do elenco. Temos que ver agora com o preparador vocal. Mas como você também já sabe as músicas e passou no teste de voz, acredito que não demore para que você suba ao palco."

Fiquei feliz, e a partir daí passei a me dedicar como nunca. Até que, exatamente um mês depois, o diretor marcou o meu ensaio com o grupo para o dia 27 de abril.

Cheguei nervosa, imaginando o que achariam de mim. Eu esperava que não me dessem muita atenção, afinal, *Cats* estava em cartaz havia anos, e eu sabia que alguns dos atores estavam lá desde o início. Provavelmente não dariam a mínima para uma novata... Especialmente porque, quando cheguei à sala onde eu vinha ensaiando, notei que todos já estavam lá, passando uma das músicas.

Por um segundo gelei, pensando estar atrasada, mas a Abby veio em minha direção quando me viu.

"Priscila! Que bom que você chegou! Combinei meia hora antes com o elenco, pois mudei um pouco os passos da cena do Skimbleshanks e queria marcar com eles as alterações. Como eu já tinha te passado do jeito novo, não tinha necessidade de você vir antes. Deixe suas coisas no vestiário e junte-se a eles."

Assenti depressa e em três minutos eu já estava dançando, tentando controlar a tremedeira por estar lado a lado com todos aqueles artistas fantásticos aos quais eu havia assistido uns meses antes. Por sorte, o Julian estava entre eles e me deu uma piscadela, o que me deu forças para não sair tropeçando em meus próprios pés.

"Perfeito!", a Abby falou assim que a música acabou. "Pessoal, vou apresentar oficialmente a nossa nova integrante. Esta é a Priscila. Ela vai começar a fazer parte do swing daqui a uns dias. Deem as boas-vindas a ela!"

"Bem-vinda, Priscila!", todos falaram juntos. Em seguida, uma garota loura apontou para mim e completou: "Swing? Mas ela é muito boa, merecia ao menos uma vaga no ensemble, vai ser um desperdício ficar na coxia! Estava aqui preocupada, pensando que alguma de nós perderia o papel...".

Vi que alguns riram, concordando, mas a Abby fez sinal com as mãos, pedindo silêncio.

"Este é o primeiro musical dela. A Priscila é totalmente nova na profissão, está no curso intensivo da Strasberg. Foi o Julian que a descobriu e a indicou para o teste. Sorte para nós, uma adição e tanto ao elenco. Mas, como vocês sabem, todos temos que começar por baixo, até para adquirir experiência e confiança nos palcos."

O Julian fez que sim com a cabeça e disse: "Na verdade, foi o Ricky. Ela é aluna dele. E vocês sabem bem que ele reconhece algo que não pode perder no minuto em que se depara com isso!".

Todos riram, sabendo que ele estava também se referindo a ele próprio.

A Abby então pediu para todos irem para a posição inicial e ensaiarem a peça inteira. A cada cena, ela falava para uma das atrizes descansar e me mandava assumir a posição. Ao final, eu havia passado por todos os papéis femininos, menos o da Grizabella, a protagonista, que tinha sua própria substituta de plantão. Apesar de saber que dificilmente eu assumiria um dos papéis de maior destaque, já que geralmente quem fazia isso eram os próprios membros do coro, fiquei satisfeita por sentir que eu daria conta, caso fosse necessário.

Ao final, todos me cumprimentaram, me desejaram boa sorte e disseram que esperavam que eu estreasse logo.

"Ah, vai ser logo, sim, já no próximo fim de semana!", a Abby disse ao ouvir os cumprimentos. Arregalei os olhos para ela, que completou: "Durante esta semana faremos as provas de figurino e maquiagem. Se tudo correr bem, acredito que no sábado ela já vai estar nos bastidores, torcendo para que algum de vocês se machuque ou fique doente, para que ela possa brilhar!".

Comecei a gaguejar, dizendo que não queria ninguém adoentado, mas logo vi que estavam rindo. O Julian se aproximou e disse no meu ouvido: "Relaxa, ela está só brincando. Geralmente as substituições são por outras razões: provas, viagens, aniversário da mãe...".

Eu ri junto, sentindo muitas emoções ao mesmo tempo: ansiedade, medo, expectativa... Mas, especialmente, uma grande euforia, por ver que o início da minha carreira de atriz estava prestes a acontecer!

De: Priscila <pripriscilapri@aol.com>

Para: Lívia <livulcano@netnetnet.com.br>

Luiz Fernando <lfpanogopoulos@mail.com.br>

Arthur <arth56473890@netnetnet.com.br>

Samantha <sambasam@email.com>

Enviada: 27 de abril, 20:15

Assunto: Estreia

Querida família,

E-mail coletivo pra informar que minha estreia vai ser no dia 2 de maio!

Calma, não se animem. Vou estar no teatro, mas não é garantido que eu realmente participe. Se alguém tiver um imprevisto, se machucar no dia ou acontecer algo em cena, eles me escalam, sou uma espécie de reserva... Mas o Ricky, meu professor, disse que, como é muita gente em cena, é bem provável que alguém tenha algum problema e me chamem! Agora estou vendo como aquele pessoal do futebol que fica no banco se sente...

De qualquer forma, a Sabrina e o Frank (meu vizinho) vão estar lá e prometeram que depois vão contar pra vocês como eu me saí. Infelizmente é proibido filmar, vocês vão ter que se contentar com o relato deles!

Beijo enorme, amo vocês!

Pri

45

Hanna: Você está bem?
Spencer: Eu vou ficar.

(Pretty Little Liars)

Pri, I'm definitely going to the premiere! I don't mind if you're not actually in it, but just knowing that you'll be there as part of the cast is reason enough to support you! See you on Saturday! Frank*

Oi, menina linda, adorei a novidade! Estou muito feliz pela sua estreia, mas ao mesmo tempo um pouco chateado... Daqui a dois dias embarco para o Brasil! Vamos passar por uma vistoria na agência e preciso providenciar uns documentos. Meu pai até tentou fazer uma procuração, mas vou ter que assinar pessoalmente. Volto em aproximadamente quinze dias e logo estarei aí para te ver! Mil beijos! Patrick

Logo que confirmaram que eu começaria a participar da peça, minha mãe deu um ataque, queria pegar um avião no mesmo dia, por mais que eu alertasse que nem era certo que eu estaria no palco. Por sorte, no trabalho dela era obrigatório marcar as férias com no mínimo um mês de antecedência. E foi o que ela fez. Avisou que no final de maio desembarcaria em NY.

---

* Pri, é claro que vou na estreia! Não me importo de você não participar de fato, mas só de saber que você estará lá como parte do elenco já é motivo para te prestigiar! Até sábado! Frank

Com a Samantha não foi muito diferente, mas tinha um problema: o meu irmão. Quando a licença-maternidade terminou, meses antes, a Sam teve que voltar a trabalhar e, por isso, contratou uma babá. Porém, em vez de se concentrar no trabalho, ela passava o dia olhando o Rodriguinho pelas câmeras, que ela fez questão de mandar instalar no apartamento inteiro. Acontece que ele chorava de um lado; e ela, do outro. Depois de uma semana dessa choradeira toda, a chefe dela, que também tinha filhos pequenos e entendia a situação, sugeriu que ela tirasse alguns meses de licença não remunerada, até que ele ficasse um pouco maior e ela se sentisse preparada.

Por isso, ela não tinha impedimento algum para fazer a mala e viajar, mas meu irmão tinha. Ele estava fazendo doutorado, e a faculdade em que ele dava aulas e estudava só entraria de férias no final de junho, que era também quando a Sam tinha planejado finalmente voltar ao trabalho, exatamente porque poderia deixar o Rodriguinho com o Arthur, pelo menos inicialmente.

Só que a Sam não gosta muito de ter seus planos frustrados e dá um jeito de sempre conseguir o que quer. Comprovei isso quando, no dia em que avisei da estreia, ela me ligou às onze horas da noite. Eu já estava deitada, quase dormindo, mas me levantei assim que vi o nome dela na tela do celular. Atendi assustada, pensando que tinha acontecido alguma coisa com meu sobrinho.

"Sam, o que houve? Está tudo bem?"

"Nada bem!", ela respondeu ríspida. *"Tudo péssimo por sinal! Como se não bastasse o meu desejo natural de passear em New York, agora ainda tem esse atrativo irresistível da minha cunhada preferida estar em cena em um dos maiores musicais de todos os tempos. Como posso estar bem se eu não vou poder assistir?!"*

"Sam... Eu não sei quanto tempo vou ficar em cartaz, mas acho que deve ser alguns meses. Me pediram para me comprometer com o musical até o final do ano", expliquei.

"Não sei nem se vou estar viva até o final do ano! Quero te ver agora! Quero dizer, o mais rápido possível. E tenho um plano. Só que você tem que me ajudar..."

Pelo tom, soube que ela me pediria algo complicado.

"*Não é nada de mais...*", ela continuou. "*Só encenar um pouquinho, você já está acostumada com isso! Quero que fale pro seu irmão e pros seus pais que você vai recusar o papel porque quer estar presente no aniversário do seu afilhado.*"

Fiquei um tempo calada, tentando entender. Ela não esperou que eu pensasse.

"*Pri, eu já te ajudei tantas vezes... Claro que não fiz nada pensando em retribuição, de jeito nenhum! Mas é que agora eu realmente preciso de uma cúmplice. E, olha, você não precisa mentir diretamente, é só confirmar o que eu vou dizer. E, quer saber, nem eu vou mentir. Aposto que você está aí morrendo de pesar pelo fato do Rodriguinho não poder comemorar seu primeiro ano de vida junto com a madrinha...*"

Antes de vir para New York, eu havia mesmo ficado com muita culpa por ficar longe dele, mas foi a própria Samantha que me convenceu, dizendo que me mandaria fotos, vídeos e até faria videochamadas para que ele pudesse me ver e não me esquecer. Na verdade, ela vinha fazendo bem menos do que o prometido... Mas foi exatamente isso que me fez ver o quanto ela estava desesperada para viajar. Provavelmente sabia que me lembrar que meu sobrinho estava crescendo sem que eu pudesse acompanhar engatilharia em mim uma enorme vontade de voltar.

"*Sam, está tudo bem?*", perguntei preocupada. "*Tem alguma outra coisa acontecendo aí? Por que você está nessa pressa de me ver no palco? Já te falei que provavelmente vou participar por alguns meses, dá tempo do meu irmão se programar e vocês virem juntos. Aliás, você está mesmo pensando em largar o Rodriguinho aí, bem na época do aniversário dele?*"

"*Ficou louca, Priscila?*", ela disse com a maior indignação na voz. "*Ele vai comigo! Não deixo meu filho nem pra ir comprar pão, imagina só, ficar tantos dias longe! Além disso, ele precisa saber desde cedo que a tia-madrinha dele é uma celebridade!!*"

Ah, por que ela não tinha dito aquilo antes?

"*Por que você não disse isso antes? Claro que eu confirmo, minto, omito, faço o que você quiser! Só traz o Rodriguinho pra cá logo! Quando vocês chegam? Amanhã?*"

Ela riu e disse: *"Te amo, cunhadinha! Te dou notícias assim que comprar as passagens!"*.

E desligou, sem me deixar dizer mais nada. Naquele dia eu ainda não sabia que havia, sim, uma razão muito importante para ela querer tanto viajar o mais rápido possível. Eu não sabia também o quanto aquela viagem iria mudar a minha vida... Mais uma vez.

De: Natália <natnatalia@mail.com>

Para: Priscila <pripriscilapri@aol.com>

Enviada: 28 de abril, 19:32

Assunto: Saudade

Oi, Pri, que saudade de você, amiga!

Sei que provavelmente você não vai me responder, você me avisou que ia sumir, mas... sinto sua falta. Aliás, ando com saudade das minhas amigas todas. A Gabi, que é a única que continua por perto, só pensa em faculdade agora. A Fani em Los Angeles, você em Nova York... Sim, eu sei que você está aí, foi a Luísa que me contou, mas ela implorou pra que eu não te contasse que foi ela, falou que você não quer que ninguém da sua "antiga vida" saiba. Poxa, Pri. Pensei que fôssemos mais amigas... Que pena que você não quis me levar pra essa sua "vida nova" ou sei lá como você quer chamar.

Em todo caso, estou aqui. Já tem um ano que você e o Rodrigo terminaram, se você sentir que consegue conversar comigo sem ser devassada pela lembrança que eu, apenas por ser da turma, te traga dele... me escreve, tá? Realmente queria falar com você. Sinto falta do seu alto astral! Estou meio pra baixo hoje, tive uma briga com o Alberto, e lembrei que você sempre me colocava pra cima.

E com você, tudo bem? Estou muito curiosa para saber tudo que está aprontando aí em NY!

Muitos beijos!

Nat

46

Lily: Eu sei que é um erro. Mas há certas coisas na vida em que você sabe que é um erro, mas não sabe de verdade se é um erro. Porque a única maneira de saber de fato que é um erro é cometer o erro e olhar para trás e dizer: "Sim, isso foi um erro". Então o maior erro seria não cometer o erro, porque você passaria a vida inteira sem realmente saber se algo é ou não um erro...

(How I Met Your Mother)

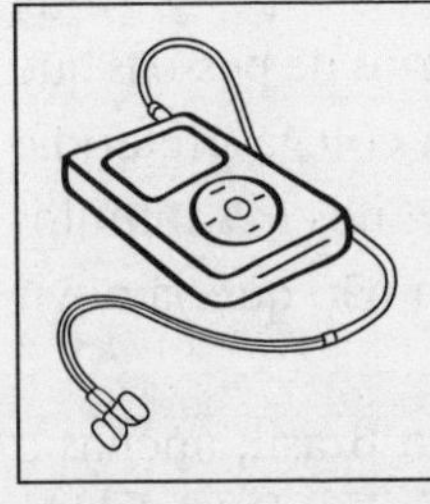

1. New Light – John Mayer
2. Walls – Juan Miguel Severo
3. The Way You Smile – Newsong feat. Francesca Battistelli

Provavelmente a semana anterior à minha estreia foi a que mais demorou na minha vida. Mesmo que tentasse pensar em outras coisas, todos os meus pensamentos me levavam ao que poderia acontecer naquele sábado. E se eu errasse as coreografias? Desafinasse? Levasse um tombo no meio do palco?

O Ricky tentou me tranquilizar, dizendo que era óbvio que no primeiro dia não me colocariam para substituir alguém com papel de destaque e que, se eu entrasse, seria para cobrir alguém do coro. Ele vinha conversando bastante comigo. No próprio dia em que saiu o resultado, ele disse: "Priscila, queria sugerir algo... Guarde segredo sobre a sua participação. Especialmente das pessoas que não gostam de você".

Fiquei olhando para ele por um tempo, sem entender, mas então ele virou rapidamente a cabeça em direção à Catarina, que estava saindo da sala.

Assenti, dizendo que não tinha falado nada, e ele completou: "Eu acredito em energia, sabe? Só conto sobre meus projetos depois que já deram certo. Tem gente que joga uma vibração tão negativa quando vê que estamos conseguindo realizar nossos sonhos que as coisas até desestabilizam. No seu lugar, eu guardaria só pra você. E para as pessoas que você sabe que querem o seu bem. Depois da estreia você pode jogar para o mundo".

Concordei. Eu não tinha a menor intenção de espalhar que eu havia feito o teste e sido aprovada. Nem agora, nem no futuro! Além de não querer que nada desse errado, eu também não queria que ficassem fofocando sobre mim. A escola inteira sabia que a Catarina tinha tirado o primeiro lugar na audição e aparentemente isso dava o direito de falarem a respeito. Eu já tinha ouvido nos corredores alguns comentários de pessoas que tinham ido ver *Wicked* na estreia da minha colega preferida. E não eram nada legais... Todos diziam que, nos *três* minutos em que aparecia, ela não tinha ido bem. Eu não queria ouvir nada parecido ao meu respeito.

Além da minha família e das amigas do Brasil, apenas o Ricky, o Julian e a Sabrina sabiam da estreia. E o Patrick. Ah, e também o Frank. Eu não poderia deixá-lo de fora, afinal, se não fosse por ele, eu não teria ficado sabendo sobre a sabotagem da Catarina, que foi o que acabou me levando até a audição de *Cats*. Exatamente por isso, fiz questão de agradecê-lo, um dia antes da estreia.

Comprei uma caixa de bombons que ele tinha comentado que gostava e mandei uma mensagem, perguntando se poderia passar no meu apartamento ao voltar do trabalho, pois queria conversar com ele.

Talvez o Frank tenha ficado curioso, pois apareceu antes do previsto, e logo vi que nem tinha estado no apartamento dele antes.

"Você fica diferente de terno, Frank, com cara de responsável!", a Sabrina falou ao abrir a porta. "E muito bonito também, deve ter várias fãs no trabalho, hein?"

Percebi que ela falou a última parte mais para mim do que para ele.

Ele ficou meio sem graça, sem saber o que responder, então me aproximei para salvá-lo.

"Quer água, Frank? Ou alguma coisa pra comer? Você deve estar com fome, já que veio direito pra cá..."

"Água está ótimo, obrigado", ele falou, aliviado. "Resolvi vir direto porque estou bem cansado, hoje foi um dia cheio. Fiquei com medo de chegar em casa e minha cama me abduzir! Mas, e aí, preparada para a grande estreia? Eu estou contando os minutos!"

Uns dias antes eu havia entregado para ele uma cortesia para que fosse ao musical quando quisesse, e uma a mais, para convidar alguém para ir junto. Mas na mesma hora ele avisou que iria guardar a segunda para ele mesmo me assistir novamente em outro dia.

Entreguei o copo de água e fiquei olhando enquanto ele bebia devagar. Parecia de fato cansado. Por trás dos óculos, notei olheiras, nas quais eu ainda não tinha reparado, talvez por ser sempre atraída direto para aqueles enormes olhos azuis.

Assim que ele terminou de beber, o chamei para se sentar no sofá da sala. Eu já tinha pedido para a Sabrina se trancar no quarto dela, pois não queria que ele ficasse ainda mais constrangido ao receber meu presente.

Antes de se sentar, o Frank parou próximo à caixa do Lucky.

"Como vai o nosso amigo?", ele perguntou, fazendo carinho no esquilo. "Eu estava mesmo querendo falar com você, Pri. No Memorial Day, que é no fim de maio, vou para a casa dos meus pais, para aproveitar o feriado. Pensei em já levar o Lucky. Ele está crescendo depressa... Minha mãe disse que o quanto antes melhor, para ele se acostumar ao novo espaço. A princípio, tinha pensado em você ir comigo, para ver onde ele vai ficar e se sentir mais tranquila. Mas agora, com a peça, acho que talvez isso não seja possível..."

Antes de responder, me ajoelhei e tirei-o da caixa. Ele realmente estava crescendo.

"Quer ir para uma casa nova, amorzinho? Lá vai ter mais espaço, outros bichinhos para brincar com você..."

O Lucky ficou apenas me olhando sem entender, quietinho como costumava ficar quando eu o pegava. Já havia completado dois meses que ele estava comigo. Nesse período eu tinha me acostumado com a sua presença. A caixinha de sapatos deu lugar a uma grande caixa que arrumei com uns vizinhos que haviam se mudado do prédio. Agora ele não tomava mais mamadeira; comia sementes, frutas e oleaginosas. E eu tinha conseguido até um vaso com uma pequena árvore, para que ele se sentisse o mínimo que fosse na natureza.

Durante aqueles dois meses, ele havia suprido um pouquinho da falta que eu sentia dos meus animais. Eu chegava da aula ansiosa para encontrá-lo. E ele também sempre parecia feliz ao me ver, corria de um lado para o outro até que eu o pegasse. E então ficava assim, aconchegado em minhas mãos, como estava agora.

Mas eu sabia que o lugar dele não era em uma caixa dentro de um apartamento pequeno. Ele merecia mais.

Por isso, assenti para o Frank, sentindo meus olhos marejados, dei um beijo no Lucky e o recoloquei em seu cantinho, me levantando.

O Frank, ao notar minha tristeza, ficou todo preocupado.

"Pri, desculpa! Não sabia que você iria ficar assim, que falta de noção a minha! Deveria ter deixado pra te falar disso depois da sua estreia!"

"Não tem problema, Frank!", falei, enxugando os olhos na manga da blusa e tentando sorrir. "Eu quero o melhor pra ele. É só que vai ser difícil chegar e não o encontrar aqui. O apartamento vai ficar tão vazio..."

Quanto mais eu enxugava os olhos, mais lágrimas apareciam, para o desespero do Frank.

"Olha, você vai poder visitá-lo quando quiser, já te falei. Pottstown, a minha cidade, fica a apenas duas horas daqui.

E minha mãe vai te mandar fotos e vídeos todos os dias! Poxa, Pri, assim fico triste também."

Ele me abraçou e ficou fazendo carinho no meu cabelo, como se quisesse me acalentar. Deixei que ele me consolasse. Seu corpo estava tão quentinho, e senti uma reminiscência do perfume que ele devia ter passado de manhã. Por não ser tão mais alto que eu, ao contrário do Patrick, que tinha pelo menos uns dez centímetros a mais, nossos corpos se encaixavam melhor, um pouco como acontecia com o Rodrigo.

Dei um suspiro, e ele afastou a cabeça, ainda abraçado comigo, para verificar se eu estava melhor. Levantei o rosto, para que ele visse que eu não estava mais chorando, mas, quando nossos olhos se encontraram, algo diferente aconteceu. Talvez por carência ou por estar nos braços daquele garoto que não poupava esforços para me agradar, senti pela primeira vez vontade de me aproximar ainda mais...

De repente, sem minha permissão, meu olhar foi em direção à boca dele, e tive que me forçar para desviar.

Notei uma expressão de surpresa em seu rosto, e, sem deixar de me abraçar, ele levantou um dos braços das minhas costas e tirou os óculos devagar.

Não conseguindo me conter, passei meus braços pelos seus ombros, retribuindo o abraço.

"Pri..."

Não deixei que ele completasse o que ia dizer, pois sabia que qualquer palavra iria estragar aquele clima que havia surgido não sei de onde. E nem fazia questão de saber.

Coloquei meu dedo indicador em seus lábios e apenas fiz: "Shhh...".

Ele se calou, e, por estarmos tão colados, senti seu coração batendo muito forte. Ele me encarou por mais uns segundos, e aquela vontade de que ele chegasse mais perto aumentou. Ele provavelmente sentiu o mesmo, pois começou a aproximar sua boca da minha bem devagar, como se estivesse se certificando de que poderia de fato fazer aquilo.

Uma parte de mim sabia perfeitamente que eu deveria interrompê-lo. Um restinho de racionalidade do meu cérebro insistia em me avisar que aquele era o Frank, meu vizinho, meu amigo que tinha uma queda por mim e que exatamente por isso eu não deveria incentivá-lo... Mas naquela hora isso era exatamente o que eu queria fazer. Foi quando me lembrei de uma frase que a Samantha havia escrito em algum e-mail: *O que você tem a perder? Não tem ninguém olhando!*

Suspirei e resolvi jogar qualquer prudência para o espaço. Antes que eu mudasse de ideia, coloquei minhas mãos no rosto dele e o puxei.

No momento em que nossos lábios se tocaram, ele ficou meio sem reação, mas então me beijou desesperadamente. Surpresa, constatei que ele beijava muito bem! Tanto que deixei que fizesse isso por muito, muito tempo, até que eu quase perdesse o fôlego. Eu não imaginava que teríamos qualquer sintonia, mas meu corpo parecia fazer questão de me provar o contrário.

Ele se afastou um pouco, tirou o paletó depressa e voltou a me beijar. Mordeu bem de levinho a minha orelha, o meu pescoço... Eu não fazia ideia de onde aquele cara tão intelectual tinha aprendido a beijar assim, mas sabia que, se obedecesse a meus instintos, aquilo não iria parar ali...

Por isso, recobrando um mínimo de sanidade, coloquei minhas mãos no peito dele e o afastei devagar, mesmo contra minha vontade.

"Espera...", falei com a respiração ofegante. "Vamos com calma."

Ele concordou, mas não demorou e me puxou de novo, retomando os beijos.

"Frank, é sério." Depois de alguns minutos consegui me afastar novamente. "Acho melhor você ir pro seu apartamento agora... Eu não esperava que isso fosse acontecer."

"Eu também não esperava", ele disse, ainda com aquela expressão de surpresa. "Mas gostei muito!"

"Também gostei...", falei um pouco envergonhada, ao lembrar que eu é que tinha tomado a iniciativa. "Só que foi realmente inesperado. Preciso pensar, entender o que aconteceu..."

"Você está arrependida?", ele perguntou com uma carinha triste.

Sorri, balançando a cabeça. Não, eu não tinha me arrependido.

Ele sorriu de volta e recomeçou a me beijar, mas dessa vez eu o segurei, peguei o paletó, que estava no braço do sofá, e o empurrei para a saída.

"Vai embora daqui, garoto!", falei, rindo.

Ele obedeceu e passou pela porta, parecendo meio embriagado. Porém, antes de dar mais um passo, voltou e perguntou, com as sobrancelhas franzidas: "Pri, mas o que você queria falar comigo quando me chamou aqui?".

Só então eu me lembrei! Corri até a cozinha e peguei a caixa de bombons, que eu havia embrulhado, e o cartãozinho que eu havia escrito. Entreguei para ele, que leu na minha frente.

> Frank,
>
> Obrigada por tudo! Sem as suas informações, eu não teria conseguido o lugar em Cats. E também não saberia o que fazer com o Lucky.
>
> Você é um amigo maravilhoso! Quero te ter sempre por perto.
>
> Pri

"Por nada, Pri...", ele falou depois de ler. "Prometo que vou estar sempre por perto para o que você precisar. Sempre que você deixar."

Eu assenti, ele me deu um beijo na bochecha e foi andando sorrindo pelo corredor do meu andar, como se tivesse acabado de ganhar o melhor prêmio da loteria.

Fechei a porta e respirei fundo. Aquele episódio realmente havia sido inesperado. E agora eu não tinha mais a menor ideia do que fazer com o resto da série da minha vida...

Boa sorte na estreia, menina linda! Tenho certeza de que ao final do espetáculo a plateia inteira estará apaixonada por você! Não vejo a hora da minha vez chegar, estou contando os dias! Mil beijos! Patrick

47

<u>Bobby</u>: No primeiro espetáculo,
algo sempre dá errado.

<u>Karen</u>: Tipo... nenhum aplauso?

<u>Bobby</u>: Sim, tipo isso.

(Smash)

Eu já tinha participado de apresentações de balé e de canto. Mas nada me preparou para a minha primeira noite na Broadway.

Logo que cheguei, me encaminharam para um camarim, destinado às atrizes do swing. Havia uma grande arara em uma das paredes, e vi meu nome lá, em uma parte dela onde estava todo o figurino que eu havia experimentado.

Algumas garotas já estavam se maquiando, outras se trocando... Era como se estivessem se preparando para uma grande festa.

"Oi, Priscila. Pode deixar sua mochila ali", uma delas falou assim que me viu. "É melhor já vestir o figurino do coro para estar pronta caso seja chamada. Em 90% das vezes que temos que entrar é para substituir alguém de lá. Depois também já faça a maquiagem básica."

Assenti e troquei logo de roupa. Em seguida me sentei em frente ao espelho. Dois dias antes haviam me ensinado a fazer a maquiagem de todas as personagens que eu eventualmente poderia substituir. Olhei para os lados e foi incrível ver a transformação dos outros atores. Ao me cumprimentarem, eram pessoas. Ao saírem dos camarins, gatos. Como se, ao colocar a fantasia e a maquiagem, eles se tornassem felinos, com movimentos e miados.

Uma produtora passou avisando que o aquecimento seria em cinco minutos, e assim fomos para o palco. A plateia ainda estava vazia, mas a cortina já estava fechada. Primeiro aquecemos a voz e, depois, o corpo. Essa preparação durou uns vinte minutos, e então, dando as mãos, fizemos uma roda, fechamos os olhos e fomos ainda de mãos dadas para o centro, onde levantamos os braços em um miado coletivo. Em seguida, batemos palmas, desejando sorte uns para os outros.

"Todos para o camarim, vamos abrir as portas para a plateia entrar!", a produtora gritou, o que fez o elenco se dispersar.

Fiquei olhando para os lados, sem saber para onde ir, eu estava muito nervosa. O Julian se aproximou, estendeu a mão e me levou até uma das coxias.

"Acho que não estou preparada, Julian, deveria ter ensaiado mais...", falei, sentindo meu coração disparar ao começar a ouvir vozes na plateia. "O teatro tem capacidade para 1.400 pessoas! E se eu travar na frente delas todas?"

Ele riu e me abraçou, dizendo: "Priscila, é normal e deliciosa essa inquietação do primeiro dia. Nenhum ensaio vai te preparar o suficiente, é no palco que o aprendizado é real. Lembre-se, o importante é se divertir!".

Assenti para ele, que falou que eu poderia me sentar ali mesmo na coxia e ficar assistindo, ou, se preferisse, esperar nos camarins. Se eu tivesse que entrar em cena, uma das produtoras viria me chamar.

Claro que eu queria assistir. E, por isso, foi dali que eu vi toda a magia acontecer.

O primeiro sinal tocou, e os atores se posicionaram. No segundo toque, todos já estavam em seus lugares. Notei que alguns ainda faziam aquecimento com as mãos, pés e ombros, outros rezavam e outros ainda, como eu, só esperavam. No terceiro sinal, todos congelaram. Era como se tivessem parado inclusive de respirar. As cortinas se abriram, o espetáculo começou.

Por alguns minutos, me esqueci de que eu fazia parte daquilo, de que poderiam me chamar para o baile a qualquer momento. Eu era apenas mais uma expectadora, anestesiada por toda aquela atmosfera musical. A experiência era ainda mais intensa assistindo de tão pertinho. Apesar de saber tudo que ia acontecer, eu ainda me surpreendia em algumas cenas e quase chorei de emoção, mas por sorte me lembrei a tempo de que já estava maquiada.

O tempo passou rápido, e até me assustei quando chamaram o intervalo. Todos foram para os camarins para descansar, beber água, ir ao banheiro e retocar a maquiagem.

Foi aí que uma das produtoras apareceu, como se procurasse por alguém. Percebi que outras duas meninas do meu camarim pararam o que estavam fazendo e ficaram olhando para ela.

"A Jessica está com dor na panturrilha", explicou. "Vamos substituí-la."

O olhar das minhas colegas se iluminou, e entendi que ali estava a chance para uma de nós.

Por três segundos pensei que eu pudesse ser a escolhida, já que o olhar da produtora parou em mim. Mas então ela falou: "Megan, retoque a maquiagem".

Em seguida saiu, sem falar mais nada. A Megan olhou sorrindo para a Judy, a outra atriz, que piscou para ela, dizendo "boa sorte". Percebi que, ao contrário do que a Catarina havia me feito acreditar, não havia rivalidade ali.

Assim que a Megan se maquiou e saiu, a Judy balançou os ombros para mim e falou: "É isso, pode ler um livro ou ficar no celular... Estamos de folga hoje".

Fiquei olhando para ela, que de fato pegou um livro na bolsa e se jogou em um sofá, e perguntei se não teria mais chances de entrarmos.

"Dificilmente...", ela respondeu. "As trocas são feitas no intervalo. É muito raro ter que substituir com urgência."

Assenti e voltei para a coxia, para ver o segundo ato, que era ainda mais lindo que o primeiro. E aquilo aumentou ainda mais a minha vontade de participar.

Ao final, quando os atores voltaram para o camarim, eu ia trocar de roupa, mas logo me alertaram que liberavam a entrada para cumprimentos do público, por isso poderíamos tirar a peruca de gato da cabeça, mas o ideal era esperar até que todos saíssem para trocar o figurino inteiro.

Concordei, me lembrando da minha primeira vez ali, quando depois da peça eu e a Sabrina havíamos ido cumprimentar o Julian. Realmente, todos ainda estavam caracterizados.

E foi nesse momento que várias pessoas começaram a entrar. Observei que a maioria delas procurava algum artista específico, mas algumas cumprimentavam todos do elenco, inclusive eu. Claro que não sabiam que eu nem sequer tinha pisado no palco, mas ainda assim me senti uma impostora.

Foi quando ouvi alguém perguntar onde estava a Priscila. Fui rápido para a porta do camarim e avistei a Sabrina e o Frank. Os dois estavam com flores. Uns dias antes eu havia avisado para eles que não queria que levassem nada, já que nem era certo que eu entraria em cena. Mas pelo visto ninguém tinha me dado ouvidos.

"Parabéns para a nossa estrela!", a Sabrina falou primeiro, me entregando um vasinho de suculentas. "Olha, não comprei uma flor mais bonita porque a gente conseguiu matar até aquele cacto!"

Agradeci sorrindo e a abracei. Realmente já havíamos tentado colocar algumas plantas no nosso apartamento, para dar vida, mas elas não tinham durado muito. Só a arvorezinha do Lucky ainda sobrevivia, mas eu não sabia por quanto tempo...

Em seguida olhei para o Frank, que estava com um buquê de flores do campo. Não havíamos nos falado desde a noite anterior, e notei que ele estava ainda mais sem graça do que eu.

Ele me entregou as flores, dizendo: "Sei que falou para não trazer nada, mas acho que você merece, mesmo sem participar de fato... Só de estar aqui já é motivo para aplausos!".

A Sabrina concordou, eu agradeci com um abraço rápido e combinei que iria trocar de roupa para que fôssemos juntos para casa.

No percurso, praticamente só a Sabrina falou. Eu tinha contado para ela o que havia rolado, e ela berrou tanto que fiquei até com receio de que o Frank ouvisse do apartamento dele.

Por isso, assim que chegamos ao nosso prédio, ela inventou que estava com enxaqueca e que precisava subir depressa, nos largando sozinhos, ainda na portaria.

Entramos no próximo elevador sem dizer nada. Eu apertei meu andar, e o Frank, o dele. Quando a porta abriu no 5º, ele perguntou se eu precisava de ajuda com as flores, para pegar minha chave. Na verdade, eu só precisaria bater a campainha e a Sabrina abriria para mim, já que eu tinha total noção de que aquela enxaqueca dela era *fake*. Mas, por alguma razão, assenti.

Ele foi andando lado a lado comigo até a porta do meu apartamento, e, quando chegamos, entreguei as flores para ele, para que eu pegasse a chave. Abri a porta, peguei as flores de volta, as coloquei no sofá e saí novamente, com intenção de apenas agradecê-lo. Porém, logo que fiz isso, ele falou: "Não tem que agradecer, Pri, gosto de te ajudar, seja no que for...".

Meu olhar encontrou o dele e, como na noite anterior, senti meu coração derreter. Ele estendeu a mão, a passando de leve no meu cabelo, e, no momento em que a pele dele encostou na minha, foi como se um ímã me puxasse. Sem que eu pudesse pensar, nossas bocas já estavam coladas.

"Frank...", falei depois de um tempo. "Preciso entrar. Tenho que descansar, amanhã devo estar no teatro à uma da tarde."

Era verdade. No domingo tinha matinê, então eu teria que estar pronta desde cedo, já que havia sido escalada para a apresentação da tarde.

"Estarei lá", ele falou, me dando um último beijo e já saindo para o elevador, antes que eu tivesse tempo de dizer que não precisaria ir novamente.

Respirei fundo e fechei a porta, pensando na confusão em que eu estava me metendo... e também em como eu não estava com a menor vontade de sair dela.

Estou curioso pra saber como foi a estreia. Me liga quando puder? Não vejo a hora de conferir ao vivo! Estou pensando em marcar minha passagem do Brasil direto para NY! Beijão! Patrick

48

<u>Robin</u>: Se ficarmos juntos, sinto que eu teria ou que me casar com você ou partir seu coração e... simplesmente não posso fazer nenhuma dessas coisas. Assim como você não pode parar de sentir o que sente.

(How I Met Your Mother)

Meu segundo dia no teatro não foi muito diferente. Apesar de ser mais cedo, a rotina foi a mesma. Roupa, maquiagem, aquecimento e espera. Eu sabia que fazer parte do swing era importante e fundamental para a apresentação, mas era muito chato também. Ver os outros atores dançando e cantando enquanto eu ficava na coxia só assistindo não tinha tanta graça.

Por isso, quando no intervalo uma das atrizes pediu para ser substituída, meu coração acelerou. Olhei para os lados esperançosa, achando que daquela vez teria minha chance, pois apenas eu e outra atriz estávamos à disposição. Por ter outro espetáculo à noite, haviam dividido o elenco reserva. Mas a produtora nem me olhou; só apontou para a minha colega pedindo para ela se preparar depressa.

Respirei fundo e pensei em fazer algo para me ocupar. Por isso, assim que o segundo ato começou, resolvi dançar e cantar cada um dos números ali mesmo no camarim. Depois de um tempo, a assistente de direção passou e, ao me ver daquele jeito, puxou uma cadeira e se sentou para me assistir. Fiquei envergonhada, mas coloquei em prática algo que havia aprendido em uma das aulas de interpretação: *encenar para uma pessoa era tão importante quanto para mil*.

Por isso, apesar do espaço reduzido, fingi que estava no palco e interpretei da melhor forma que consegui. Após alguns minutos, ela se levantou e falou: "Você é muito boa, Priscila, se eu não tivesse que ir verificar a parte técnica, ficaria aqui até o final. Continue assim! Pela minha experiência, você vai muito longe...".

Ela saiu, mas, motivada pelo elogio, dancei e cantei ainda com mais empolgação. E talvez por isso o tempo tenha passado rápido. Quando me dei conta, os atores já estavam voltando para os camarins. Fui tirar a maquiagem, mas nessa hora, no meio das pessoas que entravam para cumprimentar os atores, avistei o Frank, meio tímido, segurando um buquê de lírios.

"Não precisava vir de novo...", falei, indo em sua direção. "Poderia ter aproveitado melhor seu domingo!"

"Nem pensar", ele disse, me entregando as flores. "Imagina se você chegasse contando que havia estreado no palco? Eu não me perdoaria!"

Balancei a cabeça, sorrindo, feliz por ele estar ali. Eu o agradeci e o abracei, mas com isso seu rosto ficou um pouco manchado de batom. Passei a mão para tirar enquanto ele me olhava com a maior expressão de adoração.

Nesse momento o Julian apareceu, perguntando se alguém poderia emprestar um removedor de maquiagem, pois o dele tinha acabado. Ao ver o Frank, ele estreitou os olhos e falou: "Ei, me lembro de você! Você veio com a Priscila assistir ao espetáculo quando nem imaginávamos que ela ia se tornar minha colega! Orgulhoso da sua amiga? Ou é namorada?".

Percebi que o Frank ficou todo sem graça, e apenas respondeu meio gaguejando: "Mais orgulhoso, impossível! Pena que ela não entrou em cena ainda, não vejo a hora de vê-la no palco!".

O Julian disse que também estava ansioso. Em seguida pegou um demaquilante da bancada do meu camarim e nos deixou sozinhos.

"Vou te esperar lá fora, Pri", o Frank falou. "Você vai pra casa? Podemos voltar juntos se você não tiver outros planos."

Pensei em dizer que ia para outro lugar. Tudo estava indo muito rápido entre nós, e eu ainda não havia tido tempo nem de processar o que estava sentindo. Mas, exatamente por isso, resolvi voltar com ele. Nós precisávamos conversar.

Como o dia estava ensolarado e o frio parecia realmente ter ido embora, resolvemos voltar de ferry para New Jersey e fomos caminhando até o porto. De ônibus geralmente era mais rápido, mas de balsa era muito mais agradável, além de a vista ser mais bonita.

Andando lado a lado, primeiro comentamos sobre as diferenças da apresentação de sábado para a de domingo, depois tagarelamos sobre o tempo, seriados, comida, família, bichos... Foi apenas quando entramos no ferry que paramos de falar. E a conversa deu lugar ao silêncio.

À medida que o barco se distanciava da margem do rio, ficamos um tempo apenas olhando Manhattan se tornar cada vez menor. O sol estava começando a se pôr, e por causa disso a água estava dourada, em contraste com o céu, já em um azul mais escuro.

Ele então colocou a mão na minha cintura, me levou pra perto dele e me deu um beijo, naquele cenário de sonho.

Se estivéssemos em uma série de TV, nenhum diretor teria coragem de interromper uma cena daquelas. Mas eu sabia que precisava fazer isso. E, por essa razão, me afastei devagar.

"Frank...", comecei a dizer, no mesmo instante em que ele disse: "Pri...".

Rimos um para o outro, e eu disse que ele poderia falar primeiro.

"De jeito nenhum, as damas na frente! O que você ia dizer?", ele perguntou ansioso.

"Na verdade, são duas coisas...", falei antes que desistisse. "Primeiro, quero pedir pra você não ir mais à peça. Quero dizer, não até ter certeza de que vou participar. Se eu tivesse mais cortesias, eu até te daria, mas não quero que você gaste dinheiro comprando um ingresso caro sem ter certeza de que vou entrar em cena. Sem contar o que anda gastando com essas flores...", disse, olhando para o buquê nas minhas mãos.

Ele só falou: "E qual é a outra coisa?".

Desviei o olhar. Eu não queria magoá-lo, de jeito nenhum, mas eu precisava deixar tudo às claras.

"Frank... Estou gostando de ficar com você. Sua companhia, seu carinho, o jeito como me trata, seus beijos..."

Ele deu um sorrisinho e se aproximou para me beijar mais uma vez. Coloquei minhas mãos sobre o peito dele, pedindo para esperar, e continuei.

"Acontece que, talvez por morarmos no mesmo prédio, acho que estamos indo muito rápido... Nos beijamos pela primeira vez na sexta e então aconteceu de novo ontem e hoje também! Se morássemos longe, provavelmente teríamos uma semana entre um encontro e outro e, com isso, tempo para pensar e avaliar o que está acontecendo e como estamos nos sentindo..."

"Você está querendo que eu me mude?", ele perguntou, tentando fazer graça, mas percebi que havia ficado meio tenso, sem saber aonde eu queria chegar.

"Seria injusto, você já morava lá quando me mudei", falei também rindo enquanto o abraçava, para que ele não ficasse na defensiva. Mas resolvi ser direta. "Frank, eu só quero que a gente vá com calma. Como já te disse algumas vezes, não quero me envolver com ninguém neste momento. Pelo menos não *seriamente*. Não quero namorar."

"Você está falando isso só porque seu amigo do teatro perguntou se você era minha namorada? Não quer ser vista em público comigo?", ele disse com uma carinha triste.

"Não, Frank... Estou falando porque vim aqui pra estudar, pra começar uma carreira. E é nisso que tenho que me concentrar. A gente acabou 'acontecendo', sem que eu planejasse. Por isso, por mais que eu esteja gostando, quero pedir para termos calma, só isso."

Ele assentiu e disse que tudo bem, mas notei que não estava tão bem assim...

Ficamos calados por um tempo. Quando o ferry estava quase chegando a New Jersey, perguntei: "O que você queria falar quando cedeu a vez para que eu falasse primeiro?".

Ele deu um sorrisinho de lado e olhou para o chão.

"Frank?" Abaixei a cabeça para buscar o olhar dele.

"Não era nada de mais, eu só..." Ele parou, tirou os óculos, os limpou na barra da camisa, mesmo já estando limpos, os recolocou, arranhou a garganta (lembrei da Claire) e finalmente me olhou: "Eu ia falar justamente o oposto do que você disse... Que eu estava adorando te encontrar todos os dias e que eu queria mais ainda. Queria a certeza de que continuaríamos assim. Ao contrário de você, não preciso de uma semana entre um beijo e outro para avaliar o que está acontecendo ou como estou me sentindo. Sei bem o que quero, e já há bastante tempo. Desde que te vi pela primeira vez na lavanderia...".

Sem que falasse mais uma palavra, entendi que namorar era exatamente o que ele desejava. E exatamente por isso entendi também que deveríamos parar onde estávamos.

"Frank, como já disse, adoro estar com você... Só quis deixar as coisas claras pra você saber onde está pisando."

"Pri, não precisa se preocupar com isso. Meus pés são calejados, não precisa ficar com medo de me machucar ou algo assim."

"Tudo certo, então." Balancei os ombros. "É muito bom o que sinto quando estou com você. Só não quero que isso vire um compromisso."

Ele assentiu, forçando um sorriso, e disse que não iria me cobrar nada.

"E a parte de ir à peça? Promete que só volta lá no dia que tiver certeza de que estarei no palco?", perguntei. "E também que não vai me dar nenhuma flor até lá?"

"Tudo bem, prometo. Mas desde que, nesse dia, você me avise com antecedência, para que eu possa levar o maior buquê de todos!"

Concordei e sorri para ele, que me deu um beijo rápido e em seguida me olhou para checar se estava infringido alguma das minhas regras.

Revirei os olhos, passei meus braços pelos ombros dele e caprichei no beijo, especialmente por saber que dali em diante, para o bem dele, eu teria que frear meus impulsos.

Pouco depois, o ferry chegou ao porto. Ele pegou minha mão e fomos para o nosso prédio. Sim, eu não queria nada sério. Mas era muito bom andar de mãos dadas novamente.

49

Ted: Eu costumava estar com muita pressa o tempo todo, sabe? Tudo era tão urgente! Agora eu descobri que, se for pra acontecer, vai acontecer quando tiver que acontecer.

(How I Met Your Mother)

Por mais três dias tive que me contentar em apenas assistir ao espetáculo. Dancei e cantei no camarim, como havia feito no segundo dia, cheguei a fingir que os aplausos da plateia, que eu podia ouvir mesmo dali, eram para mim, mas acabei me cansando. Eu não queria mais fazer de conta. Precisava viver a emoção real.

No sexto dia, quando eu estava começando a pensar que tinham me contratado por engano, já que nunca escalavam mais do que uma atriz do swing por apresentação – e essa nunca era eu –, ouvi alguém falar meu nome no corredor, no início do segundo ato. Eu estava sentada no camarim, aproveitando para estudar uns textos que o meu professor de Interpretação tinha passado, mas guardei tudo depressa e fui ver o que estava acontecendo.

"Priscila, corre pro palco!", uma produtora falou assim que me viu. "A Megan hoje está no elenco principal e é a folga da Judy, só tem você pra cobrir o coro. Uma das meninas está com cólica, ela achou que ia conseguir ficar até o final, mas parece que piorou. Ela pediu pra ser substituída."

A produtora foi em direção à porta, mas voltou, ao ver que eu continuava parada no mesmo lugar. "Rápido, garota! Não precisa nem retocar a maquiagem, está ótima. Só vai logo, precisamos do coro inteiro no palco na próxima música!"

Obedecendo, me olhei de relance no espelho do corredor e fui atrás dela. Por sorte, era a cena do Macavity, uma das que menos tinha iluminação. Então fiz exatamente como me orientaram: esperei um movimento maior dos atores na frente do palco e rolei por trás do cenário até onde os outros integrantes do coro estavam. E foi quando senti uma das maiores emoções da vida. Olhei para a frente e, a princípio, só vi a escuridão. Mas, à medida que meus olhos foram se acostumando, avistei a plateia lotada e centenas de olhares em nossa direção.

Sentindo um frio na barriga como jamais vivenciara, tive vontade de correr de volta para o camarim. Mas nesse momento uma das atrizes veio para o meu lado e sorriu, se mostrando feliz por me ver no palco. Ela fez sinal para que eu a acompanhasse na dança, e aos poucos fui esquecendo o medo e o nervosismo. Naquele instante eu era só uma gata, como todos os outros daquele palco, dançando, cantando e se divertindo.

Ao contrário do que aconteceu nos dias em que estive no camarim, o tempo voou! Quando me assustei, a apresentação tinha chegado ao fim e já estávamos em frente ao palco agradecendo, ao som da última música.

As cortinas se fecharam, e o Julian correu para o meu lado, me abraçou e me rodou em seus braços.

"Que estreia, Priscila! Parabéns, você foi demais! Ninguém diria que foi seu primeiro dia!"

Outros atores se aproximaram e também vieram me cumprimentar. Uma das garotas falou que parte do elenco estava indo a um pub perto do teatro e perguntou se eu também queria ir, para comemorar.

Fiquei meio sem graça, mas aceitei.

Em pouco tempo estávamos sentados em uma mesa comprida em um estabelecimento onde eles deviam ir sempre, pois chamavam os garçons pelos nomes e eles retribuíam.

Assim que todos fizeram os pedidos, começamos a conversar.

"Priscila, se prepare para ser chamada todo dia agora", o Bob, do swing masculino, avisou. "Com todo mundo é assim.

Deixam na geladeira alguns dias, para a gente sentir o clima, ver como funcionam as coisas... E de repente nos jogam lá no meio, quando já quase perdemos as esperanças! Mas aí percebem que damos conta do recado, e passamos a participar de quase todas as apresentações. Você ainda deu sorte, eu demorei duas semanas pra entrar em cena!"

Vários concordaram, e então passamos a falar de outros assuntos, até que uma das meninas propôs um brinde a mim.

"À mais nova participante do *Jellicle Ball*! Bem-vinda, Priscila, agora você é oficialmente parte da trupe!"

Todos levantaram os copos, e eu agradeci, feliz.

Duas horas depois, quando o garçom avisou que precisávamos ir embora, pois já iam fechar, eu poderia dizer que conhecia bem melhor os meus colegas de elenco, e eles a mim. Sim, "meus colegas". Porque, depois daquela noite, eu passei a me considerar "parte da trupe".

De: Samantha <sambasam@email.com>

Para: Priscila <pripriscilapri@aol.com>

Enviada: 10 de maio, 18:17

Assunto: Quase aí!

Passagens compradas! Eu, Rodriguinho e sua mãe desembarcaremos em solo nova-iorquino no dia 28 de maio! Já até comecei a fazer a mala! Ou melhor, AS malas, você não tem ideia de quanta coisa um bebê precisa: fralda, mamadeira, esterilizador de mamadeira, três mudas de roupas para cada um dos dias... Aliás, está fazendo calor ou frio? Parece que a média vai ser 25 graus, mas eu não acredito em previsão do tempo, preciso que você me fale como realmente está. Encontramos alguns hotéis pertinho do seu apartamento, sei perfeitamente que aí é uma caixinha de fósforos, não precisa se preocupar.

Seu irmão está meio chateado... Tanto por ter que passar o aniversário do Rodriguinho longe dele quanto por não poder te prestigiar. Mas já combinamos de comemorar o aniversário aqui também, assim que a gente voltar. E eu tenho certeza de que você vai ficar nesse teatro por muitos meses, vai dar tempo de ele te assistir (e é bom que eu vou poder ir te visitar outra vez)!

Beijos!

Sam

De: Lívia <livulcano@netnetnet.com.br>

Para: Priscila <pripriscilapri@aol.com>

Enviada: 10 de maio, 20:15

Assunto: Passagens

Oi, Pri, queria te contar sobre as passagens, mas a Sam não deu conta de esperar, né? Ela me ligou agora pra falar que te escreveu e pra perguntar se temos uma mala extra, pois quer comprar umas roupas de bebê. Não sabia que a Sam era tão consumista! No guarda-roupa do seu sobrinho não cabe mais nada.

Mas o que importa é que em poucas semanas estaremos aí! Não vejo a hora de ver a minha filhinha no teatro! Já estou avisando, vou assistir a esse musical todos os dias até você entrar em cena! Na verdade, nem me preocupo, porque vou gritar tanto para te colocarem no palco que vão fazer isso no primeiro dia...

Ai, Pri, estou TÃO animada! Seu pai queria muito ir, mas você tem razão, alguém tem que ficar pra cuidar da bicharada, né? Além do mais, ele não tem como tirar férias agora, está com campanhas importantes na agência. Conversei também com suas amigas, infelizmente ninguém vai conseguir ir no próximo mês. Mas acho que, se você ficar em cartaz por mais tempo, logo, logo terá mais visitas, todos estão muito empolgados com seu sucesso (não tanto quanto eu, sou sua fã número 1 desde sempre!).

Quer que eu leve alguma coisa daqui pra você? Não vale dizer um dos bichos! Mas, querendo alguma outra coisa, é só falar.

Ah, a Sam te disse que estamos olhando hotéis, né? Se tiver alguma dica, passa pra gente. Queremos ficar bem pertinho, mas sem atrapalhar vocês.

Beijo e até daqui a uns dias (ai, amei escrever isso)!

Mamãe

De: Priscila <pripriscilapri@aol.com>

Para: Lívia <livulcano@netnetnet.com.br>

Samantha <sambasam@email.com>

Enviada: 11 de maio, 07:19

Assunto: Hotel

Vocês estão loucas? Que história de hotel é essa? Vocês vão ficar aqui! A Sam e o Rodriguinho dormem no meu quarto, e a mamãe na sala comigo. Temos um sofá-cama grande, e o Frank, meu vizinho, tem um colchão inflável que vai emprestar para a gente.

Quero ficar o máximo de tempo possível com vocês!

Beijos,

Pri

50

<u>Derek</u>: Não importa o que vier a acontecer, nunca duvide de que você é uma estrela.

(Smash)

Depois do primeiro dia no palco, fiquei mais alguns sem ser chamada. E foi ainda pior do que no começo. Antes eu não sabia o que estava perdendo, mas agora eu tinha total noção. As luzes, as músicas, os aplausos, a sensação de fazer parte daquilo tudo... Por isso, ficar de fora agora que eu já conhecia o sabor de estar em cena era torturante!

Logo que cheguei em casa, depois da primeira vez realmente sendo parte do elenco, contei para a Sabrina e para a minha família, mas, do Frank, preferi manter segredo. Ele montaria acampamento na porta daquele teatro e só sairia de lá no dia em que me visse encenando. Havia ocasiões em que avisavam de alguma possível substituição antes do espetáculo, por isso eu preferi esperar que isso acontecesse, para que ele não aparecesse em vão e gastasse tempo e dinheiro à toa. Quero dizer, era nisso que eu queria acreditar... Porque a verdade é que eu não tinha contado por querer evitar uma proximidade ainda maior entre nós. Eu sabia perfeitamente que ele estava muito envolvido e não queria machucá-lo de jeito nenhum.

Na quinta-feira da minha segunda semana no elenco, algo diferente aconteceu. A peça tinha acabado de começar e, como sempre, eu estava estudando no camarim. Foi quando ouvi uma confusão no corredor. Fui depressa para a porta e vi várias pessoas da produção e da equipe técnica correndo. Perguntei o que tinha acontecido várias vezes, mas ninguém me respondia, só passavam por mim como se eu não existisse. Resolvi ir para as coxias, para tentar descobrir, quando uma produtora me viu e me segurou pelo braço.

"Priscila, você vai ter que entrar! Uma peça do cenário caiu em cima de duas atrizes. Elas estão bem, mas pelo protocolo de segurança é necessário irem ao hospital para verificar se de fato não se machucaram. Por sorte, a plateia pensou que era parte da cena..."

"Quais atrizes?", perguntei preocupada.

"Duas do coro, elas já foram substituídas pela Judy e pela Megan. O problema é que a Ashley, que faz a Victoria, tinha acabado de sinalizar que não estava se sentindo bem. Então vou ter que mandar alguém do coro substituí-la, e você vai entrar no lugar dessa pessoa."

"Entendi", falei confusa. "De que lado do palco devo entrar?", perguntei, tentando ganhar tempo antes de assumir o personagem.

Nesse momento, a coreógrafa, que estava passando, disse: "Espera! Não precisa disso, coloca a Priscila pra fazer o papel da Victoria direto, ela dá conta. E tem o mesmo tipo físico da Ashley, o público nem vai notar diferença".

"Mas ela é *novata*, Abby!", a produtora falou meio desesperada. "E tem o solo! Ela não vai conseguir!"

A Abby disse que se responsabilizaria e me pegou pelo braço, dizendo que em cinco minutos eu estaria pronta.

"Priscila, me lembro de que no primeiro dia de ensaio você me disse que a Victoria era sua gata preferida. E, nos ensaios seguintes, vi que você conseguiria estar na pele – e nos pelos – dela. Por favor, não me decepcione."

Em seguida entrou no meu camarim, foi até a arara onde estavam os figurinos e me entregou o da gata branca.

"Vou avisar que você vai entrar na próxima cena. Você ainda lembra do solo de dança da Victoria? É daqui a três músicas."

Respondi que sim, tentando disfarçar meu nervosismo. Claro que eu me lembrava. A Victoria fazia parte do elenco principal, mas, em vez de ter um solo de canto, como a maioria, solava na dança. Agora, se eu estava preparada para fazer isso na frente de tantas pessoas, era uma questão completamente diferente...

"Ótimo!", ela disse. "Vou estar na coxia, qualquer dúvida olhe para mim que te mostro o que fazer. Mas sei que não vai precisar..."

Ela me deixou sozinha com aquela roupa branca nas mãos. Respirei fundo e corri para vesti-la. Fiz em tempo recorde a maquiagem que eu havia aprendido e, ao me olhar no espelho, fiquei emocionada. Quando passei na audição, não tinha a menor pretensão de participar do elenco principal. Imaginava que faria uma simples figuração... Se eu já tinha ficado emocionada por participar do coro, eu nem poderia imaginar o que iria sentir agora.

"Está pronta, Priscila?" A produtora abriu a porta do meu camarim.

Assenti e fui até a coxia com ela, que então fez sinal para a Ashley, que, por sua vez, deu um jeito de vir dançando até sair de cena.

"Vou vomitar!", ela disse, já correndo para os camarins.

"Entra, Priscila!" A produtora me cutucou. "Boa sorte!"

Apesar da tensão, não perdi tempo. Fui rolando por trás do cenário e em segundos estava ao lado do Julian, pois o Mr. Mistoffelees fazia grande parte das cenas ao lado da Victoria. Ele fez uma expressão de surpresa ao me reconhecer, mas logo abriu o maior sorriso e passou a me incentivar até que eu ganhasse confiança para sair do lado dele e começar a interagir com os outros atores.

Como o Julian, todos pareciam admirados ao me verem como Victoria, mas ao mesmo tempo felizes. Igual ao primeiro dia, aos poucos fui me soltando, e o espetáculo foi acontecendo como se fosse uma grande brincadeira. Até que chegou a hora do meu solo. Respirei fundo, me sentindo aterrorizada por dentro, mas fingi que já tinha feito aquilo várias vezes. E tinha mesmo, no meu quarto, sozinha, e na sala de ensaios. Só que estar ali, em destaque no palco, na frente de todo mundo, estava me deixando de pernas bambas. Ainda que o solo durasse só um minuto.

"Vai, Priscila", o Julian sussurrou no momento que abaixaram as luzes. E então, ciente de que todos os olhares estavam voltados para mim, fui para o meio do palco, tentando me convencer de que aquilo era uma simples apresentação de balé. Porque, na verdade, era. Não simples, longe disso, os passos exigiam bastante, eu precisava levantar a minha perna a 180 graus para uma abertura em pé! Se eu perdesse o equilíbrio por um segundo, a coreografia (e a apresentação inteira) estaria arruinada. Mas fiz de conta que era um dos inúmeros festivais de fim de ano dos quais participei desde os 3 anos de idade. Fantasiei que na plateia estava apenas a minha família e que qualquer coisa que eu fizesse seria motivo de aplausos. Talvez por isso me assustei quando, ao final do solo, ouvi muito mais do que os aplausos da minha mãe, do meu pai e do meu irmão. Mais de mil pessoas que de fato estavam naquele teatro bateram palmas, assobiaram e gritaram "bravo"!

Com dificuldade, tentei voltar para a personagem, pois por uns dois segundos fiquei estática, sem acreditar que aquilo tudo era para mim. Os outros gatos do elenco começaram a encher o palco para a próxima cena, e alguns, ao passarem por mim, sussurravam que eu tinha sido incrível, fazendo com que meu coração batesse ainda mais forte.

O resto do espetáculo correu bem, sem nenhum incidente. Ao final, todos me cumprimentaram, alguns quiseram saber onde eu havia aprendido a dançar, e expliquei que eu tinha feito balé clássico praticamente desde os primeiros passos até os 16 anos, mas que estava parada desde então. Isso os deixou surpresos, falando que não parecia que eu havia interrompido.

Só que, quando cheguei ao camarim, o diretor estava lá, bem sério.

"Priscila, queremos uma reunião com você, amanhã. Em qual horário você está disponível?"

Minha respiração parou. Eu havia me enganado. Ele não estava sério, e sim *bravo*. Ele ia me demitir? Agora que eu tinha começado a me divertir? Pela expressão, ele tinha odiado a minha performance!

Tive vontade de dizer que estaria disponível a partir das cinco da manhã... Como ele pensava que eu iria dormir depois daquilo?

"Ela tem aula até as duas e meia da tarde", a assistente do diretor, que eu nem tinha notado que estava por perto, respondeu por mim.

Ele então perguntou se eu poderia encontrá-los ali mesmo, no teatro, às quatro.

Assenti veementemente. Ele pareceu satisfeito, se despediu de todos e saiu.

Não sei por quanto tempo fiquei olhando para a porta por onde ele havia passado, mas só acordei quando a assistente bateu no meu ombro de leve, dizendo um pouco sem graça: "Fica tranquila, Priscila, tudo é para o bem do espetáculo!". E em seguida também saiu, me deixando sozinha no camarim.

Ao contrário do que ela disse, não fiquei nada tranquila. Minha mãe e minha cunhada estavam praticamente de malas prontas! O que eu iria dizer para elas se me dispensassem? E a confiança que o Ricky e o Julian tinham depositado em mim? Como eu olharia para eles?

Fui embora chateada, sem me despedir de ninguém, mesmo sabendo que queriam comemorar comigo novamente no pub da esquina.

Cheguei em casa me sentindo cansada e carente. Apenas ao me deparar com o apartamento todo escuro, me lembrei que a Sabrina tinha me avisado que ia a uma festa com o Scott. Bem quando eu mais precisava dela! Minha amiga era constantemente otimista, o que ela dizia ser culpa do seu signo, mas eu não me importava com a razão, desde que ela continuasse a me colocar para cima como vinha fazendo desde o meu primeiro dia em New York. Só que agora ela não estava ali...

Pensei em ligar para a minha mãe, mas ao olhar para o relógio vi que marcava dez e meia. Ou seja, meia-noite e meia no Brasil, por causa do fuso horário. Com certeza ela já estaria dormindo, pois costumava dormir praticamente ao pôr do sol. A Sam também não era uma opção. Se ainda estivesse acordada, eu sabia que ou estaria cuidando do meu sobrinho ou aproveitando para fazer qualquer coisa importante antes que ele despertasse. O Rodriguinho vinha acordando várias vezes à noite por causa dos dentinhos que estavam nascendo.

Me sentei no sofá, olhando para o meu celular. Sem perceber, abri o aplicativo de fotos e comecei a olhar o álbum, até que cheguei a uma foto do Patrick sorrindo para mim, com a estátua da Liberdade e o pôr do sol ao fundo. Eu havia tirado aquela foto dele um pouco antes de encontrarmos o Lucky. Como o tempo estava passando depressa! Já fazia mais de dois meses que o Patrick havia ido embora... No começo eu não tinha sentido tanto a falta dele, talvez por me mandar mensagens o tempo todo e por conversarmos no telefone quase todo dia. Mas agora que já tinha algumas semanas que ele estava no Brasil, eu sentia como se a distância entre nós (não só a geográfica) tivesse aumentado. Não sei se por estar ocupado ou por ter coisas melhores para fazer, ele vinha me escrevendo com muito menos frequência. Suspirei, com saudade do sorriso levado que ele tinha, daquele olhar penetrante, do jeito como ele fazia com que eu me sentisse desejada.

Sem pensar muito, mandei uma mensagem para ele.

Oi, menino bonito. Saudade de você... Volta logo? Ansiosa pra te ver de novo. Quando puder, me liga, ando sentindo falta das nossas conversas. Muitos beijos. Pri

Esperei um pouco, mas ele não respondeu. Senti um vazio ainda maior. Liguei a televisão, abracei uma almofada, mas não consegui me concentrar em seriado nenhum. Eu só pensava que no dia seguinte iria acordar daquele sonho de ser atriz da Broadway. Comecei a ficar muito angustiada e, em um ímpeto, me levantei, abri a porta e fui até o elevador. Eu precisava de companhia.

Em dois minutos eu estava em frente ao apartamento do Frank. Olhei por baixo da porta e vi que a luz estava acesa. Apurei o ouvido e ouvi que a TV estava ligada. Sem pensar duas vezes, apertei a campainha.

Por uns segundos, nada aconteceu. De repente me toquei que poderia não ser o Frank ali, e sim o Kenzo. Voltei depressa para o elevador, mas nesse momento ouvi a porta se abrindo atrás de mim.

"Pri?"

Me sentindo melhor só de ouvir aquela voz familiar, me virei. O Frank estava de pijama, com o cabelo meio atrapalhado, e eu corri para ele.

"O que houve?", ele perguntou assim que o abracei, enquanto passava a mão pelas minhas costas, tentando me confortar mesmo sem saber a razão.

"Eu precisava falar com alguém", expliquei, tentando não chorar. "No Brasil já é tarde, e a Sabrina ainda não chegou... Aí resolvi te incomodar. Desculpa, acho que você já estava dormindo, né?"

Antes de responder, ele me levou para dentro e fechou a porta. E então apontou para a mesa, onde um notebook estava ligado.

"Eu estava terminando uns relatórios. Deixei a TV ligada pra me fazer companhia, o Kenzo está viajando a trabalho. O que aconteceu, Pri? Poderia ter me telefonado, eu ia correndo. Não precisava ter me deixado para a última opção..."

Percebi que disse a última frase um tanto ressentido, mas fingi não entender e me sentei no sofá. Ele disse que iria trocar de roupa, o que fez em dois minutos, e em seguida se sentou ao meu lado. Contei para ele que tinha substituído uma das atrizes principais, que eu havia amado a experiência, mas que provavelmente o meu diretor tinha odiado, pois assim que me viu marcou uma reunião para o dia seguinte, com a maior cara de bravo. E que provavelmente eu seria dispensada do elenco.

"Eu queria tanto continuar", falei, sentindo meus olhos se encherem de lágrimas. "Estou gostando tanto! No palco hoje eu senti como se... sei lá, como se eu tivesse encontrado o sentido da minha vida! Parecia que eu tinha me preparado desde o nascimento para aquele momento... E, na verdade, foi exatamente o que aconteceu, embora antes eu não tivesse consciência disso. Desde a infância ouvi as pessoas dizendo que eu devia fazer teatro, que era expressiva, que eu sabia falar em público... E, sem pretensão alguma a não ser a de me divertir, fiz cursos que acabaram me preparando: canto, balé, ginástica olímpica, dança... Então, bem agora, quando finalmente enxerguei onde deveria estar, agora que o destino esfregou na minha cara a minha real vocação, isso acontece. Não estou preparada para voltar para a vida que eu tinha antes, Frank!"

Ele deu um sorrisinho e me abraçou.

"Pri, não tem o menor sentido você ficar assim. Você nem sabe o que o seu diretor quer te falar, não sofra por antecipação! Mas, mesmo que ele queira te demitir, o que eu realmente não acho que vai ocorrer, a melhor parte já aconteceu. Você descobriu que gosta dessa vida, que quer ser atriz. Você fez duas audições: em uma ficou em segundo lugar, por sabotagem, nós sabemos que era pra ter ficado em primeiro. E na outra você de fato ficou em primeiro. Não tem com que se preocupar. Seu futuro nos palcos vai ser brilhante! Olha, estou aqui te consolando, mas me contorcendo por dentro, por não ter te visto no palco hoje! E é exatamente isso que todo mundo vai sentir, uma necessidade de te assistir! Anota o que estou dizendo: você ainda vai fazer muito sucesso, Priscila."

Eu assenti para ele, que sorriu e começou a aproximar o rosto do meu. Desviei os olhos e me recostei no sofá.

Ele respirou fundo, pegou o controle remoto e me entregou.

"Vamos ver um episódio de alguma série? Pra você pensar em outra coisa..."

Concordei depressa, já colocando *Jane the Virgin*, sabendo que a Sabrina ia brigar, pois estávamos acompanhando juntas. Mas naquele momento eu precisava me entreter com o drama de outras pessoas. Ainda que fossem da ficção.

Apertei o play, o Frank passou o braço pelos meus ombros, me puxou e deu um beijo na minha cabeça. Ficamos assim, assistindo a vários episódios, até quase meia-noite, quando resolvi descer para o meu apartamento. Precisava dormir para estar bem para as aulas no dia seguinte e especialmente para a reunião à tarde. E eu sabia que o Frank também saía muito cedo para o trabalho.

Ele fez questão de me levar à porta do meu apartamento e, assim que a abri, disse: "Pri, da próxima vez não precisa ficar com receio de me incomodar. Pode me chamar. Estou aqui pra você quando e a qualquer hora que precisar, entendeu?".

Fiz que sim com a cabeça, e ele então olhou para a minha boca, mas me deu um beijo no rosto. Em seguida, acenou com um sorriso triste e foi em direção ao elevador.

Fechei a porta me sentindo grata pelo Frank existir e pelo fato de, mesmo com poucos meses de convívio, já me conhecer tão bem.

Eu tinha que admitir. Apesar de toda aquela barreira que eu insistia em colocar entre a gente... Ele sabia como me fazer feliz.

Menina linda!! Desculpa, só vi sua mensagem agora, você já deve estar dormindo. Fui ao aniversário de um amigo e perdi a noção da hora, cheguei com o sol nascendo! Tanto tempo sem vir ao Brasil, fico querendo matar a saudade de todo mundo. Te ligo amanhã, também estou com muita saudade! Beijo enorme! Patrick

51

Emily: Às vezes as coisas parecem ruins, mas na verdade não são. Talvez tenha outra explicação para o que está acontecendo.

(Pretty Little Liars)

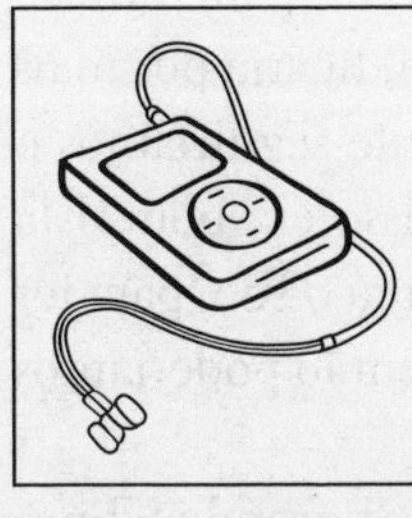

1. Suddenly I See – KT Tunstall
2. Primadonna – Marina and the Diamonds
3. Dancing In the Moonlight – E.M.D.

Nunca um dia demorou tanto a passar. Mal dormi à noite e não consegui me concentrar durante as aulas. O Ricky chegou a perguntar se estava tudo bem, pois, como o Julian havia contado para ele que eu tinha feito parte do elenco principal na noite anterior, ele pensou que eu chegaria à escola vibrando.

"Eu ia até te pedir autorização para finalmente contar que temos mais uma aluna na Broadway, mas estou achando que você não gostou da experiência... Não vai desistir, né?"

Neguei vigorosamente.

"De jeito nenhum! Eu amei! Mas não conta pra ninguém ainda, Ricky, por favor..."

Ele levantou as sobrancelhas, sabendo que tinha algo errado, mas não fez perguntas, o que eu apreciei. Estava tão nervosa que tinha receio até de chorar caso tivesse que dizer em voz alta que eu estava sentindo que iam me dispensar do elenco.

Assim que a aula acabou, saí depressa. A Sabrina veio atrás.

"Onde você pensa que vai?", ela perguntou, me alcançando.

No café da manhã eu tinha contado para ela tudo sobre a noite anterior, então eu apenas disse: "Quero acabar logo com isso, para conseguir pensar em outra coisa!".

"Eu sei, mas está pensando que vou te deixar ir sozinha?", ela disse, segurando o meu braço. "Apesar de achar que você está completamente enganada, vou estar lá pra te consolar caso seja preciso. Amigos são para isso."

Fiquei olhando para ela por um tempo e a abracei. Na verdade, ela era mais do que uma amiga. Nos meses em que estávamos juntas ali, passando praticamente 24 horas por dia grudadas, ela tinha se tornado uma *irmã* para mim. Eu até vinha me sentindo um pouco melancólica, já que ela teria que voltar para o Brasil em julho e eu pensava que, por causa da peça, ficaria por mais tempo em New York. Mas agora provavelmente seguiríamos o planejado e voltaríamos juntas. Pelo menos isso era bom. Ela tinha planos de se mudar para São Paulo ou para o Rio, para ter mais oportunidades profissionais como atriz, então poderíamos nos encontrar com frequência.

"Anda, vamos pegar o metrô!", ela falou, me puxando. "Também estou curiosa pra saber o que querem te dizer."

Em vinte minutos estávamos na Times Square, que era bem perto do teatro.

Como ainda faltava meia hora para o horário marcado, paramos em uma lanchonete. A Sabrina, como sempre, pediu um hambúrguer enorme. Eu só tomei água, estava totalmente sem fome desde a noite anterior.

"Vou te esperar aqui", ela falou quando vimos que já estava na hora de eu ir. "Fico guardando a mesa, sei que depois da reunião seu apetite vai voltar. Com certeza seu diretor só quer te cumprimentar pela linda performance!"

Balancei a cabeça, me sentindo cada vez mais apreensiva e triste. Se fosse só aquilo, não faria sentido marcar uma reunião, ele teria me elogiado logo após a apresentação.

Quando cheguei ao teatro, notei que tinha algumas atrizes no palco. Me aproximei e vi que o diretor, sua assistente, uma das produtoras e a Abby estavam sentados assistindo à cena que elas estavam fazendo.

"Ah, Priscila, que bom que você chegou!", a assistente disse ao me ver. "Acabamos de falar de você. Essas garotas estão fazendo teste para o swing, mas já estão acabando, senta aqui com a gente."

Obedeci, um tanto desconfortável. Tinha quase dois meses desde o meu teste e eu sabia que o elenco estava completo. Aquilo só confirmava o que eu estava pensando. O diretor tinha detestado minha participação e ia colocar outra no meu lugar.

Fiquei assistindo triste, mas – ao contrário da minha audição –, ao final, o diretor não pediu nenhuma para ficar, apenas disse que as três garotas poderiam ir e que ligaria se precisasse delas.

Assim que elas saíram, ele se voltou para mim.

"Elas não têm alma de gato." Fiquei tentando entender, e ele continuou: "Pena que aquelas que concorreram com você já assumiram papéis em outros musicais, elas eram boas".

Era isso. Ele ia me substituir, com certeza tinha se arrependido de ter me escolhido.

"Está tudo bem, Priscila?", a produtora perguntou de repente. "Você está com cara de que está passando mal."

"Não está grávida também, não é?!", o diretor perguntou assustado.

Fiquei calada, pensando naquela pergunta. *Também* como assim? Do que ele estava falando?

Como vi que todos estavam me olhando, esperando que eu respondesse, balancei a cabeça negando e respondi que não tinha a menor possibilidade de estar grávida.

Notei um alívio imediato no rosto de todos, e o diretor até sorriu. Na verdade, todos pareciam felizes, menos eu, que pelo visto continuava com cara de que ia vomitar, pois a Abby disse: "Que bom que hoje é a sua folga! Espero que amanhã você já esteja se sentindo melhor, está realmente parecendo meio doente, deve ser esse tempo maluco de Manhattan!".

Minha folga! Com aquela confusão, eu tinha até me esquecido! Todos os atores tinham um dia *off* por semana. Não era um dia fixo, faziam uma espécie de rodízio de folgas para que não fosse injusto com nenhum ator, já que a maioria preferia ter o fim de semana livre.

"Priscila, a gente quer te fazer uma proposta", a produtora falou em seguida.

Proposta? Será que era tipo um aviso prévio?

"Não é uma proposta", o diretor tomou a palavra. "É um *upgrade*!"

Aquilo estava ficando cada vez mais estranho. A Abby, talvez por ver minha expressão confusa, resolveu ajudar.

"Desde o dia em que você participou do coro, ficamos com vontade de te colocar lá direto", ela disse. "Nós todos achamos um desperdício que ficasse a maior parte dos dias na coxia, seu lugar é no palco. Foi uma superadição para o elenco! Mas neste momento o coro está completo, então estávamos esperando alguém sair para te chamar para a vaga."

"Temos muita rotatividade no coro, já que os atores dali estão sempre participando de audições de outras peças para uma chance de estar no elenco principal", a produtora explicou.

Assenti, e a Abby voltou a falar: "Só que estamos com uma situação delicada agora. A Ashley está grávida. Ela nos contou ontem, depois de ter que sair do palco por estar sentindo enjoo. Parece que descobriu nesta semana e ainda estava pensando em como nos dar a *boa notícia*...".

O rosto do diretor adquiriu novamente o ar de braveza da noite anterior. E eu percebi que talvez tivesse me precipitado ao pensar que era por minha causa...

"No caso de uma baixa no elenco principal, alguém do coro assume, ou então fazemos uma nova audição especialmente para o papel", a produtora continuou. "Era exatamente o que íamos fazer ontem. Alguém do coro iria interpretar a Victoria, e uma das atrizes do swing entraria no lugar dessa pessoa. Mas você acabou pulando direto do swing para o elenco principal, e vimos que dá totalmente conta do recado."

"Vamos direto ao que interessa", o diretor falou novamente. "Priscila, queremos que você seja a nova Victoria. Se aceitar, vai simplificar muito a nossa vida, pois já sabe a coreografia e, ouso dizer, a executa ainda melhor do que a Ashley, pois seu corpo é mais flexível, o que é importante para o solo. Além disso, já passou pelo crivo do público. Ser aplaudida de pé em cena aberta é para poucos."

"Claro que eu aceito!", falei antes que mudassem de ideia ou que eu acordasse. Aquilo realmente estava parecendo um sonho.

"Ei, sua expressão mudou!", a Abby disse, rindo. "Seu mal-estar passou?"

Expliquei que estava pensando que ia ser demitida, e todos eles riram, dizendo que nunca haviam pensando naquilo.

"Agora teremos que ver a parte burocrática", a produtora falou, fazendo com que todos prestassem atenção. "Seu visto é de estudante, você entrou no elenco como estagiária, até por isso não podíamos te colocar todos os dias no palco. Mas agora terá que estar em cena seis vezes por semana. Tem que ter visto de trabalho. Precisaremos providenciar isso."

Concordei, e então eles disseram que a Ashley continuaria ainda por um tempo, mas que a partir de agora eu já estava fora do swing e passaria a ser a substituta fixa dela.

"Ela disse que está com dois meses de gravidez, provavelmente em mais um mês e meio a barriga dela começará a aparecer, até porque o figurino é bem colado no corpo", a Abby falou. "Por isso pensamos em fazer a troca gradualmente. Em maio você continua como substituta, mas a partir de junho irá revezar com ela. Até que em julho assumirá integralmente o papel. Fica bom assim pra você?"

"Fica ótimo!", respondi depressa. Mas tinha algo me incomodando. "A Ashley não vai ficar chateada comigo? Não vai parecer que estou roubando o papel dela?"

O diretor revirou os olhos, como se não estivesse preocupado com isso, mas a produtora falou: "Conversamos muito com ela ontem e hoje. Aliás, hoje ela está ótima, vai participar do musical. Mas ela estava tentando engravidar havia meses, está muito feliz com isso. Inclusive, ela mesma quer se preservar, achou ótima a ideia do revezamento. E nós garantimos para ela que, quando o bebê nascer e ela se sentir preparada para voltar, estaremos de portas abertas, ainda que seja em outro papel. A Ashley é uma ótima atriz, não vai ficar sem emprego. Mas o papel que ela quer assumir agora é o de mãe...".

Assenti feliz. Pediram que eu levasse meu passaporte no dia seguinte, para que pudessem ver os detalhes do visto, e em poucos minutos eu já estava na lanchonete onde a Sabrina estava me esperando.

"Adeus, swing...", falei, tentando parecer triste, apesar de estar sentindo a maior alegria do mundo.

"Mentira! Te dispensaram mesmo?", a Sabrina disse desolada. "Poxa, Pri. Olha, come essa batatinha frita, isso sempre me anima! Quer um sorvete também? Eu compro pra você. Açúcar é bom para adoçar a vida nesses momentos amargos! Mas te falaram por que fizeram isso? Não gostaram da sua interpretação? Como pode? Você é ótima!"

Sem conseguir segurar o riso e com pena por ela estar tão preocupada, falei logo: "Na verdade, gostaram. Gostaram *muito*! Tanto que me colocaram pra valer no elenco principal... Você está falando com a nova Victoria! E é por isso que não vou mais ser parte do swing".

Minha amiga me encarou por um tempo, depois me abraçou e começou a gritar. As pessoas da lanchonete ficaram olhando, e eu então falei para a gente sair dali. Eu também precisava gritar. Não só para ela, mas para o mundo. Agora, sim, eu queria espalhar que eu estava na Broadway. Porque eu sabia que não tinha mais a possibilidade de acordar... Aquele sonho já tinha se tornado real.

52

Rogelio: As melhores rivalidades não são sobre o rival. São sobre as inseguranças que seu rival traz à tona em você... De preferência no quinto ato.

(Jane the Virgin)

Se antes eu achava que estava bom, não imaginava o que viria nos próximos dias. Quando cheguei à escola na segunda-feira, me surpreendi com um pequeno cartaz afixado já na entrada.

COMUNICADO

A Strasberg Dramatic Arts tem a satisfação de informar que a aluna Priscila Panogopoulos passará a integrar o elenco fixo de *Cats* a partir de junho. Após um breve período no swing, ela foi convidada para um dos papéis de destaque. Sendo assim, solicitamos a todos que prestigiem a colega de vocês. É uma honra muito grande para a escola ter uma aluna com todo esse talento.

Orgulhosamente,

Equipe Strasberg Dramatic Arts

"Parabéns, Priscila, você realmente é muito boa!", um dos meus colegas disse, dando um tapinha nas minhas costas, enquanto eu ainda estava estática encarando aquele cartaz. Agradeci, e em seguida vários outros também me parabenizaram. Como o cartaz estava em um local onde todos precisavam passar, a escola inteira ficou logo sabendo da novidade.

A primeira aula era de Interpretação. Assim que entrei na sala, meu professor veio falar comigo.

"Priscila! Por que não me contou que iria participar de uma nova audição? Eu teria te ajudado a se preparar! Mas isso só provou mais ainda seu talento. Conseguiu a vaga sozinha! Como foi isso?"

Expliquei que inicialmente era só um estágio, mas que acabei sendo promovida, e ele pareceu ainda mais satisfeito.

"Perfeito, mais merecido ainda! Com esse talento todo, por que não se inscreveu para um dos papéis principais na nossa apresentação?"

Estávamos ensaiando para a peça de final de curso, e a minha personagem era secundária. Por estar tão envolvida com *Cats*, portanto, com pouco tempo para me dedicar, optei por um papel menor. E se tinha algo que eu já havia aprendido é que era melhor ser ótima em um papel pequeno do que mediana em um papel grande. Era sempre mais vantajoso ter espaço para subir em vez de ter que descer.

Depois da aula de Interpretação, fui falar com o Ricky antes de a aula dele começar. Eu estava certa de que ele havia soltado a informação, apesar de eu ter pedido para guardar segredo. Mas queria tranquilizá-lo, dizendo que não tinha problema. Eu já sabia que a notícia iria acabar se espalhando.

No sábado mesmo, quando cheguei ao teatro, todos já sabiam e vieram me cumprimentar, inclusive a Ashley.

"Priscila, queria te falar que eu não posso pensar em ninguém melhor para fazer a Victoria! Estou muito feliz de saber que a partir do mês que vem vou dividir com você essa gata branca que amo tanto. E que depois disso você vai assumi-la para eu poder cuidar melhor do meu próprio gatinho ou gatinha...", ela disse, acariciando a barriga.

Eu a abracei, dizendo que esperava fazer jus à honra de dividir aquele papel com ela.

Por isso, me surpreendi quando o Ricky veio me cumprimentar, dizendo que tinha ficado muito feliz com a novidade e também por *eu* ter avisado à escola, pois agora poderia falar sobre isso abertamente.

Franzi a testa, sem entender. Eu não tinha avisado. Se o Ricky também não, como aquele cartaz havia parado lá?

Não demorou e o mistério foi solucionado. No final da aula, a Susie Strasberg estava na porta. Ao me ver, me abraçou e foi me direcionando para a secretaria.

"Priscila! Queria ter falado com você logo pela manhã, mas tive umas reuniões. Quero te parabenizar! Fiquei muito feliz quando o diretor Travis me ligou no sábado para contar que ia te contratar!"

Como não disse nada, ela continuou.

"Nós nos formamos em Teatro nos anos 70, em Londres, e nos tornamos amigos desde então. Depois que voltamos para cá, eu abri a escola e ele começou a dirigir musicais, mas nunca perdemos o contato. Ele até já veio à Strasberg para ministrar uns *workshops*. Como ficou sabendo que você estuda aqui, me ligou para contar a novidade e perguntou se você tinha algum agente. Contei que você tinha um empresário, e ele pediu o contato."

"Ele vai ligar pro Ruy?", perguntei sobressaltada. Eu havia mandado um e-mail para ele no fim de semana, dizendo que queria adiar a minha passagem. Ele respondeu secamente que eu tinha um contrato com ele e que precisava cumpri-lo. Se o Ruy dissesse isso para o meu diretor, eu certamente perderia o papel! Aliás, ele não iria me querer mais nem no swing...

A Susie, ao ver a minha expressão, perguntou se tinha dito algo errado. Expliquei para ela que o meu empresário não tinha gostado da ideia de eu ficar mais tempo nos Estados Unidos.

Ela revirou os olhos, mexeu em uns papéis em cima da mesa, pegou o telefone e digitou um número. Fiquei olhando sem entender, até que ela disse: "Boa tarde. Gostaria de falar com o Sr. Ruy Neto. Susie Strasberg, de New York".

Quase desmaiei. Fiz sinal para desligar, mas ela fingiu que não viu e uns segundos depois falou:

"Sr. Ruy, boa tarde! Susie Strasberg aqui. Estou ligando para te parabenizar! Você já deve saber que uma de suas apostas está fazendo grande sucesso na Broadway. Vamos mandar uma nota para a imprensa e gostaríamos da sua autorização para mencionar o seu nome como o maior olheiro brasileiro da atualidade, pois sempre nos manda atrizes promissoras, como a jovem Priscila, que mal chegou aqui e já dominou os palcos. Espero que você venha prestigiá-la, assim poderemos brindar esse grande talento que você descobriu. Tenho certeza de que seu nome repercutirá no meio artístico. Ter uma atriz da Broadway em seu *casting* não é para qualquer um. Aproveitando, um dos produtores do espetáculo irá te contatar para tratar da parte burocrática, mudança do tipo de visto, essas coisas... Querem conseguir isso rápido, para que a Priscila possa brilhar sem nenhum impedimento."

Fiquei parada sentindo meu coração disparado, vi que a Susie riu de algo que ele falou e, pouco depois, desligou.

"Prontinho, Priscila, tudo certo. O Ruy disse que irá tratar pessoalmente dos detalhes para sua permanência pelo tempo que for preciso. Não me pareceu nem um pouco chateado, do contrário, está bastante orgulhoso, pelo que entendi."

Claro, depois daquele discurso dela...

Sem pensar muito, a abracei, agradecendo por toda a ajuda. Ela pareceu surpresa, mas sorriu, dizendo que o mérito era todo meu.

Saí da escola dando pulinhos, tentando encontrar a Sabrina, mas não a avistei em lugar nenhum. Nesse momento, a Catarina, que eu nem tinha percebido que estava por perto, se aproximou e perguntou se poderíamos conversar.

Respondi que sim, curiosa para saber o que aquela garota tinha para falar comigo. Eu não havia olhado mais para a cara dela desde o dia em que havia descoberto sua sabotagem.

"Priscila, queria te dar parabéns! Vi que você vai entrar no elenco de *Cats*. Eu já assisti esse musical e gostei. Aliás, queria te pedir desculpas por aquela situação com a Claire, por ter mostrado sua carta e tudo mais... Mas acho que você já entendeu que, no amor e na guerra, vale tudo, né?"

Fiquei sem palavras olhando para ela, pensando se xingava ou se batia, mas ela continuou antes que eu me decidisse.

"Aliás, vim aqui exatamente para saber como você conseguiu entrar no elenco principal. Qual foi o esquema? Conseguiu alguma indicação forte? Sabe se tem outra vaga para mim? Meu estágio vai até o final do ano, então estou querendo já arrumar outra colocação, dessa vez em um papel de mais destaque. Libera a informação, colega! Afinal, somos do mesmo país, né? Temos que nos ajudar."

Comecei a rir da cara de pau daquela garota. Eu deveria ter saído andando e a deixado sozinha no meio da rua, mas não aguentei.

"Do mesmo país?", perguntei com ar de inocente. "Pensei que você fosse americana..."

Ela riu sem graça, mas falou baixinho: "Também... Tenho dupla nacionalidade".

"Que ótimo!", respondi irônica. "Você também sente o maior orgulho de ser brasileira?"

Sim, eu queria torturá-la. Vamos ver se ela teria coragem de falar mal do *nosso* país agora.

Ela deu um risinho e assentiu rapidamente, olhando para os lados.

"Sabe, Catarina, eu tenho um esquema, sim. E é infalível...", eu disse, sussurrando.

Vi que ela se animou, pois passou o braço pelo meu, como se estivesse pronta para ouvir o maior segredo do mundo.

Fiz sinal para ela me acompanhar. Atravessei a rua e fui andando para o café, onde imaginava que a Sabrina estaria.

"Meu esquema, Catarina, é não pisar nas pessoas para conseguir o que eu quero."

Vi que ela ficou rígida, mas manteve o braço entrelaçado ao meu. Alguns colegas estavam na porta do café, e ela certamente achou que pegaria bem ser vista comigo.

Continuei a falar enquanto entrávamos: "Meu esquema é fazer amizades despretensiosas, para brindar as alegrias e receber colo quando alguém do mal me passa a perna".

Vi que o Ricky e a Sabrina estavam conversando em frente ao balcão e pararam ao me ver chegando com a Catarina. Ela tentou se afastar, mas segurei seu braço com mais força. Eu ainda não tinha terminado.

"Mas, especialmente, o melhor esquema para ganhar o que quer que seja é saber perder. Assim conseguimos enxergar a derrota como um degrau, uma experiência, e não como o fim da linha."

"Priscila, tudo bem?", o Ricky perguntou com a testa franzida, tentando entender o que estava acontecendo.

"Tudo ótimo!", falei, forçando um sorriso. "Eu estava aqui contando pra Catarina, minha amiga *brasileira*, como consegui o papel em *Cats*... Caso você saiba de alguma audição, pode avisar pra ela? Mas só serve para o elenco principal, ela já cansou de ser figurante."

Ele ficou um tempo olhando para nós duas, mas então disse que avisaria se soubesse de alguma coisa. Ela agradeceu, se despediu apressada, mas, antes que saísse, falei: "Ah, Catarina! Tem mais uma coisa no meu esquema: eu não costumo guardar rancor. Assim me livro da negatividade e deixo espaço apenas para as coisas boas". Dizendo isso, dei um abraço rápido nela e disse: "Boa sorte".

"O que foi isso?", a Sabrina perguntou perplexa, assim que a minha *amiga* saiu.

Balancei os ombros, sorrindo para ela e para o Ricky.

"Não foi nada. Mas acho que vocês tinham razão. Uma vingancinha até que faz bem..."

Os dois riram. E eu passei o resto da tarde no meu esquema preferido: conversando com meus amigos e cercada de energias positivas.

De: Ruy <ruy@popcasting.com.br>

Para: Priscila <pripriscilapri@aol.com>

Enviada: 18 de maio, 21:03

Assunto: Desculpas

Boa noite, Priscila.

Estou escrevendo para pedir desculpas por ter ficado nervoso com o seu e-mail. Você sabe que fiz planos para você e que estava esperando ansiosamente sua volta, para te lançar como atriz. Porém, hoje, a diretora da sua escola me ligou e me fez enxergar alguns benefícios para a sua carreira ao estender sua viagem.

Dessa forma, quero te fazer uma proposta. Em vez de cancelar seu contrato, sugiro colocarmos nossos planos em stand-by, darmos uma pausa até o final deste ano. Não te cobrarei a multa por não cumprir nosso acordo, e você continua vinculada à minha agência. Porém, durante o período em que você não trabalhará para mim, não arcarei com suas despesas, você terá que se bancar aí. Caso aceite, farei um adendo ao seu contrato, e seu pai poderá assinar por você, já que é seu procurador legal. No final do ano voltamos a conversar para redefinir nossos planos. Fica bom assim pra você?

Atenciosamente,

Ruy

P.S.: Viu como eu estava certo? Você só precisava de um bom curso de interpretação, ainda bem que não perdeu tempo fazendo canto e dança. Você foi contratada em um musical sem fazer nem sequer uma aula dessas matérias! Estou orgulhoso!

De: Luiz Fernando <lfpanogopoulos@mail.com.br>

Para: Priscila <pripriscilapri@aol.com>

Enviada: 18 de maio, 22:07

Assunto: Fuso horário

Oi, filha.

Queria te ligar, mas sei que você está no teatro e não quero atrapalhar. Nosso fuso horário está complicado, quando chego do trabalho, você já está na peça e, quando volta, já estou dormindo...

Tenho sentido muito sua falta, talvez por estarmos conversando menos no telefone e também porque sua mãe está aqui toda empolgada nos preparativos para te visitar. Faltam só dez dias agora. Ela está contando as horas para ir, e eu já estou contando as que faltam para ela voltar!

Engraçado que passamos anos separados, mas não me acostumei com a ausência dela. Aliás, acho que aconteceu o contrário, fiquei meio traumatizado. Agora que estamos juntos de novo, estou em pânico de pensar que vou reviver um pouco daqueles anos solitários. Naquela época pelo menos eu tinha o Arthur, que, apesar de viver trancado no quarto, era uma companhia, especialmente depois que a Samantha apareceu. Mas nessas duas semanas da sua mãe aí a minha única companhia vão ser seus bichos! Não se preocupe, vou cuidar muito bem deles, como tenho cuidado todos esses meses. Na verdade, gosto disso. É uma forma de estar perto de você.

Pri, mas estou escrevendo mesmo é porque o Ruy me ligou agora e explicou sobre a pausa no seu contrato. Falou que normalmente nessas situações ele cancelaria, já que pelo combinado você teria que voltar no meio do ano para trabalhar como atriz aqui. E, como você não vai fazer isso, teríamos que arcar com uma multa rescisória. Mas ele me disse que te propôs uma pausa não remunerada.

Filha, eu posso arcar com o seu aluguel e demais despesas que tiver aí. Lembre-se, eu estaria pagando sua faculdade neste momento. Não se sinta pressionada a voltar, quero sua realização e felicidade, apesar de sonhar com o dia em que você estará novamente em casa.

Estou aqui para o que precisar.

Beijo com muita saudade,

Papai

53

<u>Rogelio</u>: *Você já deveria saber. Não posso mais imaginar a vida sem você.*

(Jane the Virgin)

Depois que me anunciaram oficialmente como Victoria, tudo começou a acontecer muito rápido. Por mais duas vezes substituí a Ashley, o que foi ótimo para que eu ganhasse confiança para os meses que viriam. Além disso, a Sabrina, que viu a peça nessas duas vezes, disse que eu tinha nascido para o papel, o que me fez ficar ainda mais ansiosa para junho chegar e eu assumir o papel por pelo menos quinze dias no mês. E mais ainda para que já fosse julho, para participar do musical todos os dias.

Eu também estava muito animada por duas razões:

– Minha mãe, a Samantha e meu sobrinho chegariam em poucos dias, e eu já tinha feito até uma lista dos lugares que queria mostrar para eles.

– Eu tinha sido informada que passaria a receber mais. *Bem* mais. Antes eu tinha um contrato de estagiária, e agora eu seria efetivada, teria um papel fixo. Com isso poderia pagar meu aluguel, sem precisar sobrecarregar o meu pai.

Eu estava tão feliz que era como se uma bolha cor-de-rosa estivesse me envolvendo. Era difícil acreditar que no ano anterior, após o término com o Rodrigo, eu tivesse ficado deprimida a ponto de não querer sair da cama. Agora o que eu menos tinha vontade era de ficar em casa. Eu queria passear, aproveitar meus dias, viver!

Eu ainda pensava no Rô, claro. Lá no fundo ainda doía quando me lembrava que ele não tinha me perdoado. Mas aquilo não me imobilizava mais, eu havia conseguido seguir, ser feliz de novo. E eu desejava do fundo do meu coração que ele estivesse feliz também.

Na verdade, a minha vida sentimental ainda estava complicada, mas dessa vez por minha própria escolha.

Eu continuava a evitar o Frank, por não querer nutrir as esperanças dele. Por mais que sempre trocássemos mensagens, eu tentava chegar e sair do prédio em horários que não corresse risco de encontrá-lo no saguão ou no elevador. Tinha total consciência de que, se ele me olhasse com aquela expressão de cachorrinho abandonado, eu acabaria não resistindo...

Eu também tinha me afastado do Patrick depois da última mensagem dele para mim. Eu não queria admitir, mas não tinha gostado de ele ter dito que havia ido a um aniversário e voltado ao *amanhecer*. Ao ler, fiquei me contorcendo, pensando na razão de aquela festa estar tão boa para ele ter ficado até tão tarde... Mas então caí na real e falei para mim mesma que nós não tínhamos compromisso! Ele não era meu namorado, bem longe disso. Não me devia satisfação, e nem eu a ele. Por isso, simplesmente deletei a mensagem, para apagar também aquele sentimento de dentro de mim.

Até que uma noite, quando eu já estava em casa me preparando para entrar no banho depois da peça, meu telefone tocou. Achei estranho ver que era um número do Brasil que eu não conhecia e pensei seriamente em não atender. Mas, por estarem faltando apenas nove dias para a Sam e minha mãe chegarem, pensei que pudesse ser algo relativo à viagem delas e atendi, já colocando no viva-voz, pois estava com um algodão cheio de removedor de maquiagem nas mãos. E tive a maior surpresa quando ouvi aquela voz, que eu conhecia tão bem...

Patrick: *Oi, menina linda. Te acordei?*

Dei um suspiro. Eu realmente não deveria ter atendido.

Priscila: *Não, acabei de voltar do teatro. Tudo bem por aí? Você sumiu...*

Patrick: *Quem sumiu foi você. Te mandei mensagens e depois liguei várias vezes. Você não respondeu, não me atendeu... E acho que só consegui agora porque liguei do telefone fixo da minha casa. Está tudo bem, Pri?*

Priscila: *Tudo ótimo, aliás, mais do que ótimo. Desculpa, não te atendi por falta de tempo.*

Ele ficou mudo por uns segundos. Provavelmente havia percebido que eu não estava para conversa.

Patrick: *Entendi... É, sua vida deve estar corrida mesmo, com a escola e o teatro. Aliás, me conta! Te chamaram para substituir mais alguém?*

Priscila: *Sim, chamaram.*

Mais alguns momentos de mudez.

Patrick: *Estou te incomodando, Priscila? Você está ocupada? Estou te achando um pouco diferente. Desculpa, não quero atrapalhar.*

Priscila: *Ia entrar no banho, tenho que me deitar o quanto antes. Essa vida de escola e trabalho cansa. Chego em casa e só penso em dormir. Mas você não iria entender, deve estar sempre bem descansado para conseguir virar a noite em festas e tal...*

Outro instante sem dizer nada. Mas então ele deu uma risadinha, e aquilo me irritou ainda mais.

Priscila: *Aliás, tenho que desligar agora. Boa noite.*

Patrick: *Espera, Pri! Desculpa, não ri de você! É que acho que entendi o motivo de você estar estranha. É por eu ter dito que cheguei em casa só ao amanhecer uns dias atrás? Sei que eu não deveria ficar feliz com essa sua reação, por estar com raiva e tal, mas fiquei mesmo assim. Sei lá... Desde que voltei de NY, você passou a me tratar como amigo. Aliás, como um amigo que mora longe, aquele que não participa da sua vida direito, que fica sabendo das novidades pelas redes sociais... E que por sinal você não atualiza nunca! Ou seja, tenho me sentido totalmente de fora.*

Me enrolei na toalha e me apoiei na pia. Eu não esperava que a conversa fosse tomar aquele rumo.

Patrick: *Sempre que conversamos é rapidinho, e as mensagens que antes eram bem "calorosas" se tornaram meio frias. Se eu falo que vou para NY te ver, você só responde "ok", sem empolgação. Então pensei que você tivesse se cansado de mim, sei lá, que estivesse me mandando sinais de que não queria mais nada comigo. E aí, agora, quando notei sua ironia ao falar da festa, é que percebi que talvez eu estivesse enganado... ou não?*

Foi a minha vez de ficar muda. Sim, eu andava distante dele, mas não por não gostar e por não querer ficar junto. A verdade é que minha vida estava mesmo corrida. E ele morava realmente longe. Além disso, agora tinha o Frank...

Patrick: *Priscila, só pra registro, não aconteceu nada naquela noite. Eu fiquei tomando cerveja com meus melhores amigos a noite inteira e colocando o papo em dia. Como havia muitos meses que eu não os via, a gente tinha muito assunto. Falei inclusive... de você.*

Ok, agora ele tinha me pegado. Falado o que sobre mim? Mas eu não ia dar o braço a torcer.

Priscila: *Patrick, você não tem que me dar satisfação. O que você fez na tal festa é problema seu.*

Patrick: *Sim, não tenho, mas eu quero.*

Mais uns segundos sem ninguém dizer nada. E de repente a minha boca resolveu funcionar sozinha.

Priscila: *O que exatamente você falou de mim para os seus amigos?*

Maldita curiosidade!

Patrick: *Ah, você não está interessada... Com certeza não tem a menor vontade de saber que eu contei que reencontrei a garota que, cinco anos atrás, me tirou o sono por meses. Eles acompanharam aquela fase, sabe? Na época me aconselharam e até me zoaram. Você não tem ideia do* bullying *a que um cara de 18 anos, apaixonado, está sujeito... Mas ainda bem que tudo passa. Agora, aos 23, eles foram bem mais compreensivos. Gostaram de saber que nos entendemos. Falaram para eu correr atrás, para não perder tempo, para te dizer como eu me sinto. E é por isso que estou te contando tudo isso, Pri. Quero dizer, eles não precisaram me convencer de nada. Eu já tinha revelado isso tudo antes pra você. Espero que já tenha entendido. Eu troco qualquer festa. Invento viagens. Mudo meu itinerário. Faço tudo pela menor possibilidade de estar ao seu lado.*

Não sei em qual momento do discurso dele eu havia me sentado no chão, mas só me dei conta disso quando ele parou de falar e outro silêncio tomou conta da nossa conversa.

Patrick: *Bom, vou deixar você dormir. Aqui já é uma da manhã, também estou cansado... Ao contrário do que você provavelmente pensa, não vim para o Brasil apenas para ir a festas. Além dos documentos que tive que assinar, estou aproveitando para treinar novos guias, tendo reuniões de marketing e, especialmente, passando um tempo com meus pais. Pelo menos eles estavam com saudade de mim... Boa noite, Pri. Desculpa tomar seu tempo.*

Priscila: *Espera, Patrick. Eu... quero te contar umas coisas.*

Ele ficou calado, esperando. Eu nem sabia o que iria falar, mas não queria que ele desligasse.

Priscila: *Não são só seus pais. Eu também estou com saudade. E, sim, admito, não gostei de ouvir que você estava em uma festa no outro hemisfério, se divertindo bem longe de mim. E, sobre estar fria com você, acho que é só o jeito que eu tenho de me defender. A Sabrina certamente diria que é do meu signo, mas acho que é bem mais do que isso. Cada segundo que já passei com você, seja em NY ou na Disney, foi muito intenso. Por isso sinto que tenho que manter meus pés no chão de alguma forma, é facílimo perder a cabeça do seu lado. E também é complicado... Moramos em cidades diferentes, precisamos ser práticos quanto a isso. Mas que bom que você percebeu que não estou indiferente. Não mesmo. Nem hoje nem nunca.*

Patrick: *Vou repetir a proposta que te fiz umas semanas atrás e você nem respondeu. Estou voltando para os Estados Unidos em poucos dias. Posso trocar minha passagem para ir do Brasil direto para NY? Dessa vez sem excursão, eu iria pra ficar por sua conta, pra passar cada minuto possível com você.*

Meu coração disparou. Eu queria isso?

Priscila: *Tem uma coisa que você não sabe.*

Patrick: *Não vai me falar que arrumou um namorado?*

Priscila: *Arrumei um emprego! Não sou mais estagiária. Me contrataram para ser a Victoria, a gata branca.*

Patrick: O QUÊ????? *Pri, isso é fantástico! É um acontecimento! Agora eu vou mesmo se você não deixar! Quero te ver no palco! Preciso disso!*

Priscila: *Por enquanto ainda estou de substituta, a atriz está grávida, então cubro as faltas e as folgas dela. E tem a escola, meu curso só termina em julho. Quero que você venha, mas tem que saber que meus horários estão apertados...*

Patrick: *Não me importo! Fico feliz de tomar café da manhã com você e te encontrar depois da peça... Aliás, eu vou ao musical mesmo sem possibilidade de te ver! É muito feio torcer pra outra garota ficar doente pra você entrar no lugar?*

Priscila: *No dia 24 é a folga dela, é certo que estarei em cena. Quando você chega?*

Patrick: *Não brinca com isso, já estou no site da companhia remarcando minha passagem! Que tal se eu chegar no dia 23 e ficar uns três dias? Bom que tem o feriado, a agência estará fechada.*

Olhei depressa no calendário. Seria perfeito! A minha mãe e a Sam chegariam no dia 28. Além disso, o Frank havia me dito havia tempos que iria para a casa dos pais dele no dia 22, para passar o Memorial Day e aproveitar para levar o meu esquilo. Eu não precisaria me preocupar de os dois se encontrarem na porta...

Priscila: *Dia 23? Mas é daqui a quatro dias ainda! Não tem mais voos hoje?*

Nós rimos, e eu comecei a sentir aquele mesmo frio na barriga da primeira vez que ele havia vindo.

Patrick: *Não fala assim que eu faço minha mala neste segundo! Agora sério, preciso de três dias para terminar o trabalho aqui. Mas vou contar cada minuto. Não vejo hora de te ver!*

Priscila: *Eu já estou contando. Faltam só 259.199 segundos. Acho que vai passar rápido...*

Patrick: *Vou deixar você descansar agora, menina linda. Mas com certeza vou sonhar com você... Na verdade, acho que nem vou conseguir dormir!*

Priscila: *Eu ainda vou tomar banho, estou sentada no chão do banheiro de toalha desde a hora que você ligou.*

Patrick: *Espera. Só de toalha? Podemos fazer uma chamada de vídeo? Agora é que eu não durmo mesmo!*

Eu ri.

Priscila: *Vai pra cama, menino! Não quero que você chegue aqui exausto!*

Patrick: *Tem razão, vou precisar de muita energia... Beijo, lindeza. Bom banho.*

Eu ri, me despedi e desliguei. E então entrei no chuveiro sorrindo. Ele tinha novamente conseguido me fazer feliz.

54

Chilli: Às vezes alguém especial entra em nossas vidas, fica um pouquinho e depois precisa partir.

Bluey: Mas isso é triste.

Chilli: É... Mas enquanto ele ficou aqui foi bom, não foi? Então talvez tenha valido a pena.

(Bluey)

"Não fica triste, Pri... Você pode visitá-lo quando quiser. Logo, logo a gente combina, são só duas horas de distância daqui a Pottstown."

Assenti para o Frank, enquanto abraçava meu esquilinho. Não era tão simples. Eu tinha apenas uma folga por semana, e ele também estava sempre trabalhando.

"Vou sentir muita falta dele", falei, segurando as lágrimas. "Este apartamento vai ficar tão vazio!"

O Frank me abraçou, tentando me consolar.

"Olha, eu posso vir mais aqui se você quiser", ele falou, fazendo graça. "Sei que gosta mais do Lucky do que de mim, mas se a questão for companhia..."

"Ei, ela tem a mim também", a Sabrina gritou do quarto dela. "Você não vai conseguir ajudar a menos que ganhe muito pelo e um rabo! Na verdade, acho que nem isso ia resolver, afinal, todos os dias ela vê aquele monte de gatos do musical..."

Ele balançou a cabeça, rindo. Olhei o relógio e vi que já eram cinco da tarde. Ele havia saído mais cedo do trabalho para não chegar muito tarde à Pensilvânia. O feriado era só na segunda-feira, mas ele queria aproveitar o fim de semana todo com a família.

"Não quero te atrasar", falei, dando um beijo na cabecinha do Lucky e o colocando na caixa de transporte que o Frank usaria para levá-lo. "Também já tenho que sair para o teatro."

"Te dou uma carona", ele disse, pegando a caixa do Lucky. "Não tem pressa, pode se trocar com calma. Vai ser bom para o meu carro matar a saudade das ruas de Manhattan."

Eu já sabia que ele tinha carro, mas que praticamente só o usava para viajar, já que era muito mais prático ir para o trabalho de ônibus ou de ferry.

Concordei, correndo para o banheiro. Eu tinha que pelo menos lavar o rosto, para disfarçar a cara de choro. Em seguida peguei tudo de que precisava, e em poucos minutos já estávamos no caminho.

Eu só não contava com o tráfego carregado de New Jersey para Manhattan. E eu deveria ter imaginado... O trânsito da sexta-feira anterior a um fim de semana prolongado é horrível em qualquer lugar do mundo!

"Péssima ideia", falei meio desesperada. Já eram seis e meia, eu tinha que estar no teatro às sete, já que a peça começava às oito e eu ainda tinha que vestir o figurino, me maquiar e participar da concentração do elenco. "Provavelmente vou chegar atrasada. E, se você tivesse viajado direto de New Jersey, já estaria na metade do caminho."

"Desculpa, Pri", ele falou. "Tem séculos que não faço este trajeto, só queria ajudar... E ficar um pouquinho mais com você também."

Bufei, impaciente, apesar de saber que não era culpa dele.

"Não tem que se desculpar, não tinha como você saber."

Puxei minha nécessaire da mochila que eu sempre levava e comecei a me maquiar ali mesmo, usando o retrovisor.

O Frank ficou me olhando, mudo, e só voltou a falar vinte minutos depois, quando o trânsito liberou e ele conseguiu estacionar em uma esquina da Times Square. Ali era o lugar mais seguro para eu descer, já que, se fosse fazer a volta para me deixar na porta, iria gastar mais uns quarenta minutos.

"Boa sorte, Pri. Desculpa mais uma vez..."

Mesmo com pressa, segurei a mão dele.

"Frank, já falei. Eu sei que você só quis me ajudar! E deu tempo, na verdade, de sobra, pois já estou maquiada. Só tenho que colocar a roupa da Victoria e esperar chamarem para o aquecimento."

"Victoria?", ele franziu a testa, sem entender.

Ele ainda não sabia da minha mudança de status na peça. Eu ainda estava esperando receber minhas datas fixas no palco para contar.

Respirei fundo. Não iria dar tempo de explicar tudo naquele momento, mas ele tinha me levado até ali, por isso eu não poderia simplesmente virar as costas e sair do carro.

"Frank, lembra que um dia depois daquela reunião em que eu pensei que seria demitida você me ligou para saber como tinha sido?" Ele assentiu, e então continuei: "Como te contei, elogiaram a minha atuação. Mas teve algo a mais... Me chamaram para ser substituta constante da Victoria. A atriz está grávida, às vezes fica indisposta, então tenho que ficar de sobreaviso sempre. Não te disse nada sobre isso porque continuo sem datas fixas, queria te contar já com tudo certo...".

"Pri, mas isso é ótimo! Não é aquela gata branca? Lembro que ela dançava sozinha no palco. Você vai dançar também? Uau! Se tivesse me falado antes, eu teria vindo todos os dias, só pela possibilidade de você participar!"

Era exatamente por aquela razão que eu não havia contado...

"Frank, agora tenho mesmo que ir. Promete que me manda uma mensagem pra falar como foi a adaptação do Lucky?"

Ele prometeu e disse: "Só retorno no meio da semana. Meu chefe marcou umas reuniões para mim na Filadélfia, já que vou estar lá perto. Bom que posso ficar um pouco mais com a minha família. Mas assim que voltar quero te ver no teatro, tá?".

Concordei e dei um beijo rápido no rosto dele, para que ele não se animasse. Mais uma vez, olhei para o meu esquilo dentro da caixinha no banco de trás e, mais uma vez, tive vontade de chorar. Respirei fundo e saí depressa, eu não tinha tempo para borrar a maquiagem.

Quando voltei para casa, à noite, meu olhar foi direto para onde o Lucky ficava e, ao ver aquele canto vazio, finalmente deixei cair todas as lágrimas que eu estava segurando desde mais cedo.

Vi que a luz do quarto da Sabrina estava acesa e ia bater na porta, mas ela estava falando em voz alta. Presumi que estivesse ensaiando e decidi não atrapalhar. Se me visse chorando, ela certamente sugeriria algo para me animar e não sossegaria enquanto não conseguisse. Mas eu não queria desconcentrá-la. Ao contrário de mim, ela estava levando muito a sério a peça de final de curso da escola.

Então fui direto para o banheiro, tomei um banho e em vinte minutos já estava na cama, disposta a dormir logo, para esquecer a falta que aquele esquilinho já estava fazendo... Para esquecer a falta que *todos* os meus bichos estavam fazendo.

Contagem regressiva: seis dias para NY! Estou ansiosaaaaaaaa! Como está o tempo, Pri? Tem certeza de que está esquentando? Vai ter que me emprestar uns casacos se esfriar! Não vou encher minha mala de roupa de frio à toa, quero guardar espaço para as compras que vou fazer! Beijo!! Sam

Filhinha, estou achando seu pai meio abatido agora que comecei a fazer a mala. Escreve pra ele, fala que o final do ano vai chegar rapidinho e que logo vocês vão se encontrar! Aliás, você vem no fim do ano, né?? Essa peça dá férias para os atores passarem o Natal com a família? Faço questão disso. E seus bichos estão quase te esquecendo... Mentira, mas acho que se pensar nessa possibilidade você vem correndo! Mamãe

Entrando no avião! Nem acredito que vou te ver amanhã! Estou pensando em te encontrar na saída do teatro, para a gente fazer alguma coisa direto de lá, que tal? Não quero perder nem um segundo! Beijo enorme! Patrick

55

Jane: Esqueci como encontros são cansativos para alguém como eu. Pensar demais, analisar, se preocupar... Eu só queria poder sair com alguém sem sobrecarregar meu cérebro.

(Jane the Virgin)

O sábado amanheceu chuvoso. Eu tinha planejado dar uma volta no Central Park, para ver esquilos e tentar matar um pouco da saudade do Lucky, mas por causa da chuva meu programa seria assistir seriados até meio-dia. Eu estava escalada para participar da matinê, então até uma da tarde precisaria estar no teatro.

Só que, assim que saí do quarto, senti um aroma delicioso de mel com canela. O que seria aquilo?

Segui o cheiro até a cozinha e dei de cara com a Sabrina e o Scott cozinhando. Ao me ver, ele pareceu sem graça, mas a Sabrina veio depressa falar comigo.

"Pri, não te vi chegar ontem!", ela disse sorridente, em português, provavelmente para o namorado não entender. "O Scott dormiu aqui. Ficamos conversando até tarde, esperando você chegar, já que eu queria perguntar se você se importava de ele passar a noite... Mas, quando percebi, sua porta já estava fechada. Entrei no seu quarto e vi que estava dormindo. Aconteceu alguma coisa? Você sempre vê pelo menos um episódio de série antes de se deitar..."

Balancei a cabeça, me lembrando de que eu havia dormido chateada por ter chegado e não visto meu esquilo.

Então a Sabrina não estava ensaiando, e sim conversando com o namorado... Eu tinha entrado tão rápido no meu quarto que nem ouvi a voz dele.

"Não me importo", falei rápido. E, vendo que o Scott continuava meio envergonhado, completei em inglês: "O que vocês estão fazendo de gostoso aí? Este apartamento nunca teve um cheiro tão bom!".

Ele sorriu e disse que estava preparando panquecas, já me oferecendo um prato. Agradeci e comprovei que o gosto era tão bom quanto a fragrância.

"Pri...", a Sabrina voltou a falar, novamente em português, e vi que agora ela que estava sem jeito. "Eu queria chamar o Scott pra passar este feriado prolongado aqui. O colega de apartamento dele vai receber a visita de uns amigos... Você se importa de ele passar uns dias com a gente? Prometo que ficamos no meu quarto o tempo todo, nem vamos ver TV, nós dois precisamos ensaiar muito pra peça."

Pensei um pouco e fiz cara de brava: "Vocês fizeram essas panquecas para me comprar?".

Ela começou a gaguejar, mas, ao ver que eu estava me segurando para não rir, riu também.

"Funcionou?", ela perguntou ansiosa.

"Nem precisava ter cozinhado, apesar de eu ter amado", eu disse, já me levantando para colocar mais uma panqueca no prato. "Sá, você mora aqui. Claro que pode trazer seu namorado quando quiser! E não se preocupe com a TV. O Patrick chega hoje. Acho que não vou ter muito tempo pra séries esses dias..."

Ela arregalou os olhos.

"Ele vem? Como assim? De onde surgiu isso? Pensei que vocês tinham se afastado, que seu lance agora era com o Frank! Priscila Panogopoulos, como você me escondeu essa informação?"

Balancei os ombros, dando outra garfada. Eu tinha que sair daquela cozinha o mais rápido possível, senão não iria sobrar panqueca para mais ninguém.

"Ele me ligou quatro dias atrás", expliquei. "Nós conversamos, e ele decidiu vir. Não estávamos afastados, quero dizer, talvez um pouco, mas já resolvemos. E você sabe que eu não quero nada sério com o Frank..."

"Com o Patrick você quer?", ela abriu o maior sorriso.

Revirei os olhos e voltei para o meu quarto, decidida a ver os seriados no meu notebook. Eu ficaria mais à vontade e não queria que eles pensassem que estavam me atrapalhando.

Porém eu não estava conseguindo me concentrar. A pergunta da Sabrina continuava rodando na minha cabeça. Será que eu queria algo sério com o Patrick? Se não quisesse, teria permitido que ele viesse para NY só para me ver? Suspirei sem ter uma resposta.

Acabei desligando o computador e fui me arrumar mais cedo. Apesar da chuva, cheguei ao teatro com bastante antecedência e fiquei feliz de saber que eu faria a Victoria naquela sessão, para que a Ashley não ficasse muito sobrecarregada, já que iria participar da peça à noite. Com isso, o tempo acabou passando rápido. Apenas quando voltei para o camarim, ao final do espetáculo, e peguei meu celular, voltei a pensar no Patrick.

Cheguei e estou aqui fora te esperando. Não pode vir de gata? Estou doido pra te ver a caráter! Se bem que nem precisa, você é gata todo dia... (nossa, essa foi péssima, admito!) Beijo! Patrick

Ri e sem querer me lembrei do Alan. Aquele era o tipo de cantada que ele passaria. Como estaria a vida dele? Provavelmente ainda em Belo Horizonte, colecionando conquistas. Eu estava na 9ª temporada de *How I Met Your Mother* e era inevitável não o comparar com o Barney. Mas em certo ponto da série até ele havia se apaixonado... Será que com o Alan também seria assim?

Outra mensagem chegou naquele momento, captando minha atenção.

Oba, as pessoas começaram a sair! Estou ansioso pra te ver. Vem logo? Com roupa de Priscila mesmo, por favor. Adoro seu estilo. Aliás, adoro tudo em você. Patrick

Suspirei, sentindo meu coração bater mais forte. Eu também estava ansiosa...

Sem nem esperar que os espectadores que tinham ido cumprimentar os atores saíssem dos camarins, entrei no banheiro e tomei um banho rápido. Em quinze minutos eu já estava pronta para sair.

"Uau, está arrumada, Priscila!", a Judy falou ao me ver. "Nunca te vi tomar banho aqui, você sempre diz que prefere fazer isso em casa... Por acaso tem algum motivo especial?"

Balancei os ombros, sorrindo, e ela então deu uma piscadela, dizendo: "Você está linda! Aproveite!".

Agradeci, assentindo, peguei minha mochila e fui depressa para a saída. Eu não queria perder tempo.

Pri, I called you, but you didn't answer. Lucky is doing great, and everyone here is in love with him! Here is a photo for you to see his new home. Don't worry, he loves it! I'll keep you updated! Frank*

---

* Pri, te liguei, mas você não atendeu. O Lucky está ótimo, e todo mundo aqui está apaixonado por ele! Aí vai uma foto para você ver a nova casa dele. Não precisa ficar preocupada, ele adorou! Vou te dando notícias! Frank

56

Robin: Por que estou constantemente procurando motivos para não ser feliz?

(How I Met Your Mother)

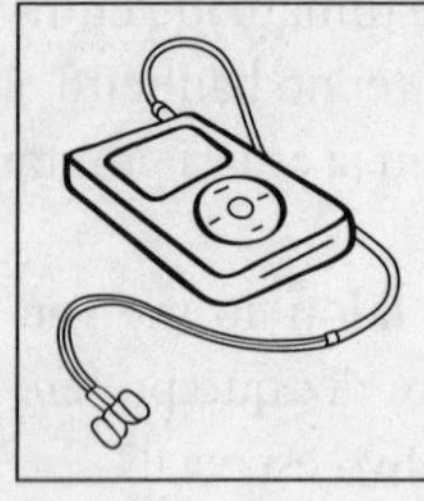

1. Brooklyn Kind Of Love – Julian Velard
2. Wouldn't It Be Nice – Liz Callaway
3. Style – Taylor Swift

Da outra vez, tinha mais de quatro anos que eu não via o Patrick. Lembro que, no momento em que ele chegou, minhas pernas – inclusive a que na época estava machucada pelo tombo de patins – tremeram ao vê-lo na minha frente. Na ocasião julguei que isso havia acontecido por causa do longo período sem encontrá-lo. Mas agora, apenas três meses depois, elas bambearam exatamente do mesmo jeito.

Ele estava encostado em um carro, bem na frente do teatro. O cabelo úmido, parecendo que tinha acabado de lavar, e desta vez ele não vestia um casaco, pois não estava mais frio. Por isso eu pude ver perfeitamente os braços dele, que eram definidos na medida exata. Eu odiava o corpo daqueles caras que pareciam passar o dia inteiro na academia. O daquele garoto na minha frente dava a impressão de que tinha nascido assim... naturalmente forte. Do tipo que, ao sermos abraçadas, nos sentimos aconchegadas e seguras ao mesmo tempo.

"Oi, menina linda", ele disse com aquele sorriso irresistível, do qual eu nem sabia que tinha sentido tanta falta.

"Oi, menino bonito", falei completamente derretida.

Ficamos um tempo só nos olhando, e então ele veio, me abraçou e me deu um beijo, direto na boca. Não impedi. Eu tinha sentido *muita* falta daquele beijo.

De repente, me lembrei do Frank. Será que eu o havia beijado por carência? Por sentir falta do Patrick? Porque, apesar de o beijo do meu vizinho também ser muito bom, o Patrick certamente era especialista naquela área. Ou talvez fosse a nossa química inegável. Só sei que não dava vontade de parar.

Quando ouvi vozes de pessoas saindo do teatro, me forcei a abrir os olhos. Vi que eram os meus colegas e acenei para eles, meio sem graça, enquanto dizia baixinho para o Patrick: "Vamos sair daqui?".

Não precisei perguntar duas vezes. Ele pegou a minha mochila com uma mão e a minha mão com a outra, e fomos andando para o fim da rua. Apenas quando nos afastamos do teatro, ele perguntou: "Está com fome? Quer comer alguma coisa? Tomar um sorvete?".

"Um sorvete está ótimo", respondi depressa. Qualquer lugar com ele seria bom.

O Patrick então disse que iria me levar à sorveteria preferida dele, que ficava perto do Bryant Park.

Fomos andando, e no caminho ele ficou fazendo carinho na minha mão, depois me abraçou, e eu só conseguia pensar em como estar com ele era bom.

"Adoro New York nesta época", ele falou. "Fica tão colorida! Aliás, acho que você combina com a primavera. Está diferente... Parece ter florescido desde a última vez que nos vimos."

Sorri para ele. Eu me sentia exatamente assim, como se tivesse ficado murcha por muito tempo e, aos poucos, renascido.

A tal sorveteria era realmente muito boa. Depois fomos andando para o Chelsea Market, ficamos lá por algumas horas e, na volta, paramos em um restaurante que vimos no caminho, pequenininho, mas lindo e aconchegante, com velas nas mesas. Tinha muito, muito tempo que eu não passava um sábado tão agradável.

"E o esquilinho, Pri?", o Patrick perguntou ao final do jantar. "Você me disse que alguém ia levá-lo pra Pensilvânia, ele já foi?"

"Foi ontem...", falei, dando um suspiro. Por algumas horas eu tinha até me esquecido, mas agora teria que voltar para casa e me deparar com aquele vazio todo outra vez. "A mãe de um amigo meu é bióloga, ela vai cuidar dele."

"Você ficou triste...", ele falou, me abraçando. "Desculpa, Pri, se eu soubesse, não tinha tocado no assunto."

"Tudo bem", falei, tentando sorrir. "É que foram quase três meses cuidando dele. Ontem foi difícil chegar ao apartamento e não ver o Lucky lá."

Ele me abraçou mais forte e ficou passando a mão de leve pelas minhas costas, para me consolar, e depois de um tempinho falou: "Queria te fazer uma proposta. Ou melhor, um convite. Você não quer ficar comigo no meu hotel nesses dias que vou estar aqui? Como te disse, estou por sua conta, vim pra ficar com você. Mas, como você tem aula e a peça, eu adoraria se pudesse dormir e acordar do seu lado, pra não perder tempo com o deslocamento. Ainda não matei nem um pouquinho a saudade...".

Ele então me deu mais um beijo, que quase me convenceu. Mas por algum motivo aquilo me parecia errado. Eu gostaria de tê-lo conhecido em outra circunstância, porque, por menos que quisesse admitir, em alguns momentos eu ainda sentia uma pontada de culpa de estar com ele, a última pessoa com quem eu deveria ter me envolvido depois do término com o Rodrigo.

Mas eu não queria pensar nisso. Não queria pensar no Rodrigo, não mais. Já havia completado um ano que eu não o via e, por mais que a imagem dele ainda estivesse tão nítida na minha memória, como se tivéssemos nos encontrado no dia anterior, eu o sentia cada vez mais longe, como se nosso relacionamento tivesse acontecido em outra vida.

E naquele instante eu queria aproveitar a minha vida atual.

Apesar disso, falei: "Não sei, tenho que ensaiar para a peça da escola. Algo me diz que do seu lado não vou conseguir...".

Ele estava beijando meu pescoço, tentando me convencer, mas parou, dizendo: "Eu ensaio com você! Prometo que não vou te atacar de cinco em cinco minutos... Faço isso só de dez em dez!".

Ele se aproximou de novo, mas eu o afastei, rindo.

"Hoje preciso ir pra casa, amanhã é certo que vou estar em cena, tenho que estar muito descansada. E, se eu for com você, sei que vou acabar não dormindo direito..."

Na mesma hora ele abriu aquele sorriso sexy e presunçoso, que me dava vontade de bater nele e de beijá-lo ao mesmo tempo. E então falou: "Você está certa. Mas promete que vai pensar sobre os próximos dias?".

Prometi, mas já sabendo que ia enrolá-lo até o final.

Ele chamou um táxi e fez questão de me acompanhar, por mais que eu insistisse que não precisava, já que dessa vez eu não estava com a perna machucada nem ao menos estava frio. Porém, ao chegar em casa, percebi que eu devia ter aceitado o convite dele.

Entrei no apartamento e já me deparei com a Sabrina e o Scott agarrados no sofá da sala. Assim que ouviram o barulho da porta, eles se afastaram, dizendo que estavam vendo um filme. Até me convidaram para ver junto, mas me senti mal por invadir a privacidade deles, mesmo que eles é que estivessem invadindo a minha.

Por isso disse que estava com sono e fui logo me deitar. Mas, antes, peguei uma malinha e coloquei nela tudo de que eu precisaria para pelo menos três dias. Eu não tinha mais que cuidar do Lucky, não tinha que dar satisfação para ninguém e, especialmente, não tinha nada a perder.

Então, apenas peguei meu celular e digitei:

Já separei tudo que preciso para ficar no seu hotel. Nos encontramos para almoçar? Beijo! Pri

Em poucos segundos, ele respondeu.

Ah, não. Nos encontramos para o café da manhã! Me avise quando acordar, quero passar o dia inteiro com você! Boa noite, menina linda. Te vejo nos meus sonhos... Patrick

57

Chilli: Não era assim que você queria que terminasse, né?
Bluey: Não, mas tudo bem. Não há nada que a gente possa fazer.
(Bluey)

Os dias com o Patrick em New York foram tão bons que ele adiou a passagem duas vezes. Fiz até um cronograma do que fizemos no meu Diário de Viagem, para que eu pudesse me lembrar com detalhes:

Diário de Viagem

Patrick em NY:

23 de maio - Ele me buscou no teatro (matinê), sorveteria, Chelsea Market, jantar no Pastaí.

24 de maio - Café da manhã no Eataly, hotel, Cats. O Patrick me assistiu como Victoria, amou, e até disse que eu era a gata mais linda. E que queria me levar pra casa...

25 de maio - Acabou me levando mesmo, não pra casa, mas pro hotel, onde ficamos o dia inteiro até a hora da peça, já que por causa do feriado eu não tive aula. Assistimos seriados, namoramos muito e tive vontade que ele pudesse ficar mais...

26 de maio - Ele ia embora, mas acabou adiando para o próximo dia. Eu tive aula, e ele ficou trabalhando no hotel, depois me buscou na escola. Fizemos um lanche rápido e então fui ao hotel rapidinho só para tomar um banho e me arrumar para a peça. Ele me levou e me buscou no teatro. Jantamos no Red Lobster da Times Square.

27 de maio - O Patrick adiou a passagem mais uma vez, já que, por ser meu dia de folga no teatro, poderíamos aproveitar a noite.

E foi exatamente no último dia que tive a maior surpresa. Como ele teria que ir embora cedo na manhã seguinte, combinamos que me esperaria na porta da escola, já levando a minha mala. Iríamos ao meu apartamento para deixá-la e pegar uma muda de roupas, pois eu voltaria com ele para o hotel, onde dormiria uma última noite. Ao acordarmos, eu iria direto para a escola; e ele, para o aeroporto.

"Não acredito que já se passaram cinco dias. Parece que foi ontem que vim te trazer aqui...", ele disse assim que chegamos ao meu prédio, depois de me buscar na aula. Notei que o Patrick estava meio para baixo desde o café da manhã. Parecia estar realmente chateado por ter que ir embora. Eu estava também. Dessa vez ele não tinha mais como adiar a volta para Orlando, já que na tarde seguinte teria uma reunião presencial importante.

"Pelo menos temos uma última noite...", falei, tentando ser otimista. Mas a verdade é que, depois dela, eu não sabia o que iria ser da gente. Eu não tinha como ir para Orlando, pois folgava apenas uma vez por semana. Ele até poderia voltar, mas não com a frequência de que gostaríamos... Por isso, depois daquela noite, nosso destino era incerto. E era exatamente isso que me angustiava. Os dias com ele tinham sido tão bons que até me questionei se não queria mesmo namorar, como eu vivia dizendo para o Frank. Eu havia esquecido como era bom dividir os dias com alguém.

Entramos no elevador sem dizer nada. Talvez por perceber que eu estava melancólica, ele me puxou para um abraço.

"Pri, vou dar um jeito de voltar logo. E você vai ter com o que se distrair, afinal, amanhã sua família chega. Aposto que depois disso nem vai mais se lembrar de mim... Ainda bem que meu concorrente é um bebê de um ano! Tira fotos com ele e me manda, tá? Você deve ter o maior jeito com crianças."

Balancei a cabeça, na verdade sem saber. Eu gostava de crianças, sim, mas quando saí do Brasil o Rodriguinho tinha sete meses, era um bebezinho. Agora ele estava quase andando e já tentava balbuciar algumas palavras. O Patrick estava certo, eu iria ter muita distração, pois pretendia passar o máximo de tempo possível com aquele menininho, para compensar cada mês que havia ficado sem ele.

"Um dia você vai conhecê-lo", falei sem pensar. "Aposto que ele vai ficar louco por você!"

Ele me olhou demoradamente, como se estivesse analisando o que eu havia dito, então assentiu, sorrindo, e disse: "Quero muito conhecê-lo. E toda a sua família".

Suspirei, feliz por imaginá-lo no meu futuro.

O elevador chegou, fomos andando de mãos dadas, e ele falou: "Não demora pra pegar suas coisas, quero ir rápido pro hotel pra aproveitar cada minuto que falta. Vamos comigo pra Orlando, Pri! Não tem como pedir pra te substituírem na peça por uma semana? Ou melhor, por um mês?".

"Eu sou a substituta, esqueceu?", disse enquanto ele tentava me beijar. "Só assumo oficialmente daqui a uns dias!"

"Você oficialmente me deixa doido." Ele foi me empurrando para a porta enquanto me beijava cada vez mais intensamente.

"Me espera pelo menos abrir a porta", falei rindo, tentando enfiar a chave na fechadura, ao mesmo tempo que fazia um esforço para conter os ânimos dele. Porém era uma missão impossível. Desisti e passei meus braços pelos seus ombros, já me despedindo daquele beijo, torcendo para ninguém aparecer no corredor.

De repente, ouvi um barulho na fechadura, pensei que era a Sabrina e me afastei da porta meio relutante. E então, quando me virei, tive a maior surpresa.

"Mãe? Samantha?"

Pelo visto o Patrick iria conhecer minha família muito antes do que esperava...

As duas estavam estáticas, olhando de mim para ele. Ao fundo, vi a Sabrina carregando o Rodriguinho, que parecia estar adorando aquela nova tia. Ela disse baixinho, com a maior cara de sem graça: "Surpresa...".

"O que vocês estão fazendo aqui?", perguntei confusa. "Vocês iam chegar só amanhã!"

"Bom, isso foi o que te dissemos. Achamos que seria legal te surpreender, pensamos que você fosse gostar de nos ver um pouco antes. Aí combinamos com a Sabrina... Nós chegamos tem meia hora, pensamos que você fosse estar aqui", minha mãe disse, analisando cada detalhe do Patrick, que continuava parado atrás de mim, sem saber se ficava ou se fugia.

"Só não imaginávamos que iríamos atrapalhar", a Sam completou.

"Não atrapalharam!", falei, correndo para abraçá-la. Fiz o mesmo com a minha mãe e então peguei o Rodriguinho no colo, que instantaneamente começou a chorar, o que me deixou meio frustrada, já que nos braços da minha amiga ele estava até rindo. Será que ele tinha me esquecido? Entreguei-o para a Sam, dizendo: "Eu amei vocês terem chegado antes! Só me assustei porque não estava esperando".

"Entra, Patrick", a Sabrina foi socorrê-lo. "Vem conhecer sua sogra e sua concunhada."

Arregalei os olhos e vi que ele também arregalou, provavelmente se martirizando por não ter escapado a tempo. Forçando um sorriso, ele entrou e as cumprimentou.

"Ah, então esse é o famoso Patrick?", a Sam disse mais para mim do que para ele. "Ouvi falar *tanto* de você!"

Ele assentiu, parecendo muito tímido. Eu não conhecia aquele lado dele e até acharia bonitinho, se não estivesse tão desnorteada. Ele foi até elas e as cumprimentou, e depois veio para perto de mim, dizendo: "Pri, vou deixar você curtir sua família. Preciso terminar de arrumar minhas coisas, viajo cedo amanhã, você sabe...".

"Não precisa ir por nossa causa, Patrick!", a minha mãe disse depressa. E, olhando para a mala que havíamos trazido, completou: "Você ia ficar aqui, né? Olha, a gente pode ir para um hotel, realmente não imaginamos a possibilidade de atrapalhar. Vamos, Sam?".

Revirei os olhos impaciente, aquilo só piorava. O Patrick explicou na mesma hora que a mala era minha, a Sabrina segurou a mão da minha mãe, dizendo que, mesmo que o Patrick fosse dormir ali, elas poderiam ficar no quarto dela, e o Rodriguinho, talvez porque ninguém estava dando atenção para ele, começou a chorar de novo.

"Para, gente!", praticamente gritei. "O Patrick não ia nem vai dormir aqui. Ele já está indo para o hotel dele, que fica em Manhattan, só veio me trazer. Vou levá-lo lá embaixo e já volto."

Minha mãe ainda insistiu para que ele ficasse, mas eu lancei um olhar suplicando para que não dissesse mais nada, e, por sorte, ela captou.

O Patrick se despediu das duas e em seguida fez um carinho no meu sobrinho, que tinha acabado de parar de chorar, mas voltou a fazer isso no instante em que o Patrick colocou as mãos nele.

"Melhor a gente descer", falei, o segurando pelo braço, louca para aquela confusão terminar. Pelo visto ele também não via a hora, pois obedeceu sem dizer nada. Acenou uma última vez para todo mundo e veio atrás de mim.

No elevador, voltamos a conversar.

"Desculpa, eu não tinha ideia de que elas iriam chegar antes...", falei meio envergonhada. Provavelmente ele iria sair correndo e não voltaria nunca mais, depois de ter conhecido parte da minha família maluca.

Ele balançou a cabeça e pegou de leve no meu queixo, fazendo com que eu olhasse para ele.

"Pri, eu que peço desculpas. Acabei estragando a sua surpresa, mesmo sem querer. Espero que elas não tenham ficado com uma má impressão de mim. Ainda bem que seu pai não veio junto!"

Nós rimos um pouco, mas o elevador chegou ao térreo e eu fiquei séria novamente, pois era hora de a gente se despedir.

"Eu não queria que sua viagem terminasse assim", falei triste.

Ele me abraçou.

"Nem eu, mas foi por uma ótima causa. Agora sobe depressa que elas devem estar com mil perguntas para te fazer! Aproveita sua noite de folga com sua família, elas estão ansiosas pra ficar com você!"

Concordei, mas, antes de subir, o puxei para mim. Ficamos um tempo assim, em um abraço dolorido. E ele me deu um último beijo.

"Te adoro, menina linda. Obrigado por tudo. A viagem foi maravilhosa, muito melhor do que eu esperava. E a gente vai se ver logo. Prometo que vou dar um jeito de voltar o quanto antes."

Apenas assenti, fazendo o maior esforço para não chorar. Ele ficou me olhando por mais um tempinho, mas então fez sinal para um táxi que estava passando e correu para ele.

"Já estou com saudade...", falei baixinho, para mim mesma. Mas acho que ele sentiu, porque, assim que entrou no carro, abriu a janela e me mandou um beijo com a mão.

Sorri, acenei e entrei no meu prédio, suspirando... Eu também não tinha ideia de que a vinda dele seria tão boa. Só esperava que o nosso próximo encontro não demorasse muito a chegar.

58

<u>Bandit</u>: Família é como um time, em que uns nunca desistem dos outros.

(Bluey)

Depois de me despedir do Patrick na portaria, me deparei com a Sabrina na porta do elevador. Ela havia dito para minha mãe e para a Sam que precisava ir à farmácia, como desculpa para conseguir falar comigo antes que eu subisse.

"Te liguei, mandei mil mensagens, mas seu celular só serve pra tirar foto, né? E como eu ia saber que ele ia adiar a passagem *de novo*? Eu teria te contado, mesmo estragando a surpresa da sua mãe, se soubesse que tinha a menor possibilidade de elas te pegarem aos beijos com o garoto! Pensei que depois da aula você viria comigo pra casa, e então elas chegariam antes da sua peça – da qual por sinal eu nem sabia que você não ia participar hoje! Mas o que você fez? Sumiu depois da aula, foi embora sem nem se despedir de mim. A culpa é só sua, amiga! Se tivesse me dado o mínimo de informação, isso não teria acontecido."

Respirei fundo, sabendo que a Sabrina estava certa. Por querer aproveitar o máximo possível meu tempo com o Patrick, eu deixei o celular na bolsa, afinal, tinha conversado com a Sabrina na escola e com minha mãe no dia anterior. Não imaginei que alguém fosse precisar falar comigo com urgência.

"Tudo bem, Sabrina", falei depressa, antes que todos os meus vizinhos ficassem sabendo a minha história. Por sorte, o Frank ainda estava viajando e com ele eu não precisava me preocupar. "Eu não fiz nada de errado... Quero dizer, não tinha falado ainda pra elas que o Patrick veio me visitar de novo, estava esperando pra contar pessoalmente. Mas não vejo mal nenhum em ter ficado com ele no hotel. Não tenho mais 13 anos!"

A Sabrina balançou os ombros, dizendo que a mãe dela morreria se soubesse que ela tinha passado o fim de semana prolongado inteiro com o Scott no nosso apartamento, mas eu expliquei que minha mãe não era assim.

E eu estava certa. Logo que subi, ela e a Sam me rodearam com mil indagações sobre o Patrick. Resolvi responder a verdade, para que aquele assunto acabasse o quanto antes.

"Ele veio me visitar de novo, queria me ver no palco. Para dar mais privacidade para a Sabrina, aceitei quando me chamou pra ficar no hotel. Ele vai embora amanhã cedo, aí eu só ia deixar a minha mala aqui, para não ter que levá-la pra escola amanhã, já que ia passar a última noite lá com ele."

As duas ficaram me olhando sem dizer nada. Aliás, as três, porque a Sabrina também estava me encarando, com uma expressão de agradecimento por eu ter ocultado que o fato de o namorado dela ter passado uns dias ali tinha sido uma das razões de eu ter aceitado o convite do Patrick.

A minha mãe então quebrou o silêncio.

"Entendi. Mas não acho que você devia ter ficado tão disponível para ele assim, todos os dias... Ainda bem que nós chegamos, assim pelo menos hoje ele vai ter que dormir sozinho."

Revirei os olhos. Ela em breve iria entender que, com a minha rotina tão corrida de escola e teatro, o que eu menos tinha era disponibilidade, e exatamente por isso tinha ficado lá, para conseguir ter mais tempo com ele.

"Ele é muito mais bonito pessoalmente, e olha que eu já tinha achado lindo pela foto que você me mandou no dia do fondue", a Sam falou. "Eu totalmente ficaria no hotel com ele também..."

"Que foto? Que fondue?", a minha mãe perguntou de cara fechada para a Samantha, provavelmente pensando que meu irmão não gostaria de ouvir aquilo.

Contei sobre a outra vez que ele tinha vindo, e minha mãe disse: "Ele até que é bonitinho, mas não chega aos pés do Rodrigo".

"Lívia!" A Sam arregalou os olhos para ela. "Nós combinamos de não falar nesse nome aqui, né?"

"Isso foi antes de saber que ela já está com outro e praticamente morando no hotel dele... Está na cara que a Priscila já superou!"

A Sabrina estava olhando para nós três meio fascinada. Pelo que eu sabia, a mãe dela era fechada e muito rígida. Ela devia estar estranhando aquela intimidade toda da minha família.

"Eu já superei!", falei com firmeza, acho que mais para mim do que para elas. "Mas prefiro que não fiquem falando nele. No Rodrigo."

Novo silêncio, e então fui olhar meu sobrinho, que estava dormindo na minha cama. A viagem devia ter sido cansativa para ele.

Quando voltei, a Sam disse: "Tadinho, dormiu exausto de tanto chorar depois que o Patrick mexeu com ele. Pra ser sincera, não achei bom sinal o Rodriguinho ter reagido assim. Meu filho é muito sensível, se não gostou, talvez o Patrick não seja uma boa pessoa. Aliás, será que esse menino não sabe que não pode segurar a mão do bebê dos outros? Ainda mais tendo chegado da rua? Assim que vocês saíram lavei correndo as mãos dele, antes que ele pusesse na boca e engolisse todos os micróbios".

"Ei, ele chorou quando eu o peguei também, e sou uma pessoa muito boa!", falei indignada. "É óbvio que o Patrick não sabe nada sobre bebês, eu mesma só fiquei sabendo depois que meu sobrinho nasceu. Vivia pegando as mãozinhas de qualquer neném que passasse na minha frente. São tão fofinhas!"

Resolvi mudar de assunto e perguntei se elas queriam tomar banho enquanto eu ia ao supermercado comprar algumas coisas para o jantar.

"Vamos comer fora!", minha mãe falou depressa. "A Sabrina disse que você não tem peça hoje, né? Então vamos aproveitar, estou louca pra passear em NY!"

O que eu menos queria naquele momento era sair. Além de estar chateada por não ter me despedido direito do Patrick, queria ficar conversando com elas bem à vontade e também brincar muito com o Rodriguinho, até que ele lembrasse o quanto era louco pela tia Pri! Porém eu entendia perfeitamente a vontade dela de explorar a cidade o mais rápido possível. Eu tinha sentido o mesmo no meu primeiro dia ali e também no ano anterior, ao visitar a Fani em Los Angeles. Nessas ocasiões, o que eu menos queria era ficar em casa.

"Só tem um problema", falei. "Estamos em New Jersey. Para ir a Manhattan levamos por volta de uma hora, precisamos pegar a balsa ou um ônibus... Tem táxi também, mas é muito caro. Vocês não estão cansadas da viagem?"

"Estou morta! E morri mais ainda só de pensar nisso tudo aí", a Sam falou, se jogando no sofá. "E tem o Rodriguinho também, que já saiu demais da rotina. Podemos pedir uma pizza hoje, dormir cedo e deixar pra bater perna amanhã?"

Franzi a testa sem entender. Aquela não era a Samantha que eu conhecia. Por outro lado, minha mãe estava com a maior cara de frustração.

A Sabrina também percebeu, porque na mesma hora disse: "Lívia, eu saio com você! A Pri fica fazendo companhia pra Sam, toma conta do Rodriguinho, e eu te levo na Times Square, que tal?".

Confesso que fiquei meio enciumada. Eu que queria apresentar a cidade para a minha mãe. Porém, depois do sorriso que ela abriu ao ouvir a proposta da minha amiga, nem tive coragem de dizer nada.

"Não quero te incomodar, Sabrina", minha mãe falou uns segundos depois. "Sei que vocês estão ensaiando para a peça da escola, não é isso? De vez em quando a Pri se lembra de contar o que vocês fazem aqui. Estou louca para ir à Times Square, mas posso deixar pra fazer isso amanhã, depois que vocês voltarem da aula."

"De jeito nenhum, vamos agora", a Sabrina disse, já se direcionando para o quarto dela. "Vou me trocar."

O sorriso da minha mãe voltou, e ela disse que só tomaria um banho rápido.

"Não quer sair com elas, Pri?", a Sam perguntou assim que minha mãe entrou no banheiro. "Não me incomodo de ficar sozinha."

Eu estava bem cansada também, mas fiquei tentada a ir. Só que, nesse momento, o Rodriguinho acordou chorando. Vi que a Sam respirou fundo e se levantou com a maior cara de exausta. E então eu disse: "Fica sentada, eu vou buscá-lo. Aliás, hoje estou de *babysitter*. Quero que você tome um banho, vista uma roupa bem confortável e veja o que quiser na TV. Tenho que compensar todos os meses em que não cumpri meus deveres de madrinha".

Vi que ela ficou vacilante, mas balançou os ombros e tornou a se sentar, já segurando o controle remoto.

Fui ao meu quarto, peguei o meu sobrinho no colo e em seguida liguei para a pizzaria.

"É o seguinte, mocinho", falei depois, enquanto o embalava, surpresa com o quanto ele estava pesado. "Vamos deixar a mamãe descansar e a gente se diverte, que tal?"

Ele continuou a chorar, mas com menos intensidade. Então, o carregando com uma mão e abrindo meu armário com outra, peguei um presente que eu havia comprado para ele. Talvez sabendo que aquele embrulho colorido lhe pertencia, ele o segurou com força e parou de chorar no mesmo instante.

Sorrindo, o coloquei sentado na minha cama, entre as minhas pernas, e juntos começamos a rasgar o papel. Ele dava uns gritinhos enquanto fazia isso, e a Sam perguntou da sala se estava tudo bem.

"Ele só está feliz, relaxa!"

Ouvi o barulho da televisão e voltei a me concentrar no meu sobrinho, que tinha acabado de descobrir que dentro daquele pacote havia um dinossauro que comia biscoitinhos.

"Viu só como a tia Pri é legal?", perguntei para ele enquanto explicava como colocar os biscoitos na boca do bicho. "Aliás, minha missão nesses quinze dias que você vai ficar aqui é ensinar a dizer 'tia Pri'. Repete comigo: tia Pri, tia Pri, tia Pri."

Ele me ignorou e continuou a dar os gritinhos de alegria a cada vez que um biscoito passava pela boca e caía na barriga do dinossauro. Fiquei olhando enquanto ele repetia aquilo dezenas de vezes e pensando em como eu amava aquele menininho. Apesar de ter o cabelo do tom do meu, ele estava cada vez mais parecido com o meu irmão.

Quando ele pareceu se cansar da brincadeira, o peguei no colo e o levei para a sala. Vi que minha mãe e a Sabrina já estavam prontas para sair.

"Se despede da vovó", falei, o colocando no colo da minha mãe. Em seguida, disse: "Sabrina, me empresta suas anotações da última aula de Interpretação? Se eu der conta, vou estudar um pouco aquela parte que não anotei...".

Minha amiga franziu a testa, mas logo percebeu que era uma desculpa que eu tinha inventado para que ficássemos sozinhas.

"Claro, vem aqui no meu quarto", ela disse.

Assim que chegamos lá, fechei a porta e sussurrei: "Minha mãe vai te encher de perguntas sobre mim. Não conta pra ela sobre o Frank, tá? Ela é bem tranquila, mas acho que não vai aprovar nem um pouco eu estar envolvida com dois caras ao mesmo tempo".

Ela riu: "Você só está envolvida com o Patrick! O pobre do Frank é só um cachorrinho que você chama de vez em quando para curar a carência...".

"Não fala assim! Eu gosto dele de verdade. Só coloquei um limite porque ele estava empolgado demais!"

A Sabrina disse que não iria falar nada para a minha mãe, e então as duas saíram, bem felizes.

Vi que a Sam tinha mudado a programação da TV para um desenho infantil.

"Por que não toma alguma coisa, Sam? Na geladeira tem água, suco, refrigerante e até um vinho branco. A pizza já deve estar chegando."

"Vinho branco?", ela perguntou interessada. "Que coisa mais adulta! New York definitivamente te fez bem. Mas não, obrigada. Pode deixar, daqui a pouco pego uma água."

Fiquei olhando para ela, achando que estava ainda mais estranha do que pelo telefone.

"Quem é você?", perguntei, me sentando ao lado dela. "A Sam que eu conheço teria ido direto do aeroporto para o Empire State Building ou qualquer outro lugar bem icônico de New York! E trocar vinho por água? Esta definitivamente não é minha cunhada. O que você fez com ela, impostora?"

A Sam riu, balançando a cabeça.

"Só estou cansada, Pri. Quando tiver filhos, você vai entender. Foi a primeira viagem de avião do Rodriguinho, ele teve dor de ouvido, chorou muito, e ainda tive que dar conta dos olhares do resto dos passageiros que não têm a menor empatia com mães. Estou acordada há praticamente 24 horas..."

Assenti e a abracei. Nessa hora a pizza chegou e, assim que terminamos de comer, falei: "Sam, vai tomar banho e se deitar. Dorme no meu quarto, eu fico com a minha mãe aqui no sofá, ele é muito confortável".

"Para ver TV é confortável, sim, mas é impossível duas pessoas dormirem aqui", ela disse, franzindo a testa.

"Meu vizinho chega de viagem amanhã e vai emprestar um colchão inflável que ele tem. Só por hoje nós damos conta de ficar aqui. Vai ser até bom. Estou com muita saudade, quero dormir agarrada com ela!", eu disse, rindo.

Ela relutou mais um pouco, mas acabou aceitando. Deu mamadeira para o Rodriguinho e disse que eu poderia deixá-lo ver TV enquanto ela se preparava para dormir.

Passei a prestar atenção ao desenho de uma família de cachorros, que meu sobrinho parecia adorar, e fiquei tão envolvida que, quando dei por mim, já tinha acabado. Fiquei meio chateada, eu estava gostando da história. Para minha surpresa, um novo episódio começou.

"Ei, Sam", falei no momento em que ela saiu do banheiro enrolada em uma toalha. "Isso é uma série?"

"É *Bluey*", ela respondeu, como se fosse óbvio. "O desenho preferido do Rodriguinho. E o meu também! Tem uns episódios muito sensíveis, já até chorei com alguns... E, sim, é uma série. Acabou de sair uma nova temporada."

O quê? Meu sobrinho também gostava de seriados? Com certeza ele tinha puxado aquilo de mim!

"Pode ir dormir, Sam, nós hoje vamos maratonar *Bluey*! Mais tarde eu o coloco do seu lado!"

"Não, senhora, ele é muito novinho, não pode ficar tanto tempo vendo TV. Mais quinze minutos e você desliga. Ele tem que dormir."

Concordei, mas quando vi já tinha passado uma hora, e o Rodriguinho estava adormecido no sofá ao meu lado. Eu o peguei com cuidado e o coloquei ao lado da Sam, que já estava dormindo na minha cama. Em seguida, fiz uma barreira com almofadas para ele não cair e fechei a porta.

Só então fui tomar banho e colocar um lençol no sofá, onde eu iria dormir. Minha intenção era ficar já deitada vendo alguma das minhas séries até a minha mãe e a Sabrina chegarem, mas, quando peguei o controle, vi que ainda estava no episódio de *Bluey* que eu tinha pausado. Resolvi ver como iria terminar. Uma hora e meia depois, quando as duas chegaram, foi que me dei conta de que ainda estava assistindo ao desenho. A Sam tinha razão, não era apenas para crianças. Alguns episódios realmente traziam mensagens que emocionavam.

"Que isso, Priscila?", a Sabrina perguntou assim que elas entraram. "Pesquisa pra falar a mesma língua do seu sobrinho?"

Sorri, apertando o pause, e disse: "Mais ou menos isso. A gente tinha combinado de maratonar, mas ele acabou dormindo. Tive que terminar sozinha...".

"A *gente* quem?", minha mãe perguntou com a mão na cintura.

"Eu e o Rodriguinho, ué! Nós dois temos muito em comum, ele já está até me indicando seriados."

Dizendo isso, cliquei no controle remoto para terminar de assistir. Não importava se era infantil, *Bluey* tinha aquele poder que só as séries boas possuíam: o de só me deixar dormir ao final do último episódio.

Hi, Pri! Here's another photo of Lucky. He's already very well adapted! I'm leaving Pottstown now, and I'll arrive later. If you want, I can pick you up at the theater so you don't have to take the bus back. That would be great, cause I can also get you the inflatable mattress. Your family is arriving tomorrow, right? XO. Frank*

Pri, I just arrived in NY. Since you didn't see my text, I'll head straight home as I'm quite tired. Tomorrow morning, I'll call you to check if you want me to take the mattress there before I go to work. I'm worried that your family might arrive and things aren't ready. Frank**

It's 7 am, and I think you must be getting ready for class, right? I wanted to ask you about the mattress, whether I should take it there... I've already inflated it to make it easier for you all. I'll be leaving for work in half an hour, so I'd need to be there before that. If I can help you with anything else, let me know. Frank***

---

* Oi, Pri! Aí vai mais uma foto do Lucky. Ele já está superadaptado! Estou saindo de Pottstown, vou chegar mais tarde. Se quiser, posso te buscar na saída do teatro para você não ter que voltar de ônibus. E seria ótimo, porque já te entrego o colchão inflável. Sua família chega amanhã, né? Beijo. Frank

** Pri, acabei de chegar a NY. Como você não viu minha mensagem, vou direto pra casa, estou bem cansado. Amanhã de manhã te ligo para saber se você quer que eu deixe o colchão aí antes de ir pro trabalho. Estou preocupado da sua família chegar e não estar tudo preparado. Frank

*** São sete horas, acho que você já deve estar se preparando para ir pra aula, né? Queria saber sobre o colchão, se é pra deixar aí... Eu até já o enchi, pra facilitar pra vocês. Daqui a meia hora saio pro trabalho, teria que deixar aí antes. Se eu puder ajudar em mais alguma coisa, me fala. Frank

59

Lily: Seu coração está falando com você.
Tem coragem de escutá-lo?

(How I Met Your Mother)

Nos primeiros dias, confesso que estranhei. Eu estava acostumada a entrar e sair de casa sem dar satisfação para ninguém, por isso, voltar a ter minha mãe ao meu lado querendo saber toda a programação do meu dia, a Sam indagando sobre cada um dos meus atos e o meu sobrinho tomando conta de todo meu tempo livre me causou uma certa estranheza. E me deixou *exausta*.

Apesar disso, tentei aproveitar ao máximo com eles, pois já sabia que depois iria sentir saudade daquela movimentação toda. Por isso, dei um jeito de encontrá-los, mesmo que rapidinho, sempre que possível. Quando estava na escola, eles ficavam fazendo turismo e compras, e assim que terminava eu corria para onde estavam.

Minha mãe fez questão de ir à peça já no segundo dia, por mais que eu dissesse que provavelmente não estaria em cena. E ela amou tudo: as músicas, os atores, a história, a arquitetura do teatro... Mas eu realmente não entrei. Vi que ela ficou meio frustrada, então pedi que só fosse novamente em junho, que já era na próxima semana, quando eu assumiria o papel pela metade do mês.

"Já até me passaram o cronograma", expliquei na manhã seguinte, quando contamos para a Sam que eu não tinha participado. "Bom que assim vocês podem se programar, pensar em que dia cada uma vai..."

"Vou todos os dias!", minha mãe falou depressa. "Acha que viajei até NY para conhecer a Estátua da Liberdade?"

Como não respondi, ela falou: "Claro que vou aproveitar pra fazer turismo, mas vim especialmente pra te ver, Pri! E quero fazer isso o quanto puder! Vou abrir mão apenas de um dia, para ficar com o Rodriguinho e a Sam ter a chance de te assistir também".

"Ei, o Rodriguinho também vai!", a Sam falou com a mão na cintura. "Faço questão de que ele tenha muita cultura desde cedo. E, no futuro, ele não me perdoaria se soubesse que não viu a madrinha na Broadway!"

"Quando ele crescer, a Pri já vai ser a *maior* estrela da Broadway!", minha mãe disse, me abraçando.

Ri, mas fiquei preocupada. Eu não sabia bem qual era a política de admissão de crianças no teatro, mas tinha a impressão de que não aceitavam bebês... De qualquer forma, passei meu celular para a Sam ver o tal cronograma e decidir em qual dia iria com o Rodriguinho.

"Olha!", ela falou, apontando para a tela do telefone. "No dia do aniversário dele você vai participar! Vai ser a comemoração perfeita! Eu deixo que ele durma bastante à tarde, assim vai estar descansado na hora da peça pra aproveitar bastante. Ele vai amar todos aqueles gatos, as luzes, as músicas... E depois de lá podemos jantar em algum lugar para cantar parabéns. Que tal?"

Concordei com um sorrisinho meio de lado, pois sabia que tinha grandes chances de aquilo não dar certo. Além de nem saber se ele poderia entrar, eu tinha total conhecimento de que meu sobrinho ficava bastante mal-humorado à noite, até quando dormia de dia.

Logo vi que minha mãe estava pensando o mesmo. Pegando meu celular para dar uma olhada no calendário, ela perguntou: "Não vai participar de nenhuma matinê, Pri? Acho que ele aproveitaria mais...".

Neguei com a cabeça e expliquei que a Ashley tinha ficado com todas as matinês, pois ela vinha tendo muito sono por causa da gravidez, então era melhor que ficasse com as apresentações da parte da tarde.

"Está resolvido! Dia 6 de junho aquele teatro terá a plateia mais seleta que já pisou no local!", a Sam disse, batendo palmas.

Nesse momento a campainha tocou. Achei estranho, ainda eram sete e meia da manhã. Pelo menos eu já estava vestida, pois teria que sair para a aula em meia hora. Abri a porta apreensiva, pensando se teria acontecido alguma coisa no prédio. Mas dei o maior sorriso quando vi que não precisava ter me preocupado.

"Frank!" Eu o abracei, realmente feliz. Fazia poucos dias que eu não o via, e me surpreendi ao perceber que havia sentido saudade.

"Desculpa o horário", ele falou envergonhado ao constatar que eu não estava sozinha. "Te liguei e mandei várias mensagens, você não viu... Cheguei ontem à noite, já era tarde, por isso vim trazer o colchão só agora. Você tinha me dito que era hoje à tarde que sua família iria chegar..."

"Era!", terminei de abrir a porta, o chamando para entrar. "Elas fizeram uma surpresa e chegaram antes!"

Ele entrou totalmente sem graça, e o apresentei logo, pois vi que minha mãe e a Sam estavam olhando muito interessadas.

"Este é o meu vizinho, Frank", falei em inglês, já que as duas eram fluentes na língua e eu queria que ele entendesse a conversa. "Ele veio trazer o colchão. E essas são minha mãe e minha cunhada. E aquele no chão é o meu sobrinho."

"Muito prazer, Mrs. Vulcano", ele falou, estendendo a mão. "Mas acho que entendi mal, você é irmã da Pri? É muito nova para ser mãe! E agora estou vendo de onde veio a beleza dela..."

Minha mãe, mesmo sendo esperta o suficiente para saber que era um galanteio, abriu o maior sorriso. Pegou a mão dele toda derretida, dizendo que era um prazer conhecê-lo.

Em seguida, ele foi até a Sam.

"Samantha, né? Ouvi tanto de você!", ele disse, estendendo a mão também. "A que dá os melhores conselhos, não é isso?", ele perguntou, olhando para mim.

A Sam desconsiderou a mão que ainda estava estendida na direção dela e deu um abraço nele.

"Muito prazer, Frank! Eu também ouvi falar muito de você, pode acreditar...", ela falou após observá-lo de cima a baixo com o maior olhar de aprovação, o que fez com que ele enrubescesse.

Depois ele se agachou ao lado do meu sobrinho.

"Rodriguinho!", ele disse com esforço, pois era um nome bem difícil para um americano falar. "Do que você está brincando? De montar blocos? Adoro fazer isso, posso ajudar?"

Mesmo sem resposta, ele se sentou e começou a brincar com meu sobrinho, o que fez a Sam e minha mãe se entreolharem, surpresas.

"Quer tomar café com a gente, Frank?", perguntei, meio incomodada com o que estava acontecendo ali. As duas estavam encantadas com ele! Aliás, os *três*, já que o Rodriguinho estava todo risonho e feliz por causa da companhia na brincadeira. "Tenho que sair daqui a pouco para ir pra escola."

Ele agradeceu e se levantou, depois de terminar uma torre de blocos e afagar o cabelo do meu sobrinho, dizendo que era da mesma cor do meu.

"Já tomei café, não posso me atrasar hoje. Depois de alguns dias de *home office*, é melhor chegar no horário!"

Ele se despediu da minha mãe e da Sam, dizendo que tinha adorado conhecê-las e que esperava que pudessem se ver mais vezes durante a viagem delas.

"Se precisarem de alguma coisa à noite, no horário em que a Priscila estiver no teatro, podem contar comigo. Moro no 603."

Elas agradeceram, dizendo que com certeza iriam vê-lo novamente.

Eu o levei até a porta e disse que depois ligava para que ele me contasse direito sobre o Lucky. Ele assentiu e me deu um beijo rápido no rosto.

Entrei já me sentando à mesa para tomar café depressa. Eu também não podia me atrasar. Foi aí que notei que minha mãe e a Sam estavam paradas me olhando.

"O que aconteceu?", perguntei.

"O que aconteceu? Como assim o que aconteceu?", a Sam falou com a mão na cintura. Lá vinha bronca... "Por que você não disse que o tal vizinho era lindo e fofo assim? E claramente apaixonado por você, né? Só faltou te devorar com os olhos quando chegou!"

"Ai, Pri, muito melhor que o Patrick!", minha mãe completou. "Tão educado e cavalheiro! Como você não está namorando com ele ainda?"

"Eu também voto nele!", a Sam voltou a falar. "E observei que em nenhum momento ele pegou na mão do Rodriguinho, só mexeu no cabelo. Isso além de se sentar no chão pra brincar, sem nem ligar para o terno, visivelmente caro!"

Comecei a ficar com calor e a me sentir muito sufocada ali dentro. Por isso me levantei, peguei uma maçã na geladeira e avisei que tinha que ir, pois iria acabar perdendo o começo da aula.

"Ah, se tá fugindo é porque tem coisa...", a Sam disse, rindo, enquanto eu passava pela porta.

Ela não tinha ideia... Mas eu não queria pensar nisso. Não era delas que eu estava fugindo. Era de mim mesma.

De: Patrick <patrick@a+turismo.com.br>

Para: Priscila <pripriscilapri@aol.com>

Enviada: 29 de maio, 19:31

Assunto: Saudade

Pri, já voltei à rotina aqui no escritório, mas, quando percebo, em vez de responder e-mails de clientes, estou pensando em você. Como eu queria ainda estar aí! Os dias com você foram inesquecíveis.

Espero que sua mãe e sua cunhada não tenham ficado com uma má impressão de mim. Eu não estava contando com isso e fiquei bem sem graça de elas terem me flagrado te dando o maior agarro... Gostaria de ter a chance de encontrá-las em outra oportunidade, sem susto, para que elas possam ver como realmente sou.

Sei que você sabe como realmente sou, e é isso que importa, mas também gostaria de outra oportunidade de te ver... Agora começa a alta temporada por causa das férias de julho no Brasil, e o movimento aqui na agência aumenta muito, mas em agosto fica mais tranquilo. Quem sabe a gente se vê nessa época? Será que você não consegue juntar duas folgas e vir pra cá passar dois dias comigo? Seria maravilhoso estar novamente na Disney com você. Na verdade, qualquer lugar é maravilhoso com você, por isso, caso não consiga, vou de novo pra NY.

Beijo enorme,

Patrick

60

Cora: A única pessoa que está impedindo a sua felicidade é você.

(Once Upon a Time)

Diário de Viagem

Acontecimentos marcantes de maio:

1º de maio - 1º beijo no Frank

2 de maio - Estreia no swing de Cats (sem entrar em cena)

10 de maio - Estreia no palco!!! (ensemble)

14 de maio - Primeiro dia como Victoria 😺

15 de maio - Fui convidada para ser a Victoria!!!

22 de maio - Frank levou o Lucky pra Pensilvânia ☹

23 de maio - Chegada do Patrick ❤

27 de maio - Último dia do Patrick em NY 💔

27 de maio - Chegada da minha mãe, da Sam e do Rodriguinho ☺

Os primeiros dias da minha família em Nova York passaram voando. Quando dei por mim, já era 1º de junho, o mês em que eu assumiria a Victoria oficialmente. Para comemorar, fomos ao Max Brenner, pois a Samantha estava louca para ir lá desde o primeiro dia.

Logo que chegamos, ainda na fila esperando por uma mesa, me lembrei do Patrick. Eu havia estado lá com ele três meses antes, mas parecia ter muito mais tempo... Quanta coisa tinha acontecido desde então!

Aquele pensamento me deixou um pouco triste. Estar com ele era muito bom, não dava vontade de desgrudar... Se morássemos na mesma cidade, certamente teríamos um relacionamento mais estável. Mas eu não queria namorar à distância! Já havia tido aquela experiência com o Rodrigo por alguns meses e sabia perfeitamente que eram poucos dias juntos para muitas semanas de saudade. Mas com o Rodrigo pelo menos aquela distância tinha prazo para a acabar, ele tinha feito o impossível para se mudar para São Paulo também, apesar de a mudança não ter se concretizado...

Com o Patrick era mais complicado. Ele tinha que se dedicar à sede da agência em Orlando, e eu sabia que não expandiriam os negócios para NY tão cedo. E eu não tinha como ir para lá nem por um fim de semana! Por mais que estivesse gostando dele, eu vinha me forçando a manter os pés no chão.

Ainda estava pensando nisso quando minha mãe sussurrou: "Olha como aquele garoto se parece com o Rodrigo!".

Me virei depressa para a direção em que ela estava olhando, e bem nesse momento o garçom apareceu dizendo que nossa mesa estava pronta. A Sam foi atrás dele, mas segurei minha mãe a tempo.

"Que garoto?", perguntei, tentando não parecer muito ansiosa.

Ela olhou para o lado e franziu a testa, dizendo: "Acho que já saiu, estava indo embora. Mas não era ele, parecia ser um pouco mais forte, talvez mais alto também. Estava abraçado com uma garota baixinha.

Olhei para a porta. Às vezes aquilo acontecia... Quando eu menos esperava, alguém aparecia para me lembrar do Rô. No cabelo, no sorriso, no jeito de andar ou de se vestir. E então eu fixava o olhar exatamente naquele ponto em comum com ele e, por uns segundos, me permitia matar a saudade.

Mas pelo visto isso não aconteceria naquele dia. A entrada estava vazia e, fosse lá quem fosse, já tinha saído. Corri para acompanhar a Samantha e minha mãe, que já estavam até se sentando.

“Mas e aí, o Frank vem?”, a Sam perguntou, tirando o filho do carrinho para colocar na cadeira infantil, que já estava posicionada na mesa para ele.

“Vem direto do trabalho”, respondi impaciente. Eu estava de folga do teatro e esperava que quisessem ficar só comigo. Mas não. Agora tudo era o Frank. Depois do primeiro dia em que o viram, começaram a pedir que o convidasse para todos os programas, até para os que eu não estava presente. Mas pelo menos ele tinha noção, aquela era a primeira vez que ele tinha aceitado.

Assim que o garçom trouxe nossas bebidas, a minha mãe levantou o copo, dizendo: “Um brinde à nossa estrela! Que esse seja o primeiro de muitos espetáculos! Você não imagina o meu orgulho, filha!”.

Encostei meu copo no dela, me sentindo feliz por ela estar ali e, ao mesmo tempo, sentindo falta do meu pai. Ele adoraria estar com a gente.

“Agora temos que resolver uma coisa”, a Sam disse depois de também brindar com a gente. “Quero saber por que a senhorita não atualiza suas redes sociais há meses e nem sequer publicou que está na Broadway? Minhas amigas devem achar que eu estou mentindo...”

Balancei os ombros. As redes tinham perdido a graça para mim desde o término com o Rodrigo. Como ele havia me bloqueado em tudo, preferi me afastar, para não acabar no perfil dele e ter aquela sensação de porta fechada na minha cara.

Porém tudo que falei foi: “Estou sem tempo pra essas coisas virtuais. Prefiro a vida real. Além disso, todas as minhas contas são restritas aos meus amigos. Suas amigas nem conseguiriam acessar”.

A Sam revirou os olhos, bufando, e eu ri, me lembrando de muitos anos antes. Era exatamente como ela fazia quando eu relutava em seguir os conselhos que ela me dava para conquistar o Rodrigo.

“Deixa só o Twitter aberto!”, ela falou, já pegando meu celular em cima da mesa. “Tudo bem não querer expor suas fotos, mas agora você é uma pessoa pública, tem que ter pelo menos um lugar para os fãs buscarem informações a seu respeito. Pensa só: vai que alguém gosta muito de você na peça e quer saber os próximos dias em que você vai participar?"

Meio relutante, concordei. Destranquei meu Twitter e mostrei para ela que já tinha até publicado o meu cronograma de junho.

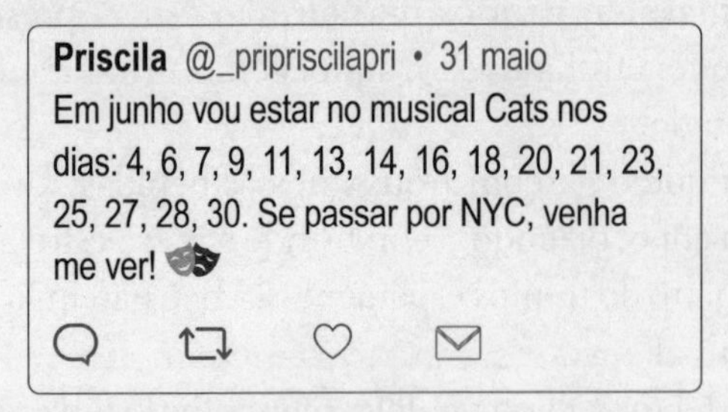

De repente, fiquei imaginando: e se o Rodrigo algum dia entrasse ali e visse aquela publicação? Ele não iria entender nada!

"Do que você está rindo?", a Sam se aproximou para ver se tinha algo engraçado na minha tela.

Abaixei o celular depressa, fechando a cara. Que pensamento invasivo era aquele e de onde tinha vindo? Aliás, era a quarta vez que eu me lembrava do Rodrigo em menos de dez minutos, o que estava acontecendo?

"Não é nada, lembrei de uma coisa que meu professor disse", falei, pegando o cardápio. Por sorte, o Frank chegou bem nessa hora, e ela não insistiu.

Depois dos cumprimentos ele se sentou ao meu lado, e então minha mãe e a Sam começaram o maior inquérito, tentando descobrir tudo da vida dele. Em vez de ficar sem graça, ele respondeu com a maior desenvoltura, e só parava em alguns momentos para interagir com o Rodriguinho, que estava entretido com os brinquedos novos que a Sam tinha comprado para ele.

"Você tem muito jeito com bebês, Frank", minha mãe observou, ao ver que meu sobrinho estava todo risonho. "Tem crianças na sua família?"

"Tem os filhos dos meus primos", ele disse, sorrindo. "Nas festas eles vêm correndo me chamar para brincar, acho que é porque tenho muita paciência. Eu gosto, me divirto com eles. Quero muito ser pai algum dia... Ainda mais se for de um garoto inteligente como este aqui!"

Ele brincou mais um pouco com o Rodriguinho, e vi que minha mãe e a Sam até suspiraram, provavelmente já imaginando um filho dele comigo.

Respirei fundo e disse: "Vamos combinar sobre o dia em que cada um de vocês vai me ver no teatro? Como a mamãe quer ir todos os dias, consegui umas cortesias a mais, mas não dá pra abusar".

"Eu compro, Pri, pode dar as cortesias pra sua família!"

"Eu só vou no dia 6, Frank, tá tranquilo", a Sam disse. "Preciso ficar com o Rodriguinho. A Sabrina até disse que tomaria conta, mas ele é meio apegado, fica no máximo com a avó."

O Frank assentiu para ela, mas disse que, apesar de estar louco para me ver finalmente no palco – já que das outras vezes eu não tinha entrado –, não conseguiria ir naquela semana, pois teria reunião até tarde todos os dias.

"Então vai no dia 9", falei. "É o primeiro dia que vou participar na semana que vem."

"Marcado!", ele falou, segurando a minha mão. "Mas você sabe que sou igual a sua mãe, minha vontade é de ir te assistir todos os dias... Depois dessa, com certeza irei outras vezes também."

Percebi que a Sam e a minha mãe ficaram olhando para a mão dele na minha. Pensei em tirar, mas fiquei com receio de que ele ficasse ofendido. Porém um segundo depois ele mesmo soltou e pegou o celular.

"Pri, minha mãe mandou novas fotos do Lucky pra você!"

Aquilo atraiu a minha atenção e também a da Sam e a da minha mãe, que perguntaram se a mãe dele não estava brava por ter que cuidar de um esquilo. Ele acabou contando sobre a profissão dela, e depois minha mãe começou a falar que deveria também ter sido bióloga ou até mesmo veterinária, já que a função principal da vida dela era cuidar dos *meus* bichos...

Por sorte o fondue chegou, e então o assunto passou a ser aquele.

Só mais tarde, quando voltamos para casa, minha mãe retomou o tema "Frank".

"Pri, ele está muito a fim de você."

A Sabrina, que tinha ficado em casa para ensaiar, ouviu do quarto dela e veio depressa.

"A *fim*? Você não faz ideia. Ele é completamente apaixonado! Desde o primeiro dia! Precisa ver as coisas que faz por ela. E a doida nem aí..."

A Sam, que tinha acabado de colocar o Rodriguinho na cama, já que ele havia chegado dormindo, veio se juntar à conversa.

"Por que não dá uma chance pra ele, Pri? Quando você falava sobre o Frank pelo telefone ou por e-mail, não dava pra ter ideia de que ele era lindo e inteligente assim, por isso te dei força pra investir no Patrick. Se soubesse que ele tinha metade da fofura que tem, havia mandado você agarrá-lo sem pensar duas vezes!"

"Mas ela agarrou!", a Sabrina disse, tapando a boca para segurar o riso.

"O quê?!", a Sam e a minha mãe falaram praticamente juntas.

"Obrigada, Sabrina", falei com a mão na cintura.

"Pri, você realmente deixou de confiar em mim, né?", minha mãe falou meio chateada. "Eu fiz alguma coisa? Poxa, eu pensava que seríamos melhores amigas pra sempre."

"Nós somos, mamãe!", disse, a abraçando. "É só que é difícil falar dessas coisas à distância. E, sei lá... Depois do Rodrigo, é como se todo o resto não tivesse tanta importância. Tipo, pra que te contar se não vai dar em nada?"

"Ai, pelo amor de Deus, não vamos voltar nessa história de Rodrigo!", a Sam bufou. "É uma nova temporada, essa aí já foi. Quero saber é desses personagens novos! Tá, eu sei que o Patrick não é tão novo assim, mas é como se fosse. Vem aqui, Pri." Ela se sentou no sofá e me puxou para que eu me sentasse também. "Explica o que rolou com o Frank e por que não está rolando mais."

Respirei fundo e por uns vinte minutos contei que desde o início ele tinha demonstrado que queria mais do que amizade, mas que eu havia deixado claro que era apenas aquilo que eu tinha a oferecer. Até que um dia, me sentindo triste e carente, acabei dando um beijo nele e, surpreendentemente, *gostado*. Só que, a partir daí, ele tinha ficado ainda mais envolvido e começou a me tratar como se fosse meu namorado. Aquilo havia me feito recuar, já que eu não queria namorar de novo por agora, mas ele parecia pensar que em algum momento eu mudaria de ideia.

"Você não quer namorar ou não quer namorar *com ele*?", a Sam perguntou.

Minha mãe tinha puxado uma cadeira, e a Sabrina estava sentada no chão, todas parecendo muito ansiosas pela minha resposta.

"Eu não sei...", falei, me recostando no sofá, me sentindo cansada. "Por ter namorado durante quase seis anos, achei que agora eu quisesse ficar sozinha e cheguei a pensar que nunca mais me interessaria por ninguém. Mas de repente me vi envolvida com dois ao mesmo tempo!"

"Ei, Pri, isso é ótimo!", a Sabrina falou. "Quero dizer, ótimo pra você, para eles nem um pouco... Mas mostra que você superou. Aquela Priscila que chegou aqui no começo do ano não existe mais, graças a Deus!" E, se virando para elas, completou: "Vocês não têm ideia do que era ter que ouvir o nome daquele Rodrigo mil vezes por dia...".

A Sam riu. "Você é que não tem ideia... Ela veio pra cá mais de seis meses depois que eles terminaram. Imagina como era no princípio."

"Gente, isso não vem ao caso!", minha mãe disse, vendo que eu estava me sentindo desconfortável. "A Sam fez uma pergunta importante. Você realmente não quer namorar? Teria permitido que o Patrick viesse te ver duas vezes caso quisesse apenas algo casual com ele? E o Frank? Teria dado um beijo no garoto só por carência? Ele não tem mais nada que te atraia?"

Suspirei, pensando nos dois. Tão diferentes um do outro.

"É muito bom quando estou com o Patrick. Quanto mais a gente fica junto, mais dá vontade de ficar. Nós temos uma química absurda. Mas, além da questão de não podermos nos encontrar com frequência, confesso que não consegui ainda desvinculá-lo totalmente do meu passado. Se não fosse por essas duas coisas, se eu o tivesse conhecido por agora, aqui mesmo, em NY, com certeza acharia que era o destino, alguém que tivesse chegado para restaurar meu coração. Mas é difícil acreditar nisso tendo sido ele o estopim do fim do meu namoro..."

Minha mãe assentiu, a Sam arregalou os olhos, e a Sabrina se deitou no chão, já devia estar cansada daquela história.

"E o Frank... Eu também gosto de estar com ele. Algumas vezes ficamos vendo seriados, abraçados, parece que namoramos há anos, temos uma cumplicidade... Apesar dessa vontade de ficar aconchegada com ele, não sinto tanta atração, aquele magnetismo todo que o Patrick tem. Mas o beijo dele é muito bom também, isso não posso negar! Acho que o que atrapalha um pouco é o fato de desde o começo ele ter estado tão disponível para mim. Não é que eu goste de sofrer, como a Sabrina já disse, mas é que não teve aquela graça da conquista, sabe?"

"Pri, sabe o que acho?", a Sam perguntou, já respondendo: "Que você não precisa rotular. Acho que ficou mal-acostumada com o seu relacionamento com o Rodrigo, que sempre foi namoro, tudo certinho... Não precisa ser assim. Aliás, na maioria das vezes não é. As pessoas começam a se envolver, vão se encontrando, vão ficando e, quando veem, virou namoro. Ou não. Pode simplesmente retroceder e cada um ir para um lado. O que eu acho é que você está travando suas emoções sem necessidade. Só deixa rolar!"

"Nem tenho mais o que dizer, a psicóloga aí já disse tudo." Minha mãe sorriu para a Sam. "Acho que você deve curtir o momento, filha. Você é tão novinha! Tem que aproveitar, você está solteira... Claro, essa coisa de dois ao mesmo tempo é meio complicada, mas o Frank e o Patrick são maiores de idade, provavelmente já entenderam que você não quer dar exclusividade para nenhum deles. Você não prometeu fidelidade pra ninguém, né?"

"Fidelidade, não", foi a vez da Sabrina opinar. "Mas ela fica dando satisfação pro Frank, receosa do garoto sofrer... Isso é problema dele, né? A Priscila já falou que não quer namorar, se ele quer continuar ficando com ela mesmo assim, não é ela que tem que se preocupar! Estou errada?"

"Certíssima!", a Sam falou, e as duas fizeram um *high five*. "Preciso ir ao banheiro de novo, não digam nada até eu voltar!"

Fiquei um tempo calada, mas então falei baixinho: "Não gosto de brincar com os sentimentos dos outros. Eu nunca vou esquecer como fiz o Rodrigo sofrer...".

Minha mãe se levantou e se sentou ao meu lado, no lugar onde a Sam antes estava. Em seguida pegou minha mão e disse: "Pri, fico muito feliz de você pensar assim. Cada dia tenho mais orgulho de você, filha. Mas também não quero que você deixe de aproveitar a vida por racionalizar demais. Daqui a uns anos, quando estiver casada e com filhos, vai sentir saudade dessa liberdade toda...".

"Eu que o diga!", a Sam voltou. "Mas, se quer saber, pelo que percebi, ela só não está aproveitando com o Frank. Com o Patrick está aproveitando até demais... Aliás, vamos voltar pro início da conversa. Pri, você mesma disse que gosta de estar com o Frank, que parece até um namoro de anos... E eu vi vocês dois no restaurante. Você não parecia nem um pouco incomodada com a presença dele, muito pelo contrário, dava a impressão de estar adorando aquela atenção toda que ele te dá. Só acho que você tem que deixar o seu coração mandar. Esqueça a prudência, faça o que o seu instinto mandar. Se estiver a fim de beijá-lo, beije! Ele vai falar se não quiser mais ficar com você sem compromisso. E aí, sim, você vê o que faz."

"Quem sabe você até não começa a gostar dele de verdade?", minha mãe completou, e notei que ela torcia por aquilo. Confirmando minha teoria, ela continuou: "Eu, no seu lugar, daria uma chance... Acho que você pode se surpreender com o Frank. Sinto que ele se importa de verdade com você".

Fiquei olhando para ela, que então falou que a gente deveria se deitar, pois já estava tarde e agora eu era oficialmente uma atriz da Broadway, não podia ter olheiras.

Concordei e em pouco tempo estava deitada no colchão inflável, mas demorei muito para dormir, considerando tudo que haviam me falado.

A última coisa que me lembro de ter pensado foi em um grande par de olhos azuis... E no garoto por trás deles, que não poupava esforços para me fazer feliz.

61

Rebecca: Você não é uma substituta.
Você é uma estrela.

(Smash)

De: Lívia <livulcano@netnetnet.com.br>

Para: Luiz Fernando <lfpanogopoulos@mail.com.br>
Arthur <arth56473890@netnetnet.com.br>

Enviada: 04 de junho, 10:21

Assunto: Grande dia

Bom dia, meus amores! Peguei o computador da Priscila para dar um oi pra vocês!

Hoje é o grande dia! Nossa Pri vai estrear no elenco oficial de "Cats", não mais como substituta! Estou tão ansiosa! Vou guardar o programa do teatro e quando voltar vou mandar fazer um quadro!

Estou adorando NY, muito feliz de estar aqui, mas com saudade de vocês... E de casa também. Não sei como a Pri consegue morar em um apartamento tão pequeno. E sem bichos. Pela primeira vez na vida minhas roupas estão sem pelo de gato e cachorro! Mas querem saber? Estou sentindo falta. Não dos pelos, mas da bicharada toda!

Arthur, pode deixar que estou cuidando da Sam, ela está ótima. Não entendo por que você está tão preocupado, não precisa ficar ligando pra ela de dois em dois minutos! Isso é ciúme ou receio de que ela não cuide bem do seu filho? Pois saiba que o Rodriguinho está ótimo também, se divertindo pra valer!

Beijo pra vocês. Amanhã ligo contando como foi a grande estreia!

Mil beijos,

Lívia

"Você está linda, filha! Arrasa! Vou correr para ninguém pegar meu lugar!"

Minha mãe me deu um beijo e saiu. Era meu primeiro dia oficialmente como Victoria e não sei quem estava mais emocionada, eu ou ela. Exatamente por isso, consegui que ela fosse ao camarim antes de o espetáculo começar, tanto para ela me dar força, como também para ela não ficar sozinha na plateia por muito tempo. A Sabrina insistiu em comprar ingressos, mas eu a convenci a não fazer isso, ela teria muitas oportunidades para me ver nas próximas semanas, já que eu teria mais cortesias.

Eu ainda estava pensando nisso quando me chamaram para o aquecimento e a concentração. Ao me ver, o Julian veio falar comigo.

"Priscila, você está linda! Animada para seu primeiro dia oficial como Victoria? O Ricky veio e vai esperar a gente na saída. Falei pra ele que temos que brindar em algum lugar!"

"Minha mãe pode ir junto?", perguntei apreensiva. "Ela veio do Brasil pra ver minha estreia oficial..."

"Lógico! Faço questão de conhecer sua mãe! Podemos inclusive brindar com chá ou café, se ela preferir..."

Eu ri, pensando na imagem que ele deveria estar fazendo da minha mãe, como alguém bem mais velha e careta. Mal sabia ele que na maioria das vezes eu é que tinha que segurá-la.

Durante a peça, tudo correu bem. Apesar de todos estarem considerando aquela a minha estreia, eu já tinha vivido aquele papel várias vezes e não foi muito diferente, a não ser na emoção. Agora eu era mesmo a Victoria, e não alguém do swing fazendo aquilo provisoriamente.

E foi exatamente por isso que, ao final, depois de me cumprimentar no camarim, minha mãe pediu para ver o diretor.

Pensei que ela quisesse apenas cumprimentá-lo também, mas, assim que o viu, estendeu o livreto do espetáculo para ele, perguntando: "Senhor, pode me explicar por que o nome da minha filha continua como elenco de apoio? Fiz planos para emoldurar essa página, tamanho o meu orgulho por ela estar no elenco fixo... Não era isso que eu esperava".

Ele franziu a testa, colocou os óculos e pegou o livreto da mão dela.

At this performance - Jun 4

Cast:

Alonzo: Tyler Simon
Asparagus: Evan Taylor
Bustopher Jones: Roy Lee
Grizabella: Jane Parris
Jennyanydots: Corey Carr
Macavity: James Hill
Mr. Mistoffelees: Ricky Briggs
Mungojerrie: Harris Tate
Munkustrap: Richard Gurr
Old Deuteronomy: Earl Camp
Pouncival: Aaron Granell
Rumpleteazer: Francesca Ort
Rum Tum Tugger: Paul Hanes
Skimbleshanks: David White

The Cats Chorus/Ensemble cast:

Bombalurina: Judy Camp
Cassandra: Marie Pynemburg
Demeter: Kim Snide
Electra: Joanne Briggs
Munkustrap: Harris Adams
Plato: Timothy Jones
Victoria: Priscila Panogopoulos

Percebi que ele ficou meio irritado, devolveu o programa para a minha mãe, pegou o celular e mandou uma mensagem. Só então disse: "Minha senhora, eu peço desculpas a você e à Priscila. Foi um erro. O nome dela deveria realmente estar no elenco fixo, mas pelo visto houve alguma falha de comunicação e usaram os programas que já estavam impressos com os dados das semanas anteriores, quando ela ainda estava substituindo a Ashley. Inclusive o nome de outros atores também está errado, veja só, o Julian ficou doente dois dias em maio, e até hoje o nome do substituto dele continua no lugar do Mr. Mistoffelees. Já solicitei que prestem mais atenção e imprimam novos livretos. Em no máximo uma semana eles ficarão prontos, e a senhora poderá fazer o seu quadro. Aliás, parabéns pela filha tão talentosa!".

Em seguida ele saiu, e minha mãe ficou sem saber se achava aquilo bom ou ruim, já que em uma semana ela estaria no Brasil.

"Eu mando pra você, mamãe...", falei, a abraçando. E então, para desviar a atenção dela, falei: "Fomos convidadas para ir a um restaurante aqui perto para comemorar minha primeira participação oficial. O que acha?".

Ela bateu palmas, e em pouco tempo já estávamos com o Julian, o Ricky e mais alguns atores sentados a uma mesa conversando.

"Sua mãe é muito divertida, Priscila, você teve a quem puxar!", o Julian falou depois de um tempo. "E muito bonita também, vocês se parecem um pouco..."

"Ah, não", minha mãe disse, modesta. "Meu filho é que se parece comigo. A Pri é a cara do pai. Mas o cabelo ela puxou da minha mãe, que é ruiva. Meu neto também herdou isso."

"Mãe!", falei, fazendo uma cara feia para ela. Meu cabelo não tinha nada a ver com o da minha avó. Ela era super-ruiva!

"A Priscila não é ruiva", o Ricky disse, rindo, pois sabia que eu não considerava meu cabelo vermelho. "Mas vocês se parecem, sim, nas expressões, no jeito de falar... E a Pri me contou outro dia que vocês são melhores amigas e que inclusive foi você que a ensinou a paquerar, ainda na adolescência."

"Pois ensinou muito bem! Já a vi com dois namorados diferentes, cada um mais lindo que o outro", o Julian completou.

Minha mãe pareceu, ao mesmo tempo, orgulhosa e envergonhada. Mas então disse: "É, ela sempre foi muito aplicada nessa lição, aprendeu depressa. Sobre esses namorados, estamos em uma campanha familiar para que ela escolha logo um dos dois".

"Pra que escolher? No lugar dela eu deixaria um no swing e o outro no elenco oficial. Se um falhar, o outro assume!", o Julian disse, fazendo todo mundo rir.

As horas passaram e nem vimos. Voltamos para casa tarde, e no dia seguinte a Sam perguntou por que demoramos tanto, já que ela havia ficado esperando por muito tempo para saber como tinha sido. Quando explicamos, ela disse que teríamos que repetir o brinde dali a dois dias, quando seria o aniversário do Rodriguinho e ela iria à peça com ele. Prometi. Porém não sabíamos que meu sobrinho tinha outros planos e que aquilo mudaria totalmente a minha vida.

Mas eu só soube disso muito tempo depois...

62

Sebastian: De algum jeito, os problemas sempre parecem me encontrar.

(The Carrie Diaries)

O dia 6 de junho acordou em festa. Ao mesmo tempo que era difícil acreditar que já havia se passado um ano desde aquela noite na casa da Sam e do meu irmão, quando ela entrou em trabalho de parto por ter tomado o remédio errado, parecia que tinha muito mais tempo. Por estar vivendo intensamente, com várias coisas diferentes acontecendo todos os dias, era como se eu estivesse em NY há cinco anos, e não cinco meses.

O aniversariante do dia acordou animado e muito mimado. Todas nós fizemos questão de abraçá-lo, beijá-lo e dizer o quanto ele era especial em nossas vidas. E então vieram os presentes, que com certeza foi a parte de que ele mais gostou!

Dei para o Rodriguinho DVDs da primeira temporada de *Bluey*, por mais que a minha mãe dissesse que dali a alguns anos os aparelhos de DVD nem existiriam mais. Eu sabia que ele ia gostar de ter o primeiro seriado preferido dele, nem que fosse para guardar de lembrança. Além disso, dei também um caminhãozinho de bombeiros que esguichava água de verdade, e tive que admitir que ele se interessou bem mais por este do que pelo primeiro presente.

Como era sábado e o dia estava ensolarado, planejamos ir cedo para o Central Park, onde iríamos ao zoológico, ao carrossel, fazer piquenique e simplesmente andar pelo local, já que aquele tinha se tornado o lugar preferido do Rodriguinho em NY. Lá ele poderia engatinhar à vontade na grama, gritar para os esquilos e patos, ver as charretes com cavalos... Mas foi exatamente essa última atração que fez com que aquele aniversário fosse tão marcante. Talvez não para ele, mas para mim.

Tínhamos chegado havia um tempo e estávamos no Strawberry Fields, o memorial do John Lennon, que fica quase em frente ao prédio onde ele morava quando foi assassinado. Eu achava aquilo meio triste, mas minha mãe queria tirar umas fotos para o meu pai, que é superfã dos Beatles.

Nesse momento, um rapaz se aproximou, perguntando se gostaríamos de dar uma volta de charrete pelo parque. Vi que a Sam olhou interessada, com certeza seria algo que o Rodriguinho apreciaria. Mas, nos meus primeiros dias em New York, ao ver aquelas charretes, percebi que os cavalos, pelo menos a maioria deles, pareciam velhos e cansados. Logo soube que existiam muitos protestos para que aquela prática fosse extinta, mas era uma grande briga entre ativistas de proteção animal e alguns políticos que consideravam as charretes um ícone da cidade.

Desde então, especialmente para não ficar chateada, eu tinha evitado olhar para aqueles cavalos, mas naquela hora não teve jeito. O cara não parava de oferecer vários pacotes de passeios, por mais que eu dissesse que não estávamos interessadas. Brava, eu falei que não íamos pagar de jeito nenhum para maltratar um animal. Mas foi apenas quando eu apontei para o cavalo que realmente vi a verdadeira extensão do que vinha acontecendo. Ele estava com a língua para fora, visivelmente cansado e com sede naquele sol escaldante de junho. Eu não podia deixar aquilo passar impune.

"Olha para o seu cavalo!", falei alto. "Ele não consegue dar mais nenhuma volta! Se você não o deixar descansar neste minuto, vou chamar a polícia!"

O sujeito riu na minha cara, disse que a polícia não iria fazer nada, pois obedecia às leis da prefeitura, que estava do lado dos carroceiros.

"Ah, é?", falei mais nervosa ainda. "A polícia pode até não fazer, mas vamos ver se algum turista vai dar uma volta com você hoje!"

Dizendo isso, comecei a bater palmas e gritar bem alto.

"Olhem para este cavalo! Vejam o assassinato que está acontecendo bem debaixo dos nossos olhos e ninguém faz nada! Ele está visivelmente maltratado, com sede, cansado e muito magro! Este homem está abusando de um ser vivo, que está sendo escravizado sabe-se lá há quanto tempo! O coitado deve estar mesmo desejando a morte para acabar esse martírio!"

O dono do cavalo começou a se afastar, me chamando de louca, mas eu fui atrás. Para a minha surpresa, algumas pessoas me seguiram e me apoiaram, também gritando que ele estava muito errado. Aquilo me deu forças para chamar a atenção de cada vez mais gente.

"Precisamos dar um fim nisso! Estamos no século XXI, e não na Idade Média! Hoje em dia esse tipo de exploração é inaceitável! Por favor, filmem este cavalo e postem em suas redes sociais para que mais pessoas possam ver a matança que está acontecendo aqui!"

O carroceiro ficou nervoso e também engrossou. Falou que, se eu não parasse com aquilo naquele instante, ele mesmo iria chamar a polícia, pois ele tinha licença para trabalhar e eu estava atrapalhando-o de ganhar o seu sustento.

Uma senhora se aproximou, dizendo que morava na região e que uns meses antes um cavalo havia desmaiado tamanho o cansaço e que o dono, em vez de ajudá-lo, simplesmente o chicoteou para que se levantasse logo. Aquilo só me deu mais combustível. Gritei mais alto, fazendo com que uma multidão começasse a se formar em volta de mim e do carroceiro com o cavalo.

Minha mãe me puxou, tentando me fazer parar com aquilo, pois não era da minha conta. Mas eu me soltei, dizendo que era exatamente por todos pensarem que não tinham nada a ver com isso que aquele absurdo continuava acontecendo.

Muitas pessoas bateram palmas, e a multidão crescia cada vez mais. Foi nessa hora que o Frank chegou, sem entender nada do que estava acontecendo. Minha mãe e a Sam o haviam convidado para o piquenique e ele aceitou, provavelmente imaginando que teria um sábado bem calmo e agradável...

As duas, ao vê-lo, correram para ele, pedindo que me convencesse a sair dali, explicando rapidamente o que tinha se passado. Vi que ele franziu as sobrancelhas. Na mesma hora vivi um *flashback*, me lembrando de anos antes, quando eu havia protestado no Mercado Central de Belo Horizonte, por causa dos bichos que ficavam presos no local em condições precárias, e minha mãe pediu para que o Rodrigo fosse me tirar de lá. Na época não pude fazer muita coisa a não ser aceitar, mas agora eu era maior de idade. Ninguém iria me tirar dali.

Gritei mais alto pedindo justiça. O Frank veio para o meu lado e, para minha total surpresa, começou a gritar também, embora estivesse visivelmente sem graça, não sei se por estar comigo no centro das atenções ou por não ter feito o que a minha mãe pediu. Provavelmente pelos dois.

"Ela está certa", ele falou baixo, mas logo subiu o tom. "Liberdade para os cavalos! Não patrocinem essa atividade desrespeitosa! Só se deixarmos de ser condizentes com isso é que conseguiremos abolir essa prática!"

Sorri para ele, que apertou minha mão. Vi que mais pessoas começaram a gritar, e o Frank então me levou um pouco para o lado, para nos misturarmos aos apoiadores.

"Pri, concordo totalmente com você", ele disse no meu ouvido para que eu conseguisse ouvir. O barulho àquela altura estava bem alto. "Desde criança, quando vinha a NY com meus pais, acho o maior abuso fazerem isso com os cavalos. Muita gente já tentou, praticamente todos os meses leio notícias de protestos tentando interromper essa exploração. Mas o outro lado é muito forte. Muitos aqui vivem do turismo, e infelizmente várias pessoas não estão nem aí para os animais, e sim para as fotos que irão tirar em uma carruagem em New York. Mas, sinceramente, não acho sensato você liderar esse movimento. Pode se tornar violento, daqui a pouco repórteres vão chegar..."

Cada vez mais pessoas se juntavam ao protesto, e cada vez mais ele me puxava para que ficássemos no meio delas, e não em destaque.

Ele continuou: "Você está começando uma carreira artística. Não acho que seja bom pra você, neste momento, ter seu nome estampado em jornais como líder de nenhum movimento, mesmo que seja na melhor das intenções. Daqui a um tempo, quando sua carreira estiver mais sólida, você vai poder usar sua popularidade para atingir as pessoas. Não estou dizendo para não protestar, muito pelo contrário, estou com você nisso. Mas só não fique tão em evidência. Você já começou a briga, agora deixe que tomem a dianteira, se misture no grupo. Sua parte você já fez... Olhe quantas pessoas conseguiu atingir!".

Olhei em volta e vi que ele estava certo. Aquilo era um protesto de verdade, muito maior do que o do Mercado Central. Pelo visto muita gente não concordava com aquela exploração, mas ninguém queria iniciar uma manifestação.

Pensei um pouco no que ele havia dito e então assenti. Ele tinha razão. Pelo volume de pessoas, aquela não era uma briga pequena. E eu teria muito mais chances de ganhar caso eu fosse maior no futuro.

"Obrigada, Frank", falei, apertando a mão dele, que ainda estava segurando a minha. "Você estar aqui, comigo, significa muito pra mim."

Ele sorriu, se aproximou e mais uma vez disse no meu ouvido: "Sempre que você precisar".

Continuamos no protesto até que, horas depois, o grupo se dispersou. Ele tinha razão, eu não deveria me expor assim naquele momento. Mas um dia eu ainda faria a diferença para os animais injustiçados. Um dia...

63

Michael: Isso não é apenas uma série de coincidências... é o destino.

(Jane the Virgin)

"Ainda bem que você deu um jeito do Rodriguinho entrar! Já basta ele ter perdido o piquenique de aniversário por causa do protesto, não queria que ele perdesse a peça também."

Assenti para a Samantha, no fundo desejando que ela tivesse mudado de ideia. Pelo regulamento, crianças menores de 5 anos não podiam entrar no teatro, mas ela tanto pediu que acabei perguntando para o diretor se não daria para abrir uma exceção, com o pretexto de que minha cunhada tinha vindo do Brasil para me ver e não tinha com quem deixar o filho, pois minha mãe também queria me assistir novamente.

A princípio ele pareceu irredutível, mas, quando falei sobre minha mãe, vi que ele abrandou um pouco a expressão, possivelmente se lembrando do questionamento dela sobre meu nome estar no lugar errado no livreto.

"Tudo bem, Priscila, desde que seu sobrinho não incomode a plateia e não desconcentre os atores", ele disse baixinho, e eu prometi que ele ficaria quieto o espetáculo inteiro.

Por isso, agora eu estava torcendo para que as músicas da peça o embalassem e ele dormisse durante os dois atos. Eu nem queria imaginar minha vergonha se ele começasse a chorar...

Assim que chegamos, indiquei onde minha mãe e a Sam se sentariam e peguei o Rodriguinho no colo. Queria levá-lo ao camarim para que meus colegas o conhecessem, já que achava que, por causa do dia movimentado no Central Park, ele estaria em um sono profundo ao final da peça.

Entrei com ele, e várias atrizes me rodearam, perguntando se era meu filho. Eu ri, explicando que era meu sobrinho e que o aniversário dele era exatamente naquele dia.

"Ai, que fofinho, posso pegar?", a Florence perguntou.

"Também quero!", a Kim pediu. "Adoro cheiro de bebê!"

Como vi que cada vez mais gente chegava perto, disse que eu precisava levá-lo para a mãe antes que ele estranhasse, pois ele precisava ficar bem quietinho durante o espetáculo.

Elas concordaram, mas pediram que ao final ele voltasse aos camarins. Assenti e fui depressa para a plateia.

"Sam, por favor, tente fazer com que ele durma... Estou com receio de que chore e desconcentre o elenco e o público", pedi, o entregando para ela.

Minha mãe disse que era para eu ficar tranquila, pois assim que as luzes se apagassem ele cairia no sono, mas a Sam não pensava assim.

"Claro que ele não vai dormir!", ela respondeu como se eu fosse louca. "Vai ficar alucinado com tantos gatos e luzes! Aliás, vai acontecer o contrário, ele vai ficar totalmente desperto!"

Sorri amarelo, torcendo para que ela estivesse enganada, e fui me vestir e tentar me concentrar.

A peça começou normalmente, e cheguei a pensar que realmente não teria nenhuma intercorrência. Até que, vinte minutos depois, no início da quarta música, exatamente a parte do meu solo, ouvi um berro seguido de um choro tão alto que mais parecia uma sirene. Eu estava com uma das pernas levantadas, em um movimento que exigia muito equilíbrio, e levei um susto tão grande que quase caí. Fazendo o maior esforço, consegui me sustentar de pé, tentando também manter minha expressão inalterada, pois minha vontade era parar tudo e olhar para a plateia. Eu sabia perfeitamente que aquele choro era do meu sobrinho.

Assim que meu solo acabou e eu me misturei com os outros gatos, me permiti olhar para o público. Pude ver a Samantha se levantando com ele e saindo depressa por uma das portas laterais. Respirei aliviada, mas prevendo que o meu diretor jamais abriria qualquer concessão para mim de novo.

No intervalo, aproveitei para telefonar para a minha mãe, que me assegurou de que agora estava tudo bem, pois o Rodriguinho tinha finalmente dormido. Fiquei tranquila e fui me preparar para o segundo ato. Nele eu tinha uma cena em que precisava passar pela plateia assustando alguns espectadores, como se eu fosse uma gata brava. Exatamente por isso tinha escolhido os ingressos da minha família nas cadeiras do corredor por onde eu passava.

À medida que fui andando, olhei para as fileiras, tentando no escuro encontrar minha mãe e a Sam. Logo vi as duas e o Rodriguinho, que eu julgava estar dormindo. Porém ele estava acordado, ou pelo menos "meio" acordado. A Sam o havia levantado para me ver, mas ele estava incomodado com aquilo.

Saí dali logo, eu não queria que ele chorasse de novo! Continuei descendo pela plateia como sempre fazia, interagindo com pessoas do lado direito, depois do lado esquerdo. E foi nessa hora que tive uma surpresa. Geralmente eu escolhia quem parecia estar mais assustado, então fui para cima de uma garota de cabelos na altura dos ombros, sentada em uma das pontas. Ela deu o maior berro quando fingi arranhá-la e agarrou o cara ao lado dela. Nesse momento *eu* é que quis gritar... Ele lembrava *muito* o Rodrigo, pelo menos a parte que eu conseguia ver, já que a menina estava tapando metade do rosto dele.

Será que aquilo nunca iria parar? Eu iria continuar vendo sósias dele até no escuro?

Não pude pensar muito nisso, porque, quando eu estava quase chegando ao palco, ouvi um novo choro. Era óbvio que meu sobrinho não tinha gostado de ser acordado... Por que eu tinha deixado a Samantha me convencer?! E agora iria levar a maior bronca!

Subi ao palco e pude ver a Sam saindo outra vez com ele. Eu esperava que passassem o resto da peça do lado de fora! E provavelmente foi isso que aconteceu, pois o restante das músicas aconteceu normalmente, sem nenhuma interrupção.

Fui pensar novamente na pessoa parecida com o Rodrigo apenas na hora dos agradecimentos. Tentando me lembrar do local exato, olhei para a plateia, esperando que com a luz acesa eu pudesse enxergar melhor. Identifiquei a fileira, mas não consegui vê-lo; as pessoas da frente levantaram para aplaudir e bloquearam a minha visão.

Sem me preocupar mais com aquilo, procurei minha família com os olhos. Vi minha mãe batendo palmas vigorosamente e a Sam carregando o Rodriguinho, que novamente estava acordado, apesar de agora parecer estar gostando daquele barulho todo dos aplausos.

Fui para o camarim com o resto do elenco e tirei a peruca, como de costume, para esperar os convidados dos atores entrarem para os cumprimentos. A Sam foi a primeira a chegar.

"Parabéns, Pri!", ela disse, me entregando meu sobrinho. "Cumprimenta a tia Pri!"

"Sam, precisava ter acordado ele?", ralhei. "Interrompeu o espetáculo duas vezes!"

Ela balançou os ombros. "Não poderia imaginar que ele fosse chorar. Eu só o acordei na hora da sua dança sozinha e quando você passou do nosso lado. Achei que ele ia adorar te ver!"

As atrizes que estavam por ali começaram a nos rodear novamente, e então a Sam perguntou se eu podia ficar com ele, pois ela precisava ir ao banheiro.

"Fiquei apertada a peça inteira! Sua mãe está na lojinha, combinei de encontrar com ela. Como suas amigas estão querendo carregá-lo, pode levá-lo quando você sair? Te esperamos lá."

A Samantha saiu depressa e várias atrizes e até alguns atores foram mesmo ao meu camarim para conhecer o bebê que tinha chorado na plateia. Nessa hora o nosso diretor apareceu. Meu coração até acelerou, achando que eu ia levar a maior chamada na frente de todo mundo.

Ele, porém, apenas perguntou: "Priscila, está tudo bem com o seu sobrinho? Fiquei preocupado. Quase fui até a plateia perguntar se sua cunhada precisava de alguma coisa. Nunca vi um choro tão estridente".

"Sim, mil desculpas! Ele acordou assustado no meio das cenas, foi só isso. Não vou trazê-lo nunca mais, prometo."

"Que isso, menina!", o diretor falou, cobrindo o rosto com as mãos para fazer o Rodriguinho rir. "*Nunca mais* é muito tempo. Quando ele tiver uns 7 anos, creio que já consiga apreciar um musical. Mas vou te falar que, se eu acordasse no meio do meu sono e visse no escuro um bando de gatos enormes, também abriria o berreiro!"

Ele então saiu rindo da própria piada, e minhas colegas se aproximaram novamente.

"Ah, ele é tão fofo, Priscila! É a sua cara!", uma das atrizes do coro falou, o admirando.

"Ah, não, ele nem se parece muito comigo, só mesmo a cor do cabelo!", expliquei. "Na verdade, ele é a cara do pai!"

"Você é muito focada!", a Jane, que fazia a Grizabella, falou. "Na hora em que ouvi o choro dele na plateia imaginei que você fosse enlouquecer, que ia sair do palco correndo para consolá-lo! Mas você se manteve no papel da Victoria. Muito bem!"

Contei para ela que quase caí ao ouvir o choro pela primeira vez, e várias integrantes do elenco falaram que eu merecia os parabéns pela concentração, pois no meu lugar teriam saído totalmente da personagem.

"O pai então deve ser lindo, porque ele é uma fofura!", outra atriz comentou, fazendo graça para que ele risse, o que estava funcionando, pois o Rodriguinho não parava de gargalhar. Nem parecia que tinha dado o maior escândalo meia hora antes. "Qual é mesmo o nome dele?"

"Rodrigo", disse meio melancólica. Isso sempre acontecia quando eu dizia aquele nome sem o diminutivo. O Rodrigo para mim sempre tinha sido *Rô*. E talvez por essa razão desde os primeiros dias eu tivesse chamado o meu sobrinho de *Rodriguinho*, para não ficar me lembrando do "meu" Rodrigo a cada vez que falasse aquele nome.

De repente me veio à mente a imagem do garoto parecido com ele na plateia. Ia ser tão legal se o verdadeiro Rodrigo um dia aparecesse naquele teatro... Será que iria se assustar ao me ver? Será que viria falar comigo? Provavelmente não. Com certeza sairia correndo para não ter que me encontrar, o que era uma pena... Eu adoraria conversar com ele para contar o que tinha me levado até ali. Mais cedo eu havia me lembrado que exatamente naquele dia nós teríamos feito sete anos juntos, caso tivéssemos continuado.

"Posso segurá-lo para você se trocar?", a Judy perguntou, me tirando do devaneio.

"Por favor!", eu disse, sorrindo, enquanto o entregava para ela, verificando se ele ia reclamar. Ele adorou e riu ainda mais, já que ela ainda estava toda caracterizada, inclusive com a peruca.

No final, a Samantha estava certa, meu sobrinho gostou da noite. Ao encontrar com elas ainda na lojinha, minha mãe me mostrou que tinha comprado o DVD da peça, para que pudesse ver sempre que estivesse com saudade. Na mesma hora o Rodriguinho o agarrou, como se fosse mais um dos seus presentes.

"Acho que teremos um novo colecionador de DVDs na família...", a Sam disse.

Sorri e dei um beijo na bochecha dele. Eu tinha ouvido dizer que os afilhados desenvolvem alguns traços das madrinhas. Se ele puxasse aquela minha característica, com certeza eu iria gostar. E seríamos grandes companheiros de sofá!

64

Michael: Nunca duvide que tudo que eu quero, para todo o sempre, é que você seja feliz.

(Jane the Virgin)

Os últimos dias da minha família em New York foram maravilhosos, mas passaram muito rápido.

Eu ainda não as havia levado à minha escola, então em uma tarde elas me encontraram na saída. Mostrei as salas e os professores, e elas adoraram ver onde eu vinha passando a maior parte dos meus dias.

Fui com elas também a um *outlet*, para fazerem compras, algo que a Sam estava querendo desde o primeiro dia. Ela levou uma mala, nos entregou o Rodriguinho, e só nos encontrou duas horas depois, dizendo que a missão dela estava cumprida.

No resto do tempo apenas passeamos por New York, e eu fiquei com eles o máximo que pude, já que sabia que iria morrer de saudade assim que voltassem para o Brasil.

No penúltimo dia, minha mãe perguntou se a Samantha queria ir à peça no lugar dela, pois já tinha assistido três vezes; e a Sam, nem uma direito, pois, com o berreiro do Rodriguinho, ela tinha passado a maior parte do tempo no *foyer* do teatro tentando acalmá-lo.

“Mas desta vez ele fica em casa, né?”, perguntei apreensiva.

Ela concordou, e então combinamos de ir juntas para o teatro. Era o dia marcado de o Frank assistir também, mas ele iria direto do trabalho e nos encontraria lá.

A Sam se arrumou como eu ainda não tinha visto naquela viagem, toda animada e feliz.

"Mamãe, estou pensando em sair com a Samantha depois", falei, enquanto minha cunhada ia ao banheiro uma última vez, segundo ela, para não dar vontade no caminho. "Acho que ela está precisando de uma noite *off*, anda muito cansada, só quer ficar com os pés pra cima... Você se importa se a gente chegar um pouco mais tarde? O Frank deve ir com a gente. E acho que a Sabrina volta logo pra cá."

A Sabrina vinha passando bastante tempo na casa do namorado por várias razões. Primeiro, para nos dar espaço, já que nosso apartamento era realmente pequeno. Ela também vinha ensaiando o tempo todo para a peça da escola, pois tinha conseguido um dos papéis principais e precisava se dedicar. E, por último, porque agora só faltava um mês para ela voltar para o Brasil, então queria aproveitar o Scott enquanto podia.

"Claro que não me importo, querida!", minha mãe respondeu, me abraçando. "Adoro tomar conta do meu neto. Mas amanhã teremos que fazer uma despedida nossa, ok? Não estou preparada para ficar longe de você outra vez..."

Eu a abracei e dei um jeito de sairmos rápido, antes que eu caísse no choro. Eu também não estava preparada.

No caminho, eu e a Sam fomos conversando. Elas tinham ficado quase quinze dias comigo, mas aquela era apenas a segunda vez em que ficávamos sozinhas; a primeira sendo no dia da chegada delas, quando a Sabrina e minha mãe saíram juntas.

"Pri, quero dizer que estou muito orgulhosa do que você conquistou nesses meses aqui. Você virou outra pessoa. Sei que não gosta que eu fale dele, mas o Rodrigo nem te reconheceria. Você está tão madura e decidida! E até fisicamente você mudou. Está mais mulher, e tem um brilho em volta de você, como se tivesse descoberto o que veio fazer neste mundo. Agora entendo por que não tem me pedido tantos conselhos... Você não precisa mais deles. Já consegue se virar sozinha."

Segurei a mão dela, me sentindo novamente emocionada.

"Eu preciso dos seus conselhos, sim, sempre vou precisar! Olha só essa confusão em que estou, com o Frank e o Patrick!

Vocês passaram outro dia fazendo a maior terapia de grupo comigo, e continuo confusa..."

Ela riu, apertou mais a minha mão e disse: "Confusão maravilhosa essa! Já te falei, não tem que decidir. Deixe que seu coração te mostre o que fazer. Vá levando do jeito que está, até sentir que quer ficar pra valer com um dos dois. Ou que não quer nenhum deles, e sim um terceiro que possa aparecer! Não pense demais, você só tem 20 anos. Faça o que der vontade, o que seu coração mandar. Lá na frente você arruma um namorado sério pra casar, *se* quiser isso. Ficar solteira pra sempre é ótimo também! Agora é hora de aproveitar. Combinado?".

Eu a abracei e assenti, dizendo: "Não importa a minha idade ou quanto tempo tiver passado. Eu sempre me sinto melhor depois de passar pelo 'divã da Sam'".

"Ei, gostei! Se algum dia eu lançar um livro ou um canal no YouTube, vai ter esse nome!", ela disse.

Chegamos ao teatro ainda rindo. Fui direto para o camarim me arrumar, e ela ficou na plateia. Eu estava com uma sensação estranha, como se algo importante estivesse prestes a acontecer. Provavelmente era apenas ansiedade, pois o Frank me veria no palco pela primeira vez; e a Sam, pela última.

De qualquer forma, me esmerei no aquecimento, repassei meus passos e foquei totalmente na concentração. Eu não tinha ido tão bem na apresentação anterior, por causa do choro do Rodriguinho. Normalmente eu tentava sair de mim, deixava de ser a Priscila para emprestar meu corpo e minha voz para a Victoria. E sabia que isso não havia acontecido no último dia, eu não tinha conseguido entrar totalmente na personagem, como costumava fazer.

Quando o espetáculo estava quase começando, o diretor apareceu com um livreto da peça nas mãos.

"Veja, Priscila, entregue pra sua mãe! Ficaram prontos hoje! Agora sim, completo e correto!"

Sorri ao ver que o meu nome agora estava no elenco fixo, e aquilo me deu ainda mais ânimo para dar o melhor de mim no palco.

At this performance – Jun 9

Cast:

Asparagus: Evan Taylor
Bustopher Jones: Roy Lee
Grizabella: Jane Parris
Jellylorum: Sarah Snide
Jennyanydots: Corey Carr
Mr. Mistoffelees: Julian Jack
Mungojerrie: Harris Tate
Munkustrap: Richard Gurr
Old Deuteronomy: Earl Camp
Pouncival: Aaron Granell
Rumpleteazer: Francesca Ort
Rum Tum Tugger: Paul Hanes
Sillabub: Megan Fauré
Skimbleshanks: David White
Victoria: Priscila Panogopoulos

The Cats Chorus/Ensemble cast:

Alonzo: Louie Green
Bombalurina: Patty Jewel
Cassandra: Megan Pynemburg
Electra: Joanne Briggs
Macavity: John Godfrey
Plato: Timothy Jones

Guardei o livreto na mochila e corri para o palco. As luzes se apagaram, as cortinas se abriram e o show começou.

Mesmo já tendo feito aquilo várias vezes, meu coração disparou quando ouvi os primeiros acordes. Será que aquela emoção algum dia iria passar? Eu esperava que não. A sensação de estar exatamente onde eu tinha que estar ficava cada dia mais forte, e eu considerava aquele frio na barriga um bom sinal. Era como se eu tomasse um elixir da felicidade. Como se nada mais importasse, apenas aquele momento, pois não tinha como me sentir melhor.

Dancei, cantei, interpretei como se fosse ao mesmo tempo a primeira e a última vez. Alguma coisa realmente estava diferente, os astros estavam alinhados, parecia que tudo que eu fazia estava mais fácil. No intervalo fui até elogiada. Uma das produtoras disse que eu estava dançando como uma gata de verdade e que nunca havia me visto tão radiante.

O segundo ato veio, e com ele a cena da plateia. Mais uma vez desci pelo corredor onde eu sabia que a Samantha se sentara e vi que o Frank estava ao lado dela. Tentei assustá-los, mas eles sorriram, pois já sabiam que aquilo iria acontecer. Dei uma piscadinha para eles e continuei a minha descida.

Daquela vez não tinha ninguém parecido com o Rodrigo ali, e achei isso ótimo, pois permaneci 100% concentrada, o que sem dúvidas fez com que aquela fosse, até então, a minha melhor apresentação.

Tive a prova disso quando o diretor, depois de cumprimentar o elenco, me disse em particular: "Priscila, o que foi aquilo? Todos os dias vou trazer um livreto com seu nome em destaque, foi isso que te fez encenar desse jeito esfuziante? Se você ainda não estivesse no elenco principal, eu te colocaria nele agora!".

Sorri satisfeita e fui para o camarim tirar a peruca de gato e esperar a Sam e o Frank. Eu tinha certeza de que eles viriam me cumprimentar.

A Sam chegou logo, me deu um beijo e disse que eu tinha arrasado, mas um segundo depois falou que precisava ir ao banheiro.

"Sam, que obsessão!", falei, ao notar que toda hora ela dizia que tinha que fazer xixi. "Você está bem? Deveria fazer um exame, sei lá... Não é normal ir tanto assim ao banheiro."

"Não estou doente!", ela falou. "É só que na outra vez fiquei carregando o Rodriguinho o tempo todo. E hoje fiquei totalmente presa ao musical, não consegui me levantar da cadeira! Que espetáculo! Você está de parabéns, Pri!"

Ela então saiu, dizendo que não era para eu trocar de roupa até que ela voltasse, pois queria tirar umas fotos.

Balancei a cabeça enquanto ela corria para a saída.

Vários convidados do elenco entraram e saíram, e parecia que aquilo não iria acabar nunca. Eu sabia que os ingressos haviam se esgotado, mas, desde que eu havia começado, aquele tinha sido o dia mais cheio nos camarins. Eu estava louca para trocar de roupa e sair com a Samantha, pois queria ficar um tempo a mais com ela.

Foi quando a moça que ficava controlando a entrada dos convidados gritou: "Última leva!".

Fiquei feliz por saber que dali a pouco poderia voltar a ser a Priscila, mas ao mesmo tempo meio frustrada. O Frank estava na plateia, por que ele não tinha vindo me cumprimentar?

Exatamente naquele momento, alguém entrou no camarim com um buquê enorme de rosas vermelhas. Devia ter umas cinquenta rosas ali, eu nunca havia visto um buquê daquele tamanho! Fiquei pensando que quem fosse receber aquilo tinha deixado o cara *muito* apaixonado, mas de repente ele abaixou as flores e eu tive a maior surpresa.

"Frank!"

Ele se aproximou e me entregou as rosas.

"Desculpa a demora, queria ter sido o primeiro a te cumprimentar, mas tive que buscar as flores na lanchonete. Pedi para a atendente guardar pra mim, não queria bloquear a visão de ninguém na plateia."

Ele estava com aquela mesma cara de intelectual de sempre, mas também com um ar de sapeca, como se tivesse feito arte.

"Frank, não precisava disso tudo!", falei, olhando as rosas, que além de lindas eram muito cheirosas.

"Sei que não precisava, mas foi uma promessa. Lembra quando você começou, ainda no swing, e me proibiu de vir te ver até que tivesse certeza de que entraria em cena?"

Assenti. Aquilo tinha acontecido um mês e meio antes, no dia em que ele quase me pediu em namoro e eu disse para irmos com calma... Ele havia ido à peça dois dias seguidos, sem que eu participasse.

"Então...", ele falou meio sem graça, mas ainda sorrindo. "Eu prometi que, no dia em que você tivesse certeza de que estaria no palco, eu viria e te traria o maior buquê de todos... Bom, esse foi o maior que encontrei. Mas, acredite, você merece muito mais. Nunca vi alguém dançar com tanta desenvoltura! Não consegui parar de te olhar. Não que isso seja difícil, eu não consigo parar de te olhar em momento nenhum..."

Desviei a atenção das flores para o rosto dele e vi que ele estava me olhando com a maior cara de adoração, ainda mais do que o normal.

Suspirei, lembrando de tudo que a Sabrina, minha mãe e a Sam haviam dito. Que eu deveria dar uma chance. Que ele parecia gostar de mim de verdade. Que poderia me fazer feliz.

Me lembrei da nossa primeira saída, quando ele havia organizado o tour de seriados, apenas por eu ter dito que gostava. E também de quando ficou ao meu lado, primeiro na clínica, quando quase quebrei novamente a perna, e depois no dia do protesto, mesmo que minha mãe tivesse pedido para ele me tirar dali... Algo que nem o Rodrigo havia feito no Mercado Central.

Sim, eu tinha que admitir. Ele já me fazia *muito* feliz.

Por isso sorri e o puxei. Os conselhos estavam certos. Eu não precisava racionalizar tudo. Podia deixar que minhas emoções tomassem conta de vez em quando...

Então eu o beijei, como se fosse a primeira vez.

A princípio ele ficou estático, acho que não esperava por aquilo. Mas logo me abraçou e retribuiu o beijo como se estivéssemos sozinhos, como se não existisse amanhã, como se a vida dele inteira dependesse daquilo.

Depois de um tempo, me afastei devagar, mesmo sem vontade. Eu tinha quase me esquecido do quanto o beijo dele era bom.

"Preciso trocar de roupa", falei, ainda sorrindo para ele. "Me espera? Combinei de sair com a Sam, mas adoraria se você fosse com a gente."

Ele assentiu vigorosamente e disse que com certeza ia me esperar. Em seguida, saiu meio bambo, ainda me olhando, e até tropeçou, o que me fez sorrir ainda mais.

"Que cara é essa, Priscila?", uma das produtoras que estava passando falou, ao me ver parada olhando para a porta, sem que ninguém estivesse ali. "Está apaixonada?"

Balancei a cabeça sem graça e fui trocar de roupa. Eu não estava apaixonada. Mas estava disposta a não impedir mais o meu coração de se abrir.

De: Samantha <sambasam@email.com>

Para: Arthur <arth56473890@netnetnet.com.br>

Enviada: 09 de junho, 23:13

Assunto: Socorro

Amor, estou escrevendo porque não posso correr o risco da Priscila ouvir. Eu preciso te contar uma coisa, mas, se eu souber que você contou para quem quer que seja, brigo com você para sempre, entendido? Peço o divórcio!! É sério!

Fui novamente ver a Pri hoje no teatro. Foi lindo, sua irmã realmente nasceu para isso. Tomara que ela fique em cartaz até o ano que vem, assim poderemos voltar aqui juntos e você vai se emocionar tanto quanto eu ao vê-la no palco.

Mas não é sobre a apresentação que quero contar, e sim sobre o que aconteceu depois. Fui parabenizá-la no camarim, mas tive que ir ao banheiro, você sabe que estou fazendo xixi de cinco em cinco minutos... Só que, ao sair, dei de cara com o diretor da peça, que a Pri já tinha me apresentado. Eu o cumprimentei e ele começou a me falar algo sobre o nome da Priscila no programa. Ouvi pacientemente, mesmo sem entender direito, acho que o inglês dele é britânico ou algo do tipo. Mas o fato é que eu estava tão apertada que perguntei se tinha algum toalete ali que eu pudesse usar. Ele me mostrou o banheiro dos atores e eu fui correndo para lá.

Porém, assim que voltei para o camarim da Pri, dei de cara com ela beijando o vizinho, aquele que te contei que eu e sua mãe gostamos e achamos que seria um ótimo namorado para ela. Fiquei superfeliz por ela ter nos escutado e ter dado uma chance para ele. Saí de fininho e fiquei esperando do lado de fora. Só que nesse momento aconteceu algo que eu nunca na vida poderia imaginar... Um garoto trombou em mim, pensei que era um dos atores, mas, quando ele se virou, era ninguém menos que o... RODRIGO! Não o seu filho, ele nem sabe andar ainda, e sim o ex da sua irmã.

Fiquei tão perplexa que quase deixei que ele fosse embora sem falar nada, mas notei que ele estava com um buquê de gérberas na mão (aquelas flores coloridas que sua irmã adora e que o Rodrigo dava pra ela em todas as ocasiões especiais). Então fiz com que ele me explicasse direitinho o que tinha ido fazer ali.

Resumindo, o Rodrigo foi ao teatro uns dias antes assistir "Cats", reconheceu a Pri no palco, resolveu falar com ela... Só que isso aconteceu exatamente no dia do aniversário do Rodriguinho. Seu ex-cunhado o viu no colo da sua irmã e presumiu que era filho deles, por causa da cor do cabelo e do nome, que escutou ela falar. Pelo visto ele ficou uns dois dias pensando no que fazer e voltou lá hoje, para esclarecer. Porém, ao chegar, deu de cara com a Priscila no tal beijo com o vizinho (sim, foi um beijão, bem demorado!). E foi aí que trombou comigo e acabou me contando a história toda.

Esclareci que o Rodriguinho na verdade era nosso filho, mas fiquei com pena. Parece que ele tinha criado um futuro inteiro para ele, a Pri e o bebê na cabeça...

Arthur, eu fiquei muito indecisa sobre o que fazer. A Priscila está muito feliz. Mais do que isso, ela está radiante, com um brilho, todo mundo vê. O diretor da peça está encantado com ela, a plateia também... E, como já contei, ela arrumou até dois namoradinhos, completamente apaixonados. Então, em um ímpeto, prometi para o Rodrigo que iria guardar segredo sobre o que ele me contou. Porém, depois que saímos do teatro, fiquei pensando se deveria mesmo cumprir o prometido. Mas aí vi a Pri de mãos dadas com o Frank (o vizinho), disposta a se abrir novamente para o amor... E resolvi ficar de boca fechada.

Imagina só, o Rodrigo ia desestabilizar tudo! Nem sei se ele ainda está morando no Canadá ou se voltou para o Brasil. A Priscila ia acabar querendo se mudar para onde ele estivesse, comprometendo sua carreira promissora! De jeito nenhum, com certeza isso não daria certo. E a última coisa que quero é ver a Pri triste novamente. Essa garota merece ser muito feliz.

Bom, chega, preciso dormir e o Rodriguinho já está se mexendo aqui do lado por causa do barulho das teclas. Só precisava desabafar.

Um beijo, morrendo de saudade! Te vejo em dois dias!

Sam

De: Arthur <arth56473890@netnetnet.com.br>

Para: Samantha <sambasam@email.com>

Enviada: 10 de junho, 07:45

Assunto: Re: Socorro

Amor, tem certeza de que você está bem? Não tomou algum remédio de outra pessoa por engano, né? Por favor, fique atenta a isso...

Acho que você está vendo muito seriado com a Priscila e possivelmente misturou tudo e teve um sonho. Que história mais maluca! Ainda bem que já vai voltar amanhã, acho que está precisando descansar. Prometo que vou dormir todos os dias no quarto do Rodriguinho para você poder acordar meio-dia até se recuperar da viagem! Antes de ele chorar te chamando, já vou estar com ele nos braços!

Beijo enorme e muita saudade de vocês dois. Aliás, de vocês três.

Arthur

P.S.: Não quero que você se separe de mim de jeito nenhum, pode deixar que não vou contar seu sonho pra ninguém.

65

Rogelio: Somos uma família, e nada é mais importante do que isso.

(Jane the Virgin)

"Quer dizer que alguém ganhou flores ontem?"

Abri os olhos e vi minha mãe sentada na ponta do colchão inflável no qual eu vinha dormindo. Me virei para o outro lado, mas ela passou a mão pelo meu cabelo.

"Seu despertador já vai tocar, filhinha. Por isso quis te acordar alguns minutos antes, como eu fazia nos velhos tempos, pra poder ficar um pouquinho mais com você. Acho que já estou com saudade antecipada... Nem acredito que já vamos embora amanhã."

Me virei de volta para ela. Eu também não acreditava. Eu a puxei e fiz com que se deitasse no colchão comigo.

"A Sam já está acordada, falou que ontem foi ótimo, né?"

"Foi, sim...", respondi com um sorrisinho. "O que ela te contou?"

"Não muito... Disse que a apresentação foi ótima e que quando chegou ao camarim você estava beijando o Frank, que tinha levado flores pra você."

"Fofoqueira!", gritei, para que a Sam ouvisse.

Uns segundos depois ela saiu do quarto, com o Rodriguinho no colo.

"Ninguém me pediu segredo! E só contei porque sabia que sua mãe ia gostar. Ela também é fã do Frank."

De repente me toquei de uma coisa.

"Sam, eu nem sabia que você tinha me visto com ele no camarim, pensei que tinha sido na volta pra cá."

"Eu vi...", foi tudo que ela falou. E então tornou a entrar no quarto, me deixando mais confusa.

Comecei a me lembrar dos detalhes da noite anterior. Saí do camarim e vi que o Frank tinha mesmo me esperado, na porta de saída dos atores. Fui com ele de mãos dadas até o *foyer*, onde encontramos a Samantha com uma cara muito estranha.

"O que houve?", perguntei. "Você falou que ia voltar pra tirar fotos e não apareceu mais..."

"Eu ia. Mas algo me impediu", ela falou ainda mais séria.

Fiquei parada, esperando que explicasse, mas ela apenas falou: "Pri, podemos cancelar a saída? Estou cansada, prefiro ir pra casa".

"Está tudo bem?", perguntei preocupada.

"Ela está um pouco pálida", o Frank falou baixinho para mim.

"Parem com isso, estou ótima!", ela disse, forçando um sorriso. "Acho só que foi muita emoção. A performance da Priscila realmente me sensibilizou."

Franzi a testa, mas concordei em ir direto para casa. Como estávamos preocupados com a Sam, acabamos pegando um táxi. Ela subiu assim que chegamos, mas eu e ele ainda ficamos um tempo na portaria, tirando o atraso.

Quando finalmente entrei no apartamento, fiquei surpresa ao ver que a Sam ainda estava de pé. Eu pensei que ela iria dormir em cinco minutos!

Ela veio depressa em minha direção e pediu meu computador emprestado, pois precisava mandar um e-mail para o Arthur. Achei aquilo ainda mais estranho, já que eles haviam conversado quando estávamos indo para o teatro... Será que tinham brigado, e a Sam estava daquele jeito por causa disso? Porém eu também estava muito cansada, então só tomei um banho rápido e me deitei.

"Me conta do Frank!", minha mãe falou, me fazendo voltar para o presente. "E o tal beijo? Resolveu dar uma chance para ele?"

Suspirei. Na verdade, tinham sido *muitos* beijos...

"Foi ótimo", confessei. "Não sei se é uma chance, mas vou tentar fazer o que vocês me aconselharam... Viver o agora, sem me preocupar tanto."

Minha mãe bateu palmas e então se levantou para ajeitar a mesa do café da manhã, enquanto eu me arrumava. Era o último dia delas em New York. Por isso, elas iam fazer as malas no horário da minha aula e nos encontraríamos no meio da tarde na Times Square, para que elas se despedissem dali, e jantaríamos depois em algum lugar legal.

Porém, assim que as encontrei na frente da Forever 21, como havíamos combinado, notei que a Sam continuava esquisita, toda calada. O que era realmente estranho, já que ela vivia tagarelando.

"Sam, você não melhorou de ontem?", perguntei ao entrarmos no Olive Garden. Eu havia tentado convencê-las de irmos a outro restaurante, pois já tínhamos estado lá três vezes durante a visita delas, mas minha mãe queria se despedir da salada, que segundo ela era a melhor do mundo.

"Ontem?", minha mãe perguntou. "Melhorou de quê?"

"Não é nada!", a Sam falou, fechando a cara para mim. "Só porque eu não quis sair depois da peça, a Priscila cismou que eu estava doente. Conta pra ela, Lívia, que depois dos filhos nossa disposição muda um pouco..."

Minha mãe ficou calada, afinal, ela sempre dizia que depois que meu irmão e eu nascemos a vida dela se tornou muito mais dinâmica e ela adquiriu uma energia que não sabia de onde vinha.

"Que bom que é só cansaço", minha mãe disse, pegando o cardápio. "Vou pedir um vinho para me despedir! Você me acompanha, Sam?"

Vi que ela hesitou por alguns segundos antes de dar um sorrisinho amarelo e assentir.

Fiquei olhando para ela por um tempo, com minha intuição gritando que tinha algo acontecendo ali.

Minha mãe chamou o garçom e pediu a sonhada salada. Ele anotou, e, antes que saísse, ela perguntou: "Queria te pedir um favor... Será que eu poderia ver como vocês montam o prato? Deve ter algum segredo, nunca comi uma salada tão boa!".

O garçom franziu a testa, achando aquele pedido inusitado, mas disse que iria consultar o gerente.

"Vou com você pra explicar que não irei atrapalhar, só quero observar."

Antes que o garçom respondesse, ela se levantou e os dois saíram em direção à cozinha.

"Minha mãe está cada vez pior", falei, rindo.

A Sam riu também, mas no segundo seguinte retomou aquele ar de agonia que eu via no rosto dela desde a noite anterior. Comecei a raciocinar. O que ela estava escondendo? Com certeza tinha alguma coisa.

Ela pegou o celular para checar e-mails, e enquanto isso a observei. Estava com olheiras, parecendo muito cansada, apesar de estar dormindo muito. Vinha tendo uns picos emocionais, em alguns momentos parecia triste e em outros muito alegre. Não comia quase nada, mas andava reclamando de azia. Para completar, teve aquele desespero todo dizendo que precisava vir para NY, que não podia esperar...

"Nossa, meus pés estão muito inchados! Vou chegar em casa e nenhum sapato vai caber... Será que ainda dá tempo de comprar algum de número maior? Fiz várias compras, mas nada pra mim. A que horas as lojas aqui da Times Square fecham?"

Em vez de responder, fiquei olhando para ela sem dizer nada, pensando que já tinha ouvido aquilo em algum lugar...

De repente, uma luz se acendeu na minha cabeça. Um ano e meio antes, quando eu estava com a Fani em Los Angeles, a Sam e o Arthur foram para lá passar o Natal comigo de surpresa. E a Sam estava exatamente assim. Recusou bebida alcoólica, não queria sair por estar cansada, vivia com os pés para cima, dizendo que estavam inchados, e abriu a maior choradeira na hora de ir embora, alegando que era TPM, sendo que ela nunca havia sofrido por isso. E, no final das contas, descobri que não tinha nada de tensão pré-menstrual, muito pelo contrário. Ela estava *grávida*.

"Sam!", falei alto, fazendo com que ela me olhasse assustada. "Você está grávida de novo?"

Ela largou o celular e começou a fazer "shhh", olhando para os lados.

"É verdade?", perguntei, me levantando, meio eufórica. "Agora estou entendendo tipo *um milhão* de coisas! É por isso que seu humor está instável... E por isso que você precisava vir pra New York com tanta pressa, já que depois ficaria complicado. E também por isso que o Arthur não para de ligar para saber como você está... E tem o fato de você não sair do banheiro! E é por causa da gravidez também que você comprou o shopping inteiro e não quis mostrar as compras pra gente, era o enxoval!"

Ela não parava de olhar para os lados, para ver se minha mãe estava chegando, e então falou: "Ok, estou! Mas não deixa sua mãe saber! O Arthur quer contar junto comigo, combinamos de esperar a minha volta para anunciar pra todo mundo. Dá pra se sentar, por favor?".

Me sentei, mas ainda tinha muito que eu precisava saber.

"Por que vocês estão escondendo? Ninguém mais sabe? Já descobriu o sexo?"

"Ninguém sabe, a não ser eu e o Arthur. E agora você. Não contamos antes porque estávamos esperando o prazo de segurança, fizemos isso na minha primeira gravidez também... Se desse algo errado, seria melhor vivenciarmos isso sozinhos, para ninguém mais ter que ficar triste. Foi apenas ontem que completei as doze semanas, que é quando a gravidez fica mais estável."

Assenti, apesar de preferir que ela tivesse me contado desde o primeiro dia. Pelo amor de Deus, ela vinha carregando peso, comendo um monte de bobagens... E tomando vinho!

Puxei a taça dela, que riu.

"Não estou bebendo, só aceitei para a Lívia não desconfiar. Aliás, esse foi outro motivo de eu não ter contado antes. Eu tinha certeza de que a sua mãe e a minha iam surtar se eu falasse que vinha tão no início da gravidez para cá, todo mundo ia querer me controlar... Só que, se não viesse agora, não teria mais jeito. Semana que vem eu volto a trabalhar, você sabe. Por isso fiquei tão desesperada para vir. Eu precisava disso, não tinha como engatar uma gravidez atrás da outra sem uma viagem pra espairecer... Aliás, pode não parecer, porque realmente tenho tido muito sono, mas eu amei estar aqui com você.

Agora tenho fôlego para mais seis meses, até essa menininha chegar, em dezembro."

"É uma *menina*?!", quase gritei.

Ela contou feliz que uns dias antes de viajar tinha feito um exame de sangue que apontava o sexo do bebê.

"Vamos confirmar com o ultrassom um pouco mais pra frente, mas o médico disse que é um exame muito confiável, que consegue detectar frações do DNA do bebê."

Nesse momento minha mãe chegou empolgada, junto com o garçom, que vinha trazendo uma travessa de salada.

"Aprendi tudo, agora todo mundo vai fazer fila pra comer a minha salada! Vocês nem imaginam que o segredo é o molho e... Que caras são essas? Por que estão sorrindo uma para a outra? Aconteceu alguma coisa?", ela disse, se sentando enquanto olhava para nós.

Vi que a Sam ficou meio tensa, mas eu logo respondi: "Aconteceu. A viagem de vocês foi maravilhosa e estamos felizes por isso. E eu estava dizendo pra Sam que vou tentar tirar pelo menos uma semana de férias do musical em dezembro, para ir pra casa ver vocês. Porque eu *já* estou com saudade!".

"Você acha que consegue?" Minha mãe segurou minhas mãos, com o maior sorriso do mundo.

"Vou *tentar*", repeti. "Afinal, dezembro vai ser um mês muito especial, preciso estar com vocês."

Ela só não sabia ainda o quão especial iria ser...

De: Lívia <livulcano@netnetnet.com.br>

Para: Priscila <pripriscilapri@aol.com>

Enviada: 12 de junho, 20:38

Assunto: De volta

Filha, que saudade! Sei que acabei de chegar, mas fui tirar as coisas da minha mala agora à noite e comecei a me lembrar dos dias com você aí. Como passaram rápido!

Pri, estou escrevendo também para mais uma vez dizer o quanto estou orgulhosa de você. Te ver no palco foi uma das maiores emoções da minha vida! Que bom que fui vários dias, assim pude decorar cada movimento seu (vou confessar, em um dos dias eu filmei o seu solo, sei que não podia, mas ninguém viu, foi sem flash)!

Seus bichinhos estão todos ótimos, seu pai cuidou bem deles. Mas estavam com muita saudade de mim. A Duna só faltou me derrubar, e a Snow não pode me ver sentada que vem pro meu colo. Imagino como vai ser se você conseguir vir mesmo em dezembro... O Biscoito vai até fazer xixi de alegria, igual quando era filhotinho!

A Samantha mal chegou e já está inventando moda. Marcou para domingo (depois de amanhã) um almoço na casa dela, para comemorar o aniversário do Rodriguinho. Só pra gente mesmo e também os pais e a irmã dela. Tudo bem, acho que o resto da família também merece cumprimentá-lo pela data. Mas, sinceramente? Queria dormir por três dias direto! Perguntei se ela não preferiria fazer no outro fim de semana, já que ainda estávamos cansadas e tudo, mas ela disse que aquilo não podia esperar.

Sorte a sua que está longe e não precisa ficar indo a eventos todo fim de semana...

Beijo,

Mamãe

De: Samantha <sambasam@email.com>

Para: Priscila <pripriscilapri@aol.com>

Enviada: 14 de junho, 21:01

Assunto: Aniversário-revelação

Prica, como você pediu, estou escrevendo pra contar com detalhes como foi o almoço de aniversário do Rodriguinho (na verdade o almoço-revelação da sua sobrinha, né?).

Tudo começou como um aniversário normal. Minha família chegou, meus pais ficaram brincando com o Rodriguinho, minha irmã me ajudando na cozinha... Aí seus pais chegaram. Sua mãe disse que ainda estava muito cansada e que ia deixar minha mãe ficar integralmente com o neto dessa vez. Você sabe como as duas ficam disputando... Ainda bem que isso não vai ser mais preciso. Assim que sua sobrinha nascer, cada uma pode ficar cuidando de um.

Servi o almoço (filé mignon com batata duchesse, já que a vegetariana da família não está aqui), e aí, na hora da sobremesa, coloquei um bolo de cobertura azul na mesa. Cantamos os parabéns e, nesse momento, pedi para o Arthur trazer o outro bolo, que era igual, só que rosa. Todo mundo ficou olhando meio sem entender, e então eu disse: "Agora vamos cantar os parabéns para outra pessoa. Para esta garotinha que hoje faz três meses na minha barriga".

Foram uns cinco segundos de silêncio, até que sua mãe começou a pular, dizendo que sabia, que tinha certeza... Olha, para quem estava com os pés doendo, até que ela pulou bastante. Aí todos me abraçaram, passaram a mão na minha barriga, brigaram por não ter contado antes, disseram que era um absurdo o Arthur ter me deixado ir para NY nesse estado... O Arthur respondeu que tentou tirar aquela ideia da minha cabeça, mas que todo mundo sabia muito bem como eu era irredutível quando queria alguma coisa. Foi aquela festa! Só faltou você.

Aliás, seu pai na mesma hora pegou o telefone para fazer uma chamada de vídeo para te contar, mas eu expliquei que você já sabia. Ele ficou meio decepcionado, acho que queria dar a informação em primeira mão. Mas também ficou feliz por eu ter contado pelo menos pra você.

Agora você está liberada, já pode conversar com sua família sobre isso. Torcendo muito para você conseguir vir pro nascimento dela!

Já estou com muita saudade de você e das suas confusões.

Beijo,

Sam

P.S.: Estou grávida, não morta, então continue me atualizado da sua vida! Encontrou com o Frank depois? Notícias do Patrick? Ai, ai... Adoro seus problemas!

P.S. 2: Tenho certeza de que sua sobrinha adoraria te ter como madrinha, mas dessa vez o posto vai para minha irmã, antes que ela fique com (ainda mais) ciúmes de você.

66

Robin: Sempre seremos amigas. É só que... Nunca mais será como antes. Não tem como ser. E isso não precisa ser uma coisa triste...

(How I Met Your Mother)

Diário de Viagem

Acontecimentos marcantes de junho:

4 de junho - Estreia no elenco fixo de Cats como Victoria - minha mãe assistiu

6 de junho - Um ano do Rodriguinho!

6 de junho - Protesto no Central Park

6 de junho - Mamãe, Sam e Rodriguinho foram me assistir em Cats

6 de junho - Eu e o Rodrigo faríamos sete anos de namoro

7 de junho - Mamãe foi me ver em Cats (pela terceira vez)

9 de junho - Sam e Frank foram me ver em Cats

10 de junho - Fiquei sabendo que a Sam está grávida de uma menina!! ☺

11 de junho - Mamãe, Sam e Rodriguinho foram embora... ☹

Dias fixos em Cats: 4, 6, 7, 9, 11, 13, 14, 16, 18, 20, 21, 23, 25, 27, 28, 30

Depois que minha família foi embora, tudo voltou à rotina. E talvez por essa razão meus dias custaram a passar.

Julho chegou e com ele o fim do meu curso de Teatro. A apresentação foi muito divertida, era uma comédia. A Sabrina, que fazia um dos papéis principais, se destacou e ganhou muitos aplausos, não apenas dos professores, mas também da família dela, que havia ido para NY especialmente para assisti-la. Meus únicos convidados foram o Frank e o Julian, já que não tinha nem um mês que a Sam, minha mãe e o Rodriguinho tinham voltado para o Brasil.

Apesar de não terem ficado no nosso apartamento, e sim em um hotel próximo, pude conhecer bastante os pais e os dois irmãos mais novos da Sabrina, que tinham adoração por ela. Fizemos com eles vários programas turísticos; e eles inclusive foram assistir a *Cats*. No final de uma semana, parecia que eu já os conhecia havia muito tempo.

"Promete que vai visitar a gente em Maceió quando for ao Brasil, Priscila?", a mãe dela falou, me abraçando no dia de ir embora. "Temos uma casa em Barra de São Miguel, na frente da praia, você vai amar! Leva o seu gringo!"

Respondi que iria e agradeci, meio sem graça. Eles haviam conhecido o Frank e, mesmo eu tendo dito que ele não era meu namorado, continuavam a nos tratar como se fôssemos um casal.

E então veio a parte que eu não queria que chegasse nunca. O momento de me despedir da Sabrina.

Antes de voltar para o Brasil, ela iria com os pais e os irmãos para Orlando. Nenhum deles conhecia a Disney e aproveitariam para passar uma semana lá.

Nessa parte, pedi ajuda para o Patrick, que ficou feliz em fazer um roteiro personalizado, indicar o hotel e auxiliar na compra dos ingressos dos parques.

"Tem certeza de que não pode vir junto?", ele perguntou quando liguei para agradecer.

Eu não podia. Tinha acabado de assumir totalmente o papel de Victoria, já que, como combinado, no início de julho a Ashley se afastou para se dedicar à gravidez. Por isso, eu agora estava no palco seis vezes por semana e tinha apenas uma folga, quando alguém do coro me substituía. Mas eu estava com saudade e sabia que ele também. Por isso, combinamos que assim que passasse a alta temporada ele viria novamente a NY.

Fiz questão de ir ao aeroporto com a Sabrina, por mais que soubesse que seria mais sofrido. O próprio namorado dela havia se despedido na noite anterior, pois preferia não ter que fazer isso na frente de toda a família. Só que era exatamente ali que a nossa amizade havia começado. E eu queria ficar com ela o máximo de tempo possível.

"Chegou a hora...", ela disse em frente à entrada da sala de embarque. "Promete que não vai me esquecer? Que não vai deixar essa coisa de Broadway subir à sua cabeça e que vai me atender quando eu telefonar?"

Sorri e baguncei o cabelo dela. "Louca. É muito mais fácil *você* ficar deslumbrada, atriz da Globo!"

O Ruy, uns dias antes, havia mandado um contrato para ela assinar, para fazer uma participação na novela das seis. Segundo ele, era uma ótima forma de estrear e enriquecer o currículo.

Ela me abraçou e ficamos assim por um tempo. E então eu me lembrei...

"Olha, isto é pra você!" Peguei um embrulho na minha bolsa. "A comida do avião é horrível, você sabe."

Ela abriu e viu o cupcake de chocolate que eu havia comprado para ela, exatamente como o que ela tinha trazido para mim ao aeroporto no dia da minha chegada.

"Priscila Panogopoulos, isso é golpe baixo!", ela disse, sem esconder as lágrimas. Eu a abracei de novo e também comecei a chorar, pensando em como iria viver ali sem ela.

"Vou tentar ir para o Brasil em dezembro", reafirmei. Aquela ideia tinha mesmo ficado na minha cabeça.

Ela assentiu, mas nossas lágrimas insistiam em continuar a cair. E eu sabia por quê. Apesar de ela estar de mudança para o Rio de Janeiro, onde teria mais oportunidades, e de eu saber que, pela proximidade com São Paulo, a cada vez que eu fosse para o Brasil poderíamos nos encontrar, não seria a mesma coisa. Dificilmente moraríamos juntas outra vez. Aquela fase realmente tinha chegado ao fim.

"É isso", ela falou quando a mãe avisou que precisavam embarcar. "Cuida do nosso apartamentinho. Vê se não inventa de virar melhor amiga da Catarina e de convidá-la para morar lá!", ela disse, fazendo uma careta.

Sorri, balançando a cabeça.

Eu imaginava que, depois daquele dia no café, a Catarina nunca mais iria olhar para a minha cara, mas em vez disso ela passou a me cumprimentar. E percebi que não era só comigo, ela estava mais gentil com as outras pessoas também. Não sei se estava seguindo os meus conselhos, mas o fato é que agora já conseguia conversar com ela, que até perguntou se eu queria sair com ela e umas amigas algum dia, se me sentisse sozinha, já que havia ficado sabendo que a Sabrina ia embora.

"Ninguém vai morar no nosso apartamento, Sabrina", eu disse, dando um último abraço. "Seu quarto estará sempre disponível para quando você quiser me visitar."

Essa era outra coisa sobre a qual eu tinha pensado muito. A princípio, cogitei me mudar para Manhattan, para ficar mais perto do teatro, porém os preços eram absurdos. Pelo valor que eu iria pagar em uma quitinete que era praticamente do tamanho de um armário, eu poderia continuar morando confortavelmente no meu apartamento de dois quartos. Além disso, eu já tinha me acostumado com o trajeto. Mesmo levando quase uma hora para ir e outra para voltar, fazia isso ouvindo música ou até vendo alguma série no celular, então o tempo passava rápido.

Mas tinha também outra razão para eu não querer sair dali. O Frank.

Desde o dia das flores no teatro, havíamos ficado ainda mais próximos, e, assim que minha família foi embora, eu o chamei para conversar.

Ele chegou um pouco ressabiado por não saber qual era o assunto. Pedi que ele se sentasse no sofá e me sentei bem ao lado dele.

"Frank, obrigada por toda a ajuda enquanto o pessoal estava aqui. Minha mãe, a Sam e até o meu sobrinho ficaram encantados por você! E com razão. Não foi só o colchão inflável, mas as dicas de restaurantes, as brincadeiras com o Rodriguinho, a disponibilidade... Eu já te achava incrível, mas agora acho ainda mais!"

"Não foi nada, Pri", ele disse muito surpreso. "Eu adorei sua família, de verdade. E já te falei várias vezes... Você pode contar comigo para o que precisar. Quem é incrível é você."

Ele começou a aproximar a boca da minha, e, apesar de tudo que a Sam, minha mãe e a Sabrina haviam dito, sobre não ficar racionalizando, pedi que ele esperasse.

"Eu quero esse beijo tanto quanto você", expliquei. "Mas preciso te lembrar do que eu falei lá atrás... Eu continuo não querendo namorar. Naquela época acabei me afastando por receio de te magoar, mas em nenhum momento foi por não querer estar com você."

Ele ficou olhando para o meu rosto por um tempinho e então me puxou, fazendo o que tinha intenção antes de eu interrompê-lo. Apenas depois falou: "Pri, sou bem grandinho. Não precisa se preocupar tanto em não me machucar. Meu coração é resistente. Se essa falta de compromisso vier a me incomodar, eu com certeza vou te falar. Só me faz um favor?".

Assenti, meio surpresa.

"Não se afaste mais por bobagem. Não me importo se você não quiser colocar um rótulo. Mas estar com você, seja como for, me faz feliz."

"Estar com você me faz feliz também", falei com sinceridade.

Ele então me beijou outra vez. A partir desse dia vínhamos nos encontrando com uma certa frequência. E foi exatamente para ele que telefonei depois de voltar do aeroporto e me deparar com meu apartamento mais vazio do que nunca.

"*Não quero ficar aqui sozinha*", falei entre lágrimas. "*Não imaginei que seria tão difícil... Não estou aguentando olhar para aquele quarto sem a bagunça toda que ela fazia! Agora com quem eu vou conversar no fim do dia, ver seriados até dormir e conhecer todas as pizzarias delivery de New Jersey?*"

Em cinco minutos o Frank estava no meu apartamento.

Ele me deu um abraço rápido e foi em direção ao (ex-)quarto da Sabrina. Em seguida fechou a porta e pregou nela uma imagem de um avião, que pelo visto havia imprimido antes de vir.

"Vamos fingir que a Sabrina está viajando até que a próxima pessoa da sua família venha te visitar? Você já passou muitos dias aqui sozinha quando ela dormia na casa do namorado... Aliás, os dois terminaram?"

Contei que ele tinha planejado visitá-la em dois meses e que ela queria voltar para passar o Natal em NY, mas que eu a tinha feito prometer que, se eu conseguisse ir para o Brasil nas festas de fim de ano, era para São Paulo que ela iria!

Ele riu e me levou para o sofá, já pegando o controle remoto.

"Acha que dá tempo de vermos um episódio antes de você ir para o teatro?"

Expliquei que era meu dia de folga, e ele então pegou o telefone, pediu uma pizza e falou que veríamos uma temporada inteira da série que eu quisesse.

Ele acabou dormindo no sofá, e eu deixei que ficasse. No dia seguinte, quando acordei, ele ainda estava lá. Aquilo se repetiu várias vezes, até que me acostumei com a ausência da Sabrina. Apesar de ela não estar ali, sabia que eu não estava sozinha.

Era só o Frank descer um andar que eu sempre tinha companhia...

De: Susie Strasberg <principal@strasbergdramaticarts.com>

Para: Priscila <pripriscilapri@aol.com>

Enviada: 30 de julho, 14:50

Assunto: Job offer

Anexo: Contract

Dear Priscila,

We were all very excited to meet and get to know you over the past semester. We have been impressed with your talent and would like to formally offer you the position of Teaching Assistant. This is a part-time position (8 am to 12 pm, Monday to Friday). You will be reporting to the head of the Dance Department. We will be offering you a weekly salary and benefits.

Classes start on September 1st. Please, feel free to contact me if you have any questions. Attached you will find your contract. Please review its terms, and come by the school to sign it until August 3rd.

We are all looking forward to having you on our team.

Best regards,

Susie Strasberg

Strasberg Dramatic Arts*

---

* Assunto: Oferta de emprego
Anexo: Contrato
Querida Priscila,
Todos nós ficamos muito empolgados em te conhecer e conviver com você durante o último semestre. Ficamos impressionados com o seu talento e gostaríamos de te oferecer formalmente o cargo de professora assistente. Este é um cargo de meio período (das 8h às 12h, de segunda a sexta-feira). Você estará sob a supervisão do chefe do Departamento de Dança. Oferecemos um salário semanal e benefícios.
O início das aulas é no dia 1º de setembro. Por favor, sinta-se à vontade para entrar em contato comigo caso tenha alguma dúvida. Em anexo, você encontrará o seu contrato. Por favor, reveja os termos e passe na escola para assiná-lo até o dia 3 de agosto.
Estamos todos ansiosos para tê-la na nossa equipe.
Atenciosamente,
Susie Strasberg
Strasberg Dramatic Arts

67

Bandit: Você acredita em contos de fadas?

(Bluey)

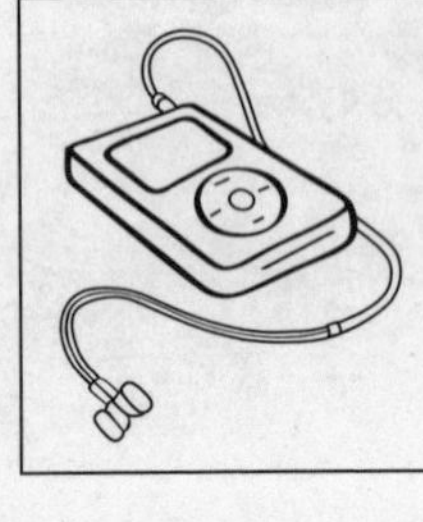

1. Every Second – Mina Okabe
2. Love Me Instead – Moira Dela Torre
3. Once Upon a Dream – Emily Osment

No final de julho aconteceu uma novidade. Quando fui à escola buscar o meu diploma, a Susie Strasberg estava na secretaria assinando uns documentos. No começo do mês ela tinha ido ao teatro especialmente para me ver em cena e, quando ao final foi me cumprimentar no camarim, não poupou elogios, o que me deixou muito feliz.

Nesse dia, ao me ver na escola, foi logo se levantando.

"Priscila, querida. Quero te parabenizar mais uma vez, você está brilhando no musical! Eu estava agora mesmo pensando em você. Tem uns minutinhos? Podemos conversar na minha sala?"

Assenti e fui com ela até um escritório cheio de quadros com certificados e premiações da escola.

"Vou direto ao assunto para poupar seu tempo. Iniciaremos um novo curso no dia 1º de setembro. Não é intensivo como o seu, é um curso de um ano, para iniciantes, apenas na parte da manhã. Como o número de alunos admitidos é grande, teremos assistentes para auxiliarem os professores, e seu nome foi sugerido pelo Departamento de Dança. Como sei que seu visto agora permite trabalho, gostaria de saber se você aceitaria a vaga. É remunerada, claro. E não vai atrapalhar em nada o seu horário no teatro."

"Claro que aceito!", falei sem nem pensar. Um segundo depois, porém, me lembrei de algo importante. "No final do ano estou querendo ficar um tempo no Brasil, passar as festas com a minha família e também acompanhar o nascimento da minha sobrinha..."

Ela pegou um calendário, consultou e falou: "O curso tem duração de um ano, por isso temos férias. Elas vão de 24 de dezembro a 18 de janeiro".

"Perfeito! Onde assino?", falei depressa, o que fez a Susie rir.

"Vou te mandar o contrato por e-mail, para que seu empresário possa ler antes de você assinar."

"Não tenho mais empresário...", expliquei. "Quero dizer, tenho, mas estamos em uma pausa por tempo indeterminado. Continuo sendo exclusiva da agência dele no Brasil, mas, enquanto eu quiser ficar aqui, estou por minha conta."

"Se precisar de contatos de agentes aqui dos Estados Unidos, posso te passar. Estou sentindo que você não vai voltar mais pro Brasil... a não ser pra visitar."

Aquilo eu não tinha como responder. Eu estava amando a minha carreira de atriz e tinha planos de participar de outros musicais, caso *Cats* saísse de cartaz. Mas, ao mesmo tempo, não queria ficar longe da minha família para sempre... nem dos meus bichos.

Por isso, agradeci. Disse que se precisasse dos contatos pediria, e ela ficou de me mandar o contrato por e-mail.

Aquela oferta de emprego me deixou muito feliz, pois, agora que eu não tinha mais aulas, meus dias estavam muito longos. Eu acordava tarde, ia para a academia, voltava, almoçava e via seriados até a hora de ir para a peça. Estava até pensando em fazer algum curso na parte da manhã... Mas isso seria ainda melhor!

Agosto chegou, e no primeiro dia do mês nos lembraram que na semana seguinte não teríamos apresentações por dois dias, pois o teatro iria ser dedetizado. Eu já sabia que de seis em seis meses faziam aquilo, um protocolo da prefeitura. Mas de repente tive uma ideia...

Oi, menino bonito! Acabei de pensar em você. Me liga quando puder? Acho que vamos nos encontrar em breve... Beijo, Pri

Eu e o Patrick continuávamos nos falando várias vezes por semana, e ele estava apenas esperando julho passar, que era quando a agência tinha muitas excursões, para vir para NYC por mais uns dias. Eu estava louca para vê-lo de novo, só que agora tinha um problema. O Frank.

Na última vinda do Patrick, meu vizinho estava na Pensilvânia, por isso os dois não haviam se encontrado. E eu não tive que dar desculpas nem chatear ninguém. Agora, porém, ainda que eu ficasse no hotel com o Patrick novamente, correria o risco de encontrar o Frank sem querer no meio da rua... Sem falar que ele acharia bem estranho se eu sumisse por uns dias, já que nos víamos com frequência. Mas, se eu dissesse que iria viajar, não precisaria dar maiores explicações...

Por essa razão, assim que o Patrick me ligou, perguntei se ele não preferiria que eu fosse para lá. Eu sabia que aquilo me traria muitas lembranças que eu não queria reviver, mas eu não teria outra oportunidade.

"*Me convidaram para trabalhar na Strasberg a partir do mês que vem*", contei. "*Então, se eu for aceitar aquele seu antigo convite, tem que ser agora, já que, a partir de setembro, além do teatro, ainda vou ter mais esse compromisso. Posso ficar três dias aí, pois a minha folga vai emendar com a dedetização do teatro. O que você acha?"*

Antes que terminássemos de conversar, ele já havia me mandado as passagens por e-mail.

Por isso, exatamente uma semana depois, me vi no aeroporto de Orlando, olhando para todos os lados. Tudo ali era tão igual ao que eu me lembrava... Mas *eu* estava diferente. Era como se eu fosse outra pessoa agora. Aquela menina de 15 anos, que sonhava em se casar com o namorado da escola, fazer Veterinária e morar pelo resto da vida em Belo Horizonte, não acreditaria se eu contasse o que o futuro tinha reservado para ela. Será que iria acreditar? Será que iria gostar das mudanças em seus planos?

Eu ainda estava pensando nisso quando vi o Patrick, acenando para mim na saída do desembarque. E então não pensei em mais nada, só naquele menino bonito sorrindo para mim.

"Fez boa viagem, lindeza?", ele perguntou. Mas a resposta ficou perdida no beijo de dois minutos e meio que ele me deu em seguida. Acho que estávamos com saudade...

Ele pegou a minha mala e fomos andando de mãos dadas até o estacionamento. E a partir daí conheci Orlando de uma forma que eu nunca tinha visto.

Eu havia ido à Disney com meus pais quando era criança e depois na excursão aos 15 anos. Nas duas vezes a programação foi voltada para os parques e para as compras. Só que, dessa vez, por serem somente três dias, priorizamos ficar um com o outro com mais calma e fizemos os programas das pessoas que viviam ali.

Ele morava em um apartamento que ficava em um condomínio com piscina, sauna, academia, quadras... E foi lá mesmo que passamos a maior parte do tempo, especialmente pelo calor que estava fazendo na Flórida. Foi bem gostoso também presenciá-lo como "dono de casa". Me surpreendi ao ver que ele sabia cozinhar (e bem), limpava a casa, fazia compras... Fomos também a alguns restaurantes que ele queria me mostrar e apenas no último dia demos uma passada no Magic Kingdom, e só porque ele tinha ingressos de cortesia por causa da agência de viagens.

Fizemos questão de ir à Splash Mountain, tanto para nos refrescarmos do calor quanto porque tínhamos uma história ali... Porém, dessa vez, nos sentamos no último banco. Então não ficamos encharcados, e ele não teve que me emprestar a blusa, que com certeza tinha levado.

"Sabia que eles têm planos de reestruturar esse brinquedo?", ele falou quando estávamos saindo. "Vão mudar o tema, parece que querem fazer algo de *A princesa e o sapo*."

Eu gostava muito da Tiana, sabia que ela merecia uma atração em sua homenagem e que provavelmente aquilo seria o máximo. Mas ao mesmo tempo fiquei meio chateada, por tudo que a Splash representava para nós.

"Quer fazer uma coisa diferente?", ele me perguntou quando estávamos saindo da Main Street para ir embora.

Assenti, sem a menor dúvida de que qualquer coisa que ele propusesse seria ótima.

Ele foi me levando para fora do parque, mas, em vez de pegarmos o *monorail* para o estacionamento, ele apontou para uma outra saída.

"Vamos de barco, quero te mostrar um lugar."

Entramos em um barquinho que levava os hóspedes para alguns hotéis. Como ainda faltava muito tempo para o parque fechar, poucas pessoas estavam a bordo. Assim que saímos, pude ver o castelo da Cinderela se tornando cada vez menor, com as nuvens ao fundo ficando cor-de-rosa ao pôr do sol. Parecia que estávamos realmente em um conto de fadas.

Poucos minutos depois, o capitão do barco chegou a um cais e todos desceram.

"Este é o hotel mais bonito da Disney", o Patrick explicou. "Precisa ver como fica no Natal... todo iluminado!"

Anotei mentalmente que precisaria voltar ali em dezembro de algum ano. Se ele já era lindo assim, imagina com luzes...

Fomos andando por um caminho que ladeava uma praia artificial até chegarmos ao local que ele queria me mostrar.

"Esta é a capela da Disney, ela dá vista para o castelo, olha."

Me virei e vi o castelo ao fundo, com o sol já se pondo. Por coincidência, exatamente nesse momento, abriram as portas da capela, e um noivo e uma noiva saíram, radiantes, cercados pelos convidados, que jogavam pétalas de rosas e faziam bolhas de sabão. Fiquei sorrindo mesmo sem conhecer ninguém, pensando em como seria mágico se casar ali.

"Quem sabe a gente se casa aí...", o Patrick disse, adivinhando meus pensamentos.

Arregalei os olhos, meio assustada, e ele me tranquilizou, rindo: "Calma, não estou te pedindo em casamento. Não ainda... Quem sabe um dia?".

Ele me abraçou por trás e voltamos a olhar os noivos.

De repente me lembrei do Rodrigo e do pedido de casamento que ele quase me fez. Eu teria dito sim e me casado com ele até no meio da rua; o lugar era o que menos importava. Eu só queria viver com ele para sempre...

"Vamos voltar?", o Patrick perguntou. "A não ser que você queira participar da festa dos noivos... Deve ser nesse hotel!"

Eu ri, sabendo que ele estava brincando.

"Vai ter que ficar pra outra vez. Algo me diz que não iriam gostar de convidados de tênis, short, camiseta... e orelhinha da Minnie!"

"Que sorte a minha, eu adoro desse jeito!"

Ele me deu um beijo e fomos andando novamente até o barco, para voltar logo para o apartamento e aproveitar o finalzinho da minha viagem. Apesar de terem sido apenas três dias, eu tinha amado cada segundo. E sabia que iria sentir saudade...

Pripriscila está online

Sabrina Silver está online

Sabrina Silver - Oi, amiga! Estou te vendo online! Pode falar agora? Muita saudade! Que história de "Pripriscila" é essa?

Pripriscila - Amigaaaaaaaaaa! Saudade demais! Estou respondendo e-mails. Se você estivesse aqui teríamos tomado café no Starbucks, nosso programinha dos sábados! Esse apelido é o que eu usava na época do colégio, com 13 anos. Foi quando eu comecei a namorar o Rodrigo e a gente paquerava pelo chat. Ele pediu para eu não trocar, porque lembrava do nosso início. Bom, acho que hoje em dia ele não liga mais, mas prefiro deixar assim. É o mesmo caso do meu e-mail, que é "pripriscilapri"...

Sabrina Silver - Não quero saber de Rodrigo, e sim do Frank e do Patrick!! Como foi na Disney? Me conta TUDO! A casa dele é grande? Tem amigos gatos?

Pripriscila - Que história de amigos gatos é essa? Cadê seu namorado?

Sabrina Silver - Tá aí em NY, Pri! O problema é exatamente esse. Temos conversado pelo telefone, vídeo, chat, mas não é a mesma coisa... Já tem mais de um mês que voltei e, por não nos vermos, acho que esfriamos um pouco. Agora sei o que você sente quando fica um tempo sem ver o Patrick. Juntos é muito bom, mas de longe perde um pouco da graça, né? Não sei se esse namoro vai sobreviver à distância. Ele foi chamado para participar de uma peça... Então não vai poder vir pra cá como havíamos combinado. Na verdade, acho que ele nem está fazendo tanta questão. E nem sei se eu estou também. Por isso que te perguntei sobre os amigos do Patrick! Conta logo!

Fiquei meio triste. Ela e o Scott realmente combinavam. Mas eu sabia que um namoro à distância era complicado.

E exatamente por isso eu não fazia a menor questão de deixar as coisas sérias com o Patrick.

Pripriscila - Não encontramos nenhum amigo dele, não deu tempo, foram só três dias. Preferimos aproveitar de outras maneiras...

Sabrina Silver - De outras maneiras, né? Entendi! Tá certíssima! Tem mais é que aproveitar aquele gostoso do Patrick mesmo! Já marcaram o próximo encontro?

Pripriscila - Ele perguntou se eu queria ir para lá no Thanksgiving, que é quando vou conseguir emendar a minha folga com o feriado (não vai ter apresentação nesse dia). Mas a família dele está indo para lá! Imagina, eu ia morrer de vergonha da tia Rejane! Sei que ela sabe sobre nós, mas não estou preparada para reencontrá-la. E, além disso, o Frank já tinha me convidado para passar esse feriado com ele na Pensilvânia, pra ver o Lucky! Estou pensando seriamente em aceitar. Que saudade daquele esquilinho! Aliás, você nem imagina o que aconteceu...

Sabrina Silver - Calma! Você vai passar o Thanksgiving com a família do Frank???? Tá sabendo que ele deve ter falado que vai levar a namorada, né? Ninguém leva uma amiga para o Thanksgiving. Você me fez ver várias séries com muitos episódios passados nessa época, sei muito bem que os caras só apresentam alguém pra família em pleno Thanksgiving quando é sério! Espera, foi isso que aconteceu??? Você está finalmente namorando o Frank?! Posso comemorar???

Pripriscila - Deixa de ser louca, Sabrina! Ai, que saudade dos seus surtos! Mas não é nada disso. O Frank sabe que eu não sou namorada dele. Mas obrigada pelo aviso. SE eu aceitar passar o Thanksgiving lá, vou exigir que deixe claro que somos apenas amigos. Quero dizer, amigos que se beijam de vez em quando...

(mas vou falar pra ele não contar essa parte).

Sabrina Silver - Poxa, custava me deixar sonhar? Vocês ficam tão lindos juntos... Os dois são mais ou menos da mesma altura, ele louro, você ruiva... Imagina os filhos de vocês!

Pripriscila - EU NÃO SOU RUIVA. Afinal, quer que eu te conte ou não o que aconteceu?

Sabrina Silver - Quero... Apesar de já saber que não vai ser nem um pouco emocionante quanto um namoro com o Frank seria.

Pripriscila - É muito emocionante, sim! Por estar com muito tempo livre e por querer matar a saudade dos meus bichos, passei a ir à clínica veterinária aqui da rua, só pra ver os gatos e cachorros na recepção. Aí, um dia, a veterinária de lá me viu, se lembrou de mim por causa do Lucky e perguntou se eu queria ajudá-la. Expliquei mais uma vez que eu só tinha estudado um semestre de veterinária, mas ela nem ligou, disse que se lembrava que eu tinha jeito. E então fiquei algumas horas lá, realmente ajudando. Ao final, ela perguntou se eu gostaria de fazer aquilo todo dia, pois em setembro sua ajudante iria começar um curso que iria até o final do ano. Contei que eu já tinha me comprometido com outro emprego de manhã, mas ela disse que algumas horas na parte da tarde estaria ótimo, pois era o horário mais cheio. Ou seja, a partir do mês que vem, meus dias vão ficar lotados! Na verdade, estou achando perfeito, estava triste aqui, sem você e sua bagunça... Agora pelo menos vou me ocupar!

Sabrina Silver - Priscila, isso é maravilhoso!! Não é apenas se ocupar, é fazer tudo que você mais ama! De manhã: professora assistente de dança. Na parte da tarde: auxiliar de veterinária. À noite: atriz! Você não precisa de mais nada! Bom, talvez de um namorado para os finais de semana... Quem sabe essa viagem à casa do Frank não te convença a namorar de novo? Estou torcendo por ele, sabe? Gosto do Patrick, mas não desejo namoro à distância para ninguém.

Pripriscila - Sá, sobre isso... Se o namoro com o Scott não der certo mesmo, tenho certeza de que logo, logo você vai arrumar outro admirador. Ou melhor, OUTROS. Você é linda, inteligente, companheira, come três sanduíches por vez... Quem não quer uma pessoa assim ao lado?

Sabrina Silver - Te adoro, amiga! Realmente me animou. Só que não como três sanduíches, são só dois. Mas obrigada mesmo assim. Tenho que ir agora, preciso estudar meu texto. Meu papel na novela é pequeno, mas o Ruy disse que isso é só o aquecimento, na próxima já terei mais destaque.

Pripriscila - Não tenho a menor dúvida disso! Em breve você vai ser a protagonista!

Sabrina Silver - Você também, na próxima peça! Ah, Pri, por falar nisso, tem uma série que você vai amar, é sobre os bastidores da Broadway. O nome dela é Smash.

Pripriscila - Opa, anotado! Vou procurar agora!!

Sabrina Silver - Continue me dando notícias, tá? Beijo enorme! Muita saudade!

Pripriscila - Também!!! Sinto sua falta a cada segundo! Me avise quando a novela for estrear, vou dar um jeito de assistir pela internet! Beijo!

Pripriscila está offline

Sabrina Silver está offline

68

Alba: Gosto de tê-lo aqui, nós temos uma amizade colorida.

(Jane the Virgin)

Diário de Viagem

Acontecimentos marcantes de julho e agosto:

2 de julho - Susie Strasberg foi me ver em Cats!

7 de julho - Sabrina foi embora ☹ ☹ ☹

30 de julho - Fui convidada para trabalhar na Strasberg! ☺

10 a 13 de agosto - Orlando com o Patrick ♡

15 de agosto - Fui convidada para ajudar na clínica veterinária 😺

O tempo, que parecia ter parado logo depois que minha família e a Sabrina foram embora, de repente resolveu acelerar. Assim que setembro chegou, fiquei tão atarefada que nem vi os dias passarem. Ou melhor, os meses.

Durante a semana, passei a me dividir entre a escola, a clínica veterinária e o teatro. E todos esses afazeres me renderam não só uma boa remuneração, mas também algo que eu não esperava... novos amigos. A equipe da clínica era jovem e vivia me chamando para festas. E na escola agora eu integrava o quadro de professores, que praticamente todos os fins de semana iam juntos a algum musical, já que a escola ganhava ingressos. Assim, pude conhecer melhor os que me deram aula e também outros que eu só conhecia de vista.

E foi por isso que, surpreendentemente, em uma sexta-feira do final de outubro, fui parar no apartamento da Claire. Ela estava fazendo 50 anos e convidou todos os professores.

"Pode levar seu namorado", ela disse, talvez ainda pensando que a história inventada pela Catarina fosse verdade.

Como eu tinha me vingado de outra forma, nem havia mais me preocupado em esclarecer. Mas vi que aquele era o momento.

"Claire, sei que esse assunto já passou há meses, mas agora que não sou mais sua aluna e que estamos mais próximas, queria novamente te dizer que eu não tenho namorado. Não tinha naquela época e não tenho agora. A carta e as passagens eram reais, um amigo me mandou, mas eu não aceitei, especialmente por querer me dedicar ao curso. Meu empresário nem queria que eu participasse daquela audição e, mesmo que quisesse, ele nunca me obrigaria a isso..."

"Eu sei", a Claire disse, me surpreendendo. "A Kate me contou."

O quê? A Catarina tinha contado para ela?

Ao ver minha cara de susto, ela riu e falou: "Não pense que toda vilã é má até o fim da história. Algumas se arrependem, mudam, aprendem... Acho que isso aconteceu com sua amiga. Uns meses atrás, quando você estreou em *Cats*, ela disse que tinha algo para me contar. E então explicou que, na época da audição, encontrou uma carta caída e leu, para ver se descobria para quem entregar. Só que, ao ver que era sua, de um suposto namorado, viu ali a chance de ganhar a vaga, já que achava que, se dependesse da avaliação dos professores, você seria a escolhida. Disse que tinha total noção de que você era melhor do que ela...".

Eu estava cada vez mais surpresa. Sempre pensei que a Catarina se achasse melhor do que qualquer pessoa do planeta...

"Como disse, na época você já tinha estreado e vi que tinha dado o troco da melhor forma possível, com o próprio sucesso. Por isso não te falei nada. Mas para a Kate eu falei. Disse que daquela forma ela não iria muito longe. Sabe, Priscila, nessa área artística, os contatos valem muito. As pessoas indicam umas às outras para fazer testes, são convidadas para confraternizações e apresentadas para pessoas do meio... Expliquei que, sozinha e sabotando uma colega, ela iria ficar marcada como alguém em que ninguém poderia confiar. Acho que ela entendeu. Depois disso, percebi que ela se tornou mais sociável."

Assenti, entendendo por que ela tinha mudado.

"Agora sobre você, mocinha", a Claire continuou. "Se não tem namorado, quem é aquele rapaz que de vez em quando te traz aqui?"

Sorri me lembrando do Frank.

"É meu vizinho", respondi. Mas ao ver o sorriso dela de quem sabia que tinha mais coisa, acrescentei: "Talvez um pouco mais do que isso...".

"Pois leve o vizinho com você!", falou, fazendo um gesto largo com a mão.

Agradeci e falei que iria ver se ele podia. Na verdade, naquele momento, eu não tinha a menor intenção de convidá-lo, mas então me lembrei que ele vinha se sentindo meio deixado de lado, pois minha vida social andava muito intensa.

Por isso, ainda no ônibus, no caminho para casa, mandei uma mensagem o convidando. Ele respondeu prontamente.

Isn't this Claire the annoying teacher who used to say you sang badly? Of course, I'll go; I think you'll need some backup! I'll pick you up at the theater, and we'll go straight there. Frank*

Olhei pela janela pensando em como ele não perdia uma chance de me encontrar. Inclusive essa história de me levar à aula. Antes ele nunca ia trabalhar de carro, mas no último mês tinha

* Essa Claire não é aquela professora chata que dizia que você cantava mal? Claro que vou, acho que você vai precisar de reforços! Te pego no teatro e vamos direto. Frank

começado a fazer isso em alguns dias e a me oferecer carona. Na verdade, eu tinha uma leve desconfiança de que ele só ia dirigindo para poder passar um tempo comigo, já que eu andava tão ocupada.

Ainda nos beijávamos de vez em quando, especialmente naqueles dias em que a saudade de todo mundo resolvia me castigar. Pela proximidade e por ele não poupar esforços para me ver, eu acabava ligando para ele, que aparecia em poucos minutos, sempre trazendo chocolates, donuts ou algo que sabia que eu iria gostar. Então ficávamos abraçados em frente à TV por horas e, no final, sempre rolava um beijo de despedida...

Ele vinha me perguntando havia meses se eu topava passar o Thanksgiving, o feriado de Ação de Graças, com a família dele, no fim de novembro. Eu estava cheia de ressalvas, por saber que a data é muito importante nos Estados Unidos, mais ainda que o Natal. É quando os filhos voltam para a casa dos pais e as famílias se reúnem para agradecer por tudo que têm.

E exatamente por isso eu não parava de questionar se deveria ir. Tinha total consciência de que, se ele estava me convidando para um evento desses, com toda a família, era porque ele me queria ali... na *família*.

No dia combinado, chegamos ao apartamento da Claire e, para minha surpresa, vi que ainda tinha muita gente. Ela morava no último andar de um prédio antigo, que tinha um *rooftop* como os que eu já havia visto em várias séries americanas.

Um dia antes eu havia dito para ela que, por causa do musical, eu não conseguiria ir, pois, quando terminasse, possivelmente o aniversário já teria acabado. Ela riu, respondeu que eu não conhecia as festas dela e que se eu chegasse antes de cinco da manhã estaria ótimo. E agora eu entendia o porquê. Aquelas pessoas ali pareciam dispostas a virar a noite, tamanha a animação.

Avistei a Claire, fui até ela e entreguei o vinho que havia trazido. Ela agradeceu, e eu lhe apresentei o Frank.

"Ah, o *vizinho*! Muito prazer, Frank, que bom que você veio!", ela disse depois de dar uma boa olhada nele. E então, se virando para mim sem que ele visse, murmurou rapidamente um "uau!" silencioso.

Ela falou para ficarmos à vontade, e a noite acabou sendo mais agradável do que eu esperava. Várias pessoas da escola estavam lá, inclusive o Ricky e o Julian, que vieram falar com a gente assim que nos viram. O Julian perguntou se tinha corrido tudo bem na peça, pois era o dia da folga dele, e ficamos os quatro conversando por bastante tempo. Aproveitei para perguntar para eles algo que eu precisava saber.

"Quero muito passar as festas no Brasil no final do ano. Mas estou sem coragem de perguntar para a produção da peça como ficaria nesse caso. Tenho medo de falarem que se eu for terão que colocar outra definitivamente no meu lugar..."

O Julian deu uma olhada cúmplice para o Ricky e disse: "Tem risco, sim. De te substituírem caso você se ausente por muito tempo. Mas todos os atores têm direito a uma semana de férias a cada seis meses. Bem se vê que você nem leu o contrato...".

"Sério?", falei, dando pulinhos. Eu tinha lido apenas por alto, já que o Ruy tinha olhado tudo para mim, antes da nossa pausa.

"Você está contratada como parte do elenco desde junho, antes era estágio, não tinha os benefícios", o Ricky explicou. "Então a partir de dezembro já pode pedir essa semana de folga. Mas avise logo à produção, muita gente viaja no fim do ano, eles precisam se programar para ver quem vai ficar no seu lugar."

Falei que faria isso já no dia seguinte e continuamos a conversa, até que, em certo momento, o Ricky apontou para o lado com a cabeça e disse: "Ih, olha quem chegou... Não sabia que a Claire ainda tinha contato com ela".

Fiquei surpresa ao ver que era a Catarina, que, assim que me viu, acenou.

"Não gosto dessa garota", o Ricky completou. "Agora que ela não é mais minha aluna, não preciso esconder. Realmente não entendo como você a perdoou, mas fique esperta. Se te passou a perna uma vez, pode passar outras."

"Espera, essa é a tal?", o Frank perguntou.

"A própria", o Ricky respondeu. "Ainda bem que já estamos indo embora, o ambiente ficou meio pesado."

Os dois se despediram, e eu contei para o Frank que no final do semestre havíamos conversado e ela não parecia mais tão ruim assim.

Bem nesse instante ela se aproximou.

"Priscila!" Ela veio me dando beijinhos, como se fosse minha melhor amiga. "Não esperava te ver aqui. Cheguei tarde porque estava em *Wicked*. Hoje tive uma cena a mais porque uma atriz do coro faltou... Acho que, no final do ano, quando meu estágio acabar, vou ser chamada para o elenco fixo, como você."

Sorri para ela, dizendo que aquilo era ótimo, e comecei a puxar o Frank para também irmos embora, mas ela olhou para ele de cima a baixo e disse: "Acho que ainda não fomos apresentados. Eu sou a Kate. Kate Palmer. Fui colega da Priscila na Strasberg".

Ele estendeu a mão meio seco, e ela a apertou, mas na sequência perguntou se ele poderia nos dar licença por um minuto, pois precisava falar comigo em particular. Antes que ele respondesse, ela me levou para um canto.

"Priscila, esse é seu namorado?", ela falou, sussurrando. "O que te mandou aquela carta fofinha com as passagens? Confesso que achei que seria um feioso. Não consigo imaginar um cara gato sendo tão romântico, sempre achei que os feios é que faziam esforço!"

Apesar de tê-la perdoado, não gostei de me lembrar que ela tinha tentado (e conseguido) me sabotar por causa daquela carta. Então só disse que não era ele e que eu e o Frank éramos amigos, pensando que isso iria fazer com que ela sossegasse. Mas ela tornou a falar.

"Ah, bem que eu vi! Esse aí deve ter um monte de admiradoras, não precisa perder tempo tentando comprar uma garota! Olha o rosto dele..." Ela apontou para onde o Frank estava, olhando para os lados, parecendo muito sem graça por não conhecer ninguém. "Lembra tanto o William Moseley quando fez *As crônicas de Nárnia*! Além de lindo, tem cara de experiente, que sabe do que uma garota gosta... Tem certeza de que ele não é seu namorado? Posso atacar? Estou perguntando porque é contra os meus princípios pegar o boy das amigas..."

Sem me dar conta, fechei a cara e cruzei os braços. Eu não poderia nem imaginar o Frank perto dela, ele iria ser devorado em segundos.

"Ops", ela disse, dando um passo para trás. "Ele pode até não ser seu namorado, mas você sente algo por ele, né? Estudei pra valer aquelas lições de linguagem corporal que o Ricky passou nas aulas dele... Você está totalmente na defensiva! Desculpa, eu não sabia que estava interessada."

Descruzei os braços e balancei os ombros, dizendo que não era nada disso, mas ela sorriu e falou baixinho: "Eu, no seu lugar, não o deixaria escapar. Se apenas por eu cogitar dar em cima dele você já teve essa reação... Imagina se ele arrumar uma namorada de verdade?".

Ela pediu desculpas mais uma vez, piscou para mim e foi conversar com pessoas do outro lado do terraço.

Fiquei por um tempo parada, pensando no que tinha acontecido ali. Eu havia realmente ficado com ciúmes do Frank?

Não tive tempo de raciocinar muito, pois, ao notar que eu estava sozinha, ele veio para perto de mim.

"Tudo bem, Pri?", ele perguntou assim que se aproximou. "O que aquela menina queria te falar? Acho que concordo com o Ricky, ela é meio estranha, parece que se acha especial só por ser bonita."

"Você acha que ela é bonita?", perguntei, sentindo algo se contorcer dentro de mim.

Ele virou a cabeça para me olhar, franziu a testa e então, dando um sorrisinho, respondeu: "Sim, ela é bonita. Mas não chega aos seus pés. Você é *linda*, Pri. Além de educada, inteligente e muito talentosa".

Se a Sabrina estivesse ali, diria que meu ascendente em Leão tomou conta do meu corpo depois de ter sido saciado com aquele elogio. Mas o fato é que, após ouvir aquilo, eu o puxei e dei um beijo, sem pensar em mais nada.

"Nossa", ele disse depois que me afastei. "Isso foi por eu ter dito que ela não chega a seus pés?"

Suspirei, tirando os óculos dele. Eu sempre achava que ele parecia mais novo sem eles. A Catarina estava certa. Ele lembrava um pouco mesmo o garoto de *Nárnia*.

"Isso foi por você me fazer tão feliz", respondi, emendando outro beijo.

Mais tarde, quando fomos embora da festa e ele foi comigo até a porta do meu apartamento, perguntei: "O convite para passar o Thanksgiving com você ainda está de pé?".

Ele ajeitou os óculos para me olhar e entender se eu estava falando sério e só então respondeu: "Você vai poder ir? Claro que está de pé! Ontem mesmo minha mãe perguntou se você já tinha confirmado e o que gosta de comer, pois comentei que é meio vegetariana e...".

"Frank", o interrompi, já me arrependendo de ter aceitado. "Eu topo ir como sua *amiga*. Quero muito conhecer sua família e ver meu esquilo, mas tenho receio de que seus pais fiquem com uma impressão errada... Não quero que pensem que sou sua namorada, ok?"

Ele assentiu depressa, dizendo que ninguém iria pensar nada, e em seguida me abraçou para mais um beijo.

"Acho melhor você ir para o seu apartamento, está muito tarde", falei quando ele me perguntou se podia entrar, depois de um tempo agarrados na frente da minha porta.

Eu precisava pensar no que estava sentindo. E não queria acordar arrependida de nada.

"Obrigado pela noite, Pri", ele falou depois de me dar um último beijo.

Eu entrei, fechei a porta e dei um jeito de dormir logo.

Porém, quando acordei na manhã seguinte, ainda estava com as palavras da Catarina na cabeça... *Eu, no seu lugar, não o deixaria escapar*.

Virei para o outro lado disposta a dormir de novo para não ter que pensar mais naquilo. Mas acabei sonhando com uma piscina paradisíaca, na qual eu estava louca para pular... E ela era exatamente da cor de um certo par de olhos azuis.

De: Priscila <pripriscilapri@aol.com>

Para: Luiz Fernando <lfpanogopoulos@mail.com.br>

Lívia <livulcano@netnetnet.com.br>

Enviada: 27 de outubro, 22:15

Assunto: Férias

Oi, mamãe e papai!

Uns dias atrás fiquei sabendo que tenho direito a uma semana de férias por já estar há seis meses trabalhando! Por isso, ontem conversei com a moça dos recursos humanos do teatro e ela me explicou que não é uma semana, e sim sete dias úteis!

Por isso, me falou que eu poderia marcar minhas férias para começarem no dia 26 de dezembro, já que nos dias 24 e 25 não teremos apresentações. E que, como nos dias 31 de dezembro e 1° de janeiro o teatro também fecha, eu poderia voltar só no dia 4 de janeiro! Não seria ótimo? Quero dizer, na verdade eu gostaria de ficar o mês inteiro, mas não posso abusar... Pelo menos vou poder passar o Natal, o Réveillon e meu aniversário com vocês. E, com sorte, acompanhar também o nascimento da minha sobrinha.

Não fiquem muito animados ainda, ela falou que antes precisa checar no sistema como estão as férias do elenco, ver quem já marcou para essa época, pois não dá pra sair todo mundo ao mesmo tempo. Mas estou esperançosa! Torçam pra dar certo!

Um beijo enorme pra vocês!

Pri

P.S.: Já vão avisando para a Duna, o Biscoito, a Snow, o Floquinho, o Pavarotti, o Rabicó, a Pelúcia e todos os coelhinhos que eu estou chegando!!

De: Priscila <pripriscilapri@aol.com>

Para: Samantha <sambasam@email.com>

Enviada: 28 de outubro, 22:23

Assunto: Férias

Boa noite, Sra. Samantha.

Quero saber por que você não está me mandando fotos do Rodriguinho todos os dias como combinado. E da sua barriga também. Quero ver o tamanho que a minha sobrinha já está. Por falar nisso, vocês já escolheram o nome? Estou muito curiosa!

Estou vendo a possibilidade de passar as festas com vocês, só de pensar que talvez eu consiga já estou MUITO feliz! Aliás, sobre isso, sei que a data provável de nascimento é 22 de dezembro, mas não dá pra segurá-la um pouquinho mais aí dentro para eu já estar aí? Não seria legal se essa bebê nascesse exatamente no Natal? Olha que presente pra todo mundo!

Estou brincando, sei que não é assim que funciona, mas é até bom que ela nasça uns dias antes, para vocês ficarem com ela um pouco, já que depois que eu chegar vou monopolizar totalmente essa menininha!

Beijo enorme, muita saudade!

Pri

De: Priscila <pripriscilapri@aol.com>

Para: Sabrina <ssilver@mail.com.br>

Enviada: 28 de outubro, 22:30

Assunto: Férias

Amiga, que saudade!

Estou sozinha aqui no nosso apartamento e me deu a maior saudade de você. Sei que já foi embora há meses, mas ainda não me acostumei. Como o dólar está um absurdo, até hoje ninguém mais veio me visitar, então seu quarto continua fechado. Não quer vir passar o Thanksgiving aqui?

Tá, sei que no Brasil não tem esse feriado... Na verdade, acabei mesmo aceitando passar com a família do Frank. Mas nem se anime, vamos como amigos, já deixei bem claro para ele. Apesar de estarmos nos vendo com mais frequência (e nos beijando com mais frequência também), estamos longe de sermos namorados. Até porque continuo conversando com o Patrick... E sabe onde provavelmente a gente vai se encontrar? Em São Paulo! Ele vai passar as festas de fim de ano no Brasil, e acho que eu também. Estou tentando conseguir uma semana de férias. E sabe com quem mais quero me encontrar? Com VOCÊ!

Não sei quais são seus planos, mas será que você consegue passar uns dias em SP nessa época? Quero muito te ver!

Pensa com carinho!

Mil beijos!

Pri

De: Cats Human Resources <hrcats@catsmusical.net>

Para: Priscila <pripriscilapri@aol.com>

Enviada: 29 de outubro, 9:45

Assunto: Vacation

Dear Priscila,

We checked the system, and unfortunately it will not be possible for you to go on vacation during the holidays. Much of the cast was already scheduled for that time. Between December 26th and January 10th we will have many actors from the ensemble covering the main cast's holidays, and, as a result, there will be no one left to replace you.

We are very sorry about this. After the 10th, you can take the seven days you are entitled to.

Yours sincerely,

Madison Stone

Human Resources*

---

* Assunto: Férias
Cara Priscila,
Verificamos no sistema e infelizmente não será possível você sair de férias no período das festas. Grande parte do elenco já havia marcado para essa época. Entre os dias 26 de dezembro e 10 de janeiro estaremos com muitos atores do coro cobrindo as férias do elenco principal e, com isso, não teremos ninguém para te substituir.
Sentimos muito por isso. Depois do dia 10 você pode tirar os sete dias a que tem direito.
Atenciosamente,
Madison Stone
Recursos Humanos

69

Spencer: Eu gosto de você. E isso é raro.

(Pretty Little Liars)

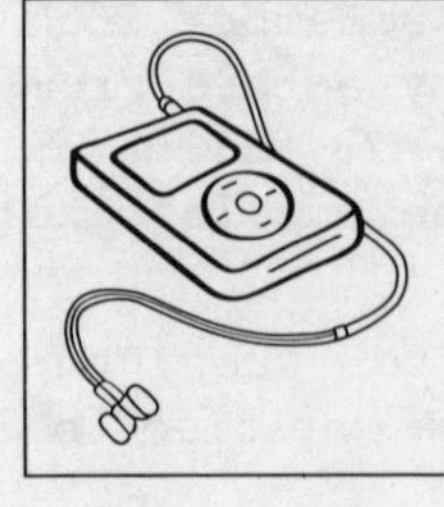

1. 20 Seconds – Becka
2. Love, Save the Empty – Erin McCarley
3. Cupid – Fifty Fifty feat. Sabrina Carpenter

A estrada para Pottstown era muito bonita. Se em Nova York eu já ficava maravilhada com as cores de outono, ali parecia que eu estava dentro de uma pintura. As árvores tinham tons que iam do vermelho-vivo a um cor-de-rosa clarinho, passando por nuances de laranja que eu nunca havia visto. A gente acabaria chegando à casa dos pais do Frank apenas ao entardecer, pois por várias vezes fiz o Frank parar e fotografar. Ele obedecia alegremente, já que tinha levado sua câmera profissional e fazia questão de tirar fotos minhas de todos os ângulos, por mais que eu dissesse que uma com o meu celular velho já era o suficiente.

Depois de umas duas horas e meia, chegamos a uma cidade pequena muito parecida com Rosewood, onde moravam as meninas de *Pretty Little Liars*. Comentei isso com o Frank, que explicou que, apesar de ser fictícia, Rosewood realmente havia sido inspirada nas cidades que rodeavam a Filadélfia, a maior cidade da Pensilvânia, e que todas elas se pareciam mesmo.

"Espero que não tenha nenhuma 'A' mandando ameaças por mensagens...", brinquei, me lembrando dos episódios. Ele balançou a cabeça e explicou que a cidade dele era tão tranquila que algo assim seria até bom para movimentar um pouco as coisas.

"Na verdade, nossa casa fica em Upper Pottsgrove, que é como se fosse um subúrbio de Pottstown. É tipo o interior do interior..."

Dizendo isso, ele pegou uma nova estradinha, com ainda mais árvores. Dez minutos depois chegamos a um bairro residencial. Ele entrou em uma rua e estacionou diante de uma casinha de tijolos marrons com telhado vermelho. Na frente havia um grande pinheiro e também uma caixa de correio branquinha.

"Bem-vinda à minha infância...", ele falou, apertando minha mão, assim que descemos do carro. "Pronta pra conhecer todo mundo?"

Sim, eu queria muito conhecer os pais e a irmã dele, mas ao mesmo tempo estava receosa... Seriam dois dias convivendo com aquelas pessoas que eu nunca havia visto, naquele lugar perdido no meio do nada.

Nesse momento a porta se abriu, e uma mulher loura de óculos apareceu sorrindo. Logo vi que devia ser a mãe dele; eram muito parecidos.

"Que saudade, meu filho!", ela disse, confirmando a minha suposição enquanto corria para ele. Mas me viu e mudou a direção. "Priscila! Eu queria tanto te conhecer!"

Ela me deu um abraço apertado, e o Frank disse: "Calma, mãe, não assusta a menina". E, se virando para mim: "Esses abraços de urso da minha mãe são famosos...".

Eu sorri para ela, na verdade gostando da recepção. Já tinha mais de cinco meses que eu não via a minha mãe e sentia muita falta daquele carinho maternal.

"Eu também queria muito te conhecer, Mrs. Mayberry", respondi com sinceridade.

"Por favor, me chame de Annette!", ela pediu.

Assenti, e ela então abraçou o Frank do mesmo jeito e perguntou se precisávamos de ajuda com as malas.

"São mochilas", o Frank explicou. "A Pri só tem dois dias de folga no musical, então depois de amanhã já temos que voltar."

"Ah, que pena, fiquei triste agora...", ela disse, parecendo decepcionada, o que fez com que eu me sentisse mal por estar impedindo o Frank de ficar um tempo maior lá. Porém ela completou: "Não por você, Frank, você está aqui o tempo todo. Mas é que só com dois dias não vai dar pra conhecer a Priscila direito!".

Ri, falei que não tinha muita coisa para conhecer, mas ela respondeu: "Como não? O Frank fala de você há meses! Já contou que você é uma atriz maravilhosa e uma exímia cantora, mencionou seu amor por séries e animais... Por falar nisso, tem um mocinho que está com saudade de você".

Ela foi me levando para a entrada da casa enquanto o Frank pegava as duas mochilas.

Assim que abriu a porta, senti um cheiro delicioso de canela e açúcar. Ao contrário do lado de fora, lá dentro estava bem quentinho. Chegamos à sala, e vi que uma lareira estava acesa e a mesa posta com cinco pratos. Apenas nos seriados eu havia visto um local tão aconchegante.

"Meu marido daqui a pouco chega com minha filha", ela falou. "Não se anime, hoje fiz algo bem simples, mas amanhã teremos um típico jantar de Thanksgiving!"

Eu estava amando viver aquela experiência tão característica dos Estados Unidos e cada vez mais me sentia dentro de algum episódio de série ou filme.

"Pode deixar sua bolsa no sofá, Priscila", ela falou enquanto a tirava do meu ombro. "Quero que você fique à vontade, querida. A casa é totalmente sua!"

Agradeci, e ela fez sinal para que eu a seguisse. Atravessamos a cozinha e a área de serviço e então passamos por outra porta, onde vi um pequeno galpão. A Annette abriu a porta desse galpão apenas o suficiente para passarmos, e de repente me vi dentro de um bosque. Lá dentro havia muitas plantas, inclusive algumas pequenas árvores, vasilhas com ração e água e algumas toquinhas no chão.

"Lucky!", ela chamou. Abri o maior sorriso, mesmo já tendo imaginado que ela estivesse me levando para vê-lo.

Nada aconteceu, e ela então balançou um dos potes. Com surpresa vi que um furão saiu de uma das tocas e veio correndo.

"Esse é o Ice Cream!", ela disse, colocando um punhado de ração na frente dele. "Nosso guloso!"

"Que lindo!", falei, já me abaixando. "É manso?"

"Muito!", ela falou, o pegando e colocando nas minhas mãos.

Eu o abracei com carinho, passando minha mão bem de leve pelo seu corpinho. Eu sentia muita saudade do Chico...

"Tive um furão por nove anos", contei ao ver que ela estava me olhando. "Ele morreu no ano passado..."

"Essa parte é difícil, né?", ela disse, colocando uma mão no meu ombro. "Animais deveriam ser eternos."

Assenti avidamente, criando uma afeição instantânea por ela. Eu pensava exatamente assim.

"Acho que o Lucky deve estar com medo por ter ouvido o carro chegando e termos entrado aqui logo depois. Deve achar que são estranhos. Que tal se você o chamar, para que ele reconheça sua voz?"

Concordei, colocando o Ice Cream no chão. E então o chamei. Por uns segundos nada aconteceu. Chamei uma segunda vez. Foi quando uma carinha apareceu por trás de uma das árvores.

"Lucky!", falei feliz. Comecei também a estalar os dedos como costumava fazer quando ele ainda morava comigo e eu chegava em casa.

Ele se mostrou um pouco mais, farejou o ar e chegou mais perto.

Resolvi me sentar e conversar com ele.

"Oi, menininho, como você cresceu! Está feliz nesta casa nova? É bem mais legal do que a outra, né? Você tem até companhia..."

Ele se aproximou mais. Estendi a mão, e ele não fugiu. Eu o peguei e fiz carinho nele. Sem perceber, meus olhos se encheram de lágrimas. Eu estava com tanta saudade dele e de todos os meus bichos! Como era bom estar com um no colo novamente.

Levantei os olhos e vi que a Annette estava me olhando meio preocupada.

"Tenho muitos bichinhos em casa, no Brasil", expliquei. "Consegui enganar um pouco a saudade que sinto deles com o Lucky, mas desde que ele veio pra cá fiquei sozinha novamente... Digo, sem companhia animal. É muito bom estar com ele outra vez!"

"Você tem que conhecer nossos outros animais", ela falou animada. "Garanto que nestes dois dias vai poder matar totalmente a saudade!"

Me levantei ainda com o Lucky no colo e sorri para ela. *Totalmente* eu não diria, mas aproveitaria com eles o máximo que pudesse.

"Os coelhos você vai ver amanhã, de noite os deixo soltos no quintal para cavarem o quanto quiserem. Mas os gatos ficam dentro de casa. Quer conhecê-los?"

Falei que sim, já colocando o Lucky em uma das árvores e prometendo voltar em breve.

Segui a Annette de volta para dentro de casa e observei que o Ice Cream veio junto. Tentei contê-lo, mas ela disse: "Não se preocupe, ele se dá bem com todo mundo. Furões podem ser predadores de coelhos e esquilos, mas este aqui é tão manso que é praticamente vegetariano. E segue a gente o tempo todo".

Mais uma vez me lembrei do Chico, que também era assim, e gostei ainda mais daquele mocinho.

O Frank veio em nossa direção quando entramos na sala.

"E aí, minha mãe está cuidando bem do Lucky? Preferi esperar aqui pra ele não se assustar com tanta gente."

"Claro que estou cuidando bem." A Annette deu uma palmada de brincadeira nele. "Não só por amar esquilos, mas também por causa da Priscila. Se faz o meu filho feliz, também me faz feliz! E só isso já é razão pra eu cuidar ainda melhor do bichinho dela."

Fiquei sem graça, mas ela logo apontou para o sofá: "Olha a Rumpleteazer aqui!".

Em meio às almofadas estava uma gata escaminha dormindo profundamente.

"Rumpleteazer?", perguntei com as sobrancelhas franzidas. "Como a gata de *Cats*?"

"Sim! E o irmão dela é o Mungojerrie, igual na peça também. Ele deve estar escondido em algum lugar, é um pouco arisco com quem não conhece, mas não vai demorar a se acostumar com você. O Frank me contou tudo sobre como você se tornou parte do elenco. Fiquei tão orgulhosa! É o meu musical preferido. Assim que eu for a NY farei questão de ir te ver no teatro!"

Sorri para ela, e de repente algo se esfregou na minha perna.

"Ah, olha quem apareceu!", o Frank falou, pegando uma gata preta bem peluda e gordinha.

"Essa é a minha preferida", ele falou, sussurrando, como se não quisesse que os outros escutassem.

Passei a mão nela, que já estava ronronando, e perguntei se também tinha um nome *artístico*.

"O nome dela é Minnie", a Annette respondeu. "Ela já tem 17 anos! O Frank era muito pequeno quando a ganhou da avó. Ele que escolheu o nome, apesar da minha filha falar que foi ela."

Nesse momento a porta se abriu, e uma garota loura apareceu.

"Fui eu, sim!", ela disse com a mão na cintura. "Lembro perfeitamente, mesmo tendo apenas 4 anos na época... Eu era louca com a turma do Mickey, então é óbvio que escolheria esse nome!"

O Frank só balançou os ombros, como se dissesse que não valia a pena contrariar, e falou: "Pri, esta é a Melanie, minha irmãzinha".

"E você é a famosa Priscila!", a Melanie disse, me abraçando. "Eu queria tanto te conhecer!"

"Eu também já estava curioso para conhecer a garota de quem meu filho tanto fala." Olhei para a porta e vi o pai do Frank, que tinha acabado de entrar. "Muito prazer, Priscila, sou o David."

Ele estendeu a mão para mim, abraçou a esposa e o filho, e os três foram conversando para a cozinha.

"Meu pai está certo", a Melanie disse. "O Frank só fala de você, sinto como se eu já te conhecesse! É verdade que você também ama séries de TV?"

"Sim!", falei, abrindo o maior sorriso e me lembrando de que o Frank havia mesmo contado que a irmã adorava seriados. Tinha sido no começo do ano, na primeira vez que saímos, quando ele organizou o tour de locação de séries para mim. "Sou viciada desde os 13 anos! Atualmente estou seguindo seis: *How I Met Your Mother*, *Jane the Virgin*, *The Carrie Diaries*, *Pretty Little Liars*, *Smash* e *Bluey*, que comecei a ver com o meu sobrinho e acabei apaixonada."

"Bem mais do que eu", a Melanie disse, com uma expressão desanimada. "Estou com muita coisa pra estudar na faculdade neste semestre. Por isso, estou acompanhando só três novas, mas volta e meia reassisto a uns episódios das mais antigas que amei."

Eu já sabia que ela estudava Cinema na Filadélfia, e começamos a conversar sobre isso. Contei que eu tinha uma amiga que também fazia esse curso, em Los Angeles, depois passamos a falar sobre o Lucky, que ela também adorava, e então voltamos a comentar sobre séries. Até que a Annette apareceu com uma travessa nas mãos.

"Meninas, vou colocar a mesa. Vamos jantar? O Frank está morrendo de fome." E, abaixando o volume da voz, completou: "E acho que um pouco enciumado de vocês terem se dado tão bem... Disse que a Melanie monopolizou a atenção da Priscila".

Eu apenas achei graça, mas a Melanie falou: "Claro, finalmente ele me arrumou uma cunhada legal! Já era hora!".

Me forcei a sorrir para ela, me sentindo totalmente desconfortável por dentro. *Cunhada*?

A Annette já estava vindo com outra travessa, e então eu perguntei se ela precisava de ajuda, deixando para pensar naquilo mais tarde. Provavelmente era só entusiasmo daquela menina, ela parecia ser meio empolgada.

Os pratos estavam deliciosos e, para minha surpresa, eram todos vegetarianos. Quando comentei sobre isso, a Annette disse que o Frank havia avisado que eu era vegetariana em respeito aos animais, por isso ela tinha feito questão de preparar o jantar inteiro assim. Falei que não precisava ter se preocupado, pois eu só não comia carne vermelha e mesmo assim estava acostumada a separar a carne e comer o resto. Mas ela disse que queria me agradar para que eu voltasse sempre.

Depois do jantar ela trouxe uma torta de maçã, e descobri de onde vinha o aroma delicioso que eu tinha sentido na chegada. E não era só o cheiro, a torta estava divina também.

"Amanhã vai ser melhor ainda", a Melanie disse quando eu agradeci pelo jantar. "Mas não vai ser só a gente, minhas tias e minha avó também vêm pro Thanksgiving. E todas elas estão loucas para te conhecer!"

Sorri amarelo. Quando o Frank me convidou para passar o feriado com a família dele, imaginei que seria só com as pessoas que já estavam ali. E como assim a avó e as tias sabiam sobre mim?

"Vamos fazer um brinde?", o pai deles disse, já erguendo o copo. "À Priscila. Que seja a primeira de muitas vezes dela na nossa casa."

Todos bateram os copos, e mais uma vez fiquei admirada com a hospitalidade daquela família. Eles eram muito calorosos.

Me ofereci para lavar os pratos depois do jantar, mas a Annette me afastou, dizendo: "Não, querida, obrigada. Vou colocar tudo na lava-louça, não precisa se preocupar. Apenas dê uma atenção para o meu filho, antes que ele queira te levar embora".

Fui procurar o Frank, que estava conversando com o pai na sala. Assim que me viu ele se levantou, dizendo que ia me mostrar onde estavam as minhas coisas.

Subi as escadas atrás dele e chegamos a um pequeno corredor.

"Você vai ficar no meu quarto, que é mais confortável." Ele abriu uma porta e vi que minha mochila já estava em cima da cama. "Eu vou dormir no escritório."

"Frank, eu posso dormir no escritório, não quero que você mude sua rotina por minha causa!", falei preocupada.

"De jeito nenhum! Eu venho aqui sempre, e você só vai ficar dois dias... Além disso, meus pais não me perdoariam se eu te colocasse pra dormir no sofá-cama em vez de numa cama de verdade."

Olhei para a cama dele, que era de casal e parecia muito aconchegante. Eu estava cansada por não ter dormido direito na noite anterior e também pela viagem em si. Minha vontade era de me deitar naquele minuto.

Talvez percebendo que eu estava balançada, o Frank disse: "Olha, quero que você se sinta em casa". Ele abriu uma porta que parecia um armário, mas com surpresa vi que era um pequeno banheiro. "Já coloquei toalhas limpas pra você."

"Frank, tem certeza de que não quer que eu fique no escritório?", insisti. "Eu realmente não me importo."

"Só se você ficar lá comigo...", ele disse, me abraçando.

Eu me afastei, dizendo: "Frank, nós conversamos sobre isso...".

Ele respirou fundo, assentiu e disse que iria me deixar à vontade. "Pode tomar banho, dormir, fazer o que quiser. Qualquer coisa, é só me chamar."

Agradeci, ele saiu, fechando a porta devagar atrás de si, e eu então resolvi tomar um banho. Enquanto separava minhas roupas, fiquei observando o quarto dele. Tinha várias fotos de quando era criança. Vi que ele usava óculos e tinha aquela carinha de intelectual desde sempre. Em uma delas ele estava abraçado com um cachorro preto e branco, e imaginei que seria o Pongo, o cachorro que ele tinha me contado que adorava quando era pequeno. Tinha também uma foto dele vestido de escoteiro, parecendo muito orgulhoso. Sorri, constatando que ele havia sido um bom menino. Ainda era.

Tomei um banho rápido e desci apenas para dar boa noite. Porém vi que a Melanie estava deitada no sofá vendo um seriado que eu não conhecia.

"Gosta de *Once Upon a Time*?", ela perguntou, pausando o vídeo.

"Ainda não assisti", falei, me sentando. "Já ouvi falar, mas ainda não tive tempo de ver."

"Então vou voltar pra primeira temporada!", ela disse, já fazendo isso, por mais que eu falasse que não precisava.

E mais uma vez vivenciei aquela sensação de entrar em um mundo completamente novo, de conhecer e ficar amiga dos personagens e ansiar para que a vida deles desse certo.

Me recostei no sofá, sabendo que era melhor ficar confortável. Pelo visto, aquela seria uma longa noite...

70

Branca de Neve: Quando traímos as pessoas que amamos, quando mostramos a elas as nossas piores partes, tudo se transforma. Não tem mais volta. Nós cortamos os laços que demoramos tanto para criar. E, quanto mais fortes eram esses laços, mais difícil é de reatá-los. Se é que eles podem mesmo ser reparados.

(Once Upon a Time)

Depois de uns cinco episódios, vi que a Melanie estava dormindo no sofá, então me levantei e fui procurar o Frank. Ele tinha avisado que estaria no escritório, pois ainda precisava terminar uns relatórios do trabalho, já que tinha saído mais cedo para viajarmos. Porém, assim que subi as escadas, me encontrei com a Annette, que parecia estar pronta para dormir.

"Ah, Priscila, eu já ia descer para dar boa noite. Amanhã tenho que acordar cedo para preparar o jantar e quero desde já te pedir desculpas. Vou assar um peru, é a tradição... Mas teremos pratos vegetarianos também."

Eu disse mais uma vez que não precisava se preocupar, e ela completou: "Me preocupo, sim. Quero que você se sinta sempre à vontade aqui em casa. Olha, inclusive quero te falar uma coisa. O Frank me contou que vai dormir no escritório, mas vocês não precisam fazer isso por causa da gente. Somos uma família moderna, sei como é hoje em dia. Vocês dois podem dormir no quarto dele, sem problemas. A Melanie mesmo já trouxe o namorado para dormir aqui algumas vezes. Quero dizer, quando ela namorava... Eles terminaram um tempo atrás".

Ela começou a contar sobre o ex-namorado da filha, mas eu tinha parado de ouvir um pouco antes. Ela estava pensando que eu e o Frank éramos um casal? O que exatamente ele havia dito para a família? Era por isso que eles estavam me tratando tão bem? E era por isso também que a Melanie havia me chamado de cunhada? Sem contar o brinde do pai...

"O Frank custou para gostar de alguém de novo. Eu já imaginava que você seria especial, por ter conseguido destrancar aquele coração, mas me surpreendi positivamente. Você é educada, carinhosa, ama os animais... Além de linda, claro. Espero de coração que dê tudo certo e que você realmente entre pra nossa família."

Ela então me deu boa noite, disse para eu ficar à vontade e desceu as escadas.

Franzi as sobrancelhas e fui até o escritório. Algo ali não estava bem explicado.

Ao me ver, o Frank abriu o maior sorriso. Percebi que ele estava com o cabelo molhado e, assim que chegou perto de mim, senti um cheirinho de xampu. Tinha trocado de roupa e agora estava com uma bermuda e uma blusa de moletom. Ele parecia diferente assim, eu estava acostumada a vê-lo sempre arrumado.

"Já ia te dar boa noite", ele disse, se levantando. "Imaginei que você e a Melanie iriam virar a noite maratonando a série..."

"Ela dormiu assistindo", contei. "E eu estou bem cansada também. Mas queria conversar uma coisa com você antes."

Ele fez sinal para nos sentarmos. Olhei em volta, percebendo como aquele quarto era pequeno. Tinha apenas um sofá minúsculo e uma estante com uma escrivaninha acoplada, onde ele estava trabalhando.

"Frank, o que exatamente você disse sobre mim para a sua família?", perguntei séria.

Ele pareceu meio nervoso, mas respondeu: "Que você é linda, inteligente, talentosa... Aliás, eu nem precisava ter dito, eles mesmos viram isso, estão todos encantados com você!".

Ele deu um sorrisinho, mas notei que estava um pouco tenso.

"Frank, o que você disse sobre *nós*?", perguntei. "Porque parece que tem algum mal-entendido... Sua mãe está me tratando como se eu fosse nora dela! Aliás, todos parecem pensar que estamos namorando."

Ele olhou para o chão e, quando voltou a olhar para mim, estava com o rosto vermelho.

"Desculpa, Pri. Eu não falei que você era minha namorada, mas eles entenderam isso quando disse que iria te trazer aqui. Desde o começo do ano eu te incluo sem querer nas conversas, realmente devem ter pensado que era mais sério. Mas tenho culpa, sim, por não ter feito questão de esclarecer."

Eu iria dar uma bronca, mas ele continuou.

"Acho que fiz isso por querer tanto que fosse verdade. Passei muitos anos sem ter vontade de namorar, sabe? Durante o período da faculdade me dediquei exclusivamente aos estudos, não me envolvi seriamente com ninguém. Não por querer ser o primeiro da sala, mas por achar que nunca mais iria me apaixonar."

Me lembrei que alguns meses antes, quando havíamos começado a nos beijar e eu avisei que não queria nada sério, ele tinha dito que eu não precisava me preocupar, pois já era *calejado*. Na época pensei que era modo de falar, mas agora eu percebia que tinha algo por trás daquilo.

"Como assim 'nunca mais'? Alguém te decepcionou? E o que sua irmã quis dizer com 'ter finalmente arrumado para ela uma cunhada legal'?"

Ele respirou fundo e me explicou.

"Eu tinha uma melhor amiga desde os 5 anos de idade. Ela era a mais bonita da sala, a mais esperta... E nós fazíamos tudo juntos. Nossas mães eram amigas, então era natural que nos encontrássemos também fora da escola."

Me recostei no sofá, sabendo que seria uma longa história.

"Aos 12 anos, nos beijamos pela primeira vez. Estávamos brincando de verdade ou consequência, e uns amigos me desafiaram a beijá-la. Eu não queria fazer aquilo, mas ela sussurrou que estava tudo bem. Nos beijamos, e aquilo pareceu tão certo que não paramos mais. Foram sete anos de namoro, e eu pensava que seria para sempre. Até que chegou o nosso *prom*, o baile de formatura. Me lembro que eu estava muito feliz, tinha sido admitido no curso que eu queria, ia morar em New York... E eu tinha planejado pedi-la em casamento naquele dia. Claro que não iríamos nos casar imediatamente, mas eu queria fazer aquilo assim que nos formássemos na faculdade. Então esperei o momento em que ela disse que ia ao banheiro e fui buscar com um amigo o anel que eu tinha comprado para ela. Ele havia guardado para que ela não desconfiasse de nada. Só que, quando voltei, não a encontrei em nenhum lugar..."

Ok, agora o Frank tinha captado totalmente a minha atenção. Era como se eu estivesse assistindo a uma parte tensa das minhas séries. Enquanto ele não dissesse aonde a tal garota tinha ido, eu não conseguiria respirar!

"Perguntei para várias pessoas, mas ninguém a tinha visto, apesar de eu notar que algumas me olhavam como se estivessem me escondendo alguma coisa. Cheguei até a ligar para a família dela, pra saber se ela tinha voltado pra casa, mas aquilo só serviu para que ficassem preocupados. Comecei a procurar em todos os lugares, olhei até nos banheiros femininos, pra você ter uma ideia!"

Assenti, imaginando a cena.

"Até que uma colega da minha sala me chamou para conversar. Achei estranho, pois nunca havíamos nos falado, eu apenas a cumprimentava... Pra ser sincero, eu fazia isso por pena. Ela não tinha nenhum amigo, todos a achavam meio esquisita. Mas o fato é que ela me levou para o lado de fora e falou: 'Frank, eu não aguento mais, preciso te contar. Sei que estou correndo o risco de ser chamada de fofoqueira por todos, mas nem me importo. Eu gosto de você, pois é um dos únicos colegas que me tratam bem. E é por isso que vou colocar um fim nessa indecência, você merece saber a verdade'."

Eu nem piscava.

"Perguntei que verdade era aquela, e ela disse de uma só vez: 'Sua namoradinha de infância tem outro namorado. E já tem pelo menos seis meses. Todo mundo sabe disso, mas acho que por pena ninguém te conta, já que você é tão legal. Ela está dentro do carro dele neste momento... E aposto que daqui a pouco vai aparecer te falando que estava passando mal ou com cólica, e que tinha ido para algum lugar descansar'."

O Frank parecia estar fazendo o maior esforço para relembrar aquilo, por isso segurei sua mão, para dar força.

"Primeiro achei aquela história sem o menor cabimento. A minha namorada não faria aquilo, nós estávamos apaixonados! E como assim as pessoas tinham *pena* de mim? Eu era um bom aluno, tinha bons amigos, uma namorada linda... As pessoas tinham pena era de uma esquisitona como a que estava na minha frente. Mas de repente comecei a me lembrar que nos últimos tempos a Kayla, a minha namorada, realmente vinha dando umas sumidas e voltava com mil desculpas. Mesmo assim me recusei a acreditar. Falei que era mentira, e a minha colega disse que agora isso era problema meu, que a consciência dela estava limpa. E saiu, me deixando sozinho sem saber o que fazer."

O Frank parou de falar por um tempo, tomando fôlego para contar o resto.

"Voltei para a festa, dei mais uma olhada, constatei que ela de fato não estava ali. Então fui para a entrada do estacionamento. Fiquei uns quinze minutos lá. Se ela estivesse no local, teria que passar por onde eu estava para voltar para a festa. Eu já estava quase desistindo, certo de que ela estaria no salão me procurando, quando eu a vi saindo de um carro e ajeitando o vestido. Me escondi, e ela passou sozinha. Achei estranho e esperei mais um pouco, por isso vi quando um colega da minha sala, que por sinal costumava conversar comigo, saiu do mesmo carro e passou pelo mesmo caminho. Provavelmente haviam combinado de voltar para a festa um de cada vez, para não despertarem suspeitas. Na verdade, para não despertarem a *minha* suspeita, porque pelo visto todo mundo sabia."

Eu já imaginava o fim da história, mas continuei a ouvir.

"Entrei no salão como se nada tivesse acontecido, ainda que devastado por dentro. Assim que me viu ela veio, perguntando onde eu estava, pois estava me procurando havia um tempão para contar que tinha ido consolar uma amiga que tinha levado o fora do namorado. Eu nunca tinha ouvido falar que a tal amiga namorava, mas, mesmo sabendo que ela estava mentindo, continuei ao lado dela até o fim da festa. Não sei se para me castigar por ser tão tapado ou para obter mais evidências... Provavelmente pelas duas razões."

Ele parou de falar, olhou para o chão e tirou os óculos antes de continuar.

"Acontece que, quando cruzamos com o nosso colega, percebi que os dois trocaram olhares, e ela até deu um sorrisinho para ele. Nessa hora vi que eu não iria aguentar. Parei naquele instante e perguntei quanto tempo havia que eles estavam me fazendo de palhaço. Os dois a princípio se fizeram de desentendidos, mas então alguns colegas, talvez cansados de assistirem aquilo acontecer nas minhas costas, passaram a bater palmas e a incentivar uma briga. Mas eu não queria brigar. Eu só queria sair daquele pesadelo. Me virei para ela e perguntei baixinho se era verdade, se ela estava mesmo me traindo. Ela me chamou para conversar lá fora e eu aceitei, sob protestos, pois todos queriam ver o circo pegar fogo."

Eu estava com tanta pena do Frank que tive vontade de dizer que não precisava me contar o resto, mas percebi que ele queria fazer isso.

"Eu pensei que a Kayla ia negar, dar uma desculpa ou no máximo dizer que tinha sido só uma vez... Mas ela não fez isso. Ela confirmou o que a minha colega havia dito. Que desde o ano anterior eles vinham se encontrando, pois haviam começado a gostar um do outro em um torneio de Matemática de que os dois participaram. E que, para não me fazer sofrer, tinha planejado terminar comigo só depois que fôssemos para a faculdade e a distância entre nós aumentasse, já que eu iria para Nova York e ela ficaria na Pensilvânia. Ela achava que assim seria mais fácil, pois eu já teria mesmo que me acostumar a ficar longe dela."

Tive vontade de abraçá-lo, pois notei que, apesar de os anos terem passado, aquilo ainda o machucava. Mas vi que ainda tinha mais.

"Eu não voltei para a festa, Pri. Apenas dei as costas e saí, pensando que meu mundo tinha desmoronado, que o futuro que eu havia criado na minha cabeça nunca iria acontecer. E então cheguei aqui e rasguei todas as fotos dela, joguei fora todos os presentes que ela havia me dado... Talvez pelo barulho, minha irmã acordou, e eu contei tudo que tinha acontecido. Ela me abraçou, e eu chorei como não chorava desde criança."

Vi que os olhos dele marejaram, e imediatamente os meus também...

Ele continuou: "No dia seguinte, me levantei, peguei a relação de livros que a faculdade havia pedido e comecei a estudar, me joguei nos estudos. E no primeiro dia de aula eu já sabia a matéria de praticamente o ano inteiro. Acho que agora você entende como eu consegui trabalhar no mercado financeiro tão novo. Não foi sorte, foi dedicação. Foi a minha válvula de escape".

Assenti, pensando no quanto ele era inteligente por ter transformado uma desilusão em uma oportunidade.

"Por causa dessa dedicação toda aos estudos e ao trabalho, fiquei anos sem namorar, sem gostar de ninguém. E acho que por trauma também. Foi aí que você apareceu, do nada, toda linda e meio atrapalhada na lavanderia... Naquele dia foi como se, além das roupas, eu tivesse colocado meu coração para lavar em uma daquelas máquinas. Senti como se ele tivesse voltado a bater, como se estivesse novo outra vez. E desde então eu nunca mais parei de pensar em você."

Eu estava me sentindo péssima por ter acabado de ouvir uma história que era tão parecida com a que eu tinha vivido... Com o agravante de que, no meu caso, *eu* era a traidora! Me lembrei do Rodrigo e me senti triste, imaginando o que ele tinha passado, agora com ainda mais nitidez. Será que ele havia contado sobre o nosso término para alguma garota, assim como o Frank tinha acabado de fazer?

Balancei a cabeça, pensando que isso eu não teria como descobrir e que também não cabia mais a mim. Essa já era outra história. E eu tinha outra mais urgente para viver. Aquele garoto tão sensível e sofrido, que continuava me olhando com expressão de apaixonado, era a prioridade agora. Eu não precisava machucar o coração dele ainda mais. Mas tinha algo que eu precisava saber.

"Tenho uma pergunta, Frank. Você a perdoou? Ou até hoje tem mágoa?"

Ele deu um sorriso triste e falou: "Não tenho mais mágoas. Eu a perdoei, sim. Não concordo com o que ela fez, acho que deveria ter sido verdadeira comigo em nome de tudo que vivemos... Mas exatamente pelo tempo que ficamos juntos, eu não queria passar o resto da vida a odiando. Ou sofrendo por causa dela. Eu não abriria mão de todos aqueles anos, eles sempre vão fazer parte de mim. Por isso, eu a desculpei. E, com isso, me libertei".

Eu não tinha recebido aquela absolvição do Rodrigo. E como eu queria ter recebido... Eu só esperava que algum dia ele conseguisse superar. Era triste pensar que ele pudesse estar naquele momento, em algum lugar, me odiando...

"Está tudo bem?", o Frank perguntou, levantando meu queixo e olhando preocupado para os meus olhos com lágrimas.

"Sim", falei sorrindo. "Fiquei meio emotiva com a sua história."

Me levantei, olhei em volta e tornei a falar: "Acho que este quarto aqui é muito pequeno. E sua cama é grande e confortável o suficiente para nós dois. Quer dormir lá comigo?".

O olhar dele se iluminou, e ele veio me abraçar.

"Mas é pra *dormir*, entendido? E se roncar eu te mando de volta pra cá!"

Ele concordou com uma expressão bonitinha, mas com os olhos cheios de desejo.

Então fomos para o quarto dele, e eu vi que estava certa. Aquela cama realmente era muito confortável. E, apesar de ser grande o suficiente para duas pessoas, dormimos tão abraçados que até o pequeno sofá do escritório teria sido suficiente...

71

Tom: Ela tem questões familiares para resolver e é lá que ela precisa estar agora. Com a família!

(Smash)

Pelo resto da viagem, por entender que o Frank precisava daquilo, deixei que a família dele pensasse que estávamos juntos e em alguns momentos até agi como se fosse uma namoradinha bem apaixonada. E não foi difícil... Não apenas porque agora eu podia me considerar uma atriz profissional, mas também por querer que aquilo fosse verdade. Não a parte do namoro, mas a da paixão.

Apesar de continuar amando a companhia do Frank e de não ter a menor vontade de colocar um ponto final naquela relação indefinida que havíamos construído, eu não estava apaixonada. Eu não dormia e acordava pensando nele. Não era ele a primeira pessoa para quem eu queria contar tudo que me acontecia. E, o mais importante, eu não o visualizava no meu futuro. O que era uma pena, pois eu tinha amado a família dele! Eu só esperava que, mesmo depois que descobrissem que eu não tinha a menor intenção de ir além dos beijos ocasionais que trocávamos, eles continuassem a gostar de mim.

Me despedir do meu esquilinho foi a parte mais difícil. Eu não tinha certeza se voltaria a vê-lo pessoalmente algum dia. E, ainda que eu soubesse que ele estava muito feliz e bem cuidado ali, tive vontade de levá-lo comigo... A mãe do Frank, ao perceber que eu estava triste por causa disso, prometeu que me mandaria fotos e vídeos o tempo todo, mas eu sabia que só a imagem dele não resolveria.

Naqueles dois dias eu havia tentado suprir a falta que sentia dos meus animais a tal ponto que o furão até ficou com medo de mim. E tinha agarrado tanto aqueles gatos que eles passaram a se esconder a cada vez que eu aparecia. Só o Lucky continuava a vir ao escutar a minha voz. E exatamente por isso a saudade da Snow, do Floquinho, do Rabicó, da Duna, do Biscoito, do Pavarotti e de todos os coelhos apertou ainda mais. Eu os amava tanto... E sabia que eles sentiam o mesmo por mim. Doía muito pensar que eu não tinha previsão de vê-los novamente.

Ao sair do Brasil, pensei que nossa distância tinha prazo de validade, que no semestre seguinte eu estaria de volta. Mas agora, mais de dez meses depois, eu começava a sentir a saudade castigar cada vez mais. Na verdade, não era só dos meus bichos que eu estava sentindo falta. Era também da minha família, das amigas e do calor (em todos os sentidos) do Brasil.

Eu nem imaginava que algo totalmente inesperado aconteceria ao voltar para Nova York.

Quando cheguei ao teatro na primeira noite após o feriado, várias pessoas do elenco vieram me abraçar, dizendo que tinham sentido a minha falta. Fiquei feliz, pois eu também havia sentido saudade deles todos e do teatro em si. Aquelas pessoas, nos últimos meses, tinham se tornado muito mais do que colegas, eram minha "família felina", e era exatamente isso que me fazia suportar aqueles dias nostálgicos, quando a vontade de voltar para casa gritava dentro de mim.

A iminência das festas de fim de ano vinha me deixando especialmente para baixo. Eu nunca havia passado o Natal longe dos meus familiares. Até mesmo na minha viagem para Los Angeles, dois anos antes, meu irmão e a Sam tinham aparecido de surpresa. Mas aquilo agora seria impossível. A Sam estava grávida de oito meses. Meus pais estavam dando todo apoio ficando com o Rodriguinho o máximo de tempo possível. Meu irmão trabalhando e estudando...

Também não era como se eu fosse passar o Natal sozinha, eu inclusive tinha algumas opções. A família do Frank estava contando com que eu voltasse para celebrar lá. E o Ricky já tinha me chamado várias vezes para uma festa que teria na casa da irmã dele. Eu sabia que me sentiria acolhida onde fosse, porém eu não passaria a data com a minha família, e sim com a de outras pessoas.

Voltei a me concentrar na peça para não ficar triste.

Durante o primeiro ato, tudo correu normalmente. Porém, ao final do segundo, no início da cena do Mr. Mistoffelees, vi que vários dos meus colegas começaram a olhar para cima, com uma expressão preocupada.

Eu estava agachada em cena, esperando o momento em que o Julian desceria no meio do palco e, quando olhei para o alto para entender o que estava acontecendo, percebi que a corda que o levaria até o chão tinha ficado agarrada e que ele estava dependurado, sem conseguir nem subir nem descer. Ele estava em um lugar muito alto e atrás do cenário, por isso o público não o viu. Olhei para o lado e vi que uma das produtoras estava na coxia, parecendo desesperada enquanto falava no celular.

O elenco continuou a coreografia normalmente, tirando o fato de que já era para o Mr. Mistoffelees estar no centro do palco.

De repente notei que o diretor estava na coxia e fez um sinal para alguns atores, que entenderam e foram dançando para a plateia, improvisando uma cena. Todo o elenco – eu inclusive – os seguiu. As cortinas foram fechadas e, em dois minutos, abertas novamente. Com alívio, vi o Julian dançando no palco como se nada tivesse acontecido, e então todos subiram outra vez, parecendo até que aquilo tinha sido ensaiado.

Apenas ao final do espetáculo, depois de as cortinas se fecharem, foi que todo mundo correu para o Julian, para saber se ele estava bem e entender o que havia acontecido.

"Me posicionei na corda e fiz sinal para que o pessoal da técnica a mandasse para baixo, como sempre", ele explicou. "Ela começou a descer, mas em dois segundos parou, e eu fiquei sem entender o que estava acontecendo. Tentei voltar a subir, mas achei arriscado, preferi esperar. Só que passei a suar de nervoso e fiquei preocupado da minha mão escorregar e eu ficar dependurado... Ainda bem que foram rápidos."

Eu o abracei, nervosa, e fui seguida por outros, que fizeram o mesmo. Não queria nem pensar no que poderia ter acontecido.

"Por sorte a plateia não percebeu", ele completou.

Em seguida o diretor chegou, dizendo que por causa do protocolo ele precisaria passar por uma consulta médica, e todos foram para os camarins.

No dia seguinte, acordei com uma mensagem.

Hello, girlfriend! I think you're going home for Christmas! Check your email! You're welcome! Julian*

Me levantei a jato e fui para a sala ligar meu computador. Só quando cliquei no aplicativo de e-mails foi que me lembrei que poderia ter feito aquilo pelo celular. Mas foi até bom, porque assim pude ler em letras grandes e ter certeza de que aquilo não era um sonho.

De: Cats Production <productioncats@catsmusical.net>

Para: Cats'cast <undisclosed recipients>

Enviada: 28 de novembro, 08:05

Assunto: Break

Dear cast,

Due to the last two incidents involving our set (the parts that fell on two actresses last

* Oi, amiga! Acho que você vai pra casa no Natal. Olha seu e-mail! De nada! Julian

semester, and the malfunction of the support rope yesterday), we realized that it is urgent that the theater undergoes renovation. We have checked with the company responsible, and they are able to start working right after Christmas.

Therefore, we are sending a press release warning that everyone who purchased tickets for dates between December 26th and January 9th will be refunded and will also receive a voucher for any day after January 10th, when we will return.

We also believe that this is a way to compensate you, our beloved cast, who have been working under these conditions for a long time. You will be able to enjoy the holidays at home, and, when you return, we will have a brand-new theater for you to shine.

For those who were supposed to be on vacation at this time: please contact HR to reschedule your plans.

Thank you for your understanding and partnership,

CATS Production*

---

* Assunto: Recesso
Querido elenco,
Devido aos dois últimos incidentes envolvendo o nosso cenário (as peças que caíram em cima de duas atrizes no semestre passado e o mau funcionamento da corda de sustentação ontem), nos demos conta de que é urgente que o teatro passe por uma reforma. Verificamos com a empresa responsável, e eles podem começar os trabalhos logo após o Natal.
Dessa forma, estamos mandando um comunicado para a imprensa avisando que todos que adquiriram ingressos para datas entre 26 de dezembro e 9 de janeiro serão ressarcidos e receberão também uma cortesia para qualquer dia depois de 10 de janeiro, quando retornaremos.
Acreditamos também que essa seja uma forma de compensar vocês, nosso querido elenco, que vêm trabalhando nessas condições já há bastante tempo. Vocês poderão aproveitar as festas em casa, e, quando voltarem, teremos um teatro novinho para vocês brilharem.
Àqueles que tirariam férias nessa época: por favor, entrem em contato com o departamento de RH para reagendarem.
Obrigado por sua compreensão e parceria,
Produção CATS

Depois de ler três vezes, fiquei pulando pela sala, abri a janela e gritei: "Eu vou pra casa!!!". Vi que uma moça que estava passando pela rua olhou para cima sem entender, e então eu fechei logo a janela, até porque estava começando a fazer muito frio novamente e a previsão era de que pioraria ainda mais. Mas agora aquilo não importava... Eu iria para o calor do Brasil. Para o calor da minha família. E só de pensar nisso já conseguia sentir todo aquele calor no meu coração.

Priscilete, que notícia mais maravilhosa!!! Sua sobrinha está aqui dentro se remexendo de felicidade! Vou tentar fazer com que ela te espere para estrear neste mundo. Prometo que vou ficar longe de qualquer remédio que não seja meu! Ah, traz um frasco daquela cobertura de chocolate que tem na Marshalls pra colocar no sorvete? Estou com desejo! Beijo! Sam

Pri, amei a notícia! Contando os dias para sua chegada! Sua mãe disse que você está namorando seu vizinho, ele vem com você? Pode trazer um iPhone pra mim? Te pago aqui. Beijos! Larissa

Nem acredito que finalmente vou poder matar a saudade da minha amiga! Consegue uns dias pra gente ir pra praia? A reforma da casa acabou, agora temos piscina e sauna! Seu namorado vai adorar. Beijocas! Bruna

Oi, Pri, sua mãe ligou pra contar que você está vindo! Que alegria! Vai chegar dia 24 em que horário? Estão dizendo que você vem com o namorado novo, mas vê se arruma um tempinho pra gente! Beijinhos! Luísa

Oi, menina linda! Vou estar em SP de 20 de dezembro a 2 de janeiro, quando volto para Orlando com uma excursão. A minha mãe pediu pra te chamar para lanchar com a gente no dia 27, você pode? Ela está louca pra te rever. E eu também... Beijão! Patrick

72

Ted: Nunca se esqueça de que a qualquer dia você pode colocar o pé pra fora de casa e sua vida inteira pode mudar para sempre. O universo tem um plano, e esse plano está sempre em movimento. É um pensamento assustador, mas também maravilhoso. Todas essas pequenas peças se encaixando constantemente. Trabalhando para que você acabe exatamente onde você deveria estar. No lugar certo, na hora certa.

(How I Met Your Mother)

Diário de Viagem

Acontecimentos marcantes de novembro e dezembro:

26 de novembro - Thanksgiving com a família do Frank

23 de dezembro - Volta pra casa!!

"Vou ficar com saudade... Manda fotos, tá? E quando voltar venho te buscar no aeroporto também."

Assenti sorrindo para o Frank e o abracei. Ele estava com uma carinha triste, mas fazendo o possível para não me deixar perceber.

Nas últimas semanas havíamos ficado ainda mais próximos, tanto por termos ganhado mais intimidade depois de ele me contar sua história no Thanksgiving quanto pela minha viagem. Eu havia conseguido emendar o período da reforma do teatro com a minha semana de férias. Dessa vez foi fácil conseguir, pois alguns dos atores que haviam marcado anteriormente preferiram tirar as férias mais para a frente, afinal, teríamos vários dias de folga durante o período das festas.

Por isso eu entendia o Frank. Quase um mês longe, para quem estava acostumado a se ver quase que diariamente, era muito... Mesmo que inconscientemente, assim que marquei minha passagem para o Brasil tentei compensar e me encontrar com ele todo o tempo possível, pois sentiríamos falta um do outro.

"Dou notícias quando chegar", falei, passando a mão pelo cabelo dele. "Vai passar rápido!"

Na verdade, eu queria que passasse bem devagar... Apesar de saber que ia sentir saudade do Frank.

Ficamos um tempo abraçados, e ele disse no meu ouvido: "Feliz Natal, Pri. Obrigado por ter feito este ano ser tão especial".

"Feliz Natal, Frank." Então segurei o rosto dele, dei um último beijo e entrei na sala de embarque.

No começo do voo fiquei pensando em tudo que tinha acontecido naquele ano. Como eu havia mudado, crescido, vivido. Será que eu ia achar tudo diferente? Será que iam *me* achar diferente?

Em breve eu iria descobrir.

Liguei o monitor à minha frente e encontrei a última temporada de *How I Met Your Mother*. Tinha meses que eu havia parado de assistir, faltando apenas dois episódios, simplesmente porque não queria que terminasse. Mas eu sabia que não dava para adiar finais por muito tempo.

Dei play, me deixei ser transportada para a vida daqueles personagens que eu considerava meus amigos e, ao final, chorei. Talvez não pelo fim, mas por não querer me despedir das pessoas que me acompanharam durante o ano inteiro. Eu vinha seguindo outras séries, mas com certeza aquela tinha sido a mais marcante do meu primeiro ano em NYC. Me consolei, afirmando que eu poderia rever sempre que quisesse e reviver tudo de novo... Mas eu sabia também que nunca seria tão intenso como a primeira vez.

Pelo resto da viagem, preferi dormir. Eu queria chegar inteira, pois sabia que teria um longo dia pela frente...

E estava certa.

Assim que desembarquei, às nove da manhã, ouvi gritos e palmas. Olhei para a frente e avistei meus pais, a Bruna, a Larissa, a Luísa, meu irmão segurando o Rodriguinho e a Sam, com uma barriga que parecia ter três bebês lá dentro!

Todos vieram me abraçar, e eu tive vontade de congelar aquele momento. Como era bom estar novamente perto das minhas pessoas preferidas do mundo!

"Você está linda, filha!", meu pai falou, e vi que estava emocionado. "Está igual, mas tem alguma coisa diferente. Parece que está mais alta... Pensei que você não fosse crescer mais."

"É o brilho!", a Samantha falou, tentando se aproximar. "Eu e a Lívia já havíamos visto isso em Nova York. A Broadway deixa as pessoas assim, parecendo que têm glitter em volta!"

Balancei a cabeça sorrindo e então coloquei a mão na barriga dela.

"Nada dessa menina ainda?", perguntei ao abraçá-la. "Achei que você tivesse dito que ela não tinha nascido para me fazer uma surpresa."

"Acho que ela que está querendo surpreender todo mundo, não está dando o menor sinal de que vai sair daqui! Deve ser culpa sua, que ficou torcendo para atrasar. Só espero que não nasça amanhã, senão vai acabar ganhando só um presente de Natal e de aniversário! E qualquer um é ofuscado compartilhando o aniversário com o chefe lá de cima..."

Em seguida, abracei meu irmão, que disse que eu estava com cara de mulherão.

"Para, Arthur!", falei meio sem graça. "Ainda sou a mesma pirralha de sempre!" E atrapalhei o cabelo dele todo.

"Que saudade, filhinha!" Minha mãe segurou meu rosto. "Não mudou nada, continua a mesma. Linda! Fez boa viagem?"

Enquanto eu respondia, minhas amigas se aproximaram, e logo vi que elas, sim, estavam diferentes. A Larissa tinha engordado um pouquinho, a Bruna tinha cortado o cabelo na altura do queixo e a Luísa estava supermagra.

"Cadê o gringo?", a Bruna falou primeiro. "Não acredito que veio sem ele! O que houve?"

"Tem uma foto?", a Larissa perguntou. "Sua mãe me mostrou uma, mas ele estava olhando pra você, nem deu pra ver direito."

"Gente, deixa a Pri respirar!", a Luísa disse para elas e em seguida completou para mim: "Aliás, tira esse casaco, estou com calor por você!".

Só então percebi que eu estava suando. Quando saí de NY, a temperatura era de 4 graus, e o avião estava bem gelado também, por causa do ar-condicionado. Ao contrário de mim, as meninas estavam todas de vestido e sandália, bem mais adequadas para o verão de São Paulo.

"Garotas, vamos?", meu pai falou, segurando minhas malas. "Está realmente quente aqui. Ela vai ficar vários dias e terá tempo de contar cada detalhe!"

"Além disso, tenho que terminar o almoço e os pratos que vamos levar para a ceia!", minha mãe falou.

Fomos para o estacionamento, e as meninas acabaram se despedindo de mim ali. Por ser véspera de Natal, todas tinham compromisso, e combinamos de nos encontrar nos próximos dias.

O carro foi deslizando pelas ruas de São Paulo, e eu vi que não eram só as pessoas... A cidade também havia mudado. Um prédio que tinha sido erguido. Uma obra que não estava ali. E até os ônibus pareciam diferentes. Ou talvez estivesse tudo igual; mas a minha vista, desacostumada.

Meu pai estacionou na garagem da minha casa, e meu coração disparou. Não pela casa em si. Eu havia morado apenas um ano ali antes de viajar e tinha mais lembranças ruins do que boas. No topo delas, a partida do Chico. E também a do Rodrigo.

Porém, eu estava ansiosa por *quem* estava dentro dela.

Assim que abri a porta do carro, senti duas patas enormes sobre mim. Achei que ela tivesse feito aquilo pelo hábito de pular em qualquer um que chegasse, mas de repente me cheirou e começou a chorar. E eu chorei junto.

"Duna! Que saudade, amiguinha!"

Ela pulou tanto em mim que quase me derrubou. E com isso chamou atenção do Biscoito, que segundo minha mãe estava ficando surdo. Ele já tinha 12 anos, bastante para um cocker spaniel.

"Oi, meu amor!", falei quando ele veio me cheirar e abanou o rabinho bem rápido. "Senti tanto a sua falta!"

Ele começou a pular em mim como se quisesse dizer que também havia sentido a minha.

Depois de um tempinho, entrei em casa, e, no mesmo minuto, algo trombou na minha perna.

"Oi, menininho! Você está dentro de casa? Que vida boa, hein?", falei mais para a minha mãe do que para ele. O Rabicó gostava de ficar no quintal, onde podia brincar e correr, e minha mãe achava ótimo, pois dizia que ele fazia muita bagunça.

Eu o peguei no colo e fui até a área de serviço, onde o Pavarotti ficava.

"Ainda se lembra de mim?", perguntei quando o vi. Ele ficou meio ressabiado no alto do poleiro, por isso resolvi entoar as musiquinhas que cantávamos juntos desde que eu era criança. Ele então começou a gritar: "Ô menininha!", exatamente como sempre fazia quando eu chegava da escola. Coloquei o Rabicó no chão e estendi a mão para que o papagaio subisse no meu dedo. Dei um beijinho na cabeça dele, cantei um pouco mais e o devolvi para o poleiro. Eu ainda tinha que ver muita "gente".

Minha mãe apareceu, me deu mais um abraço e disse que iria terminar o almoço, mas que mais tarde eu não escaparia, pois ela iria ficar agarrada comigo.

"Seu pai foi colocar as malas no seu quarto", ela disse, se afastando, e eu então fui para lá. Ao entrar, vi que ele já tinha saído, mas em cima da minha cama, deitados juntos, estavam o Floquinho e a Snow, que deu um miado longo assim que me viu.

"Meus amores!", falei, abraçando os dois ao mesmo tempo. "Senti falta especialmente de vocês! Sabiam que agora eu também sou uma gata branca? Lembro de vocês o tempo todo!"

Os dois ficaram me olhando e pareceram entender, pois se esfregaram em mim como se eu fosse de fato um deles. O Floquinho pulou da cama e foi em direção ao pote de comida;

ele sempre fazia isso quando eu aparecia, pois gostava de comer enquanto eu fazia carinho.

Sorri e acariciei um pouco o pelo dele, mas logo me sentei na cama, coloquei a Snow no colo, que imediatamente começou a ronronar, e fiquei olhando para o meu quarto. Estava exatamente como eu o havia deixado quase um ano antes. Era muito bom estar ali, mas de repente me lembrei do outro quarto que eu tinha agora. Tão menor, mas com tanto da minha vida atual! Nas paredes eu havia pregado várias fotos tiradas pelo Frank: nas locações de seriados, no Central Park, na frente da minha escola, no rinque de patinação, na porta do prédio, no teatro... Era engraçado, eu estava ali matando várias saudades, mas já tinha outra crescendo no meu peito: a da minha vida em NY.

"Seu celular está apitando, Pri", meu pai falou, trazendo minha bolsa e a última mala. Eu tinha vindo com três, já que havia comprado presentes de Natal para toda a minha família e amigas, e também trazido de volta várias roupas que eu sabia que não ia mais usar. "E naquela caixa do lado do computador estão todas as correspondências que chegaram pra você durante este ano. Sua mãe ia levar quando foi para NY, mas acabou se esquecendo."

"Depois eu vejo, com certeza é só propaganda", eu disse, o puxando para que se sentasse ao meu lado. Eu não queria me levantar, pois a Snow ainda estava no meu colo.

Ele se sentou, e eu então coloquei minha cabeça em seu ombro.

"É tão bom te ter em casa, filha!", ele disse, me abraçando e passando a mão pelo meu cabelo. "Pensei que seria mais fácil, já que passei alguns anos te vendo uma vez a cada três meses. Mas foi muito difícil. Antes eu sabia que, se eu pegasse um avião, em pouco mais de uma hora estaria com você. Dessa vez a distância era muito maior. E a saudade também."

Eu me aconcheguei mais nele, disse que também tinha sentido isso, e começamos a conversar sobre a viagem, a peça, o Natal... Até que minha mãe chegou, se sentou e me abraçou pelo outro lado. Nessas alturas, a Snow já tinha saído, ela não gostava de concorrência.

"Que tal ficarmos aqui, deste jeito, para sempre?", minha mãe falou, me apertando.

Assenti, adorando estar com os dois ali. Eu podia já ter quase 21 anos, mas ali no meio deles eu sentia uma segurança que ninguém mais podia me dar. Era como se nenhum mal pudesse me acontecer.

"Na verdade, estou com fome...", meu pai falou depois de um tempo.

Ri e concordei, eu também estava, e a minha mãe disse que tinha ido ali exatamente para dizer que já iria colocar a mesa.

"O Arthur ligou e disse que a Sam estava muito cansada", ela completou. "Então ele preferiu ir direto para casa. Falaram pra gente ir mais cedo, a mãe e a irmã dela já estão lá."

Eu já sabia que a ceia de Natal seria no apartamento da Sam e do Arthur. Era mais conveniente, pois o Rodriguinho com certeza iria dormir e, sendo lá, ele faria isso já no próprio quarto. Mas a principal razão era poupar a Sam. Ela já tinha completado quarenta semanas de gravidez, e a bebê poderia nascer a qualquer instante.

Por isso, me levantei logo. Ainda queria ver os coelhos antes do almoço.

Fui para o quintal, e várias lembranças me atingiram ao mesmo tempo. Tinha sido ali a sobremesa surpresa que preparei para o Rodrigo quando pedi desculpas por não ter contado sobre o trato que havia feito com o meu pai sobre me mudar para São Paulo. E dali também meus coelhos tinham fugido por causa de um furo na tela do viveiro, o que acabou me levando a Nova York. Sem aquele buraco, os coelhos não teriam escapado, eu não teria participado do programa de TV para divulgar o sumiço deles, a minha participação não teria impressionado o Ruy e ele não teria me convidado para a sua agência.

Parei por um tempo e fiquei só olhando para os lados, pensando em como pequenos detalhes acabam tendo grande impacto em nossa vida. Como nem sonhamos que algo sem importância pode nos levar a lugares que nem imaginávamos.

Minha mãe me gritou da cozinha, e resolvi deixar aqueles pensamentos para depois. Fui depressa para os viveiros e sorri ao ver todos os meus coelhinhos. Comecei a conversar com eles, que olharam curiosos. Será que ainda se lembravam de mim? Abri a porta, entrei e me agachei, para que não se assustassem. A princípio ficaram meio desconfiados, mas aos poucos foram se aproximando, e a Pelúcia até me deixou fazer carinho em suas orelhas.

Prometi que depois voltaria com mais calma e fui para a cozinha antes que minha mãe me gritasse mais uma vez. Algumas coisas continuavam sempre as mesmas. E eram exatamente elas que faziam com que eu me sentisse realmente em casa.

Pri, good to know you arrived safely. Enjoy your family and friends. Already missing you! Merry Christmas! Frank*

Menina linda, adorei saber que já estamos na mesma cidade! Que bom que você vai poder vir lanchar aqui no dia 27, já estou ansioso! Beijos e um ótimo Natal! Patrick

* Pri, fico feliz de saber que você chegou em segurança. Aproveite sua família e suas amigas. Já sinto sua falta! Feliz Natal! Frank

73

Tom: Escute o que ele diz.
Ele não é seu inimigo.

(Smash)

Talvez tenha sido o Natal mais aconchegante da minha vida, por várias razões. Primeiro pelo fato de o apartamento da Sam e do Arthur não ser muito grande, então todo mundo teve que ficar no mesmo ambiente, o que acabou sendo bom, porque eu ainda não tinha matado totalmente a saudade. Foi também o primeiro de que o Rodriguinho realmente participou, já que no anterior ele tinha só seis meses. Agora ele já andava e estava começando a soltar as primeiras palavrinhas (apesar de ainda não ter dito "tia Pri"!), e foi muito divertido ver a reação dele abrindo os presentes. Meu irmão até se vestiu de Papai Noel, o que deixou tudo ainda mais especial. E, claro, também estávamos prestes a ter uma nova integrante na família.

Cheguei a pensar que ela nasceria naquela noite. A Samantha começou a se queixar de dores e foi se deitar cedo, mas era alarme falso. Pelo visto aquela menininha era meio preguiçosa, não estava com a menor pressa de sair da segurança da barriga da mamãe. A Sam, por sua vez, estava disposta a esperar até a data limite, que seria dali a quatro dias. O médico havia dito que, se ela não entrasse em trabalho de parto até o dia 28, teriam que fazer uma cesariana, para que ela e a bebê não corressem nenhum risco.

Depois do Natal, saí com as minhas amigas, corri com meu pai, conversei muito com minha mãe e então, no dia 27, um domingo, matei saudade também de alguém que eu não via já havia alguns meses.

Por estar em São Paulo, o Patrick havia me chamado para ir à casa dele, assim eu poderia rever a tia Rejane, com quem eu não me encontrava desde a época da excursão. Fiquei em dúvida sobre aceitar ou não o convite, mas minha mãe – apesar de ser "team Frank" – falou que eu deveria ir, por dois motivos: primeiro por achar que o Patrick estava em desvantagem, já que eu via o Frank praticamente o tempo todo; e o Patrick, apenas ocasionalmente. Ela achava que eu tinha que descobrir com quem eu queria realmente ficar, mesmo que eu já tivesse dito várias vezes que não precisava escolher, porque eu não sentia vontade de namorar nenhum dos dois pra valer. Só que, segundo ela, em algum momento meu coração iria bater mais forte por um deles.

"Mas a principal razão pela qual eu acho que você tem que ir é porque desta vez ele te convidou para a casa da mãe dele, e não para um hotel!", minha mãe falou séria. "Confesso que achei que esse garoto só quisesse curtir com você, mas, se vai apresentar para a mãe, com certeza quer algo mais sério."

"Mamãe, *eu* é que não quero nada sério, já te falei! E eu conheço a mãe dele há anos!"

Porém acabei aceitando o convite, por estar com saudade do Patrick.

Eu estava terminando de fazer um rabo de cavalo bem alto, por causa do calor e porque achei que ficava bom com o vestido que eu estava usando, quando meu pai apareceu na porta do meu quarto dizendo que eu tinha uma visita. Pela cara dele, vi que eu não ia gostar, mas ele só pediu que eu me apressasse e saiu, antes que eu pudesse perguntar quem era.

Meio nervosa, terminei de me arrumar rápido. Que visita era aquela que aparecia sem avisar? Não estávamos no século XIX, quando as pessoas chegavam de cavalo na casa umas das outras para tomar um chá. Custava mandar pelo menos uma mensagem perguntando se era um bom horário?

Só que assim que cheguei à sala entendi a razão da "surpresa". Provavelmente eu teria dado alguma desculpa se ele tivesse avisado que vinha.

"Oi, Ruy...", falei, forçando um sorriso para disfarçar meu desânimo.

"Priscila Panogopoulos", ele disse, se levantando, pegando nos meus ombros e me olhando. "Eu deveria ter te dado um ano de curso! Não convenceu nem um pouco essa sua atuação, deu pra notar que não está feliz de me ver. Eu, por outro lado, estou felicíssimo! Você está ainda mais vistosa. Emagreceu, cortou o cabelo... Suas sardas estão praticamente inexistentes agora. É o frio de NY, né? Nada de sol por aqueles lados?"

"No dia em que saí estava fazendo 4 graus...", respondi educadamente. "Mas, mesmo que estivesse quente, arrumei dois empregos além da peça. Acho que já peguei mais sol aqui esses dias do que o ano inteiro lá..."

Vi que ele franziu levemente a testa, e nesse momento minha mãe chegou para me salvar.

"Ruy, a Priscila tem um compromisso agora. Que tal vir jantar com a gente um dia desses? Ela vai ficar até o dia 16 de janeiro."

Ele a cumprimentou e explicou que estava com viagem marcada para o dia seguinte.

"Vou passar o Réveillon em Las Vegas e em seguida vou visitar uma escola de atores em Los Angeles. Estou querendo mudar o local para onde mando minhas apostas, para que elas não resolvam trabalhar na Broadway e eu fique no prejuízo..."

Meus pais riram, mas eu fiquei meio sem graça. Eu me sentia em dívida com o Ruy. Se ele não tivesse me mandado para estudar em NY, eu não estaria tão bem agora.

Por essa razão, disse: "Ruy, por falar nisso, quero te agradecer pela imensa oportunidade. Mais do que um empresário, você mudou minha vida inteira. Me mostrou um caminho que eu não enxergaria sozinha. Me fez descobrir minha vocação. O que eu mais gosto de fazer na vida!".

Então o abracei rapidamente, para mostrar que eu estava verdadeiramente grata.

"Uau!", ele disse surpreso. "Você é mesmo especial. Além do talento indiscutível e da aparência impecável, ainda é humilde. Outras pessoas no seu lugar não teriam essa modéstia e simplicidade, muito pelo contrário. O que mais vejo por aí é afetação.

Depois que conseguem um mínimo de visibilidade, viram as costas, se esquecem de como começaram... E é por isso que os contratos são tão importantes. Aliás, é sobre isso que vim falar."

Respirei fundo. Eu tinha receio de que ele quisesse cobrar uma multa rescisória, como meu pai havia me alertado, mas logo vi que eu estava enganada.

"Quero saber se você quer prorrogar o último adendo ou encerrar o contrato", ele falou, mais para o meu pai do que para mim. "Pelo que estou vendo, você não tem a menor intenção de ficar aqui... Dois empregos além do musical, vejam só! Parece que não só eu te perdi, mas o Brasil também."

A Susie Strasberg tinha falado o mesmo, mas ouvir aquilo na frente dos meus pais – e notar uma tristeza instantânea no olhar deles – me fez dizer depressa: "Eu não vou ficar lá pra sempre!".

Ele levantou uma sobrancelha e deu um risinho, como se dissesse que duvidava daquilo, mas falou: "Ótimo, vamos prorrogar por mais seis meses então. Continuamos em pausa enquanto você estiver lá. Caso resolva voltar para o Brasil, começamos o trabalho aqui. Porém preciso que você assine uma autorização de imagem, quero divulgar que tenho uma atriz da Broadway no meu *casting*".

Olhei para o meu pai, que fez um sinal positivo para mim, mostrando que não teria problemas nisso. Por essa razão, concordei, e ele falou que iria pedir para a secretária redigir o adendo e me mandaria por e-mail nos próximos dias.

"Tenho que ir agora, estou atrasada", falei sem graça. Não queria que ele pensasse que eu estava mandando-o embora, mas também não queria chegar tarde na casa do Patrick.

"Produzida assim, aposto que está indo namorar...", ele falou, piscando para o meu pai. "Não é aquele rapazinho que foi preso, é?"

"O rapazinho foi preso por *sua* causa", falei sem conseguir me conter. Aquilo ainda me dava raiva só de lembrar. Quando o Rodrigo tentou pular o muro da minha casa, no dia da confusão dos coelhos, o Ruy pensou que era um assalto e ligou para a polícia, o que fez com que o Rô fosse algemado e levado para a delegacia.

"Sabemos que o Ruy não teve culpa, não é, Pri?", minha mãe falou de imediato. "A intenção dele era só ajudar."

Assenti a contragosto, e o Ruy balançou a cabeça, perguntando baixinho para a minha mãe: "Ela ainda não o esqueceu?".

Minha mãe riu sem jeito, mas antes que dissesse alguma coisa eu falei: "Esqueci, sim! Por sinal já estou com outro e vou me encontrar com ele agora. Tchau, Ruy, obrigada mais uma vez".

Em seguida voltei para o meu quarto, peguei minha bolsa e chamei um táxi. Eu não queria ouvir ninguém discutindo a minha vida sentimental. Nem desenterrando situações e sentimentos que eu havia penado tanto para esquecer.

74

Bandit: Eu prometo que sempre vou amar você.

(Bluey)

"Priscila, que saudade! Você está ainda mais linda do que eu me lembrava!"

Sorri para a tia Rejane, que imediatamente me deu um abraço caloroso e me levou para dentro de casa. Ela estava exatamente igual, parecia que nem um dia tinha se passado desde a última vez em que eu a havia visto, quase seis anos antes.

"Desculpa o atraso, recebi uma visita inesperada", expliquei assim que ela pediu que eu me sentasse no sofá de uma grande sala.

Eles moravam em um prédio alto, no Itaim Bibi, perto de vários restaurantes de que eu gostava.

"Não tem que se desculpar, querida! Sei bem como é morar fora e vir por poucos dias ao Brasil. Quando o Patrick chega, todo mundo quer se encontrar com ele, quase não sobra tempo pra mim..."

"Sempre tenho tempo pra você, mãe!"

Olhei na direção daquela voz da qual eu gostava tanto e o vi entrando na sala. Como era possível ele estar mais bonito a cada vez que a gente se encontrava?

Ele estava usando uma bermuda cargo cinza, uma camiseta azul e tênis. Assim não estava com cara de líder de excursão, parecia mais um garoto que eu poderia ter encontrado na rua por acaso... E mais uma vez desejei que tivesse mesmo sido assim. Que o nosso início não tivesse sido tão traumático.

Com aquele sorriso que sempre bambeava as minhas pernas, ele se aproximou, me deu um beijinho no rosto e em seguida um abraço.

"Que saudade, Pri! Obrigado por ter vindo."

"Eu que agradeço o convite", falei meio sem graça enquanto me sentava novamente.

Era estranho estar com ele assim, na frente da tia Rejane. Como se mais uma vez estivéssemos desacatando alguma regra.

Lendo meus pensamentos, ela falou: "Anda, Patrick, senta do lado da Priscila! Você não está na excursão, e ela não tem mais 15 anos!".

Ri, ainda mais envergonhada, e ele se sentou ao meu lado, também parecendo desconfortável.

Porém a tia Rejane começou a puxar assunto, perguntou se eu já tinha matado a saudade do Brasil e da minha família, quanto tempo eu iria ficar... Até que um cachorrinho branco e peludo entrou correndo na sala e pulou direto no meu colo, antes que alguém pudesse impedir.

"Pompom! Que modos são esses! Desculpa, Priscila", ela disse, olhando para uma funcionária que veio correndo buscá-lo. "Nós o prendemos, mas pelo visto ele escapou quando a Sandra passou."

"Não precisa prender, eu amo cachorros!", falei, o abraçando, sem a menor vontade de soltá-lo. Era um maltês, ainda filhote, tão lindo que parecia ter saído de um daqueles cartões de aniversário com bichinhos.

"Ah, que bom! Esse é meu novo filho! Agora que não preciso mais viajar tanto, já que o Patrick assumiu a coordenação em Orlando, posso ter um bichinho para me fazer companhia. Você também tem cachorros?"

Vi que o Patrick deu uma risadinha abafada e ri também, contando do *zoológico* que eu tinha desde criança.

"Priscila, você deve sentir muita falta!", ela falou preocupada. "Leva pelo menos um com você quando voltar para Nova York! Ou dois, para que um faça companhia para o outro quando você estiver trabalhando!"

Expliquei que eu morria de vontade, mas que, como eu ficava muito fora de casa, tinha pena de deixar o bicho o dia inteiro sozinho.

Ela assentiu, e então o Patrick falou: "Mas e os gatos? Tivemos um quando eu era pequeno, e ele dormia a tarde toda. Acho que combinaria com o seu estilo de vida... Quando você chegasse à noite, depois da peça, estariam superdespertos, prontos para brincar. Ou para te fazer companhia no sofá nas suas maratonas de seriados durante a madrugada!".

Sorri, feliz por ele me conhecer bem. Comecei a dizer que não sabia se o meu prédio aceitava animais, mas nesse momento meu telefone tocou.

Pedi desculpas, disposta a desligar sem atender, mas gelei ao ver o nome do meu irmão na tela. Atendi depressa, e, antes que eu falasse "alô", ele disse: "Priscila, a bolsa estourou, estamos indo para o hospital. Você pode ficar com o Rodriguinho? A mamãe, o papai e a família da Sam querem acompanhar o nascimento".

Antes que ele dissesse mais uma palavra eu já estava de pé. Coloquei o cachorrinho no chão e disse que precisava ir embora.

"O que aconteceu?", a tia Rejane perguntou, já se levantando também.

"Minha sobrinha vai nascer", falei nervosa, lembrando do desespero da última vez, quando eu estava sozinha com a Sam e a bolsa estourou. Dessa vez eles estavam bem mais estruturados, mas ainda assim fiquei aflita, ansiosa para saber se tudo iria dar certo. "Minha família toda está indo para o hospital, por isso meu irmão pediu para eu ficar com meu sobrinho. Ele só tem um ano e meio."

"Eu te levo!" O Patrick também se levantou. "Só vou pegar a chave do carro."

Concordei agradecendo, já que não era tão longe e eu realmente precisava chegar lá o mais rápido possível.

"Priscila, estou feliz e triste", a tia Rejane falou, se despedindo de mim. "Feliz pelo nascimento da sua sobrinha. Aliás, como ela vai se chamar? Mas triste porque queria ter conversado mais com você, havíamos preparado um lanche... Espero que no futuro não faltem oportunidades! Se passar por Nova York, vou à Broadway te assistir!"

"Obrigada, vou amar!", falei com sinceridade. "Minha cunhada disse que vai escolher o nome só depois de olhar para o rostinho dela."

"Leva ao menos uma empadinha pro seu sobrinho!", ela disse, correndo para a cozinha. Em segundos, voltou com uma caixa cheia e entregou para o Patrick levar, por mais que eu dissesse que não precisava.

"Fiquei feliz de rever a senhora!", falei, dando um abraço nela.

"Eu também, querida! Agora vá depressa e dê notícias depois!"

Prometi que daria, fiz um afago no Pompom e em poucos segundos estávamos dentro do carro, correndo pelas ruas da cidade.

"Tinha planos de te chamar para ir ao cinema ou a algum outro lugar mais tarde, mas acho que vamos ter que deixar para a próxima vez...", o Patrick falou com uma expressão triste enquanto estávamos parados em um sinal. "Viajamos amanhã. A família do meu pai é de Curitiba, vamos passar o Réveillon lá. E no dia 2 já volto para Orlando..."

"Tomara que você possa ir logo pra NY", falei, segurando a mão dele. "Mas adorei te ver aqui. Mesmo que rapidinho."

Ele me deu um beijo que durou até um carro buzinar, avisando que o sinal estava verde.

Chegamos ao prédio do meu irmão, e o Patrick fez questão de me levar até a portaria.

"Também adorei te ver, menina linda...", ele disse, me abraçando.

Por mais que estivesse com vontade de ficar mais tempo com ele, dei depressa um último beijo, pois sabia que minha sobrinha não podia esperar.

"Até a próxima, menino bonito!", falei, passando pela portaria.

Ele sorriu, acenou, e então entrei no elevador.

Chegando ao 8º andar, onde eles moravam, senti o caos ainda do lado de fora. O Rodriguinho estava chorando estridentemente, parecia sentir que ia perder o posto de filho único. Assim que entrei no apartamento, vi que a situação era ainda pior. A Sam não parava de gritar, perguntando se o Arthur tinha encontrado alguma coisa, enquanto meu irmão revirava um armário.

"Vem cá, meu amor", falei, pegando o Rodriguinho e já dando uma das empadinhas, que ele colocou direto na boca, parando de chorar para comer.

"Graças a Deus você chegou", o meu irmão disse, me dando um abraço rápido.

"Arthur, vocês não tiveram tempo suficiente para fazer a mala do hospital?", perguntei enquanto a Sam continuava a gritar dizendo que estava tendo contrações.

"Tivemos!", ele disse. "Mas sua cunhada é louca. De repente resolveu que as fotos ficariam mais *interessantes* se a primeira roupa da bebê fosse toda branca, em vez da rosa que já estava na mala... Me lembre deste dia se a Sam disser que quer um terceiro filho!"

Assentei o Rodriguinho em um tapetinho na frente da televisão, coloquei um episódio de *Bluey* e um prato com mais duas empadinhas para ele, e fui falar com a Sam.

"Pri, ajuda o Arthur", ela disse deitada na cama. "Ele não está achando o gorro branco!"

"Sam, acho que ninguém vai ligar pra cor da roupa, todo mundo vai estar ocupado olhando para o rostinho lindo da bebê... O que a sua médica falou? Vocês não deveriam já estar no hospital?"

"Estamos indo!", ela disse, me pedindo para ajudá-la a se sentar. "As contrações ainda estão espaçadas, temos tempo. Você vai cuidar bem do Rodriguinho? Estou com tanta pena! Ele vai achar que eu o abandonei... E, quando chegarmos com a irmã, vai achar que eu o traí!"

Ela caiu no choro, e eu a abracei, desejando que eles saíssem logo, antes que eu começasse a chorar também.

"Sam, pela vida inteira ele vai adorar ter uma irmãzinha com uma idade tão próxima", falei, tentando pensar nas palavras certas. "E, agora, a única coisa que vai pensar é que você trouxe um presente para ele."

Ela fungou, sorrindo, e assentiu. E então o Arthur gritou que tinha conseguido encontrar tudo.

Eu a ajudei a andar até a sala e disse que podia ir sossegada, eu ficaria a madrugada toda acordada cuidando do Rodriguinho.

"Não seja louca, coloque ele na cama às oito. Dê uma mamadeira bem grande e, quando ele adormecer, fique vendo séries até a hora que quiser. E depois vá dormir. Aproveite pra fazer isso enquanto não tem filhos!"

Os dois finalmente saíram, e eu passei o resto do dia brincando com o meu sobrinho, vendo desenhos, escutando músicas e, às oito da noite, fiz exatamente o que a Sam mandou. Porém, depois que ele dormiu, não consegui me concentrar em série nenhuma. Fiquei ansiosa, pensando se tudo correria bem.

Acabei adormecendo no sofá e acordando às seis e meia da manhã com o sol batendo no meu rosto. Levantei preocupada com o Rodriguinho, mas vi que ele ainda estava em sono bem calmo. Peguei meu celular e não tinha nenhuma chamada. Liguei para a minha mãe, que atendeu com voz de sono.

"Oi, Pri! Sua sobrinha nasceu à uma da manhã. Fiquei com receio de te ligar e acordar o Rodriguinho. Deu tudo certo, ela é saudável e linda! A Samantha está ótima também!"

Senti meu coração disparar de emoção. Minha mãe disse que tinha ficado no hospital até as duas, quando foi para casa dormir. Ela queria estar descansada de manhã para ficar com o Rodriguinho enquanto eu fosse ao hospital.

"Vou tomar um banho rápido e daqui a pouco estou aí", ela completou. "Vou levar uma roupa limpa para você trocar."

O Rodriguinho acordou nesse momento, e fiquei tão entretida com ele que até me assustei quando minha mãe chegou uma hora depois.

"Já tomou café? Troca de roupa e vai logo pra lá, mas volte assim que possível. Estou doida para ver minha neta de novo!"

Concordei e saí depressa. Só quando estava no caminho me lembrei de que eu não tinha perguntado o nome dela. Mas tudo bem, eu já iria descobrir.

No hospital, voltei a me sentir nervosa. Eu estava prestes a conhecer alguém que eu sabia que seria muito importante para mim, a quem eu iria amar instantaneamente e por toda a minha vida.

Bati na porta do quarto apreensiva. Será que já estavam acordados?

Um segundo depois meu irmão apareceu, e pelas olheiras eu soube que nem tinha dormido. Mas ele estava com um sorriso enorme e me deu um abraço.

"Ela se parece com você, Pri!", o Arthur falou. "Quero dizer, o cabelo é escuro, não é como o do Rodriguinho. Mas o rosto lembra muito o das suas fotos de bebê."

"Tudo mentira, ela é a minha cara!", a Samantha falou da cama. Entrei no quarto e fui até ela, que estava segurando a filha toda enroladinha em um cobertor branco.

Beijei a cabeça da Sam, que disse baixinho: "Ela está dormindo, vai lavar a mão para carregá-la".

Obedeci, e ela então a estendeu para mim.

Sentindo meu coração bater mais forte, peguei aquele pacotinho e sorri ao ver o rostinho mais perfeito do mundo.

"Eu menti, ela é a sua cara mesmo...", a Sam disse, se levantando devagar. "Nove meses carregando cada neném, o primeiro nasce a cara do meu marido e o segundo a cara da minha cunhada! Não é justo! Mas pelo menos eu já sei que ela vai ser linda."

Olhei para a Sam, que me abraçou, e ficamos ali por uns segundos, só admirando a perfeição daquela menininha.

"Afinal, como ela vai se chamar?", perguntei depois de um tempo.

"Você não adivinhou ainda?", ela perguntou animada. "Olha a roupa dela!"

Abri um pouco o cobertor e não vi nada que desse alguma pista. Ela estava com um macacão todo branco. Mas de repente vi que no punho tinha um detalhe rosa, cheio de gatinhas brancas desenhadas.

"Victoria", a Sam falou, percebendo que eu tinha acabado de deduzir. "Por algum motivo, passei a gostar muito desse nome... E vai ser uma forma de ter você sempre por perto, mesmo quando voltar para NY."

Comecei a chorar, então meu irmão veio e também me abraçou.

Ficamos os quatro assim por um tempo, e, talvez por sentir aquela presença toda, a bebê, ou melhor, a *Victoria*, abriu os olhos. Tive que admitir: ela se parecia, sim, comigo.

"Sei que não sou a madrinha, mas posso tratá-la como se fosse?", perguntei, passando o dedo de leve pelo cabelo dela. "Digo, aquela coisa toda de mimar, estragar a educação de vocês, dar doces escondido..."

Eles riram, e a Sam, também com os olhos cheios de água, disse: "Eu não espero nada diferente de você. Essa menina vai ter muito orgulho da tia Pri".

"Só promete que não vai levá-la para me assistir tão cedo...", falei séria.

A Sam riu ainda mais e então passei o resto da manhã ali, conhecendo cada detalhe daquela menininha. Eu estava certa. Eu já a amava. E sabia que seria assim pelo resto da minha vida.

75

<u>Robin</u>: *Quando o relógio marca meia-noite, todos nós ganhamos o direito de recomeçar. E não sei vocês, mas eu estou realmente precisando disso.*

(How I Met Your Mother)

O final do ano teve um nome só: Victoria. Passei cada minuto possível com ela, só me afastava para brincar com o Rodriguinho.

Por isso fiquei tão resistente quando a Bruna me ligou para fazer um convite.

"Meu irmão organizou uma festa de Réveillon aqui em casa. A Luísa e a Larissa vêm, e também aquela sua ex-colega de faculdade, a Pietra; ela é amiga dele, lembra? Acho que vai ser bom pra você se distrair um pouco, já deve estar até com cheiro de leite por não largar essas crianças! Mal te vi desde a sua chegada!"

Eu não estava com o menor clima de Réveillon, preferiria passar a virada de ano dormindo, para acordar cedo e ir para a casa da Sam. Mas acabei aceitando porque realmente tinha visto pouco as minhas amigas e em alguns dias eu já iria embora.

No próprio dia 31, quando eu já estava me arrumando para ir para a casa da Bruna, meu telefone tocou. Fiquei surpresa ao ver que era o número da minha avó.

Nós havíamos conversado no dia da minha chegada, e ela tinha dito que estava com saudade e que eu tinha que ir a BH para a gente se encontrar.

Minha avó tem pânico de avião, então, mesmo quando eu e meu irmão éramos crianças e morávamos em São Paulo, sempre íamos a Belo Horizonte para vê-la. Quando eu e minha mãe nos mudamos para lá, ela ficou extremamente feliz e, logo que voltamos, quase entrou em depressão, ainda que a gente tivesse prometido voltar para visitá-la com frequência.

Eu só não contava com um problema: o meu término com o Rodrigo. Depois de ter ido uma última vez a BH, em uma tentativa de fazer o Rô me ouvir, e de ter ficado sabendo que ele havia se mudado para o Canadá e deixado para mim nada além de uma carta horrorosa, nunca mais quis voltar. Cada esquina daquela cidade me lembrava o Rodrigo. Nós havíamos vivido uma história ali, infelizmente com final infeliz. Eu tinha medo. De que as lembranças daquele lugar pudessem me puxar mais uma vez para o buraco escuro de onde custei a sair.

Por isso, apesar de estar morrendo de saudades da minha avó, insisti para que ela viesse a SP, contei que tinha acabado de estar dentro de um avião por dez horas, que era seguro e tudo mais... E ela se mostrou irredutível. Por último, sugeri que viesse de ônibus, mas minha mãe na mesma hora me deu a maior bronca, dizendo que a vovó já tinha 80 anos e que não era sensato ficar tanto tempo dentro de um ônibus. Então falei que ia pensar, mas joguei este para o último lugar na minha lista de pensamentos.

Por isso, até me assustei quando vi o número dela no visor do celular, na véspera do Ano-Novo. Ela costumava me ligar apenas no meu aniversário, no máximo no Natal. Em todas as outras vezes que conversávamos era eu que a chamava, geralmente por vídeo, para que ela só tivesse o trabalho de aceitar a chamada. Atendi meio apreensiva, pois sabia que ela iria me cobrar a visita, mas, para a minha surpresa, foi a voz da Marina que escutei.

"Prima! Já tem uma semana que está no Brasil e nem deu um sinal de vida. Te liguei várias vezes e não me atendeu! Me esqueceu mesmo, né?"

Respirei aliviada e sorri, sentindo saudade dela. Eu também não via a Marina havia muito tempo, apesar de conversarmos por mensagens e telefonemas ocasionalmente. Expliquei que desde a minha chegada eu não havia tido um segundo, especialmente pelo nascimento da Victoria, mas disse que eu só iria voltar no dia 16 e perguntei se ela não toparia passar uns dias comigo.

"Vou viajar com minhas amigas. Quando você avisou que vinha, eu já tinha marcado... Mas estou te ligando por uma razão importante." Ouvi um barulho de porta se fechando, e ela continuou, quase sussurrando: "A *vovó não está bem, tem ficado muito deitada... E cheguei aqui na casa dela para dar um beijo de Feliz Ano-Novo, já que vou passar a virada em uma festa, e ela estava chorando, dizendo que você não gostava mais dela, porque não queria vir aqui. E foi por isso que peguei o celular dela pra te ligar. Nas minhas chamadas você dá* end, *mas eu sabia que a da vovó você iria atender. Eu precisava dizer que acho melhor você vir visitá-la antes de voltar para Nova York...*".

"O que ela tem?", perguntei, me sentando. *"Minha mãe está sabendo disso?"*

"Sabe, sim, a tia Lívia tem vindo muito pra cá. Não me entenda mal, Pri, ela não está no hospital nem nada assim, mas eu, no seu lugar, faria um esforço. Para não se arrepender depois..."

Em seguida ouvi a voz da minha tia, perguntando o que a Marina estava fazendo trancada no quarto, e ela então disse depressa que precisava desligar.

Passei o resto do dia pensando naquilo, mas eu já sabia o que tinha que fazer. Por isso, antes de ir para a casa da Bruna, falei para a minha mãe: "Vou visitar a vovó, já olhei as passagens. Pensei em ir amanhã e ficar dois dias com ela".

Minha mãe abriu o maior sorriso, dizendo que ela ia adorar. "Pena que não posso ir com você. A Sam e o Arthur estão precisando de ajuda, já prometi que vou passar o dia com o Rodriguinho amanhã. Você sabe, ele está demonstrando ciúmes da Victoria, por isso vou tentar fazer com que se sinta especial. Além disso, estou de plantão no jornal no dia 2... Nem acredito que vou começar o ano trabalhando em um sábado! Você vai chegar pro seu aniversário, né?"

Assenti. Eu chegaria de volta a SP exatamente no dia 3, pela manhã, a tempo de almoçar com eles.

Entrei na casa da Bruna me sentindo bem por fora. A festa já estava cheia, e logo encontrei a Luísa e a Bruna, que conheciam grande parte das pessoas ali.

"Priscila!"

Olhei para trás e vi a Pietra, minha antiga colega de faculdade. Fiz os cálculos rapidamente e concluí que, se eu tivesse continuado, estaria já entrando no 5º período, faltariam apenas dois anos para eu ser uma veterinária. E mais uma vez me questionei se eu não devia ter continuado... Nos últimos meses, trabalhando na clínica ao lado do meu prédio em NY, eu havia percebido que não era tão sofrido quanto eu pensava. Era muito gratificante poder ajudar os animais (e seus tutores), e isso dava força nos casos sem solução. Mas, se tivesse continuado, eu nunca teria me encontrado no teatro. E era aquilo que realmente me supria, fazia com que eu me sentisse viva, me enchia de energia e felicidade a cada apresentação.

"Quanto tempo!", falei, a abraçando. "Como o pessoal da sala está?"

"Tudo tranquilo! Quero dizer, agora está ficando bem puxado, tenho que estudar o tempo inteiro... Mas eu que quero saber de você! A Bruna contou que agora é uma atriz de sucesso! Fiquei me sentindo tão importante de te conhecer!"

Sorri e contei para ela resumidamente como tudo havia acontecido.

Aos poucos fui me soltando na festa, conversei muito, dancei mais ainda e, quando dei por mim, já era cinco para a meia noite.

A Bruna pegou um espumante, e nós quatro fizemos uma rodinha.

"Quem diria que com quase 21 anos ainda estaríamos passando nossos Réveillons juntas...", a Luísa falou.

"Só estou com vocês por falta de opção!", a Bruna disse, sacudindo a garrafa. "Se estivesse namorando um gato milionário, com certeza estaria passando esta data no iate dele no meio do mar!"

Nós rimos, e a Larissa disse que sabia que ela trocaria qualquer um pela nossa companhia. Ela concordou, dizendo que tinha certeza disso. A Luísa era a única de nós que estava namorando sério, e o namorado provavelmente sabia como a nossa amizade era importante, pois estava um pouco afastado, nos dando privacidade.

"Estou muito feliz de estar aqui com todas vocês!", falei, sentindo meus olhos lacrimejarem. "Cheguei a pensar que passaria essa data sozinha..."

"Tá doida?!", a Bruna falou, rindo. "Tem dois caras atrás de você! Se não estivesse aqui, certamente estaria com algum deles!"

Eu havia contado para elas sobre o Frank e o Patrick, mas balancei a cabeça, sabendo que não era bem assim. Aliás, se tinha uma coisa que eu queria resolver no novo ano era aquela situação. Apesar de não me cobrarem, eu sabia perfeitamente que, caso eu quisesse, estaria namorando pra valer qualquer um deles... E eu realmente não queria machucar ninguém.

A contagem regressiva foi iniciada e eu abracei ainda mais as minhas amigas. Era muito bom estar ali com elas, como nos velhos tempos. Era gratificante saber que, mesmo que tudo tivesse mudado, nossa amizade ainda era a mesma.

Os fogos começaram, e eu as segurei mais forte. Em seguida abracei cada uma individualmente, e então a Larissa disse em meu ouvido: "Pri, espero que você faça ainda mais sucesso! E que seu coração fique tranquilo, seja com o Patrick ou com o Rodrigo!".

Na mesma hora me afastei, olhando séria para ela.

"Rodrigo?!"

Ela franziu a testa e riu, dizendo que tinha falado errado. "Quis dizer o *Frank*! Desculpa, é o hábito!"

Assenti, mas ainda demorou uns minutos para o meu coração desacelerar. Isso geralmente acontecia quando alguém mencionava o Rô...

Suspirei e me deixei pensar nele por um tempo. Onde estaria naquele momento? Provavelmente no Canadá, passando o Réveillon com a Sara e o Marcelo... Ou com alguma garota.

Voltei para a realidade, pedi para a Bruna me servir um pouco mais de espumante e continuei a dançar com elas, fazendo questão de só pensar em coisas boas para atrair ótimas energias para aquele novo ano!

Se fosse como o anterior, eu sabia que não precisaria me preocupar. Ele seria inesquecível.

Pri, Happy New Year! I hope you're having fun in Brazil! Missing you... Frank*

Pri, adorei saber que sua sobrinha se chama Victoria! Com certeza ela vai ser especial como você! Tenha um ótimo Réveillon! Aproveite, mas com muito juízo! ☺ Patrick

* Pri, feliz Ano-Novo! Espero que esteja se divertindo no Brasil. Estou sentindo sua falta... Frank

76

Vovó: Na casa da vovó só tem uma regra: todo mundo consegue tudo o que quer.

(Bluey)

"Priscila! Nem acredito que você veio, querida! Está tão crescida! Cada vez mais bonita!"

Abracei minha avó, que não parava de chorar. Apesar de sempre conversarmos por vídeo, tinha aproximadamente um ano e meio que eu não a via pessoalmente. Eu também estava emotiva e percebi ali que ir a BH para encontrá-la tinha sido uma sábia decisão. Ela estava um pouco diferente, mais envelhecida. As rugas antigas estavam ainda mais fundas e havia algumas novas que eu não conhecia.

"Está linda, mas muito magrinha! Vamos na cozinha, vou fazer daquele brigadeiro que você gosta!"

"Você não deveria estar deitada, vovó?", perguntei preocupada. Pelo que a Marina havia me dito, ela estava fraca.

"Deitada? Mas ainda são três da tarde, Pri. Eu durmo só à noite, você sabe, depois da última novela."

Ela pegou a panela e já ia subir em um banco para pegar um pote de Toddy na parte de cima de um armário.

"Vó, para com isso, eu pego!", falei meio brava, como se ela fosse uma criancinha e eu tivesse que explicar tudo. "A Marina me contou que você não está bem! Não pode fazer esse esforço todo, senão piora!"

"Ah, aquilo!", ela disse, dando uma gargalhada. "Eu pedi pra ela dizer que eu estava doente. Na verdade, pedi pra ela falar que eu estava à beira da morte. Achei que só assim você viria me ver... Ela ficou resistente, acho que não teve coragem de falar desse jeito. Mas pelo menos funcionou, você está aqui!"

"Você fez a Marina *mentir*?!", perguntei, me sentindo uma boba.

"Ah, uma mentirinha inofensiva, por uma boa causa, senão você não vinha! Vai dizer que você não mente nunca?"

Ela colocou a mão na cintura e me encarou, como se quisesse ver se eu iria mentir daquela vez. Como não respondi, ela riu, subiu no banco, pegou o achocolatado, desceu e começou a fazer o doce.

Balancei a cabeça, ainda sem acreditar. Ao vê-la ali, cantando enquanto mexia a panela, percebi que ela estava realmente ótima. E que era exatamente dela que eu tinha puxado muita coisa. Inclusive algumas das quais eu não me orgulhava...

Adivinhando meus pensamentos, ela falou: "Seu cabelo está muito bonito também, parecido como o meu na sua idade. O Rodriguinho continua ruivo também ou escureceu? Seu irmão é outro... Qualquer dia desses vou ter que fingir que estou com o pé na cova! Traz o menino pra me visitar de seis em seis meses! Quero só ver quando vai resolver apresentar a minha bisneta! Acham que eu me contento com fotos...".

"Vovó, eu não sou ruiva, você sabe disso."

Ela fez que não ouviu e falou: "Sabia que minha avó era irlandesa? Nosso cabelo veio dela. Aí conheceu meu avô, que a levou para a Itália, onde eles se casaram, tiveram filhos... E então imigraram para cá".

Eu já sabia daquela história com detalhes, vinha dali o meu sobrenome Vulcano.

"Por falar nisso, sua mãe me mostrou o programa do teatrinho que você está participando. Priscila *Panogopoulos*! Por que não Vulcano? Tão mais chique e explosivo... Parece mais com você."

"Na verdade, fiquei em dúvida", expliquei. "Eu não sabia qual escolher, e a dona da minha escola falou que sobrenome com a mesma inicial do nome tem uma boa sonoridade e atrai coisas boas. Acho que ela estava certa, tenho tido muita sorte... Não é um teatrinho, vovó, é um musical bem grande, conceituado, vão pessoas do mundo inteiro assistir. Aliás, já que você está tão bem, poderia ir a Nova York me ver, né?"

"Não posso, estou doente, esqueceu?", ela falou com um sorrisinho. E em seguida se virou para a panela.

Revirei os olhos, mas achei graça. Era bom ver que ela continuava tão bem.

Um tempo depois, a Marina e a minha tia chegaram. Eu estava mostrando para a minha avó alguns vídeos de *Cats* no computador, mas me levantei assim que vi minha prima.

"Tadinha da vovó, tão doentinha, né?", falei, fingindo estar muito brava.

"Ela me fez fazer isso", a Marina falou com as mãos na frente do peito, tentando mostrar que era inocente. "Disse que nunca mais ia fazer o doce de leite que eu gosto! Por falar nisso, o que vocês estão comendo?"

"O brigadeiro que *eu* gosto! E não é pra você."

Ela ameaçou pegar a minha tigela, mas a minha tia entrou no meio.

"Meninas, vocês não vão brigar mesmo depois de grandes, né? Até parece que são crianças de novo!"

Rimos e falamos que estávamos só brincando. Eu então abracei as duas e ficamos conversando por muito tempo. Em certo momento, a Cida chegou e ficou surpresa ao me ver. Ela trabalhava na casa da minha avó desde que eu era bebê. E, quando meu avô morreu, anos antes de eu me mudar para BH, ela passou a morar com ela, para também fazer companhia.

"Priscila! Que saudade!", ela disse, me abraçando. "Nunca mais voltou a BH, né? Sua avó fica me mostrando suas fotos nos Estados Unidos! E aquele seu namoradinho daqui? Acabou mesmo? Achei que vocês iam durar pra sempre. Lembro de quando vocês vieram de São Paulo e eu fiquei trabalhando na sua casa por um tempo. Você foi mordida por um cachorro, e ele foi lá pela primeira vez!"

Suspirei, sem a menor vontade de me lembrar daquilo. Era por isso que eu não queria vir a Belo Horizonte, sabia que ia ser assombrada por recordações que eu preferiria esquecer. Como se não bastasse, ela continuou a falar.

"Tadinho, estava todo envergonhado... Levou uma florzinha, só faltava babar te olhando. Deve ter ficado muito triste quando vocês desmancharam o namoro. Mas vai que vocês ainda voltam, né? Combinam tanto!"

"O que vocês acham da gente pedir uma pizza?", a Marina falou de repente. "Meia quatro queijos pra Pri e meia frango com catupiry pra mim!"

Minha tia começou a falar que preferia calabresa, minha avó disse que não precisava pedir, pois ela poderia cozinhar uma sopa de legumes, e a Cida falou que para isso teria que comprar os ingredientes. Então encontrei os olhos da minha prima, que estavam me analisando, e murmurei um "obrigada" silencioso para ela, por ter desviado o assunto.

Duas horas e várias fatias de pizza depois, elas se despediram. Cheguei à conclusão de que, apesar das lembranças tristes, BH também me trazia recordações felizes, e era a elas que eu deveria me apegar. Foi por isso que fiquei animada quando a Marina me chamou para ir à casa dela maratonar alguma série no dia seguinte, como nos velhos tempos.

Eu tinha viajado especialmente para ficar com a minha avó, mas ela disse que preferiria que eu passasse um tempo com a minha prima, pois não aceitava o fato de termos nos afastado, já que éramos "unha e carne" na infância. Expliquei que a distância era apenas física, pois continuávamos em contato uma com a outra, mas ela fez questão de que eu fosse.

Assim, no fim da tarde do primeiro sábado do ano, me vi em frente àquele prédio onde havia passado grande parte dos meus dias logo que me mudei para Belo Horizonte, aos 13 anos. Tentando conter uma nova onda de lembranças, entrei depressa no elevador.

Quando cheguei ao andar da Marina, ela já estava me esperando na porta.

"Pri, como amanhã é seu aniversário, comprei umas coisinhas...", ela disse meio nervosa.

Comecei a falar que não precisava ter feito isso, já tentando ver o que minha prima tinha aprontado, mas ela me segurou antes que eu entrasse.

"Tenho que te falar uma coisa. Eu convidei a Clara, porque ela estava louca pra te ver..."

A Clara era a melhor amiga da Marina desde a infância, e acabamos ficando próximas quando me mudei para BH, pois, sempre que me encontrava com a Marina, ela estava junto.

"Tudo bem, Marina...", falei, tendo sentimentos contraditórios. Apesar de achar que eu e minha prima iríamos fazer um programa só nosso, eu também iria gostar de rever a Clara. O problema eram só as memórias do passado, que agora já nem eram mais ocasionais. *Tudo* me lembrava meus primeiros meses em BH.

Entrei no apartamento com um sorriso, vendo que a minha prima tinha até enchido balões e arrumado a mesa da sala com uma tábua de frios e salgadinhos. E então avistei a Clara, que estava sentada no sofá e, ao me ver, veio me abraçar. Eu não a encontrava havia mais de dois anos, mas ela continuava exatamente a mesma.

"Priscila, que saudade! Quer dizer que agora você é famosa?!"

"Não sou famosa!", falei, rindo. "O musical em que estou trabalhando é famoso, mas ninguém me reconhece ou algo do tipo..."

Nesse momento, uma voz conhecida, vinda da cozinha, fez meu coração disparar.

"Duvido! Aposto que tem uma fila de fãs implorando pelo seu autógrafo, um tanto de gente querendo ser sua melhor amiga... Exatamente como foi na entrevista da professora Glória quando você se mudou para nossa escola."

"A Natália está aqui?", perguntei para a Marina, que estava até meio verde de tão sem graça.

Ela não precisou responder, porque a própria Nat veio correndo e me agarrou.

"Não briga com a sua prima, ela não me chamou! Inclusive pediu pra eu ir embora quando me viu com a Clara. Mas eu precisava te ver, Pri, estou roxa de saudade! Por isso que quando encontrei com a Clara no elevador – você lembra que a gente mora no mesmo prédio, né? – e ela disse que estava vindo aqui pra te encontrar, eu tive que vir junto! E olha que eu já tinha marcado de ir ao cinema com o Alberto! Precisei prometer que nós vamos amanhã. Mas ele disse que, por eu ter furado, vai ter que ser o filme que ele quiser..."

Me afastei um pouco para olhá-la. Continuava a mesma, superfalante e desesperada.

"Não estou brava", falei mais para a Marina do que para a Natália, pois minha prima continuava com a maior expressão de sofrimento, como se tivesse traído minha confiança. "Conheço esta baixinha aqui. Quando ela quer alguma coisa, ninguém consegue segurá-la!"

A Nat sorriu, e eu a abracei de novo.

"Desculpa, Nat, eu recebi e li todos os seus e-mails. Mas precisei de um tempo longe dessas recordações todas. Na verdade, se minha avó não tivesse me feito vir aqui, eu ainda estaria me escondendo, sem saber que eu realmente superei. Eu tinha medo de que aquela nuvem negra que me engoliu quando o Rô terminou comigo me atingisse de novo. Mas, mesmo que essas lembranças todas ainda me machuquem um pouquinho, estou adorando tudo que vi até agora. A minha avó, a Cida, minha tia e a Marina, as ruas da cidade, a Clara... e agora você! Eu não sabia que tinha sentido tanto a sua falta assim!"

Vi que ela estava com os olhos cheios de lágrimas, então a abracei de novo e, sem perceber, chorei também. Um choro purificador, de alívio e esperança ao mesmo tempo, por sentir que eu não era mais a mesma, que eu tinha vivido e crescido tanto, e me fortalecido também. E que, apesar disso, algumas coisas sempre iam continuar as mesmas, como a minha amizade por aquela garota ali, que estava chorando ainda mais do que eu.

Um tempo depois nos afastamos e começamos a rir olhando uma para a cara da outra. A Marina então falou que assim estava bem melhor, pois tinha me chamado na casa dela para comemorar. Queria ver sorrisos, e não lágrimas.

Eu assenti, e fomos para a sala, colocar um ano e meio de conversa em dia. Eu só não sabia que o assunto iria ser tão revelador... E que não só mudaria a minha forma de ver o passado, como também transformaria tudo que eu tinha planejado para o meu futuro.

77

Tracy: Tenho me impedido de me apaixonar outra vez e eu acho que é porque eu não deixo você ir embora. Mas... você não está mais aqui.

(How I Met Your Mother)

"Eu não tinha ideia de que você e o Alberto haviam terminado. Ainda bem que foi por pouco tempo, não consigo imaginar vocês dois separados!"

A Natália havia acabado de me contar que, após finalmente ter entrado na faculdade, ela quis recuperar o tempo perdido e sair com a nova turma para todos os lugares que havia deixado de ir durante a época de estudos, já que, por não passar no vestibular por dois anos seguidos, o pai dela a tinha proibido de sair. No início o Alberto até acompanhou, mas depois começou a ficar cansado daquilo. Ele tinha 24 anos, estava no fim da faculdade de Medicina, os dois já namoravam havia mais de três anos... Tudo que queria no fim de semana era ficar sozinho com ela, fazendo programas de namorados, agora que ela não precisava mais estudar o tempo todo. Por quererem coisas opostas, eles acabaram discutindo, o que o levou ao término. Porém, pouco tempo depois, eles acabaram voltando.

"Não foi por pouco tempo, Pri, foram três meses e *meio*!", a Natália respondeu indignada. "Só faltei morrer! E lembrei tanto de você na época... Depois de terminar, o Alberto também viajou e me largou aqui. Ainda bem que ele só foi visitar a Fani em Los Angeles, e ela todo dia me passava o relatório do que eles estavam fazendo lá. Nem sei como você sobreviveu sem saber o que o Rodrigo estava aprontando no Canadá!"

A Clara deu um cutucão na Natália, que percebeu que tinha se excedido e na mesma hora colocou a mão na boca, dizendo: "Ai, desculpa, Pri".

"Tudo bem, Nat", falei depressa. "Eu também não sei como sobrevivi. Mas, de alguma forma, dei conta. Você teria dado também. A gente é mais forte do que imagina..."

"Eu não, não sei viver sem o Alberto. Desde que nós voltamos temos ficado grudadinhos. Já estou até com saudade, vou ligar agora para saber como ele está. Aliás, já marca a data do nosso casamento na sua agenda, vai passar voando! Avisa pra esse povo do seu teatro, emprego, seja o que for, que daqui a três anos e cinco meses, no dia 18 de maio, você tem um compromisso! Quero que você seja minha madrinha! Aceita?"

Fiquei estática por uns segundos. Três anos era muita coisa! Eu não tinha a menor ideia de por onde andaria ou do que estaria fazendo. Mas, ainda assim, eu sabia que aquele convite era uma honra. Eu queria estar com ela na ocasião e faria o possível para isso acontecer.

"Claro que aceito, Nat!", falei, a abraçando. "Estou aqui visualizando você no altar, vai ser a noiva mais linda de todas!"

"Já estou olhando tudo!", ela disse, dando pulinhos. "Igreja, vestido, cerimonial..."

Comecei a rir. Faltava muito tempo ainda, ela estava realmente ansiosa para aquele casamento.

Como se tivesse adivinhado meus pensamentos, ela disse: "Não fique achando que estou adiantada, muito pelo contrário! Conheço gente que vai casar daqui a cinco anos e que já está com tudo reservado. Se eu não marcar logo, vou acabar perdendo os fornecedores que quero".

Ela começou a explicar que queria se casar ao ar livre no final do dia, para que a celebração fosse na hora do pôr do sol. Fiquei meio melancólica ao me lembrar que eu também tinha sonhado com um casamento assim... No sítio dos pais do Rodrigo, onde nós tínhamos tanta história, com o Rabicó levando as alianças e a presença de todos os meus outros bichinhos. Mas agora eu nem sabia mais se iria voltar a ter vontade de me casar algum dia. No momento eu não queria nem namorar...

"Mas eu quero saber é de você, dona Priscila!", a Nat falou de repente. "Estou completamente desatualizada! Que história de Broadway é essa? A última coisa que fiquei sabendo, pela sua amiga Luísa, foi que você tinha ido pra Nova York estudar Teatro. Na época até te escrevi pedindo pra me contar tudo, mas, como você não respondeu, resolvi respeitar... Será que agora você pode me dizer como isso aconteceu?"

Peguei um refrigerante, me sentei e então passei um tempão contando para elas como tudo tinha acontecido. Comecei pela audição de *Wicked*, expliquei que havia sido sabotada por uma colega que encontrou a carta com as passagens que o Patrick havia me mandado, e como eu tinha descoberto isso através do meu vizinho, por ele ter uma tia que trabalhava na escola. Depois falei sobre o teste que o namorado do meu professor tinha conseguido para figuração em *Cats*, no qual eu acabei passando, por já saber de cor todas as coreografias e músicas. Finalizando com o fato de ter substituído uma das atrizes do elenco principal que estava grávida, e o diretor ter me chamado para assumir o papel assim que ela saísse.

"Sua mãe já tinha me contado essa história, mas ouvir com detalhes assim é muito mais emocionante!", a Marina falou. "Eu e a minha mãe estamos nos programando para ir a Nova York te assistir em julho! Você ainda vai estar em cartaz, né?"

"Acho que sim", falei feliz. No último dia do ano eu havia recebido um e-mail da produção desejando um próspero Ano-Novo, com o calendário anual do espetáculo, incluindo todos os feriados e as folgas coletivas, além das individuais. Então, se tudo corresse bem, por pelo menos mais um ano eu ainda estaria no elenco.

"Quem se importa com teatro? Quero saber é dos garotos!", a Clara disse empolgada. "Um te mandou passagens pra Orlando, o outro fez de tudo para que a verdade fosse descoberta e você voltasse a ter crédito com os professores. Vou ter que ir pra NY pra conseguir um desses? Por aqui está difícil..."

Eu ri e contei toda a história desde o início, quando o Patrick me escreveu, antes mesmo da minha viagem, combinando de me encontrar lá. E como mantivemos esse relacionamento à distância pelo ano inteiro, com poucos mas intensos encontros. Expliquei também que eu havia conhecido o Frank na lavanderia e que tínhamos ficado amigos, mas que ele desde sempre tinha deixado claro que queria algo mais. E que, em certo momento, acabei ficando com ele, o que o deixou ainda mais envolvido.

"Então quer dizer que você está ficando com dois ao mesmo tempo?!", a Natália disse com uma careta. "Pri, escolhe logo um! Daqui a pouco um vai ficar sabendo do outro e vai dar o maior problema..."

"Nunca prometi fidelidade para nenhum deles", falei meio inquieta, pois no fundo aquilo me angustiava. "Aliás, muito pelo contrário. Vivo lembrando o Frank de que não quero namorar. E o Patrick... A gente não conversa sobre isso, só que de vez em quando ele fala do futuro, me incluindo... Mas acho que ele concorda que com a distância seria complicado a gente assumir um compromisso agora. Ele provavelmente deve ficar com outras garotas em Orlando, e está tudo bem... Quero dizer, não gosto de pensar nisso, mas sei que é o preço que eu pago por não querer nada sério."

"Mas, se tivesse que escolher um só, com qual dos dois você ficaria?", a Marina perguntou.

Suspirei, sabendo que eu não tinha uma resposta para aquela pergunta.

"Eu realmente não sei...", falei, balançando a cabeça. "Com o Frank eu tenho vontade de ficar deitada no sofá, debaixo do cobertor, vendo seriados, conversando, comendo brigadeiro..."

"Sei, tipo uma amiga...", a Clara revirou os olhos.

"E com o Patrick...", continuei, "acontece o oposto. Se a gente se deitar num sofá, certamente não vamos ver seriado nenhum! O garoto parece que tem um ímã, um magnetismo... Se chega perto, eu já quero pular em cima dele!"

"Uau, voto nesse!", a Natália, que estava calada até então, se manifestou.

"Eu também, *óbvio*!", a Clara disse, bufando. "Amigas você já tem demais!"

"Eu gosto do Frank...", a Marina falou de repente. "Acho que um amor amigo é melhor do que algo carnal, explosivo. É um amigo, sim, mas você mesma disse que gosta dos beijos e dos carinhos dele. E você vai poder contar com ele pela vida inteira, mesmo quando estiver toda flácida, com os peitos caídos..."

"Credo, Marina, hoje em dia existe silicone, estimulador de colágeno...", a Clara replicou.

"Na verdade, o ideal seria batê-los no liquidificador, né, Pri?", a Natália opinou. "Uma junção dos dois seria perfeita. Um cara com quem você pudesse ficar de pijama, largada vendo TV, mas que em outros momentos te esquentasse só com o olhar..."

Fiquei um tempo calada, pensando. E então a Clara falou por mim.

"Ela já teve essa pessoa..."

Todas elas se calaram por uns segundos. A Marina olhou feio para a Clara e disse: "Hoje é dia de comemoração, e não de melancolia! A Pri está ótima, com dois gatinhos loucos por ela, e é isso que importa! Vamos mudar de assunto!".

"Não", falei em um suspiro. "Eu preciso falar sobre isso. Por muito tempo joguei o assunto *Rodrigo* pra debaixo do tapete, mas percebi que assim eu só estava adiando um confronto com meus sentimentos. Foi só quando encarei e entendi que o Rodrigo não ia voltar, que nada que eu fizesse ia mudar isso, que consegui voltar a viver."

As três estavam com uma mistura de pena e admiração no olhar. Continuei.

"Querem saber? Eu *sei* que só estou com os dois porque não gosto pra valer de nenhum. Fico tentando suprir aquele buraco que o Rodrigo deixou e tem horas que até acho que consigo, mas lá no fundo eu sei que o lugar dele continua aqui", coloquei a mão no peito para ilustrar. "Na hora que vou dormir, o Rô ainda é a última pessoa em que eu penso. E a primeira quando eu acordo. Lembro dele nas horas mais bobas, e também nas mais importantes. Ainda é para ele que eu quero ligar quando algo ruim acontece. E mais ainda quando eu passo por uma situação feliz."

Vi que a Natália estava com os olhos cheios de água, a Marina se levantou para me abraçar, e a Clara estava impaciente, com certeza achou que iria participar de uma reunião agradável, e não de uma terapia de grupo. Eu também pensava que a noite seria mais leve. Então, para acabar logo com aquele clima, falei: "Mas se teve algo que aprendi nesse tempo fora é que quem gosta da gente corre atrás, faz questão de nos encontrar, dá o jeito que for. E o Rodrigo deixou bem claro que não me quer mais. Cheguei a me humilhar, liguei, mandei mensagens, e-mails e até uma carta escrita à mão. Ele não quis saber, foi embora sem me avisar e nunca mais me procurou. Por isso resolvi dar uma chance para o Frank e o Patrick. Na verdade, a chance é para mim. Para eu tentar me apaixonar de novo...".

"Espera, Pri", a Nat falou de repente, com as sobrancelhas franzidas. "Acho que o Rodrigo foi atrás de você, sim."

Eu, a Clara e a Marina ficamos olhando como se ela tivesse falado em uma outra língua bem estranha, da qual ninguém tivesse entendido uma palavra. Ela resolveu explicar.

"Como te disse, tenho visitado cerimoniais de casamento. E, numa dessas visitas, encontrei a Daniela, sua amiga, namorada do irmão do Rodrigo. Aliás, *noiva*! Você sabia que eles vão se casar?"

Balancei a cabeça de um lado para o outro, meio trêmula. Fazia mais de um ano que eu não tinha nenhuma notícia da família do Rodrigo, e era muito estranho entrar novamente naquele mundo. Vários sentimentos me invadiram. Curiosidade para saber como esse noivado tinha acontecido. Frustração por ter perdido aquele momento, já que eu tinha apresentado a Daniela para o Daniel. Nostalgia, por me lembrar de como eu e ela costumávamos dizer que era ótimo sermos cunhadas, pois nas festas chatas de família sempre teríamos a companhia uma da outra. E tristeza. Por saber que eu estava de fora daquilo tudo.

A Natália continuou: "Eles ainda não marcaram a data, mas ela já está fazendo orçamentos. Tá vendo como as coisas nesse mundo matrimonial acontecem com antecedência? E vocês achando que eu estou ansiosa...”.

“Nat, por favor, quem te disse que o Rodrigo foi atrás de mim?”, perguntei, tentando fazê-la retomar o foco.

“Ah, sim! Eu e a Daniela começamos a falar de você, sobre o quanto iria fazer falta nos nossos casamentos e tal. E aí eu disse que ainda tinha esperança de que algum dia você voltasse a conversar comigo e também de que você e o Rodrigo se reconciliassem. E foi quando ela disse que achava essa última parte impossível, porque você pelo visto tinha cansado de esperar, pois, quando ele resolveu te procurar, você nem ligou.”

“Ele me procurou?!”, perguntei nervosa. “Quando?”

A Nat, percebendo que eu estava alterada, falou para eu tomar uma água, respirar, mas eu a segurei pelos ombros e meio que gritei: “Fala logo tudo que você sabe, Natália!”.

“Mas foi só isso!”, ela respondeu no mesmo tom. “Poxa, você se afasta, some e depois quer que a gente fique lembrando de coisas que aconteceram meses atrás! Acho que tinha algo a ver com uma mensagem que ele te mandou. Ou algo assim, não me lembro direito. Eu estava muito mais interessada em saber como ia ser o vestido dela, a paleta de cores da festa, o número de convidados... Pensei que nunca mais ia te ver, uai! Pra que ia querer saber do Rodrigo?”

Fiquei em silêncio, tentando me acalmar. A Natália estava certa. Eu é que tinha me afastado. Dela, da Daniela e de todo mundo. A culpa, mais uma vez, era só minha.

“Desculpa, Nat, você tem razão”, falei com a cabeça baixa. “Fiquei meio descontrolada por saber do Rodrigo depois de tanto tempo. Mas deve ter algum mal-entendido, ele não me procurou. De qualquer forma, esse assunto me faz mal. Vamos falar de outra coisa?”

As meninas concordaram, o assunto foi para outro lado, e eu só pensei novamente no Rodrigo na hora de dormir.

A Natália com certeza havia entendido errado... Ele não tinha mandado mensagem nenhuma. Eu checava meus e-mails diariamente. Além disso, apesar de não as atualizar, acompanhava também as minhas redes sociais. Se ele tivesse dado qualquer sinal, eu teria visto.

E então me lembrei do que havia confessado para as meninas. Sim, eu havia tido ao meu lado o garoto perfeito. Que me acalentava e que me esquentava... Eu tinha passado praticamente um ano sem sofrer por ele, mas precisava admitir que agora, em Belo Horizonte, onde a maior parte da nossa história tinha acontecido, aquela lembrança havia voltado a me assombrar. Ainda mais falando e ouvindo sobre ele.

Agora eu sabia que poderia passar o tempo que fosse, eu nunca o esqueceria. O Rodrigo nunca seria substituído no meu coração. Não era por falta de tentativa nem de opção... Chegava a ser injusto com os outros, uma concorrência desleal. A questão é que ele era perfeito para mim. Uma pena tê-lo conhecido cedo demais. Seria tão bom se apenas agora ele passasse pelo meu caminho... Tenho certeza de que neste momento eu não me permitiria perdê-lo. Eu iria fazer de tudo para que ele ficasse para sempre.

Virei de lado e me forcei a dormir. Aquele assunto era passado, eu não precisava reviver aquela dor. Ainda bem que em poucos dias eu voltaria para Nova York e as luzes da cidade ofuscariam tudo que eu precisava novamente esquecer.

78

Emma: Você foi apenas uma parte da minha vida que tentei esquecer.

(Once Upon a Time)

"Feliz aniversário, Pri!!!"

A surpresa foi tão grande que até dei um passo para trás. Ao abrir a porta de casa, me deparei com todos os meus bichos na sala, que estava cheia de balões, e também o meu irmão, a Sam, carregando o Rodriguinho, e a Victoria no carrinho.

Olhei para os meus pais, que tinham me buscado no aeroporto, e eles estavam rindo, felizes por eu não ter desconfiado de nada. Mas como poderia? Não eram nem onze da manhã! Eu havia pegado um voo supercedo, exatamente por querer passar meu aniversário inteiro com meus pais.

"Você realmente achou que iríamos perder a chance de te surpreender?", minha mãe disse, me abraçando. "Aliás, tem mais uma surpresa..."

Franzi a testa, sem entender, mas neste momento, carregando um bolo de brigadeiro, a *Sabrina* entrou na sala.

"Não acredito!"

Corri para abraçá-la, quase derrubando o bolo, que por sorte o Arthur segurou.

"Claro que eu não ia perder sua festa, né? Ouvi dizer que este bolo da sua mãe é o melhor do mundo...", ela disse depois que a soltei. "E soube que vai ter lasanha no almoço! Só vim por causa disso!"

Dei um soquinho de brincadeira no ombro dela, mas então a abracei de novo. Eu tinha sentido tanta falta daquela gulosa!

Em seguida abracei a Sam, o Arthur e meus sobrinhos. Eu estava muito feliz por todos eles estarem ali.

Aliás, o dia estava sendo ótimo. Bem cedo, minha avó havia me trazido café na cama com tudo de que eu mais gostava. Antes de sair para o aeroporto, a Marina e a tia Laura foram se despedir de mim com presentes. Um pouco antes de entrar no avião, fui surpreendida com uma ligação do Frank para me desejar felicidades e dizer que estava com muita saudade. E, para completar, no caminho do aeroporto para casa, minha mãe me entregou um buquê de flores. Quando agradeci, ela disse que não era dela. Procurei depressa pelo cartãozinho e fiquei feliz com o que li.

> Parabéns, menina linda! Já estou com saudade! Sabe o que é melhor? Com 21 anos já é permitido beber nos Estados Unidos! Assim que você voltar, vou a NY para a gente comemorar. Mil beijos!
>
> Patrick

Sorri ao ver que estava escrito à mão. Ele havia tido o cuidado de agendar aquela entrega quando ainda estava no Brasil, pois eu sabia que agora ele já tinha voltado para Orlando.

Por tudo isso, só me lembrei do que a Natália havia dito no dia anterior quando fui ao meu quarto checar meu e-mail e minhas redes sociais, para ver se tinha mais alguma mensagem. Porém, assim que cheguei lá, meu olhar foi atraído para uma caixinha ao lado do computador.

Estreitei os olhos e me lembrei que, no dia da minha chegada, meu pai tinha contado que nela estava toda a correspondência que eu havia recebido durante o ano. Eu pensei que fosse só propaganda, por isso nem tinha dado importância. Porém, de repente, um alerta soou na minha cabeça.

Peguei a caixa, me sentei na cama e comecei a olhar cada uma daquelas cartas, mesmo sabendo que deveria deixar aquilo para depois, afinal, a Sabrina estava ali por minha causa... Mas não resisti.

Sentindo um certo alívio, fui passando carta por carta e constatando que era exatamente o que eu havia previsto: um monte de papel inútil. Até que, quase no final, me deparei com um envelope branco que, pela data de postagem, havia sido enviado exatamente um ano antes, sem remetente. Mas nem precisava. Eu conhecia aquela letra melhor do que a minha.

Com meu coração batendo descompassado, me forcei a respirar fundo três vezes antes de abrir. E então me senti em um redemoinho, como se aquela carta tivesse me levado para um outro lugar, onde eu já havia estado. E onde gostaria de ainda estar.

Toronto, 3 de janeiro

Oi, Priscila.

Já tem muitos meses que não tenho notícias suas, mas tenho certeza de que você está bem. Você tem esse dom de fazer tudo a sua volta dar certo e tornar as pessoas mais felizes...

Estou escrevendo pra te dar parabéns. Bem que eu tentei esquecer, mas foram muitos anos sabendo que o terceiro dia do ano tinha uma dona... Então essa foi a primeira coisa que lembrei hoje quando acordei. E por isso resolvi escrever, embora eu saiba que, quando você receber esta carta, seu aniversário já vai ter passado há semanas.

Mas, por falar em carta, recebi a sua, meses atrás. Na época eu não quis responder, mas quero que você saiba que fiquei muito triste com a notícia do Chico. Espero que você tenha ficado bem logo, ele certamente gostaria de te ver sempre feliz.

Eu me mudei de Vancouver. Não que você esteja perguntando alguma coisa, mas sei lá. É estranho te escrever e imaginar que você vai ler sem ter ideia do lugar de onde estou escrevendo... Bem, estou em Toronto. Vim para cá já tem três meses. Apesar de ter gostado de ficar um tempo com a Sara e o João Marcelo, senti a necessidade de ter meu espaço, de encontrar meu próprio caminho, sem que os dois me dissessem o tempo todo o que fazer. Você conhece bem os meus irmãos... De qualquer forma, sou muito grato aos dois por terem me convidado para vir pro Canadá. Se eu tivesse ficado no Brasil certamente teria sido muito mais difícil... Não que não tenha sido difícil mesmo assim. Não mesmo.

Na verdade, algumas vezes ainda é complicado. Acordo meio sem saber onde estou. E isso de vez em quando acontecia aí, mas no mesmo instante eu me lembrava de você. E então eu sabia que o lugar não importava, desde que você estivesse comigo. Naquela época eu pensava que nós andaríamos de mãos dadas pelo resto da vida.

Bem, como vê, seu dia me deixou nostálgico. É estranho não ter que ficar semanas imaginando o que te dar de presente e inventando alguma surpresa para te deixar mais feliz. Mas tem algo que eu ainda quero te dar. Um poema que fiz nos meus primeiros meses no Canadá, quando eu ainda pensava muito em você, mas já conseguia fazer isso sem tanta raiva e mágoa... Apesar de ainda continuar sentindo isso ocasionalmente, já consigo relembrar os momentos que vivemos. Por vários meses abafei as lembranças quando elas tentavam vir à minha mente, pois faziam com que eu me sentisse muito mal. Porém, agora, elas me deixam apenas com saudade.

Por favor, não pense que estou tendo uma recaída ou algo assim, não estou! Eu segui com a minha vida e espero que você tenha feito isso também. Mas é que você foi muito importante pra mim. Independentemente do que tenha acontecido, você vai ser pra sempre a minha primeira namorada, meu primeiro amor. E, quando me lembro da minha adolescência, você está sempre presente. Acho que, se tentar te apagar, não vai sobrar quase nada...

Pri, espero que você esteja bem. Lembro que na carta que você me mandou, perguntou se eu nunca iria te perdoar... Sinceramente, acho que você não precisa do meu perdão, e eu não sou um padre para perdoar os pecados de alguém. Mas, se isso ainda for importante pra você, sim, considere-se perdoada. Continuo sem entender, continuo achando que você deveria ter me contado, mas não quero que você siga pela vida pensando que eu te odeio ou coisa parecida, pois não é verdade. Apesar de tudo, não abriria mão dos anos que passei com você. Como disse, você fez parte da minha vida. E, por bastante tempo, me fez muito feliz. Acho que devo te agradecer por isso.

Bem, aqui está o seu (último) poema.

O último poema

Ainda olho para outras pessoas e vejo você,
Ainda escuto sua voz sem querer,
Ainda penso no seu rosto sem perceber,
Ainda tento fazer tudo isso sem sofrer.

Não consigo acreditar no que aconteceu.
Será que o erro foi seu, ou todo meu?
Que acreditou demais, que se envolveu,
E que, apesar de tudo, ainda quer um beijo seu...

O tempo vai passando e eu no mesmo lugar,
Escutando músicas repetidas, vendo o mundo girar.
As horas passam e outras ainda vão passar.
E sinto que não posso mais te segurar.

Dia após dia, sua imagem vai desaparecendo.
Viver sem você, estou reaprendendo.
E, pouco a pouco, vou compreendendo...
Que a minha vida continua acontecendo.

Por isso, a partir de agora, vou mudar de cena.
Chega de ficar de quarentena.
Porque a vida tem que voltar a valer a pena.
Deixo aqui então o seu último poema...

Um beijo, feliz aniversário, espero que seu dia seja fora de série. Como você sempre foi. Como você é.

Rodrigo

79

Bandit: Se em algum momento eu te magoei, sinto muito. Apenas saiba que eu te amo e faria tudo por você.

(Bluey)

Não sei que horas me deitei no chão do meu quarto e por quanto tempo fiquei lá, lendo repetidas vezes aquela carta, antes que meus olhos começassem a derramar um dilúvio de lágrimas. Então, por não conseguir enxergar mais nada, abracei minhas pernas e fiquei ali, sentindo ao mesmo tempo muita raiva e pena de mim mesma. Eu sabia que não devia mexer com o passado! Por que eu havia feito aquilo? Por que eu tinha inventado de voltar para o Brasil? Eu estava bem! Ou melhor, ótima! Com dois garotos lindos fazendo tudo por mim, com novas amizades, com uma carreira de sucesso...

Parei de chorar por dois segundos, tentando me concentrar naquilo, mas de repente as lágrimas recomeçaram com toda a força. A quem eu queria enganar? Eu nunca havia estado bem. Na verdade, eu continuava péssima, tentando preencher com o Frank e o Patrick o buraco no peito que o Rô havia deixado. Mas estava falhando miseravelmente, porque nunca ninguém iria entrar naquele lugar. O Rodrigo era o dono de todo meu coração.

Foi bem nesse momento que meu pai entrou no meu quarto e, ao me ver naquela situação, gritou o nome da minha mãe, que apareceu dois segundos depois, perguntando o que tinha acontecido.

"Não foi nada!", falei, tentando segurar as lágrimas, mas elas caíam ainda mais. "Quero ficar sozinha!"

Meu pai olhou de mim para a minha mãe, que fez sinal para que ele a deixasse comigo. Ele obedeceu, mas percebi que estava com a maior apreensão no olhar. Isso fez com que eu ficasse ainda mais triste, pois eu não queria os meus pais preocupados comigo.

"Pri, você sabe que eu nunca vou te julgar, que pode contar comigo para o que precisar, mesmo que seja apenas para te ouvir", ela disse depois de fechar a porta, levantar a minha cabeça do chão e a colocar em seu colo. Ela ficou passando a mão pelo meu cabelo, e eu permaneci um tempo sem dizer nada, só aproveitando o carinho. Minha mãe continuava sendo o melhor antídoto para qualquer dor. Me lembro que, quando era pequena, eu chegava a fingir que havia me machucado, só para que ela me desse colo e eu me sentisse como agora. Abrigada. *Segura*.

Um tempo depois, porém, me sentei, peguei a carta, que àquela altura estava toda molhada, e entreguei para ela, que a leu rapidamente. Pela expressão, vi que aquelas palavras também a machucavam, talvez por entender o que elas haviam me feito sentir.

"Ele mandou essa carta um ano atrás?", ela perguntou ao ver a data.

Fiz que sim com a cabeça, e ela então pediu desculpas, pois devia ter olhado com mais cuidado a correspondência para ver se algo era importante.

"Até pensei em levar essa caixa quando fui para NY, mas acabei me esquecendo. Realmente achei que era só bobagem..."

Assenti, pois eu também tinha achado aquilo. De repente me levantei, enxuguei o rosto e disse: "Preciso mandar um e-mail para ele, contando que só agora li a carta!".

"Pri, tem certeza?", minha mãe perguntou com a expressão preocupada. "Você está tão bem... Será que deve mesmo procurar o Rodrigo? Por que não manda um e-mail pro Frank? Ou até pro Patrick. Eles vão adorar!"

"Eu *não* estou bem. E não vou conseguir viver sabendo que ele me escreveu um ano atrás e está até hoje achando que eu nem liguei. Não posso deixar que ele pense que eu o superei. Isso nunca vai acontecer."

Me virei e liguei o computador, mas notei que minha mãe continuava me olhando, com uma expressão de sofrimento.

"Já estou melhor, não precisa se preocupar. Na verdade, estou feliz. Ele me mandou uma carta, mamãe, você tem noção disso? E ele disse que me perdoou! Tudo bem, ele deixou claro que não quer uma reconciliação, mas eu topo ser só amiga dele. Quem sabe com o tempo ele percebe que ainda gosta de mim... Você acha que tem chance de ele ainda gostar de mim?"

Minha mãe respirou fundo e falou: "Preciso falar com a Samantha". E saiu do quarto, me deixando sozinha com aquele e-mail em branco. Dei um suspiro e comecei a escrever.

De: Priscila <pripriscilapri@aol.com>

Para: Rodrigo <rrrrrodrigooooo@gmail.com>

Enviada: 03 de janeiro, 10:01

Assunto: Um ano de atraso...

Querido Rodrigo,

Você não vai acreditar, mas eu acabei de receber a carta que você me enviou exatamente um ano atrás! Não, não foi culpa dos Correios. Já tinha um ano que eu estava longe de casa, voltei há poucos dias para passar o Natal com a minha família e vou ficar aqui por um mês. Nesse período fora, recebi várias cartas. A maioria era propaganda de alguma loja, ou da clínica veterinária avisando que a vacina dos cachorros e dos gatos estava prestes a vencer, ou ainda da minha antiga faculdade, pois o meu nome deve continuar no sistema... Por isso, a sua carta, a única que realmente importava, ficou perdida no meio de toda essa correspondência inútil. E apenas hoje a encontrei.

Fiquei tão surpresa ao ver sua letra! Eu estava com saudade. Na verdade, ainda estou. De você. Da sua letra eu pude matar a saudade ao ler linha por linha. Eu não tinha ideia de que você tinha se mudado de Vancouver, pensei que continuava lá até hoje, já que, se tivesse voltado para BH, acho que eu ficaria sabendo... Ou não. Eu fui meio mal-educada, cortei o contato com todos os seus amigos, pois achei que assim seria mais fácil te esquecer. Eu estava enganada, foi difícil do mesmo jeito.

Nessa hora, parei e balancei a cabeça. Se eu não tivesse me encontrado com a Natália, certamente nem olharia aquelas cartas! Eu poderia estar sabendo que ele tinha me escrito há muito mais tempo...

Respirei fundo e continuei.

Fiquei feliz de saber que no ano passado você acabou me desejando parabéns! Claro que não espero nada para este ano, afinal, você deve ter me achado uma grossa, nem te agradeci... Provavelmente até pensou que eu não queria saber mais de você. Mas isso não é verdade. Eu quero saber, sim. Ainda penso constantemente em você, ainda fico me perguntando o que você está fazendo da vida... Continua tocando? Continua estudando Administração?

Que você continua escrevendo poemas, disso eu já sei... Aliás, devo dizer que o seu "Último poema" me devastou. Eu chorei tanto que parecia novamente o nosso último dia de namoro. Não sei se foi o seu último poema da vida ou o seu último poema para mim... Espero que seja esta última alternativa, porque, sem dúvida, você está cada dia melhor. Esse foi o seu melhor poema, apesar de ser também o mais triste...

Por isso eu espero que você continue escrevendo. Você não deveria parar de fazer isso nunca! Você continua sendo o meu poeta preferido, mesmo depois de tanto tempo.

Senti meus olhos se encherem de lágrimas mais uma vez ao me lembrar de todos os poemas que ele havia me escrito. E agora aquele último... Estaria escrevendo poemas para mais alguém naquele momento?

Enxuguei os olhos e continuei a escrever para me desviar daquele pensamento.

Rô, eu queria te contar sobre a minha vida. Eu também estou morando fora, em Nova York. Fui para passar poucos meses, mas tanta coisa aconteceu nesse período que acabei ficando mais. E vou ficar mais ainda. Eu gostaria de te contar tudo... Mas pessoalmente. Não sei como anda sua vida, mas Toronto é tão perto de Nova York! Por que não vem me visitar? Eu adoraria te ver. E adoraria conhecer o Canadá também.

Parei, sentindo meu coração disparado. Será que eu deveria escrever aquilo? E se ele me achasse ridícula, boba ou louca por pensar que tinha a menor chance de ele querer me ver?

Pensei em apagar, mas respirei fundo e resolvi manter. Eu já tinha perdido tudo mesmo...

E então, finalizei.

Bem, tomara que você não demore um ano para receber este e-mail! Eu realmente estou com saudade...

De qualquer forma, foi bom ter recebido essa carta exatamente hoje... Estou fazendo 21 anos. Acho que posso considerá-la como um presente seu!

Um grande beijo,

Pri

Antes de mandar, tive uma ideia. Olhei nos meus rascunhos e ainda estava lá o e-mail que eu tinha escrito para ele no meu aniversário de 20 anos e que nunca havia tido coragem de enviar. Em um ímpeto, o anexei. E acrescentei uma nota.

```
P.S.: No ano passado, no meu aniversário de 20
anos, eu também te escrevi um e-mail, mas achei
que não deveria mandar e guardei na pasta de
rascunhos. Como acabei descobrindo que você me
mandou os parabéns, ele está anexo, para que
você também o leia com um ano de atraso...
```

Li e reli cada linha e, então, o enviei.

Por um tempo, fiquei apenas olhando para a tela, talvez esperando que uma mágica acontecesse e que o Rodrigo saísse lá de dentro para responder pessoalmente. Mas voltei à realidade e comecei a clicar para atualizar o programa de e-mails de um em um minuto. Eu queria ver assim que ele respondesse. *Se* ele respondesse.

Um tempo depois, minha mãe e a Sam entraram no meu quarto. Eu ainda estava ali, vidrada na tela, e então as duas disseram que queriam conversar comigo.

Com pesar, desviei os olhos do computador, dizendo: "Ele não vai responder. No fundo eu sei que deu graças a Deus por eu não ter escrito de volta no ano passado. Deve estar curtindo lá no Canadá, sem se lembrar do meu aniversário... ou da minha existência!".

Eu estava prestes a voltar a chorar, mas minha mãe disse: "Priscila, precisamos conversar. Temos algo para te contar".

Olhei de uma para a outra, pensando que iriam dar algum conselho, mas a Sam então respirou fundo e falou: "Não foi só essa carta. O Rodrigo esteve em Nova York para te ver".

Sabe quando a gente está naquele estágio entre o sono e o despertar e não tem certeza se o que está acontecendo é sonho ou realidade? Foi assim que me senti naquele momento.

A Samantha tinha falado algo completamente irreal, mas minha mente desejava que realmente tivesse acontecido.

Como fiquei calada, encarando-a como se não tivesse entendido, ela explicou: "Pri, lembra do nosso último dia em Nova York quando fomos ao Olive Garden da Times Square e você falou que eu estava estranha desde a noite anterior?".

Assenti. Naquele dia eu tinha descoberto a nova gravidez dela.

"Sim, quando você me contou que estava esperando a Vick." Balancei os ombros, sem saber o que aquilo tinha a ver com o Rodrigo.

"Pois é", a Sam disse, parecendo sem graça. "Acontece que eu não estava esquisita por causa da gravidez. Deixei que você pensasse que era por isso para mudar seu foco, mas o motivo era outro bem diferente... O fato de eu ter encontrado o *Rodrigo* na saída do seu camarim."

Se ela tivesse me dito que tinha encontrado um unicórnio roxo, eu teria achado muito mais plausível.

"O quê?!" Me levantei, com as sobrancelhas muito franzidas, como se ela tivesse falado em outra língua.

Ela respirou fundo, olhou para a minha mãe e pediu que eu me sentasse outra vez.

"Lembra que fui ao seu camarim depois que a peça terminou e eu disse que estava apertada, mas que ia voltar lá para tirar fotos com você?"

Já tinha quase sete meses, mas me lembrei, foi exatamente depois disso que ela ficou estranha. Disse que sim, e a Sam continuou.

"Quando voltei do banheiro, vi que você estava beijando o Frank. Resolvi esperar na porta do camarim, para dar a vocês mais privacidade, mas dei uma trombada em uma pessoa que estava por ali. Quando me virei para me desculpar, dei de cara com o Rodrigo Rochette, o seu ex-namorado, que também havia acabado de ver o seu beijo e estava ainda mais desorientado do que eu fiquei ao vê-lo ali".

"Sam, você está bem?", perguntei depois de um tempo. "Você não está bebendo, né? Ainda não é nem meio-dia! E está amamentando a Vick! Sei que vai dizer que eu não tenho nada com isso, mas eu realmente acho que...”

“É verdade, Priscila”, minha mãe me interrompeu. “A Samantha me contou tudo na volta para o Brasil, ainda no avião.”

Tornei a olhar para a Sam, que estava com a mesma expressão daquela noite, quando disse que queria voltar para casa em vez de sair por não estar se sentindo bem.

Ela então se sentou na minha cama e me narrou uma história tão surreal que, se eu tivesse visto em algum dos meus seriados, iria pensar que os roteiristas tinham se excedido na imaginação. Mas, à medida que ela foi contando, percebi que aquilo não era ficção. Era realidade.

Em poucos minutos, fiquei sabendo que o Rodrigo tinha ido à minha peça, me reconhecido, me visto com o Rodriguinho e, por um mal-entendido, pensado que era nosso filho. Ele saiu desorientado e acabou voltando uns dias depois para falar comigo. Porém deu de cara com aquele beijo de sete minutos e meio que eu havia dado no Frank depois de ele ter me entregado o maior buquê de rosas do mundo.

“Ah, ele também levou flores pra você...”, a Sam completou, depois de ver que eu estava começando a acreditar. “*Gérberas*. Mas acabou jogando no lixo.”

Por uns segundos, o mundo congelou.

Fiquei imaginando a cena e o que tinha se passado na cabeça dele. E listei mentalmente as informações para eu não me perder.

1. Ele me viu por acaso num musical da Broadway... Quais as chances de isso acontecer?

2. Foi falar comigo. Isso significava que não estava mais com tanta raiva de mim... O que eu já sabia por causa da carta que ele escreveu um ano antes, quando eu nem mesmo sonhava em estar em alguma peça.

3. Me viu com o Rodriguinho e achou que ele era nosso. Meu coração derreteu só de pensar na possibilidade. Eu queria ter vinte filhos com o Rodrigo!

4. Voltou alguns dias depois para entender aquela história direito, mas, ao ver o Frank comigo, desistiu, obviamente.

"Sam, por que você não me contou isso antes?", perguntei com um fio de voz. Estava difícil até de respirar.

Ela respondeu: "Em primeiro lugar, porque ele me pediu. Mas essa não foi a principal razão. Eu não quis te contar antes por que você estava feliz... E você pode até dizer que não, que só é feliz de verdade com o Rodrigo, mas você estava, sim. Mais do que feliz. *Radiante* talvez seja uma palavra mais apropriada. E eu tive medo, Priscila. Você não sabe o que foi acompanhar a sua depressão quando vocês terminaram. Eu sentia a sua dor e passava todas as horas do meu dia tentando arrumar uma forma de te animar, de te tirar daquela escuridão de onde você não queria sair. Eu sofri junto com você. Todos nós sofremos. E, então, ao presenciar a volta por cima maravilhosa que você conseguiu dar, ao ver aquela Priscila cheia de vida novamente, me martirizei por dias pensando se deveria te jogar naquele redemoinho outra vez. Foi por isso que você me achou estranha. E eu realmente estava. Não conseguia parar de pensar se eu estava fazendo o certo, se devia ou não te contar... E me mantive assim até conversar com sua mãe no avião, e ela concordar comigo. Mais do que isso, ela implorou para eu não te dizer nada. Ela também teve medo de como você reagiria. Do que aquela informação poderia fazer com você".

Olhei para a minha mãe, que estava assentindo, concordando com cada palavra da Samantha, e explodi:

"Vocês não tinham esse direito! Como eu ia ficar? Nós nunca vamos saber! Mas olha como eu estou agora que fiquei sabendo que o amor da minha vida foi atrás de mim e vocês deixaram que ele fosse embora mais uma vez sem que eu tivesse a chance de impedir? Acham que podem brincar desse jeito com a minha vida? Pois vou dizer uma coisa que talvez vocês não saibam... Ela é *minha*! Minha vida! E, se o que acontecer nela resultar em um buraco sem fundo, isso é problema meu! É a minha escolha!"

Parei de falar porque irrompi mais uma vez em lágrimas, o que fez as duas se aproximarem para me consolar, mas eu as afastei, gritando: "Não cheguem perto! Eu quero ficar sozinha!".

"Priscila, por favor", minha mãe falou, chorando também. "Fizemos isso para o seu bem. Por achar que era o melhor pra você. Não quero que você fique assim, ainda mais no dia do seu aniversário!"

"Eu não quero festa, não quero presentes, não quero bolo, não quero nada!", disse, me deitando na cama e abraçando o travesseiro, sentindo o maior vazio por dentro. E então, bem baixinho, repeti: "Eu só quero ficar sozinha...".

Elas se entreolharam e saíram, fechando a porta em seguida. E eu fiquei finalmente só.

Foi aí que eu percebi que estava enganada. Eu não estava sozinha e nunca iria estar. Eu tinha toda aquela dor, que eu pensava que nunca mais sentiria, para me fazer companhia.

80

<u>Robin</u>: *Não se cansou de esperar pelo destino? Não é hora de fazer o seu próprio destino?*

(How I Met Your Mother)

De tanto chorar, acabei adormecendo, provavelmente por causa de todas aquelas emoções e também por ter dormido muito tarde e acordado supercedo. Despertei meia hora depois, assustada. Então me lembrei de tudo o que tinha acontecido no último ano e comecei a pensar no que teria acontecido se o Rodrigo não tivesse me visto com o Frank...

Se minha vida fosse uma série, os espectadores certamente exigiriam outro desfecho, um em que eu estivesse sozinha naquele camarim. O Rodrigo chegaria e chamaria o meu nome. Ao ouvir aquela voz, eu me viraria depressa, e, ao vê-lo, tudo ficaria em câmera lenta. Ele me entregaria as flores e perguntaria se a gente poderia conversar. E então eu mesma explicaria sobre o Rodriguinho. Ele ficaria meio triste e envergonhado pelo mal-entendido, mas aí falaríamos sobre outras coisas, ele me chamaria para jantar... E ao final da noite saberíamos que nossa história não tinha terminado, muito pelo contrário. Ela estava recomeçando. E dessa vez teria um final feliz.

Chorei novamente pensando naquele desfecho alternativo que eu nunca poderia viver, até que, depois de um tempo, as lágrimas secaram. E eu também fiquei me sentindo assim, seca, murcha, sem vida.

Foi nesse momento que a Sabrina bateu à porta e perguntou timidamente se podia falar comigo. Eu tinha até me esquecido de que ela estava na minha casa. Fiz sinal para que entrasse, o que ela fez, fechando a porta atrás de si.

"Pri, a Sam e sua mãe me contaram tudo. Fiquei boba! Mas, amiga, só não entendo por que você está aí, com essa cara inchada de choro... Ok, sei que foi muita emoção. Mas você não está explodindo de felicidade? Eu estaria dançando um samba aqui! E estou quase fazendo isso, porque fiquei metade do ano te ouvindo falar de Rodrigo pra cá, Rodrigo pra lá... E aí descobrimos que ele te viu! E não foi andando na rua, tipo, fazendo *nada*. Ele te viu em *CATS*! Toda linda no palco, cantando, dançando, brilhando, arrasando! Amiga, esse cara deve ter caído pra trás! Devia estar achando que você ainda estava pelos cantos sofrendo por causa dele e, de repente, te vê na Broadway! E beijando um cara gato!! Ah, meu Deus, por que uma coisa dessas não acontece comigo..."

Ela estava tão empolgada que até ri um pouquinho.

"Sá, antes disso ele tinha me mandado uma carta linda, que eu só vi hoje. E, no dia que ele voltou ao teatro pra me encontrar, levou flores! As minhas preferidas. Eu queria tanto que ele as tivesse me entregado..."

A Sabrina suspirou e ficou passando a mão pelo meu braço, e foi aí que algo veio à minha cabeça.

"Se ele não estivesse pensando na mínima possibilidade de ficar comigo de novo, ele levaria gérberas?", pensei alto. "Tipo, eu acho que ele voltou ao teatro por causa do Rodriguinho, por ter achado que era filho dele. E queria tirar satisfação por eu não ter contado nada. Mas não precisava levar as flores, né? Ele queria me agradar! Será que tem a possibilidade de ele ainda gostar de mim, digo, *ter gostado*, naquela época? Porque, depois de ter me visto com o Frank, certamente se desinteressou..."

A Sabrina revirou os olhos e disse: "Desinteressou nada, tá doida? Você traiu o cara, mentiu, e mesmo assim ele fez tudo isso! Acha que um simples beijo iria ser páreo para o sentimento dele?".

Sentindo meus olhos marejarem de novo, falei: "Não me orgulho de nada disso aí que você disse... Se ele ainda quisesse se encontrar comigo, você acha que me perdoaria por eu ter tido um caso com o Patrick durante esse ano inteiro?".

"Priscila, o que houve com você depois que voltei pro Brasil? Ficou louca ou algo parecido? Claro que você não vai contar isso pro Rodrigo! Ele não precisa saber nada do que aconteceu nesse período que vocês estiveram separados. Você não tem que dar satisfação!"

"Eu nunca mais vou esconder nada dele!", falei bem séria.

Ela bufou e disse: "Escuta, isso você resolve depois. O importante agora é ligar para o Rodrigo! Conta que ficou sabendo de tudo. E vamos ver o que ele vai dizer".

"Não posso fazer isso, já tem seis meses que ele foi ao teatro! Além disso, não tenho o número novo dele", expliquei. "Mandei um e-mail, mas já atualizei umas mil vezes, e ele não respondeu."

Ela balançou os ombros, dizendo que ele provavelmente nem tinha visto ainda e que era para eu checar de novo mais tarde.

"Vamos pra sua festa agora?", ela disse, colocando a mão no meu ombro. "Sua mãe e a Sam estão bem chateadas. Eu concordo que deviam ter te contado, mas não acompanhei como você ficou depois do rompimento com o Rodrigo... Pelo que elas disseram, não foi uma experiência agradável, nem pra você nem pra sua família. Por isso, entendo a atitude das duas. Só quiseram te poupar."

Respirei fundo. Eu ainda estava muito brava com elas. E não estava em clima de comemoração. A festa que eu queria era outra...

"Pri, e se você ligar pra casa dos pais dele e pedir o telefone?", a Sabrina falou quando viu que eu não estava disposta a sair do quarto.

Estremeci só de pensar na possibilidade. "Tenho vergonha. O Rodrigo pode até ter me perdoado, mas tenho certeza de que a família dele me odeia. Vou ser pra sempre aquela namorada que traiu e fez o filhinho deles sofrer..."

Ela ficou um tempo pensando e então disse: "Tem mais alguém que poderia te passar esse telefone? Um amigo em comum que talvez ainda queira ver vocês juntos...".

De repente me lembrei do que a Natália havia dito no dia anterior. A Daniela! Ela ainda torcia por nós dois!

Peguei meu celular depressa e procurei o nome dela nos contatos. Apesar de ter me afastado das pessoas próximas do Rodrigo, eu não tinha apagado o número de ninguém. Talvez por inconscientemente querer que pelo menos assim ele continuasse perto de mim.

Ela atendeu no primeiro toque, e pude ouvir aquela voz que só me trazia boas recordações. Eu ainda me lembrava da primeira vez que a havia ouvido. Eu e o Rodrigo tínhamos brigado após o meu atropelamento, e o Alan o havia embebedado para que ele me esquecesse com outra garota. Em vez disso, ele ficou tão triste que chamou a atenção da Dani, que ofereceu o próprio celular para que ele me ligasse. Eu a agradeci da melhor forma possível: apresentando o Daniel, o irmão do Rodrigo. E agora eles estavam noivos...

"*Oi, Dani, é a Priscila*", falei meio sem graça. Eu estava ligando com um número diferente, um chip que havia comprado nos meus primeiros dias no Brasil, já que meu número agora era internacional. "*Pode falar um pouquinho?*"

Por uns segundos, ela ficou calada, mas então disse: "*Já te ligo*", e em seguida desligou.

Eu e a Sabrina ficamos olhando para o telefone por uns cinco minutos, tentando entender o que tinha acontecido.

Quando eu já estava desistindo, o rosto da Dani apareceu na minha tela.

"*Priscila!!! Tive que te chamar por vídeo! É realmente você? Não estou acreditando! Que saudade!*"

Sorri, feliz por ela não estar com raiva de mim, e disse que eu também estava com muita saudade.

Ela falou que tinha acabado de chegar em casa e que estava saindo do carro do Daniel quando eu liguei.

"*Você disse quem era?*", perguntei apreensiva.

"*Achei melhor ocultar, Pri... Na verdade, ele nem perguntou, estava com muita pressa. Mas me conta da sua vida! Estou até emocionada de falar com você!*"

Eu contei que estava no Brasil, e então me lembrei de algo importante: "*Ouvi dizer que a senhorita está noiva...*".

Ela abriu o maior sorriso e passou uns dez minutos contando como o Daniel havia feito o pedido. Enquanto ouvia, fiquei sonhando, pensando em como eu gostaria de ter presenciado aquela cena. E também em como eu gostaria de ter vivido aquilo...

"Pri, mas quero saber é de você! Fiquei sabendo que está na Broadway!"

Vi que a Sabrina estava fazendo sinal para que eu entrasse logo no assunto principal.

"Dani, estou, sim, e posso te contar tudo. Mas tem algo urgente que preciso conversar com você. Recebi só hoje, depois de um ano, uma carta que o Rodrigo me mandou, em resposta àquela que pedi para você enviar pra ele. Fiquei tão feliz, Dani! Mas ao mesmo tempo tão triste... Queria ter recebido antes, para responder, e, quem sabe, voltarmos a conversar. Nessa carta, o Rô disse que me perdoava, apesar de ter deixado claro que não queria uma reconciliação. Só que, quando contei sobre isso para a minha mãe, ela e minha cunhada acabaram revelando que não foi apenas essa carta. Ele me viu no teatro! Em dois dias! Você sabia disso?"

Vi que a Dani fez a maior cara de sofrimento antes de responder.

"Sim, Pri, sei de tudo. E estou até surpresa de você ter ficado sabendo só hoje... Por sinal, não é seu aniversário?"

Disse que era, ela me deu os parabéns e em seguida contou tudo que a Sam tinha relatado, mas na versão do Rodrigo.

Ele estava de férias em NY, sem ter a menor ideia de que eu havia me mudado para lá e muito menos de que tinha ido estudar Teatro. Por isso ficou muito surpreso ao me ver no palco e decidiu falar comigo no final, para entender como eu havia chegado ali. Só que, por causa de toda aquela confusão de ter achado que o Rodriguinho era nosso filho, voltou uns dias depois para esclarecer as coisas.

"Pri, ele ficou desnorteado...", ela continuou relatando. *"Me ligou na mesma hora pra saber se você tinha me contado alguma coisa. E depois, apesar de já ter voltado pro Canadá, resolveu despencar novamente em NY para falar com você. Ele estava tão*

certo de que o filho era de vocês que acabou me convencendo disso. Eu já estava comemorando, pensando que vocês iam se casar, ser uma família e tal..."

Senti meus olhos se encherem de lágrimas novamente, pensando naquele futuro que provavelmente a gente nunca iria ter.

"*Foi quando ele te viu com um novo namorado... Me conta sobre ele, Pri! É ator também?*"

Respirei fundo, tendo vontade de entrar no telefone e agarrar o pescoço dela, pedindo para terminar a história. Mas me lembrei do que a Natália havia dito na noite anterior. Eu não tinha o direito de sumir por mais de um ano e voltar exigindo que as pessoas preenchessem todas as lacunas de uma vez só.

Expliquei depressa que o Frank não era exatamente meu namorado e pedi que ela me contasse a parte que eu não sabia. O que havia se passado depois que o Rodrigo conversou com a Samantha e soube a verdade.

"*Ele ficou muito mal, Pri*", a Dani respondeu. "*Especialmente porque tem algo muito importante no meio dessa história que acho que você não sabe. E eu nem queria ter que te contar. Pelo menos não assim, por telefone. Você está em São Paulo, né? Não vai vir visitar sua avó aqui em Belo Horizonte?*"

Falei que tinha acabado de voltar, e ela disse: "*Sério? O Rodrigo estava aqui em BH também! Na verdade, ainda está, o voo dele pra Toronto é um pouco mais tarde... Inclusive foi por isso que o Daniel me deixou aqui correndo, ele foi levá-lo ao aeroporto. Nossa! Por pouco vocês não se encontraram lá!*".

Vi que a Sabrina até colocou a mão no rosto, sabendo que aquela informação iria me devastar. Mas a gente ainda não sabia que ficaria pior.

"*Vou ter que te contar o tal detalhe por telefone mesmo então...*"

Prendi a respiração, sabendo que vinha uma bomba.

"*Pri, o Rodrigo não estava sozinho quando te viu em Nova York pela primeira vez. Ele foi com a namorada. Inclusive foi ela que deu a viagem de presente para ele. A garota é rica. E é bailarina, toca piano, toda talentosa...*"

Nesse momento, a Sabrina, que estava em um canto do meu quarto, veio até mim e tirou o telefone da minha mão.

"Oi, Daniela, tudo bem? Aqui é a Sabrina, amiga nova da Pri. Desculpa interromper, mas estou aqui tentando dar uma força e estou vendo a hora que ela vai ter um ataque do coração... Podemos focar no Rodrigo, por favor?"

A Dani ficou meio desconcertada, pediu desculpas e disse: *"Ei, você não é aquela atriz da novela das 6?"*.

A Sabrina até estufou o peito dizendo que era ela, sim, e a Dani falou que adorava a atuação dela, que a achava muito engraçada.

"Por favor, podemos voltar para o assunto principal?", implorei, ao ver que aquela conversa iria longe. *"Depois vocês duas trocam os telefones e conversam o quanto quiserem sobre a novela."*

Elas concordaram. Então a Dani continuou o relato, dessa vez para nós duas, pois a Sabrina apoiou o telefone na minha escrivaninha, para que também pudesse aparecer no vídeo.

"Como eu estava dizendo... Essa garota foi a única que conseguiu descongelar o coração do Rodrigo. Tanto que eles haviam combinado de morar juntos quando retornassem para Toronto. Só que foi aí que ele viu a Priscila e tudo voltou..."

"Tudo?", perguntei sentindo mil coisas ao mesmo tempo. E a maioria delas era *muito* ruim. Ele iria morar junto com outra garota?!

"Sim, Pri. Ao te ver, ele sentiu que não tinha te esquecido. Ele contou que, quando te reconheceu no teatro, ficou alucinado. Parece que você chegou bem perto dele na plateia ou algo assim..."

De repente me lembrei. Eu havia visto um cara parecido com o Rodrigo na plateia, exatamente no dia em que o meu sobrinho havia ido e chorado durante o espetáculo inteiro! Então era realmente ele! E tinha mesmo uma garota do lado, eu a havia assustado... Por que eu não prestei mais atenção nela? Eu precisava saber quem era essa que tinha despertado o interesse do *meu* Rodrigo!

"Depois que eles voltaram para o Canadá, ele acabou pedindo um tempo. Contou que tinha te visto e que queria entender o que

estava sentindo", a Dani continuou. *"Ele ficou desorientado, só pensava em você, e achou que não era justo com ela."*

Ele continuava o mesmo Rô... Leal, bondoso, preocupado com os outros.

"Foi aí que ele retornou ao teatro, te viu com o outro cara, esclareceu com a sua cunhada que não tinha filho nenhum... e voltou pra Toronto arrasado. Parecia que tinha novamente terminado com você. Quase peguei um avião aqui e fui consolá-lo. Por sorte, ele está com uns novos amigos muito legais no Canadá, que deram conta do recado."

Fiquei um tempo processando, sem acreditar que aquilo era possível. Resolvi confirmar se eu tinha entendido direito.

"Dani, você está dizendo que o Rodrigo sofreu por achar que eu não estava mais disponível e por não termos um filho juntos? Eu sempre vou estar disponível pra ele! E a gente pode fazer quantos filhos ele quiser!"

Ela riu, mas disse que era um pouco mais complicado...

"Ele realmente achou que tinha perdido a chance com você. Por isso, quando voltou, acabou procurando a Juliette de novo."

Então era esse o nome da garota que tinha alugado meu namorado. Tudo bem, Juliette, pode me devolver a chave, eu assumo daqui.

"Ela ficou meio relutante, mas você sabe como o Rodrigo é charmoso, né, Pri? Piscou aqueles olhinhos tristes para ela, levou o gato junto, pediu desculpas... e a menina derreteu."

Gato? Que gato?!

"Eles acabaram reatando. Aliás, mais do que isso... Arrumaram um apartamento e estão morando juntos desde então."

Balancei a cabeça e voltei a chorar. Eu não acreditava que o havia perdido de novo.

A Sabrina segurou minha mão e falou: *"Daniela, na verdade, a Pri te ligou porque queria o telefone do Rodrigo. Você pode passar pra gente, por favor? Eu acho que ela deve conversar com ele, contar que só hoje ficou sabendo disso tudo..."*.

"Eu não quero mais falar com ele", disse em meio às lágrimas. *"Ele está feliz com essa namorada nova, que pelo visto o*

merece muito mais do que eu. Não quero atrapalhar a vida dele mais uma vez."

As duas ficaram caladas, mas logo a Dani voltou a falar.

"Pri, acho que isso não é uma decisão só sua. Desculpa, mas se tem algo que aprendi com essa situação de vocês é que esconder a verdade é uma grande perda de tempo. Uma hora ela aparece e sai machucando um monte de gente. Você me envolveu nisso, então, sinto muito, mas, se você não procurar o Rodrigo, eu mesma vou contar para ele que você me ligou e tudo que aconteceu. Por ele ser meu cunhado e por eu achar que merece saber... Mas, especialmente, por eu ser sua amiga. Acho que já passou da hora de vocês dois conversarem."

"Que bem isso vai fazer, Dani?", perguntei desanimada. *"Olha como estou! Você quer que ele fique assim também?"*

"Quero que vocês fiquem juntos, só isso! Sim, a Juliette é uma fofa, eles se gostam, mas ela não é você, Priscila! O Rodrigo a largou na mesa de um restaurante e me ligou do banheiro, logo depois que te viu na Broadway, completamente fora de si, parecia que estava com febre de 45 graus! Te ver depois de mais de um ano o deixou doente, como se fosse um dependente químico que necessitasse urgentemente de alguma substância... Que, nesse caso, era você. Então, naquele momento, eu entendi que ele pode até arrumar outras namoradas, mas ele nunca vai te esquecer... Ele precisa de você."

Abracei meu travesseiro ao ouvir aquilo, sentindo uma felicidade doída. Eu também precisava dele. Até para respirar.

"Igual aqui, Daniela!", a Sabrina falou. *"Sabia que a Pri passou o ano todo com dois namorados? Lindos e gostosos. E mesmo assim não esqueceu esse Rodrigo!"*

A Dani riu, perguntou quem eles eram, mas a Sabrina disse: *"Depois ela te conta. Vamos nos concentrar no que é importante agora: o telefone do Rodrigo. Ele está com essa Juliette do lado? Apesar de também achar que ela não é páreo para a minha amiga, penso que é melhor os dois conversarem quando ela não estiver por perto"*.

"Ele veio pro Brasil sozinho...", a Dani falou. *"Mas, quer saber? Não acho que telefonar seja uma boa ideia..."*

"Viu só?" Me virei para a Sabrina: *"A Dani entendeu. Claro que não devo ligar!"*.

"Você deve ir pessoalmente."

Eu ainda estava olhando para a Sabrina, mas, ao ouvir o que a Dani tinha falado, olhei novamente para o telefone, para ver se eu havia entendido direito.

Ela explicou: *"Pri, como te contei, você, naquele palco, deixou o garoto doido. Imagina o que ele vai sentir ao te ver na frente dele? Por telefone é sem graça, ele pode estar ocupado e reagir mal... E o mais importante: você não vai conseguir ver a expressão dele. E nem ele a sua. Eu realmente acho que, no caso de vocês, tem que ser olho no olho"*.

"Tem que ser pele com pele!", a Sabrina incentivou.

Começando a sentir um fervor no peito, perguntei: *"Mas como seria isso? Você disse que ele está namorando!!"*.

"Pri, esse problema é do Rodrigo...", a Sabrina opinou. *"O seu, caso tudo dê certo, vai ser dizer para o Frank e o Patrick que já era pra eles."*

Nesse momento a Dani pediu que eu esperasse, colocou o celular em uma mesa e, pouco depois, voltou com uma agenda.

"Eu e o Daniel estamos com viagem marcada para Toronto em fevereiro. Vamos aproveitar o feriado do Carnaval e emendar com uma semana de férias. Nós vamos chegar lá no dia 12. Hoje mais cedo, quando eu estava na casa deles, o Rodrigo estava olhando o site da banda e disse que tinham marcado um show bem no dia do aniversário dele e que era uma pena não chegarmos dez dias antes, pois assim poderíamos assistir ao show e também passar o aniversário com ele. Eu disse que seria uma pena é se atrapalhássemos alguma surpresa da Juliette, já que foi no aniversário dele do ano passado que ela deu de presente as passagens para NY... Nessa hora ele contou que ela não vai estar lá, pois foi convidada para participar de um congresso ou um concurso, algo importante para a carreira dela, em Montreal, bem nessa semana. Então aí está a sua data. Vai levando o presente, que, no caso, é você mesma."

A Sabrina começou a bater palmas, pegou meu notebook e colocou em cima da cama bem na minha frente, dizendo:

"Compra de uma vez, Pri! Agora você tem três empregos, recebe em dólar... O que é uma passagenzinha internacional pra você?".

"Vocês estão loucas!", falei, rindo de nervoso e sentindo meu coração disparar mais ainda. *"Sou do elenco fixo do teatro, não posso fazer uma loucura assim, eles me demitem..."*

"Tira férias, fala que está doente... Anda, compra logo!", a Dani gritou, toda empolgada.

Eu não tinha mais férias para tirar. Mas subitamente me lembrei de uma coisa: o calendário anual do teatro, que eu havia recebido uns dias antes. Eu me lembrava que tinha uns dias bloqueados em fevereiro, para a dedetização semestral. Da última vez tinha sido em agosto, quando aproveitei para visitar o Patrick em Orlando.

Puxei o notebook, o que fez a Sabrina dar gritinhos. Mas no segundo seguinte ela perguntou o que eu estava fazendo, ao ver que, em vez de entrar em um site de passagens, eu abri o programa de e-mails.

Não respondi e fui direto para o calendário de fevereiro. E então não acreditei no que li.

February

Days off due to pest control
(entire cast and crew): 2nd, 3rd
Priscila Panogopoulos' days off:
4th, 12th, 20th, 28th*

Confesso que não sou muito de acreditar em conjunção estelar, conspiração do destino, essas coisas místicas. Mas, depois de ver aquilo, tive que dar o braço a torcer. Quais eram as chances de aquilo acontecer?

---

* Fevereiro
Dias de folga devido a dedetização (todo o elenco e a equipe): 2, 3
Dias de folga de Priscila Panogopoulos: 4, 12, 20, 28

Me levantei, olhei para a Sabrina, entreguei a ela o computador e disse: "*Vai olhando a passagem que vou pegar o cartão de crédito*".

Ela ficou pulando, e a Dani começou a dançar.

Em menos de dez minutos, eu já era a proprietária de passagens de ida e volta Nova York – Toronto. Embora estivesse me contorcendo de ansiedade, meu coração dizia que eu havia feito a coisa certa.

"*Pelo menos comprei reembolsável, tenho 29 dias para cair na real e desistir*", falei feliz e nervosa ao mesmo tempo.

"*Não vai desistir de nada!*", a Dani falou depressa. "*Já vou descobrir tudo sobre esse show, onde vai ser, o horário... Acho que o nosso baterista vai até sair do ritmo quando vir você! Daria tudo para estar lá... Pena que nossas passagens já estão compradas. Mas quero um relatório depois. Estou extremamente feliz por você ter me ligado, Pri, senti muita saudade! Agora vai curtir seu aniversário, né?*"

Assenti, e ela se despediu, dizendo que em breve me ligaria para colocar o resto do papo em dia.

Olhei para a Sabrina, que estendeu a mão para mim. Eu a segurei, mas, antes de chegarmos à porta, peguei mais uma vez a carta do Rô, olhei a letra dele e dei um beijo no papel. Depois a guardei e saí do quarto.

Fomos para a sala, e percebi que, além da minha família, a Bruna, a Larissa e a Luísa também já estavam lá. Ao me verem, todos olharam meio apreensivos, mas fui direto para a Sam e pedi desculpas pela explosão. Ela me abraçou e também pediu desculpas, dizendo que nunca mais me esconderia nada.

Em seguida fui até a minha mãe, que continuava cabisbaixa.

"Desculpa, mamãe. Sei que você só quer o melhor pra mim", falei, a abraçando. "E talvez, se as coisas tivessem sido diferentes, o último ano não teria sido tão intenso..."

Com os olhos cheios d'água, ela disse: "Tenho certeza de que os seus 21 anos vão ser mais emocionantes ainda!".

Eu a abracei mais forte e perguntei: "Você não fez o que eu pedi, né? Não jogou o meu bolo fora?".

Ela riu, foi até a cozinha, buscou o bolo e o colocou no centro da mesa.

Durante toda a tarde, conversei com minha família e minhas amigas, me sentindo feliz e privilegiada por estar em casa com tantas pessoas que eu amava e que eu sabia que me amavam também.

Quando começou a anoitecer, minha mãe acendeu a vela, e todos cantaram parabéns.

"Lembre-se de fazer um pedido, Priscila!", meu irmão gritou, me fazendo sorrir. Ele nunca se esquecia.

Peguei o Rodriguinho no colo, para que ele me ajudasse a soprar as velinhas.

"Sopra bem forte...", falei no ouvido dele. "Esse desejo é importante."

Nós então sopramos juntos, e eu sorri, sabendo que não precisava me preocupar... Aquele pedido já tinha data para se realizar.

Epílogo

Jane: Tenho certeza – mais certeza do que nunca sobre qualquer coisa – de que quero estar com você. Eternamente. Você é meu agora, você é meu amanhã, você é meu sempre.

(Jane the Virgin)

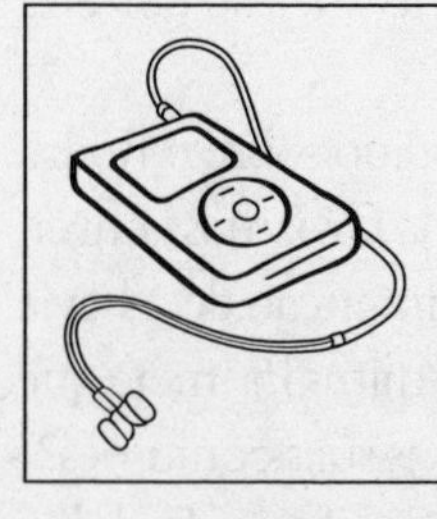

1. Won't Go Home Without You (Acoustic) – Maroon 5
2. You're Still The One – Sarah Darling
3. Uptown Girl – Paul Canning

O avião chegou em solo canadense às quatro da tarde. Apesar de estar de folga no teatro, tive que trabalhar na Strasberg de manhã, pois já tinha pedido para faltar pelos próximos dois dias.

Durante uma hora e meia, o tempo que o voo durou, fiquei ouvindo músicas e pensando em tudo que tinha acontecido no último mês.

Minhas últimas semanas no Brasil passaram voando. A Sabrina foi embora dois dias depois do meu aniversário, e mais uma vez sofremos com a despedida, mesmo ela tendo prometido ir a NY logo que a novela terminasse. Mas não foi só ela. A Bruna e a Larissa me surpreenderam mostrando passagens que haviam comprado para julho, e a Luísa, por sua vez, disse que estava planejando ir com o namorado em outubro, quando ele estaria de férias no trabalho.

Eu já estava feliz antecipadamente por aquelas visitas, mas então meu pai, no último dia, perguntou quais eram meus planos para a Páscoa. Expliquei que o teatro não costumava fechar, a não ser em grandes feriados, como o Thanksgiving e o Natal, por isso eu provavelmente teria que trabalhar. E foi quando ele disse: "Ótimo, era exatamente o que eu queria saber. Já pode reservar ingressos para mim e para a sua mãe? Vamos ficar em NY oito dias, e faço questão de te assistir quantas vezes forem possíveis!".

Eu o abracei e falei que iria reservar na melhor fileira!

Exatamente por isso, a parte mais difícil foi me despedir do Arthur, da Sam e dos meus sobrinhos. Eu sabia que não tinha data para nos reencontrarmos e que o mais certo seria só nos vermos em dezembro, quando eu tinha planejado voltar mais uma vez para o Natal. Chegando a NY, eu já iria pedir para marcarem minhas férias para aquele período; assim não correria o risco de acontecer como no ano anterior.

"Pri, desculpa mais uma vez por ter escondido sobre o Rodrigo...", a Sam falou quando nos despedimos. Nós já havíamos conversado a respeito outra vezes, e eu entendi que a intenção dela havia sido boa. "Por favor, não perca a confiança em mim. Promete que vai me escrever pedindo conselhos sobre todas as suas confusões?"

"Espero que não tenha mais confusão nenhuma!", falei, realmente desejando ter um ano mais calmo do que o anterior.

Ela então prometeu que mandaria diariamente fotos do Rodriguinho e da Vick, e faria chamadas de vídeo todos os fins de semana, para que eu acompanhasse o crescimento deles. Eu implorei que ela cumprisse, pois eu não tinha ideia de como iria me acostumar a ficar sem aqueles dois. Eu havia praticamente me mudado para a casa da Sam e do Arthur nos últimos dias, para passar o máximo de tempo possível com eles, e aquela agora seria a minha maior saudade.

O resto do tempo passei com os meus bichos; eu sabia que mais uma vez iria sentir muita falta deles. Minha maior preocupação era com a Snow. Apesar de ter muita saúde, ela estava com 16 anos. Foi meu primeiro animal de estimação, e eu ainda me lembrava nitidamente de quando a havia ganhado, com poucos meses, no meu aniversário de 5 anos. Foi exatamente ali que meu amor por animais começou. Havíamos crescido juntas, e me entristecia saber que ela estava envelhecendo sem que eu estivesse por perto.

Foi em um dia em que eu estava abraçada com ela que me lembrei de algo que o Patrick e a mãe dele haviam sugerido. Eles achavam que eu deveria levar os gatos para me fazerem companhia em NY. Na hora eu nem tinha ligado, mas comecei a pensar naquilo mais seriamente. Eu passaria a ter mais tempo, já que meu emprego na escola era de apenas meio período e também não iria mais para a clínica veterinária, pois a funcionária que eu estava substituindo já havia voltado. Agora eu teria todas as tardes livres. O que me impedia?

Aquele desejo começou a ficar mais forte quando o Ricky me ligou dizendo que queria me fazer uma proposta. Ele iria se mudar para o apartamento do Julian já no próximo mês, então queria saber se eu não gostaria de alugar o apartamento dele, que eu conhecia e era muito próximo da escola.

"*Aceita, Pri! Acho que morar em Manhattan vai ser um* upgrade *na sua vida. Ah, no prédio é permitido ter animais, pode resgatar quantos esquilos quiser... E o bom é que, por ser bem pertinho de onde vou morar, posso te ajudar a cuidar deles caso você queira viajar para ver seu namorado da Flórida!*"

"*Você cuidaria dos meus gatos?*", perguntei depressa.

Sem nem pensar, ele respondeu: "*Claro! Eu adoro gatos, você sabe! Pode deixá-los comigo sempre que precisar!*".

Sorri, pensando em como o Ricky e o Julian tinham se tornado ótimos amigos para mim. Havíamos nos aproximado ainda mais nos últimos meses, e eles agora sabiam de todas as minhas confusões.

Eu disse que iria pensar, mas, desde o instante em que desliguei o telefone, sabia que iria topar. Especialmente por uma razão: o Frank.

Quando fiquei sabendo que o Rodrigo tinha me perdoado e tudo mais, senti que eu não podia continuar iludindo o Frank daquele jeito. Ainda mais depois de ele ter me contado a história dele com a ex-namorada. Eu não queria magoá-lo. Ele merecia uma garota muito legal e apaixonada, algo que eu sabia que ele não iria conseguir se eu ficasse por perto dando esperanças a cada vez que minha carência batesse. Especialmente por isso, mudar dali seria uma boa ideia.

A partir daí, só tive que correr com toda a burocracia necessária para se levar dois gatos em uma viagem internacional, já que faltavam poucos dias para a minha volta. Por sorte, a veterinária da clínica se lembrava muito de mim, por todas as vezes que já tinha ido lá com meus bichos, e facilitou o processo, me entregando os atestados de saúde o mais rápido possível para que eu conseguisse os documentos para levá-los.

Por tudo isso, quando cheguei a Nova York, foi como se fosse a primeira vez. Agora eu tinha um apartamento novo, meus gatos comigo... e um encontro marcado com o destino em algumas semanas. Que, por sinal, passaram num piscar de olhos.

Tive que me beliscar umas três vezes durante a viagem para entender que eu não estava sonhando e que estava realmente a caminho de Toronto.

Assim que o avião aterrissou, liguei meu celular. Na mesma hora várias mensagens chegaram: da Sabrina, da Sam, da minha mãe, das minhas amigas de SP, da Natália... Todas elas me pedindo atualizações. Dessa vez eu não tinha escondido nada de ninguém. Eu precisava de toda a torcida possível e sabia que, se desse errado, também precisaria de colo.

E foi naquele momento que mais uma apareceu no visor.

Pri, estou te vendo online, chegou bem? Fiquei sabendo que o show começa às sete. Apesar de ser happy hour, vai dar tempo de você se arrumar e ficar bem linda! Dei um jeito de perguntar pro Daniel mais cedo, e realmente o Rodrigo está sozinho, digo, só com a banda. Então, caminho livre pra você! Estou torcendo, Pri! Vocês dois merecem ser muito felizes (juntos)! Me dá notícias assim que puder, por favor! Boa sorte!! Dani

Me senti ainda mais ansiosa depois de ler. Mal podia acreditar que em poucas horas eu veria o Rô, após quase dois anos. Será que eu iria achá-lo diferente? Será que ele iria me achar diferente? Como reagiria quando me visse? E se ele não quisesse falar comigo? E se tudo desse certo, como iria funcionar com ele morando no Canadá e eu nos Estados Unidos?

Eram tantas questões que preferi me concentrar em outra coisa, antes que eu surtasse.

Liguei para o Ricky, para saber como meus gatos estavam. Ele tinha ficado tomando conta dos dois no meu apartamento. Apesar de ser pouco tempo, eu estava preocupada, eles ainda estavam se adaptando à nova vida. Ele disse que a Snow e o Snowflake (como ele vinha chamando o Floquinho) estavam adorando o tio Ricky e que eu poderia ficar um mês no Canadá se quisesse.

Fiquei tranquila por dois segundos, mas assim que desliguei voltei a ficar tensa, me lembrando do que estava indo fazer.

Peguei um táxi na saída do aeroporto e, à medida que ele ia me levando para o hotel, fui prestando atenção à cidade onde o Rodrigo estava morando. Eu já tinha percebido que fazia ainda mais frio que em NY. As ruas estavam cobertas de neve, e nas árvores não se via uma única folha. Pelo caminho, avistei muitos prédios altos e letreiros coloridos. Parecia um pouco com Nova York... embora mais limpa e organizada.

Eu tinha reservado um hotel perto do endereço que a Daniela havia me passado, de onde seria o tal show, e, quando o táxi me deixou na porta, fiquei satisfeita ao notar que era em uma rua movimentada, cheia de bares e restaurantes. Como não conhecia a cidade, tive receio de ficar isolada.

Tomei banho e me arrumei depressa, mesmo sabendo que ainda tinha muito tempo. Vesti uma blusa branca, justa, de manga comprida, com uma minissaia xadrez. Embaixo de tudo, uma meia-calça de lã bem grossa e, por cima, um casaco preto. Nos pés, botas pretas de cano alto.

Sequei meu cabelo e fiz uma maquiagem básica, só para esconder as olheiras das noites maldormidas dos últimos dias, por pura ansiedade.

Escovei os dentes, passei meu perfume de sempre, que ele gostava tanto, e então me sentei em frente à TV enquanto esperava o tempo passar.

Vi que tinha estreado uma série nova, inspirada em *Anne de Green Gables*, um livro que eu havia lido na escola. Deixei para ver depois, pois não queria correr o risco de ficar muito envolvida nos episódios e perder a hora.

Quando vi que faltava meia hora para o show começar, saí do hotel. A Dani tinha me explicado que era em um pub que naquela semana estava com uma programação especial dos anos 80 e tinha contratado a banda do Rodrigo, que pelo que entendi tocava músicas daquela época. Ele devia estar adorando, era o estilo musical de que ele mais gostava.

Apesar de não ser muito longe, peguei um táxi, pois, além de estar ventando muito, uma chuva fina tinha começado. Cheguei em dez minutos e logo vi que já estava cheio, o que não era muito difícil, pois o local era pequeno.

Entrei olhando para todos os lados. Não queria que ele me visse antes de eu avistá-lo. Fui direto para o bar, que era ao lado oposto do palco, e pedi uma água mineral.

"O pessoal da banda já chegou?", perguntei para o barman, assim que me entregou a água.

Ele olhou em volta e disse: "Já. Estão naquela mesa à esquerda do palco. Quer falar com algum deles?".

Fiz que não com a cabeça e olhei para a tal mesa. Tinha um casal e três caras sentados. Mas nem sinal do Rodrigo. Será que a Dani tinha confundido? Era a banda dele mesmo que ia tocar?

Um tempo depois, o barman colocou um copo na minha frente, dizendo: "Você está com cara de quem está precisando de algo mais forte".

"O que é isso?", perguntei, olhando de lado para a bebida efervescente e esverdeada.

"Vodka com Sprite, pimenta e xarope de manjericão", ele disse, balançando os ombros. "Está no cardápio como *Rochette*. Nós a nomeamos assim por causa do baterista dessa banda que vai tocar. Ele faz a galera se animar tanto quanto essa bebida! A primeira dose é por conta da casa."

Eu ainda não tinha dado nem um gole, mas só aquela informação já tinha me animado.

"Jura?", perguntei, sorrindo. "E onde está esse baterista?"

Ele tornou a olhar para a mesa da banda e falou que ainda não tinha chegado.

"Ele faz faculdade, deve ter se atrasado um pouco. Mas não se preocupe, a banda é pontual, ele deve aparecer a qualquer instante."

Fiquei tão feliz com a informação que até experimentei a bebida. Me virei para o barman, para dizer que tinha gostado, e ele então apontou para a porta, mostrando que o baterista havia chegado.

Meu coração deu um salto mortal, e, no segundo seguinte, tudo parou.

A música que saía dos alto-falantes estava bem alta, mas de repente não ouvi mais nada. O lugar estava cada vez mais cheio, mas parecia não ter ninguém, a não ser uma pessoa.

Ele estava tão lindo... Com o cabelo meio atrapalhado por causa do vento e da chuva, um casaco bem acolchoado, luvas e um cachecol, que ele tirou enquanto se direcionava depressa para perto do palco.

Senti vontade de rir e de chorar ao mesmo tempo. Havíamos passado tanto tempo longe, e agora ele estava tão perto...

"Está tudo bem?", o barman me cutucou. "Você está ofegante e muito vermelha. Não tem alergia a manjericão, né? Aliás, posso ver sua identidade?"

Sorri para ele, pegando o documento na minha bolsa, feliz por finalmente ter 21 anos, e virando de uma só vez o resto do conteúdo do copo, para provar que não tinha alergia nenhuma.

Ele arregalou os olhos e disse que eu era corajosa. Logo voltou com outra dose e a colocou na minha frente. Devolvi agradecendo e disse que ia seguir só com a água, pois naquela noite eu precisava estar totalmente no controle. Ele riu, falou que se chamava Noah e que, se eu precisasse de alguma coisa, era só chamá-lo.

Resolvi continuar ali, pois, além de ter uma boa visibilidade do palco, era escuro; o Rodrigo não conseguiria me ver de cara.

Em poucos minutos o show começou. O repertório era mesmo voltado para músicas dos anos 80 e 90. E logo entendi o que o barman havia falado. O ritmo do Rodrigo contagiava a todos. Não tinha uma pessoa que não estivesse dançando, nem que fosse sentada, como eu.

Aproveitei para olhá-lo um pouco mais. Continuava lindo. Continuava talentoso. E eu continuava louca por ele...

"Noah, será que se eu pedir uma música a banda toca?", perguntei para o barman, depois de uns quarenta minutos de show.

"Se eles souberem, acho que tocam, sim", ele disse, me estendendo um papelzinho. "Pode escrever aqui, eu entrego."

Sentindo o maior frio na barriga, anotei, dobrei e entreguei para ele, que imediatamente saiu de trás do balcão e foi em direção ao palco.

Assim que a música que estavam tocando terminou, o vocalista recebeu o papel e o leu, fazendo uma cara meio estranha.

Em seguida ele falou algo para os integrantes. Vi que o Rodrigo fez que não com a cabeça, e o vocalista então disse ao microfone: "Recebemos um pedido de uma música que já tivemos em nosso repertório, mas, por termos parado de tocá-la há alguns meses, acabamos nos esquecendo. Quem pediu pode escolher outra? Não gostamos de deixar de realizar os desejos de ninguém...".

Ele ficou um tempo olhando para o público, eu comecei a mexer na minha bolsa para ficar com a cabeça abaixada, mas o barman apontou para mim.

Respirando fundo, balancei o dedo de um lado para o outro, mostrando que não precisava, mas nesse instante meu olhar foi atraído como um ímã para o fundo do palco. Para o garoto no fundo do palco, que estava esfregando os olhos, provavelmente tentando entender se estava vendo direito.

Pensei em correr, em cavar um buraco no chão, mas não tinha sentido. Eu estava ali exatamente por causa dele. Então, tomando coragem, me levantei e me posicionei embaixo de uma lâmpada, para que o Rodrigo pudesse me ver melhor.

Ele franziu as sobrancelhas e também se levantou, fazendo um sinal com a mão para o resto da banda.

"Pessoal, vamos dar um intervalo de cinco minutos para tomar água, já voltamos!", o vocalista falou, dando umas olhadas para trás, sem entender. Vi que o Rodrigo foi até ele, disse algo rápido e desceu por uma escadinha lateral.

"Noah, me dá outra bebida daquela, depressa!", pedi, sentindo uma escola de samba batucar no meu peito. Aquela mesma que havia tocado no dia em que eu vi o Rodrigo pela primeira vez. E no nosso primeiro beijo. E em todos os momentos importantes que vivemos juntos desde os meus 13 anos.

O barman riu e colocou mais um copo na minha frente, mas meus movimentos congelaram quando vi que o Rodrigo estava vindo em minha direção.

Enquanto se aproximava, fiquei observando cada uma das sutis mudanças dele. Parecia um pouco mais velho, e realmente estava, pois quando terminamos ele tinha 20 anos e agora estava fazendo 22. O cabelo mais comprido, caindo em um dos olhos, que por sinal pareciam ainda mais tristes. E o ar decidido que eu não me lembrava de ter visto nele algum dia.

Algumas pessoas que estavam passando nesse momento bloquearam minha visão, e, no instante em que saíram, o vi bem na minha frente.

"Priscila?", ele disse como se precisasse ter certeza.

"Feliz aniversário...", falei sem a menor ideia de como começar.

"O que você está fazendo aqui?", ele perguntou sério, me olhando de cima a baixo, conferindo se aquilo não era algum tipo de brincadeira.

Respirei fundo e, talvez pela coragem que aquela bebida havia me dado, falei: "Sabe o que é? Senti muito a sua falta na última temporada... Aí vim ver como você estava".

Ele deu um sorrisinho meio indeciso, ainda me olhando como se não acreditasse que eu estava ali, e, depois de percorrer cada parte do meu corpo com os olhos, se certificando de que eu era mesmo real, disse: "Eu estava ocupado vivendo meus próprios episódios...".

Sorri, ficamos uns segundos perdidos nos olhos um do outro, e então perguntei: "A gente pode conversar?".

Ele demorou uns segundos para responder, o que me deixou apreensiva. Provavelmente iria inventar uma desculpa ou simplesmente diria não.

"Você está sozinha aqui?", ele indagou, olhando para os lados.

Disse que sim rapidamente e afirmei: "Vim de Nova York especialmente pra te ver".

Ele ficou mais um tempo me olhando, parecia estar analisando o que eu tinha dito e então se virou para trás. Percebi que os outros integrantes da banda já estavam posicionados.

"Pri, falta pouco para acabar o show", ele falou, verificando o relógio. "Você pode esperar meia hora?"

"Posso esperar a vida inteira."

Ele foi sorrindo para o palco, dando umas olhadinhas para trás, provavelmente para garantir que eu não iria sumir da mesma forma que havia aparecido.

Antes de ir para trás da bateria, ele disse algo rápido para os integrantes da banda, que apenas assentiram.

O vocalista então falou: "Boas notícias! Vamos tocar a música do último pedido, o nosso baterista se lembrou de como se toca! Deve ser porque é o aniversário dele, acho que está um pouco nostálgico...".

Em segundos, "Uptown Girl" soou nos alto-falantes, e eu dei um suspiro, me lembrando de uma época bem distante, quando ele tocou para mim aquela música pela primeira vez, deixando meu coração tão descompassado como naquele momento.

Percebi que aquela era mais uma fase da minha vida que estava se encerrando, dessa vez com um final em aberto...

Eu mal poderia esperar pela última temporada da minha história. Algo me dizia que ia ser fora de série...

<u>Robin</u>: Você não pode simplesmente pular para
o final. O percurso é a melhor parte.

(How I Met Your Mother)

LEIA TAMBÉM, DE **PAULA PIMENTA**

MINHA VIDA FORA DE SÉRIE
1ª TEMPORADA
408 páginas

MINHA VIDA FORA DE SÉRIE
2ª TEMPORADA
424 páginas

MINHA VIDA FORA DE SÉRIE
3ª TEMPORADA
424 páginas

MINHA VIDA FORA DE SÉRIE
4ª TEMPORADA
448 páginas

FAZENDO MEU FILME 1
A ESTREIA DE FANI
336 páginas

FAZENDO MEU FILME 2
FANI NA TERRA DA RAINHA
328 páginas

FAZENDO MEU FILME 3
O ROTEIRO INESPERADO DE FANI
424 páginas

FAZENDO MEU FILME 4
FANI EM BUSCA DO FINAL FELIZ
608 páginas

FAZENDO MEU FILME
LADO B
400 páginas

FAZENDO MEU FILME EM QUADRINHOS 1
ANTES DO FILME COMEÇAR
80 páginas

FAZENDO MEU FILME EM QUADRINHOS 2
AZAR NO JOGO,
SORTE NO AMOR?
88 páginas

FAZENDO MEU FILME EM QUADRINHOS 3
NÃO DOU, NÃO EMPRESTO
NÃO VENDO!
88 páginas

APAIXONADA POR PALAVRAS
160 páginas

APAIXONADA POR HISTÓRIAS
176 páginas

UM ANO INESQUECÍVEL
400 páginas

CONFISSÃO
80 páginas

Para ver cenas dos seriados e ouvir a trilha sonora do livro, visite:

www.minhavidaforadeserie.com.br

Este livro foi composto com tipografia Electra LT e impresso em papel Off-White 70 g/m² na Formato Artes Gráficas.